六六集

遺忘是人的本能。如果不能遺忘，腦海將不是海，而是資訊壅塞的泥沼，痛苦的記憶會讓人發瘋。然而，遺忘又是陷阱。當人自以為擺脫了痛苦折磨的時候，必會因為遺忘而重蹈痛苦的覆轍。

面對這種兩難處境，許多人選擇遺忘。作為優秀文學評論家與小說家的王斌先生則逆勢而動，為了捕獲塵封的往事並把它們押回來，他不惜與遺忘對峙，以驚人的小說家的筆做了搏戰的武器。勇氣令人欽佩，戰果尤為可喜。這厚厚的三部曲是啟示錄，也是紀念碑，以不容遺忘的筆觸鐫刻著不容遺忘的歷史之痕，必將在讀者的心靈那邊得到無盡的呼應。

二〇一八年五月廿六日，夜

劉恆

《秋菊打官司》、《集結號》、《金陵十三釵》知名編劇、小說家

劉恆　不容遺忘推薦

台灣文學獎長篇小說金典獎、金鼎獎作家著作人獎、吳三連文學獎　小說家

巴代　遠山回聲推薦

《幽暗的歲月》三部曲　臺灣首版自序

若不是我在美國的好友吉米兄的提醒，恐怕我也不會想到，要為我的三部曲寫一前言，那是因為該說的話，都在《幽暗的歲月》中說了，好像我無須再畫蛇添足。

我一向認為，讓小說自己說話是一作家最好的選擇。現在看來，顯然我錯了。在大陸，某種我們曾經以往熟悉的「現象」又在風雲再起，從而恍若有一種責任在向我高叫：你真的應該說幾句了！

這一套以《幽暗的歲月》命名的三部曲，除了《六六年》在大陸出版過外（我專門為了這次的臺灣版，對《六六年》重新做了一次文字的修訂與增補），其餘的二部在我電腦裡已存放了七八年了，有的是因為「題材敏感」（《海平線》），被最高書刊審查機關束之高閣，且不告訴你任何原因；有的似乎因了一段不可觸碰的中共歷史（《浮橋少年》），而被告知不能出版。《六六年》之所以幸運，得益於七八年前，大陸的言路相對寬鬆，這才讓它幸運地得以獲得「示人」之身。

我是有意識地將三部曲命名為《幽暗的歲月》，若按這三部小說所涉及的題材內容，它似乎該以「文革三部曲」之謂更顯恰當——畢竟寫的是在大陸發生過的文化大革命，之所以沒這麼做，是我個人認為我的「三部曲」已然超越了一般意義上的「文革小說」，重點寫的乃是「人與命運」。也就是說，當多少年之後，文革歷史在人們的頭腦中逐漸遠去，那些未來的讀者再來讀你的小說時，他們會專門為了文革而來嗎？我想答案一定是否定的，那時他要讀的還是小說作為小說的「故事」和人物，以及人物在故事中所呈現的永恆的人之命運。

我厭倦於文革結束後在大陸文壇上一度時興的「傷痕」文學，我以為它讓小說獨有的使命過多地訴諸於政治控訴了。小說一旦被政治化了，它還能稱得上是一部純粹意義上的小說嗎？小說在本質上是超越政治的，若非要將小說之「敘」，納入一個文化範疇，那麼我個人認為它必當高踞於政治之上，歸屬於人類學的文化範疇。

在過去的文革小說中，我看到的更多乃是被簡單化的壞人作惡、好人受難，而在其中，文革的「參與者們」則缺乏最起碼的反省與懺悔意識，就好像那場席捲大陸的紅色恐怖僅僅是個別人在施惡，而與捲入這場風暴中的每個個體無關似的。

如此一來，文革小說作為一種特殊的中國化的文學類型，便被局隘地限制在了一個狹窄的甬道中了，無以勘破它之所以發生的人性本源乃至其存在本質，也由於此，普通人彷彿都成了在那場運動中的無辜者，只是一個個從這場空前的劫難中走出的「幸運者」，從而得以輕鬆地撇清了自己在這場災難中所應擔負的道義責任。

不，不是這樣的，這場涉及十幾億之民族的曠世災難，絕不僅僅是由個別人所為就能達到的，它之所以能夠在中國這塊土地上發生、發展，最終釀成嚴重後果，乃是因為它首先具備了讓這一切人間罪惡得以橫行無忌地席捲中國大陸的土壤，從這個意義上說，我們每個親歷者其實又都是難逃罪責的。我們不僅僅是這場史無前例之文革之禍的受害者，與此同時，我們也在無形中（或在不知不覺中）成了一名施惡者。當這場運動已成一個並不遙遠的記憶時，撫今追昔，回望在那個歲月中我們共同渡過的慘烈人生，以及在此人生中命運的浮沉，我們顯然不能再以簡單的政治眼光去看待了，那是浮淺的，非文學化的。

文化大革命在我的三部曲中，不僅僅只是對那個年代的一種文學敘述，同時，它也是我對自我的一個冷峻的審視、追問和反思，亦由此，它便自然而然地上升到了一個形而上的關於人之處境的命運高度，從而也就超越了作為特殊性的所謂「文革題材」，成為了具有普適價值的事關人與其命運的小說。

我一直認為，當歲月在無聲無息中悄然流逝之後，文革作為一樁發生在過去的遙遠的歷史「傳說」，存留於世，親歷過那段歷史的一代人，則帶著他們關於那段歷史的真切記憶，早已消失在了浩瀚的時空中，那些未來的讀者，究竟還想從描述那段歷史的小說中看到什麼呢？僅僅是一段殘酷年代的展示？抑或是在那個年代中好人受難、壞人當道？我以為不是的。到那時，那些走在未來之路上的讀者所渴望讀到的，還是在一部小說中所呈現的具有普遍之意義的人性以及人之命運。這才是超越時代的文學，亦由此，這類涉及文革的小說就不再僅僅是在陳述一段特殊性的文革歷史了，而是作為一種鏡鑑過去與未來的提示，警鐘長鳴，從而防止類似的悲劇再度捲土重來，因為它曾讓一個民族為此付出過巨大的血的代價。

歷史，從來就是人類走向未來的一面鏡子，藉由於此，人類得以看清自己這一路走來的曾經以往，由此也讓人類認識且從而盡可能地洗刷掉身上的那一層層被隱蔽著的人性之污垢，並對人性在歷史演化過程中的變異及社會機制的「失陷」，保持足夠的清醒和警覺，以避免人間慘劇的重蹈覆轍。這其中，文學最最重要的使命還是：認識你自己，文學也將由此而進入一個至高、至純、至真的境界。唯當如是，文學才能超越某一特定題材的局限，由特殊走向普適性，從而反觀在我們人性與社會中所存有的徵象。

即使在今天，我們依然還處在某種知或不知的命運劫難中，且無以脫逃。文革「十年浩劫」這一早已被國人定性的歷史共識，卻被暗渡陳倉地修改為「艱辛的探索」。那場波及中華民族的巨大悲劇，就這樣被人輕輕地一筆抹煞了，變成了是因了某個人為走向「正確的道路」所做出的必要的「艱辛探索」。幾代人為此付出的毫無必要的苦難乃至生命代價，就這麼被輕易地遮掩了，以致今天在中國大陸的許許多多年輕人，幾近不知在那個血雨腥風的十年中，他們的上幾代人都曾經歷過怎樣的罄竹難書的人間苦難。

文革的發生，的確具有其歷史的特殊性以及制度性的邏輯必然，但卻絕不可以由此就認為，正是因了其特殊，我們就可以推卸我們自身所應承擔起的歷史責任；在當時嚴酷的政治處境下，發生在我們身上的種種不堪入目的人性「變異」與醜惡，就可以以特殊性為由，為自身的全情投入做出辯護。在一場空前的命運劫難中，個體的道義責任與義務，始終是值得我們去認真拷問和探究的。

文化大革命於今看去，似乎已成在歷史中消散的煙雲，但我們這些親歷者在回望那場慘絕人寰的民族劫難時，還當責無旁貸地捫心自問：在那場悲劇中我們在其中又做了些什麼？我們反抗了嗎？我們僅僅只是一名受害者嗎?究竟是什麼原因，讓我們「放縱」了那些高高在上的人肆無忌憚地任意作惡，以致犯下不可饒恕的滔天罪行？

在那場文革運動中，一代人曾經歷過迷狂、困惑、迷茫及至最後的覺醒，但這個所謂的「覺醒」，又彷彿在隱約地暗示我們，我們似乎無須為這場人道災難承擔任何罪責。若真是如此，那麼我甚至可以說，其實我們並沒有真正地認識那一場波及整個民族之劫難的深重涵義。

文學的存在，其實是上蒼賜予一名作家的天賦與天職，饒是作家可以基於「實在」之真相，架構起一個以虛構之名抵達的人性揭示，而虛構在此的本真之義乃是對我們生存本質的一種直視與穿透。這才是一部好的文學作品存在的根本理由，它所呈現的，皆是具體可感且經梳理與過濾後的真實存在的人生或命運之向度，與此同時，作家深邃的思考與認知，亦巧妙地隱身在此一被描述的諸多繁複「現象」的背後，最終以結構化的敘事形態，完成對命運乃至人生本質的追問、呈現與揭示。

我不知道，我是否已然抵達了我意欲抵達的目的地，我也不知道，《幽暗的歲月》是否如願以償地完成了我最終的心願？但我知道我為之努力了，這就足慰我心了。當有一天，我決意寫下這個事關文革歲月的三部曲時，我曾暗暗地告訴自己，我要寫下可以留給歷史及後人的小說，它將會延續我有限的生命，讓後來者從我的小說中獲得某種人生啟示。

我原以為在我的有生之年，三部曲中之二部將無以見晴空呢，最終我只能以遺囑的形式交代後人，幫我了卻此一夙願。但我萬萬沒想到的是，有一天，一位與我素昧平生的朋友給了我一個伊妹兒郵址，讓我不妨將小說寄去試一試。我一開始還以為這只是一個善意的玩笑。以我在大陸的感受，沒有點兒熟人引薦或背後搞點潛規則，遠在彼岸的臺灣，怎麼可能會有人願意出版我的小說呢？更何況我寫的又不是暢銷小說。我小說的敘事是沉重了，這便決定了它很可能只能是小眾閱讀。

我猶豫了幾天，後決定投去試試，我沒想到沒過半小時，秀威的編輯經理伊庭小姐就及時地給我以回覆，熱情地告我三星期後再告知我最後的審核結果，這讓我多少有些意外。她果然沒失言，臨到三週後的一天，一位名叫徐佑驊的小姐主動聯繫了我，告訴我她將是我小說的編輯，而我的小說她細讀後「非常非常感動」！

坦率地說，我聽了此言後也很是感動，因為這一疊加句式的「非常非常感動」足見她是認真閱讀了我的小說，且深度地沉浸其間，這才有了如此的「感動」一說。這麼認真的編輯在大陸已然鮮見了。佑驊小姐又說，我在信中道及的《六六年》，是否也能交予她們作為三部曲一併成套出版？這又是我沒想到的，我原本計畫只讓她們出版我在大陸出版不了的《浮橋少年》與《海平線》，若能出版這二本，我已然心滿意足了，我根本沒想到還能作為三部曲成套出版，儘管我確實是將此三部作為一個互有關聯的系列小說來寫的，它們分別展現了大陸文革的不同階段。

我愉快地答應了佑驊小姐的請求。此後，我們之間的溝通始終令我快樂，一切都是那麼地舒暢，沒有絲毫的交流障礙，這令我感到了驚異。我這才覺知，臺灣的讀書人猶在，臺灣的編輯中仍有人在熱愛著她們的職業，她們依然渴望出好書，並將此視為自己職業的一份榮耀，在此，我要向她們致敬。

對我而言，出版社之大小於我一點兒也不顯重要，我個人的所謂名氣也無須一家出版社來幫我獲得提升，況且我也從來不重視那些無聊的浮名。我是經歷過風雨的人。我更關心和重視的，乃是我是否能遇上知音與知己，她們是否真的認識到了我小說的價值和意義。顯然，秀威的伊庭經理與佑驊小姐認識到了，她們正是我在冥冥之中尋找的最好的出版社和編輯。

我期待《幽暗的歲月》三部曲的出版，我渴望看到它們以正體豎排的方式呈現在我的眼前，我始終以為中華漢字唯有以正體示人時，方顯出它的高貴與尊嚴，從此意義上說，我的《幽暗的歲月》能以這麼一種字體形式出版，也讓它們由此而獲得了在我心中的高貴與尊嚴。

再次感謝秀威公司，感謝伊庭經理與徐佑驊小姐，沒有比以書交友更讓人欣慰的了，雖然我們未曾謀面，但我已將你們視為我的朋友。

二〇一八年一月二十二日於北京

目次

引子

回憶猶如一匹脫韁的野馬，肆無忌憚地在我記憶的原野上任意馳騁，無拘無束。當夜闌人靜，萬籟俱寂，繁星在天穹閃爍，偶爾傳來汽車喇叭的嘶鳴，大地很快又會復歸沉默。一切喧囂都靜止了，人類恍若重返了遠古，往事便紛至遝來，我的思緒也開始了天旋地轉，一如映射般將往事歷歷重現。

為什麼呢？我一直追問著！我無法在日新月異的當代生活中發現記憶的遺痕，它似乎早已化為紛飛的碎片，留存在了我的潛意識中，我以為早已將它忘卻——可是沒有，它固執地纏繞著我，讓我一次次無可逃遁地被它所「劫持」。

我知道了，這或許便是我的宿命。

因為我無法逃避我曾親歷過的歷史——歷史是我必須直面當下的一面鏡子，它像影子一般地跟隨著我，亦步亦趨，映照出我在現實中的精神困境。我發現，我被一種憂傷的心緒所籠罩。

我的女友秋影一再催促我和她一道出國旅遊，我曾經答應過她，但又以各種藉口婉拒了，因為我仍沒下定決心與她建立一個家庭。我離過婚，我一直對建立家庭心存芥蒂，我不知道我有沒有足夠的信心再度重建一個家庭。在這個動盪的年代，家庭的價值和意義對於我這種人又能意味著什麼呢？我真的不再相信什麼所謂的愛情了，它在如今這個浮華的年代更像是一場無聊的情感遊戲，而在它的背後，隱伏著一個被稱之為利益至上的東西。這讓我心灰意冷，所以我沒有與秋影同居，我更想保持一種單身狀態，這讓我猶覺自己仍處在自由的選擇當中，無憂無慮。我不希望有任何人羈絆我的人生，我只想天馬行空、自由自在。

我知道秋影在生氣，我也很想讓她高興，但我現在做不到。我甚至知道秋影之所以要約我出國旅遊的意圖，她是企圖通過這次的浪漫之旅，來鞏固我們若即若離的情感，可我並不想這麼做，我還不想由此放棄我為自己設定的人生選擇。

就在那一天，一個偶然的「意外」讓我的心靈受到了強烈的震撼，我怎麼可能想到事情竟會是這樣的呢？這是天命嗎？難道這宿命般命運的輪迴，竟要以這麼的一種殘酷的方式來懲誡我的人生？

秋影從錢包裡抽出一張她少年時的照片，炫耀般地拿給我看。

「我小時候漂亮嗎？」她歪斜著腦袋，嘻皮笑臉地看著我說。

我沒有太在意地接過，淡漠地掃了一眼，上面有什麼東西吸引了我的目光，我驀然一驚，忽然覺得她少年時很像一個人。我怔了一下，發著呆。她覺察了。

「你怎麼了？」

「唔，沒什麼。」我說。

她不相信，懷疑地看了看我，又看了一眼我手中拿著的照片。

「我照片怎麼了？」

「像一個人！」我只好說。「一個我曾經認識的人。」

秋影樂了。「像我媽唄。」她快樂地說，「那還能像誰？可你還沒見過我媽，對嗎？」

「你媽?!」我能明顯地感覺到心臟在劇烈地跳動。

「對呀，別人都這麼說。」她說，又從錢包裡抽出一張照片。「你看，我像不像我媽少年時的照片？我過去拿給同學看時就說上面的人是我，嘻，同學們還真信了呢。」

我狐疑地又接過了這一張照片，定睛看去。就在那一刻，剎那間天旋地轉。我感到了暈眩。我認出了這張照片，更準確地說，我認出了照片上的這個人。

我不知我呆怔了多久，大腦有一瞬間處在了休克狀態，一片空白。

「嘿，你今天好怪耶！」秋影搖晃著我的身子，又親了親我：「你有什麼心事吧？是不是又愛上什麼人了？快說！」她和我逗趣地說。

「沒……沒什麼。」我囁嚅地說，腦子卻亂極了，像纏繞著一堆亂麻，一時還無法理出頭緒來，只覺得腦海中彷彿聽到了隆隆逼近的海嘯聲。

「你媽叫什麼？」我忙問。

秋影終於警覺了。

「你認識我媽？」她在審視我，我的過度反應一定引起了她的好奇。

我沒有回答。

「你的樣子太怪了！」秋影說，她離開了我的身體，站著一邊看著我，停頓了一會兒，才說：「唔，我媽叫程婷婷呀。」

我相信在那一剎那間，我被一股從血液中奔湧而來的激流給擊倒了，我跌落在了沙發上。太難以置信了，就像在經歷一個詭異的夢境。

「你還有別的照片嗎？」我努力克制著自己，顫聲問。

秋影肯定被我的樣子驚嚇住了，瞪大了一雙與她母親幾近一般無二的忽悠忽悠轉動的大眼睛，凝視著我，臉上充滿了狐疑。她怔忡了一會兒，才從錢包裡抽出了另一張照片。

我趕緊搶過來看去。

這是一張全家福的照片，上面站著三個人，中間一人是興高采烈的秋影，兩旁站著的不用說是她的父親母親。父母都老了，臉上皺紋密布，甚至能看到些許的蒼蒼白髮，但笑得頗為開心慈祥。

驀然間，那個影子，那個我無法擺脫的記憶中夢魘似的影子，魔咒般地復活了，重新糾纏著我，讓我的心靈備受煎熬。在這種記憶復活的苦澀中，我不知為何卻品嘗到了一種難言的憂傷和欣悅——我不明白為什麼竟會產生這麼一種複雜的情緒？我也不明白這種憂傷怎麼竟會與欣悅相伴隨，它們不是彼此矛盾的嗎？

是的，我開始情不自禁地追問自己，我是不是已然喪失了拷問自己內心的能力？我現在唯一的奮鬥目標是名與利，它象徵著一個人在今天這個時代的地位、成就和生存價值，在這個據說是數位化的年代，連人的身分也被一併數位化了——身價多寡是我們成功與否的標誌，於是時間只能與金錢賽跑，唯恐會被時代所淘汰，我身處其間，似乎也成了其中之一員，我們都在隨波逐流，不能免俗。

我曾經一度認為如此生活挺好，在名利的強勢誘惑下，像個瘋子似地貪婪攫取，永無饜足，欲望亦在不斷地擴張、膨脹。

直到今天，我彷彿被人醍醐灌頂般地猛擊了一掌，那些沉眠在潛意識深處的記憶被喚醒了，我這才發現我迷失了，我看不見前行的路徑和方向，我也看不清自己是誰了，我甚至不知道我一天到晚地忙忙碌碌究竟是為了什麼！名利、地位、金錢真是我所希望擁有的全部嗎？即使擁有了，我真的就因此而感到了幸福和快樂嗎？

我不知道！

所以我在不斷地拷問自己。我陷入了一種莫名的焦慮，開始感到了焦灼不安，覺得自己似乎徘徊在人生的某個十字路口。

何去何從？我茫然了。

我得感謝在這種彷彿永無盡頭的困擾中，回憶忽然「拜訪」了我，它躡足潛蹤而來，完全沒有預兆，就這樣不期然而然地踏足於我的記憶，我在「劫」難逃了。

第一章 × 天

一

我的母親是在一個烈日灼身的午後被遊街示眾的。

那是一九六六年嗎？記憶竟是模糊的。那時的我還是一個青澀少年，只記得那是一個夏日，烈日炎炎，陽光炙烤著龜裂的大地，柏油路面在陽光的曝曬下蒸騰起一片白煙般的熱浪，我當時所處的那座南方城市，也正是以酷熱而聞名於世的。

但這一切對於我們這些貪玩的孩子，並不能構成真正的威脅，我們不懼怕酷暑的原因是擋不住「知了」的誘惑，那高一聲低一聲「知了知了」的蟬鳴在我們聽來更像是一種召喚，如同軍號嘹亮，我們將要出征了。

我抄起早就偷偷備好的竹竿，趁著姥姥沒注意，一溜煙地衝出了門，我聽到背後傳來的姥姥的呼喚聲：「若若，別忘了早些回家吃飯喲。」我顧不上那麼多了，我知道我的夥伴正在樓下焦急地等待著我，悠揚的笛聲便是我們出發的號角。我們說好了今天下午要去捕捉「知了」，我們的玩心在那樣一個歡天喜地的年代被充分喚醒了——我們竟是那麼地快樂。

我不喜歡讀書，刻板無趣的課堂教育讓我備受煎熬。我的學習成績一點也不好，尤其是算術，每當遇上算術課時，我的大腦就像被罩上了一層黏稠般的白霧而開始犯懵。那時的我，已經是小學四年級了。我以前的期末考試之所以總能蒙混過關，全仗著我有一個同桌的女同學。

她與我住在同一個大院，她的父親與我母親是同事。可我平時根本不愛搭理女生，因為那個年代我們講究男女有別，我的目光也很少在女生身上過多地逗留。所以遭遇她的那一天，我根本就沒有意識到，她居然是和我同住一個大院的街坊鄰居。

記得當我由外地學校轉入這所育新小學時，老師將我安排在了她的同桌。我不知道老師為什麼要做出這樣的安排，班上所有的男同學的同桌都由一位女生「陪伴」，這恰恰是我們這些血氣方剛的男孩所難以容忍的。我還記得我當時斜挎著書包，吊兒郎當，一副傲慢無禮的神情。

一走進教室，我就看到眾多齊刷刷的目光在注視著我，我心裡有些發怵，但我裝出一副滿不在乎的樣子。不能讓別人看出我的膽怯，不能！我心想。我暗暗告訴自己我是強大的，強大到別人看到我就得敬畏三分。儘管我的心裡真的在發虛，而且虛得厲害。

「第六排中間的那個桌子。」老師說。他瞥了我一眼，順手用教鞭朝那個方向指了指。

課堂上鴉雀無聲，靜得我真想把什麼東西給砸了，以便製造出點動靜來，因為在這種令人窒息的靜寂中，我所感受到的竟是一雙雙盯視著我的眼睛。我強迫自己鎮靜，若無其事地向指定的課桌走去。

我裝著滿不在乎地掃了一眼即將成為我的那張課桌，我注意到了一個女生向我投來的目光。

我迄今不會忘了那一瞬間射向我的那束目光，怯生生而又有一種好奇，眼神柔媚而溫潤，閃爍著迷人的光芒，宛若一汪秋波蕩漾其間。這在當時的我是不可能想到這些形容詞的，可在我的追憶中，一切恍然如夢卻又歷歷在目，那雙明媚清澈的目光始終在伴隨著我的人生，直至今日。

我當時並沒有友好地回敬這一目光，儘管它讓我心生歡喜。我沒有，虛榮心驅使我回報她一個惡狠狠的眼神，臉上旋即擠出一絲蔑視的冷笑。我很滿意我感覺到的表情，我以為那樣一副樣子一定是懾人心魄極具征服力的。

果然，她垂下了腦袋，而且是驚恐地垂下的。她低眉順眼的樣子真好看，兩條清亮烏黑的大辮子耷拉了下來。這是我在剎那間飛出的雜念，但很快我就將這瞬間的念頭剎住了。她的臉上微微露出些許的紅暈，閃過一絲嬌羞，她的這種驚惶失措讓我很有些成就感。我覺得在這個女生面前我勝出了，剛一較量，她就敗下了陣來，這也足以說明我裝出的樣子可以拒人於千里之外。

我忘乎所以地將書包甩在了課桌上。書包在桌面上發出輕微的撞擊聲，她的身子嚇得瑟縮了一下，沒敢再抬眼看我，裝著在整理她的抽屜。

我大大咧咧地坐下了。因為坐在同一條板凳上，我覺得我們似乎靠得太近了。我其實喜歡這種近，因為不知為什麼我感受到了一絲溫暖的氣息，這真是一個奇怪的感覺。這時我注意到了鄰桌的目光。那是一些男同學，他們的眼角在悄然地斜睨著我。我不清楚這種目光意味著什麼，但我知道我必須以我的方式震懾一下他們，可我一時又想不出什麼高招來對付。

稍頃，我忽然想起了一招。我趁著老師在黑板上寫字的工夫，迅速伸出了我的拳頭，向我身邊的女生表示了一下，我故意做出齜牙咧嘴的樣子來嚇唬她，從而也一併嚇唬此時此刻向投來不友好目光的鄰桌同學。

結果發現我的這一招竟然落空了。我同桌的女生根本沒有注意到我的動靜，這時的她正平視著前方，那裡是老師在黑板上寫字的方向。鄰桌的男生們掩嘴吃吃地偷笑了起來，他們肯定覺得我的這一舉動顯得非常可笑。我想顯示出的力量卻無人理睬讓我覺得很是丟臉，臉上霎時騰起了一股熱辣辣的感覺。

混蛋，我心裡罵了一句。

這時，我用胳膊肘狠狠地撞擊了一下身邊的女生，顯然她沒有想到我會冷不丁地對她來上這麼一手，身體隨之抽搐了一下，嘴裡發出一聲輕微的呻吟，驀然之間在這個寂靜的課堂上顯得格外的響亮。

壞了！我心想。

果然。正在黑板上寫字的老師聽到了動靜，驟地轉過了身，目光犀利地向安靜的課堂一排排掃去。我緊張地看向老師，臉上的肌肉隨即繃緊了。我不希望他會注意到我。畢竟我還是一名新生，我不希望這麼快就被老師給瞄上了。

「剛才是誰發出的聲音？」老師問。

沒人回答。教室裡悄無聲息，就像空氣刹那間都停止了流動，連一隻蚊子飛過都能聽見。真是靜極了！

老師還不甘心，固執地用他似乎洞穿一切的目光在尋找目標。他的鼻樑上架著一副老式的琺瑯眼鏡，由於剛才轉身過猛，眼鏡驀地耷拉了下來，垂在了鼻樑下，他嚴厲的視線就是這樣穿過鏡框上緣投射過來的，終於落在了我的臉上。

我緊張極了。我不敢再去看我同桌的女生。我想我剛才的動作好像是用勁過猛了些，因為我在怨恨她為什麼沒看見我的示威，而讓同學們譏笑我，我當時只想著要懲罰她一下。我忘記了這是嚴肅的課堂，老師正在上課，我忘記了她完全有可能會因為我的觸犯而呻吟。

老師先看著我，眼睛在我的臉上逗留了好一會兒，然後開始觀察我的同桌，接著又將目光掉回我的臉上。我的心裡開始在打鼓，七上八下。我承認，我骨子裡懼怕老師，儘管我會裝出一副天不怕地不怕的樣子，那只是我的面具。這時我的臉部肌肉下意識地再度繃緊，一副死豬不怕開水燙的架式。我知道我必須頂住，否則，我這個剛轉學過來的學生定會受到處罰。這會很丟臉，不僅如此，我還會因此而在班上威風掃地。我的那位嚴厲的父親一旦知道了又該打我了，而我不想挨打。

可我剛來就惹出了大禍，我有些後悔了。

我望著老師，突然沒有了畏懼，心想看你還能把我怎麼樣！反正你又沒有當場將我逮著。我裝著無所謂地看著他，面無表情，甚至露出些微的嘲諷。

老師盯視了我一會兒，目光漸漸收回，下意識地用手指頂了一下鼻樑，將下墜的鏡框重新扶正。我暗鬆了一口氣，心想，這事總算過去了，看來我成功地逃脫了懲罰，心裡便有了些小小的得意。

就在這時，老師突然喊了一個同學的名字：

「程婷婷。」

在我還沒有徹底反應過來的剎那間，我身邊的女生站起了身。

「到。」她說。

我心裡開始發毛，心想壞了，這下我無處逃遁了，以我剛才對她的兇狠，她非出賣了我不可，這可是她報復我的最好時機了。

教室裡依然寂靜無聲，沒有一絲動靜，我甚至能感覺到微風拂動樹椏的簌簌之聲。所有的同學似乎也在等待著這樣一個時刻的來臨，因為一場好戲就要開場了。我知道大多數同學的心理，唯恐天下不亂，他們可以趁機看看熱鬧。我們那時候都不愛讀書，上課時覺得無聊透頂，就盼著能發生點意外的狀況來解解悶呢。大家卯足了勁兒等待著，等著看一場即將鑼鼓齊鳴的好戲。

「剛才是誰發出的聲音？」老師嚴肅地問。

我閉上了眼睛。我知道，接下來將聽到一聲脆亮的聲音：

——就是他！

可我聽到的是什麼呢？我有點不敢相信自己的耳朵了。

「我不知道，曹老師。」

我睜開了眼。本來我已經做好了受罰的心理準備，可我萬萬沒有料到我的這位同桌，這位被老師喚作程婷婷的女生——我剛剛知道了她的名字，居然沒有出賣我。她是出於什麼心理？她是完全有理由出賣我的呀。

我不明白了！

「不知道？」藏在老師厚厚的鏡片後頭那雙眼睛懷疑地閃爍了一下，然後留下了一個大大的問號：

「剛才有人喊了一聲你沒聽到？」老師還在追問。

婷婷先是點頭，然後又搖了搖頭。

「剛才一直在看老師寫在黑板上的作業，所以沒注意。」婷婷柔聲細語地說。

我沒有側過臉去看她，但從她細嫩的語氣聽來，她的表情一定也是平靜坦然的。

「坐下吧！」老師說。我注意到他的臉上還存留著一絲狐疑，因為他用目光狠狠地剜了我一眼，好像在說：我知道是你搗得鬼，你小心點，但我現在先不追究你，但你逃不出我的手心。

二

那是我第一次遇見程婷婷，當時我並沒有多想，我根本想不到在以後的歲月裡，她會與我的人生發生一段讓我刻骨銘心的聯繫。我想不到，那時我們都還太小，我們根本不可能知道在不久的將來將會發生的故事。

我母親在省政府的計委工作，她是單位的政治部主任，也就是說，我的母親是握有一定權力的人。政治部主任掌握著人事檔案和人事的升遷，這就使得我們家經常門庭若市，因為有許多人想通過登門拜訪和我母親搞好關係，至於為什麼，我想那是不言而喻的。直到今天此風依然在延續，只是變成了金錢的賄賂，而那個年代至多只是情感「賄賂」。

而我的父親是一名共和國軍人，在軍隊的院校工作，擔任保衛部長，由於那所軍事院校設在遠郊縣，距離我們家後來居住的市區尚有一段距離，因此父親一般只在週末時才能回家探親。

我是從父親所在的軍隊大院的子弟學校轉到市中心的所屬小學來的。順便說一句，這所學校在當地被譽為貴族學校，因為招收的學生大多數為省政府大院的孩子。

父親平時工作繁忙，根本沒時間管我，所以他對母親說：「還是你來管吧，這孩子大了，更調皮了，再不管教可能會惹出點事來。」

所以，父親管教的第一個步驟就是讓我離開軍隊大院，因為在那裡我和同學們已形成了一個小團夥，經常打架滋事，鬧得學校雞犬不寧，老師們將這些情況向我父親及時做了彙報，父親恰恰又是負責保衛工作的，他將整個大院的安全工作布置得井然有序，可他就是萬萬沒有料到家門不幸，後院起火了，也就是說我在他的眼皮底下鬧事。父親惱羞成怒，逮到我一頓臭揍。

嚴格說來，也不是一上來就打我，而是在一個夕陽西下的黃昏，我像往常一樣放學回到了父親的家中；我得先說一句，當時我們家分居兩處，我和父親住在軍隊大院，姐姐和母親住在我們所處南方的省會城市，所以對孩子的管制和教育自然有了分工，父親負責我的所有情況。

那天黃昏，下完課，我像過去一樣晃晃悠悠地回到家。按照以往的習慣，一到家，我就會將書包甩到床上，然後到衛生間沖一把臉，把頭淋濕。至於為什麼要這樣做，我也不知道，我只知道那時在大院的操場上看過一部露天的蘇聯電影，裡面有一壞人，就有這樣的習慣，在為非作歹之前，一定要先洗一把臉，然後很是瀟灑地甩甩頭上的水珠，深吸一口氣，像是換了一人似地從容不迫地去做他的壞事了。這個影像對我影響很大，我當時覺得他酷斃了——這是今天的流行詞彙，而在那個久遠的年代，這種時髦的語詞是不可能被發明的。

我們那時時常模仿電影裡的鏡頭，而且模仿的盡是些壞人，我們常常覺得學校老師和家長對我們的教育讓我們倍感壓抑，他們的那套千篇一律的說教讓我們心生厭惡，我們只好當著面洗耳恭聽，唯唯諾諾，背地裡依然我行我素。

學校裡那時候也有幫派，我們政治部的孩子和軍訓部的孩子形成了兩大團夥，也沒什麼了不起的大事發生，可不知為什麼我們彼此間就是不能和平共處，經常莫名其妙地相約著打群架。

我們那時的打架不像今天那樣拳腳相加，而是每人帶著一把精心製作的彈弓，然後到苦楝子樹上採摘它的小果籽，裝滿了一口袋——這就是我們的子彈。

我們嘯聚在一起，自然地分成兩隊，而且事先還會坐在一起商定戰場的地點和位置，政治部的子弟分為一組，軍訓部的子弟為另一組，借助於樹叢的掩護，我們用彈弓機智地攻擊對方。

很刺激，這會讓我們頑劣的天性得到充分的施放。用這種苦楝樹的小籽攻擊對方有一個好處，它不是那麼堅硬，它在擊中對方時亦不會造成嚴重後果，至多在頭上留下一個大大的腫塊，還不至於血流滿面——我們都不願意造成這樣的悲慘局面，我們都怕事後家長會找上門來，免不了挨一頓父親的臭揍。何必呢，那樣做得不償失，我們要的是打架的感覺，而非後果。只要攻擊得對方抱頭鼠竄作鳥猴散就算贏了，可以讓我們足足地享受了一把光榮的成就感。

一般來說我們輸贏參半，贏時我們會自鳴得意，喜不自勝；輸時不用說灰頭土腦地一蹶不振。我們在地下祕密從事的這項「運動」，老師和家長本來並不知道，因為這項運動一般只在下課後或是假日時才「舉辦」，我們不敢過於的明目張膽，我們早就充分注意到了可能會延伸出的可怕後果。

直到有一天，我的一個不留神，將我們澈底地暴露在了老師的眼皮底下。

這都怪我，我從小就是一個急脾氣，一旦怒氣攻心很難自控。這種壞脾氣直在今天依然故我，歲月的滄桑居然沒有改變了我的性格，依然一如既往，連我自己都感到了驚奇。

那天正好是課間休息。其實我非常不願意上課，如果不是因為父親的嚴厲，我敢肯定我會天天翹課，可是沒辦法，父親的目光常讓我感到芒刺在背，我不得不在表面上裝著像個聽話順從的孩子，準點出現在學校。

那天亦然，準點出現。我記得上的是語言課，老師在課堂上講的是「東郭先生」，一個古代的故事。我沒有多少興趣，我覺得那位被稱作東郭先生的迂腐之人就是個天字第一號大笨蛋，居然做善事差點被狼吃了，那是因為他活該。

老師在臺上講得眉飛色舞，津津有味，他恐怕沒有想到這個故事正好說明了書讀多了會讓人多麼地愚蠢，它是一個絕妙的反面教材。但我會裝出一副認真的樣子，眼睛瞪得大大的，一本正經地看著老師的那張陶醉的面孔。在我看來實在是太滑稽了，其實我只看到他的那張有點乾裂的嘴唇一張一翕，嘴角上還掛著令人噁心的白沫。我根本沒有聽見他嘴裡發出的任何聲音，這時我的大腦一片蒼茫。

我正在神遊。

我的神遊是我當時為自己想到的最好的形容詞，為此我都在驚詫我為什麼會蹦出這麼好的詞彙來形容自己此刻的非凡想像？我覺得在那一刻我的靈魂正在四處飛揚，它翩躚若舞般地升騰而起，躍出了沉悶的教室。

外面是一片翠綠的樹叢和馥郁的花圃，裡面種滿了桃樹、梨樹、丁香樹以及鮮豔的玫瑰花和茉莉花。那是個春暖花開的季節，芳香四溢，我坐在課堂裡都能聞到鳥語花香的味道，真是迷人極了。我的神遊正是在花香的引領下飛馳而去，因為我聽到了教室外喜鵲的聒噪，還有白頭翁和百靈鳥的啁啾。

在我聽來這簡直就是天籟之音，聽這聲音正是我打發枯燥乏味的課堂生活的最好方式了，只要聽到鳥鳴之聲，我頓覺神清氣爽，如一泓蜿蜒而來的清泉注入了我的身體，我的思維和想像會不由自主地追隨著鳥鳴奔騰而去。

我傾聽著群鳥的鳴囀，想像著牠們趴在樹枝上的模樣。我平時獨自一人的時候就愛在樹林中瞎轉悠，練打彈弓，這就鍛鍊出了我對各種鳥類聲音的瞭若指掌，我甚至知道牠們在樹上的活躍程度。

各種鳥的調皮程度不一樣，比如有一種被我稱之為「豆豆鳥」的就是一個最調皮搗蛋的傢伙，牠在樹上會表現出永不停歇的不安分，蹦蹦跳跳地上下翻飛，在一樹枝上停留不了幾秒就蹦到了另一枝頭上。牠的身子奇小，渾身黃毛，間或夾帶著幾縷黑線條，牠的機靈程度超出想像；不像白頭翁——牠可真有點傻笨傻笨的，肥大的身體總是會暴露在我的視線中，遠沒有「豆豆」機靈，落停在樹杈上時就知道埋頭啄果籽，而且一出現就是一群，呼拉拉的一片，對危險的臨近少有警覺。當我躡手躡腳地貼近牠們時，只要我小心，有足夠的樹叢掩護我的身影，一般說來，我都能及時地靠近牠們，並將牠們其中的一隻應聲擊落。

「豆豆」則不靈，當我剛剛瞅見牠時，牠就會警覺地發現了我，最可氣地是，牠並不像白頭翁似地一旦意識到危險的降臨便翩然而去。「豆豆」則不然，牠更像是在故意地與我鬥法，只在這棵樹上蹦蹦跳跳，恣意挑釁，仗著牠身子的靈巧，不停地上上下下翻飛雀躍。我對「豆豆」常常是一籌莫展。

我是被小夥伴們冠之為「神槍手」的人，也正是出自我的此一絕技，才讓我備受同伴的尊敬，甚至唯命是從，以致被推舉為政治部子弟的頭兒，因為他們對我的獵殺鳥類的「神功」佩服得五體投地。

三

下課的鈴聲響了，這正是我所期待的偉大時刻。當鈴聲響起時，我一個猛子竄起了身來，撒腿就往教室外跑去，我的那幫忠實的小夥伴們跟著一聲起鬨，呼啦啦地追隨著我衝出了教室。他們已然知曉我的好戲又要隆重開場了。

我們衝到校園外的小樹叢中。我讓同學們散開，遠離我的行跡，好讓我一個人悄悄地接近目標。因為我在上課時就已然判斷出了樹上待著的是個什麼種類的鳥了。沒錯，正是最笨最傻的白頭翁，一般來說，我對這類傢伙幾乎可以做到彈無虛射，百發百中。

接近樹林時，我向後揮動了一下手臂，同學們知趣地停下了腳步，耐心地等待著我將要展示出的「神技」，對他們來說，這將會是一個令人振奮不已的時刻。

我放慢了腳步，根據鳥鳴的聲音，確定了方位，尋找著能掩護我的物體。我知道不能讓牠們看到我的身影，否則，牠們再笨也會立馬警覺，然後一哄而散，我將功虧一簣了。

這時我已經為彈弓上好了彈丸，悄悄地在接近著目標。我的心跳開始加速。這真是一個奇怪的心理，我也算是身經百戰了，可每次接近目標時依然還會心跳不止，尤其在同學們面前更會如此。

我悄然地閃過各種樹叢，彎腰曲背地向前竄去，這時我的所有注意力都集中在群鳥的啁啾聲中，我根本沒有注意到我的背後還無聲無息地跟著另一個人。我沒意識到，這足以說明他的狡猾程度遠遠超過了我。

我終於接近目標了。我靠在粗大的樹幹上微喘了一口氣，剩下的就是等我調勻了我的氣息就可以閃身出來，利用樹葉的掩護而發起對目標的攻擊了。我一般是要避開白頭翁的視線的，牠在樹丫上會有許多疏闊的葉片遮擋著牠，只會露出一點肥胖的小身子讓我瞄準。每次攻擊對方時，最佳的射擊角度便是白頭翁的身子正好有一片片樹葉微掩著，擋住了牠機靈的眼睛，卻有一部分身體完全暴露在我的視線中，我的子彈只要穿過這幾片樹葉就是白頭翁肥厚的身軀了。

我閉上了一隻眼睛，開始將彈弓擎在手中，慢慢撐開——這不能快，快了手會發抖，這是發射前的大忌，因為橡皮筋的反作用力太大。我必須把節奏控制好，在拉滿橡皮筋的微顫中將目標及時鎖定。

每當我在發射子彈前都會有一種預感，究竟是會擊中那個目標呢，還是會打飛了。這次我肯定十拿九穩。我有足夠的把握。

我的位置好極了，那幾片可以用作參照的綠葉也恰到好處，幾叢遮擋白頭翁的葉片層層疊疊地正好形成了一個絕妙的射擊角度，我彷彿已然聽見一聲「破」的擊打聲，然後那隻可憐的白頭翁連一聲哀鳴都來不及發出便垂直落下，接著是小夥伴們的歡呼聲，我就像一位戰場上凱旋歸來的英雄。這種感覺棒極了！是的，我果然聽到了「破」的一聲，接著是「噗哧」聲——是什麼東西墜地前穿過層層樹葉發出的聲響，這聲音極其清晰地傳來，不用說正是我期待中的聲音，而且準確無誤。只是它不是從我藏身的位置傳出的，而是隱伏在我身後的那片樹林中。

這一瞬間我走神了，我的注意力被嚴重干擾。我剎那間意識到發生了什麼不測，但也顧不上多想了，還沒等我將定位調到最佳位置時，我就迫不及待地激射出了我的子彈。

結果可想而知，我打飛了。其實，也許在那個「破」聲傳來之時白頭翁就已被驚擾了，反正我的子彈飛上去時牠們忽喇喇一陣風似的先飛走了。我沮喪極了。

幾乎與此同時，一個黑色的暗影垂直落下，在地上發出一聲沉悶的微響，生生地落在我的眼前。是一隻白頭翁。牠還在地上不停地痙攣。

這時，一個身影從我身後的叢林中閃了出來，裝出一副對我視而不見的模樣，當著我的面，彎腰從地上撿起了那隻白頭翁，牠在他的手上還不時地撲騰了幾下，做最後的垂死掙扎。這個人叉開雙腿站在我的不遠處，然後轉過身來，一副似笑非笑的樣子看定我，挑釁般地將白頭翁拎起，向我示威了一下，還讓牠的獵物在他的手中左右晃動。

我的憤怒可想而知。他居然當著所有人的面公然地挑釁我，我不能示弱。

我認識這張臉，他是軍訓部的子弟，他的臉上刻有一條醒目的刀疤，觸目驚心，我們私下裡就稱呼他為「刀疤」，而且他還長了一臉的橫肉，敦實的身子像座鐵塔，膚色黝黑。他在軍訓部子弟的那撥人裡是位頭號人物，也是我的死對頭，前一陣子的彈弓之戰就是由他來召集的，結果那一次我們居然敗在了他的手上。

我一直耿耿於懷，於是我記住了這張臉，因為那次的對射中，他鎖定的目標就我一人，他顯然是憋著要給我一點顏色瞧瞧的。我也必須承認他的厲害，射出的子彈快速準確，如果不是因了我的機警，我肯定會被他射中。當時我還奇怪他是從哪兒學來的這一套本領。而在此之前，軍訓部的那幫渾小子我眼皮夾都不帶夾一下的，自從他出現之後，形勢驟然大變，急轉直下的局勢迅速變得有利於他們了，這使我明白了為什麼那次軍訓部的子弟們竟敢公開挑釁，主動約了一局，全是因為有了他。

他是剛從外地隨父親遷來的，據說他的父親還是軍訓部新上任的什麼頭兒，至於是什麼，我也沒有多問，只記得是二槓四星的大校。我們這些子弟們平時愛講究點這個，父親的軍銜將決定我們的驕傲程度，同時，也決定了我們在一個小群體中的地位。他父親與我父親的級別相當，也就是說，在家庭地位上我們難分伯仲，剩下的只有看誰能玩得更橫了。

現在是他據以優勢，因為他在我的「手下」面前將鳥準確擊落，占盡先機，我沒有想到他會出現在這裡，否則我肯定會先下手為強。我能那麼笨嗎？我只是一時疏忽大意了，沉浸在偷襲白頭翁的高度興奮中，原以為會穩操勝券，卻沒想到功虧一簣。

接著我聽到了另一邊傳來的歡呼，拔地而起的喧囂聲似乎迅速地將小樹林都給淹沒了，驚起了在樹上棲息的群鳥，忽喇喇地展翅高飛。我羞愧得滿臉通紅，恨不得找個地縫鑽進去。太丟臉了！我的怒火就是在那一瞬間爆發的。

我注意到我的「子弟兵」們一個個呆傻地站在一邊，束手無策，他們的臉上明顯地流露出難堪和失望，我知道，我只能孤注一擲了。我必須扳回一局，以挽救我的尊嚴，否則我的扈從們會因為我的緣故而垂頭喪氣，士氣大挫。

我冷冷地站著，然後冷漠地抬起了手，將彈弓緩慢地舉起。我彈兜裡的子彈是現成的，它本來是要擊向目標的，可現在，我只能讓它按照我的心願直接飛往「敵人」的頭上。我顧不了那麼多了。

我抬起了胳膊。

歡呼聲迅即消失了，一下子又變得鴉雀無聲，所有的人都在屏息靜氣。他們沒想到我會來上這麼一招，他們肯定以為我會約他們找個機會再報復一下呢。這是慣例，我們每次打鬥都是事先約定，我們像個君子似地「先禮後兵」，雙方商定地點及人數。這成了一條不成文的法規，我們彼此遵守而從不越軌。

可我卻在違反。因為我的動作足以預示一場戰事將一觸即發。我準是瘋了，因為現在的時刻是課間時間，還有一會兒上課鈴聲就會尖銳地響起，我們就要聞「警」而歸，否則，我們將面臨學校的處罰，和家長的訓斥甚至挨打。可我管不了那麼多了，我的一口惡氣直頂腦門，憋得我喘不過氣來，我完全被一股無名的邪火所控制，我現在只想擊敗對手。我不能讓我的夥伴失望，在他們的眼中我從來就是一個從不認輸的響噹噹的英雄好漢。

剛才還洋洋得意的那張臉在我的眼裡迅速地變換了表情，由最初的得意、炫耀，轉換成了震驚和恐慌。他是應當驚恐的，因為我當時一定是怒目圓瞪，一副嚇人的模樣，我被他剛才的「冒犯」澈底激怒了，我必須發洩。

他反應奇快，只怔愣那麼一會兒，還沒來得及將手中的彈弓裝上子彈便迅速地將腰身緊急彎下。我的子彈帶著怒火呼嘯而去。

事後想起我自己都會驚出一身冷汗，如果我當時真的擊中他了呢？後果將不堪設想，因為我這時的子彈是貨真價實的石頭，而我瞄準的又是他的頭部，可我在那樣一個時刻只想著怎麼扳回我的面子，想著怎麼讓他頭破血流，為他剛才的愚蠢行為付出慘重的代價，然後向我低聲哀告求饒；那時，我會像看一隻被打趴下的賴皮狗似地看著他，啐上一口唾沫，然後帶著夥伴們山呼海嘯地揚長而去。

可是我的子彈打飛了。我聽到子彈裹挾著風聲呼嘯地向前飛去，就在他彎下腰的一剎那間從他的頭頂上方掠過，然後，猛烈地擊打在樹皮上。等我再裝第二顆子彈時，他憤怒地曲身向我奔來。我的子彈還未裝入彈兜呢，他已飛身出現在了我的面前。我知道他想幹什麼。我來不及做出更多的反應，將手中的彈弓揚手拋在了地上，雙手迎向他。可是他衝上來的力量太大了，我像是受到了強颱風的襲擊一般被他的慣性摜倒在地。

我聽到背後傳來的吶喊聲，那是我忠實的小夥伴們。他們受到我行為的鼓舞高喊著向我這邊衝來；與此同時，在另一處也傳來同樣的聲音，接著是排山倒海般的雜遝的腳步聲。雙方打成了一片，騰空而起的煙塵將我們迅速湮沒了。

我被刀疤壓在了身子底下。他緊緊地壓迫著我，使我的呼吸都感到了困難。他的臉部因激怒而扭曲變形。他更加使勁地壓向我，將我的兩隻手死死地摁在了地上不能動彈。接著他微昂起身體向我猛烈地撞擊。我必須承認他的手勁真大，儘管我在拚命掙扎，可我的雙手還是在他的掌控下無法解脫。我想用腿踢他，可沒用，被他粗重的身體給壓死了，我只能躺在地上徒勞地蹦達。

我渴望有人來解救我，讓我能騰出手腳來對付這小子，可我的小夥伴已經和對方的人打成了一片。他們扭成一團，互相擊打之聲顯得格外嘹亮。眼前塵土飛揚，就差沒迷住了我的眼睛。我知道沒人能來幫助我，我只能靠自救了。

正在這時，我的這位可憐的對手犯了一個致命的錯誤，他揚起了一隻手臂想用拳頭擊打我的頭部，可是他錯了，這就等於給了我一次機會。我雖然瘦小，而他的身軀粗壯，可我的機靈占了上風。當他揮起拳頭時等於給我讓出了一片天地，我迅速地將被解放的那隻手騰出，照準他的下顎狠狠地猛擊了一拳。我的動作疾如電閃，讓他猝不及防。他「哎喲」了一聲，身子不由自主地向後仰去，我趁勢翻起身，將雙腳從他的身子底下抽出，曲起膝向他隆起的腹部狠狠頂了一下。他又發出了一聲沉悶的呻吟。我接著向後翻滾藉勢站起，沒想到他也一個驢打滾地站起了身來。

現在，我們面對面了。

我們面對面只僵持了一秒鐘的工夫，就開始揮拳擊向對方。我已經忘了我們這場惡戰究竟持續了多久，我只記得你一拳我一拳地打得昏天黑地，我當時都沒有感到疼痛。我只記得他當時略占上風，因為他的身體比我粗大，拳頭的力量自然比我沉實。我吃了一點小虧，但還好，架不住我身體靈活，可以有效地閃過他的攻勢，覷準他的空檔襲擊他。反正他沒占我多大便宜。

直到老師的出現。

幾位老師突然出現在我們面前，他們鐵青的臉一聲斷喝：「住手，你們都給我住手！」甚至還有二位男老師不顧一切地衝了過來，將我和刀疤緊緊地摟腰抱住。

我肯定是瘋了。我根本不在乎老師就在我的身邊，還是咬牙切齒地瞅準機會和對方一來一往地擊打著。老師將我抱緊了，拽著我往後退去，大聲地叫著我的名字：「王若若，你給我住手。」我像隻咆哮的野獸還要往前衝，可我的蠻勁沒有老師大。我開始猛踢老師，企圖掙脫身子繼續投入戰鬥。印象中又有一位年輕的老師過來幫忙了，他們兩人好不容易才制服了我。

我大口大口地喘著粗氣，視死如歸地死盯著對方的臉。他好像有點兒蔫了，在老師的挾持下平靜了下來，我看到他的臉上青一塊紫一塊的斑痕。直到這時，我才感覺到了自己的臉上火辣辣的，猶如一團燃燒的火焰。

四

接下來發生的一切可想而知，學校的一紙訴狀告到了我的家裡。父親急了，拖著我到他的臥室，關上房門就是一頓「暴捽」。我屢教不改的頑劣已讓父親忍無可忍，他說我是一個沒法教育好的孩子，盡在外面給他惹禍，他說他可以將學校的官兵整理得井然有序，可為什麼就是不能讓他的兒子相安無事呢？

父親的眼睛怒睜著像兩個點燃的大燈籠，目光噴火，他找出一根柴火棍，將我死死地按在一張長條凳上，解恨似地抽打起我來。他以為我會向他求饒，向他哀告，可是沒有。我咬緊牙關，一聲不吭。我覺得我不能示弱，我要像個真正的英雄一般臨危不懼。

我們軍隊大院經常看一些露天的戰爭題材電影，什麼《英雄兒女》、《小兵張嘎》、《平原游擊隊》等等，看得我入迷。那也是我的最愛。那時就覺得我生錯了時代，如果生在戰爭年代，我也會像他們一樣視死如歸、大義凜然，我會成為一名頂天立地的英雄好漢，讓所有人崇拜我。我最討厭父親的這種暴力式的管制，我向來是怕軟不怕硬。

我心裡說，打吧，有本事就狠狠地打，大不了坐個老虎凳、喝個辣椒水什麼的，那又怎麼啦？革命者江姐不也出挺過來了嗎？只要還有一口氣我絕不認輸，看你能把我怎麼樣！

後來發現父親其實是在嚇唬我，雖然他嘴上發出一聲聲虎嘯龍吟般的怒吼，雖然他的眼睛瞪大雙目噴火，雖然他將柴火棍舉得高高，可一旦落下時還是沒有重重地打在我的屁股上。我是有點疼，但沒有那麼生痛，讓我覺得有點像是一個虛張聲勢的遊戲。我知道，父親其實捨不得玩命地照死裡打我的，他只是為了嚇唬嚇唬我罷了。

我的腦子又在溜號了。儘管此時此刻我依然能感覺到柴火棍一上一下地擊打在我的屁股上，但沒有想像中撕心裂肺的疼痛感。我暗自得意，心想看看父親接下來該如何收場？這真是一場好戲，父親把自己亮在了高處，如果我仍不服軟，他將如何收拾這場殘局呢？

可憐的父親！我居然在心中為他發出一聲哀鳴。

這時我注意到父親的嗓門更加地高亢，雷鳴般地在空中炸響。我知道了，他是想讓別人聽到。我們那個時代住的是平房，一幢房子分為三個獨立的單元，每單元裡只有兩戶人家，每戶除了四間大房，廁所、廚房一應俱全，這種待遇只有像我父親這樣級別的人才能享有。

父親的怒吼終於驚動了我們家的鄰居，我聽到了急促的敲門聲，以及呼喚父親的聲音。我知道，這正是父親所需要出現的效果，他需要有一個人及時地出現，需要這個人來阻止他，讓他能夠體面地從高處穩穩落下，以便及時收手。果然，一切都在他的預料中。當然，也在我的預料之中。

「老王，老王，你開開門，孩子怎麼了，你這樣打孩子，你住手！」

外面的聲音是急促的。父親停住了，大口地喘著粗氣，彷彿意猶未盡地站在原地兒狠狠地瞪了我一眼，然後過去開了門。

鄰居是我們大院醫院的院長。說起來也相當有趣，幾年前我們全家跟隨父親從福州軍區遷往這所軍隊院校時，剛搬進這個單元，這位鄰居叔叔就笑容滿面地跑出來迎接我們了。叔叔比父親矮半個頭，面容慈祥，有點彌勒佛的意思，臉上始終掛著溫和的微笑，說話時還夾帶著點兒娘娘腔，嗓門尖細，一口典型的山東膠東口音，和我父親的口音近似，但也有所不同——我父親也是膠東人。

他熱情地迎了出來，笑容可掬地表示歡迎，並搶著幫我們搬運行李。其實完全沒有這個必要，院校的戰士已在井然有序地將我們家的東西陸續搬進了裡屋，更何況，在那個時代，一個所謂的家庭又能有多少東西值得搬呢？家具一律都由公家統一配給，平時換洗的衣物在那個時代又少得可憐，唯有的一點貴重物品恐怕只是那兩個深棕色的牛皮箱了。這還是我父母結婚時首長饋贈的禮物，是在解放戰爭中從國民黨將領手中繳獲的美式戰利品。我父母最重要的家當恐怕都裝在這兩隻皮箱中了。

鄰居接過的就是兩隻皮箱中的一個，他知道這樣一來，這個所謂的「歡迎儀式」就達到了一定的層次，而他的歡迎儀式又是這麼地合乎規範，儘管這是不成文的。

父親一再地向他表示感謝。我的父親在搬來之前已被告知了鄰居的身分，所以他稱呼對方為金院長。這時，父親亦開始向母親介紹這位樂呵呵的金叔叔了。

金叔叔很高興地和我母親打著招呼，並要走上前來進行禮節性握手，可就在這一瞬間，他和我的母親都怔住了，表情霎時有了變化，彼此驚詫地看向對方。最後還是金叔叔率先開口：

「哈，你是小李子吧，是你嗎？」

我母親也激動地大聲說：「是我，金隊長，難道真的是你？」

「當然是我，那還能是誰？」金叔叔高興地說。

父親在一旁看著莫名其妙，他完全沒有想到母親和金叔叔竟然認識，而且似乎還很稔熟。

這時母親激動地向父親介紹說，眼前的這位金叔叔，是她當年參軍時所在的衛生隊的隊長。母親說金隊長一直是個樂觀的人，很愛開玩笑。母親當兵時年齡尚小，人又長得漂亮，加上性格活潑開朗，所以金叔叔給母親起了一個綽號叫小李子。

我的母親姓李，這個綽號由此而來，母親就是由金叔叔領進革命隊伍的。

那是一個月黑風高的夜晚，母親忽然出現在了金叔叔的面前，兩隻大眼睛忽閃忽閃的，臉漲得通紅。金叔叔率領的衛生隊當時正好駐紮在母親所在的膠東村落裡。

母親是背著我的姥姥偷偷跑出來要求報名參軍的。

金叔叔好奇地打量著我的母親，眼前的小姑娘在他看來實在是太小了，細長細長的身子板顯然還沒有完全發育成熟，長得像根細麻稈似的，膚色黑黧黧的。母親留給金叔叔印象最深的就是那雙天真無邪的大眼睛，黑亮黑亮的眸子裡透著機靈和倔強，這種眼神一般只在男孩的眼中才具備，可是我的母親在那個年代已然是這類假小子的性格了，這便為她以後的悲劇命運埋下了伏筆。

因為一路上跑得過於地急促，我的母親一直倚靠在門框上大口大口地喘著粗氣。這時衛生隊正在整裝待發。他們接到命令，要立即趕赴濟南，那裡正在進行一場戰役。

金叔叔一邊收拾著行裝，一邊問：「小姑娘，這麼晚了，你有什麼事嗎？是不是家裡有什麼人生病了？」

母親搖頭。

金叔叔等了一會，見沒動靜，又轉過身來，好奇地望著我的母親。

「我是來報名參軍的。」母親說。

現在輪到金叔叔搖頭了。「你的年齡還太小，多大？還不到十八吧？再等兩年吧，現在太小。」金叔叔笑說。

母親的臉漲得更紅了，想說出的話憋在心裡，一時又無法說出。她的胸脯劇烈地上下起伏著。隊伍集合好了，通訊員跑來通知金叔叔，金叔叔應了一聲，然後對母親說：「我們還會回來的，等打完了勝仗以後，到那時你也長大了，你再來找我，好嗎？」金叔叔的口氣是和藹的，臉上始終掛著微笑。

母親還是拚命地搖頭，再一次地表現出了她的固執和倔強。

金叔叔伸出了手指。「來，拉個勾，我說話算數，到那時，我親自來村裡招你當兵，好嗎？」

母親的嘴唇高高地嘟了起來，雙手背到了身後。

金叔叔沒再說什麼了，開始紮上了他的皮帶，上面還插著一把醒目的勃朗寧手槍，他轉身對通訊員發出一聲短促的命令：「出發！」

外面星光黯淡，一片沉寂，偶爾能聽到村裡傳來的犬吠聲。隊伍悄無聲息地行進在鄉間的阡陌小路上，走得急促，但步伐整齊，他們要在預定的時間內星夜兼程地趕赴濟南。這是命令，軍令如山。

當熹微的晨曦在遙遠的天際間透出一抹亮光，空氣中飄蕩著一層淡淡的霧嵐時，金叔叔這才發現母親一直跟隨在隊伍的行列中，目光堅定而又執著。金叔叔搖了搖頭，心痛地看著我的母親：「你真的是太小了，當兵很苦，而且很危險，我們可不是去玩的，你明白嗎？」

母親的回答乾脆而又響亮：「我不怕死，我就是要當兵！」

金叔叔沉默了，無奈地看著一臉堅定的母親。

隊伍這時已走了一整夜的路，距離母親的家鄉東村已很遙遠，而且戰事在即，不可能再騰出人手來護送母親回去了。

金叔叔想了想：「那好吧！」他說，「你就跟著擔架隊，但不許到處亂跑，無論發生什麼事都要聽從我的指揮，這是軍隊，必須服從命令，你懂嗎？」

母親高興地點了點頭。這是她在金叔叔面前第一次綻露還掛著稚氣的笑臉，母親知道，她的堅持終於迎來了最後的勝利，她現在可以正式地待在部隊裡了。

母親舉起了她瘦骨嶙峋的小手，莊嚴地向金叔叔行了一個軍禮。金叔叔笑了，但還是感嘆了一聲：「你還是太小了！」

母親那年十六歲。

就這樣，金叔叔將母親領進了革命隊伍。母親後來告訴我，她之所以執意要去參軍，當時並非出自覺悟，是因為有一次被本村的一位大姐姐拖去幫忙，為受傷的傷病員做臨時護理，結果發現軍隊吃的貼餅子非常好吃，那是一種在火爐上烤出來的麵餅。是母親平時根本吃不到的香噴噴的麵餅。母親只要一想起貼餅子就會犯饞。母親覺得當兵真好，如能天天吃到這種貼餅子讓她做什麼都願意，村裡的貧困生活讓她時常忍飢挨餓。

母親說她當兵的唯一動力，就是為了能吃上香噴噴的貼餅子。

父親開了門，金叔叔一陣風似地衝了進來，迅速來到我的身邊，俯下身，手掌輕輕地按了按我的屁股，又撫摸了一下我的頭。金叔叔手上的溫度迅速地傳達到了我的體內，我感到了溫暖。他讓我先別動。我就這樣一動不動地趴在長條凳上，忍著沒哭。

金叔叔仰起身看了父親一眼，目光中似有一絲責備。「沒把孩子打壞吧？」他說，又俯下身，將我的褲子小心褪去。我的光溜溜的屁股就這樣無遮無掩地暴露在了金叔叔的目光之下。

「老王，你把孩子怎麼能打成這樣！」金叔叔憐愛地說。

這時，也不知為什麼我突然覺得鼻孔發酸，眼皮發澀，抑制不住地開始大聲地號啕了起來，哭得稀哩嘩拉的。金叔叔將我的褲子輕輕拉上了，扶起我的身來，抱著我，口氣溫和地拍打著我說：「好了，好了，若若不哭，沒事沒事，你爸爸其實捨不得打你，要真打，還不把你打壞了，你小屁股還能在這嗎？」金叔叔哄著我說。

「你問問他在學校裡都幹了些什麼？」爸爸還是沒好氣地說。

金叔叔看著我臉上青紫的斑痕，笑了。「又在學校調皮了吧？」他問，「跟誰打架了？逞英雄可不是真英雄，萬一不小心打到眼睛上，再想當英雄也沒人要了。」

這時候我不哭了，望著金叔叔，覺得他那個有點兒像女人腔的聲音裡有種特別的磁場，溫柔而親切，讓我感到了一絲暖流般的安慰。我迅速地安靜了下來，開始有點不好意思了。

金叔叔幫我揩去眼角的淚珠，樂呵呵地拍拍我：「好了，不是想當個英雄嗎？是英雄就不能哭，就不能再打架了，打架不是英雄是狗熊，明白嗎？」

我抬頭看著金叔叔，心裡想，他要是我爸爸該多好，他如果是我爸爸一定不會像我父親這樣打我了！

父親最終還是決定將我扔給了母親，他的理由是自己在部隊負責保衛工作，兒子在學校裡再而三地鬧事會讓別人覺得他管教不當，以致影響他在軍隊中的威信。

父親是個很要面子的人，自打那件事情發生之後，他還硬拖著我到學校去道歉；這還沒完，還要領著我到「刀疤」家去賠禮道歉。儘管我心裡很不情願，但在父親嚴厲的威懾之下，只好從命了。

這件事讓我大失臉面，我開始在小夥伴面前抬不起頭來了，他們現在看見我也躲得遠遠的，目光中沒有了過去的仰視，有的只是愧疚和閃避。我理解他們的處境，我這個一向能保護他們的大樹轟然倒下了，他們只能去另覓新主。弱肉強食這一生存法則在我們這些孩子中也一樣適用，僅我一人無從改變。我知道，我不可能再像過去那樣有什麼號召力了，只能眼巴巴地看著我的扈從們開始紛紛叛逃，加入到了「刀疤」的陣營中去，我成了孤家寡人。

而那位讓我死活瞧不上眼的「刀疤」，開始顯示出一副耀武揚威的架式，逢人就說我去他們家賠禮的事，說我就像是一個乖孫子，在他家連一個屁也不敢放。

我真倒楣，怎麼就偏偏栽在這個不知廉恥的傢伙手裡了呢？可沒辦法，說到底我還是怕我父親，否則看我會不會打得他一臉開花地滿地找牙，他肯定會在地上爬著向我求饒的。可那是我的幻想，幻想永遠只能停留在我的想像中，我知道倘若真要動手，我未必就會是他的對手。

從那時起我才發現，人是多麼地可憐，只能忍辱負重地屈服在某一種強大的威勢之下，以便苟且偷安，為自己找到一個安全的島嶼。過去我的強勢來自我的無所畏懼，我的勇敢，以及敢於和別人較量鬥狠，可現在，我已在父親嚴密的監控之下，他要求學校有關我的情況隨時向他彙報，以便讓他及時處理。這一次我只能認倒楣了。

即便如此，沒過多久父親還是決定交由母親來負責管教我，在父親眼裡我顯然屢教不改，稟性難移，儘管自從那次事端之後我再沒惹出什麼胡作非為的麻煩來，但父親不再信任我了，他覺得沒有那麼多精力來處理由我鬧出的一大堆屁事。

父親一準認定我不可救藥了。

五

姥姥的呼喚聲還在耳邊嗚響著，可我已經不管不顧地衝出了門。我是家裡的獨子，姥姥一向對我疼愛有加，她的那個來自山東的古老的傳統背景，使得她從來都是重男輕女，姥姥把這個傳統帶到了南方，以致我的姐姐一直在背後嘖有怨言，因為家裡凡有好吃的東西姥姥總會悄悄地藏起，等到姐姐沒留意時拿出來偷偷地給我吃，而她自己卻緊張地四處張望，生怕被人瞅見。那個年代所謂好吃的東西在現在看來真是太微不足道了，不像今天，只要有錢，什麼好吃的都能買到。我們那時可真不一樣，物質生活極度匱乏，雖然我的父母都是國家幹部，生活水準遠在一般人之上，可也遠遠達不到奢侈的程度，更何況省吃儉用是我們那個時代的光榮傳統。

偶爾，母親下班回家會給家人帶來一些新鮮水果，姥姥總會趁著家人不在時拿出來給我吃，而且一定要看著我一口一口地吃盡。她和母親在我的記憶中從來都捨不得自己吃上一口。有時我和姐姐會問：「你們為什麼不吃？」她們總是微笑地看著我們，搖搖頭，簡單地說一句：「你們吃就好了，我們大人不愛吃這些小孩子們喜歡的東西，那是你們愛吃的。」那時我居然就相信了她們的回答，心裡還想著，為什麼我們愛吃的東西大人不愛吃？這讓當時的我十分的納悶。

姥姥知道我的脾性，我有什麼好東西願意拿出去和小夥伴分享，這是我姥姥最不願意看到的。她知道這些好東西來之不易，我們家還沒有優渥到可以把好東西拿出來與人共用。

其實每當這一時刻家裡只剩下我和姥姥時，姥姥的緊張會讓我莫名其妙，覺得自己真像個不光彩的小偷。我不喜歡這種感覺，可是姥姥慈愛的目光那麼殷切地望著我，好像生怕我吃得太快會噎了嗓子，或者吃得太慢是因為我又在憋著要和她玩貓膩。

有一回我剛吃到一半時，樓下的小夥伴開始大聲地喚我，陸小波的笛聲也在急促地響起，顯得極為迫急。我懇求姥姥放過我這一回，我說我出去玩會兒很快就回來。我的固執懇求終於讓姥姥動心了。她不忍心讓我委屈，只是說：「你吃完再走吧。」可小夥伴的聲音開始更加地嘹亮，並且說我再不應聲他們就要自己顛了。我真急眼了。姥姥沒辦法了，看著我無奈地搖搖頭。我答應她會在出門的路上將這個吃了一半的蘋果澈底地消滅掉，她完全不必擔心。姥姥同意了，一再叮囑我不要吃得太快傷了腸胃。我痛快地答應了。只要姥姥讓我出門，她說什麼我都會愉快地應允，這是平時我對付姥姥最好的辦法。

我衝出了門，可我沒想到姥姥緊跟著就顛著她的三寸金蓮，去了廚房的窗臺前，從她站立的位置可以清晰而又準確地監視我在樓後的一舉一動。姥姥知道我很快會出現在她的視野之下，她只想知道我是否能將那個我吃了一半的蘋果，如我所承諾的那般澈底啃完。

可是我沒有。我興高采烈地來到了小夥伴的面前，手裡仍舉著紅豔豔的大蘋果。不出我的預料，果然我享受到了驚鴻一瞥的待遇，小夥伴的目光齊刷刷地如閃電般向我射來，藏著羨慕和垂涎。

我呆愣了一會兒，有點兒尷尬，我覺得這個蘋果讓我在小夥伴的關係中出現了一些微妙的變化，好像我瞬間成了一個不屬於他們的異類。這是我最不願意看到的。我沒有猶豫，大大方方地將蘋果拿給了他們。我說：「你們拿去吃吧。」

小夥伴們二話沒說，搶過去一人一口津津有味地吃了起來，我在一旁看著很是開心。我覺得看著他們貪吃的樣子滿享受的。他們很快樂，而這份快樂是我帶給他們的，這讓我太有成就感了。我又重新回到了他們的中間，而且我給他們帶來了他們想要的滿足感。

我當然不可能想到，姥姥這時正趴在窗臺上，透過窗明几淨的玻璃窗注視著我的一舉一動。

那天回到家時，我就注意到了姥姥看著我的目光不同於以往，她有些不高興，這讓我感到了奇怪。

「蘋果吃完了？」

「嗯，吃完了。」我說。

「你撒謊。」姥姥說，「若若學會撒謊了。」姥姥說完這句話時忽然有些傷心。

我還在死扛，我以為姥姥是不可能看到我的行為的。這怎麼可能呢？但心裡卻在開始打鼓，我還不能確切地知道姥姥究竟看到了些什麼。

「你的蘋果分給小朋友吃了！」姥姥突然說。

我臉紅了。姥姥盯著我看的目光明明白白地在告訴我她什麼都知道了。

我沉默了一會兒，點了點頭。我說：「我看他們挺可憐的。」

姥姥沒再說話，一言難盡地摸摸我的頭，目光哀傷。姥姥讓我坐下，看了我很久，終於說：「若若，你還沒有長大，你還不知道你的爸媽為了讓你們能吃到好東西省吃儉用在苦著自己，若若你太善良了。」說完，姥姥嘆了一口氣，「以後有好東西自己留著吃吧，我們家也不寬裕。」姥姥又說。

我也不知為什麼心中忽然湧起一股莫名的憂傷。那時我還小，還不能完全明瞭憂傷的內涵，但我清晰地記得，我的那些小夥伴看向我的眼神，他們看著我的蘋果垂誕欲滴的樣子讓我很不自在，其中一位住在我家隔壁的樓群裡，是位殘疾孩子，左腳有點瘸，拄著一根拐杖，據說小時候得過小兒麻痹症，他的小細腳看上去滿滑稽。我們都叫他毛頭。

還有一位叫陸小波，和我差不多大，是我最要好的朋友，他的毛病是總喜歡在炎熱的夏季，赤裸著膀子到處亂跑。據說他們家很窮，父親是我母親單位的食堂管理員，母親沒工作，在家當家庭婦女。他在家排行老二，上面有個哥哥，比他大出了好幾歲。這些小夥伴裡，除了陸小波之外，其他人喜歡跟我玩的重要原因，就是我會時常拿出一些小零食來與他們分享。

他們當時都在目不轉睛地看著我，讓我尷尬，我覺得我必須要為他們做點什麼了。我把手伸了出去，我說：「你們拿去吃吧。」毛頭最機靈，我的話音剛落，那個被我咬了一半的蘋果就已在他的手上了，嘎吱一聲蘋果已失了一角，還嫌沒夠，又要彎下脖子再來一口，結果被陸小波搶走了。

當他們大口大口地分享著蘋果，臉上流露出對我感激時，我會油然而生一種自豪感。直到今天，小夥伴看著我拿著蘋果的眼神仍不時地會在我腦海中浮現，我的同情心也就是在那一瞬間被啟動的，它讓我知道了人與人之間的不平等，以及慷慨的賜予是能夠享受到精神回報的。那時我只知道，他們的家庭生活困苦，不像我，還能吃上大蘋果。

從那以後，姥姥偷偷地拿東西給我吃時就不再讓我出門了，她非要我當著她的面將這些水果吃完，她不再信任我了，好像只有這樣，姥姥才會心裡踏實。

姥姥注視我的目光中有一種深切的愛憐，她看我吃得歡即時臉上會泛出一抹光彩，好像在吃的不是我而是她，那是一種由衷的快樂，可這也會對我形成一種無形的壓迫。我真的不喜歡這種偷偷摸摸的行徑，我為什麼非要像個賊似的呢？

姥姥做下的這一切母親是略微知道一點點的，她只能默許。我們家的「傳統」是母親更寵我，而我的父親則喜歡我的姐姐。可父親因為長年駐紮在軍隊，很少回家，所以我得天獨厚地享受著我的特殊待遇，雖然那時我並未領情，因為我還要被迫付出時時被「關照」的代價，這個代價便是我的所有行動自由都將在姥姥與母親的注目之下，這讓我感到了不自在。那時我還是一個少年，一個少年的天性是希望能獲得更多的空間和自由，他能夠在蔚藍色的天空中任意翱翔。

敏感的姐姐終於在一天的晚上發現了這個祕密。

我和姐姐有個習慣，每當母親從單位下班後，我們都會注意她回家後的表情，同時，我們的目光會不約而同地注視著母親上下班時拎著的那個黑色的公事包。包不大，在今天的人看來再普通不過了，甚至非常土氣，它是由人造革製作而成的，附帶著一個簡單的銀色拉鍊。那個年代的幹部都愛拎著這麼一款黑包，它好像是那個消失的年代在幹部群體中普遍流行的一種「時尚」——只是那時的我們還不曾知道這世上還存在著「時尚」這一在今天才流行開來的語詞。

如果母親回家時面帶喜色，而且笑容裡還裹藏著一絲隱祕的微笑，敏感的我們便會立即猜出母親這次不會是空手而歸，她為我們帶來好吃的東西了！

這種情況並不經常發生，母親會把這種「犒賞」的節奏把握得恰到好處，她清醒地知道倘若經常帶來好吃的給我和姐姐，久而久之我們就會習以為常，不會再去珍惜；它只能偶爾，只有偶爾才能帶來一片驚喜，才能知道這一切來之不易。

那天母親的臉上就掛著這種微笑。我已經眼巴巴地盼著這種微笑好長時間了，那些日子我總是在失望中渡過，甚至有些生氣，我覺得母親不再愛我們了，否則，她為什麼總是兩手空空地來見我們呢？

母親進門時一如往常。「我回來了。」她說。

我也沒當回事，反正她是空手，我無須表現出我的虛偽，回來就回來唄，一如往常，我何必表現得興高采烈呢。我連頭都沒抬起，埋頭玩著我的玩具手槍。

這是我日常生活中非常重要的娛樂活動，迄今為止母親還會時常提及我的此一絕技——我沒事在家時，會將一個塑膠寶塔堆放在距離我大約五米開外的椅面上，寶塔很小，圓錐形，由不斷縮小的一個個小圓盤組合而成，呈幾何狀的三角模式向上豎起，最後形成一個小小的塔尖。

我的手槍是塑膠的，但能夠發射子彈。所謂的子彈，是一塑膠做成的細長的直杆，它可以直接壓進槍管，頂住槍膛內的彈簧，當我勾動扳機時它便能猛烈地發射出去了。

我愛槍，這是我小時候形成的毛病，可能跟我從小就成長在軍隊大院有關，我自小的志向就是長大了要當一名威風凜凜的大將軍。為了這一遠大理想，我從懂事起就開始鍛鍊自己的槍法。當有一天我纏著母親買到了這把手槍時，我欣喜若狂，因為它可以在瞄準目標的前提下準確地發射出子彈，這正是我需要練習的技能。

我當時根本沒有想起幼年時母親給我買的生日禮物——寶塔，當我長大了一點後它就被我棄之不用了，一直擱置在廢物箱裡，由姥姥負責保存。姥姥是一個捨不得扔掉任何東西的老人，可我自己差不多把它澈底遺忘了。當那把玩具手槍拿到手後，我開始犯愁應當找個什麼東西作為我擊射的目標呢？

我的嘴裡嘀嘀咕咕，一臉的不悅，我只是拿著這把新到手的玩具手槍胡亂地四處射擊。姥姥看出了我的心思，轉身從床底拖出了那個廢物箱，然後戴上了她的老花鏡在裡面扒拉著。終於，姥姥看到了那座寶塔，笑眯眯地拿了出來，遞給了我。

我先是怔了一下，因為我根本沒有想到這個早就被我拋棄的寶塔究竟與我的玩具手槍能發生什麼關係。我有些納悶。

塔身是由圓盤式的塔座疊加構成，固定在一個鏍旋狀的支柱上，姥姥將塔座一個個旋了下來，拿掉了支柱，只是由塔座自身疊壓成呈三角形的寶塔，它成了一個空心塔，然後將它放置在一張椅面上：

「來，打它。」

我心動了一下，不解地看著姥姥。

「你打它。」姥姥又說。

我迅速明白姥姥的意思了，一下子蹦了起來，歡快地與寶塔拉開了距離，五米開外的距離，然後屈蹲下身子，眯縫著一隻眼睛，看向準星。

現在是三點成一線了，這是發射子彈前的準確姿式，是我父親教會我的。我瞄準的目標是那個在我的視線中隱約露出的小小塔尖。

我勾動了扳機。槍體隨即傳出一聲乾澀的「砰」響，我的手指微微地顫動了一下。

沒有擊中。打空了，我感到了沮喪。

姥姥樂了。

「若若是不是打的是塔尖尖呀？」姥姥笑問。

我看著姥姥，悶著臉沒吱聲。

「沒關係，再來，塔尖尖不好打的，做事不能急，性急吃不了熱豆腐，這是我們家鄉的老話，先打那個大的塔身。」姥姥向塔身指了指。「練好了，就能再打塔尖尖了。」

我再次瞄準，這一次我沒有再貪心不足了，我瞄準的是塔身，我心裡覺得姥姥說的是對的，我不能一上來就急於求成，凡事都得慢慢來，水到渠成。

我成功了。子彈準確地落在了塔身上，寶塔瞬間坍塌了，嘩啦一聲散落在地，四處滾動，我的心裡就甭提多快樂了。我的臉上露出了笑容，我為自己感到了驕傲。

姥姥彎腰將散落一地的塔座一個個撿起，又摞成一座小寶塔，「若若不能驕傲，再來。」姥姥說。

那天母親回來時我正好在激射我的寶塔，我已練就得能擊中塔尖了，基本做到百發百中，現在要做的只是不斷地向後移動我的身子，尋求更遠的發射距離。

我忽然覺得姐姐在拽我的衣角，我還不高興地打了一下她的手，可姐姐接著拽我。

我更加不高興了。我正在興頭上呢，不想讓姐姐無緣無故地打擾我。真討厭！我心想。我正準備反擊，抬起了頭。

我看到了母親的笑臉，她正看著我呢，嘴角掛著一絲在我看來久違的神祕微笑，我的心忽悠一下蕩漾了起來。我知道，我們的幸福時刻終於降臨了，母親這一次不再會空手而歸，一準給我們帶來了大禮物。

我跳了起來，歡天喜地撲向母親，趁機從母親手中接過了公事包。

我立刻感覺到了包的分量，在我手裡沉甸甸的。我知道，我不會失望了。

我迫不及待地拉開拉鍊，裡面果然藏著幾個紅豔豔的大蘋果。我開始歡呼了，姐姐的臉上也露出了快樂的笑容，她迅速從我手中接過母親的包，低頭向裡面掃視了一眼。姥姥顛著小腳走了過來，從姐姐手中接過包，說：「你們都先去洗洗手。」

我和姐姐聽話地去了。等我們回來時，姥姥已將蘋果洗過了，開始在為蘋果削皮。她削得仔細，一絲不苟。姥姥從來心靈手巧，反映在她削蘋果的技藝上也是出神入化，她可以將蘋果皮延續不斷地一直削完，長長的果皮隨著她手指的靈巧轉動垂落在地上，在我看來真的很神奇。

蘋果削完了，姥姥將蘋果從中間一切兩半，然後用水果刀插上，先遞給我，再分給我的姐姐，從這一細微的動作上看，她就是有點偏心眼，為什麼蘋果先分給我呀？可那時我並沒有這麼看，我們都已習慣了。

那天晚上，也就是姥姥盯著我吃完蘋果的那天晚上，姥姥正在為我們做飯，而我的母親則在桌旁檢查我們的作業，她發現姐姐的算術考試得了一個滿分，非常高興，而那個期末考試我才得了六十分，勉強及格，母親當著我的面開始誇獎姐姐，並責怪我不能像姐姐一樣認真學習。

我的功課一向不好，我就是不愛讀書，倘若不是為了應付父母，我恐怕連六十分的成績都不會有。在這裡我必須說一句，如果沒有我的同桌婷婷，連這個六十分我都未必能拿到，我是偷看了她的考卷後才答對了部分試題，否則後果真是不堪設想。但我不能說，一旦說了母親又該跟我急眼了。

母親讓姥姥拿出由她負責藏起來的蘋果。母親說姐姐考試得了一百分，應當獎勵，她想表示一下，而這種表示在母親看來就是把由姥姥負責藏起的蘋果拿出來，賞給姐姐一個；至於我，當然只有垂涎的份兒嘍，這也是表示對我不用功的懲罰。母親顯然是故意的，她想用這種方法激發我的進取心，她覺得對付我有時必須採取打壓政策，否則我仍會冥頑不化。母親不愧是做人事工作的，她知道怎樣才能有效地對付我。

姥姥聽見母親的呼喚，從廚房轉了出來。母親說：「給麗莉削一個蘋果，這孩子今天考了滿分，應當獎勵。」姥姥聽了眨巴了一下眼，沒動彈，也看不出什麼表情。我還有些詫異，心想姥姥今天是怎麼了？平時母親只要交代一句，她便會迅速地行動起來，可現在卻一反常態。

姥姥還是沒動，站在那裡看著我的母親，目光迷濛。母親愕然了：「不是還有幾個蘋果嗎？拿出來吧。」母親說。

「沒了。」姥姥說。

「沒啦？不會吧，我印象中應當還有的。」母親皺了皺眉，不高興地說。

姥姥說：「真沒了，上次給孩子們都吃完了。」

剛才還一臉喜色的姐姐立馬沉下了臉，小嘴噘了起來，她輕聲地嘟囔了一句：「騙人，還有兩個。」

母親也眨巴了一下眼睛，看了我姐姐一眼，又看了看姥姥，說：「去拿出來吧，對於孩子的進步我們應該有所表示。」

姥姥尷尬地站在廚房門邊不知所措。她說：「確實沒了，如果有，我還能不拿出來給孩子吃嗎？」姥姥說這話時顯得底氣不足。

姐姐的眼淚啪嗒啪嗒地落了下來。母親心疼地抱著姐姐。「怎麼了孩子，沒事，媽媽明天上街給你再買蘋果，麗莉聽話，不哭！」

結果姐姐哭得更兇了，任憑淚水如滔滔江水，縱橫馳騁，一邊哭一邊哀哀地低聲說：「我知道還有幾個蘋果，我知道姥姥不想讓我吃，都偷偷地給若若吃了，姥姥偏心我知道！」

姐姐的委屈連我都感到了心酸。我覺得這時的我，不僅像個賊，而且像個罪人。姥姥無言地轉身去了廚房，她在那裡也悄悄地抹起了眼淚，姥姥知道，她對不起我的姐姐。

那天我很是尷尬，我害怕母親忽然問起蘋果是不是姥姥給你偷偷吃了，我不知道是否要說實話。不知道。可是母親什麼也沒問，雖然她覺得姥姥這樣做是不對的。姥姥的偏心眼也讓母親深感為難了。

六

小時候我羨慕姐姐，她就像是我的保護神。

我沒有哥哥，這是我當時最感遺憾的一件事了，有時候我會糾纏著姥姥問，為什麼媽媽不給我生一個哥哥呢？姥姥拍拍我的頭說：「你不是有一個姐姐嗎？為什麼還要哥哥？」我說：「有了哥哥就沒人敢欺負我了呀。」

我這麼說，自有我的道理。我發現在學校裡，有哥哥的小朋友總在我面前耀武揚威，一副不可一世的樣子，我都盡可能地躲著他們。那時我上小學一年級，我們家當時住在福州軍區政治部院內，記憶中那一帶好像被人稱作屏山。為什麼記得住呢？是因為我一直沒琢磨明白，那裡根本就沒有什麼青山綠水，怎麼名字裡會有一個山字呢？我不懂！

那時，我們全家都住在一起，沒有像後來遷居的這座南方城市，一家人分隔兩地居住。因為父母平時太忙，上學都是由姐姐來帶著我。我跟著她總覺得有些彆扭，因為我的同學都是男孩子一群群地結伴而行，只有我，跟在姐姐後頭屁顛屁顛的。

男孩子從我邊上跑過時，會回過頭來看我們一眼，然後衝我擠擠眼，一臉的曖昧表情，我很清楚是在對我表示輕蔑，他們肯定覺得一個男孩成天跟在女孩屁股後頭是最沒出息的表現，這讓我羞得滿臉通紅。可我沒辦法，父母的交代讓我無法擺脫我的姐姐，他們嚴格要求我上學下學必須由姐姐領著我，而且不允許我跟其他的野孩子們結幫搭夥。

我想，後來我跟著父親去了外地後之所以那麼反叛，是和這一段經歷密不可分的，一旦長大了一點，換了一個陌生的環境，首先想到的就是要改變自己的形象，而且必須活著像個男子漢。我喜歡有小夥伴前呼後擁的感覺。

可那時不行，那時我還顯得膽怯和懦弱，我也沒有辦法擺脫我的姐姐，並不是僅僅因為有父母的囑託，而是姐姐確實能充當我的保護神。

記得有一回，班裡有位愛打架的同學，不知為什麼就瞅我不順眼了，課間休息時將我的書包扔在了地上，同學們開始起鬨架秧，我這時去了一趟衛生間，剛進教室就聽見一陣亂哄哄的聲音，還以為發生的事情與我無關，只是班上的男同學又在彼此找茬兒呢。一般遇見這種事，我會趕緊低頭避開。我害怕引火上身。

我若無其事走進了課堂。上課鈴聲還沒響，可我感覺到了無數雙眼睛向我射來，且不懷好意，女同學們則躲在一旁不敢吱聲，好像這裡發生的一切她們視而不見似的。女同學都怕多事，她們在班上從來都是謹小慎微。

我心裡好怕，但在此時此刻也只能硬著頭皮往自己的座位上走去，甚至還在暗自慶幸發生的事情與我無關。我平時上學都是小心翼翼的，從不敢招惹誰，我在想禍事不應該莫名其妙地落在我的頭上。

當我走到書桌旁時，發現我的書包、課本及鉛筆盒散落一地，當時我的無名火忽悠一下就竄了上來，怒聲喝道：「這是誰弄的，有本事站出來。」

那時候我是個平時不愛多說話的人，即使開口也是輕聲細語，所以我的一聲怒吼居然把同學嚇了一跳，剛才還嘻皮笑臉的表情迅速地變了色。教室很安靜，所有人都在等待下面將要開場的好戲，幸災樂禍。

站在教臺上的人群忽然散開了，讓出了一條走道，那位搗蛋的男同學從人群中大搖大擺地向我走來，歪斜著脖子，眼神則是狠巴巴的，他在我面前站住了，雙手交疊胸前，目露邪光：

「是我。」他說，「你想怎麼著吧。」

「你為什麼要這樣？」我沒好氣地說。「我又沒有惹你！」

「沒惹嗎？」他嘻皮笑臉地瞅著我，然後回頭看了一眼，人群中傳出了一陣哄笑。「你知道他們為什麼笑嗎？」他問我。

我搖了搖頭。我真不知做了什麼不好的事情值得同學們這樣嘲笑，心裡非常緊張。這人長得圓乎乎的，很敦實，如果真打起來，恐怕我不會是他的對手。

「因為你不像個男孩。」他的嘴角擠出一絲譏諷。

「我是男孩！」我大聲說，我覺得他在侮辱我。

「是嗎？」他裝出很驚訝的樣子看著我。「是男孩為什麼一天到晚跟在女孩屁股後頭？」

「那是我姐！」我大聲說。

「那也是一個女生！你看看我們班的男生有誰像你這樣？盡給班裡的男生丟臉。」他突然指著我，問站在一旁觀看的眾多男生：「你們說，王若若是男的還是女的？」

男同學們故意齊聲吶喊：「女——的！」

我無地自容了，羞慚得滿臉通紅，恨不得立馬找個地縫一頭扎進去。我從沒想過同學們會怎麼看待我，我只知道大家不愛跟我玩，總是閃著我，我一直不知道出自什麼原因，現在才算了然，原來他們瞧不起我是因為我總在跟著我姐姐。

同學們圍在我的周邊，起鬨架秧子地大聲嚷嚷著，齊聲高叫：「女的，女的！」

這時，圍著我的人群發生一陣騷動，站在我面前的同學不明白發生了什麼事，停住了吶喊，開始回頭張望。我見到幾個高年級班的男生推開眾人擠了進來，我不知道這是怎麼回事，我以為他們也是來找我麻煩的，恐懼這時達到了頂點。我惶恐地望著他們。

他們站在了我的面前，但不是面對我，而是面對那位挑釁我的同學。他們一共三個人，個兒都高出我們大半個頭，這時我驚奇地發現我姐姐也出現了，她跟在那三個男生的後面，快步向我走來，把我拉到了她的身邊。我緊緊貼著我的姐姐。這時我是多麼地激動呵，我就像看到了救星似地攥著我姐姐的手。

姐姐俐落地說：「若若，不用怕。」

高年級的男生對那位搗蛋的同學說：「你想幹嘛，要打架嗎？」

那小子的臉一下子就白了，一開始還嘴硬，說：「你以為我怕嗎？你們是幹嘛的，我們班的事情跟你們有什麼關係？」

「你不怕？好，有種！」高年級的男生說，他輕輕地推了那小子一把，「不怕你就上吧，你不是覺得自己是個男子漢嗎？來吧，讓我看看你怎麼男人了？」

那小子站著不動，臉色更加蒼白，嘴唇哆嗦著，一句話也也說不出來了。

「你們看到了吧，這就是你們的所謂男人，嚇得屁都不敢放了。」高年級的男生放聲大笑地說。

圍著我的同學在散去，臉上滿是失望，我知道，他們在那一刻看到了那小子的膽怯，他們知道他剛才的囂張不過是虛張聲勢，其實也就一囊包。

姐姐拉著我走了過去，對那小子怒斥了一聲：「你小子記住，你要是再敢欺負我弟弟，我非找人打扁了你不可，你聽清楚了嗎？」

那小子的臉又轉為蠟黃了，沒吱聲，眼神開始發虛。高年級的一個男生用手托起了他的下巴：「你小子沒聾吧，聽明白了？該你說話了，剛才不是話還挺多的嗎，現在怎麼了？」

那小子沒敢反抗，只是微微地點了點頭。周圍傳出一片輕輕的噓聲，這是我的同學在嘲笑他了。這一局他算是澈底認栽了。我沒想到竟會出現這樣的局面，形勢急轉直下，最終的勝利者居然是我！我感激地看著姐姐，覺得她今天真的是太高大了，我開始崇拜她了。

「沒事了若若，沒人再敢欺負你了。」姐姐說，「你們班的事隨時會有人告訴我，你別怕。」我點了點頭，居然說了一聲「謝謝姐姐」。姐姐聽到我說謝，有些驚訝：「咦，若若什麼時候學會謝我啦？我走了，你好好上課吧。」姐姐說。

事後我才知道，我們班上有一位女同學是姐姐的眼線，那天發生的事情就是由她及時地報告給了我的姐姐。我明白了，姐姐一直在暗中默默地保護著我，她怕我在班上受委屈。

後來，我先是跟隨父親遷往另一個跨省的軍事院校——駐紮在江西南昌的遠郊縣，姐姐和母親暫時留守福州。那次的事件留給我的啟示是必須讓自己強大起來，否則就會被人欺負。於是一旦轉換到了一個新的環境，便開始讓自己改頭換面。我將我的懦弱隱藏了起來，成天裝出一副鬥士的模樣。這招還真靈，在我的周圍迅速形成了一個小團夥，他們擁戴我為精神領袖，這讓我感覺很爽。

風春得意的日子並沒有維持太長時間，一年後，母親也因父親的緣故遷居到了南方的這座城市，加上我一再地在父親所在的大院裡調皮搗蛋、無事生非，父親一怒之下將我打發給了母親。

七

後來我才知道，在我母親未滿週歲的時候，姥姥的二個兒子，也就是我的未曾有幸謀面的舅舅，相繼餓死了。

那是一個兵荒馬亂的年代，充滿了動盪不安，又趕上大饑荒的年景，姥姥沒有多餘的糧食留給她的孩子吃。姥姥說，我的大舅臨死前只說了一句話：

「娘，我餓。」

說這話時是在一個深夜。我姥姥心疼地看著兒子，但無計可施。家裡僅有的一點口糧都吃光了。我姥姥默默地流著淚，安慰大舅說：「娘會給你帶來好吃的，你再等等，快睡！」大舅沒一會兒就閉上了眼。

第二天早晨，姥姥起床後發現大舅沒了動靜，她以為他睡得太沉實了，想讓他再多睡一會兒，沒去驚動他。直到晌午，仍沒見動靜，姥姥預感到災難降臨了，輕輕地推了大舅一下，大舅沒動，再一看，人已經過去了，身體僵硬冰涼。姥姥開始了號啕。

姥姥的另一個小兒子，也就是我的二舅，在一個天濛濛亮的清晨，頂著刺骨的寒風，跟著村裡的一群鄉親，出了村口，手裡托著一個討飯時用的瓦罐。走前，他說：「娘，我會給俺家裡找點吃的回來。」臨了，還看了一眼他可憐的瘦骨嶙峋的小妹妹，也就是我的母親。

姥姥說：「好孩子，早去早回，娘在家等你哩。」姥姥無法出門，因為還有我的母親需要有人照料。二舅點了點頭，便匆匆地出了門。

姥姥一直等到第二天的傍晚，天色已經擦黑了，還沒見到二舅的身影，姥姥開始焦急了。她把餓得啼哭不止的母親放在坑上，顛著三寸金蓮奔出了門。姥姥又一次預感到了不祥之兆。

果然，一直挨到深夜，姥姥站在狂風呼號的村口，看見鄉親們抬著我的二舅回到了村裡。他們告訴我的姥姥，這孩子跟著一路乞討，可手中的瓦罐仍是空的，傍晚時分，他突然感到了氣悶，說要歇息一下，可一坐下就沒能再起來。

姥姥這一次流下了無聲的眼淚，找了一張破葦席，便草草地把她的小兒子找一塊荒地掩埋了。直到這時她這才膝跪地，面朝蒼天，呼天搶地大聲地哭了出來，涕泗滂沱。那一天，我的姥姥也不想活了，她覺得日子過得暗無天日。

可就在二舅死去的第二天晚上，我的姥爺出現了。我姥姥過門到這個村子，生下我的母親之後，姥爺就上山落草為寇了。從此以後，姥爺很少回家，偶爾回趟家也只是為了瞧上孩子一眼，當天深夜又會返回山裡。

姥姥說我的姥爺在村裡時從來都是遊手好閒，甚至為非作歹，在家鄉的那一帶臭名遠揚。姥姥只落得做了一個活寡婦。我的姥姥默默地承受了這一切，以自己的勤勞、善良以及樂於助人贏得了鄉親們的愛戴和尊敬。我姥姥在當地是有口皆碑的好人、好媳婦，若論三從四德，我的姥姥有足夠的資格在貞潔牌坊上留下清名。

我的姥爺那天晚上回來了，可能是聽到了什麼風聲，他沒有久留，只是扔下了一袋口糧又消失在了濃濃夜幕中，就是那一袋口糧救了我姥姥和我母親的命。

所以每當吃飯時，姥姥總會在一旁不停地叮囑我要多吃，按照她的理論，只有把自己吃成「福泰泰」的時，才算是吃飽吃好。可以想見那時我是多麼地反感姥姥的做法。我非常討厭吃飯時姥姥一刻不停地盯著我看的眼神，不僅如此，她還要將好吃的東西挑揀出來夾進我的碗裡，好像我自己不懂得吃似的。有必要嗎？雖然那是為我好，但我就是感覺不舒服。

所以姥姥一直在勸母親不要再絮叨了，她擔心母親的催問會影響到我的食欲。

吃完飯了，姥姥開始收拾碗盞，她顯得很不高興，因為她注意到我的晚飯沒有吃好，她知道這是我母親造成的，但她又無法埋怨。

可我的母親沒有更多的理會我的食欲，她開始在叮囑我脫下邋邋遢遢的一身髒衣服，再換上一套簇新的服裝。我很不情願，因為我那時最討厭的就是穿新衣服，這會讓我覺得渾身不自在。也不知出於什麼奇怪的心理，我就是覺得新衣一旦披掛在身，哪哪兒都會受到拘束，感覺手足無措，甚至見了生人都會讓我感到臉紅，就像是做了一件見不得人的壞事。

所以每當逢年過節，母親給我買了新衣服回來，我總會纏著姥姥，讓她答應把我的新衣在石頭上磨舊一些，或者給我縫上一小塊假裝的補丁。我喜歡穿打補丁的衣裳，我過去穿破的衣裳都是由姥姥來縫補的，當一件衣服出現了一塊由姥姥親手縫上的補丁時，我就覺得穿在身上精神抖擻，因為我發現我周圍的窮孩子身上，穿的都是打上補丁的衣裳，我為什麼要跟他們不一樣呢？

姥姥聽我說完後嘿嘿樂了，拍拍拍我的頭說：「若若穿上新衣服才會喜慶呢，你自己去照照鏡子？」我黑著臉走了。我才不會照鏡子呢，一旦出現在鏡子中，那個我是我自己所不認識的人。穿上新衣裳我就不能無法無天了，不能上樹爬牆，因為它讓我與其他的孩子拉開了距離，他們看我的眼神就像在看一個可笑的怪物，這會讓我彆扭。他們通常穿得就很邋遢，而且總有幾塊醒目的大補丁，這讓我不知為了什麼而感到無限羨慕。我那時覺得只有像我姐姐這樣的女孩子才會喜歡穿上新衣裳到處炫耀呢。而我是男孩，男孩和女孩是不一樣的。

我一直在磨蹭，母親急了：「若若你怎麼了，快穿上呀。」

我老大不情願了，很委屈地看著母親，我說：「不換行嗎？」我說：「我就是不喜歡穿新衣裳。」母親說：「這孩子，怎麼這麼不懂事呢！」姥姥在一旁嘿嘿樂著：「我們若若就喜歡艱苦樸素。」母親瞪了姥姥一眼：「你還誇他呢，他更翹尾巴了，快穿，我們一會兒要去看程叔叔。」

「程叔叔是誰呀！」我不樂意地問道。母親沒搭腔，轉頭看我姐姐。她倒好，不用人說已將她那件綠色的燈芯絨外套穿上了。

我姐姐就愛臭美，逮到機會就穿上她的新衣，恨不得天天有機會拾掇得光鮮亮麗，以便顯擺自己有多麼漂亮，真讓我看不上眼。我不屑地瞥了姐姐一下，她也回敬地白了我一眼，似乎在嘲笑我的無知。我才不愛搭理她呢，愛臭美就臭美唄，反正我不喜歡這樣。可我現在拗不過我的母親，她就站在我的邊上，非要看著我穿上不可，我沒法抗拒了。我母親固執起來誰也擋不住。

我只好嘟嚕著嘴，很不樂意地將母親交給我的一套新衣穿上了。是藍色的卡嘰布衣料做成的套裝，一旦穿上，就覺得自己像變了一人似的，一個連我自己都不認識的人。

可姥姥撫掌笑了起來：「喲，瞧瞧俺家若若換了個新人似的，你自己照照鏡子瞅瞅，看看俺們若若喜慶不喜慶？」

姥姥硬是將我推到鏡子前。我還是拉長著臉，繃著一臉的不高興，可真到了鏡子前我還是忍不住地悄悄打量了一眼自己。

還真是，怎麼看也不像我想像中的自己了，像是一位又聽話又懂事的男孩，嘴角上還不經意地掛著一絲羞澀。這是我嗎？我的眼睛瞪大了，又狠狠地剜了一眼鏡中的自己。現在的我確如姥姥所說的清爽了許多，像個愛整潔乾淨的男孩，還透著一絲我所陌生的斯文。可我並不是這樣的人呀。我很奇怪不同的衣服穿在同一個人身上效果卻截然不同，判若兩人，這真是有些神奇！

八

母親帶著我們出了門。

我心裡還在琢磨母親要把我們帶到哪兒去呢！但我現在可是興高采烈的，因為想像中母親會先帶我們去趟百貨商場。我喜歡去哪裡，偶爾母親一高興，還會給我買下我所喜歡的玩具槍。這是我最鍾愛的玩具了。我已經收集了許多把各式各樣的塑膠槍，但還是貪心不足，只要有玩具槍的新品上市，我的哈拉子就會流上三尺長。

在我很小的時候，有一件事一直印在我的腦海中，揮之不去。我們家當時還在福州，我的父親有一天回到家，臉上容光煥發，精神抖擻，他的樣子讓我好奇。

我悄悄地打量父親，因為平時在家裡父親的這種表情並不多見。這時我突然發現父親的肩章上又多出了一顆豆豆，我隱約覺得父親的激動和這個新添加上去的小豆豆有關，雖然父親從不跟我提什麼軍階的等級，但從小生長在軍隊大院的我，這點小常識還是略有所聞的，增加一枚小豆豆就說明父親升官了。

父親說，今天帶孩子去百貨大樓。我開始歡呼了起來。我的姐姐立馬回了她的小屋，等她轉出來時已然換上了新衣，然後安靜地坐在椅子上等待著出發的信號。

我沒有換新衣。我只是盼著父母儘快地能帶我出門，我早就盯上了百貨大樓新到的一把玩具卡賓槍。

那還是上個月父母帶我們逛街時被我盯上的，我一直念念不忘，做夢都夢見它，我能想像一旦它歸我所有，我挎著它，一定會神氣十足，小夥伴的眼睛又要瞪大了。我喜歡這種感覺，喜歡別人盯著我看，流露出的羨慕，這會讓我很有榮譽感。我得承認，小時候我就有了虛榮心。可是誰又沒有虛榮心呢？

我們一家去了百貨大樓，先上了服裝部，父親在給我的母親挑一件簇新的灰卡嘰布的列寧裝，好像那個時代的女幹部都愛穿這種款式的服裝，據說，它的風格來自當時的蘇聯老大哥。

母親勸父親不要花這個冤枉錢，父親說：「你先穿上試試？」母親拗不過父親，猶豫了一下穿上了，父親很滿意地上下打量了一下我的母親，點點頭：「嗯，穿上真好看，買了吧。」

母親迅速將衣服換下，說，「算了吧，挺貴的，還是把錢省下給孩子吧。」父親沒說話，只是掉頭問售貨員：「多少錢？」售貨員報了一個數。父親開始掏錢。母親上去攔阻：「別買。」母親說，「我不喜歡。」父親看著我母親，笑著說，「你喜歡，我知道的，這是今天我送你的禮物，我總得有點表示吧，平時都是你帶孩子，辛苦，我得表示一下。」

父親買下了。接著俯下身問我們：「你們想要什麼呀？」我和姐姐異口同聲地說：「玩具。」

父親嘿嘿樂著，說：「我就知道你們會要玩具，好好，我們去看看。」

我們去了玩具櫃檯。父親先給姐姐買了一個洋娃娃，一頭的金髮，瞪著一雙嫵媚漂亮的大眼睛，稍微一動還會上下眨巴著，身穿一襲紅色的紗裙。姐姐可高興了，抱著洋娃娃不肯撒手，像是生怕會被人搶走了似的。這下輪到我摩拳擦掌了，我知道接下來該輪到我了，我心裡還惦著那把事先看好的卡賓槍呢。

果然，父親笑眯眯地望著我。「你呢。」父親說，「還沒給我們若若買禮物呢。」我的心臟激動得在蹦蹦跳，上去攥著父親的手，將他往買玩具槍的櫃檯上拽。

「就它！」我指著卡賓槍大聲說。

父親俯下身，先通過玻璃展櫃認真地看了一眼上面的價格標籤，然後直起身子，摸了摸我的腦袋，猶豫了一下，然後向售貨員招手。

「把這把槍拿來我看看。」父親說。

這時我的眼睛瞪圓了，父親指出的方向完全不是我要的那把卡賓槍，而是一把小小的玩具手槍。我以為父親看走眼了。

我拉著父親的手甩著說：「不是它，是那把大的。」父親接過售貨員遞過來的玩具手槍，在手中把玩了一下，說：「這個也很不錯呀，若若拿著試試。」

我說我不要手槍，我要卡賓槍。父親回身跟母親商量了一下。我的母親也俯身向櫃檯內看去。我注意到她的眉心鎖緊了。「太貴了。」母親叨嘮了一句。父親點了點頭，點了一下錢包裡的錢。

父親蹲下身，拉著我的手，用商量的口吻對我說：「若若，爸爸知道若若喜歡槍，爸爸也答應給你買一把，但不是你要的這把，這把太貴，爸爸以後再給若若買好嗎？」

我開始耍賴。我說不行，我就要這一把。父親仍拉著我的手，看了我一會，站起了身，對售貨員說：「行，就拿這把吧。」

他說的不是我要的卡賓槍，而是他幫我挑的手槍。我的腦袋一下子就炸了，開始號啕大哭。父親的眉心皺緊了。母親趕緊上來哄我，但我仍不依不饒，我死不鬆口地說就要那把卡賓槍。

我的號啕之聲越來越大。這是我在關鍵的時候對付大人最有效的武器，我只有採用這種方式，才能讓他們向我屈服。我注意到周圍人的目光開始轉向了我，甚至有一群好事的小孩簇擁在了我的身邊，好奇地打量我。

我心裡在期待著勝利的時刻。

可是這次沒能奏效。父親將拿在手中的玩具手槍送還了售貨員，說了聲謝謝，彎下身抱起了我，大踏步地向樓外走去。我則拚命地掙扎扭動著身子，哭聲更加嘹亮。我已經不再指望父親的仁慈了，我只希望母親會在我的哭聲中心軟，及時攔截下匆匆而去的父親，應允我的要求。所以我一邊哭，一邊淚眼婆娑地瞅著我的母親。

可是什麼也沒有發生。母親似乎也在生氣，緊跟著父親，快步走向百貨商場的大門，而我的姐姐在我看來卻很是得意，懷抱著她如願以償的洋娃娃，若無其事地跟在後面，不時地將洋娃娃貼緊自己的小臉，流露出一副無限幸福的表情。

可以想像此刻我的心情，委屈如同滔滔江水般地一瀉千里。我開路踢打父親。父親抱著我已然走出了百貨大樓。外面的風聲更緊了，冬天的狂風總是有些凜冽，它吹向我的臉，我的那個被縱橫的淚水澆濕的臉。我身體哆嗦了一下，結果哭得更加肆無忌憚。

父親被我折騰得不耐煩了，一怒之下放下了我。我的腳剛一落地就撒丫子往百貨大樓衝去，嘴裡仍然哭喊著我要卡賓槍。路人開始駐足觀望，臉上滿是喜樂，這就更加助長了我的囂張氣焰。我實在是太想要那把卡賓槍了。

還沒跑出兩步，父親的大手就一把揪住了我的衣服，老鷹抓小雞似地重新拎起我。我掙扎得更加猛烈。他又一次將我放下，我也又一次地向百貨大樓衝去，但還是被父親抓住了。路人開始將我們圍上了。我們父子倆的動靜足以讓別人覺出這是場有趣的節目。

父親的臉終於掛不住了，他開始揍我。

父親把我夾在他的臂彎裡，然後騰出一隻手來玩命地拍打我的屁股。他確實氣壞了，我的蠻橫讓他覺得必須用武力對我實施鎮壓，否則我會鬧起來沒完沒了。

我的記憶終止在這一時刻，後來究竟又發生了什麼，回憶像被一團濃密的霧瘴所遮蔽，無法看清後來的情境了，可我卻鮮明地記住了那把讓我垂涎三尺的卡賓槍仍然沒能到手。

我伴隨母親及姐姐在那個傍晚時分敲響了程叔叔家的大門。他們家住在我們家的隔壁單元。母親最終沒有如我所期盼地那樣帶我們去百貨商場，而是來到了這裡。這讓我很是失望。

沒過多久，隔著門板，我聽到屋內傳來的細碎的腳步聲。

門開了。我雖然站在母親的身後，但我能清晰地看見開門人的面孔。我萬萬沒有想到竟然會是她！在那個開門人出現的那一剎那，我彷彿停止了呼吸。我怎麼也不可能想到會在這裡遇見她——我的那位同桌，被老師喚作程婷婷的女同學！

我的臉騰地一下紅了，心臟狂跳不止。我趕緊低下了頭。好在她沒有注意到我，而是抬臉望著我的母親，露出天真可愛的笑容，親切地喊了一聲「阿姨好」，聲音甜潤婉轉，猶如黃鸝的啼鳴。

我不知道該怎麼辦了。這讓我非常狼狽，誰能知道天下竟有這麼巧的事呢，冤家路窄地竟會在這裡撞見了她！早知如此，我當初何必在她面前逞能呢？自己倒是一時痛快了，可現在卻下不了臺。我想轉身溜走，我不想讓她認出了我。

剛一轉身，姐姐就推了我一把，小聲問我：「若若，你怎麼啦？」我拚命地搖頭，表示沒什麼，可心裡還在一個勁兒地打鼓，我有一種狼狽不堪的感覺。

我聽到了一位中年男人的聲音，透著愉快和熱情。「喲，是李主任吧，快進，快進來，婷婷叫阿姨了嗎？」我聽到婷婷「嗯」了一聲。母親回身把我和姐姐推到叔叔面前說：「這是我的兩個孩子，我也帶他們過來認認門。」

「麗莉，若若，快叫程叔叔好。」母親說。

姐姐乖巧喊了一聲「程叔叔」。我還是耷拉著腦袋一聲不吭。母親說：「若若你呢，你怎麼沒喊叔叔？這麼沒禮貌！」

我沒抬頭，生硬地喊了一聲「叔叔好」。母親笑說：「我們家的若若今天怪兮兮的，學會不好意思啦。」

程叔叔高興地招呼我們進裡屋坐。我只好跟著走，縮在母親身後。我一時脫不了身了，心裡還在盤算著接下來將會發生的事情。婷婷會在母親面前說我些什麼呢？如果她說了，我又該如何應對？

在學校時我是做得有點兒過分，後來也沒再搭理婷婷，儘管心裡對這位叫婷婷的女同學有一份莫名的好奇，但我只能藏著，這是我自己心裡的一個小祕密，如果讓同學發現了，非羞死我不可。我得挺著。

我們坐下來了。我還在裝著盯著自己的腳尖看，好像腳尖上長了個稀奇古怪的東西似的。我的反常讓程叔叔注意到了，他關切地問：「若若，你的腳上怎麼了？」我趕緊搖頭，連聲說「沒有」。

「那就好。」程叔叔說。

一雙小碼的女鞋站在了我的眼皮底下，接著，我清晰地聽到了茶杯觸碰茶几玻璃的聲音。

「女兒也在上學吧，這孩子真懂事。」母親說。

「四年級了，應當跟若若差不多吧？」叔叔說。

「我們若若也是四年級。」我聽到我母親的回答。我的心臟這時正在往黑洞裡墜落，心想千萬別再往下說了，再說我該露馬腳了。

「孩子叫什麼，在哪個學校？」母親又問。

完了！我討厭死我母親了，她幹嘛玩命似地打破砂鍋問到底呢？我知道接下來我的偽裝就要被識破了。我彷彿聽到心臟跌入黑洞時傳出的巨大迴響。

果然，程叔叔說，女兒叫婷婷，在育新小學讀書。

母親「喲」了一聲，我的心臟也隨著她的這聲「喲」忽悠了一下，那塊墜底的石頭正在向我滾滾壓來。我快窒息了。

「那婷婷跟我們家若若在同一個學校呀！」母親說。

「若若也在育新小學？」程叔叔問，「那跟婷婷可是校友了。」

「若若，叔叔在問你呢。」母親說。她還沒注意到我此刻的無地自容。

我只好抬起頭來了，沒想到目光正好撞見了坐著的婷婷，瞬間對視，我不知道該說什麼好了。婷婷看著我，還是那麼地沉靜，我看不出她現在想著什麼。

「我跟若若在同一個班。」

我聽到婷婷說，聲音依然嬌嫩、沉著，說完，衝著我我莞爾一笑，目光溫柔就像在安慰我。

婷婷的回答又一次地拯救了我，就像她為了保護我而在老師面前幫我掩飾那般，壓在我心底的那塊巨石霎時變輕了。

「這麼巧？」母親高興地說，「我們家若若跟你的孩子還在一個班上呢！」她對婷婷說。「若若，你不認識婷婷嗎？」母親又側過臉來問我。

我只能點頭。我不想說太多，說多了我怕露餡，但心裡在感謝婷婷，她沒有揭發我的荒唐行徑，相反還對我很友好，讓我意外。按說，這正好是她報復我的最好時機。

「若若在班上調皮嗎？」母親問婷婷。我剛剛獲得的那份輕鬆又開始變得不安起來，我不知道接下來婷婷會怎樣回答我的母親，我只能繼續裝成若無其事，其實在緊張地等待婷婷的回答。

婷婷沉吟了一會兒。我更加緊張了，我想像中她該揭露我的荒唐之舉了，我彷彿看見母親的眉心鎖成了一把利劍，怒視著我。我知道這一下我終於在劫難逃了，這是我的報應。我全身的肌肉都繃緊了，心裡做好了最壞的打算。

我反而坦然了，反正死豬不怕開水燙，我現在得表現得無所畏懼，我不想顯得那麼怯懦，讓婷婷看我的笑話。這不是我，我豁出去了。

「若若挺好的。」婷婷忽然說，又看了我一眼。「我們班上有很多調皮的同學，若若和他們不一樣。」

我一驚，剛才還繃緊的心，一下子沒著沒落了。我沒想到婷婷會這麼評價我，這讓我太意外了！也讓我對她充滿感激之心。坦率地說，我根本沒想到她會在我母親面前巧妙地掩護我，我為那天欺負她的行徑羞愧難當。

婷婷的回答讓我的母親非常高興，因為她從我的一位同學口中印證了我的表現，母親不想看到我仍像在軍隊大院時那樣地無法無天。母親開始叮囑婷婷要經常幫助我，說我很不懂事，過去就頑皮慣了，常有劣跡。

婷婷一直在認真傾聽我母親說話，臉上始終保持著微笑，偶爾地「嗯」上一聲。我母親還在叨叨說，如果我在學校有什麼不好的地方，一定要轉告她。婷婷靦腆地笑了笑，又說了一句：「若若挺好的，阿姨您放心吧。」母親說：「這就好，這就好，我就怕若若在學校又鬧出點什麼不好的事來，孩子大了，不好管。」

程叔叔說：「男孩子調皮點正常，你也不必操那麼多心，再長大點兒他自然會懂事的。」母親「唉」了一聲說：「我就是擔心這孩子，你看我們家麗莉，不用人說，自己就知道不給家裡惹事，我也不必跟在她後面操心。這個若若呀，過去跟著他爸，像個沒人管的野孩子，現在他爸管不了了，又扔給我，當媽的就是有操不完的心。」

母親和程叔叔又聊起了工作上的事，我這才知道程叔叔是母親單位新上任的領導。

九

有一天上學，我又像以往似地穿行在公園，那天湊巧我沒約上陸小波，就我一人，斜挎著書包，蹦蹦跳跳地出了門。我發現每當沒人時我就是個極不安分的傢伙，一分鐘都不能消停，老想找點什麼刺激的事讓自己興奮起來，我的蹦跳就是實在沒招時的「刺激」，雖然這很無聊。

那天本想找陸小波一道上學來著，可出門後發現時間尚早，太陽剛剛露出不大一點的小腦袋，天邊映襯著一片玫瑰紅，清晨濕潤的空氣清新爽朗，散發著一種讓人微醺的醉意。我轉念一想，就放棄了找人的念頭，還是一個人走走吧，我告訴自己。那天的心情好像挺特別。

公園裡很安靜，不時有些散淡的路人或公園裡的清潔人員從我身邊擦身而過，印象中那時人的面部表情沒有像今天的人那般麻木、呆滯和「一本正經」，且行色匆匆——像在疲於奔命，那時的人是輕鬆而悠閒的。

有時，我喜歡一人優哉游哉地在公園裡四處晃蕩，無人打擾，自由自在的感覺滿愜意。偶爾我會停下腳步，耳朵敏銳地豎起，那是因為我聽到了鳥鳴聲，然後閃身鑽進茂密的樹叢，擊殺那隻剛才還在樹上活蹦亂跳的小鳥。

我當然不會想到我恰恰會遇見婷婷。我很奇怪為什麼偏偏是在今天的上學路上與婷婷相遇？在此之前我為什麼沒在這條路上見過她呢？我一點也不知道她每天上學與我走的是一條相同的路線，然後，我們會坐在同一所學校同一個班級的同一張桌子上。你說這巧不巧？

我準確地擊落了一隻黃鸝。那傢伙調皮著呢，一會兒在這棵樹上蹦蹦跳跳，一會兒又忽搧著翅膀飛往另一棵樹上，啄食樹丫上的小果實，還不時地上下翻飛，每次我正要瞄準牠時，牠又飛了，一刻也不消停，把我氣壞了，心想老子今天饒不了你，看我怎麼把你揍下來。

我跟著牠轉悠了好幾株沉香樹，最後終於瞅準了一時機，發射了我的彈丸。我覷定了牠又要開溜了，所以打了一個提前量，在牠正在騰空飛起時身體重重地被我擊中了，應聲而落，連一聲哀鳴都沒來得及發出。

我的心裡好一陣得意，心想可惜沒人看到我的精彩表演。這也怪不了誰，誰讓我沒招呼小夥伴與我一道上學呢。我拎起那隻色彩斑斕的小鳥，把牠舉在眼前晃了晃。牠在我的手中垂死掙扎了幾下，然後可憐地蹬蹬腿，沒氣了。

我不屑地將牠往身後一扔。我現在不再需要牠了，牠存在的唯一意義在當時的我看來，僅僅在於看誰能在最後的較量中取勝。現在我勝出了，牠的生命隨之消失，牠就是個無用的東西了。

我撇撇嘴，哼上了一支小曲，漫不經心地穿過茂密的樹林，計畫返回寂靜無聲的柏油路上。可我隱約聽到嘰嘰喳喳地說話聲，雖然很輕，但根據聲音判斷是幾個女孩的聲音。她們輕聲細語地交談，不像我們男孩子，一準會爭先恐後大聲地扯開嗓門嚷嚷上了。

我最初也沒太在意，從公園的西門到東門，大約需要走上二十分鐘的路程。

初升的陽光普照大地，烈烈地燃燒成一片銀白，曬在身上很溫暖愜意。那是一個明媚的春天，所謂鳥語花香的季節，各種植物正在悄然地泛出青綠、鵝黃的嫩芽，白玉蘭馥郁的芳香，無聲無息地在清澈的空氣中恣意蔓延。我在無人時，常會駐足玉蘭花前，鼻翼湊近花蕊，拚命地吮吸著它沁入心脾的芳香，那芬芳的香氣令我無限陶醉，霎時像是什麼都忘記了，只有花香縈繞著我，讓我沉醉，自己亦伴隨著花香飄然出世了，我在空中快樂地優游著，身輕如燕。但我很害怕別人會看見我這副陶醉的德性。喜歡花草是女孩子的習性，一個男孩是不該跟花草蟲魚什麼的「打情罵俏」的。可我還是忍不住，我就是喜歡玉蘭花的味道。所以我會在別人不注意時，悄悄地來到它的身旁，沉醉一小會兒。

就一會兒，這一會兒我會相當滿足。我記住了花香的味道，那味道會一直在我的心中迴旋著，飄逸著，以致留存在了記憶中。寫到這裡，我彷彿又回到了當年，順手摘下了一枚玉蘭，擱在鼻子前拚命地嗅著，那味道霎時在我的心裡瀰漫開來，我的心彷彿也浸潤在了花香裡了。我閉上了眼睛，享受那一刻的歡快。可是那一情景已在我的生活中永遠地消失了，只有在回憶時才會歷歷重現，唯有感嘆了！

那時我們調皮，喜歡瞅準時機欺負一下女孩，這也是我們這撥愛招惹是非的男孩子最開心的遊戲之一。我們不可能讓她們躲進一個隱蔽的角落，逃避我們的攻擊，我們會趁她們不加防備時進攻——這就是我的功夫了，用彈弓襲擊她們。

我當然知道輕重，我不會將彈弓上的橡皮筋拉得太緊，我還沒有混帳到要去故意擊傷她們，所以這樣一來子彈發出的威力將會大大地減弱，更何況，我在彈兜裡裹著的還不是真正的石頭，而是樹上的小果粒，不是為了讓她們疼，而是為了嚇唬她們，僅此而已。我喜歡看到她們受到恫嚇時大驚失色的樣子。

這會很刺激。無論誰見過她們被擊中時那一剎那的表情都會覺得太有趣了。我們平時根本不可能過於地接近她們，如果太接近，會遭到其他的男孩子的譏諷和嘲笑，而她們又總是裝出一副傲慢冷漠的樣子，昂首挺胸地在我們眼前晃悠，似乎她們才是天之驕子。真他媽的討厭！我們平時整治她們的那點小伎倆根本沒大用，她們習以為常了。所以還是我這招好，完全是出其不意，所以才能出奇制勝。

「嚇死你們！」每當彈弓的子彈呼嘯而出時，我的嘴裡會蹦出這句話，感覺上很是有點咬牙切齒的意思，就像有什麼深仇大恨。可是沒有呀，那我幹嘛那麼恨她們呢？我有時也會納悶地問自己，可結論還是納悶，於是只好搖搖頭不去想它了——我只想那有趣的一瞬間：她們在明處嚇得狂呼亂叫，而我卻在暗處掩嘴竊笑。

我的那點桀驁不馴的勁頭又開始發酵了，因為我聽到了她們的竊竊私語聲，我想看看那都是些什麼人。

我開始加快腳步。穿過一片濃密茂盛的冷杉叢，再走上幾步，就可以抵達柏油路面了。當然，我是不可能出現在光禿禿的路面上的，那會讓我的身影暴露無遺，我還得借助於繁茂的樹叢，將身子掩藏起來。

我喜歡這種貓抓老鼠的遊戲。

現在的我，站在了靠近馬路的一株針葉闊大的雪松旁了，我可以窺伺到馬路上的所有動靜，包括那幾位談天說地的女孩。

她們走得很慢，挽著手，一副親熱無比的模樣，說到興高采烈處時還發出「咯咯咯」的歡笑聲，完全沒有意識到「危險」已悄然地潛伏在了她們的身邊。只要我的彈弓及時地發出子彈，她們還能笑得起來嗎？我想那時她們一準該哭鼻子了。

我彷彿看到了她們花容失色的模樣，心中暗自竊喜。

我開始鎮靜地往我的彈弓上安裝子彈，心裡騰升起一陣陣隱隱的興奮。一切都準備就緒了，剩下的事情就是等著我的子彈呼嘯而出。

就在這時，我好像聽到了什麼異樣的聲音。

十

我蹲在雪松下，層層疊疊的樹杈和針葉遮沒了我，我聞到了一股嗆人的松脂味道。

我整「彈」待發時，耳朵像警犬似地豎得高高的，傳過來的細碎脆亮的聲音是我的興奮劑，那聲音對於無聊的我來說，就像是聽到了衝鋒號角。

可就在這時，我好像隱約聽到了一聲輕微的驚叫聲。我一凜。是誰搶先了我一步呢？我心裡還在納悶呢。

緊接著，聲音消失了，周圍又恢復了寧靜。好像在這神奇的剎那間，所有的聲音都像被地心引力吸淨了一般。哎呦，竟是如此的寂靜無聲，悄無聲息得讓我猶覺什麼地方開始變得有點兒不對頭了。我預感有什麼事情發生了，否則，不可能會出現這樣的情景。

我站起了身，穩了穩自己，從雪松後頭悄悄地探出了頭。我想探個究竟。

那幾個女孩停在了馬路中間，我看不見她們的表情，因為她們都在背對著我，但我卻看到了另一人的表情——一個醜陋的我熟悉的男孩子的表情，他齜牙咧嘴站在她們面前，一副流裡流氣的樣子，還抄了一根木棍，在手中漫不經心地把玩著，那模樣煞是一典型的小流氓。

他就是一個地道的流氓。我一直不知道他是幹什麼的，只知道他經常出沒在這一帶。公園的周邊圍繞著一壟壟綠油油的農田，田間的阡陌小道縱橫交錯，還零零散散座落著村舍瓦房，想必他就出自在那裡。我現在還能強烈地記起他的那副吊兒郎當的模樣，還有他那個非常莫名其妙地似笑非笑的表情。這個表情在當時的我看來猙獰可怖。

最引人注目的是他滿頭的癩瘡，我們私下裡會稱這人為「瘌痢頭」。印象中「瘌痢頭」在我的生活中已消失了很長時間，我以為從此後他會了無蹤跡了呢，可誰能想到竟然他又神出鬼沒地出現了！

當我和我的小夥伴陸小波最初來到這座公園，並穿越東西走向時，我們就開始注意到他了。

我也記不清那是在哪一天，記憶中是在一個淫雨綿綿的早晨，他出其不意地從我們眼前晃過，還很有些意味地乜斜了我們一眼，然後跑遠了，手上擎著一副拙劣的彈弓，高高地舉著，像是在向我們示威。當然，他能讓我們記住的也是因了他的那一頭顯眼的「瘌痢頭」，上面流著令人噁心的黃油，讓人厭惡。我們也盡可能地躲他遠遠的，因為他的眼神讓我們覺得來者不善。好在那一時刻他沒有欺負我們，他們還為此而感到慶幸。

我們繼續往前走，行進到了一個僻靜的拐彎處時，他突然從樹後閃了出來，橫在了我們的面前，叉著雙腳，一副得意洋洋的樣子。一開始我們並沒有搭理他。我們又不認識他，憑什麼要搭理一個不認識的人呢？我和陸小波都戴著斗笠，那是為了遮風擋雨用的。那天的天空陰沉灰暗，霏霏細雨下個不停。

說來也奇怪，我特別不喜歡雨天撐一把油布雨傘，那在我看來很彆扭，是我姐姐那類女孩喜歡的雨中工具，或者是我們班上那幫耀武揚威的高幹子弟喜歡的「行頭」。我不喜歡，真不喜歡，我不想和他們一樣——當然也包括我的姐姐，我羨慕在農田裡耕作的農夫的那身打扮，他們穿著綴著補丁的粗布衣衫，頭上戴著一頂邊緣微微下墜幾寸的用竹葉與竹片編織的斗笠，身上披著麻製的蓑衣，在風雨交加的田野上，那個看起來碩大的斗笠頂在他們的頭上有一種令我仰視的風采。

那時候，我喜歡下課後一個人在雨天中撐著傘，蹲在馬路沿上，看著農人雨中插秧的樣子，肢體有節奏地一起一伏，動作迅速而麻利，那頂斗笠遮蓋了他們的半張臉，也遮擋了飄搖的風雨，沒一會兒工夫，眼看著一排排綠油油的秧苗就整齊有序地在水田裡鋪展開來了。

有時我會獨自一人站在田埂上，長久地望著他們，以及遠處錯落有致的農舍，心裡真的有太多的羨慕。我也說不清楚我究竟在羨慕什麼！

於是我開始鬧著要母親給我買斗笠。這讓我的母親非常納悶，她完全不能明白我為什麼突然抽瘋似的迷上了斗笠？她說家裡備著這麼多雨傘我為什麼偏偏要擋不住多少風雨的斗笠？

「風一刮就會吹掉的。」母親說。

我說：「農民叔叔就戴著這個『帽子』遮風擋雨，你不是說要我多向農民叔叔學習嗎？我喜歡。」母親笑說：「那是農民叔叔為了做農活時圖個方便，可以空出手來做事。」我可不管母親說什麼，堅持我的要求，甚至發誓如果不給我買，我將「赤身」走在風雨中。

母親只好向我妥協了，無可奈何地搖了搖頭。

「瘌痢頭」站在我們面前，不懷好意地看著我和陸小波。

陸小波拽拽我的衣角，輕聲說：「別看他，我們快走。」我也輕輕地在他手心上摁了一下，表示知道了。我們加快了腳步，想要快速地從他身邊擦過。

可他伸出手攔住了我們，臉上掛著似笑非笑的表情，看得我心裡直起雞皮疙瘩，尤其是瞥見了他一頭的髒裡巴嘰的「黃油」。

我們走不過去了。他橫在我們面前，不讓我們走。我們知道，麻煩終於來了。

他沒有開口說話，只是分別打量了我們幾眼，圍著我們轉了一圈，然後輕蔑地要將陸小波撥拉到一邊去。

陸小波沒動，堅定地站在我的身旁。「瘌痢頭」面露驚訝。他可能覺得陸小波沒有被他嚇唬有點意外，臉上的怪笑消失了，一種陰森森的表情驀然出現在了他的臉上。

他的個頭要比我們高出一截，臉上沾滿了雨水。那天的雨不大，只是毛毛細雨，南方常有這樣的天氣。他的手突然像魔爪似地伸出掐住陸小波的臉頰，惡狠狠地看著他：

「你膽子好大！」

陸小波沒有畏懼，憤怒地盯著他。他們的目光短暫地對視了一會兒，「瘌痢頭」鬆開了手，轉過身，好像沒事了一般，可是忽然又將身體轉回，突然伸出了爪子，將陸小波的斗笠掀了下來，然後一揚手，斗笠如同飛碟般竄了出去，在空中打著旋兒。陸小波正要衝過去搶他飛走的斗笠，被「瘌痢頭」拽住了衣角，順手推了他一把。陸小波一個趔趄閃到了一邊。

「瘌痢頭」這時惡狠狠地看向我，目光詭異地盯了我幾秒鐘。我實在看不得他那一頭流著黃油的「癩瘡」，心裡直犯噁心，目光趕緊別開。沒想到他聳聳肩，伸出了一隻手。我還納悶，他想幹嘛？

就在這時，我感覺到陸小波重新回到了我的身邊，手裡拿著剛撿回的斗笠，攥在手裡，沒馬上戴上。他和我肩並肩站著，只是稍稍地比我靠前了一點。我心裡明白，陸小波已做好了最壞的打算，準備和我一道與「瘌痢頭」決一死戰，當然是在萬不得已的情況下。

毛毛細雨在風中飄搖著，順著陸小波的臉頰無聲地淌下，他在怒視著「瘌痢頭」，好像隨時準備投入戰鬥。

「瘌痢頭」的身體墩實粗壯，一身凸起的腱子肉，我們兩個真要和他打起來肯定會吃大虧。這一點「瘌痢頭」也很清楚，所以他才會滿不在乎地看著我們，一點也不急，那神情彷彿在說：來呀，你倆兒一塊上，老子正等著你們呢。

我悄悄地拽了一下陸小波的衣角，暗示他別衝動。好漢不吃眼前虧。我在等著看「瘌痢頭」下一步要做什麼。

他伸出了手，手掌攤開，那雙邪惡的眼神盯著我，神情又分明是在向我索要什麼東西。是什麼呢？我一時沒鬧明白，於是我開始裝傻。我現在只想著儘快地離開這裡，離開這個惡魔一樣的人。

「彈弓。」他說。

彈弓沒有拿在我的手裡，而是別在我的腰上，如果不是事先探知，他根本不可能知道我有這把彈弓，說明這傢伙早就盯上我了。

「憑什麼你要人家的東西？」陸小波不服氣地說。「我們又不認識你。」

「今天不就認識了？」「瘌痢頭」嘿嘿地獰笑著。「我就是為了『認識』才來找你們的，這是我們的『見面禮』，現在明白了？」

陸小波憤怒地將手中的斗笠劈頭蓋臉地向「瘌痢頭」砸去，身體跟著就像一頭小豹子似地竄了出去，一頭扎向「瘌痢頭」的懷裡。

他豁出去了。

我在一旁覷得一清二楚，那頂斗笠向「瘌痢頭」飛去時，他似乎早有防備，所以腦袋一斜，輕輕地抬手將飛來的斗笠格開，然後身子往後移動了一下，隨即扎了個馬步。我知道，陸小波要吃虧了。

果然，當陸小波的身子隨後衝到時，「瘌痢頭」的雙掌早已張開，扎在腰部，正等著他呢。陸小波還沒挨到「瘌痢頭」的身體，「瘌痢頭」早已雙掌前推。我只看著剛剛俯身衝將過去的陸小波，現在又後仰著著身子倒退地跌了回來，好在我反應快，迅速扶住了他一路踉蹌的身子。

陸小波在我懷抱中掙扎著，還要往上衝。我緊緊地抱住他，大聲地喊道：「陸小波，陸小波，我們打不過他，算了吧。」陸小波的臉漲得通紅，青筋畢露，雙目噴火，我看見他眼眶中溢滿了憤怒的淚水。我知道他不服，心裡憋著太多的委屈。

「瘌痢頭」還是一臉得意地看著我們，收回了馬步，又恢復了懶洋洋的樣子，好像剛剛從田間勞作結束，正在享受陽光的照耀，體味著它的美妙呢。他再度向我伸出了手，眼睛眯細著。

我知道，他還是想要我的彈弓。可它是我的寶貝，而且這把彈弓伴隨了我多年，給我帶來了太多的榮譽和讚頌，我因為有了它，才在別人的面前有了一份光榮和自豪，現在，它確在「瘌痢頭」的挾持下必須交出去了！我知道逃不過這一劫，如果繼續反抗下去不但於事無補，而且還要吃更大的虧。我很不情願地從腰間抽出了那把彈弓。

我的彈弓剛一亮相，「瘌痢頭」就飛身竄了過來，從我手中一把將它搶下，高興得猶如野獸般地怪叫了一聲，然後衝我們揮了一下手，揚長而去。

我和陸小波長久地站在風雨中，任憑雨水洗刷著我們的臉頰，心情壞到了極點。

「有一天，我會讓這傢伙知道我們的厲害的！」陸小波喃喃自語地說。

我沒說話，我不知道陸小波的這個有如誓言般的咒語有什麼用？「瘌痢頭」顯然比我們強大和蠻橫，我們打不過他，我們再不服也得承認我們拿他一點辦法也沒有，我們沒有這個實力。

稍頃，陸小波彎腰撿起斗笠重新戴上，拍拍我，像在寬慰我一般，輕聲說：「走吧，若若，再不走要遲到了。」我點點頭，感激地看了他一眼，心裡充滿了委屈。

陸小波和我不在一所學校，他上的是一所普通小學，這是他的家庭身分決定的。現在想來，其實那時的人，還是會被無形中區分三六九等，雖然口頭上是說消滅了階級，也就是說，其實還是有階層分劃的，只是不像今天，又多出了一個龐大的財富和權貴階層，那時的階層雖然有，但絕沒有像今天這般嚴重，這般地涇渭分明。

陸小波所在的學校，距離我上的育新小學很近，所以我們經常結伴而行。

我們一路上都沒再說話，在飄飛的細雨中沉默著。

十一

後來的幾天，我在上學之前去找陸小波，結果發現他早就走了，這讓我很納悶。我覺得他現在的行蹤一反常態，他過去不是這樣的，過去的他會先跑到我們門道裡等著我，在樓下吹響他那悠揚動人的竹笛。有時，他會早早地扒完了飯，從他家單元出來，一溜小跑地來到我們家單元的樓上，面對我家的門口站上一會兒，輕輕敲三下門，沒等裡面有沒有反應，便返過身曲腰蹲在了樓梯口上，慢吞吞地從口袋裡掏出一本髒兮兮的小人書，認真地看了起來。直到聽見我家的房門打開，這才合攏書，站起身，笑眯眯地看著我。

我們很默契，什麼都不必多說了，便一塊下了樓，大步走在了上學的路上。

可是連續幾天他都一人先走了，讓我不安了起來。是不是那天在「瘌痢頭」面前我表現得過於窩囊了，讓陸小波對我極度失望？他一定覺得我不像一個真正的男子漢，他都為我豁出去了，而我卻在一邊繳械投降。

可那天，我也在為陸小波著想呵，如果愣是硬撐下去，吃大虧的一定是我們，何況我也知道陸小波的脾氣，只要我需要，他肯定會死扛到底，絕不服軟。

也許陸小波並不這麼想？可我一下子覺得沒臉再見陸小波了，心裡面灰突突的，頹喪地一人向學校走去。

直到這時才發現，一旦失去了陸小波這個忠實的好夥伴，我變得太孤單了，甚至我在穿越整個公園時，都覺得無聊乏味。我感受不到花香、鳥鳴和清風細雨，只是加快步伐走著，無心再去欣賞春天的浪漫景致。

我正低頭無精打采地快步走著，一顆小石子驀地落在了我的跟前，在柏油路上發出一聲細微的脆響，彈跳了幾下，出溜到一邊去了。我開始時並沒有太在意，甚至沒有意識到這是有人在暗處製造的效果，我只是抬眼看了一下四周，沒見動靜，繼續埋頭走我的路。

又一顆小石子落在腳邊，我還下意識地上去踢了一腳，小石子飛了起來，這一瞬間我還有些小興奮。可能是我太無聊了，一點小小的意外都會讓我亢奮。

看著小石子在我的腳尖上「騰」地一下飛起，劃過一道弧線向遠方落下，這才想起，石子不會無緣無故地跑到我的腳邊來的，它一定另有來路。

當我反應過來時，就開始向路邊的叢林張望。周圍還是什麼都沒有，靜悄悄地，小鳥的啼鳴開始傳入我的耳鼓，我神經末梢的敏感又開始恢復了。

但是我仍在納悶，誰在和我沒事鬧著玩呢？

正琢磨著呢，一個小腦袋從路邊的樹叢中探了出來——竟然是「失蹤」多日的陸小波！他的臉上掛著神祕的微笑，甚至嘴角上還飄著一絲得意。當我又正要張口叫他時，他迅速屈身伸出右手的食指，豎在嘴唇上「噓」了一聲，示意我不要大聲喧嘩。我沒懂是什麼意思。他向我快速地招了招手，讓我過去。

我向他跑去。

就好像我們很長時間沒見了，彼此還擁抱了一下，我高興地在他的胸前擂了一拳。他笑了，說：「別大聲說話，一會兒會有好戲看。」

什麼好戲？陸小波今天的神情太讓我感到奇怪了，不僅神祕，而且有一種沒來由的亢奮。我從沒有見過他會這樣。

陸小波拉上我，向叢林的縱深跑去，這讓我更加地好奇了，同時也油然而生一種高度的興奮，因為我們一直在屈身小跑著，感覺中我們像是深入敵後的偵察兵。我一直想問陸小波到底要把我帶到哪去。

我們深一腳淺一腳地在樹叢的泥濘地中穿行著，那一大片茂密的叢林遮掩了我們，陸小波在前方引路。我沒找到合適的機會詢問他，因為我們一直在一路小跑，但他的神情在準確無誤地告訴我，接下來我們要看到的準是一場好戲。

一直跑在前方的陸小波終於放慢了腳步，回頭瞅了我一眼，然後用手往下壓了壓。我明白他的意思，他這是讓我放慢腳步，同時，他又一次地將食指壓在了嘴唇上。我點了點頭。

這種感覺真刺激，我變得越來越激動了，心臟都在狂跳不已，而且，期待懸念被破解的願望也越來越強烈。

又稍然地走了幾步，陸小波停下了，他輕輕地在我的手心上捏壓了一下，然後撥開擋在我們面前的密密匝匝的樹枝。眼前是一片開闊的綠茵茵的草坪，清一色的寶石般的翠綠，像天鵝絨般恣意地鋪展了開來。

我驚奇地看到，前方居然會有這麼一大片綠得晃眼的草坪，幾隻長脛長腳的不知名的大鳥，正悠閒地昂首地走在綠草坪上，偶爾，停下來，脖子高高地揚起，靈動地四下裡張望著，然後又邁步向前。我聞到了春天才有的氣息，它讓我神清氣爽。

我每天都會穿過公園上學，自覺早已熟悉了公園的一草一木，可我完全沒想到在這片茂密的叢林深處，居然還隱匿著一片宛如天界般的仙境，漂亮得令我咂舌，嘆為觀止，心裡暗暗地佩服起陸小波了，心想，這小子怎麼就發現了這麼一處不為人所知的美景呢。

那個高視闊步的大鳥是我從未見過的，牠身上的顏色五彩斑斕，紅、白、藍、黑錯落交織，漂亮極了。我目不轉睛地看著，心裡想，難怪陸小波一臉神祕呢，他一準是因為發現了這塊神奇的仙境，所以把我帶來開開眼界，他真是我的好朋友。

正想著，陸小波嘴裡發出一聲輕呼：「來了！」

「來了！什麼意思？」

我正詫異陸小波為什麼要發出這樣的驚嘆時，他一拽我的衣角，將我拉到了他的身邊：「別出聲！」他悄聲說，然後向前方指了指。我順著他手指的方向看去，隱約覺得在另一頭的叢林中似有樹影在沙沙地晃動。喲，難道還有什麼更大個兒的動物要晃出來不成？

我的興奮更加地不可阻擋，它喚醒了我這個無知少年的全部好奇。我屏息靜氣地等待著，等待著那個奇妙時刻的降臨。

聽不見太大的動靜，只能看到樹影的搖晃，但倘若不凝神諦聽是不會意識到那裡發出的動靜。

終於，樹影的晃動停止了，我的心都快跳出來了，我認定那準是一個神奇的動物，牠很快就會呈現在我的眼前，我急切地期待著牠的出現，很想看看牠到底長得一副什麼德性。我彷彿聽到了我心臟發出的蹦跳聲。

那時我常做白日夢，總在幻覺中期待著奇蹟的出現，總會不自覺地為自己編織一個神話般的美麗動人的故事，現在，我就在興致勃勃地等待著故事的開場，雖然這僅僅是一個故事的序幕，我甚至已為它輝煌的隆重登場準備好了後續的情節。

可是我沒能想到的是，故事竟以這麼一種方式戛然而止。

我彷彿看到從樹叢的蔽蔭下探出了一個腦袋，那個腦袋與我們雖然隔著一段距離，讓我的視線看上去有一些模糊，但初升的朝陽正好照射在那片叢林中，我能看到在陽光的映照下從那裡發出的一道渾濁的光斑。我大概猜到那是怎麼一回事了，但我還不敢相信，我揉了揉視線有些迷糊的眼睛，再次向前方看去——

沒錯，我沒看錯，是他——那個「瘌痢頭」，那道渾濁的光斑就是從他的癩瘡一般的腦門頂上發出的，這讓我驚愕。我側臉看了陸小波一眼，我不明白他為什麼要帶我來到這裡？為什麼要讓我在這裡見到

「瘌痢頭」？我們勢單力薄，我們肯定不是他的對手，我們領教過了他的無賴。再說，我根本不想再見到他的那張邪惡的面孔，和他的那個不堪入目的「瘌痢頭」。

這時我又看見從茂密的叢林中悄無聲息地出現了一隻手。我再定睛看去，那隻手上正擎著我的那把熟悉的彈弓。

這個流氓！我心裡罵道。他正在瞄準草地上昂首闊步、我說不上名來的那隻神奇的大鳥。這傢伙太壞了！雖然我也時常用我的彈弓射殺各種小鳥，但眼前的這隻委實太美麗了，就像從天而降的仙鳥。我肯定不會昧著良心擊殺牠的。

大鳥沒有意識到近身的危險，牠還是那麼悠閒地在平坦寬闊的草坪上徜徉，牠沒有在覓食，更像一位晨練的老人只是出來溜溜彎，散散心。這隻大鳥還真有閒情逸趣，悠悠然地邁步向前，細長的腦袋高高昂起，一躬一躬地緩步走著，還像是一位傲慢且旁若無人的王子。

我覺得危險正向大鳥迫近，我有點兒急了。我的身子直了起來，想不顧一切地衝出去。

我剛想有所行動時，陸小波的手心就壓在了我的肩膀上。他別過臉來看著我，輕輕地搖搖頭。我急了，想甩開他的手。陸小波又「噓」了一聲，臉上還浮現出了一絲奇怪的笑容。我有些納悶，不知他究竟葫蘆裡賣的什麼藥！

一會兒會有好戲看，再耐下心來等等。陸小波頗有些得意地小聲說。

我更加不明白了，想張口問，他捂住了我的嘴，然後伸出他的小手，指了指「瘌痢頭」所在的方向。

「瘌痢頭」好像被什麼東西驚擾了一下，他愣了。就在這時，我彷彿看見一隻大手抓住了彈弓，沒等「瘌痢頭」反應過來，彈弓從他的手中飛脫了出去，他輕叫了一聲。

那隻悠然自在的大鳥似乎聽到了什麼動靜，停下了閒散的步伐，靜止不動地立著，警覺得四處張望了一下，細長的脖子高高地仰起，似乎在認真傾聽著什麼聲音，然後，像張開的扇子般地鼓動起華麗的翅膀，小腳輕輕一蹬，騰空飛升了起來。先是低空盤旋了一圈，劃出一個漂亮的弧線，然後向著高空展翅飛去，漸漸地就要消失在天際間了。我的視線一直在護送著牠，慶幸牠終於脫離了險境。

大鳥的身影越來越遠，越來越小了，最終融化在了藍天白雲之中。我鬆了一口氣。

這時陸小波拽著我的衣角。「快看！」他急促地說。我掉回了目光，順著他手指的方向再度看去，心裡泛起一陣驚喜。

我看到「瘌痢頭」正在拚命地掙扎，我的那把被搶去的彈弓現在落在了另一人的手裡。那人身形高大魁梧，我只能看到他的側臉，但我能覺出他臉部的輪廓曲線是我熟悉的。正在詫異間，陸小波得意地笑出了聲，然後輕鬆地拍拍我；「可以出去了，若若。」他說。這一次聲音很大。

還沒等我反應過來，陸小波拍拍沾在身上塵土和雜葉，輕鬆自如地走了出去。我趕緊跟上他。

我仍在懵裡懵懂的好奇中。這一切到底是怎麼發生的？我聽到那邊傳來大聲的呵斥聲，和低吼般的抗辯。

陸小波開始小跑，我也加快了步伐，好奇心驅使著我想急於弄清那裡究竟發生了什麼奇蹟。等我跑到跟前時，才看清了——那個高大魁梧的身影，居然是陸小波的哥哥陸大鳴！他足足高出了「瘌痢頭」大半個腦袋，一臉嚴肅地逼視著「瘌痢頭」，一隻手緊緊地攥住「瘌痢頭」的胳臂不放。而一臉賴皮相的「瘌痢頭」正在拚命掙扎，嘴裡嘟嘟囔囔地不知在說些什麼，猶如籠中困獸般地低吼著。

「是他嗎？」陸大鳴見我們趕到了，問了一句。

「就是他！」陸小波大聲說。

這時「瘌痢頭」往我們這邊惡狠狠地剜了一眼，但我從他那射向我們的目光中看到了一絲怯意。這小子終於萎了？我高興地想。我站在了陸大鳴的身邊，覺得自己也變得強大了起來，我的腰桿挺得筆直，一副揚眉吐氣的樣子。

「瘌痢頭」又開始掙扎了，試圖要掙脫開陸大鳴緊緊抓住他的手臂。陸大鳴巋然不動，雙腳微微叉開，扎了個小馬步。

我早就聽說過陸小波的哥哥是練過武術的，他比我們大很多，現在已在上大學了，所以很少跟我們往來，見了也最多只是點點頭。我平時很少看到他的笑臉，所以心裡多少有些怕他。可現在，我突然發現，由於這位的大哥哥的存在，我變得底氣十足，而且頗有些飄飄然的意思了，因為我無所畏懼了。我心裡開始羨慕陸小波，因為這傢伙有個強悍的好哥哥，沒人再敢欺負他了。我為沒有一個身強力壯的哥哥保護自己而黯然神傷。

「癩痢頭」拚命地掙扎了幾下，發現是徒勞的，終於像洩了氣的皮球那般不再動彈了。他蔫兒巴嘰地站在哪兒，神情頹喪。

「你說說你對他們做了什麼？」陸大鳴不緊不慢地追問一句。

「癩痢頭」眼皮往上翻了翻，沒吱聲，仍在裝勇敢。

陸小波氣憤地走上前去，在他的臉上拍了拍。「你裝什麼洋蒜？你不是夠狠嗎？再來試試呀，為什麼連屁都不敢放了呢？」陸小波大聲喝斥著。

「癩痢頭」白了他一眼，嘴角抽動了一下。

「喲，還想頂嘴？來呀，說出來我聽聽，你那天不是挺能的嗎？啞巴啦？」陸小波譏諷地說。

「癩痢頭」又瞪了陸小波一眼。我的火被拱了出來，上前一步，照著他那張無賴的臉搧了一把掌。

「你還敢嘴硬？」我怒斥道。

「癩痢頭」被我激怒了，一咬牙欲掙脫陸大鳴的手向我衝來，可是被陸大鳴輕輕一拽又給扯回去了，好像一點也不費勁。陸大鳴對我們說：「你們先別動，我想先聽他說。」「你說吧。」陸大鳴對「癩痢頭」說，「如果你認為你還有理由的話。」

「癩痢頭」不說話了，他的臉漲得通紅，脖子上的青筋暴突，我能在他的那張臉上看到我的小掌印，這讓我感到了痛快，我一直憋在心裡的那口惡氣隨著那一巴掌的揮出而得已盡興發洩。

「癩痢頭」不言聲了，偷覷了陸大鳴一眼。陸大鳴很平靜，剛毅的臉上透出一股凜然的神情，那是一種難以言表的威攝力，似乎在這個表情背後隨時都有可能掀起一場飛沙走石般的狂風驟雨。「瘌痢頭」臉上的肌肉抽搐了幾下，掠過了一絲膽怯。

「這個彈弓是誰的？」陸大鳴見他不說話，先開了口，揚起了已在他手中的那把彈弓。

「瘌痢頭」的臉撇向了別處。陸大鳴終於有些怒了，鐵鉗一般的手掌伸向他的那張醜陋的臉，將它扳了回來，他的手指頭掐住「瘌痢頭」的雙頰，讓他昂起頭來看著自己。「你這樣做很無恥！」陸大鳴厲聲說。「因為你以大欺小，還想不勞而獲地從別人手上搶奪東西，你不感到害臊嗎？」

「瘌痢頭」的眼白翻了翻，沒說話。

「今天我只是來警告你，讓你記取一個教訓，下次你再敢欺負我弟弟我可不會像今天這樣輕饒了你，你可要記好了，我知道你家在哪，我能找到你。」

陸大鳴鬆開了手，對我們說：「我們走，我們不必像他那樣，用野蠻的方式解決問題，相信他不會再有下一次了。」我還想往上衝，陸大鳴一把拽住了我：「做事要有理有節，我們再做過了就是我們不占理了，明白嗎？」陸大鳴表情嚴肅地說。

陸大鳴身上有一種讓我敬畏的浩然正氣。我頓時沒脾氣了，點了點頭。

彈弓又回到了我的手裡。我們又走在了上學的路上，腳步輕盈，心情快樂，陸小波這時才告訴我，這幾天，他早早地就來到了公園，一直在試圖尋找「瘌痢頭」的行蹤，他知道我喜歡那把彈弓，他知道我為失去了我的武器而傷心難過，作為朋友，他有責任幫我找回來。但他還沒有完全的把握能拿回，所以沒有事先告訴我，怕我為他擔心，只是一個人悄悄地四處轉悠。他知道「瘌痢頭」經常會出沒在公園內，知道他一旦將我的彈弓搶奪到手，會四處尋找目標而擊殺鳥類。

在「失蹤」的那些日子裡，他幾乎踏遍了公園的每一個角落，最後，終於發現了「瘌痢頭」的行蹤，於是悄悄地跟蹤他，瞭解了他的出行規律，活動路線，以及他的家庭住址。「瘌痢頭」住公園邊上的一座農舍裡，那裡視野開闊，屋外環繞著一大片綠油油的農田。

陸小波知道，即便找到了「瘌痢頭」，我們也沒法修理他，因為我們還過於弱小，勢單力薄，唯一的辦法是找到比「瘌痢頭」更加強大的人。「瘌痢頭」是個潑皮無賴。他由此想到哥哥陸大鳴。

他把情況告訴了他的哥哥。他哥哥放下了手中的書本，認真地聽著。「好了。」他說，「我知道了，明天我就跟你去找這個人，我會把你們的東西拿回來的。」陸大鳴聽完了弟弟的訴說，沒有表情地回答，接下來就是我看到的一幕。

陸大鳴比我們大很多，平時我上他們家，總見他端坐在一張木椅上，埋頭看書。有一次我去陸小波家時，從陸大鳴的身邊走過，有意地瞥了一眼他看的那本書，書的封面上寫著幾個清晰的大字：《靜靜的頓河》。那時我還不知這是一本什麼書，我只是記住了這個詩意的名字。

他看得津津有味，一點兒也沒意識到有人從他身邊走過，他那副陶醉的樣子給我留下的印象很深，我至今還能清晰地記起他端坐在木椅上的像石雕一般的姿勢，就像電影中出現的一個定格鏡頭，深刻地烙在了我的腦海深處。我羨慕他，因為他那麼地熱愛讀書，而我卻做不到，我一看到書本就頭疼。他看見我一般不會主動與我搭訕，最多客氣地點點頭，他一定是認為我的年齡太小了，沒必要跟我多說話。

他的沉默寡言，讓我一直覺得他很神祕，他留給我的印象永遠是手端一本書，埋頭閱讀。我有點怕他，不知道是因了他的沉默，還是因為他的不拘言笑？那時我看他總覺得他比我們大出了太多，他在我的眼中就是一個大人了，是和我距離非常遙遠的大人，他的個頭幾乎高出我快兩個腦袋，他站起時，我只能仰視他。

有一天從他們家出來，我問陸小波：「你哥為什麼不愛說話？」陸小波想了想：「我哥就這樣，我也不知道他為什麼不愛講話。」

「那你怕他嗎？」我又問。陸小波又想了想，先是點頭，後又搖頭。對於他的表示我很不滿意，我繼續追問：「你到底是怕還是不怕？」陸小波回答：「說不上怕還是不怕，我哥很會照顧我，但他從來不說，即使我做錯了什麼事，他也不會說，但我知道，他會不高興，我哥最常對我說的一句話是，要做一個懂道理的人。」

哦！我似懂非懂地點了點頭。做一個懂道理的人？什麼才是道理呢？我對陸小波哥哥的這句話感到了無比的深奧，但在那時就是覺得在這句話中隱藏了許多神祕的玄機。是什麼呢？我懵懵懂懂地想走近它，可是它仍高懸在我的上空，我能感覺到，可是我抓不住它，它就像一團迷霧在我的眼前飄來蕩去，既近且遠。

我自言自語地感嘆，「我有一個哥哥就好了！」

說這話時我一定走神了，陸小波拍拍我的肩膀：「喂，你怎麼了？」我這才回過神來。「沒什麼。」我說。

「什麼沒什麼？你在說如果你也有一哥哥就好了，你說這話時好像跟你平時不一樣，為什麼？」陸小波又問。我若有所思地想了一下，說：「如果我也有一個大哥哥，就沒人再敢欺負我了。」我想起了班上那些調皮搗蛋的同學，他們讓我感到了自卑，我需要一個強大的人在背後支撐著我，就像陸小波的哥哥。

陸小波笑了笑。「我哥一再告誡我不要惹是生非。」他說，「如果我做了什麼錯事，他不會幫我出頭，他說一個男子漢要學會凡事敢於擔當。」陸小波說。

陸小波哥哥的話真的太深奧了，但琢磨下來好像又不無道理。

「你有一個好哥哥！」我由衷地說。陸小波咧嘴樂了。「我也這麼覺得。」他說。他的表情讓我覺得他為有這樣一位哥哥而自豪。

他是有理由自豪的，我想。

十二

我還是回到關於那天冷不丁又見「瘌痢頭」的情形，他正得意洋洋地站在路中央，擋住了女孩的去處。

我很長時間沒再見過他了，自從陸小波的哥哥教訓了他之後，他就像從地球上蒸發了一樣，我也漸漸地將這人淡忘在了腦後，可我沒有想到，他竟然又出現了。
他那張讓人厭惡的臉正對著那些女孩，眼神中居然還流露出淫蕩的內容，我聽到他用當地土話說：
「別動吵。」
這時我又聽到一個熟悉的聲音在反問：「你想幹什麼？」
這聲音讓我的心臟劇烈地跳動了一下，我能清晰的判斷出那是誰的聲音。
是的，是婷婷。她的聲音已然深深地印刻在了我的腦海裡，那個脆亮而又溫柔的聲音。
「你們帶了錢嗎？」「瘌痢頭」問。他臉上的獰笑消失了，現在變得惡狠狠的，透著威脅。
「沒有。」婷婷說。從聲音可以聽出，她沒有示弱。
「瘌痢頭」流露出一絲驚訝，他可能沒有想到這個看起來不起眼的丫頭片子居然敢跟他頂嘴。他晃著身子在她們身邊溜了一圈，嘴裡還哼著誰也不知道的無名小曲。
「沒有？」他說，「沒有你們可能就走不了了。」他流裡流氣地說，
「我們走。」我聽到婷婷說了一句，那幾個受到驚嚇的女孩趕緊跟在婷婷身後。向前邁出了幾步。
「都別動。」「瘌痢頭」搶上一步，張開雙臂，又攔住了她們。「你們以為走得了嗎？」「瘌痢頭」瞪眼說，「不留下錢你們誰也走不了。」
我聽到有的女孩嚇得哭了起來。這時一個尖銳的聲音傳來，「你這個流氓！」是婷婷，顯然她被激怒了。
我也被激怒了。我決定要以我的方式懲罰一下這個惡棍，我絕不允許「瘌痢頭」在我的眼前如此囂張坐視不管。
我舉起了我的彈弓。這一次我在彈弓裡毫不猶豫地裝的是堅硬的石子，它就在我的口袋裡。我的口袋一向儲備兩類子彈，右邊裝的是石子，左邊裝著樹上的果粒，在一般的情況下，我的石子是從來不會對準人的，它只對準鳥類，這是我的原則。如果需要對人，我最多掏出果粒，擊向對方，目的僅只是為了製造

驚嚇，而非傷人。傷人從來就不是我的目的。

這一次我決心違背我的原則。一個大男孩這樣欺負女孩，讓我忍無可忍了。我要將裹在我彈弓中的子彈，直接命中「瘌痢頭」的腦門，我有這個信心，我要讓他嘗嘗我的厲害。上次的「小仇」我還沒好好報過呢。我越想越生氣。

我開始在樹叢中挪動著身子，儘量不讓自己發出任何聲響。這點本領我有，這是我在長期的打鳥生涯中練就出來的本領，我要尋找最好的角度，然後再瞄準那張醜陋的面孔激射，我要聽到從他那兒發出的一聲撕心裂膽的慘叫。

看來上次陸小波的哥哥對他的教訓還不夠，現在，輪到我來好好的教訓教訓他了。這個念頭讓我一下子高度亢奮。

我找好了站立的位置。正好有一個非常棒的角度，可以窺視到「瘌痢頭」的那張齜牙咧嘴的鬼臉，我聽到他還在說：「你們不掏錢誰也走不了。」女孩們此刻都偎依在婷婷的身邊，緊緊地摟著她，彷彿只有靠緊她，才能受到保護一般。

婷婷這時側過臉來安慰她的夥伴們。我看到了她的表情，是一張因憤怒和屈辱而漲紅的臉，我甚至看到了她的嘴角在微微地顫抖。

刻不容緩，我必須採取行動了。

我咬著牙拉滿了彈弓上的橡皮筋，儘量屏住呼吸，死死地瞄準「瘌痢頭」的那張還在得意的醜陋的面孔。我心想，很快就要輪到你哭了，你這個混蛋。

這個時候我根本不會考慮到自己的行為所要產生的嚴重後果，其實我是一個挺怕招惹是非的人，即便和同齡人在一起鬧著玩時，也是頗有分寸的，除非把我逼急了。這一次我可真要豁出去了，無論後果是什麼我都願一人承擔。我是一個男人，我要敢做敢當。我不知道為什麼，在那一瞬間心中充滿了一種連我自己都感到陌生的英雄氣概。

我瞄準的方向必須準確，因為婷婷她們距離「瘌痢頭」的位置太近，稍一偏離就會打在她們的身上。現在是考驗我的時候了。

我發現我的心臟跳動得很厲害，足以影響我射出子彈的準確性，我要儘快讓自己冷靜下來。心臟還在咚咚地快速跳躍著。我放下了已經繃緊的彈弓，閉上了眼，微微地喘勻了一口氣。我知道我只有一次機會，如果沒能如願以償地命中目標，就會被「瘌痢頭」所發現，他會當即放棄女孩向我奔來，然後抓住我，在我的身上發洩怒火。

我再次睜開眼，向「瘌痢頭」看去，腦子裡什麼都不想了，只有一個目標在我的眼前晃動。我要命中他。我牙齒咬得緊緊的，橡皮筋也拉到了極限，這是千鈞一髮的時刻，我只能勝。

我不再猶豫，我已將「瘌痢頭」鎖定在了我彈弓的三角形的框架內，現在我的呼吸沉穩平和。

我憋住氣，瞄準目標，手指從從容容地輕輕鬆開。

我彷彿聽到子彈飛出去時誇張的呼嘯聲，那聲音轟然炸響在我的腦際。我還保持著發射後的姿勢，如泥塑般一動不動，大腦一片空白，只有「嗡嗡」的轟鳴之聲——

直到傳來一聲淒厲的失聲慘叫，撕心裂肺，我才回過神來了。身體驀地鬆軟了下來。

「瘌痢頭」捂住了他的前額，嘶聲慘叫著，腥紅的鮮血順著他摁在臉上的指縫蚯蚓般地淌了下來。他跺著腳，「哎喲喲」亂喊地上竄下跳，就像一個失控的彈簧，又俯身蹲在了地上，捂緊臉，「嗷嗷」地鬼哭狼嚎。

婷婷被突如其來的變故驚著了，先是呆了一下，然後茫然地看著驀然間蹲在地上嗚哇亂叫的「瘌痢頭」。她還不知道這一切是如何發生的。

我從隱身的樹叢中探出頭來，食指壓在嘴唇上吹出了一聲呼哨，又向婷婷無聲地揮了揮手。婷婷看到我，眼睛亮了一下，嘴角掠過一絲只有我才知道的輕笑，會意地點了點頭，拉上驚呆的小夥伴，向我跑來。他們緊跟在我的身後，一步不拉。我帶領著她們輕車熟路地穿越叢林，一會兒就消失在了隱蔽的密林中。

哀號之聲越來越遠了，直到完全聽不見，我們停下了腳步。

感覺到累了，我們站在原地大口大口地喘著粗氣，我們根本沒有力氣再說話了。這時我才又一次地感覺到我的心臟在「突突突」地狂跳，就像要從胸腔裡蹦出來一樣。

喘息甫定，我側耳聽了聽。公園靜極了，除了微弱的風聲，周圍鴉雀無聲，連鳥鳴都消失了，這真是有點神奇。

「沒事了。」我說。我轉過頭計畫離開，這時聽到了婷婷的聲音：「王若若。」我停下了腳步。我沒有回頭。

「謝謝你！」她說。

熱血往我臉上湧來，我背著身，微微地點了點頭。我不清楚她看見了我的反應沒有，可我不知為什麼害怕被她看見，她說出的話雖然很輕，就像天上飄過的輕風細雨，但卻在我的心中泛起了陣陣漣漪。

我又昂起了頭，大步地向學校的方向跑去，沒有再回頭。我知道，今天很可能我做了一件「懂道理」的事。

十三

「史無前例」的文化大革命是如何拉開序幕的？

記憶若隱若現。我一直在試圖尋找記憶的碎片，試圖將它們拼接成一幅完整的畫面，因為我必須將我的記憶連綴成篇，否則我的敘述將無從繼續。可是我失敗了，那個彷彿久遠的記憶，宛若蔚藍色的天空上隨風而逝的雲朵，時隱時顯，總是那麼得飄忽不定，這讓我沮喪。

印象中，我們好像是在一夜之間進入了全民狂歡的日子，如同節日般的氣氛讓我們欣喜若狂，那時的我，已經不屑於僅僅行走在公園花團錦簇環繞下的靜謐之中了，此時我所身處的南方的這座城市，彷彿在瞬息之間就被一股無名的力量鼓動得高聲地喧鬧了起來。

我和陸小波下課後多走了許多的彎道，沿著城市大街，直奔八一廣場，那裡已是一片歡騰的海洋。聚集了太多的人，臉上都洋溢著掩飾不住的興奮和激動。當我們到達時，不知從哪座高層樓頂傳來一聲嘹亮的吶喊聲，我們不由得仰臉望去，遠遠地出現了一個小小的人影，他佇立在大樓的頂端，先是高喊了一句什麼，我沒聽清，然後我見他高高地揚起了手臂。

一個壯觀的場面驟然出現了，天空中剎那間撒滿了猶如雪片一般的五顏六色的傳單，紛紛揚揚像風箏似的上下翻飛，聞風起舞。

龐大的人群開始騷動。此起彼伏的歡呼聲猶如海浪般的迎面撲來。有人在快樂地大叫，在高聲地呼喊，甚至跳起腳來向天空高高地伸出雙臂。

傳單還在空中自由地飄蕩著，漸漸趨近地面，騷動起來的人流跟隨著他們各自選定的目標開始了一場激情追逐。先期到達的傳單逐漸接近地面，一群群像瘋子般的人流爭先恐後地蜂擁而上，齊刷刷地伸出手臂，就像從地面上突然冒出的一片黑幢幢的森林，一望無際。

我和陸小波個頭太矮了，眼睜睜地看著彩色傳單紛紛被蹦跳起來的人流搶奪到手。那些率先將傳單搶奪在手的大人們，臉上充溢著無以言狀的幸福感。

那是一種激動與歡快，我難以找到更準確的語詞來描述它了，他們非常自豪地迅疾閃到一邊，不再顧及身邊喧騰的喊叫聲，如飢似渴地低頭瀏覽起傳單上的內容。

那上面寫的究竟是什麼，我一無所知，可孩子的天性是喜歡熱鬧的，對這樣一種沸騰的場面充滿了抑制不住的好奇和快樂，可是我們只能踮著腳尖乾著急，眼看著一張張傳單向我們飄來，還沒等我們蹦起身來搶到手，就被大人們揚臂抓到了手中，一次又一次地在重複相同的情景，我們只能乾瞪眼了。

「來，若若，站到我的肩上。」

陸小波輕輕地推了一下我說。這時我正在仰面朝天，聽到陸小波喊我，我掉過頭來看他，吃了一驚。

陸小波屈身蹲在了地上，抬臉望著我。「你快站上來呀！」他說，「站在我的肩上，要不然我們根本沒法搶到傳單。」

我重新抬起頭仰望天空，又一次無奈地看了看漫天飛舞的傳單，看到它們還沒等落下已成了大人們手中狂喜的獵物。是的，以我們的個頭，我們蹦得再高也難以企及。

我急眼了，毫不猶豫地一步上前，結結實實地站在了陸小波的肩膀上，先扶著他的肩屈身蹲著。我聽到陸小波在我的身體下面「嗨——」了一聲，鼓了一下勁。我穩住身子，又扶向他的頭部，隨著他那聲悠長的憋足勁的吆喝，我覺得我整個人升騰了起來，我也順勢跟著一蹬腳，鬆開手，徹底地立了起來。

太棒了！我現在威風凜凜地君臨眾人之上了，在我居高臨下的視野中，黑鴉鴉的人群全在我的眼皮底下像兔子般地瞎蹦達。這時的我得意極了。陸小波雙手護著我站在他肩上的雙腿，向前挪動了幾步。我感覺到微風拂動著我的臉頰，有一種難得的愜意。

我的目光掃視著像蹦跳的螞蚱一般湧動的人流，心想，看你們還能把我們怎麼樣？我才是這裡最高最大的人呢！我洋洋得意地咧嘴樂著，甚至仰天展開雙臂，發出了一聲高亢的歡呼聲，但我發出的呼喊迅速地湮沒在了鼎沸的喧囂中。

我正歡天喜地的四下張望著，目光突然被什麼東西吸引了，那裡晃動著一個小紅點，身影卻是我再熟悉不過的了。她也夾雜在人群之中，仰臉望著天上彩蝶一般飄飛的傳單。雖然我只看到一個側面，但我能準確地判斷出她不可能會是別人。

當然是婷婷。她身上穿著她那件時常讓我心動的紅衣裳。我的心臟「噗咚咚」地跳動了幾下，眼睛一眨不眨地盯看著她看。我這是中了什麼邪？在學校時她就坐在我的身邊，我也從來沒有這麼的失態呀？我完全忘記了現在肩負的「使命」。

婷婷境遇跟我剛才的情景一模一樣，慌不擇路地追逐著傳單，但是徒勞的，還沒等傳單近到跟前，就被大人搶奪走了，沒人顧及到她們的渴望。跟著身邊的還有她的幾位小朋友，她拉著她們的手，就這麼一直來回奔跑著。

「咳，你在幹嘛呢？」陸小波在底下發出不滿的埋怨聲。我這才回過神來，有幾張傳單從我的頭上飛過去了，很快地就成了別人手中的戰利品，它們本來是可以屬於我的。我振臂一呼，「看我的吧。」我用我的腳勁指揮著陸小波，他適時地調整著行走路線。我瞄準了一張正在向我飛來的傳單，稍一夠手，它輕易地就落到了我的手中。

「搶到了嗎？」陸小波在下面問。我「嗯」了一聲。

陸小波歡呼了一聲：「噢——，我們終於勝利嘍！」他及時地蹲下了身，計畫讓我從他肩上跳下來。我說：「等等，陸小波再等一下。」他不解地問，「幹嘛，你不是已經搶到了嗎？」我說不行，我還要再搶一張。

「沒必要，若若。」陸小波說，「我不需要傳單，只要你有就行了，我這是為了你。」陸小波的話讓我感動，無論我們做什麼，他首先想到的都是我。可是這一回他沒有真正領會我的意圖。

我說：「陸小波你再堅持一會兒，我還要一張，我有用。」陸小波沒有猶豫，說：「好吧。」他悶哼了一聲，又站立了起來。

正好一張傳單向我的方向飄來，我調皮地雙手交疊在胸前，等著它飛過來。我看到我的眼皮底下那幫大人蒼蠅般地四處亂竄，眼睛瞪著比燈籠還大，生怕搶不著似的。現在就有一堆人跟著忽上忽下飄蕩過來的傳單跑來，飢不擇食地望著它。我還是交疊著雙手，臉上掛著一絲得意的微笑。現在輪到我看大人的笑話了。

你們有我高嗎？沒有，現在是我比你們高出幾個頭來，所以你們沒法再欺負我個頭小了，你瞧瞧，嘻嘻，瞧瞧——我伸出了手，那張傳單輕易地就落到了我的手中，我拿著它「哇」的大叫一聲。我看到那麼多人很無奈地抬頭望我，因為我手中的這張傳單也是他們想要的。我對著他們調皮地擠了擠眼，心想這下你們可真要認輸了。我從陸小波的肩上跳了下來，神氣活現地對他說：「我們走。」那一刻，我覺得我的樣子一準像一名凱旋歸來的大將軍，廣場上的人都是我麾下的士兵。

我拉著陸小波一路小跑，心裡歡暢極了。我在向婷婷剛才出現的方向跑去。

可我發現我看不見她了。我停下了腳步，四處張望，陸小波奇怪地望著我，「你怎麼了？」他不解地問。我神祕地一笑，伏在他耳邊說我在找人。「找人？」他納悶地嘟囔了一聲。我肯定地點了點頭。繼續在人群中穿行。周圍都是攢動的人流，人山人海，我一次次地拉開像鐵壁銅牆般的人牆，尋找著婷婷的身影。

圍著廣場轉了一圈，我終於又看到了那個在擁擠的人流中的小紅點，它是那樣的醒目，在我看來就像是一朵百花叢中怒放的玫瑰。我二話不說，再次拉上陸小波向婷婷跑去。

婷婷還在無望地追逐傳單，她的面孔因為不停地奔跑而漲得通紅。我站在了她的身後。她還在仰臉望著天空，喘著氣，一副失望的樣子。我樂了，把手從她的背後伸到她的臉前，手裡晃著一張傳單。她呆了一下，驚奇地轉過身，見是我，臉「騰」地紅了，一直紅到了她細長好看的脖頸。她的樣子弄得我也不好意思了起來，我一時都不知道該跟她說什麼了。我們面對面地站了一會兒，沒說話，我只是匆忙地將傳單往她的手裡一塞，說了聲：「給你。」還沒等她反應過來，就轉身跑遠了。陸小波一直跟在我的身後。

我好像在緊張地逃避著什麼東西，心慌得厲害，一溜兒小跑，直到遠遠地跑離了廣場。

我氣喘吁吁地停下了腳步。陸小波也被我折騰得夠嗆，上氣不接下氣。我們倆就像傻子似地互相看著，突然哈哈哈地大笑起來，也不知道究竟在傻笑些著什麼。

我們的大笑停止了，大眼瞪小眼地看著對方，陸小波試圖從在我的臉上探出點什麼祕密，神情詭異。

「你這是怎麼了？」他問。

「沒什麼。」我裝著無所謂的樣子，可我剛才的舉動一定會讓陸小波覺得奇怪。「她是我的同班同學。」我又加了一句。

「她？就她嗎？」陸小波問。

「那還能有誰？」我說。

「她還是我們院裡的孩子。」陸小波說，「我認得她。」陸小波說到這裡時抿嘴笑了一下。「可她不一定認識我，我總覺得她太傲慢了，走路都兩眼朝天，不看人。」

「噢。」我裝傻地應了一下。其實陸小波這麼說，我心裡挺得意的，這說明婷婷對我另眼相看，因為她從未在我面前過分地表現出冷傲，除了第一天見她時有那麼一丁點，尤其那天當我將她從「瘌痢頭」手中救出後，她看我目光就有些特別了。婷婷的眼睛會說話，我不敢再直視她了，但我有時忍不住會悄悄地打量她幾眼，當然是趁她不備的時候。但平時我在同學面前，會裝出一副對女生不屑一顧的樣子，我不能表現得過於曖昧，那樣會被人嘲笑的。我們班的男同學一個個都以欺負女生為能事，儘管我心裡不情願，但我也得裝，我不想被這個男生群體所排斥。

有一次輪到期末考試，這一直是我最頭大的事了，我一向語文成績不錯，可算術卻一塌糊塗，只要是聽算術老師講課，我便如聽天書，完全不知道老師在臺上說什麼。雖然我的身子板會挺得筆直，雙手端正地交疊在桌上，兩隻眼睛也一動不動地瞪著老師的臉，但其實耳朵卻在捕捉室外的動靜。

這是不由自主的，我完全不能控制自己的分神，為此我痛恨我自己。我何嘗不想靜下心來，認真聽一聽老師究竟在說些什麼呢？可是做不到，我的大腦一聽見數字就成了一團化解不開的渾濁的糨糊。我完全沒有辦法凝下神來認真地傾聽老師所講解的內容，我對數字有一種緣自天性的排斥。這種對數字的「恐懼症」延續迄今。

那一天，當考試的題卷發到我的手裡時，我只掃視了一眼，大腦就開始發懵，像有一頭奇角怪獸在我的腦海中發出「嗡嗡」的聲音。我兩眼發直地看著，心想這下完蛋了，上面記載的大多數試題是我一無所知的。我開始發慌，坐立不安。

我斜眼看了看婷婷，她好像心如止水，不慌不忙。她坐我邊上，鉛筆頂著下頷，面對著考題在凝神思索，好像覺察到我在看她，眼瞼微微抬起，回看了我一眼。我注意到她的目光友善地閃爍了一下，嘴角不易覺察地動了動，似乎要對我發出一絲微笑。

可是沒有，她的目光僅在我的臉上逗留了一小會兒，好像明白了什麼，又低下了頭，略作沉吟，果斷地拉開了抽屜，從中抽出了一張白紙，然後抬頭偷覷了一眼教室上方的老師——她這時正倒背著雙手，神氣活現地來回巡察著，目光炯炯如賊。

婷婷低下了頭，開始匆匆地在紙片上伏案寫起了什麼，在別人看來，她似乎先在一張廢紙上試著回答考題。起碼當時我是這麼看的。

我知道自己沒救了，這一次肯定難逃劫數。其實我很害怕留級，留級生在那個年代是很讓人瞧不起的，我經常聽到學校的同學在樓道或操場上追逐某一個人，大罵他是「留級生」——那是一個恥辱的標記。我彷彿看到了父親對著我暴跳如雷，我低下頭一聲不吭，滿臉羞愧。我沒有理由反抗他，畢竟是我沒有為父母的臉上爭光。

我的大腦亂七八糟的，各種雜念紛至沓來，擋都擋不住，像潮水一般拍打著我，越是想讓自己冷靜下來，反而越是無法冷靜。考題在我的眼中模糊一片，連字跡和數字都在不聽使喚地閃爍跳躍。

我怎麼辦?!

胳膊肘兒被什麼東西輕碰了一下，我像觸電般地一哆嗦，正要起急。因為這時的我心情糟糕透頂，直想找地方發洩。我別過臉去——呵，我看到了什麼？一雙清澈明亮的眼睛，裡面蘊含著溫柔和安慰。我說過了，婷婷的眼神會說話，現在我在這雙眼睛裡看到她的「聲音」——別急，有我呢。她的目光在示意我向桌底下的抽屜看去。

我會意地先瞄了一眼講臺上的老師。還好，她坐在凳子上，一副「師道尊嚴」的表情正兩眼朝天、閉目養神呢。我這才低下頭來悄悄地打開我的小抽屜——

裡面靜靜地躺著一張白色的紙條，上面密密麻麻地寫滿了這次考試的標準答案，一定是婷婷剛才悄沒聲息地擱進去的，我居然完全沒有覺察！這讓我非常吃驚。

我當時一定是大張著嘴，一副目瞪口呆的樣子，否則，婷婷不會再次狠狠地撞擊我的胳膊肘兒，剜我一眼。她是在提醒我，我現在的這副「德性」很容易被老師發現問題，我得表現得若無其事才對。

我微微點點頭，縮了縮脖子。我一定表現出很聽話的樣子，這是我事後才想到的，因為婷婷看著我的目光忽然閃爍了一下，略露驚訝，很快又換回了鎮靜的表情，重新埋下頭做起了她的考題。

當時我的大腦還在琢磨她那副莫測的表情，她驚訝時的樣子真是很美，心裡有一股暖流在無聲地蕩漾了起來，直到這時我才恍然想起，婷婷的表情是衝著我的出乎意料的溫順而來的，因為我從沒有在她的面前示弱過，這是一次例外。

一旦有了這個想法我便開始恨起自己來了，我不想在她的面前過多地暴露出我的弱點，這會讓我非常丟臉。可現在不是臉面不臉面的事了，我得應付這場令我焦頭爛額的考試。我不想再看到父親衝著我怒吼，我也不想看到他的那張因失望而變形的面孔。其實我骨子裡是懼怕我父親的。

我的心裡這時充滿了感激，因為我無須再動用我的大腦就可以順利地通過考試，而這一切是婷婷幫我完成的。

我機智地躲過了老師幾次投射過來的目光，我眼角的餘光始終在注意她。我不能讓她發現，因為這不僅僅關涉我一人，婷婷也會因我而被暴露。我是一個男人，我得保護她。

不用說，那次期末的數學考試我果然及格了，雖然只得了一個七十三分。沒有滿分不能怪婷婷，她給我的答案沒有錯，錯只錯在我在匆忙之中因為粗心，抄錯了幾處，而且婷婷也來不及幫我做全部答題，因為時間緊迫，她還要留出自己的應題時間。

她真聰明，她只給了我足夠及格的答題，她知道如果我真得了一個滿分，沒人相信是我的所為，畢竟，我的算術成績一直在班上名落孫山，假如突然出現一次奇蹟，老師便會迅速地嗅出疑點，婷婷行跡也就很快地暴露無遺。

那天老師向我們發放成績單時，我掃了一眼赫然地印在考卷上方的分數。這時我眼角的餘光注意到婷婷在悄悄地觀察我，心裡一樂，心想，我逗逗你。於是我先是對著考卷發出一聲輕微的嘆息，接著眉心緊鎖，一副萬分惱怒的樣子。

婷婷停止了對我的觀察，低下了頭。兩隻手無力地垂落了下來，她自己的那張考卷靜靜地攤在她的膝蓋上，像是無人搭理的一張廢紙。

咦，這時我聽到了什麼？好像是「吧嗒、吧嗒」的聲音。奇怪！我在琢磨著這聲音究竟來自何處？我抬起了頭，四處張望，可是我沒發現哪裡能發出這樣的聲音呀，怪了！我突然意識到這聲音很可能來自於我的邊上——來自婷婷。

我悄悄地乜斜了一眼，發現豆大的淚滴珠玉落盤似地順著婷婷的眼角正滴滴答答地滑落下來，我這才意識到我的玩笑開得太過分了。我一時有些手足所措，不知該說什麼了。我躊躇著，腦子裡飛快地尋找著恰當的詞彙，可是大腦卻一片空白。我慌了神。

她仍在落淚，顯然，她感到了委屈。我聽到她小聲嗚咽地說了一聲：「對不起！」

我的心臟一下子抽緊了，我感到我承受不起她的這聲對不起，它太重太重，更何況因為她的那張紙條，我才能破天荒地順利通過了考試，我能想像我父母看我時的那張笑臉，他們會為我的這份成績單而自豪，可是這一切的榮譽確來自婷婷的「拔刀」相助。

我看四下裡沒人注意到我們，便悄悄地蹭了蹭她，將手中的考卷遞給她看，她最初甩了甩頭，表示不看，我又蹭了蹭她，小聲說：「嘿，謝謝你！」

婷婷一怔，停止了哭泣，偷偷地抹了把眼淚，轉來臉來不解地看著我。我看見她的臉上寫著一個大大的問號。我用手指著考卷上方被眉批下的那行紅色的數字，她狐疑地看了一眼，眼睛一下子瞪大了，不相信似地又看了一眼，好像更加委屈了，眼淚宛若斷了線的珍珠「嗶嗶啪啪」地又落了下來。我正想安慰她，可我看到是她的微笑。一種欣慰的微笑。

我又悄聲地說了一句：「真的感謝你，婷婷！」

「不用。」她說，擦了擦眼角上的淚水：「我還以為我害了你呢。」

「你不會害我的！」我由衷地說。

她羞澀地撇了我一眼，不好意思地笑了。

「你好，我很高興。」婷婷真誠地說。

我的心像在滾燙的熱水裡滾了一道，沸騰了一下。

十四

姥姥的呼喚還在我的耳邊震響著：「若若，你還沒做作業哩，你跑哪兒去玩？媽媽回來要說你的。」

我完全顧不上姥姥的叮囑，撒腳就跑，姥姥的呼喚聲越來越遠了。

我抄著竹竿飛快地跑出了門，陸小波還在樓下等著我。我聽到了他吹出的悠長的笛聲。這是我們的聯絡暗號，我們行動前他都會向我發出這一信號，我們覺得這樣的聯絡方式很像電影中出現的敵戰區的地下工作者，這是只有我們自己彼此知道的聯繫「密碼」，無須語言便能心領神會，就像一個衝鋒號角被吹響。

我飛快地跑到樓下，陸小波已在那裡等著我了。我幾步就蹦出了門洞，陸小波裂開嘴樂了，把笛子插進褲帶裡，整裝待發了。他手中也抄著一根跟我幾乎一模一樣的竹竿，一臉興奮。我的腳步沒停，向他一揮手，喝了一聲：「走——」他操起了竹竿，二話沒說地快步跟上我。

我們天性頑劣。溽熱的夏季，是我們胡作非為的大好時光，並不是說我們要幹什麼壞事，我們不幹那些沒道理的勾當，我們只是要在這樣一個炎熱的季節裡，給自己找到一點好玩的樂子，比如眼下我們就要興高采烈地去完成我們的計畫。

馬路上梧桐樹整齊排列，宛如一排排威嚴的士兵，「知了」聲此起彼伏，這些從樹冠上傳來的蟬鳴在誘惑著我們。透過樹葉的縫隙，我們尋找著那一聲聲催人心魄的既定目標，我們要將這個叫得沒完沒了的傢伙變為我們手中的獵物。這是我們的一大嗜好，讓我們欲罷不能。或許在我們這樣的年齡段，尋找各種新鮮的刺激是我們消磨無聊時光的一大嗜好，這樣我們的精神才會變得亢奮不已。現在想來多少有些可笑，可在那個年代——那個青澀的不無幼稚的少年時代，在那樣一個烈日炎炎的夏季，卻是我們唯一的快樂。

最初我是用我的彈弓將「知了」擊落。陸小波與我一道挨著一棵棵梧桐樹，依循著蟬鳴之聲尋找目標。可那太費勁了，牠們一般都會不動聲色地隱伏在樹枝上，如果不仔細地探查，很難發現牠們的身影。牠們委實太小了，又隱蔽在枝繁葉茂的密樹中，即便發現了，我的彈弓也很難準確地將牠們個個擊落。一般我的子彈只會砸在牠們邊上的枝條上，以致震動了樹杈，受到驚嚇的蟬鳴聲立馬歇止，很快便振翅而飛了。讓我非常沮喪。

直到有一天，陸小波笑眯眯地來找我，手裡拿著一根長長的竹竿。我好奇，不知他在抽什麼瘋。我問：「你拿著這玩意兒想幹什麼？」他只是得意地看著我，嘴角飄過一絲詭祕。

我很快就知道是怎麼回事了。

有一天，我們終於從茂密的樹叢中找到了一隻鳴叫不止的「知了」，我正要張弓射擊，陸小波攔住了我。

「你等等，讓我先來。」陸小波擋在我的面前說。

我不屑地聳聳肩。陸小波的那點能耐我都知道，他的那個所謂「先來」又能做點什麼呢？我站在了一邊，取笑地看著他。

陸小波伸出了竹竿，俏皮地衝我扮了一個怪相。我看著他手中的竹竿在一點點地穿過闊大的樹葉伸向「知了」。我好奇了，不知道接下來會發生什麼，我也在奇怪他這樣做的目的究竟是為了什麼？但陸小波的表情隱約預示著可能將要發生的奇蹟。

可他手中畢竟只有一根竹竿呀，難道他能將「知了」杵下來不成？這好像不大可能。我搖了搖頭，雙手叉在腰上，仰臉看著，心想看你能有多大的本事。

終於，陸小波手中的竹竿接近那個鳴叫的「知了」了。他的手停住了，回頭看看我。我也瞥他一眼，我見他的眸子裡燃起的亢奮和成功在握的喜悅。

陸小波又轉過頭，繼續昂臉看著上方，穩穩了神，只停頓了那麼一霎時，我見他的手腕輕輕一抖，剎那間我聽到「知了」傳出淒厲的慘叫聲，尖銳的長鳴經久不息。

我眼睛一亮。我不知道這一奇蹟是如何發生的，定睛看去，我發現那隻剛才還肆無忌憚地在樹冠上聒噪不已的「知了」，現在已被束縛在了陸小波的竿尖上，拚命掙扎，可是無濟於事，牠像被什麼神奇的東西吸附了一般，只能徒勞地搧動著透明的亮翅發出悠長的嗚咽。

「咦，你用什麼方法逮住牠的？」我說。

陸小波嘿嘿樂著。「一會兒你就知道了。」他說。

陸小波正在收回竹竿，一點點地將手順著竹竿的尾部拿到竿頭。「知了」還在一個勁地撲騰著。我迫不及待地要看看究竟是怎麼回事了。這一刻，我的好奇心被充分喚起了。

我這才發現，「知了」的身子果真被什麼東西死死地黏住了，只能做徒勞無望的掙扎。

「聰明。」我快樂地說，並且伸出了大拇指。我是由衷的。

陸小波不好意思了。他將「知了」從黏膠上拽了下來，看了看，說：「給你。」「知了」在陸小波的手上快速地振動著透明的翅膀，徒「嘆」奈何了。

「為什麼給我？」我問。

「我是為你這樣做的。」陸小波說，臉上掛著靦腆的微笑。

「為我？」我感動了，但是我什麼也沒說。

陸小波後來告訴我，他是在一次無所事事中偶然發現捉「知了」的這一竅門的。那一天，他注意到鄰樓的一位大孩子帶著一幫人收穫甚豐地回來了，一個小布袋中裝滿了「吱哇」亂叫的「知了」，他向其中的一位認識的人打聽如何將「知了」俘獲的，那人銜他不屑地斜睨了一眼，撇撇嘴，鄙視地笑了。

「反正不會蠢到用彈弓去打。」說完，那些人揚長而去。

陸小波被氣著了。他知道那句不屑之語是衝我說的，他實在不能容忍別人對我的攻擊，尤其是在背後惡語中傷，可是這些孩子都比他高出半個頭，而且人多勢眾，他打不過他們，他只能氣鼓鼓一動不動地站在原地，看著他們的腳下捲起一道塵土遠去。

自那天後，陸小波開始跟蹤這群孩子，裝著若無其事地四處溜達，窺視他們的「祕密」，他終於明白了為什麼他們會收穫甚豐。

他們是用一種特殊的黏膠黏住了「知了」。那是什麼膠呢？他無法向他們打聽，他知道，即便問了也會蹭一鼻子灰，而且還會遭到無情的奚落。他開始自個琢磨，最初是用普通的黏膠，可是根本無法將「知了」黏住。顯然，那是因了黏性不夠，這讓他很費了一番腦筋，甚至絕望了好幾天。他不會忘了那撥大孩子給予的侮辱，他需要絕地反擊。

那幾天一下課他就跟在我的身邊，看著我眯縫著眼向「知了」瞄準，但卻一次次地無功而返，他心急如焚，卻又無從表達。直到一個黃昏，他看到我懊惱得將彈弓扔在了地上，因為又一次地一無所獲讓我灰心喪氣。

我是這一帶遠近聞名的神槍手，擊殺鳥類很少失手，這讓許多比我大的孩子十分嫉妒，現在好了，他們總算是占盡了心理優勢，開始站在遠處對著我們起鬨，像是在看我的笑話，然後故意洋洋得意地拿著一串嗚哇亂叫的「知了」耀武揚威地從我們面前飄然而過。一般在這種時候，我正在為沒能準確地擊中「知了」而惱羞成怒呢。

那天黃昏，陸小波拿起了我的彈弓，他本來是想安慰我的，故意嘻皮笑臉地跟我說些莫名其妙的笑話，想以此轉移我的注意力，我沒心事聽他在一旁東拉西扯地胡謅。他看我了無興致，臉上的笑容消失了，有些不知無措，然後有一搭無一搭地拿著我的彈弓在手中把玩著。

陸小波拉開了彈弓的橡皮筋，像是要向遠方射擊，可是就在這一霎時，臉色驟然一變，如同木頭人似地停下了他的動作，就像電影中的定格鏡頭，彷彿被眼前的什麼東西強烈吸引了。我還納悶，順著他的目光向前方看去——

那裡什麼也沒有！奇了怪了，陸小波幹嘛像個木偶似地呆傻著呢？我推了推他。

「嗨，陸小波，你傻了呀？」

陸小波回過神來了，看著我，但我知道那只是他的一個表情，我能感覺到他仍沉浸在自己的遐想中，看著我也是視而不見。我沒再理會他，一把搶過我的彈弓，一個人低頭走了。過了一會兒，我聽到背後傳來的陸小波急促的腳步聲。

「我知道是怎麼回事了。」他大口喘著氣說。這是陸小波那天說的最後一句話。

第二天的午後，當空的斜陽烈火般地燃燒著，陸小波用他的笛聲叫上了我。他赤膊著上身，穿著一條過於肥大的褲衩，臉上則掛著神祕的微笑，手裡抄著那根細長的竹竿。

他雄糾糾地將竹竿往地上一杵，昂首挺胸地說：「現在我們不會再輸給別人了。」我知道他說的「別人」是誰，他一準說的是那些比我們大的男生，我們心照不宣。可是我還是沒能明白，這和他手裡拿著的這根竹竿有什麼關係呢？

直到他用竹竿黏住了樹上的那隻「知了」，我才知道他使用的「祕密武器」是什麼了。

我興奮地高叫道：「聰明。」

陸小波不好意思地笑了，搖了搖頭，「沒有，沒有。」陸小波說，「是你的彈弓啟發了我。我一直在琢磨是什麼東西才能黏住這些該死的『知了』，昨天我才明白只能是燒化了的橡皮，所以一試果然靈驗。」

我們如法炮製，一路上凱歌高奏，沒一會兒工夫陸小波攜帶的小布袋裡就裝滿了我們的戰利品，那此起彼伏的淒厲的蟬鳴，就像是在為我們演奏勝利的詠嘆調，我們快樂極了。

我摸了摸口袋，裡面還安靜地放著母親給我買冰棒的錢，是我沒捨得花掉積攢下來的錢。我推了一下陸小波，說：「咳，今天我請你吃甘蔗。」小波歡呼地跳了起來。

十五

我們來到了樓前的馬路邊上。

在我綿延無盡的記憶中，有一天清晨醒來後，無精打采地站在我家的陽臺上伸展著懶腰，驀然看到了樓下的馬路邊上停放著一輛四輪板車，上面堆滿了新鮮的甘蔗，細長帶斑節的甘蔗杆上，還捎帶著青綠色的葉片。

自從那天之後，在板車的周圍時常會圍著我們和一些附近樓舍裡遊手好閒的少年。我們都貪吃甘蔗。何只是貪吃呢，我們還會玩一種好玩的遊戲，現在說來其實就是那個年代的一種變相賭博。

我們晃晃悠悠地走了過去，「知了」在袋子裡蟬鳴不止，幾位已然坐在馬路沿上的少年開始將目光向我們投來，他們在好奇。

「那是什麼？知了嗎？」

陸小波抿嘴樂了樂，然後舉起了手中的布袋：「你們自己看呀。」他們圍了上來。「怎麼弄到的？」他們問。「保密！」陸小波裂開嘴笑了。

我沒怎麼理他們，徑直地走到板車前，拍拍放在車上的甘蔗：「嘿，買根。」這種時候，我的話語總是少極，我知道小販懂，因為我口袋裡有點閒錢時總會率先來到這裡，我說的又總是這句話。可是那時我還沒有參加賭博遊戲，這一幕尚未發生，它是從這一天開始發生的。

賣甘蔗的小販為兩人，一男一女，我們後來知道了他們其實是哥妹倆。哥哥長了一個奇異的碩大無比的腦袋，矮矬的身段顯得粗壯敦實，上身長下身短，感覺身體不成比例，一雙不大的眼睛像金魚般暴凸，臉上滿是坑坑窪窪的斑痕。他平時不愛說話，即使說起話來也是甕聲甕氣的，顯得有氣無力，像是因了別人的威逼他才不得不開口一樣，眼神又總是那麼地無精打采。

他的妹妹則是另外一種性格，活潑可愛，一又伶俐地閃爍著調皮的畫眉眼，總是像花蝴蝶搧動的羽翼般忽悠忽悠地轉著，透著精明狡黠。她奇瘦，像個小不點，亂蓬蓬的頭髮顯得有些枯黃乾燥。一般來說，當我們買甘蔗時，缺斤短兩的肯定會是妹妹，而遇見哥哥掌秤時，我們則會故意要求他將秤頭高高地翹起，否則就耍賴，非要他少算幾兩。哥哥會據理力爭，但蔫兒巴嘰地顯得底氣不足，這就讓我們的凌厲攻勢迅速地占了上風。每當這時，他的妹妹就會「衝」將上來，梗著露出青筋的脖子大聲地嚷嚷道：「不行不行，一分錢也不能少！」說著，她會將我們挑揀好的甘蔗從秤盤上拿下，死死按在掌下，挑釁般地看著我們。

這時我們就會撩逗她：「好吧，不買了，走嘍。」

「去去去。」她揮著手，「愛買不買。」嘴角一撇，不屑地甩下一個眼神，彷彿如果這樣草草收場，真正吃虧的不是她，而是我們。他哥哥這時會憨厚地笑笑：「算嘍算嘍，給他們吵。」她會忽然衝著她哥哥大聲地嚷嚷一句：「就是不賣！」她哥不敢再吱聲了，無奈地看了我們一眼，含上一支劣質的香煙，躲到一邊去了。

我吹起了一聲口哨，故意大搖大擺地走向馬路的另一頭，然後又回頭喊了一句：「到底賣不賣？我們可真走了。」她看都不看我們，背身整理著被我搞亂的甘蔗堆，頭也不抬地向後揮揮手，意思是讓我們別再來搗亂，趕緊走。

我看了一眼陸不波，他也看著我，微笑地搖了搖頭，那表情是在告訴我，我們無計可施了，要麼買，要麼走人。

我們沒招了。甘蔗仍在誘惑著我。我們只好再次向他們走去。當然，這都是以後發生的事。

而那天，是我們第一次站在他們面前，此後，他們哥妹倆幾乎每天都會一大早就出現在同一地點。哥哥坐在馬路牙上，妹妹則坐在板車上，看著流動的行人；偶爾，妹妹會亮開尖細的嗓門：「買甘蔗嘍，又香又甜又脆的好甘蔗喲。買嘍買嘍！」我還特別注意到，哥哥從來沒有叫賣過，他總是沉默地坐在馬路牙上，無神地看著人來人往的路面，只是當有人真在攤前駐足時，他才會站起，躬著身，微笑地望著來人，拿起了桿秤等著。妹妹則繼續地扯開嗓子吆喝著。

後來買甘蔗的人漸漸地多了起來，有許多是當地的小混混，他們與其說是來買甘蔗，莫如說是來跟妹妹打情罵俏的。他們一邊故意地挑揀著甘蔗，一邊拿眼神去挑逗妹妹。妹妹會裝著沒看見，眼睛望著別處，好像那裡有什麼東西在吸引了她的目光。這時小混混們會覺得鬧了一個沒趣，又逮機會上去搭訕，她會隨機應變地跟著說上幾句，也不得罪他們，但絕不讓小混混們占了便宜，而且最後一定是「逼迫」著小混混不得不咬牙掏錢買下甘蔗，否則就會在她面前臉面盡失，以致怕以後會被她瞧不起。

在我的記憶中，那時她看上去也就十四五歲，身體遠沒有發育成熟，長得就像一根還沒長成的細長的豆芽菜。

也不知從何時起，攤前開始興起了一種遊戲，是誰率先挑起的，我記不清了，也許就是忽然間冒出的這幾個心術不正的少年？反正那一天我們來到攤前，正挑著甘蔗，旁邊有一個半大不大的少年斜眼看著我，在我出現之前，他可是一直在和妹妹套近乎。他一開始沒跟我搭腔，只是停止了跟妹妹你來我往的聊天，直到我挑了一根甘蔗，正要往秤盤上放時，他開口了。

「喂，你準是沒吃過好吃的甘蔗吧？」

我抬頭看他，不知道他為什麼要這樣說我。他正嘻嘻笑地望著我呢。

我沒再搭理他，對哥哥說：「就這根吧，你秤秤看多重。」

這人過來了，將我挑出的甘蔗從秤盤上拿了下來。

「嘿，你要幹嘛？」我說。

他沒理我，只是在甘蔗堆裡撥拉了幾下，從中又揀出一根，往桿秤上一放。「就它吧，你幫他秤這根。」他說。

哥哥舉起了桿秤，但眼睛仍在看著我，似在詢問。

我還是不明白這人此舉的意圖，眨巴著眼。

「聽我的，一會你就知道了。」他嘿嘿笑著。目光是誠懇的，不像在耍弄我。我點了點頭。
當我買下了他幫我挑選的這根甘蔗後，他才告訴我說，當甘蔗身上出現了酒紅色時，才一定好吃，因為吃起來有股子酒糟的味道。
「不信你嘗嘗。」
我們在說話時，哥哥已經在一旁用片刀幫我削著甘蔗皮，酒紅色的幾節甘蔗已然暴露了出來。哥哥將甘蔗皮全部削掉後，又將甘蔗直直地豎在了地上，示意我扶好，然後他也扶住甘蔗的一端，以節梗為尺度，一節一節地揮刀砍去。最後，沒一會的工夫，一根細長的甘蔗便折成了幾節，我可以拿著吃了。
我遞給陸小波一節。他接過，順勢咬了一口，牙縫裡隨即傳出喀嚓喀嚓的脆響。那人笑了，從我手中挑出了一節，是他說過的酒紅色的一節，遞給我說：「你先吃吃這個，吃一口就明白了，好多人都像你似的，不知道其實甘蔗最好吃的是這種哦。」
我咬了一口，嘴裡立刻充滿了一股子酒香味，確如他所說的，有股濃郁的酒糟味。「太好吃了！」我快樂地向他點了點頭，並遞給了他一根以表感謝。可他卻在搖頭，這讓我不解。
「我們玩遊戲好嗎？」他突然說。
「遊戲？」我一怔。
「是的，遊戲，一個公平遊戲，這樣就誰也不欠誰了。」他又說。
我仍在困惑，因為我無法明白他口中的所謂遊戲指的是什麼。
「給我也秤根甘蔗。」他回頭對哥哥說。
哥哥像沒聽見，站著沒動。他又對哥哥嚷了一聲：「來根甘蔗，沒聽見？」哥哥像是剛聽見，很不情願地從車上抄出一根。
「這根行麼？」
「行。」他說。

哥哥將甘蔗秤好了，說了一個錢數。他擺擺手說：「一會再付，你先把這甘蔗兩頭給斷平了。」哥哥眨巴眨巴眼，木訥地將甘蔗的兩頭用刀截斷，露出一個甘蔗的平面，但這次沒削皮。

他接過哥哥遞過來的甘蔗，在地上豎好，然後伸出手。哥哥會意地將片刀遞給了他，他接過，將片刀壓住了豎起的甘蔗頂上，說了聲：「看好了。」他凝住神，微喘一口氣，遲疑了片刻，一鬆刀，趁著甘蔗欲倒未倒之即，一刀揮下。

刀砍空了。他一閃身，順勢接住眼看就要倒地的甘蔗，不好意思地擦擦汗。「沒搞好。」他說，「再來。」

他又如法炮製了一次。這一次他身手不凡，先將刀穩穩地壓在甘蔗頭上，身子稍稍後移幾步，兩腳叉開，弓身形成一個穩穩的馬步。刀從甘蔗頭上鬆開了，甘蔗開始側倒，他緊跟著手起刀落。只聽噗哧一聲，片刀在陽光下閃出一道刺目的光芒，順著甘蔗杆從上至下齊齊地削下了一道醒目的甘蔗皮，但只有一小節。

「好了。」他說，「我們可以就這樣比賽，大家先買下一根甘蔗，誰削下了一塊誰先吃，輪流比，以削下的皮線為準，沒削到的就算這一局輸了，最後看誰削得多，誰多誰吃得多，最後輸家結帳，行嗎？」他歪著脖子問。

原來是這麼回事！我明白了。我點頭表示知道了。我很高興，心裡覺得這玩意兒看上去挺好玩的，而且也不難呀。他說：「那我們現在就試試？」我說：「好呀，試試就試試唄。」我轉過臉來問陸小波，我看得出他也是興致盎然。

可是陸小波卻在搖頭。我說：「你怎麼了？」他還是搖頭，我不高興了。結果他紅著臉趴在我耳邊悄聲說：「我身上沒帶錢。」我說：「嗨，這有什麼，還不定誰輸呢。如果你輸了，今天也算我的，行了吧。」他這才高興地點起了頭來。

那人高興了，跟我打了聲招呼說：「你先等會，我撒泡尿去，一會就來。」

他腳一踮就跑了，閃身躲進了不遠處茂密的夾竹桃後，蹶起屁股就肆無忌憚地開始放水，嘴上還舒坦地哼起了一支不三不四的小曲。我聽到妹妹低聲嘀咕了一句：「真不要臉，老這樣！」哥哥扭臉看了他一下，見他正背對著我們，趕緊拉著我，悄聲說：「別跟他玩，你準輸，他總是用這套騙別人的甘蔗吃，快走吧。」

哥哥的話我不太信，我覺得這人挺熱情呀，再說，剛才他不是也閃了一刀嗎？最重要的是這種遊戲讓我饒有興致，躍躍欲試，我豈能因為哥哥的一句無端的猜疑就善罷甘休呢？絕不能，我非要賭出個輸贏不可。

這時，我見那人一臉喜慶地從夾竹桃叢中蹦了出來，三步併作二步飛快地又回到了我們中間。

「開始吧！」他說。

我原以為這是件太容易的事，結果拚下來我們輸慘了。別以為一刀下去可以十拿九穩，可真不是那麼回事，這要有技巧，還要眼明手快，稍一遲疑，一刀下去一準撲個空。我們就是因為掉以輕心全盤皆輸的。

臨了，那人嘴裡響亮地嚼著贏來的最後一節甘蔗，春風得意地說：「記住，我叫崔二貴。」

我心裡覺得太窩囊了，基本上買甘蔗的錢算是白扔了，因為我只吃到了一小塊，而陸小波則刀刀落空，一無所獲。我到現在才緩過神來，這個傢伙太狡猾了，我們真被這小子給耍了，這才叫笑裡藏刀呵！

我沮喪地付了甘蔗錢。哥哥接過，搖了搖頭，還同情地看了我一眼。我和陸小波快快地離去了，背後還傳來崔二貴忘乎所以的怪笑聲。

第二章 × 神

一

在那一段喧囂的日子裡，我們已然不再認真上課了。對於我們這些平時不愛上學的孩子而言，這是件再幸福不過的好事了。我們挾帶著被激盪起的熱血和激情，歡天喜地地注視著在我們的生活中發生的許多奇異的變化。

逐漸沸騰起來的生活最早是從我姐姐身上顯露出來的。姐姐的好朋友都是些比她要大幾歲的初中生，其中的一位就住我們院，名叫朱小清。我記得她的父親是我們省政府的一位副廳長，一位看上去很斯文的男人，說起話來慢條斯理，言談舉止亦有板有眼，尤其是他眼睛上架的那副黑框眼鏡，顯得他很是與眾不同。

朱小清的母親在對外友協當副會長，她是我們院兒最引人注目的女人了，平時總是一副很風騷的樣子，穿著打扮極考究，細挑苗條的個兒，總是一副慵懶的神情，我記得她臉上的皮膚瓷白瓷白的，白得甚至有些病態。

這一對高雅的夫婦自然造就出了一個漂亮的女兒，她就是朱小清。我叫她小清姐，她的靚麗在我們那一帶有口皆碑，遠近聞名，那一對雙眼皮的大眼睛平時總是忽煽忽煽的，透著嫵媚和風情，在這一點上與她的母親可以一比高下。

她喜歡我姐姐，原因有可能是我的姐姐亦隸屬於天姿絕色一類，她們兩人站在一起時總會被人說成是一對姐妹。這也難怪，姐姐也生就一雙嫵媚聰穎的大眼睛，雙眼皮，而且她們兩人都有一個習慣，那就是平時走路總是昂首挺胸，眼皮上挑。斜著眼居高臨下地看人。

她們的回頭率極高，走在路上，總會遭來一些流裡流氣的男生對她們實施頻頻的「回首禮」，眼神中不自覺地透露出掩飾不住的淫蕩和傾慕，這便讓我看著渾身不自在。我後來很少跟姐姐一道上學的其中一個原因，就是因了這些讓我難以忍受的目光，每當看到向我姐姐投射來的邪惡的眼神時，不知為什麼，害羞的往往不是那些下流的男生，而是我。我恨不得立馬鑽進地縫裡，因為那目光讓我臉上臊得慌，心跳不止。
我小時候就是一個愛害羞的男孩，甭說我不敢這般流氓似地瞅著女孩的臉蛋不放，就連平時如果一個女孩從我身邊飄過，不經意地多瞥我一眼，我的臉也會霎時臊得通紅，像燃起了一團熊熊烈火。在那樣一個時刻，我會覺得天塌地陷，一種世界末日來臨的感覺，因為我內心的那點隱祕似乎被人瞬間勘破。
小清姐那時已在二中上學了。她長我姐姐三歲，據說那所學校也是幹部子弟雲集之地兒，在我們所居住的這座城市非常有名。我經常看到小清姐和一幫趾高氣揚的男生在一塊嘯聚，那撥男生一般都是成群結夥地蹬著自行車來的，耀武揚威的勁頭讓我看著很是羨慕，因為他們真的是個個氣宇軒昂，臉上充滿了讓人望而生畏的傲慢——那是一種典型的幹部子弟的標誌性表情。
姐姐也常會與她們在一起，因為小清姐出現在他們中間時，一般都會拽上我的姐姐。
「這是我妹妹！」小清姐總是這麼說。
「你們長是還真像！」他們總是這麼感嘆。
我姐姐也認同這種說法。在這種時候，我姐姐總是不大說話，她喜歡聽他們滔滔不絕的言詞，沉默地待在一旁，側耳聆聽，一副聽話的樣子。
有時候，姐姐也會拽上我。她這樣做並非是為了讓我多聽這幫不可一世的男生在說些什麼，而是讓我來當掩護。姐姐知道，假如姥姥或者母親知道她和一幫不著調的男生在一起廝混，一準要動怒了。拉上我，就是為了能有一個很好的藉口，所謂我帶弟弟出去玩了。在這種情況下，姥姥一般不會多說什麼。姥姥喜歡看到我和姐姐常在一起，這樣她會放心，她知道姐姐遠比我懂事得多。姥姥平時最怕的是我獨自一人在外面惹事生非，有姐姐在身邊，她就覺得我不再會無緣無故地製造事端了。
姥姥不可能想到，姐姐其實僅僅是為了與小清姐及那幫男生在一塊玩。
在我看來，他們都是些大人，他們嘴裡說的那些東西我也缺乏興趣，可是我拗不過姐姐，更何況老在家待著也煩，這樣我就能趁機出門透透風，偶爾看到我的小夥伴們在外，我還會瘋了一樣飛奔而去，姐姐一見便會大聲喊道：「若若，別跑遠了，要不然姥姥該說我了。」

我痛快地答應了一聲。我肯定不喜歡和姐姐在一起玩，和他們待一塊沒有我說話的份兒，而且我還注意到，這些所謂的「大人」根本沒打算把我夾在眼裡，只是因為我姐姐的緣故，才對我有所客氣。我不需要假裝出來的友好。在這撥人中沒有我的地位，這我知道。他們興致勃勃談論的那些話題我也根本聽不懂。與我的小夥伴們在一起時則完全不同，我在他們中間享有足夠的威望，他們尊重我，這種感覺讓我很爽。

那時我已經注意到姐姐的這撥大朋友們，身上開始出現了清一色的國防綠軍裝，腰間紮著一根粗大的帶銅扣的皮帶，頭上戴著一頂軍帽，胳膊肘箍著一圈紅袖章，上面鮮明地寫著三個醒目的大字：紅衛兵，由此，他們個個神情亢奮。在他們的口中出現了「文化大革命」這幾個陌異的字眼，每當說起這樣的話題時他們興奮異常，神采飛揚，偶爾，還會冒出什麼毛主席、劉少奇，還有什麼「工作組」等字眼。

我還太小，還不能完全領會他們話中的意思，只是覺得空氣中突然浮動著一種過去從未有過的躁動，「大人們」似乎都在躍躍欲試地等待著什麼奇蹟的發生。

那會是什麼呢？那時的我真的沒有意識到，一場世紀災難將要接踵而至。

很快，八一廣場的夜間沸騰了起來，就跟過節似的，呈現出一片歡樂的海洋。自從上次我同陸小波在廣場上搶過傳單後，形勢變得一天比一天熱鬧，我再一次出現在廣場是由姐姐帶著我去領略的。那天小清姐也在場。姐姐說：「若若，走，跟著姐姐去外面轉轉。」我高興得跳了起來。我實在不情願被姥姥強壓著我做作業，就像警察壓著犯人。面對著老師布置下來的試題，我正抓耳撓腮地痛苦不堪呢。

我母親正好出差了，只有姥姥在家，姐姐說：「沒事，姥姥，一會兒回來我教若若作業。」姥姥不說話了，只是叮囑我們早去早回。姐姐痛快地答應了。

「外面在鬧騰什麼？」姥姥突然問，目光疑惑。姐姐笑了：「過節呢。」姐姐說。「過節？這是什麼日子就過上節了！」姥姥還在尋思。在姥姥充滿滄桑的記憶中，她不能明白這突然喧鬧起來的日子與往昔的節日間存在著什麼關係？她也無法明白，這個平靜的世界為什麼驀然間變得喧鬧了起來，常有口號聲和遊行隊伍從我們樓前走過，裹挾著一股激情和亢奮，充滿著令人不解的歡樂氣氛。我的姥姥在那個時候不可能會想到，接下來將在等待我們的，是所有中國人都要面對的厄運。雖然以我姥姥的年齡和經歷，已然經歷過了太多的歷史苦難，可那時的姥姥只是忽然有了一丁點不祥的預感。

彼時的我，只是莫名地感到了一種油然而生的快樂。畢竟我還是一沒長大的孩子，我不可能預知將要發生的命運走向。

姐姐拽著我，一路奔跑著去了八一廣場。我們還沒有走近，就聽到了鑼鼓喧天和一片隱約傳來的嘈雜聲，路上已有許多人與我們一樣，激動地奔向廣場。這可比平常的節日熱鬧太多了！我愉快地想。

二

我們到了八一廣場，廣場上確實聚集著許許多多遊蕩的人群，臉上充滿了好奇、迷惑、亢奮、無所事事或興高采烈，什麼樣的表情都有，他們不再像那天我搶傳單時那般烏泱泱的一大片了，而是分散在各個不同的區域，一坨坨地紮堆，宛若鐵桶陣般地圍成了一圈又一圈。

透過嘈雜的人聲，可以隱約聽到鐵桶陣內整齊劃一的口號聲，以及聲嘶力竭的吶喊，不時地從人流中還會莫名其妙地爆發出一陣陣的狂笑聲。

我拽著姐姐快步向其中的一個鐵桶陣走去，可她和小清姐仍有說有笑慢悠悠地走著，一點也不著急上火，彷彿這裡發生的一切早已習以為常。可我的好奇心已被充分挑逗起了，我甩開姐姐的手，索性自己一人快步向其中一個鐵桶陣跑去，根本顧不上姐姐在我背後的呼喚。

誰讓她們走得那麼慢的？我心想。

我一溜小跑，箭一般地飛向我的目的地。當我上氣不接下氣地站住時，這才發現我根本不可能鑽進鐵桶陣。站在我面前的全是大人，猶如銅牆鐵壁阻攔了我的視線，也阻攔了我行進的腳步，我只能從人縫裡引頸向裡張望。

我跟著踮起了腳尖。可我個矮，任憑我如何再踮也無濟於事。於是我逮著一個空檔就上躥下跳地蹦起了個兒來。

在我躥高的那一霎時，我隱約見到幾個戴著軍帽的半個腦袋，能瞬間窺視到他們的眼神——瞪著一雙憤怒的眼睛，正高聲吶喊著什麼。好像還有幾個女的？可我只是瞅了那麼一小眼，很快又落地了。

我很沮喪。

我瞥了幾眼黑壓壓的人堆，一咬牙就要往人群裡擠去。我剛擠進一層，就被那些大人很不耐煩地推了出來。我心有不甘，又一次地奮勇前進了。

實在是舉步維艱吶！這一層層厚厚的人牆像一座大山，阻攔了我的視線，也一併阻攔了我前進的步伐。我根本擠不進去，無論我怎麼縮著身子也過不去。我的小臉已憋得通紅了。

正在我拚命掙扎地要再度挺進時，被人一把拽了出來。這讓我很惱火，正要破口開罵，可扭頭一瞧，嘿，竟是我姐姐。

姐姐與小清姐站在了我的邊上，低頭看著我，說：「換個地方吧，這裡的人太多了。」我搖頭說不行，我非要看。

我忽然計上心頭。我想起了那天站在陸小波肩上的情景。我纏著姐姐要上她的肩，我說，只有這樣我才能看到裡面發生的情況。姐姐納悶地看了看我，說：「我可撐不起你。」小清姐插話了：「若若，急什麼？好看的東西多著呢。」我不服氣，說：「再好看也輪不到我，他們都是大人，他們會攔住我。」

小清姐拍了拍我的頭：「別急，一會兒我準讓你看到，而且讓你在第一排看。」我不信，嘟起了小嘴，一臉的不樂意。

小清姐拉上我的手，也不管我是否樂意，執意地向另一個方向走去，我們還經過了幾個鐵桶陣，小清姐仍沒有停下腳步的意思，我也不知道她葫蘆裡賣著什麼藥。我現在不再說什麼了，反正她們答應過我，我就跟著走唄。可心裡仍在犯嘀咕，不明白她們帶我上哪去。

我們在一個通向廣場的路口站住了，我聽到姐姐在問小清姐：「他們會來嗎？」小清姐一臉神祕地笑說：「你們就等著瞧吧。」她們又愉快地聊起了別的事，我一句沒聽懂。我覺得這樣待著很無聊，什麼也看不見，只是乾耗著，真沒意思。

我正想著怎麼才能脫身離去，奔向我感興趣的目標時，遠遠地傳出銅鑼的齊鳴聲，還不時伴有嘹亮的口號聲。我開始興奮了，拉著姐姐就要朝那個方向跑去。

小清姐不緊不慢地說：「若若，別急呀，我準會讓你看到你要看的東西。」我不信，懷疑地看著小清姐。她伸出了一隻小拇指：「你不信我？那好，我們拉勾。」我也伸出了小拇指，只是仍在狐疑中。小清姐笑著強行和我拉了一勾。

「你別用這種眼神看我。」小清姐說。「我會說到做到的。」

三

一支隊伍浩浩蕩蕩地正向我們這邊緩慢走來，鑼鼓聲便是從走來的隊伍中傳出的。我看出他們共有幾十號人，清一色的軍綠服飾，頭戴軍帽，一副颯爽英姿的模樣。有許多與我年齡相仿的孩子，歡天喜地跟著隊伍奔跑著，歡呼著。最讓我驚奇的是，隊伍中有幾位戴著紙糊的尖頂高帽的人，身穿皺皺巴巴的綾羅綢緞，胸前還掛著一個搖搖晃晃的大牌子，低垂著腦袋走向隊伍的中間，他們的那副狼狽樣子，像極了電影中我曾見過的，被沿街遊鬥的舊社會的土豪劣紳。

我看過的那部電影叫什麼來著？對了，好像是叫《怒潮》。

太好玩了！好奇心被充分喚醒了，我不管不顧地拉上姐姐和小清姐向那個方向跑去，她們被我強行拖扯著也跟著一路小跑。

終於到了隊伍跟前了，我忽然看到了幾張熟悉的面孔，其中的幾位大個子是經常來找小清姐的男生。

小清姐走近時，高喊了一聲：「李援朝。」走在隊伍中的一人扭頭向我們方向看來，高興地朝我們招手，那意思是讓我們加入他們的遊行隊伍。我太高興了，二話沒說，率先衝進了隊伍。

小清姐和他們中的許多人熱情地打著招呼，我姐姐緊隨著她，在一旁抿嘴樂。我可管不了她們了，我現在只關心那幾個戴高帽遊街示眾的傢伙，這情景讓我倍感稀罕，我真沒見過這麼稀奇古怪的事，最為妙趣橫生的是我所聽到的鑼鼓之聲，居然是由他們自己敲打出來的，而且敲一下，嘴裡還喊著一聲什麼。

我湊近了。因為我個頭矮，我只有迎向他們，然後倒退著步子仰著腦袋看他們。

我嚇了一跳，怎麼有一人發出的聲音像是一老女人呀！

那人耷拉著腦袋，一副喪魂落魄的樣子，面如死灰，脖子上還掛著一雙花布鞋，隨著身體的晃蕩在胸前搖來擺去。她左手拿著破銅鑼，右手擒著棒槌，走一步，機械地敲打一下，嘴裡唸經般地喊道：「我是資本家的小老婆，破鞋，我該死，我有罪！」

我頑皮的心理又在發酵了。我覷著旁人沒注意，一下子蹦了起來，伸手擊落了這個人頭上的尖頂高帽。那頂紙做的高帽像被一陣狂風吹落了一般，從她耷拉的腦門上飛了出去，露出了一頭蒼蒼白髮。她發出了一聲恐懼的尖叫聲。由於那個刺耳的聲音太歇斯底里，我的心臟像被擊中了一般，狂跳了一下。也不知為什麼，那一瞬間我也感到了一種莫名的恐懼。多少年過去了，她發出的那聲尖聲驚叫一直縈繞在我的腦海中，我迄今仍無法忘記那個可怕的聲音。

我看到的果然是一臉褶子的老女人！

她的頭髮已被剪得亂七八糟的，像被惡狗啃過了似的，亂蓬蓬地堆在頭上如同一堆枯萎的雜草，難看死了！緊接著，我看到了她投向我的目光，流露出驚駭、惶恐、羞赧、無地自容。我的心劇烈地抖動了一下。

這時我聽到了一聲可怕的喝斥：「你敢抗拒？」話音未落，一記響亮的耳光重重地摑上了她的臉，我見她的面孔隨著巴掌的起落向一旁甩了一下，再看時，她臉上出現了一道道紅色的手印。

「把它撿起來！」一位佩戴紅袖章的人嘶聲喊道。

那個老女人還沒有從驚慌失措中回過神來。這時我見到旁邊的一位同樣白髮蒼蒼戴著尖頂高帽的老人，顫顫巍巍地走了過來，抖索著身子躬身從地上撿起了尖頂高帽，給這位被嚇壞的老女人重新戴上。他們的目光在剎那間有一個對視，充滿了一種處在無望中的人才會迸發出的深情和安慰。老人輕輕地拍了拍老女人的肩膀，似乎盡在不言中了。

很快，又一記響亮的巴掌飛到了這老人的臉上，他的臉上霎時也出現了一道醒目的紅手印，眼中緊跟著湧現出一滴欲流未流的老淚，那頂尚未給老女人戴好的尖頂帽又斜飛了出去。他被這突如其來的巴掌打懵了。

「不用你管，讓她自己撿，你想反抗嗎？」

我沒想到，飛出這一巴掌的人竟是小清姐的朋友，那位被叫做李援朝的人！我在愧疚，因為眼前發生的這一幕都是因我而起。

老人拚命地搖頭，隱忍著的淚水終於不受控制地滴落在地。他老淚縱橫了。我的心那一刻也跟著在顫抖。我顫得厲害，像是一刻不停地打著擺子。別人不可能看見，因為這種哆嗦只發生在我的內心深處。也不知為什麼，我很同情這兩位可憐的老人，我覺得此時此刻的她們挺無辜的，我不明白援朝哥哥為什麼要這麼兇狠地對待上了年齡的這倆兒老人；我也不知道為什麼，我竟會無緣無故地上去將老女人的高帽擊落在地——我不認識她，也根本談不上什麼仇恨，僅僅是因為好玩嗎？

老女人身子抖得像篩糠似的，幾近艱難地彎腰拾起了尖頂帽，給自己重新戴上，接著又敲擊了一下銅鑼，用哽咽的嗓子繼續喊道：「我是資本家的小老婆，大破鞋，我該死，我有罪！」

可是就在這一刻，她的臉上突然間呈現出一種可怕的平靜。這太奇怪了！我的眼睛一眨不眨地盯著她的表情不放，因為她就像換了一人。

沒過一會兒，我見她趁人不備時，偷偷地覷了邊上的老人一眼，目光中藏著愛憐和鼓勵，似乎還向他微微一笑地點了點頭，然後又閃電般地掉開了目光。她怕被人看到。

這一切發生得如此之快，就一眨眼的工夫，沒人會注意到她做出的這個不易察覺的小動作，只有我看見了，因為我一直在盯著她的臉看。她終於注意到了我。我想迅速地避開她又投向我的目光，可是我還是沒來得及閃避。

我看到了一個令我終身難忘的目光，那裡面盛滿了慈祥與寬容，就像在打量著一個自己的孩子般地看了我一眼。這目光讓我想起了姥姥注視我的目光。僅僅是那麼的一瞬，她又低下了頭顱。敲了一下鑼：

「我是……大破鞋……」

我突然想哭！

「若若，你愣在那幹嘛？」這時，小清姐走了過來，看著我說。

我醒過懵來了，抬頭也看著小清姐。她的臉上還是掛著輕鬆的微笑，我現在完全不能接受她的微笑，好像什麼事情都沒有發生過。這怎麼可能？這一切都活生生地發生在我們的眼前吶！

「這是王麗莉的弟弟吧。」又一個人走了過來，親切地拍拍我說。我一聽聲音就知道他是誰了，是李援朝。我很不高興地聳了聳肩，抖落了他搭在我肩上的手。「嘿，你怎麼了？」他臉上掛著微笑，逗趣般地看著我說。「沒怎麼。」我沒好氣地說。「瞧你這張苦悶的臉，誰欺負你了？」李援朝繼續開玩笑地對我說。我無法想像，現在的這個人，與剛才兇神惡煞般揮手打人的人，居然會是同一個人！

我不想理他，我掉過臉去，我在尋找我的姐姐。我見到她站在人群中，和一個瘦長個的男生在聊天，神情愉快。我注意到那個男生彷彿在巴結我姐姐，纏著她滔滔不絕地說著什麼，神采飛揚。姐姐看到了我在看她，向我招了一下手。

我過去了。姐姐說，「若若，這是何新宇。」

這位被叫做何新宇的男生高興地說：「哦，是若若呀，我們見過，對嗎？」

我們是見過，他經常和李援朝同時出現在小清姐家裡，我陪姐姐去聊天時見過他。在我的印象中，他對姐姐特別好，總是有事沒事拉著姐姐聊點閒話，嘰嘰咕咕地也不知說些什麼。

「他們怎麼了？為什麼要這樣對待他們？」我終於忍不住地問了一句。

「哦，若若還沒弄清我們在幹什麼吶？他們是地、富、反、壞、右分子，是社會的蛀蟲。」

「他們都是壞人？」我問。

「當然，是階級敵人。」何新宇樂了。他肯定覺得我過於天真了，否則，為什麼會問出這樣的傻話。

「不是壞人，我們拉他們出來幹嘛？」他說。

「那你說，拉他們出來幹嘛呢？」

「遊街示眾，顯示無產階級專政的威力。」何新宇的表情嚴峻了起來，義正詞嚴地說。他的目光，投向了那幾個走在前面戴著高帽的人。「他們必須接受無產階級的專政，這是偉大領袖毛主席賦予我們的權力。」

我似懂非懂，稀裡糊塗地點了點頭，可是心裡還是不明白，因為我從電影裡看到的壞人都不是長成這樣的，電影裡的壞人個個長得不是尖嘴猴腮，就是肥頭大耳像頭蠢豬，眼神裡還透著令人不寒而慄的邪惡，很容易識別。可是我現在看到的所謂「壞人」確不是這樣的，我從他們的目光中看到的卻是溫和、善良和恐懼。他們可能會是壞人嗎？我真的不敢相信。

「壞人不會長成這樣的！」我忍不住地說。

「是嗎？」何新宇又樂了，納悶地看了看我，又轉臉看了姐姐一眼。姐姐也在笑。「那你告訴我，他們應該長成什麼樣？」他問。

我想了想，很想告訴他是電影裡我看到的那副模樣，可是我沒好意思開口，我怕他又會笑話我了。

「反正不是這樣的。」我小聲地嘀咕了一句。

正在這時，小清姐和李援朝過來了。「你們在說什麼呢？」李援朝問。「你問若若。」何新宇嘻笑地說。「若若說他們長得不像壞人。」

「是嗎？」李援朝瞥了我一眼，「壞人還有長得像不像的嗎？那你看我長得像好人還是壞人？」說完，他仰面大笑了起來，其他人也跟著一塊笑。只有我，很不自在地望著他們，霎時間覺該得發窘，不知道該說些什麼了。我真的被他們說糊塗了，也許真是我錯了？我心想，也許那些戴高帽的人真是一群壞蛋！

「過幾天，我們還會有一次特別行動，你去嗎？」何新宇討好般地問我姐姐。姐姐用詢問的目光看著小清姐，小清姐點了點頭。

「行，我們去。」我姐姐說。

「那好，一言為定。」何新宇高興地說。

「那我呢？」

現在輪到我詢問般地望著姐姐了。

四

我們站在廣場上了。紅衛兵將那幾個所謂的地富反壞右分子，押到了廣場中心，先讓他們齊整地垂首站立，嗚響銅鑼，大聲地自報家門，聽上去還是在交代自己的罪行。

看熱鬧的人群忽悠一下簇擁了過來，很快地又形成了一個新的圓圈，他們爭先恐後地往前擠，互相推搡著，直到這時我才明白，所謂的鐵銅陣就是這麼形成的。

我現在無須再往裡擠了，我就在中心位置站著，周圍全是黑鴉鴉的人群，他們交頭接耳嘰嘰喳喳像麻雀似地說的什麼，嗡嗡地響成一片。

這時李援朝神氣活現地走到中間的空場上，先環顧了一圈周圍的人，然後提高了嗓門大聲說：「這是一群在舊社會吃我們老百姓的血汗，剝人民皮的壞分子，今天，我們響應偉大領袖毛主席和無產階級革命司令部的號召，把他們押上歷史的審判臺，遊街示眾，讓他們睜開狗眼看一看人民的力量，你們說，對不對呀？」

所有的人在他激情洋溢的鼓動下，亮開大嗓門伸出森林一般的手臂，齊聲地高呼一聲：「對——，無產階級文化大革命萬歲！」

「跪下，向人民請罪！」

隨著何新宇的一聲斷喝，幾個紅衛兵躥將上來，一把摁住那些戴著尖頂高帽的人的頭顱，強迫他們雙膝跪地，我見到那位顯然是資本家的老頭，身子趔趄了一下，跌倒在地，仰面朝天，他頭上的那頂尖頂高帽，滑稽地滾落在了一旁，周圍傳來一陣哄笑聲。

這時，我見到一個黑色的瘦小的身影從人群中閃了出來，閃電般地躥到了老人的跟前，揚起了小拳頭擊打倒在地上的老頭的臉部。

「你這個反動分子，你還敢反抗？我打死你！」

這個聲音是我熟悉的，雖然他現在背對著我，我知道他是誰，還用說嗎，一準是陸小波。我沒想到他會在此時出現。

剎那間，我聽到了一聲聲嘶力竭的哀號，一個已然跪在了地上的人影，突然不顧一切地撲了上去，緊緊地摟住那位摔倒在地的老人，用身體死死地護著他，陸小波的拳頭雨點般地繼續擊向她，然後試圖扳開她的身體，可是她頑強地抱住那位摔倒在地的老人，嘴裡哭喊著：「求求你們了，不要再打了，他的腳不好，他不是故意的，求你們了！」

是那位爬滿一臉褶子的老女人。

還沒等我徹底地反應過來，一群紅衛兵忽悠一下衝了上去，生拉硬拽地將老女人強行地架了起來，還沒等她站穩身子，李援朝又照著她的臉上飛出一巴掌，那聲音清晰響亮，在黃昏的空氣中爆出一聲脆響。

即便是在此刻，老女人的目光依然在注視著倒在地上的那個老頭，眼中的淚水傾瀉而出，她似乎根本沒有意識到自己的處境，仍在不停地掙扎，哭喊著：「你們行行好吧，我老伴那個老寒腳不行呀，求求你們吶！」她泣不成聲了。

李援朝將她強行地摁跪在了地上，然後站起身，向仍倒在地上的老頭望了一眼。

老女人還在抽泣著，不停地發出哀求之聲。

李援朝大喝一聲：「閉嘴！」

他向躺在地上老頭走去。陸小波這時仍在揮動他的小手臂，擊打著那位老頭，高聲叫著：「你還敢不站起來！」我還在不知所措地看著，不知道該怎麼辦好。李援朝黑著臉又向我們這邊走過來了，我覺我必須做點什麼了。

我一個箭步衝了上去，伸手拽住陸小波仍在揮舞的手臂。此時的陸小波還陶醉在他的狂暴中，試圖掙脫我的手，可還是被我死死地拽住了。

「陸小波，不要再打了！不要！」我大聲說。陸小波回頭見是我，臉上的表情呆了一下，很快，像洩了氣的汽球，整個身體突然間鬆弛了下來。我將他推到了一邊。

我彎下腰，將可憐的老人扶了起來，我也學著大哥哥大姐姐的口氣，怒聲地對這位老人斷喝道：「起來，你想裝死嗎？」

說真的，其實我想幫他，我實在不忍心看著他，以及那位老淚縱橫的女人的那張絕望的面孔，我也不知道此時此刻是什麼東西觸動了我內心的同情，我只是覺得這樣下去實在太過分了。有必要這樣做嗎？他們只是毫無反抗能力的白髮蒼蒼的老人呵！

當然，我也知道，我只有用這種似乎是怒不可遏的聲音，才能制止瘋了一般的陸小波，以及站在一邊躍躍欲動的紅衛兵。

老人在我的攙扶下，顫抖地站了起來，一雙堆滿淚水的眼睛茫然地看了我一眼，我似乎聽到了他輕微發出的聲音：「謝謝你，小同志。」目光中充滿了感激。那一刻，我的心又顫動了一下。我避開了他的目光。我害怕看到他的目光。

「讓他跪下！」

我聽到人群發出的齊口吶喊，我的大腦，瞬間像接受到了一個不可違抗的指令似的，也學著那些大哥哥大姐姐努力伸手摁住老人的頭，試圖讓他跪在地上。我還沒怎麼用勁，老人的身子便跟著一個癱軟，出溜地向地下滑去。顯然，他本來是想跪下的，可是他的膝蓋好像無法彎曲。我見他剛一曲身，便無法自控地又一次摔倒在地，他的淚水緊跟著噴湧而出。

「噢，我不中用呀！」我聽到他嘴裡發出了一聲無奈的哀鳴。

我一時手足無措地站在那裡，不知該怎麼辦了。我看了看癱倒在地的老頭，又看了看那些怒不可遏的紅衛兵，心想，壞了，他又該挨打了！可是我很不情願看到這一幕慘劇繼續在我的眼前發生。

「他跪不下去，他的那條老寒腳跪不下去呵！」老女人再一次發出尖利的哀告聲。

我看到何新宇快步走了過來，我的心跳在加速，我知道接下來將會是老人的一場噩夢。

可是我萬萬沒有料到，在我眼中發生的並不是如我所想像的那樣。

何新宇先是彎下身，我注意到他的表情沒有那麼兇狠，而是定晴看了看躺在地上的老頭，又輕輕地踢了踢老頭僵直的大腳。老頭隨即「哎喲」了一聲。何新宇伸出了手，拉了一把躺在地上縮成一團的老頭，然後試圖幫他翻過身來跪在地上。老人雙膝剛一著地，身子又是一抽搐，癱倒在地，他的臉上淚流滿面了。

何新宇站在那兒怔忡了一下，沒有再猶豫，又彎腰將老頭拉起。這一次是將老頭整個地扶了起來，綳著臉對他說：「你就這麼站著吧，這次饒了你。」說完，他將滑落在地的尖頂高帽拾起，給他重新戴好，還幫著他在頭上正了正。我聽到老頭一個勁地向何新宇鞠躬表示感謝。

李援朝在不遠處大聲地嚷嚷了一句：「讓他跪下！」

「他的腳真不行，我看算了吧，就讓他這麼站著。」何新宇說。

場面變得有些滑稽了，一長溜的牛鬼蛇神排成一排地跪在地上，只有那位老頭一人躬身垂立，在這一排人裡顯得格外扎眼。他一直在發抖。

我跟著何新宇向李援朝那邊走去，經過那位老女人的身邊時，聽到她低聲對我們說：「你們是好人，謝謝你們！」何新宇沉著臉，低吼了一句：「閉嘴，老實點。」

我這才注意到，鐵桶陣裡安靜極了，安靜得幾乎我都忘了這裡擠滿了看熱鬧的人。

「他們都是些牛鬼蛇神，黑五類，你們說，我們該對他們做些什麼？」李援朝握緊拳頭，站在隊伍中間斷聲向人群高喊道。

安靜的鐵桶陣又開始咆哮了，猶如風暴一般開始怒吼了起來：

「讓他們交代反動罪行！」

「革他們的命！」

「把他們打翻在地，再踏上一隻腳！」

「敵人不招降就讓他徹底滅亡！」

驚天動地的怒吼聲此起彼伏，熱浪般一波波地向我們迎面撲來，廣場開始沸騰了，我也被這種情緒煽動得激動不已，忽然覺得，與這些鬥志昂揚的大哥哥、大姐姐站在一起，自己也變得威風凜凜了。我有了一種從未有過的自豪感。

我是他們中的一員，密密匝匝圍著我們的人群中有許多人在用羨慕的目光注視著我，我注意到大家在齊聲高喊口號時，胸中激盪著一股熱血在恣意燃燒。

有人輕輕地推了我一下，我側身看去，是陸小波。我都差點把他忘了。他衝我開顏一笑，就像平時見到我時那般，帶著我們那個年齡段必然攜帶的稚氣和天真，完全不像剛才揮拳直下的那個兇狠的陸小波了。

「你剛才為什麼要那麼使勁打他？」我悄聲問道。

「他不是壞人嗎？我看他不老實。」陸小波輕聲地咕噥了一句。

「我知道。」我說，「但你也沒必要這麼狠地打吧。」

他又笑了，笑得有些不好意思。

「你笑什麼？」我問。我看他笑得有點古怪。

「想讓你看到我。」他說，「看到我也在這裡。」這時，陸小波的表情突然浮現出一絲靦腆。這種表情僅僅閃現了一下，陸小波就裂嘴樂了。「我看到你和你姐向廣場方向去了，所以，我也跑來了，看看熱門唄。」停了一會兒，他又說：「我一直在找你。」

我說我沒來得及叫上你，因為我姐姐在。他說：「沒事，我自己也能來。」他告訴我，這幾天，他常會一人跑到廣場來看熱門，但都是擠在人群中，這一次因為有我在，所以才衝了出來。說這話時，我能明顯地感覺到他有一種驕傲感。

其實我就知道他心裡打的那點小算盤，無非想用那種暴烈的行為在我面前顯示他的果敢。最後陸小波說那些老東西壞透了，我們沒必要同情他們。

我糊塗了，我也不知道這些人是否值得我去可憐。真有這個必要嗎？

我沒再說什麼，我只是認為那位老人並沒有真的要反抗什麼，只是因為這把年齡了，身子骨不靈便，所以我們不該這麼野蠻地對待他們。我在家所受到的教育是要尊重老人，難道他們不是老人嗎？更何況，他們長得也不大像是一個壞人呀！可是現在廣場上這麼多人都在恨他們，那足以說明他們真是壞人嘍？我腦際盤旋著太多的困惑。

可是現在，我開始變得興奮起來，我現在好像不再可憐那兩人了，他們真的可能是曾經剝削過勞動人民血汗的壞蛋。我為剛才對他們那點兒同情感到了一絲愧疚。眼下，我正驕傲地站在鐵桶陣的中心位置，與李援朝他們一道享受著眾人的仰慕。

口號聲一直在此起彼伏的響著，紅衛兵隊伍中有人跳起了忠字舞，表情很像是電影《英雄兒女》中「向我開炮」的英雄王成，我也跟著大家一樣舉起了手臂，高聲地吶喊著：「打倒地富反壞右，鎮壓黑五類，擁護無產階級司令部，緊跟毛主席，將無產階級文化大革命進行到底！」

嘹亮的口號聲響徹在廣場的上空，我看到一群哨鴿在黃昏中飛快地掠過空曠寂寥的天空，遠去了。

五

我們學校開始出現大字報了，鋪天蓋地充斥著我的眼簾，我剛走進校門就能聞到那股子特別的糨糊味，攜著一絲奇怪的甜腥氣息。我還一直納悶為什麼會散發出這麼一種曖昧的味道呢？

彷彿整個城市都處在了抑制不住的亢奮與騷動中，對於我們這些不安分的渴望無法無天的孩子來說，這是一段讓人歡欣鼓舞的日子。雖然我們還在上課，雖然老師的臉上依然繃出一副令人討厭的師道尊嚴的面孔，但在我看來，他們就像是秋後的螞蚱，蹦噠不了幾天了。

我彷彿已從那種甜膩的糨糊味中，嗅出了從中隱祕散發出的火藥味，它們悄無聲息地瀰漫在空氣中，漸漸地凝固聚攏，隨時都有可以轟然發出一聲震天動地的巨響，摧毀整座我們曾經熟悉的城市，以及所謂的課堂秩序。

那是一個陽光燦爛的清晨，我像以往一般，悠悠達達地穿過公園，漫不經心地向學校走去。那天我心情不錯，因為我在公園的樹叢中逗留了一會兒，原因自然是要再尋覓幾隻獵物，這會讓我很刺激。我喜歡聽到濃密的綠樹叢中傳出的那一聲輕微的爆破聲——「噗」，那便是小鳥被我擊中後發出的脆響。我也奇怪，我已然是一位身經百戰的彈弓老手了，可每當那聲輕脆的爆破聲傳來時，仍會有一種熱血奔騰的感覺。這是為什麼呢？我一直沒弄明白，反正一聽到這個聲音我便會暗自地陶醉一番。

我沿著公園的小路步出了公園的大門，嘴裡還哼著小曲，一副無所事事、百無聊賴的樣子。展現在我眼前的便是一條筆直的大道了，兩旁垂柳依依，微風輕拂，清晨的空氣中還輕籠著一層淡淡的薄霧，飄蕩著一股濕潤清新的味道。那是一個好天，在這樣的天氣之下，人真的會有種神清氣爽的感覺，彷彿一切都變得那麼地迷人，悅人耳目，就好像有什麼奇蹟在悄悄地等待著我。其實我也知道不可能發生什麼奇蹟，那不過只是一種心情。

我跳起腳，蹦高從柳樹上折了一枝柳條，拿在手上，像揮舞著一條小鞭似地胡亂地四處抽打著，我自娛自樂。

那條路上基本上沒什麼人，顯得格外靜謐，熏風輕輕地吹著，遠處還有幾位農夫在田間躬身勞作的身影，他們隱在薄霧中，看上去朦朦朧朧的，宛若一幅淡墨山水畫，充滿了一種令人陶醉的詩情畫意。

那天我沒叫上陸小波跟我一起走。我走得早，因為我要一個人在小樹林中玩上一會兒。當我出了公園的大門，走到筆直的大道盡頭時，我例行性地走進了一個隨意搭建在路邊的小棚，我從很遠的地方就聞到了從小棚裡散溢出的香味。那是酒糟的香味。我們將它喚作「酒釀子」，當地人很時興做這種東西吃，它是由大米與一種特殊的酒丸釀造而成的，我姥姥也會做給我吃，可不知為什麼，家裡做出的，我總覺得不如路邊的小販做的好吃，他們在簡易的棚裡，用一口大鍋煮上這些香噴噴的酒糟，再放上用掌心與手指靈巧捏成的小小圓圓的糯米團，混在酒糟裡，這就叫做酒糟湯圓了。

小火熬的酒糟湯圓，在鍋裡發出咕嘟咕嘟的聲響，冒出一個個小氣泡，那種誘人的醉香便飄散四溢了。

我飛快地跑了過去，從口袋裡掏出一毛五分錢，往案板上一拍，那個圍著白色圍兜坐板凳上的中年漢子便迅速站起了，衝著我咧嘴嘿嘿一樂，露出了一臉的黑色皺褶。

他總是不愛說話，每次看到我總是莫名的一樂，但我感到了親切。他轉身拿出了一個青花小瓷碗，又操起一把大勺，在鍋裡使勁地攪了攪，然後將大勺在沸騰的鍋裡扒拉一下，將酒糟湯圓聚攏了一些，舀出了一勺盛進了碗裡。他知道我最愛吃那種實心的糯米湯圓，所以每次我出現時，他都會故意幫我多撈出些小湯圓。

這時出現了一隻手，默契地接過他手中的碗，倒上一點砂糖，用小湯匙在碗裡細細地攪拌了幾下，湊上嘴，吹了吹升騰的熱氣，然後端送到我的手中，臉上盛滿了溫暖的微笑。她是中年漢子的媳婦，腰上紮著白色的圍裙。他們的笑容彷彿在此時此刻又浮現在我的面前，那時我很奇怪，他們夫婦倆的長相迴然相異，卻有著一副宛如孿生的笑容。

我沒言謝。我是這家的常客，彼此都已熟悉，所以語言對於我們顯然是多餘的。我在接過小碗的同時，她已將一把小矮凳送到了我的屁股下，還曲身用藍色的袖套在凳面上抹了抹。我看都不看地一屁股坐下。這一套程式對於那時的我，再熟悉不過了。

我埋頭吃了起來，那醉人的酒糟味，順著騰騰的熱氣，熏烤著我的臉頰，我的胃液開始翻滾，先趕緊地咂巴一口，果然妙極，於是痛快地吃了起來。

我的吃相肯定相當不雅，但在他們看來我吃得滿香的，他們齊齊注視我的目光，說明了他們的內心也充滿了喜悅，因為我是那麼地愛吃他們做的東西，這就足以讓他們滿足了。

我很快地吃完了。期間，他們會在邊上輕聲慢語地勸告我：「別著急吃，這樣會吃壞胃的。」可是我也顧不得那麼多了，我向來吃東西快極，就跟打仗似的，關於這一點，我的姥姥不知數落過我多少回了，但我就是屢教不改。

臨了，我仰脖將碗中剩下的最後一點殘跡呼嚕一口喝乾，習慣性地用舌頭舔了一遍碗底，然後用袖子抹了一把嘴角，順手將碗往案板上一放，轉身跑遠了。

這樣一個時刻今天想起依然讓我感到溫馨，那個永遠消逝的日子是讓人懷戀的。

當我斜揹著書包，吊兒郎當地走進學校大門時，忽然覺得一夜之間校園變得陌生了。我的眼睛瞪大了。平時進了校門就能見到兩邊豎起兩堵白牆，牆面上貼著的一般是些學生的壁報，偶爾還有被評選出的五好學生笑顏逐開的玉照。可這些都不翼而飛了，我現在看到的是鋪天蓋地的大字報。

大字報前，已圍滿學校的學生，大都像我一樣好奇大字報的內容，聚精會神地看著，嘰嘰喳喳地邊看邊交頭接耳，尤其是女同學，更是一副神祕兮兮的表情，壓低了嗓音在悄聲議論，好像一大聲了，會引來什麼不祥之兆。男同學更多的是興奮，摩拳擦掌地似乎在期待著什麼激動人心的大事發生。我利用我瘦小靈便的身子，奮力擠進了人頭攢動的人堆，試圖看清驀然間冒出的大字報上究竟寫了些什麼內容。

大字報最初是由一些年輕老師率先貼出的，一開始似乎僅針對學校的領導，以及我們還不大懂的所謂資本主義的教學制度，從大字報上的語氣中，能鮮明地感受到一股咄咄逼人的火藥味。

至於貼出的位置，我說過了以前都是學生們的壁報，以及考核成績表與五好學生的名單和照片——他們的臉上總是掛著春風得意的微笑，真讓我看著討厭，有時還有學校老師推薦的好文章。這些東西都被我們這些調皮搗蛋的學生私下裡戲稱為「上榜」。所謂的「上榜」，便是優秀學生能向別人炫耀和標榜的資本和榮譽，這個資本和榮譽在我們看來可是了不得，他可以讓一位平時沒沒無聞的學生平步青雲，比如，他能夠因此享受到特殊的假期活動，以及和其他學校的五好學生一道參加各種令我垂涎三尺的夏令營以及不同類型的聯歡活動，可以享受登臺演講和成為我們學校合唱團中的一員，並且榮耀地進入紅領巾的行列。

說到合唱團，這可是我最憋悶的一件事了，直到迄今我仍耿耿於懷。

在我的少年時代，我是一個喜歡唱歌的人，但我天性羞澀，這便決定了我不會在眾人面前亮開我的歌喉，當我一人行進在公園的小路上時，會悄不溜兒地哼上幾曲，當然，那是在我心情好的時候；有時，我會獨自一人爬到公園的山頂上，站在涼亭裡，讓微風吹拂著我的臉頰，看著樹梢在風中搖擺，聽著百鳥的鳴囀，引吭高唱，唱得我自己都覺得如入無人之境了，這個世界只有我一人，沒有人敢輕視我，欺負我，脈管裡的血液會在那一刻「忽拉」一下湧向我的心胸，我甚至能聽到從高低起伏的山谷間傳來的波浪般的迴響。

可是我們班上的音樂老師似乎從來沒有正眼瞧上過我，這讓我無比傷心。

在我的記憶中，音樂老師是一位驚如天人的大美人，同學們私下裡稱她為妖精，她平時總是擺出一副孤傲的表情，目光冷漠，這種表情搭配在她的那張白皙的娃娃臉上，總會讓人覺得很不協調。她的頭髮是微微捲曲的，泛著淡淡的棕黃，就像我在蘇聯電影中見到的俄羅斯女郎，窈窕婀娜的身段使得她走起路來一搖一擺，一如輕風拂動的楊柳，彷彿故意向人顯示她的與眾不同。

每當這時候，我們男同學的目光不約而同地會趁機瞄上幾眼她那凹凸起伏的身體曲線，尤其是她撅翹的臀部，看得我們耳熱心跳，那個時候，我總會產生一種犯罪般的衝動，就想著掏出我的彈弓，照著她撅翹翹的性感臀部發射一顆子彈，因為它總在誘惑著我的目光。

這是我們男同學間的一個小小的祕密和默契，雖然我們知道這樣偷看人家有點下流，可在這個問題上我們絕不相互揭發，儘管我們心知肚明地瞭解彼此心裡藏著的那點兒隱晦的欲望的祕密。

每次她在班上的講臺上出現時，我們的教室必會變得鴉雀無聲，就連平時最喜歡製造動靜的張安平，表情也變得格外肅然，兩眼直勾勾地盯著神情冷傲地站在講臺上的這位丁老師。張安平在我們班的男生中，是唯一一個敢用色瞇瞇的目光直視丁老師的人。

丁老師每次走進教室時先是習慣性地站在教室門口，似乎懶洋洋地倚靠著門，我們便像聽到一聲命令似地忽喇一下全部站起，說聲：「老師好！」這時她會不動聲色地掃視一遍齊刷刷站起的學生，冷漠的目光中會忽然閃現出一絲尖銳的光芒，在那一瞬間，我會覺得那個犀利的目光像挺機關槍似地從我們每個人的臉上一一掃過。

說真的，我心裡有點怕她，每次她的視線從我臉上掃過時，我都在暗自祈禱千萬別在我的臉上逗留，這會讓我很崩潰。我害怕這道目光，也說不清這是為什麼，她盯著人看的眼神總會讓我心驚膽戰，而且臉會發燙。

「坐下。」當她的目光掃視完一圈後，腦袋微微上昂，眼皮不屑地翻翻，剛才還顯得慵懶的神情瞬間消失了，語氣嚴厲地讓我們坐下。然後，將剛才還垂手拿著的教案舒展地往左邊的胳肢窩裡一夾，左手臂自然彎曲，快步上了講臺，再從胳肢窩裡將教案抽出，「啪」地一聲瀟灑地拍在了講臺上。

我有時很好奇，不明白這位站在教室門口的漂亮老師，為什麼一定要先將教案往胳肢窩裡一夾，也就不過幾秒鐘後，她又要從哪兒取出放在桌上，這不是純粹沒事找事嗎？雖然她夾上和放下教案的那一動作在我看來確實很帥。

我後來將這個一直困擾著我的問題詢問過張安平，他聽後先一怔，然後仰天大笑，臨了撂下一句：「這叫脫了褲子放屁，多此一舉。」旁邊還圍著很多同學，聽了都縱聲大笑，就連邊上的女同學也未能倖免地掩嘴樂了。

我的臉倒是「刷」地一下紅了，因為他的這句話讓我產生了不雅的聯想。我甚至當即在腦海中浮現出她那一搖一擺的性感的臀部……

丁老師說話時聲音好聽極了，她的嗓音有一種說不來的柔媚婉轉，似乎還有那麼點小小的捲舌音，如果閉上眼睛，會讓人覺得這是從一位稚嫩的女孩嗓子眼裡流淌出的聲兒呢！或者說，像是叢林中的某個動聽的小鳥發出的清脆的啁啾。真是難以想像，這聲音竟然會出自這張冷漠的面孔！

六

那一天，我們上的就是音樂課，演唱的是丁老師在前幾堂課中教會過我們的歌曲，那是一支歌唱我們偉大的社會主義祖國的歌曲，旋律高亢激昂，是很適合合唱的歌曲。她先讓我們大家複習了一遍，自己嚴肅地站在講臺上認真聽著，目光如炬地掃視著我們的表情。她曾經說過，唱歌時要有一種沉浸感，要用心去體會歌曲旋律中所激盪的那份熱烈的感情。我那時還不懂歌聲中能傳達什麼樣的情感，但我喜歡唱歌。

末了，她端正地坐在了風琴前，先伸出雙手在空中舒展了一下僵硬的手指，握拳再鬆開，挺起了胸脯。她胸部起伏的曲線又在誘惑著我，我閉了一會兒眼睛。這恐怕就是她所說的那份沉浸吧。

「我的前奏曲彈奏完了，你們就跟著一塊唱。」她屏住呼吸般地說。

她的手指開始如波濤般地彈奏起了過門前奏——「唱。」她提高了嗓子說了一聲。我們跟著唱了起來，聲音整齊。女聲是高音，我們男生則是低音部。我喜歡上音樂課，因為不像算術課那樣令我頭痛，它不須多要動腦筋，而且我對音樂的旋律天生敏感。我雖然不識譜，但我聽上幾遍就會唱了，所以我唱起來格外帶勁，覺得那一時刻心在高遠的藍天之上自由飛翔。

練習了幾遍下來，丁老師會站起身來抽查，目光尖銳地掃視一圈，然後不時地點上一人，讓他站起，當著全班同學的面自個唱上一遍。她說，學校要組織一支合唱隊，為慶祝校慶做準備，唱得好的同學會因此而被選拔。

女同學躍躍欲試，眼神中透出渴望，比如坐我邊上的婷婷，眼睛就瞪大了，丁老師說出這句話時，我注意到她的嘴角掛上了一絲只有我能看明白的淺淺的微笑；男同學則表現得不以為然，似乎這事與他們無關。後來我才發現，其實那都是裝的，一旦老師點了誰的名，讓他站起來唱時，瞬間流露的受寵若驚便一目了然。

我呢？此刻的我，心裡像是稍稍地爬上了一隻毛毛蟲，撓得我直癢癢，一句話我充滿了期待。我對自己的嗓子向來有一份自信，只是我從來沒機會在同學面前顯山露水。自從上次我剛來學校被張安平這撥同學「修理」過之後，我就裝著格外老實了，不敢再招事，這裡顯然不再是我可以施展自由天性的舞臺。

可我骨子裡又好出風頭，期盼有朝一日在眾人面前嶄露頭角，讓同學對我刮目相看；同時，我還有一份隱藏很深的私心，那便是我多麼希望邊上坐著的這位叫婷婷的女同學能領略到我嘹亮的歌聲呵！我幻想著我站了起來，旁若無人地亮開我的歌喉，縱情地高歌一曲，教室裡頓時鴉雀無聲，所有的人都被我的歌聲所感染，目光齊刷刷地注視著我，充滿仰慕。一曲終了，靜默了幾秒鐘後傳來響亮的掌聲，其中，婷婷的掌聲最熱烈。她驚訝地看著我，臉上流露著羨慕和敬佩，臉頰上飛出了一抹落霞般的紅暈。

我被我的幻想所鼓舞，沉浸其間，完全忘了置身在寂靜的課堂上，我的想像猶如一個斷了線的風箏，隨風飄蕩，越飛越高。不用說，我肯定分神了。

「王若若。」

我沒聽到丁老師在叫我的名字，這時我仍在天上飄著，正快樂著呢。老師又喊了我一聲，我仍沒及時回應。這時我的胳膊被人輕輕地踫了一下，我一激靈，這才回過神來。我先是偏臉看了一眼踫我的婷婷，她臉上的表情分明不是羨慕和敬佩，與我想像中的表情大相逕庭。完全不是，而是焦急和擔憂。

夢醒了。一開始我還沒明白她為什麼踫我的胳膊，現在，她的目光在示意我往臺上看。還沒等我的目光掉過去時，我聽到一聲嚴厲的聲音：

「王若若！」

我下意識地喊了一聲：「到！」慌忙站起。丁老師臉色難看地盯著我，目光像利劍一般地在刺穿我的眼睛。

我更慌了，張惶失措地靜立著，忽然覺得無依無靠，丁老師的面孔這時陡然間變得猙獰可怖，就連過去在我聽來宛如百靈鳥般的聲音也變了調，就像是夜間的貓頭鷹發出的尖利的嘶鳴。不可思議，這聲音居然會發自同一人的嗓門！

「剛才想什麼呢？」丁老師的聲音低了下來，但透著犀利和譏諷。

「沒有。」我說。教室裡傳來同學們掩飾不住的「吃吃」的笑聲。丁老師的臉又綳緊了，她重重地拍了拍講臺：「都不准笑，這是課堂。」笑聲驟然而止。我更加緊張了，木呆呆地筆直站著，安靜下來的教室讓我感到了一種末日般的窒息，我不知道接下來丁老師還要對我做些什麼，我只知道她在用這種方式懲罰我。

「剛才我們在唱什麼歌？」她眯細著眼，忽然問了一句。

「〈歌唱我們偉大的祖國〉。」我回答道，絲毫沒有猶豫。

「哦，你還真知道在唱什麼呀？那很好，現在你站著，給大家唱一遍。」

我開始感到了不自在。雖然能在大家面前獨自歌唱在我的幻想中出現過無數次，但它真的不期而至時，我一點感覺都沒有了，只有一種被當眾羞辱、驚慌失措的感覺。我開始怨恨這位丁老師了，可我現在真的是孤立無援，沒人能救我。

「我喊一二三四，你就開始唱，聽到了嗎？」丁老師冷著臉說。

只能點頭，那我還能怎樣？既然我的「溜號」不幸被她逮著，我也只能聽天由命了。

我的臉臊得厲害，心跳也在加速。我真的很沒用，多少次在想像中當眾高唱一曲，眾人歡呼，可當這一切真的出現在我的面前時，我反而萎靡不振、心驚肉跳了。

當丁老師喊完一二三四時，我開始唱了。剛一發聲我就立馬察覺到嗓子眼是乾澀的，聲音發顫，甚至有些跑調。教室裡傳來壓低聲的竊笑。我更緊張了。

我演砸了，徹底地砸了，我自己都能聽出我唱的聲音是那麼地刺耳和彆扭，在此過程中，我努力想找回我以往獨處時歌唱的感覺，可是越想找回，我越是離那個曾有過的自然的良好感覺漸行漸遠。

從那天開始，我就知道那個我所期盼的紅領巾合唱團與我無緣了。沒人知道我還藏著一副好嗓子，在同學記憶中的我，將是一個唱歌愛跑調的人，一個根本不配歌唱的慫人。我仍記得當我唱完那首〈歌唱我們偉大的祖國〉後，丁老師眼睛裡閃爍的內容，那是一抹蔑視的冷笑。儘管這一冷笑只在她的眼中停留了短短的一瞬，但卻給我留下了至深的印象。

我羞愧難當了。

丁老師的目的達到了，她終於如願以償地讓我當眾出醜，這是她對我的報復，因為在她看來，我的走神是對她尊嚴的褻瀆和輕慢，她要懲一儆百，讓同學們領教一下她的顏色，從此不敢再無視她的存在，我很不走運地成為了她所要懲治的那個典型形象。

可是婷婷卻被選上了，這是我事後才知曉的，而當時的我只有一個隱約的預感。這堂課下課之前，丁老師開始點名時，我就意識到婷婷會被選上，因為她讓婷婷領唱了幾次這首歌。婷婷的嗓子說不上太好，但她唱得滿有感覺的，聲情並茂，充沛飽滿，而且她唱歌時的那種嬌羞的模樣楚楚動人，人見人愛。只是我覺得她與我的距離更加遙遠了，心中竟湧蕩起莫名的失落，就像陰沉的天空籠罩了一層陰雨。

七

校慶的日子快要到了，我在學校的壁報上看到通告：紅領巾合唱團將代表學校參加市教委組織的各中小學生的合唱比賽，在紅色的通告下方，還用舒放飄逸的毛筆字寫著參加合唱團的各班級的學生名單。沒有幾個經過的學生會在榜前停留，至多漫不經心地掃一眼便匆匆離去了，只有我，孤身一人站在初升的陽光下認真地看著通告，其實我真正想看的並非是那一紙通告，而是其中有沒有婷婷。

我急切地在通告上掃視著，心裡居然會有一種蹦跳之感。我看到她的名字了，在那一霎時百味雜陳，彷彿那耀眼的紅色迅即消失了，整齊排列的其他學生的名字也消失了，只有一個名字單蹦地跳了出來——程婷婷，這個名字我的視線中被迅速放大，大到了充滿著我的整個眼球，緊接著我的身子像被人劈頭蓋臉地澆了一桶冷水，給我來了個透心涼。

我站在那兒呆了半天，這時有人在背後戳了我腰眼一下，我一激靈，這才回過神來。是張安平。我轉身看著他。我一定還在恍惚，否則他不會用那種詭異的眼光看著我，就像在打量一個怪物。

我們一開始沒說話，就這麼彼此望著對方。我終於恢復了常態，尷尬地笑笑。「你怎麼了？」他斜著脖子好奇地問。我忽然覺得一陣慌亂，一股熱血騰地一下竄到了腦門上，然後慢慢地洇蕩開來。我臉紅了，覺得在他目光犀利地逼視下我內心的某種隱祕的心事被他勘破了。

我的表情肯定讓他不解，他又納悶地看看我，然後向貼在牆上的通告看了一眼，臉上依然滿是困惑：「你怎麼啦？」他繼續問。顯然，他想知道我為什麼會呈現這種表情，在通告欄前踟躕不已。

「沒什麼。」我掩飾地說。我想馬上離開，我不知道該說什麼。

他笑了，笑得詭譎：「沒什麼？不會吧。」

我更慌了，難道他真的窺透了我心中的祕密？「真的沒什麼。」我繼續躲閃地說，心裡開始顫慄。

「你真沒出息。」張安平不屑地說。

我快瘋了！他真看破了我祕而不宣的心思了。我的臉越發地漲紅了起來，恨不得立馬鑽到地縫裡去。

「這點破事也值得你這麼認真？」張安平臉上擠出鄙夷的表情，然後向空氣中揮揮手，像是要驅趕一直圍繞著他嗡嗡亂叫的綠頭蒼蠅。「不就是唱幾首爛歌麼？這也值得你這樣！」

雖然他這是在譏諷我，可我懸著的那顆心哐噹一聲放下了。真好，他沒有往別處想，他以為我在為沒能參加合唱團的事耿耿於懷呢，這不挺好嗎？讓我逃過一劫。我們那個年代如果暗戀一個女孩卻又被人識破可是件太丟人現眼的事了，還好，他壓根兒沒往那方面想，我該慶幸才是。我輕輕地吁了一口氣，臉上的血色正在一點點地消失，我鎮定了許多。

可就在這時，背後傳來女孩說話的聲音，嘰嘰喳喳的，但我能清晰地聽出有婷婷歡快的笑聲。我的神經末梢又開始繃緊了，但我竭力地控制住自己。我好不容易逃過了此劫，不能再讓張安平勘破玄機了。這時我只盼著婷婷不要在這裡停留，千萬不要，我甚至又一次聽到心臟不自覺的蹦跳之聲。

「其實你唱得不錯。」張安平微笑地說，眼神是誠懇的。「只是我們都不屬於老師喜歡的學生。」他說。「呵哈。」他突然大叫了一聲，「我們為什麼要讓她喜歡？我看到丁老師成天裝出的那副騷樣兒就想罵她。」他咬著牙說了一句。

背後的腳步聲停下了，婷婷的歡笑聲也在那一刻終止了，我能感到幾個人圍了上來。一定是婷婷和她的小夥伴。我最初聽到她們在議論：「咦，通告出來了，我們去看看上面都有誰？一定會有婷婷。」

「不會的。」我聽到婷婷細聲細氣地說，「有時間再看吧。」

我想，她一定是看到我站在這裡而不願停留，可是另一個討厭的女生說：「看一下嘛，又不耽誤什麼，你不看我看。」

我陡然感到後腦勺熱辣辣的，那一定是婷婷向我直射過來的目光，燒灼著我。我又一次陷入了尷尬的窘境，想走又走不了，張安平還沒有馬上要走的意思，我要是一人埋頭先走了他肯定又要起疑了，他那麼賊的一人，我能瞞得了他嗎？我只能硬著頭皮待下去別無選擇。

「呦，婷婷，還真有你嘞！」背後的一個女生歡呼般地喊了一聲。

「喲呵，你們的話還挺多。」張安平轉過身喝斥了一聲。

如果在平時，我一定會為他這麼對待婷婷憤恨不已，可今天卻怪了，我反而體會到了一種莫名的輕鬆感，似有解脫，因為此時此刻我不再是他審視的目標了，他的興奮點轉移了，剛剛又湧脹起的血液不聲不響地平復了下去，我可以趁機開溜了。

我掉頭就走。這對我是一個難得的趁機脫身的機會，我不能放過。「嘿，你怎麼一人先走了？」我聽到張安平在我背後嘟囔了一句。我沒停下腳步，大步離去了。

其實在我轉身離去的那一霎時，我的眼前掠過了婷婷注視著我的目光，那個目光很奇怪，是一種說不上來的感覺，我的心臟隨著她的目光緊跟著一凜，也沒再多想，就匆匆地擦過她的身子過去了。

後來學校組織我們聽了一次合唱團的演唱，那是她們臨出發前的一次彩排，在此之前，在我們教室的課桌上，只剩下我一人落寞地坐著，我知道婷婷處在緊張的排練中，可我卻感到了一種莫可名狀的孤單。

自從在榜上看到有婷婷的名字之後，每次上課前我還能見到婷婷，雖然我很少正眼瞧她。

我不敢看她，和她的目光相遇的那一瞬間我會耳熱心跳，無地自容，所以當上課鈴聲就要鳴響之時，我總是裝著若無其事的樣子，大大咧咧地晃著身子，臉上掛著滿不在乎的神情向課桌走來，其實我眼角的餘光何嘗不知婷婷早已安靜地落坐在了她的位置上了呢？我知道，但我就是不看她，徑直走到她邊上，重重地一屁股坐下，每當這時，婷婷會下意識地往邊上挪動一下位置，以便和我的身子拉開一點距離，其實就是她的這一個小動作讓我挺恨她的。她為什麼要這樣呢？難道她真在怕我嗎？

婷婷應當知道我對她其實是友好的，否則，上次考試時她怎麼可能會偷偷地將考題答案神不知鬼不覺地塞給我呢？當然，事後我並沒有向她表示感激，我們之間誰也不欠誰了，畢竟那次在公園裡我把她和她的小夥伴從那個惡魔般的「瘌痢頭」手中拯救了出來，沒有我，那天她們肯定要遭殃了，正是因為我的及時出現，她們才逃過了一劫。我知道自從那次之後，她看我的目光開始不一樣了，這種不一樣只有我們倆心照不宣，就像事先的一個約定，一個暗號，可以在同學們完全無從知曉的情況下，通過一個短暫的對視，就可以達到的一種彼此的默契，這讓我的心中充滿了親切和溫暖。

我必須承認，只要看到她，我就會從心底深處滋生一種既舒服又夾帶著一絲小小煩躁的溫暖，我也不知道為什麼會有這種奇怪的感覺，它就像伴隨著春天的來臨，從嚴寒的大地上甦醒的苦艾草，綻露出的嬌嫩的鵝黃與嫩綠，意味著一個生命在春天的滋潤下悄然生長。

那天，學校組織的合唱團的觀摩，讓我們聚集在了大禮堂裡，所有的安排都顯得一絲不苟，井井有條，每個班級所坐的位置，被事先劃分為一個個小方陣，班級次序由低向高，我們三年級的學生自然安排在了較後的位置，就像在舉行一場隆重的儀式。說是儀式一點也不為過，因為就連我們身著的服裝也一併有了要求，一律白色的襯衣，藍色的褲子，腳上穿的是白色的運動鞋，這種狀況一般只出現在重大場合，比如國慶慶典和校慶，可見今天的隆重程度。紅領巾隊員均被安置在了每個班級靠前的位置上，於是，沒有榮幸地加入紅領巾的同學則只能坐在後排的位置——我屬於這類，直到這種時刻才會讓人有一種被歧視感覺。因為這將意味著你僅僅是一個被邊緣化的落後生。

合唱隊員在舞臺上出現了，他們整齊劃一一排排地從幕後走出，臉上帶著莊嚴與肅穆，洋溢著青春的朝氣，清一色的白衣黑褲。一眼望去，確實有一種說不上來的神聖感。

我的目光一直在緊緊盯著依次走出的每一個人，我知道婷婷很快就要出現在舞臺上了，我有一種隱隱的興奮感，在這種興奮感的澎湃中又裏挾著五味雜陳的味道，我渴望她及時地出現，可又害怕那一刻真的來臨，心裡竟像揣著一隻小兔子似地蹦蹦亂跳。

她出現了，甩著小手，邁著穩健的步伐，目光直視，跟著隊伍一步步地向舞臺中心走去，當她終於走到自己的位置時，停下了腳步，然後一個瀟灑的轉身。我可以清晰地看到她的面容了，在她那個繃緊了的莊嚴的神情中，我能感覺出她的那份驕傲感。她目光柔和且堅定地凝視前方，嘴角微微抿著，臉頰彎出了一對隱約可見的小酒窩。就在這時，我的腦海中突然抑制不住地產生了一個幻覺，彷彿就站在了婷婷的旁邊，與她一道引吭高歌，在嘹亮的歌聲中，我的心漸漸地在飛離我，伴隨著歌聲四處飄揚，在藍天白雲間盡情翱翔……

我肯定盡興地沉浸在這種可笑的遐想中太久了，已然忘了我置身在何處，我看不到任何人了，聽不到任何聲音，但合唱團的歌聲激越地響起時，我還是被驟然驚醒了。我再一次地凝神向臺上望去，婷婷身邊站著的並不是我。我的大腦在那一瞬間像被人兜頭澆了一盆冰水。

婷婷歌唱時，下頷微微地上揚，紮著紅色蝴蝶結的兩條烏黑的長辮隨意地甩在身後，前額上耷拉著齊整的瀏海，潔白的襯衣領上繫著一條紅得耀眼的紅領巾，與蝴蝶結遙相輝映。此刻，在我的眼中，那一抹鮮亮如血的紅色，宛若黃昏中的晚霞映紅了我的眼簾，也映紅了這偌大的禮堂，它就像一團熊熊燃燒的火焰，四處蔓延著，我甚至能感受到那團火焰熾烈的溫度，炙拷著我的臉頰。

婷婷始終掛著淺淺的笑意，眉毛聳動著，就像萬花叢中翩然翻飛的蝴蝶，那嫵媚動人的笑容搭配著那首悠揚抒情的歌聲相映成輝。她們在唱著我平時獨處時最喜歡哼唱的那首〈快樂的節日〉：

> 小鳥在前面帶路／風兒吹著我們／我們像春天一樣來到花園裡／來到草地上／鮮豔的紅領巾／美麗的衣裳／像許多花兒開放／跳呀跳呀跳呀／跳呀跳呀跳呀／親愛的叔叔阿姨們／和我們一起／過呀過個快樂的節日／花兒向我們點頭／白揚樹嘩嘩的響／它們同美麗的小鳥／向我們祝賀向我們歌唱。

直到今天，在我的人生每每遭遇困境時，我都會想起這首歌，它無形中在給我一種戰勝困難的勇氣和力量，讓我無所畏懼，每當這一旋律在我心中悄然響起時，我就彷彿真的看到了春天、草地、怒發的鮮花和美麗的衣裳，還有被那一抹紅色映染的婷婷！

人的一生，留存了許多彌足珍貴的記憶，揮之不去，但並非所有的記憶都會給人以激勵，但這首歌那時賦予我的記憶，卻是那麼地明亮，以致讓我刻骨銘心。

我無法形容那天的複雜心緒，那抹鮮豔的紅色始終在我的記憶中未曾泯滅，當時的我既為站在舞臺上的婷婷感到驕傲，又分明感受著與她漸行漸遠的距離。她在我的眼中忽然變得如此地高大，高大到了遙不可及。我開始在心中詛咒那位丁老師。其實現在想起來好像也沒有什麼特別的理由可以去詛咒她——她做錯什麼了嗎？似乎沒有，至多只是把我給淘汰了而已，那也是因了我自己的不爭氣。我那時還是一個沒長大的少年，不知道為什麼心裡就燃燒起了一團無名怒火，雖然我也知道這是沒道理的，可在那時的想像中，丁老師的這張漂亮狹長的瓜子臉，竟驀然間變得醜陋不堪。

都說是少年不知愁滋味，可我當時體會到的卻是一股無可名狀的愁滋味。

八

當外面的世界和學校的大字報越來越猛烈的時候，我們班級在這個如同驚濤般掀起的狂風大浪中似乎還顯得風平浪靜。我們照常上課學習，照常按部就班地進行各種課目的習題考試，但心裡都明白，我們的心境也如同外面的世界那般不再寧靜。

高年級班上的學生已然開始騷動了，在他們的臂膀上出現了紅小兵的紅袖套，臉上呈現出一種抑制不住的興奮，很快這股驟然而起的風潮也波及到了我們低一點的年級。

一天早上，我如往常一般走進學校，剛進校門，就嗅到了一股不同尋常的火藥味，很濃烈，就連空氣中都充滿了熱辣辣的味道。

學校的壁報欄擁滿了人，越聚越多，人潮湧動，好傢伙真是烏溜溜的一大片。我很好奇，快步走了上去，可是我什麼也沒看見，因為那時我的個頭還太矮，前面站著的大都是高年級班上的學生。我無奈地站在他們的背後無計可施，這讓我非常著急。我知道一定發生了什麼大事，因為學校裡從來沒有出現過這樣的情景，即便在大字報鋪天蓋地時也沒有如此熱鬧。我蹦了幾次腳，可是只能模糊地看見不完整的幾個黑色的毛筆大字，隱約見到了一個「師」字。這讓我更加地好奇了。

於是我咬了咬牙，不顧一切地往前硬擠了，我一定要看看那上面到底寫了些什麼！

我把細長的胳膊往上彎起，蜷曲在胸前，側過身子，拚了命地朝前擠去。沒人會真正地讓著我，因為每個人都想往前擠，顯然他們跟我一樣充滿了迫不及待的好奇。好幾次我剛剛擠進去那麼一點，又被人推了出來，這讓我非常沮喪。但我沒有灰心，我瞅準了機會就往裡擠一點，後來發現這樣硬擠終歸不是事兒，我得另外想出個辦法來。

我眉心一蹙，有了！這時我一貓身，利用我的瘦小靈便的優勢，哈著腰，頭衝前，奮勇地從他們的兩腳之間鑽了過去。我覺得撥拉開他們的腳比撥拉他們高大的身子要容易得多。這一偉大的發現讓我有了一絲小小的得意。我曲裡拐彎好不容易才來到了大字報前，我直起身子重重地喘了一口粗氣，如釋重負。我感到有點累了，可我這時也顧不了這些了，我急於要看到大字報上的內容。

我向大字報看去。由於靠得太近，幾乎是貼著大字報看的，所以我不能一目了然地將大大的橫欄標題一下子看清楚，幾乎貼在我臉上的只有幾道粗粗的散發著濃烈糨糊味和墨香的酣暢筆劃。我無法看清究竟寫的是什麼字。我只能將腦袋拚了命地往後仰，再仰。

終於看清了，是一個歪歪斜斜的：「流」字。

我後來費了好大的勁才將那個通欄標題看完整，我真是驚了一下，那個大大的「流」字後面緊跟著的是一個「氓」！我還懵了一下。當我將這兩個字聯繫起來時，才猛然省悟到它指的是什麼了。再細看，居然說的是一位名曰楊××的老師，雖然沒有明確地指證為何人，但大字報的內容在說此人藉著講授課文知識時，傳播了「封資修」的內容，而且課堂外作風「流氓」，對某女老師動手動腳云云。

大字報上說的那個「楊××」究竟是誰？會是我所知的那位楊老師嗎？我心中充滿了抑制不住的好奇，而且我太想知道他到底怎麼耍流氓了，可大字報上沒有明說，只有一個暗示就戛然而止，看得我乾著急。我的腎上腺素這時肯定在作怪，否則為什麼我會那麼亢奮呢？大腦瞬間像被什麼東西開啟了一般，高速地運轉了起來。

我想到了我認識的楊老師，就是我第一天來到這所學校時由於我「懲罰」了一下婷婷而被他有所察覺的那位老師。從那天起，我就一直對他有所忌憚，因為他有一雙嚴肅而又犀利的眼睛，這雙隱藏在鏡片後的眼睛似乎能洞悉一切，它總是不動聲色滴溜溜轉著，就像在大森林中訓練有素的一名敏銳的獵手，隨時準備捕捉他瞄上的獵物。我一點也不否認我挺怵他。

記得有一次，我像以往那般心不在焉地聽著課，思想卻在溜號，因為那天的課文實在太沒勁了，聽得我無精打采，我開始犯了一點小眯瞪，也就是眼睛眨巴了那麼一下，就被他及時發現了。他突然放下手中的課本，重拍了一下桌子，低吼一聲：「王若若。」

我一下子就被他的那聲低吼驚醒了，當即冒出一身冷汗。我向他看去，只見他一臉怒容，目光如箭地向我射來。在他目光的威懾下我的心在微微顫慄。

「你在幹嘛？」他的神情驟然一變，嘴角流露出一絲嘲諷。

「沒幹嘛呀。」我哆哆嗦嗦地回應了一句。

「撒謊！」他的臉又一次地繃緊了，再拍一下桌子。「沒幹嘛？你以為我沒注意你嗎？」

我仍在顫慄，知道在劫難逃。

「站起來，把剛才學習過的課文當著大家的面唸一遍。」

我很不情願地站了起來。真是丟臉，他要讓我當眾出醜，可他是我的老師，我不能反抗，我拿他一點辦法都沒有，只能聽天由命了。

我磕磕絆絆地將那篇枯燥乏味的課文當眾朗讀了一遍。由於緊張，加上對他那雙緊盯著我的目光的畏懼，我唸得很不順暢，有幾次還唸成了錯別字。還沒等我唸完，他讓我打住，短促地說了一聲：「你站出來，到黑板前站著，我不叫你坐回去你不許動，這是對你不認真聽課的懲罰。」

我低著頭，臊眉耷眼走到了黑板前，面對著黑板，死死地不肯回頭。我害怕面對齊刷刷向我射來的同學們的目光，這會讓我無地自容。我其實是個面子很薄的人。

「轉過身。」我聽到背後傳來楊老師的訓斥聲。

我沒有轉身，還在那裡頑強抵抗。我很想死扛到底。我對自己突然湧現出的勇氣感到了驚愕，心想，反正死豬不怕開水燙，就這樣了，看你能把我怎麼著吧？老子今天就死扛到底了！

一想到這裡，所有的惶恐都消失了，剛才還在萎縮耷拉的身體一下子挺直了。我高昂起了腦袋，看向黑板。

「轉過身來，聽到了嗎？」楊老師在怒喝。

沒聽見！我的心裡在吶喊，但我沒出聲，我在給自己打氣。我不能認慫，隨他怎麼處置吧，老子就這樣了。

「轉過身來！我再說一遍。」楊老師還在嚷嚷著。我仍沒動，倔強地背向著他。

課堂上明顯地傳來嘻笑聲，最初似乎只有一人，很快，像是傳染病似地波浪般地蔓延開來。更多的笑聲傳出。這笑聲促使我更加地放鬆，而且，讓我覺得我終於沒有輸了面子，相反，失面子的是這位自以為是的楊老師。我有了一種勝利者的驕傲。真他媽好！我心中泛起一股忘形的得意。

楊老師終於忍無可忍了。「住嘴！」他大聲吼道。我注意到他說的是「住嘴」，而非不准笑，這足以說明他自己先亂了陣腳。我忍不住噗哧一聲笑出了聲。結果我的笑聲引來了更大的連鎖反應，臺下笑成一片。揚老師氣急敗壞地衝了上來，扳住我的肩膀，死命地將我的身子扭轉過來。可我一點懼怕都沒有了，我高昂著頭顱，一副寧死不屈的樣子，甚至嘲笑般地看著他。

教室又安靜了下來。顯然，大家都想看接下來會發生什麼故事。

「你……你……」楊教師的臉氣得煞白，指著我，可又不知該說些什麼。我看得出來，但凡有可能，他一準會當著同學的面狠狠地搧我一巴掌。可是他不敢。他只是氣得渾身顫抖，嘴唇都在哆嗦。哈哈，可真是太有趣了！

「你給我把剛才的課文再朗讀一遍。」楊老師氣急敗壞地說。

我覺得他這句話說得太蠢了，這怎麼可能？我的反抗都進行到這種程度了，我還能輕易地屈服嗎？絕不可能。如果我聽從了他，我不前功盡棄地成了一笑話嗎？我不幹，我要頑抗到底，這就是我當時的心理。

我站著沒動，一副無所畏懼的樣子，目光掃過一張張看著我的同學的臉。他們都在凝神盯著我，我終於成了大家注目的中心了。當我的目光緩緩地經過婷婷的臉上時，我還是希望能看到點什麼的，可是我失望了。

婷婷的表情中沒有任何反應，似乎只在麻木地看著我，不為所動。我的眼神在她的臉上只逗留了一下。僅僅是那麼的一瞬間，我們有了一個小小的對視。但我很快就移開了，我不能在她的臉上停留的時間過長，如果太長，會被別人看出有什麼不對勁。但就在那麼短暫的一瞥中，讓我多少有些失落，我原本是希望我的倔強和不屈不撓，會讓她會對我刮目相看。可是沒有，出現在她臉上的表情只是麻木。

很長時間以後我問過婷婷，為什麼那天她會是那種表情。婷婷的目光陡然間朦朧了，接著，嘴角彎彎地蠕動了一下：「你是不該那樣氣老師的。」她說，「其實是你的不對。」這就是婷婷後來的回答。我必須承認，她的評價是對的，可是當時我的自尊心不允許我輕易屈服，而且，認真細想下來，我那一天在眾目睽睽之下更想表現得像條好漢，而非怕老師的孬包，沒想到的是，婷婷的最後結論竟會是這樣！

「你就是這個脾氣！」婷婷輕輕地嘆息了一聲說。「楊老師人其實挺好的，我愛聽他的課，可惜……」婷婷忽然停住了，眼神迷茫地眺望著無盡的遠方，似乎在那個遙遠的地方有件什麼東西等著她去尋找。可是那個所謂的遠方什麼東西也沒有，她不過只是沉浸在某種思緒中。我從她的臉上看到了一絲隱然的哀傷。

「楊老師真是那樣一種人嗎？」婷婷目光又重新落在了我的臉上，輕聲問了一句。我的心寒顫了一下，而且有些抽搐。我知道她在追問什麼。那個問題在當時的紅衛兵時代，我們都不敢去多想，不太敢輕易地否定它，只是事過境遷之後，我們仍會有一絲狐疑和不解，儘管我一點也不否認曾經憎恨過他，可是就因為那些小小的私怨我們就該如此地對待他嗎？

我不敢再往深處想了，再想，我會不自覺地陷入可怕的夢魘中。直到今天，當我面對我的文字，當歲月將我帶入了一個新的世紀，當我們終於有勇氣來懺悔我們曾經的所做所為時，那一切如煙往事翩然如夢地到我的筆下，我這才能真正地開始無所畏懼地面對自己的心靈，拷問自己的靈魂。我有了一種刀絞般的疼痛。

那天，我的所做所為得到了張安平的高度評價。當下課鈴聲響起後，張安平縱身跳了起來，幾個健步就邁到了講臺上，衝上來擁抱了我一下，弄得我不知所措。他用巴掌重重地拍了拍我肩膀，然後回身向其他的男同學招了招手，那些本來坐著或站著的男同學陸續來到了我們的面前，臉上掛著嘻皮笑臉的表情。

「王若若是好樣的。」張安平對著同學們大聲說，「我過去小瞧他了，今天，我要當著大夥的面向他正式道歉。」他環顧了一下周圍，「來。」他又說，「我們集體拍拍手，從今往後，我們就是同甘共苦的朋友了。」

他先貓下腰，將一隻手朝下伸出，亮出掌心，我們大家迅速圍成了一圈，張安平緊跟著嘶聲吶喊了一聲：「一二三。」我們集體「噢」地歡呼了起來，同時將手掌拍在了張安平的手心上，接著，每個人將展開的手掌攥成拳頭，又緊緊地糾結成一團，以示結下了歃血之盟。那一刻我多麼激動，熱血沸騰，頓時覺得自己在人群中高大了起來。我終於可以在同學面前昂首挺胸地行走了，這一直是我渴望實現的夢想，當它姍姍來臨時，我還真的有點兒受寵若驚。

九

那天，出現在大字報上的所謂的「流氓」，指的人也許就是我們的這位楊老師？這篇充滿了火藥味的檄文，還含沙射影地指向另一位女老師，上面沒點名，只是說楊××作風不正，用下流的方式調戲女老師。大字報向楊老師發出嚴正警告，要他老老實實地主動交代罪行，否則便會將他醜陋的行徑指名道姓地再次公諸於眾。

我真的好奇，可是我又無法將那位平時看上去一本正經的楊老師，與這位所謂的大流氓聯繫在一起。這個感覺非常怪異，就像是兩個根本無法重合的面孔，被人硬生生地捏合成一團，黏糅在了一起。但即便如此，我仍有一絲隱隱的興奮，心生快意，心想，你倒挺會裝蒜呵，鬧了半天你是一個隱藏得很深的大流氓呀！

我來到班上時，看到男同學們個個臉上流露出一種抑制不住的亢奮。我們其實無須多言，一看眼神就知道彼此心裡在想著什麼了。果然，張安平見了我得意地拍拍我說：

「看到了嗎？」臉上迅即旋出了一個莫測高深的怪笑。

「你呢？」我問。

「那還用說。」他哈哈地大笑了幾聲。但很快就將臉上放肆的大笑收斂了起來，湊近我的耳朵，小聲地問了一句：「你猜會是誰？」我們對視了一眼，雙方似乎都在心領神會。

「只是不知那位被提到的女老師會是誰？」張安平皺著眉心又說。

「那個不重要。」我說，「重要的是楊老師是一個大流氓！」

我話音剛落，周圍的男同學都笑了。女同學則躲得遠遠的，不時朝我們這邊瞥一眼。她們也在悄聲地議論。顯然，外面大字報上的內容也是她們所關心的話題，但她們的表情卻是難以置信。

我們正說著，我見婷婷斜挎著書包走了進來，眼睛裡透著迷茫，像是剛從曙光初露的晨曦中睜開眼，卻意外地看見了一件令她無法相信的事情。沒錯，是這種感覺，所以她走來時像夢中的遊魂，恍恍惚惚地進了教室。她沒有馬上加入站在後排的女同學的議論圈，而是一個人走向自己的座位，坐了下來，機械地從書包裡拿出鉛筆盒，還有課本，放在桌上，然後出神地望著黑板。

「今天是不是有楊老師的課？」張安平突然問。「有，第三節是他的語文課。」旁邊有人很快回答了他。「哦，是嗎？」張安平沉吟了一下，手指下意識地捏著自己的下巴頦，像在沉思。「我們好像該做點什麼了？」他自言自語地唸叨了一句。

前兩節課是算數和地理，進行得相對平靜，但我明顯地發現男同學不再像以前那樣正襟危坐了，而那些平時嚴厲的老師們也彷彿對這一切視而不見，只是在例行性地完成他們的教學任務，似乎還有那麼點心不在焉。我越來越強烈地感覺到我們身處的時代正在發生重大變化，從那天的廣場上出現了傳單時起，我就感覺到了這種奇異的動盪，一種完全不可遏止的喧嘩與騷動。

究竟要將我們引向何處去呢？那時我還不能完全明白，但我知道從此以後可能不會再有過往的平靜了。作為孩子，我們是渴望變化的，一切都是那麼地突如其來，那麼新鮮，我內心裡期盼著這種劇烈動盪。我是那麼討厭上學讀書，這種日子讓我感到了窒息和壓抑。我已聽說六年級有一個班開始向老師發難了，我覺得強迫我們讀書的日子快要結束了，這種感覺非常強烈，讓我興奮不已。我期待這一天的早日降臨。

很快就要到第三節課了，也就是說不用多長時間，那位被大字報「譽」為「流氓」的楊老師。很快就要出現在我們的教室裡了，男同學在蠢蠢欲動。

第二節課剛上完，張安平就一屁股坐在了婷婷離去的空位上，怪笑地看著我。「嘿。」他說，「我們是不是該製造點什麼動靜？高年級班都開始造反了，我們也不能太沒出息了吧，一點反應也沒有？」

其實我腦子裡已經在轉悠這事兒了，只是在我行動之前，還不想過於聲張，我還沒想好要做些什麼。我要報復，我要讓這位楊老師當眾出醜，既然他曾經讓我難堪，現在是我向他發難的時候了。這個流氓。我在心裡詛咒著。

我的目光逡巡著教室裡可以利用的物件，我看到了在教室的犄角旮旯裡置放著一個簸箕，盛滿了還沒來得及傾倒的塵土、紙屑和廢棄的雜物。我靈機一動，我好像知道我要做什麼了。

預備鈴聲響了，透風的同學陸續回到了座位上，婷婷走在最後。張安平用胳膊肘碰碰我：「你快說話呀。」婷婷這時已經來到座位邊上了，站著，因為張安平還占據著她的座位，她沒法催，只能耐心等候。張安平還在看著我。我扔在按兵不動，也沒回答他焦急的詢問，我只想在同學們面前玩一個出其不意，這個念頭如此強烈地誘惑著我，讓我心中充滿了一種得意。我心想，到時你們就等著瞧吧。

我們都知道楊老師很快就要出現在教室裡了。這時，我沒向張安平招呼一聲，就騰地站了起來，大步向門口走去。「嘿，若若，你想幹嘛？」張安平在我背後不解地喊道。

你們就等著看好戲吧！我在心說。

我知道教室裡的同學都在看著我，他們一定從我堅定的表情裡看出了一點意思，只是他們無法想像接下來我會做些什麼。他們現在僅是好奇和期待。

我大步地走向門旁的犄角旮旯，彎腰撿起那個破簸箕，還使壞地順手抄起一把掃帚，往簸箕裡又掃了一些周邊塵土和垃圾，然後來到門背，將教室的門輕輕地掩上一半，只露出一條三十度的狹縫。

整個教室鴉雀無聲，一片死寂。我又從容不迫地從講臺上搬來平時由老師端坐的椅子，放在虛掩的門後，端著簸箕站了上去。隨著我的站立，我聽到教室裡不約而同地發出一片壓低聲音的驚呼：「嗚……」我還回臉衝著同學們哧笑一下，食指豎在唇中，「噓」了一聲，示意安靜；然後，鎮靜自若地將簸箕小心地安放在了上門框與斜開著的門縫之間。

現在，堆滿塵土和紙屑的簸箕就懸放在門框上了，它就像一位老練的獵手精心設置的捕獲獵物的器具，剩下的只是等待獵物的最終出現。

我跳下了椅子，拍了拍手上沾滿的灰塵，抖了抖衣服，把椅子重新歸位。椅子上的那一雙鮮明的大腳印我也顧不得抹去了，我甚至還朝上面吐了一口濃痰，然後面無表情地返回了我的座位。婷婷在盯著我看，我卻忘乎所以地走了過去，我知道她的目光中含著驚愕和譴責，我也顧不上這些了，我就是要製造出點動靜來，以便讓大家對我刮目相看，同時，出一出我心中憋屈已久的惡氣，整治一把那位讓我討厭的楊老師。哦，那是一個流氓，一個披著羊皮的流氓，現在到了讓他原形畢露的時候了，誰讓他平時那麼裝的？我心想。

經過張安平的座位時，他拍了我腿一下，然後抬起手，衝我擠出一個鬼笑，伸出了大拇指。我在他伸出的掌心上也拍了一下。我在自己的位置上坐下了，挺直了腰板，等著好戲的開場。我知道我的心臟在不安地跳動，似乎隱著一絲緊張，甚至有一點兒發抖，也說不上來是因了激動還是害怕。我管不了那麼多了，既然我做下了，我就要一不做二不休。今天我算是豁出去了。

教室外傳來隱約的腳步聲。我們都知道這是楊教師趨近教室的聲音。他的腳步總是很重，彷彿腳底下壓了一個秤砣，每走一下都會牽拉著他的步伐。

腳步聲越來越近了。很奇怪，彷彿每一聲都會踩踏在我的心口上，發出一聲聲「嗵嗵嗵」的迴響，我清晰地感覺到了心臟劇烈地跳動，像要從嗓子眼裡蹦出來一般。我生怕婷婷聽到，還悄悄地瞥了她一眼。她的臉上沒有任何表情，但我分明感到了她臉色的蒼白。她顯然知道我在看她，眼角還抽動了一下，但沒有向我側過臉來。這時我忽然有了一絲些微的後悔，心裡在責怪自己的一時衝動。何必呢，我為什麼要出這個風頭？可現在說什麼都晚了，那個懸浮在門框上的簸箕就這麼安之若素地停放在它的位置上，彷彿在嘲笑我的膽怯。

就在這時，沉重的腳步聲突然停止了。我的心臟如同盪鞦韆似地忽悠了一下，很快就靜止了。我發現在這一時刻我竟然會變得出奇地冷靜，瞪大眼睛看著那個張開的門縫。

我能看見他了——那位讓我憎惡的楊老師。

他只露出一個側影，和半個眼睛，他停在了門邊上，靜立著，眼神流露一絲詫異，彷彿來到了一個令他感到陌生的地方。應該說，他這時的反應是正常的，平時他出現在我們教室門口時這扇門都會是為他敞開的，已成慣例。可今天卻一反常態。

他還站在門口，似在猶豫，目光中又射出了犀利的敏感。這時，他伸出了手。

幾乎與其同時，我聽見邊上的婷婷發出了一聲尖利的嘶喊聲。可是晚了，楊老師最終還是伸出了手，正在推開門，準備挺直了腰板走進教室。

隨著門縫的張開，那個一直在靜止不動中待著的簸箕在顫抖，搖搖欲墜，婷婷的嘶喊聲也就是在這時傳出的，可是她的這聲驚呼適得其反地加速了楊老師的行動。他顯然以為教學裡發生了什麼不測，他進門的速度加快了。

在我閉上眼睛的那一剎那，我看到了門框上的簸箕終於懸空了，在傾斜，接著以自由落體的速度急遽墜落，迅雷不及掩耳。

只聽得「哐噹」一聲，簸箕準確無誤地砸在了楊老師的頭上。

當這個聲音在我的耳邊炸響時，如同一聲驚雷，在我聽來，誇張得似有驚心動魄的力量。我睜開了眼。

楊老師的臉，在那一瞬間凝結成了一個極為怪異的表情。顯然，他被突如其來的打擊驚呆了，瞠目結舌，眼神中流露出慌亂和恐懼。就是因了他的這個表情讓我下意識地又閉上了眼。我聽到教學裡傳來的山呼海嘯般的爆笑聲，笑聲響成了一片，如同大海的波濤一浪接著一浪滾滾撲來。

我又睜開了眼。

男同學在狂笑。女同學中只有個別人在笑，大都是一副驚怔的表情；而我邊上的婷婷則用她的一隻纖細的小手，半掩著嘴，一副難以置信的驚駭表情。

我得意了。這時發生的戲劇性效果正是我所期待的，甚至比起我期待中的更為強烈，當這一切就在我的眼前活生生地發生時，我突然覺得不再心跳 ，不再緊張，相反，我泰然自若了。

楊老師的臉上覆蓋著厚厚的一層灰塵，這就使得他看上去更像一個馬戲團剛上場的插科打諢的小丑，在他呆滯的面孔中，基本上只剩下一雙被恐懼和驚慌籠罩著的眼球。

楊老師此時此刻的這種表情，我可能一輩子也忘不了。我從未見過這麼奇怪的表情。我很難再去形容他了，雖然事後想起我只有深切的懺悔和對自己行為的痛恨，可在當時，我只會覺得太歡樂了，他就這麼笨拙呆傻地站立了那麼一會兒，似乎大腦在那一霎時處在了休克狀態，我忍不住地發出了一聲狂笑。我實在控制不了自己，我那時覺得太過癮了，這位平時得意忘形的傢伙，他的自以為是終於受到了應得的懲罰，而且這一懲罰還是來自於我。

真他媽的痛快！我在心裡說。

「是誰？是誰幹的？」楊老師終於回過神來了，他歇斯底里地狂吼了一聲。

教室裡又安靜了下來，大家都在直瞪瞪地看著他，沒人吱聲，也沒人敢吱聲，只是沉默。他發狠似地抹了一把臉，那張臉變得更加地醜陋和滑稽了，灰塵濃淡不勻地散布在他臉上的不同部位。又有人忍不住「噗哧」一聲笑出了聲。

「是你？是你做的，對嗎？」

楊老師突然像隻大猩猩似的高舉起雙手，跳著腳發洩般地又怒吼了一聲。還是無人回應。

「你……你跟我站起來，站起來！」他的嘴唇這時在拚命地哆嗦，我彷彿能聽到他牙床上下打架的磕碰聲。「是你，一定是你，你這個流氓！站起來！」他像個失去理智的瘋子，衝到了我左側的一張桌前，失態地大喊大叫著。我朝那個方向瞥了一眼。

張安平。

「我如果不想站起來呢？」張安平雙手抱胸，似笑非笑地望著他說。

楊老師終於忍無可忍了，瘋狂地伸出手去拉扯張安平，企圖將他拽起身來，可被張安平一掌擋了回去。楊老師又要伸手拽他，張安平的臉突然繃緊了，目光激射出一束我瞅著都會害怕的怒焰。

「你少給老子動手動腳。」張安平說。

「你這個小流氓！」楊老師吼道。

「你說誰流氓？我還想問問你，你是怎麼耍流氓的？讓大家看看，到底是他像流氓，還是我像？」

教室裡又傳出放肆的哄笑聲。男同學中有人開始拍擊桌子，敲鉛筆盒，還有的人在跺腳助興。塵土在教室中瀰漫。當楊老師氣極敗壞地伸手再去拉扯張安平時，令他沒想到的是張安平這時也跟著出擊了。

他藉著楊老師的拉力，趁勢躥將上去，還沒等楊老師反應過來，就一把揪住了楊老師衣服的前襟，咬牙切齒地盯住他說：「你敢動我？你這個大流氓！你還敢在這裡耍流氓，老子今天就是要教訓教訓你。」接著，他奮力用頭部頂了楊老師一下。楊老師居然一個趔趄地倒退了兩步。顯然，張安平的動作是楊老師事先毫無準備的，所以他的臉上才會又一次地掠過一絲驚懼，但很快就鎮靜了下來，稍一定神，他衝了過去，與張安平撕扯成了一團。

現在想起，我才意識到，當時的楊老師可能僅只是想制止張安平的瘋狂，可他的這一舉動，被處在顛狂狀態下的張安平視作再一次對他尊嚴的冒瀆，所以他忍無可忍地出手了。我視野中的楊老師，這時只是想緊緊地抓住張安平張牙舞爪的雙手，可是張安平真的是豁出去了，他奮力掙脫雙手，竭力想去抓撓楊老師的臉，可都被楊老師後仰著給躲開了。張安平跳著腳，一次次地向楊老師發起猛攻。

教室裡像沸水似地開鍋了，男同學開始站起身來跟著鼓掌起鬨，頓時亂成了一鍋粥。

婷婷一直坐著沒動，表情有一絲哀傷，在男同學陷入這場混亂中時，她始終看著我，那是我從沒見過的目光，我在她的目光中讀到了鄙視和嘆惜。婷婷的眼神反而激發了我的怒火，我一拍桌子站了起來，一言不發地向前走去。

我表現得一定相當鎮靜，否則，不會一下子教堂裡又安靜了下來。大家都在看著我，看著我面無表情一步步地向楊老師和張安平所在的方向大步走去。

他們還在扭成一團，撕扯得難分難解。張安平畢竟太小，雖然他極具蠻力，有股不顧一切的勁頭，但最終還是漸入下風，大口大口地喘著粗氣。

我在他們面前站住了。楊老師恨不得高出我一個頭，可我這時一點也不想示弱。我使勁撥拉了他們一下，無濟於事。我提高了嗓門喊了一句：「楊老師，剛才的事情是我做下的，你住手，這事與張安平無關。」

楊老師撕扯張安平的手臂停住了，發愣地看著我，射出一絲驚疑，似乎還沒有及時反應過來為什麼我會突然出現在他的面前，而且聲稱剛才發生的事情與我有關。張安平拉扯了一下被揉亂的衣服，靠著我的肩說：「若若，沒事，你回去，這是我跟他的事，與你無關。」

我沒理張安平，用身子將他擋在了我的身後，直視著楊老師那張扭曲變形的臉說：「是我幹的，你說你想怎樣吧，我無所謂。」

「原來是你！」楊老師抹了把臉說。他的臉上似乎留下了幾道清晰的抓痕，顯然是與張安平撕扭時留下的，此外，他的臉上還淌著汗跡，就是因了此一緣故，現在他的那張看不清本來面目而又被氣歪的臉，頓時變成了一張京劇臉譜式的大花臉了。我忍不住「噗哧」一聲樂了，同學們也跟著我一塊笑，笑成一片。

楊老師突然像隻老鷹似地撲了上來，一把拎住了我的胳膊肘，死死地攥住：「走。」他吼道，「跟我去見校長，你們這是公然地侮辱老師，無法無天了你們。」說這話時他的嘴唇一直在哆嗦著。「走就走。」我無所謂地聳聳肩。他硬拽著我走出了教室。

這時我才發現，在我們的教室外聚集了許多其他班級的學生，他們有的趴在窗臺上，有的就站在我們半敞的教室門口往裡張望，神情詭異，充滿好奇。我被楊老師拉著向門口走去時，他們無聲地讓開了一條通道，我聽到有幾位上課老師在煩躁地向他們高喊：「都回來，回來上課。「可是沒人動，他們只是在看著我。我甩開了楊老師的手。

「別動我，我會自己會走。」

十

我們穿過寬敞的操場。遠處座落的一幢孤零零的平房，那裡便是校委會了。

我昂首挺胸地往前走著，感覺到清風吹拂在臉上的愜意。天上布滿了陰霾，雲層很厚，低低地壓迫著沉默的大地，似乎在預示著一場不期而至的暴風雨的來臨。學校安靜極了，因為這時正是上課時間，我只有支楞起耳朵來才能依稀聽到低年級的教室傳來的朗朗讀書聲。真奇怪，這種整齊劃一的讀書聲，在這樣一個空曠而又寂靜的時空中更像是來自天界的聲音，有些飄逸，又有些神祕。我心情愉快，一點沒感到大禍臨頭，只是覺得在這樣的時刻，整個學校的學生都被可憐地囚禁在教室中忍受讀書的苦役，只有我，氣宇軒昂地走過寂寥的操場，這是一件多麼愜意的事兒呵！

當我來到校委會的樓前時，才驀然發現這裡也貼滿了大字報，有的墨跡未乾，散發著一股奇怪的味道。我很想停下來看看上面到底都寫了些什麼內容，可是楊老師怒氣沖沖地向前快步走著，我無法停下我的腳步，只能匆匆地掃視了一眼。我大概看清了在顯著位置上的大字報標題，上面用粗放的毛筆字書寫著：質問校長：「我們的教育方向要往何處去？」落款是：「學校部分教職員工」。

我們在校長辦公室的門前站住了，我見門外的窗上亦貼滿了歪歪扭扭的大字報：什麼「揪出幕後黑手」、「堅持支持外校的紅衛兵運動」、「育新小學為什麼這麼沉寂？是誰在鎮壓學生運動？」真有股濃濃的火藥味。我喜歡這種味道。

大門虛掩著，楊老師上前一步輕輕地敲了敲。停了一會兒，沒反應，楊老師的眉心鎖緊了，又敲了一下，這一次他敲得動靜稍大了一些。

「進來。」我聽到裡面傳出低沉的聲音，透著滄桑和疲憊。

楊老師側過身子，示意我先進，似乎生怕我一不留神出溜了。進就進！我沒有示弱，推開門昂著頭就進去了。

這間屋子顯得挺大的，起碼在我的記憶中顯得大。我也是第一次來到這裡，過去還一直以為校長辦公室距離我這樣的學生遙不可及呢。

我踏進門後注意到了一雙投射過來的目光，是透過厚重的眼鏡片射過來的，那個目光當時給我一種極其奇怪的感覺，蒼老而又渾濁，還有沉重和憔悴，鑲嵌在目光中的那張臉更是皺紋密布，溝溝坎坎的一如嵯峨高峻的大山，隨著山脈的起伏變化而形成的襞褶。

在校長的辦公桌前，還坐著幾位老師模樣的人，他們似乎在委屈且忿忿地說著什麼，見我進來都不吭聲了，齊齊地看著我，似有怨艾。

校長無力地擺了擺手：「你們先去吧，我都知道了！」

「可我們沒法再這樣帶學生了！」其中一位穿藍制服的老師梗著脖子說。

「世道艱難，再等等看吧。」校長說。

我沒懂校長說的是什麼意思。

那幾位老師起身走了。走時，還神情複雜地剜了我一眼，並在楊老師肩上重重地拍了一掌，似乎在安慰他。楊老師的眼眶中立馬溢出了一絲淚光，在斜射的光線下閃爍了一下。我覺得他真沒出息，為什麼他不想想我來學校的那天他對我造成的傷害呢？可我當時就沒流淚。我在心裡想。

「先坐吧。」校長說。我和楊老師坐下了。「你們有什麼事？」他納悶地看看我，又看看楊老師，藏在眼鏡後的眼睛眨巴了一下。

剛落坐的楊老師從椅子上一下子蹦了起來，開始數落起我們在班上的言行，他說得激烈，語速也比平時加快了許多，就跟機關槍掃射似地「嘟嘟嘟」的一梭子就激射了出去。我紋絲不動地坐著，甚至有一點得意。他仍在滔滔不絕地說著發生的經過，唾沫星子跟著四處橫飛，好像受了多大的委屈似的。我盯著校長的那張越來越蒼白的臉。他在認真聽著，臉上的肌肉偶爾會抽動一下，像被一根敏感的神經所牽拉。

可能是因為太無聊的緣故，我實在不想聽楊老師喋喋不休長舌婦似地絮叨，我一直在盯著校長不時地會抽動一下的臉頰，它每抽動一次，我都會忍不住地想笑出聲來。好在我控制住了自己。畢竟這裡是校長辦公室，我還不能太放肆，雖然我很清楚，外面的那些大字報已足以說明我們無須再像過去那般膽小如鼠了，我隱隱地覺得現在是輪到他們怕我們的時候了。

果然，當楊老師的「滔滔」終止了之後，校長陷入了沉默。沉默的時間太長了，長得讓我覺得我也該站出來說幾句了。我開始坐立不安。我不再看校長的那張抽動的臉。

「你好像想說點什麼，是嗎？」校長說，目光是慈祥的。可是在這一目光中卻倏然閃現出一種震懾的力量，我的內心在莫名地顫慄。我忽然開始結巴了，支支吾吾地不知該說什麼好了。

「你剛才不是還很囂張嗎？現在怎麼了？有本事你說呀！」楊老師在一旁怒喝。

校長緩慢地揚起了手臂，那是在制止楊老師的憤怒，隨後從臉上摘下眼鏡，從兜裡掏出一塊手帕，細心地擦了起來，動作遲緩機械。

「你叫什麼？」

「王若若。」我說。

校長沒看我，仍在擦拭著眼鏡：「今天的事應該是你的不對，老師的任務是教書育人，我們學校之所以會叫育新小學，就是為了突出教書育人的學風，老師要尊重學生，學生呢也要尊重老師，你說對吧？」

「不對，他沒尊重我。」我提高嗓門大聲地嚷嚷了一句。

「哦，是嗎？」校長停止了手上的動作，重新戴上了眼鏡，抻長了脖子看向我。

「你胡說！」楊老師又怒了。

「讓他說。」校長又一次地擺了擺手。「你說，楊老師怎麼不尊重你了。」

我沒詞了，因為我實在無法說出真正的原因。我承認我不過只是看見他就覺得討厭，我不喜歡他的那張故作正經的面孔，不喜歡他看人時的那種不經意間流露的傲慢，可這是我整治他的理由嗎？好像都是些無法在這裡說出口的理由。

「反正他不尊重我。」最後，我有氣無力地說。

「我沒聽出你所說的老師不尊重你的理由，對吧？你還小，若若同學，再有什麼怨氣，你都不應該用那種粗暴的方法來捉弄老師。」校長說。「當一名好老師是很不容易的，若若同學！」校長說這句話時語氣沉重，彷彿是從心底深處發出的一聲嘆息。

辦公室外面傳來一片喧鬧之聲，由遠及近，接著我聽到了雜亂的腳步聲。「你們要幹什麼？不能去，你們還是學生，要聽老師的指揮，回去。」門外有人大聲說。

校長的臉色沉了下來，他在默默地承受。

越來越近的腳步聲中還夾雜著尖利的喊叫聲：「你管不著，你這是在鎮壓紅小兵的革命行動，走開，別擋著我們。」

校長不再說話了。我注意到他在支起耳朵聽著外面的動靜，接著又與楊老師面面相覷，很無奈地搖了搖頭。楊老師上前一步叫道：「校長，你……校長……」

校長閉上了眼睛，輕輕地擺擺手，長嘆了一聲。

門被推開了，一大群高年級的學生出現在了校長辦公室。校長睜開眼，穩了穩神，眼神驟然一變，瞬間像換了一人。他從椅子上站了起來：「你們有什麼事嗎？」

一位細高個的男同學邁前了一步：「于校長，我們需要你去向學生說明幾個問題。」他說話時口氣是克制的。

「為什麼就不能在我辦公室說？」校長問。

「于智先，你要服從革命小將的指揮，現在是我們來命令你，不是由你來決定，你要清楚。」另一個胖乎乎的男生從人群中站出來說。

「同學們，你們先等一下，好嗎，于校長太忙了，有什麼事可以先告訴我，你們說這樣好嗎？」這是剛才離開校長辦公室的一位老師，他現在顯得極為謙恭客氣，臉上堆滿了硬擠的笑容。

「許多學校都開始鬧革命了，為什麼你們還在壓制我們？」那個瘦高個男生又緊逼了一句。「這是大是大非問題，所以，我們需要校長親自去向學生做出說明。」

校長仍站著不動，有凜然之風：「學生終歸是要上課學習的，學校是在為你們負責。」他沉沉地說了一句。

「他媽的這個老頑固不識抬舉，把他押走。」人群中有一學生高聲嚷嚷了一句，然後振臂喊道：「于智先必須老實交代問題！」

所有在場的學生都跟著振臂高呼了起來：「于智先不投降我們就叫他滅亡！」口號聲剛落下，幾個高年級學生就竄將上來，要架住校長的胳膊。楊老師和剛才的那位老師趕緊上去阻攔，被學生惡狠狠地搡到了一邊。這時我在人群中突然看到了我的姐姐，她不像是跟來看熱鬧的，她的莊嚴表情分明在告訴我，她與前來的高年級學生是一撥的。我有些吃驚。

姐姐也看到了我，從人群中擠了過來，好奇地問：「你怎麼會在這，若若？」我翻了翻眼皮：「沒什麼。」我說，又聳了聳肩。「別怕。」姐姐又說。「有什麼好怕的？」我覺得姐姐也太小瞧我了，我可不是過去跟著她屁踮屁踮的小男生了，我也長大了，我不需要她來保護我了。

「別攔著這些孩子，他們現在還不知道自己在做些什麼，以後他們會明白的。」校長對護著他的兩位老師說，又側身面對那幾個要架住他的學生說：「不必了，我會跟你們走。」他悵惘而悲傷地環顧了一下辦公室，從桌上抄起一本袖珍本的毛主席語錄，攥在手中，向門口走去。

校長經過我時停下了腳步，俯下身，摸摸我的腦袋，像父親一般慈憐地看著我：「若若，別忘了向楊老師說聲對不起，聽我的話，我是一個上了年齡的人，經歷過很多事，可你們不一樣，你們還小。你記住，你現在不說，以後終歸有一天心裡也會說的。」當他重新直起身離去時，又回身對我說了一句：「我相信若若會是一個好孩子！」然後，對我溫和地笑笑，揮了揮手以示告別。

學生們簇擁著校長走了。姐姐也跟著他們一道往外走，臨走時，還示意我是否跟她一塊離開。我沒搭理她。

都走了，除了楊老師，校長辦公室澈底安靜了下來，我的大腦現在有點亂糟糟的，像纏繞著一堆毫無頭緒的亂麻，我還怔怔地站在校長辦公室裡。剛才出現的場面是我事先沒料到的，那麼一堆人在那裡嚷嚷，氣勢洶洶，反而把我弄得不知道該怎麼辦了，尤其是校長走前對我說的那幾句語重心長的話，就像一個善良的老伯伯在苦口婆心地勸告我，我不得不說他的話對我的心靈產生了一些作用，可我不願意就這麼輕易地認錯。我甩了甩胳膊走了，也沒理會還站在一旁發呆的楊老師。他的臉上流露出一絲悲苦。

下雨了，豆大的雨點先是稀稀拉拉落下幾滴，砸在地上發出嗶哩礡喇的聲響，僅隔了那麼一會兒，鋪天蓋地的暴風雨便肆無忌憚地橫掃了過來，灰濛濛的一片。

天空暗了下來。

十一

從那天起，楊老師便從我的視線中消失了。我們的語文老師換了一人，是一位據說名牌大學剛畢業的老師，長得歪瓜裂棗，尖嘴猴腮，一對狹長的小眼睛總是不知在想什麼似地轉悠著。他倒是沒像楊老師那般裝出一副師道尊嚴的架式，對我們學生很客氣，甚至有點兒諂媚，謹小慎微地時常對我們幾人賠上一副笑臉，生怕我們會尋開心他。張安平有事沒事會大大咧咧地拍拍他的肩膀，他立馬唯唯諾諾地恭聽著，似乎被稱作老師的人是張安平而非他，這種奇異的關係讓我覺得挺有趣。他叫何中興。

何老師在上語文課時我們可以肆無忌憚地隨心所欲，他會裝作視而不見，所以我們挺喜歡他來上課的，因為可以自由自在。甚至考試時我們可以互相轉抄考題，他也不會加以制止，眼睛故意看向別處。所以他和我們這幾個調皮搗蛋的學生關係處得相當不錯，最後演變得我們倒更像是老師，他倒像是我們的學生了。自然，我們也就沒有像對待楊老師那樣去設計陷害他。

「別小看他，這小子滑頭著呢。」有一次張安平的手搭著我的肩說。「是嗎？」我小心地反問一句。「這你都沒看出來？他討好我們就是為了讓我們不再整他，嘿嘿。」張安平抹了一把鼻子說，他的鼻子上剛剛還閃爍著幾滴汗粒，現在沒有了。

「那楊老師怎麼不見了？」我說。

「你這都不知道？」

我搖搖頭。

我想起了有一天上自習課，我無精打采地望向窗外，我看到在空曠的操場上有一個人影在陽光下徘徊，佝僂著背，一副病懨懨的樣子，不時地還用手遮住嘴，彷彿在輕輕地咳嗽幾聲，然後抬起臉，向我們教室所在的方向看去。由於太遠，我沒能看清他的面容，但我幾乎可以肯定那一定是楊老師。他孤獨的身影就是這樣走進了我的記憶，因為我在那一刻突然覺得他很可憐。

「他被停職了。」張安平說。

「為什麼？」我仍在追問。

「據說是因為他出身地主家庭，現在學校的部分老師成立了紅衛兵組織，正讓他交代問題呢。」

「我說怎麼看不見人了呢！」我恍然大悟地說。

「說明我們是對的。」張安平說，「我看他就不像是個好人。」

「我也是。」我說，心裡卻浮現出那天遠遠見到的那個孤獨的身影。

張安平還說，聽說毛主席寫了一張大字報，題目叫做：炮打司令部。「我們也該行動了。」臨了，張安平補充了一句。

說真的，我當時並沒有對張安平透露的這個訊息抱有多大的興趣，我根本沒有意識到一個遠遠超出我想像的波瀾壯闊的新時代的開始，那時我不可能理解「炮打司令部」這句話中所包含的全部涵義。

有一天我下了課，剛走到學校門口就看見了陸小波，他快樂地向我招手。我沒想到陸小波會在學校門口等我，這種情況一般只會偶爾發生。看著他歡天喜地的模樣我還以為他遇到了什麼高興的事呢，結果他告訴我說，他們學校鬧翻天了，有許多老師跟著學生一塊鬧事，要求罷課。「熱鬧極了。」陸小波興高采烈地說。

「哦，是嗎？」我想到了我們學校正在發生的動盪。

陸小波看了看周圍，見沒人在注意我們，這才小心翼翼地對我說，「聽人說毛主席說過只有不愛上課的學生才是好學生，學生就是該有造反精神，敢於向老師挑戰，你知道嗎？」

「哦，是嗎？」我覺得聽起來滿過癮的，這可是我第一次聽說。

「是的。」陸小波神色莊重地說，「這是我們班的一位同學在北京的表哥來信告訴他的。他說北京的中學生都起來造反了，大家都不上課了，你不知道？」

我搖頭。

「我同學讓我先不要對人說。」陸小波又說。

我點頭。「放心，我不會對人說的。」

我們倆朝公園走去。

「好多學校都罷課了。」陸小波還在我耳邊叨嘮著。

「你們學校怎麼樣？」我問。

「只是高年級班在鬧騰，還沒輪到我們年級呢！」陸小波遺憾地說。

「哦。」我說，「我們學校也一樣，但快了。」

「什麼快了？」陸小波好奇地問。

「快了就是快了唄。」我想了一下說。我還真不知道我所說的快了指的是什麼，只是隱隱約約有一種強烈的預感，尤其是那天在校長辦公室所親眼見到的情景，讓我覺得過去的那一套我們必須遵循的紀律和規則正在搖搖欲墜。那天我從學校回家後問姐姐：「校長被你們怎麼樣了？」姐姐看看我，沒搭理我，我不高興地推推她，「嘿，你說呀！」

姐姐翻了翻眼皮，不屑地瞥了我一眼。她瞧不起人時，就是這麼一副德性。她愛搭不理地說：「你才多大，這事還輪不上你們去操心。」嘿，我心想，姐姐才大我二歲，居然也敢在我面前稱大了！我不服氣地對她說，「不行，你就是要告訴我，別在我面前充大了。」我也眼皮上挑，裝出一副大人的架式。姐姐樂了，「你以為你裝大人就是大人啦？差遠了，你不是老躲著我嗎？現在怎麼了，又想到姐姐啦？」

我不好意思了。姐姐說得對呀，在學校時我總想躲著她，可我其實又挺仰視我姐姐的，她總在跟比她大很多的男生那混，那幫人耀武揚威的神氣讓我心生豔羨，比如上次在廣場上批鬥牛鬼蛇神時那種威風凜凜的派頭就讓我很是刮目，那時我就在想，我要是有他們那麼大該多好，在廣場上威風八面地站著，萬眾矚目，振臂一呼，下面跟著一片震耳欲聾的山呼海嘯，那多出風頭呀！

小清姐在樓下呼叫姐姐，姐姐放下碗筷，飛快地衝到陽臺上，俯身向下與小清姐打了聲招呼。「晚上有行動，去嗎？」我聽到小清姐嚷嚷了一句，「去，當然去。」姐姐高聲地回應了一聲。

我也推開了陽臺的門，向下探頭望去。我見小清姐邊上還有兩個人，他們都側身斜跨在自行車上，一隻腳踩在自行車的踏板上，另一隻腳腳尖點地。是李援朝與何新宇。我見他們抬臉向上，咧開嘴向我姐姐樂著招手，尤其是何新宇，他發出的那種笑在我看來怪兮兮的。

我母親還沒下班，只有姥姥在家。姐姐說：「姥姥，我出去玩會兒。」姥姥不高興了：「飯還沒飽呢，就出去耍？」

「吃完了。」姐姐賠著笑臉說。

姥姥的臉拉長了，不說話。

「好姥姥，讓我們出去走走麼。」我纏著姥姥說。

「我帶若若一塊外面走走，你就放心吧，吃了飯，也該運動運動呀。」姐姐嬌滴滴地說。

我一聽樂了，我知道姐姐在這種時候總愛拿我當她的擋箭牌，因為姥姥經不住我的糾纏，我也樂得這樣，否則，我姐姐很可能還真不會帶我出門玩呢。

姥姥果然拿我們沒轍兒了。我的絕招就是沒完沒了地纏著姥姥耍賴皮，這是我對付我姥姥最好的辦法了。姥姥經不住我的一再央求，只好答應了。末了，問我們：「你媽讓你們做的作業呢？」

「現在學校不安排作業了。」姐姐說。她這話倒是真的，也不知從什麼時候起，老師不再給我們沒完沒了地布置作業了，我覺得老師也沒心思再認真地教我們上課了，他們現在對學生的策略是盡可能地放任自流，省得引火焚身，或許正是因了楊老師被我們整趴下了之後，讓他們個個心有餘悸了。這是讓我最高興的一件事啦，因為我向來害怕做作業和考試。

至今我與朋友聊天起，一旦談到我的少年時代，仍在感謝文革中的這一偉大「壯舉」，它免除了我讀書的苦役，以及期末考試時的焦慮，否則，我的人生軌跡完全可能被澈底改寫。

「沒作業啦？」姥姥不相信地看著我們。

我拚命點頭，表示姐姐說的是對的。

「快去快回。」姥姥說。

姐姐拽上我出了門。小清姐看著我說：「喲，若若也跟來啦？」我梗著脖子瞪了她一眼。我可不喜歡她這樣說我，我來又怎麼啦？我跟著我姐姐又沒跟著你，輪得到你說嗎？我心裡說。「不高興啦？」小清姐換了一副笑臉看著我說。我沒理她。「跟你開個玩笑你都不懂！」小清姐見我仍沒反應，摁了一下我的頭。我把腦袋閃開了。我不想讓她碰我，除非她把我當大人看。

「小清姐是在跟你開玩笑呢。」姐姐說。

「但她別碰我的頭。」我說。

小清姐咯咯地笑了。

「我們還差輛自行車哩。」小清姐說。

「就是。」姐姐說，「我們還得帶上若若。」

小清姐閃身走了，沒過一會兒又出現了，手裡推著一輛飛鴿牌自行車。「走吧！」她說，「現在行了，麗莉坐新宇的車，若若麼，坐我的？」

我瞪了她一眼，嘟著嘴。

「還生氣呢，若若？我坐你的吧！」姐姐對小清姐說。

小清姐意味深長地瞥了一眼何新宇。他有些尷尬。「還是坐我的吧！」他討好地對姐姐說。我姐姐沒理她，緊靠在小清姐的身邊。何新宇有些無奈，不再說什麼了。

「那若若坐你的車。」小清姐說。

這次我沒有反對。

十二

我們出發了。

我跳上了何新宇自行車的後座，他們摁響了自行車的鈴鐺，一聲脆響後便出溜地飛躥了出去。

黃昏了，天邊泛出一抹燦爛的晚霞，紅彤彤的，像燃燒的一團耀眼的火焰。我抬頭望天，心情愉快。

我在家總是坐不住，只要能出門我就高興，所以今天挺感謝我姐姐的，不管她出於什麼目的，只要能帶我出門就成。

「你姐姐平時和你吵架嗎？」何新宇回頭看了我一眼，微笑地問。

「不知道。」我說。

「呦呵，還挺有小脾氣。」他說。

我沒理他，他的那種見我姐姐時怪怪的笑容讓我不舒服，我不想告訴他我姐姐的一切，我看得出我姐姐也在躲著他，要不然，為什麼剛才不坐他的車？

「她平時喜歡什麼？」

「誰？」

「你姐呀。」

「不知道。」我又頂了他一句。

「你還挺保密。」他笑說。

我不說話了，兩隻腳無聊地在車後架上蕩悠著，我真的不想回答他的任何問題。

「給你一塊糖。」他沒回頭，鬆開了一隻手，從軍裝上衣口袋裡掏出一塊玻璃紙包著的小白兔奶油糖。這糖我愛吃。我接過了，剝開包裝紙，將糖一把塞進了口裡。真香！

「好吃嗎？」他回頭，看著我的表情。我故意咂巴著嘴，拿著小白兔的包裝紙向他晃了晃。「這到底算是好吃還是不好吃？」他顯然沒懂我的意思。「好吃唄。」我說。他笑了。「這就好，這就好。」他好像也沒話說了。

過了一會兒，他將自行車故意往邊上拐了一下，偏離了平行行駛的隊伍，悄悄地對我說，「我口袋裡還有一些小白兔糖，你幫我送你姐幾塊？」

「甭想！」我說。臉上也不知為什麼，臊得有些發燙。

我們先到了第二中學院內，那裡已經聚集了許多人，都是二中的學生，見我們老遠地出現了，人群中傳出嘰嘰喳喳的聲音：「來了，來了。」有人在大聲地喊叫著。李援朝向他們先招了一下手，使勁蹬了幾腳自行車，從我們堆裡飛快地躥了上去，一陣風似的衝到同學們面前，一個急剎車，戛然而止。同學們圍了上來，他迅速消失在了人群中。

我們是隨後到的。放好了自行車，我跟上了我的姐姐。我可不想再跟何新宇在一起了，我已經看出他居心叵測，在打我姐姐的壞主意。我瞧不上他，他太不要臉了。其實剛才他說要送我姐姐糖時，我就心跳得厲害，我實在想像不出這種人為什麼這麼厚顏無恥？這多丟臉呀，追一個女生，你才多大，不就一比我大幾歲的初中生嗎？這麼屁大的年齡也敢這麼不要臉？我都為他臉紅！現在我知道我姐姐為什麼總躲著他了。

我跟著姐姐和小清姐走到學生堆裡，那裡正在熱烈地商議著什麼，我聽出他們在激烈地爭論今晚究竟去哪裡行動，有的說是去一個原國民黨的反動軍官家裡，有的說是去資本家家裡，還有的義憤填膺地說要去砸了慈濟寺的那尊銅鑄的大佛像，神情激動。

慈濟寺的那尊巨大佛像我見過，就在半年前，據說它已有好幾百年的歷史了，佛身全是用紅銅鑄造的，我只有高仰著脖子才能看清佛陀的那張大慈大悲的面孔。那裡燒香拜佛的善男信女絡繹不絕，我看著稀罕，見他們合掌夾了一炷點燃的香火，虔誠地仰視一眼高聳在天的大佛，然後叩拜在地。我一點也不能理解這些人為什麼要這樣，傻不傻呀，頭就麼往地上死磕，也不怕疼？我當時只是覺得這尊大佛怪唬人的，巨高，巨大，巨威風。陸小波告我說，它足足有五層樓高，還說這尊佛像是中國首屈一指的巨有名的文物哩。

陸小波還說，他哥哥告他當年日本鬼子撤離這座城市時，曾想把它拆下帶走，但它委實太高太重了，最後無計可施，只好乾瞪眼地放棄了。

我聽見主張砸佛像的那群男生說，佛像裡好像藏著國民黨撤離大陸時留下的祕密電臺。我聽到這裡可興奮了，恨不得跳起來。這讓我想起了我喜歡的電影《祕密圖紙》和《羊城暗哨》。一點沒錯，那些國民黨特務就是這麼幹的，將電臺藏匿在一個不為人知的祕密地點，然後進行見不得人的罪惡勾當，我們一定要去破獲這一驚天大案，從而我也能夠光榮地成為其中的一員，像電影中的公安偵察員一樣，那多風光呀！

我預感接下來會有一場大戲看了，我從圍著李援朝那些人的臉上看到了引而未發的跡象，我現在只須耐心地等候，用不了多久一切都會昭然若揭。當然，我多麼希望李援朝大手一揮，說聲：走，我們先去砸了慈濟寺，找出那個反動電臺。

紅衛兵在行動去向的問題上分化為兩派，一時爭執不下，恨不得要吵起來了。

「別爭了。」李援朝最後說，「那我們就分成兩路行動吧。」

他們很快就做出了決定，我們這一撥人去一個叫做蔣汝軒的家。人群中有人在歡呼，也有人仍在表示反對：「我們揪鬥過他了，他還能有什麼？」反對的人發出疑問。「可那天並沒有抄他家呀！」這是李援朝的回答。他還說，他相信他家裡藏著變天帳。

什麼叫「變天帳」？當時我的心裡還發出了這麼一個疑問，可我沒法開口問別人。那時我只是覺得好玩，覺得有一個奇特的遊戲在等著我去參與。我躍躍欲試了，雖然沒能參與砸佛行動讓我多少有些遺憾。

「我們走吧。」李援朝左肘彎曲地靠在自行車上說。圍著的人「轟」的一聲四下散開了。很快每人手頭都扶著了一輛自行車，再次出現在馬路邊的梧桐樹下，還在往衣袖上別袖章。有許多過路的行人在好奇地張望。

場面真是夠壯觀，夠威武雄壯的，黑鴉鴉的一大片清一色的紅衛兵，還有人在著急地摁響鈴聲，像是在催促。李援朝走過來與何新宇交流了一下。「挺好！」我聽到何新宇說。

「上來吧！」何新宇回頭對我說，「上來，我們該走了。」我只能繼續坐他的車，儘管我很不情願，姐姐仍跟小清姐在一起，她們沒法搭上我。

隊伍浩浩蕩蕩地出發了，兵分兩路，速度並不快，歪歪斜斜呈凌亂的隊形壓著馬路邊沿走，每個人胳膊上都紮著一條紅豔豔的袖章，上書白色的醒目大字。

紅衛兵。

「去哪？」我問。

「一會兒就知道了。」何新宇說。

我掃了一眼我姐姐，她正在與小清姐熱火朝天地聊著，李援朝沒在她們邊上，他正在前頭領路，看得出來，他是紅衛兵的頭兒。上次在廣場上時我就覺得他在同學中間是位領袖級人物，現在看來還真是。我很羨慕他，他能夠威風凜凜地率領一支浩浩蕩蕩的紅衛兵隊伍，大家看上去滿願意聽從他的，真神氣！我也想做這樣一個人，可是我的麾下至多只有一個忠心耿耿的陸小波。唉！我暗暗地嘆了一口氣。

我們居住的這座被叫做南昌的城市不太大，蹬著自行車沒一會工夫就抵達目的地了，我們先拐進了一條狹窄的弄堂裡，一陣旋風似地刮了過去，正在弄堂裡貪玩的小屁孩們看到我們來開始歡呼了起來，跟隨隊伍撒著歡地奔跑著，發出「噢噢」的聲音。他們一定是覺得有好戲看了。

「你們來幹嘛？」其中的一個小男孩一邊跑著，一邊追上來問我，他大概覺得我在隊伍中間顯得過於的特殊，因為我比他們大不了多少。

「玩唄。」我嘻皮笑臉地說。

「在哪玩？」

我搖頭。

「能帶我玩嗎？」

我又搖頭。他很失望，步子放慢了，衝著我擠了擠鼻子，表示不高興。我有些得意，畢竟在他們眼裡我是這個讓人羡慕的隊伍中的一員，誰都有虛榮心，我的虛榮心此刻得到了澈底的滿足。我也扯開嗓子高喊了一聲：「噢……。」

我的喊叫聲還沒結束，自行車倏地剎住了，我的身子跟著踉蹌了一下。「到了。」我聽到何新宇俯在我耳邊輕聲說了聲。他一隻手扶著車把，另一隻手騰出空來小心地抱住我，將我放在了地上。我們前面還有許多人，弄堂又確實狹仄，我們被堵在了後面。

我聽到一片稀哩嘩啦擱放自行車的聲音，眨眼間自行車就被眾人推放在了牆邊上，橫七豎八的。何新宇也將自行車靠在牆上，將我領到我姐姐身邊。「若若交給你了。」他說，「我先去前頭了。」姐姐拉著我的手，沒吱聲。我抬臉問姐姐：「是要找變天帳嗎？」

「抄家？」

「抄家。」這不是姐姐的回答，而是小清姐在告訴我。

抄家這一詞語就是這樣，第一次堂而皇之地進入了我的人生辭典，在此之前，我還不知道世界上存在著這樣一個奇怪的字眼。

「這家人怎麼了？」我好奇地說。

「一會兒就知道了。」小清姐嚴肅地說。

怎麼又是「一會兒就知道」呢？有什麼好保密的！我不高興了，可我急於想知道這其中究竟要發生什麼事情，感覺上不會是一件小事，要不然，怎麼會有這麼多人烏壓壓一片來到這裡？我的好奇心一路上就在不斷地膨脹。我已經變得急不可待了，可是還是沒人確定地告訴我到底發生了什麼？這讓我鬱悶。

我甩開了姐姐拉著我的手，一溜煙地往前跑去。姐姐在背後大叫，「若若，別亂跑。」我裝作沒聽見，我只想弄清楚究竟什麼叫做抄家，什麼叫做變天帳，聽上去太刺激了！

這是一幢二層高的小洋樓，寂寞地座落在街角的盡頭，那一塊獨立的區域顯得頗為寬敞、開闊，一眼看去不是太張揚，但在這片錯落有致又雜亂無章的街巷深處，倒有那麼點鶴立雞群的味道。

小洋樓前是一空曠的場地，現在想來，在它遙遠的過去，也就是小洋樓誕生之初，這裡一定環繞了一圈幽雅別致的花園，可現在的它，周邊幾乎成了一個無人料理的荒園。行人常走的路面經由一塊塊紅色的磚石鋪設，但磚面上呈現出一道道高低起伏、坑坑窪窪的破碎斑痕，在這條通往樓階的小道兩邊，支撐著一個長廊般的葡萄架，枝繁葉茂，遮陰蔽涼，但木架上本該長出的一嘟嚕一嘟嚕的葡萄卻早已不見了蹤影。紅磚小道的兩側，長滿了高低錯落的綠草，散發出一股沁人心脾的味道，倘若有人精心修剪打理，這一大片茵茵青草一準會像天鵝絨般地鋪展開來，令人陶醉，就像我上學時經過的公園，但現在這裡看起來就像一堆雜亂無章的草坪。

草坪盡頭，還種植了各種五彩繽紛的花朵和喬木，枝葉扶疏，但略顯萎頹。圍著花園四周的有一圈矮牆，經由灰磚砌成，但現在業已斑駁，千瘡百孔，爬滿了陰濕的蘚苔，堆放著許多亂七八糟的雜物。牆角上還壘著幾個雞窩，三五成群的公雞、母雞旁若無人地在雜草叢生的院子裡悠閒地覓食。

我後來才知道，這裡原是這家人的私宅，解放後被勒令充公，但他們並沒有被迫搬遷，而是騰出大多數房間挪給了新搬來的住戶，他們一家則被趕到了樓下三間房中居住。這個所謂的樓下，在過去的舊社會是由他們家雇傭的僕人居住的。

我蹦過去時，正好看見李援朝帶領著紅衛兵一陣風似地闖進了敞開的院門。院子裡四處遊蕩的雞群發出「咯咯咯」的驚嚇聲，有的還一蹦三尺高地四處逃竄，我看到這幢樓裡的居民瞪大了眼睛驚恐地張望著他們，沒人敢吱聲，只是躲閃在一邊，只有幾個跟我差不多大的孩子好奇地隨著動靜躥了出來，他們看見了我，跑過來問：「你們要做什麼？」我癟癟嘴：「不知道。」我說。

我緊隨著紅衛兵大步地走進了樓房，他們猛敲樓下的一戶人家的大門，聲震如雷，聽著我心驚肉跳。門開了，我看見了一張蒼白的面孔。

十三

我就在那一瞬間認出了這張面孔，是那天在八一廣場上被揪鬥的那個資本家的小老婆，一頭白髮仍像雜草叢生般地雜亂無章，這便使得這張近乎慘白的臉更加難看。她正要開口問，幾個紅衛兵就不管不顧地推開她闖了進去。「閃開。」他們氣勢洶洶地說。

「我們在執行革命行動。」接著，我又聽到一個人大聲地嚷嚷了一句。一陣雜遝的腳步聲隨即淹沒了這間不大的房間，接著就是稀哩嘩啦的聲響，有東西倒地了，又傳來玻璃被砸碎的聲音。

「小同志，你們這是要做什麼？」我聽到那位老女人問，我注意到她的聲音在一片喧鬧聲中有些顫抖，如同在寒風中瑟瑟顫慄。

「抄家！」我聽到李援朝回答說。

房間內瞬息之間面目全非，所有的家具擺設都已被折騰得七倒八歪。

「還有一間內屋。」這時過來一位紅衛兵，指著旁邊一扇緊閉的門對李援朝說。

李援朝其實也注意到了那間屋子，他的目光投向那裡。「抄。」他說，臉綳得緊緊的。

「求求你們。」那位老女人說，「求你們，我們家老頭子身體不好，在裡面休息呢！」正說著，那扇門「咯吱」一聲自己打開了，出現了一張蒼老病態的面孔，他撐著一根拐杖，顫巍巍地走了出來，一看見這個亂七八糟的房間時，臉上的淚水刷地一下流了下來。

「這個家毀了呵，毀了，你們究竟想幹什麼呵！」他喃喃自語般地說著，聲音哆嗦，目光混濁呆滯。老女人衝了上去，趕緊扶住他：「老頭子，你不要看了，你去吧，去屋裡歇著，這裡有我呢。」她想攙扶著老人再次進屋。

「等等。」李援朝用身子擋在了兩位老人的身前，目光咄咄逼人地盯住他們：「這裡面我們也要抄，你們先在一旁待著。」他說。

「不能。」老人突然拖住李援朝說。「我們是好人！」

「閃開。」李援朝猛地甩了一下胳膊，老人一個踉蹌往一邊倒去，老女人慌忙彎身扶緊了他。「老頭子呀，這裡有我呢，你不用再說了，我求你了！」

「活著沒意思了，沒意思呀，我們究竟做了什麼錯事？要這樣對待我們，老天呀，你有眼嗎，你能看到嗎？你看看呀！」老人發出一連串淒厲的哀號聲。

「你們是黑五類分子，在舊社會你們是剝削勞動人民血汗的資本家，你們難道還不知罪？我們代表紅衛兵司令部對你們家採取革命行動，你們放老實點！」我這才看見何新宇已站在了屋裡，大聲地對兩位老人宣布道。

「你們要講點道理！」老頭的拐杖下意識地在地板上敲擊著，他的手在不停地哆嗦。「你別說了老頭子。」老女人還在一旁勸說道。

「我的錢，我的工廠，解放後都捐給了國家，我做了我該做的一切，你們可以去問政府，你們為什麼還要對我們這樣，你們要憑良心呀！」老人說。

門口閃出了一個陌生人，他略微地站立了一會兒，聽著裡面的動靜，沒說話，默默地走了進來。他很英俊，看上去比李援朝他們略大幾歲，瘦削的身子板挺得筆直，架了一副淡棕色的深度眼鏡，透過他的鏡片，我注意到這人長得眉清目秀，一副典型的書生模樣，嘴角還含有一絲隱而不顯的靦腆。我注意到他的胳膊上沒有佩戴紅衛兵袖章，右肩上斜挎著一個藍色書包，顯然不是李援朝一夥的。他走過來，擋在了兩位老人的面前，將他們往後扶了扶。

「我們能談談嗎？」我聽到他對李援朝低聲說。

「你是誰？」何新宇不屑地瞟了他一眼，問。

我也在好奇這人會是誰？為什麼忽然出現在了這間房裡？他的神情與這裡的所有人都不一樣，顯得鎮靜且溫和，但眉宇間透著隱隱的憂慮。

「他們是我的父母，所以你們有事可以先跟我說，好嗎？」他說。
「你就是那個資本家的兒子？」何新宇嘴角劃過一絲輕蔑，「哦，一個黑五類子弟。」
他的眼神黯淡了一下，怔了怔，微微地點了點頭，「如果你們是這樣認為的，那我就是吧。」他克制地說。
「那你為什麼還不跟牛鬼蛇神的父母劃清界線，改造世界觀重新做人？」
他沉默了，臉上浮現出一絲悲傷和歉疚。
「你先帶他們到別處去，我們在執行革命行動。」李援朝不耐煩地說。
「我也是學生。」他說，「我正在準備考大學，有事我們可以商量。」他仍在耐心地說。
這時我又聽到拐杖敲擊地面的聲音，「達達達」地清晰傳來。「兒子，你不用跟他們說了，他們不講理呀！」老人顯得更加蒼老憔悴了，臉色晦暗，籠罩著一層濃重的菜色，一副病入膏肓的樣子。
「爸爸，你先別說，讓我跟他們商量好嗎？」
「你帶他們離開。」李援朝強調地說。
「孩子們，放過我們吧，我們真是好人，我們從來沒有做過虧良心的事。」老女人顫抖地說，「抗戰時期我們向國家捐過款，解放後我們響應政府的號召把自家的工廠獻給了國家，政府可以為我們證明。」
「但也改變不了你是一個大資本家的事實。」李援朝說。
他們在說話時，這兩間彼此貫通的房間已被折騰得雞飛狗跳，不時地有紅衛兵將找到的東西搬出來，堆在屋子的中央，看上去都是些字畫、書籍、古董以及一些做工精美的黑色的匣子。
「這是什麼？」李援朝指著黑匣子問。
「這是我們家過去收集的一些老東西，屬於私人收藏……」老人的兒子說。
我倒提了一口冷氣湧到心口上了，我以為這裡面一準藏著李援朝說過的變天帳。我的眼睛登時睜大了，充滿了隱隱地興奮。

李援朝上前一步，掀開其中的一個黑匣子，看了一眼，冷笑一聲。我正想躥過去，踮起腳尖瞅一眼，竟沒料到還沒等我靠近，李援朝倏地將黑匣子陡然倒立，嘩嘩啦啦的一堆閃爍著五光十色的首飾叮哩哐啷地墜落到了地上，迅雷不及掩耳。其中一枚綠寶石般的玉鐲直墜地面，彈跳了一下，眼看著迅即碎成了幾半。兩位老人幾乎不約而同地驚呼了一聲，彎下身，心疼地將碎成幾半的玉鐲拿在手上，淚影更加婆娑了。

「天吶！它們有什麼錯？這都是我們祖上傳下來的，毀了，毀了呀！」老人哀鳴道。

「這都屬於『四舊』，我們一概沒收了。」何新宇不容置辯地說。

「孩子們，你們可憐可憐我們吧，我們什麼東西都交公家了，就留下了這麼一點私藏，是祖宗留下的，一代代積攢下來做傳世之物，你們不能拿走，我會對不起祖宗的！」老人泣不成聲地說。

「新宇，他們待在這太礙事了，帶他們離開這吧。」李援朝冷臉說。

幾個紅衛兵躥將上來，兇巴巴地就要架走老人，那個沒再吭聲的年輕人伸手制止了他們：「慢著，由我來吧。」說完，他轉過身來，扶住了他的父親：「爸，什麼也別說了，他們要拿走拿走吧，擋不住的，這也是身外之物，就算我們家再為政府做貢獻吧，好嗎？我們先離開這，走吧，爸！」他的臉上籠罩著一層淡淡的悲戚。「走吧，老頭子，我們走！」老女人哽咽地說。

我有些失落，因為我沒看見所謂的變天帳。那究竟會是什麼？

老人在兒子的攙扶下顫顫巍巍地出了門。「老天吶，我愧對我的祖宗呀，這個家被毀了，毀了呀！」我聽到老人一邊走一邊老淚縱橫地悲號著。「你祖宗來了也救不了你！」有紅衛兵輕蔑地接了一句。我在一邊聽著，看著，心裡也不知為什麼泛起了一股說不上來的苦澀的滋味。

他們進了隔壁的一間小屋子，何新宇過來扶著我的肩說：「你反正待著也沒事，這裡也太亂了，去，去看著他們，別讓他們再鬧了，否則會有更嚴重的後果。」

我有點害怕，這種場面我還真是頭一回見著，剛來時的那種孩子般的興奮已蕩然無存，老人那副哀慟的表情，以及他的悲號之聲在我的心中迴盪著，他們真的是階級敵人嗎？為什麼我看著他們不像呢？相反，我到覺得他們滿善良的。我有些不明白了，腦海中充滿了各種各樣紛至遝來的疑問，可是我又不敢問。我看到姐姐與小清姐站在一旁看著，但看不出什麼表情。姐姐看我盯著她，微微地笑了笑，顯然她聽到了何新宇對我的囑託，微微點了點頭。

我出門了，我看見他們一家三口閃進了隔壁的一間屋子，門隨即關上了，我跟了過去，輕輕地推了推門。門關死了，沒推開。我稍稍猶豫了一下，遲疑地伸出手。我的小手就扣在門板上沒動，心臟微弱地跳動了幾下。

我還是敲門了。輕輕地，生怕驚動了什麼，每敲一下我的心臟都會蹦達一下，這讓我感到了奇怪。我好像在害怕。我怕什麼呢？我也不知道！我又敲了一下，還沒動靜。我將腦袋伏在門板上，想聽聽裡面會有什麼聲息。我的頭剛貼上門板，門無聲地敞開了，我嚇了一跳，還保持著剛才要趴在門板上聽聲兒的姿勢。我有些尷尬，好像不經意間讓人發現了我的小祕密，臉騰地一下紅了。

我抬起頭來看去。是那個年輕人，他也看著我，沒有更多的反應，臉上的表情似乎在詢問你想要做什麼。

「是他們讓我來的。」我指了指外邊囁嚅地說。

他明白了，還是沒有表情，撫摸了一下我的腦袋：「你這麼小，你不該來這裡。」我以為他在說我不該現在上他們這裡來，我搖頭，表示並不是我想來。我轉身就要回去。

「你不用走，不用。」他突然勉強地笑了一下，「我沒這個意思。」他說，「我是說今天你不該和他們一塊來這裡，這並不好玩，對嗎？」他的聲音很和藹。我突然有點兒觸動，使勁地點了點頭。

「進來吧！」他說。

十四

我一進門就看見那兩位老人直愣愣地望著我，流露出一絲不安和驚恐。「沒事，爸，媽，他只是個孩子，讓他進來吧，有我在呢？」那個大哥哥安慰道。我顯得有些拘謹，小心地上前幾步，不知所措。

這間屋子太小了，逼仄狹窄的空間裡堆滿了雜物，但收拾得十分規整，且乾淨，靠牆角有一張簡易的帆布床，一看就是那種摺疊式的，牆壁的高處有一扇玻璃小窗，透出一縷戶外的陽光，照亮了屋內左側的一角，光線有些黯淡，但好像正是因了這份黯淡，使得剛才的喧囂瞬間遠逝了，我彷彿來到了另一片天地。那位「老頭子」現在躺在了床上，老女人倚靠在他的身邊。他們還在看著我，投向我的目光讓我進退兩難。

「坐這吧。」那個年輕人搬過一個小馬扎，放在了地上，拍拍我，示意我坐下。我坐下了。那位「老頭子」終於將目光掉開了，嘆了一口氣，閉上了眼睛。「媽，你累了，也睡會吧！」我聽到年輕人過去輕聲地說。老女人的眼淚又無聲地落下了。年輕人坐在她身邊，輕輕地擁抱了她一下，「媽，別這樣，我們得相信政府，對嗎？這只是一場誤會，我們家做的事都對得起國家，會好的。」老女人又抽泣了一聲，略微地點了點頭，她趴在「老頭子」身上也閉上了眼。不一會兒她們就睡著了。

寂靜的小屋裡，傳來輕微的鼻息聲。

我一直安靜地坐著，腦子裡一片空白，今天的經歷是我自有記憶以來從未遇見過的，這裡發生的一切都在我青澀的心靈中激起了一片難以言明的浪花。少年不知愁，可我卻有了一種莫名的惆悵，這是我在寫下這一筆時所體味到的那一刻的滋味，而在當時，我只是大腦一片空白，就那麼傻呆呆地乾坐著，一動不動。

直到我緩過點神來，才定睛看去，我發現不知從什麼時候起那個年輕人看上書了。他端坐在一把椅子上，旁邊是一張不大的小書桌，他沒有正面對著桌子坐，而是坐在桌子的右側，一隻胳膊肘隨意地搭在書桌的一角，這樣他就可以隨時注意到父母熟睡的動靜了。他看得很投入，彷彿這個喧鬧的世界在他的眼中陡然間消失了，只留下他需要凝神注目的文字。小窗上投射下來的一束陽光正好映照他的書本上，也恰到好處地勾勒出他的面孔的輪廓，他臉上的線條是柔和的，甚至還夾帶著一絲陰柔之風。他眯縫著眼，書本貼著臉面很近很近，神情專注。

我還在那呆坐著，生怕動一動會發出聲音驚擾了他，他那一絲不苟的神情讓我心生敬意，我好像從來沒有像他那般認真地看過一本書。我看書都是被老師或父母強迫的。我不愛看書，我從來沒覺得看書對於一個人會產生多麼大的影響，儘管大人們一直在對我嘮叨著多讀書之於我未來的光輝遠景，可我根本不相信。我貪玩，我一有時間首先想到的就是玩。

可是我眼中的這位大哥哥卻在聚精會神地讀書。我忽然覺得這位坐在我眼前的年輕人，像是一位我願意去接近的大哥哥，他神情中透著讀書時的專注和興奮。大哥哥剛剛經歷了一場席捲了他們家的抄家風暴，在我的想像中他應當表現得驚恐不安，就像他的父母親所表現出的那般，可是沒有，在他的身上似乎什麼都沒有發生，起碼在這一刻，他的神情安靜淡定。

為什麼我不會像他那樣的愛讀書呢？我在心裡不自覺地問自己，我很難做到像他那麼地安然，我做不到。我有點羨慕他了，在我看來他甚至是一個不可思議的怪物。

我有點坐不住了。我好像已經在這個小馬扎上坐了太長時間，而且還一動不動。一旦有了這個念頭我便開始了坐立不安，我甚至不知道何新宇為什麼要把我打發到這裡來，我完全無事可幹。何新宇說讓我看著他們，省得他們再鬧，現在他們都很安靜，兩位老人已經睡著了，而且看上去沉入了夢鄉，那我還在這做什麼呢？我可以走了。想到這我的屁股稍稍地扭動了一下。

馬扎隨即發出一聲「吱呀」，在這個寂靜的空間裡顯得格外響亮，連我都驚了一下，生怕驚動了那位大哥哥。我趕緊覷了他一眼。還好，他好像沒有注意到，還是全神貫注地盯在書本上，完全沒有理會我的動靜。我放鬆了。又坐了一會兒，實在坐不住了，我站起了身。可是我一時慌亂不小心腳跟碰了一下馬扎，傳來馬扎搓地的喀喇聲，聲音更加響亮了。

大哥哥從書本上抬起了頭，顯然，我還是驚動他了。他的目光先是有些游離飄浮，像是仍沉浸在自己的世界中，但很快就凝定了，看向我。

「你要走嗎？」

我尷尬地看著他，先是搖頭，後又點頭。

「就待這吧，外邊太亂了。」他說。臉上浮現出一抹淺淺地微笑。

我擔心說話聲會驚醒兩位老人，下意識地瞥了他們一眼。他很快就明白了我的意思，也看了一眼熟睡中的父母。「沒事。」他說，「他們睡沉了，不會驚醒的，他們太累了！」他有些心痛地說，臉上又掠過一絲哀傷。

我們又沒話了。他的手臂揚起，往下壓了壓，那意思是讓我繼續坐下。我猶豫了一會兒，還是坐下了。這時他手中還拿著那本書，順手將書頁夾上一個精緻的樹葉，合上，擱在小桌上。就在他合上書本的那一剎那我看到了他手中的書名——《資本論》。

「你這麼小，怎麼會跑到這來了？」他好像有些好奇問。

「我……我跟來玩的。」我囁嚅地說。

「來玩？」他的眉心聳動了一下，似有一絲不解。「你認識這些人？」

我很想告訴他，我只是跟著姐姐一道來玩的，但我根本沒想到貿然闖入了這麼一個暴烈的場面，讓我措手不及。可是我沒說，我也不知道該怎麼說。

我不知道為什麼，就是覺得對不起這家人，這種感覺很奇特，因為我明明知道他們家是「黑五類」，也就是說是我們社會中的必須被無情打倒在地的壞分子，可我為什麼覺得他們一點也不像個壞人呢？反而讓我覺得是好人，由此我心生同情。

「你們家真的是『牛鬼蛇神』嗎？」我天真地問。一旦說出口了，連我自己都嚇了一跳。我緊張地看著他，就像我做錯了什麼丟人的事似的，心跳得厲害。我開始後悔了，我覺得我不該這麼魯莽地問這樣的話。

「我不是故意的……」我結結巴巴地說。

「哦，沒關係。」他搖了搖頭，表示並不在意：「我知道你一定會問的，換了我，可能也會問。」他說。他的回答讓我得到了些許的安慰，我的心不再那麼劇烈地跳動了。

「我也不知道他們算不算『牛鬼蛇神』！」他先是掃了一眼因過度疲倦而熟睡的父母，然後輕輕地嘆了一口氣，沉默了一會兒：「不知道。」他說，「我也在反覆地問自己，我的父親是為國家做過貢獻的人，我也不明白怎麼一夜之間就成了反動的『黑五類』了呢？我只能相信紅衛兵小將搞錯了，最終會水落石出的。」

「會嗎？」

「也許！」他的目光掠過了一絲迷惘，有些發虛，看了看透過玻璃窗投射進來的那一束晃眼的陽光。那道明媚的光線映照在了他的臉上，他沉浸在一種難言的痛苦和掙扎之中。「所以我在看馬克思的《資本論》，我想搞清楚這到底是怎麼了？也許是我錯了！」他的聲音陡然低沉了下來。「哦，你還小，你更不懂這些了，我為什麼要對你說這些呢？」他看著我說。「也許我只是想找個人說說話，我現在在學校裡大家都不理我了，我想加入紅衛兵也被拒絕，因為我的出身，可在過去我一直是五好學生。現在一切都變了！」他的語氣中飽含著沉重的嘆息。

是的，那時我真聽不懂他的話，也根本不懂他發出的那些迷茫般地追問，我只是認真地聽著，一聲不吭。我沒有辦法回答他的問題。

「現在我搞不清楚什麼是對、什麼是錯了！我需要和我父母劃清界線嗎？就像他們說的那樣，站穩階級立場，可他們是養育我長大成人的親人呀，我是他們的兒子！」他哀怨淒涼地說。

他的痛苦感染了我，我發現我也陷入了莫名的哀傷中，我不知道我還能再說什麼了。大人的事我看不明白，我只能傻乎乎地坐著，聽著他喃喃低語般的傾訴，但他與其說是對我說話，不如說是對自己的內心在說，他顯然是有太多的話要說出來了，我好像成了他最好的聽眾。

「你是紅五類吧？」

我點點頭。

「哦，你真幸福！」他苦笑了一下。「我多麼希望我的出身也是紅五類啊！」他突然顯得有些激動。

我站了起來，我覺得我必須走了。

「你要走嗎？」他似乎從他的世界中重新回到了人間，凝神看著我；「你要走？」我點頭。他微微地笑了笑，摸了摸我的頭：「我說了那麼多莫名其妙的話，你肯定煩了！」我搖頭表示沒有。他說：「我知道是這樣，你也不必搖頭了，這我理解。」

我轉身向門口走去。「你等等。」我聽到他在後面喊了一聲。我站住了，回過頭。他從一個雜物堆裡翻找著什麼，沒一會兒，從底下抽出了一本像是書似的東西，吹了吹上面的塵土，又用袖子揩了揩，十分愛惜地看了它一眼。

「我們就算認識了，小弟弟，我送你一個禮物吧。」他說。他走了過來，把找出的那本書要塞到我的手裡。

「這是一本好書。」他說，「我一直藏著，看來是藏不住了，我看過很多遍了，都快背下來了。」他忽然笑了起來，笑得看上去有些靦腆，一種非常奇怪的笑容：「拿著，小弟弟，別讓別人看到，掖好，現在你可能還看不懂，以後長大了你會知道它的好的，相信我。」他說。

我沒接，縮著手，又把兩隻手反向背後。「我們家不讓我拿別人的東西。」我低聲說。

「唔，是嗎？好像我爸媽也對我這麼說過。」他說。這時他的笑容變得舒展了，不再靦腆。「沒關係，你先拿去看，算我借你的，好嗎？」他誠懇地看著我：「你先替我保管著，我擔心在我這留不住了，會被他們抄走的，它跟了我很多年，我不想讓它落在別人的手上。」他說，眉宇間籠罩上了一層淡淡的陰霾，「我信任你，小弟弟！」

我把背著的手又正過來了，不好意思地接過那本書，低頭看了一眼——《九三年》，封面設計得簡潔明快，只畫了幾道彎曲古樸的線條，表皮有些磨損泛黃了，書名被圈在了明晰的線條之中，內頁紙張捲曲毛糙，有的地方還被鉛筆畫上了一條條橫道，作者叫雨果。我當時心裡還在想，這人可真好玩，起了這麼個名，真有姓雨的人嗎？

「這個人為什麼要姓雨呢？我沒見過人有這個姓呀？」我冒傻氣地說。
大哥哥輕笑了一聲，像看一個不懂事的孩子般地看著我：「呃，他是一個法國人。」
我似懂非懂地「哦」了一聲，不好意思再問了。我知道我問得很蠢。但我還是有些納悶。那時我根本不知道雨果是何方神聖，但是大哥哥那麼莊重地借我，我相信會是一本好書。我將書攥在手裡，說了聲：「看完我會還你的。」轉身要出門，他拉住了我。
「這樣不行，小弟弟，他們看見會沒收的。」說完，他將我的上衣撩起，準備將書插進我的皮帶裡。可我的皮帶勒得太緊了，沒插進，他便幫我鬆了鬆皮帶，又插了一次，這次成功了。他又將我的上衣放下，遮住了書本，然後用手拍了拍我的肚子，退後了兩步眯縫著眼睛看了看，滿意地點了一下頭：「嗯，這樣可以了，別人不會知道你身上還藏著一本書，對嗎？」他和藹地說。
我樂了，感覺中這就像是一個神奇的遊戲，只有我們兩人知道的小祕密，可以瞞著所有的人，包括我的姐姐，這種感覺讓我覺得很刺激。
「這是你我之間要信守的一個祕密，對嗎？包括我們說過的話，你都會保密？」
「當然。」我說。
他摸著我的腦袋：「一言為定。」
「一言為定！」我學著他說。
「那我們拉拉勾吧。」他伸出了小拇指。我也將小拇指伸出。我們使勁地來回拉勾了幾下。這感覺棒極了，我現在太喜歡這個大哥哥了，我覺得他真好！
「去吧。」他說。
「嗯。」我說，轉身推開門走了。就在我要將門拉上時，我側過身又瞟了他一眼。他也在看著我，見我看他，微笑地向我揮了揮手，然後將食指抬起，放在嘴唇中間示意了一下，那肯定是在指我們之間的約定，我們之間的那個刺激的小祕密。我也會心地將食指在嘴唇輕擱了一下，拉上了門。

出了門，我便聽到叮哩哐啷的聲音震天價響著，我恍然又置身在了另一個世界中，這才驟然想起，紅衛兵還在抄家呢！真奇怪，剛才和那位和藹可親的大哥哥聊天時，居然忘了我置身在這樣一種混亂的環境中。我的心情一下子又變得灰暗了起來。我有點不明白了，我看著這家人像是好人呀，為什麼說他們是「四類分子」？

我真搞不懂了，也許是因為我太小，無法理解大人間發生的事情？管他呢，反正我不會說出我與大哥哥之間的約定，這是我和他的祕密，揣著一個祕密真讓人有一種說不上來的興奮感，儘管這一祕密也會讓我的心怦怦直跳。

紅衛兵進進出出，不斷有東西被搬到了屋外，傾倒在寬敞的廳堂裡。我趁機瞅了一眼，都是些書呀，字畫呀，金銀首飾和一些大個兒的古董家具什麼的，我還看到了幾尊金身佛像以及金條銀條。樓裡的沒事的孩子還圍在一邊看著熱鬧，興高采烈，像過節似的。偶爾有大人走過來呵斥般地將其中的幾個孩子拎走，臉上滿是不安和驚懼。

幾個紅衛兵從外急匆匆地闖了進來。「李援朝呢？」他們逢人就問。李援朝聞聲從內屋出來了。

「怎麼了？」他問，手裡還捧著一摞畫軸。

「慈濟寺的銅佛砸開了，費了好大的勁。」那幾位紅衛兵說，但看上去有些沮喪。

「那些反動電臺呢，找到了嗎？」李援朝迫切地問。

紅衛兵愧疚地望著他，搖了搖頭：「裡面什麼也沒有。」

「媽的！」李援朝罵了一句，將畫軸狠狠地拋在了地上。

我驚了一下，下意識地摸了摸肚皮，硬鼓鼓的，那本書靜靜地待在那裡。我又悄悄地將它往皮帶裡再掖進了一點，我生怕它會一不小心出溜了出來，雖然它硌得我肚皮有那麼點難受，尤其在我稍一彎腰的時候。我悄悄地往下瞅了一眼，還好，一點也看不出來。

「你怎麼出來了？」何新宇抱著一堆東西出了屋，拋在地上，回身看到了我，問。我驀地唬出一身冷汗。我的手還擱在書上呢，雖然被衣服遮掩著。一驚之下，我居然忘了將手拿下來，而是更使勁地捂緊了它。我怔忡地看著何新宇過來，臉刷地一下漲紅了，心跳不止，好像我的小祕密會被他一眼看穿了似的。

「你怎麼了？」他狐疑地看著我。

「沒……沒什麼呀。」我說，我的手放下來了。

「沒什麼？你臉色不對。」他懷疑地說。「他們欺負你了？我找他們算帳去。」

「別……」我想制止他，可是來不及了，他不管不顧地推開了那間小屋的門。我也緊跟著進去了。

我看到大哥哥抬起了頭，目光詫異，手中仍然拿著一本書。他看了何新宇一眼，稍有一絲一掠而過的緊張，然後看向我。

這時的我，站在何新宇的背後，我悄悄地衝他努了努嘴，然後輕拍了一下肚皮上的書。他懂了，嘴角隨即彎曲了一下，像在微笑，但是沒能笑出來。他就那麼坐著，一動不動。

何新宇回過頭，詢問似地看向我，他大概注意到大哥哥投向我的目光有些異樣，他在起疑。

「他沒欺負我。」我說。

何新宇沒再說什麼了，而是氣勢洶洶地走過去，冷不防地從大哥哥手中搶過他正在讀的書：「你這時候還敢看反動書籍？」一邊說，一邊要將搶到手的書籍對半撕開。

大哥哥臉色大變，迅疾起身，一把攥住了他的手腕。可是稍晚了點兒，傳來一聲書籍撕裂的脆響。

何新宇怒了，他萬萬沒有想到這位一直沒言聲的人竟敢反抗。他想甩開他伸過來的鐵鉗般的手掌，可一拽之下竟然沒能動彈，臉漲紅了，脖子上的青筋暴起。我在一旁看著嚇壞了，我知道接下來會是一場我不願看到的惡戰，心裡緊張得不行。現在他們兩人面對面地看定對方，毫不示弱。

「你他媽的給我放開！」何新宇還要掙扎，低吼了一聲。

「你要先為你的行為向我道歉。」大哥哥冷靜地說。

「道歉？啊哈。」何新宇大笑一聲。「你以為你是誰？反動家庭的後代，一個狗崽子，你還敢反了不成？」

「那你看看撕的是什麼書再說。」大哥哥仍然不動聲色地說。

何新宇停止了咆哮，驚愣了一下，低頭向那本書看去，臉色驟變。

大哥哥反而鬆了一口氣，只是擔心地向躺在床上的父母親看了一眼，他們仍在沉睡中，沒被驚動。他鬆開了何新宇的手臂。

何新宇手中拿著的是一本撕開的馬克思的《資本論》，剛才還漲得通紅而暴怒的那張面孔，開始轉化為慘白。他怔怔地站在那裡，像遭遇了一場突如其來的雷擊，霎時被打懵了。

「我沒說它是反動的，我不知道……哦……它……」他突然惶恐地支吾上了。

「唔，別緊張，我沒聽到也沒看到你做了什麼。」大哥哥寬慰地說。

他們彼此會心地打量了一眼，目光在對方的臉上短暫地逗留了一下。何新宇好像還是沒能緩過勁來，神思恍惚。

「我很喜歡馬克思的《資本論》。」大哥哥說，「我原是準備報考北大經濟系的。」他的口吻就像在和一位老朋友交流。

「呃……噢，這很好。」何新宇狼狽地說。他不再像剛進屋時那麼地咄咄逼人了：「我也喜歡。」他終於冷靜了下來。「我剛才沒說這本書是反動的。」他的口氣澈底軟了。

「我知道。」何新宇的話音剛落，大哥哥就飛快地接了一句。「我說過了，我什麼也沒看見。」

這時他們都不約而同地看向我，像是約好了似的。

「我也沒看見！」我響亮地說了一句。可能是我說話的樣子有些滑稽，像個小大人，他們倆兒都笑了，剛才還顯得讓人頗為尷尬的僵硬氣氛瞬間融化為一片輕鬆，他們兩人現在開始也藏了一份無人知曉的默契，一如我與大哥哥。

「你們是哪個學校的？」大哥哥問。

「哦，二中。」何新宇說。

「難怪！」大哥哥感嘆了一聲。

「為什麼是難怪？」

「一所幹部子弟學校，對嗎？」大哥哥說。「你們是『紅五類』，根紅苗正，父母都是打江山的革命幹部，不像我，出身資本家的家庭，可是出身不是能由自己選擇的！」何新宇說著，眉宇間浮現出一層淡淡的陰翳。

「出身的確是個人無法選擇的，但你可以選擇革命立場。」何新宇說。

「可我很矛盾，一邊是我的親生父母，一邊是立場。」他沉默了一會兒，又看了一眼熟睡的父母，「我不知道該怎麼辦了？我甚至認為我的父母也是支持共產黨的，否則，四九年他們就會隨著國民黨去臺灣了，但他們沒去，而是選擇留下，為什麼留下？還是因為信任共產黨，這難道不也是革命立場嗎？」他輕輕地嘆了一口氣。「可現在成了必須被打倒的『黑五類』，反革命分子，為什麼會是這樣的呢？他們真的像你們說的是反動派嗎？我想不明白！我羨慕你們，真的羨慕，因為你們無須像我這樣做出選擇。」

「跟資本家父母劃清界線吧，你剛才進門時我就看出你在猶豫。」

「我父母真心擁護共產黨，擁護社會主義，我也一樣。我讀了許多馬克思、恩格斯、列寧和毛主席的書，我就是想成為一名真正的革命者，可是現在……」他沉吟了一下：「我該說什麼呢？學校的紅衛兵組織不允許我參加，理由我是資本家的兒子，是另一條陣線上的人，屬於『黑五類』出身，你們的口號是『老子英雄兒好漢，老子反動兒混蛋』，後面還有一句：『要是革命你就站過來，要是不革命就滾他媽的蛋』，我站過來了，可是仍不被別人認可，我好像一夜之間成了另外一類人，可我是一個和你們一樣的人呵！」他說。他開始變得激動了，眼睛裡閃爍著淚花。

「你只能跟你的父母澈底劃清界線，揭發他們舊社會對人民犯下的罪行，這是你的唯一選擇。」何新宇說。

「他們是好人，真的是好人，他們擁護共產黨，你們要相信我。」

「可他們也是資本家，剝削過我們勞動人民，你必須認清這一點。」

「他們現在和你們一樣，是無產者，他們的資產回應國家的號召都交給國家了。這難道還不夠嗎？」

「你去外面看一眼我們抄出來的東西，就知道什麼叫你口中的所謂的『無產者』了，真正的無產者有那麼多腐朽的『封資修』的東西嗎？」何新宇又開始變得咄咄逼人了。

「那是祖上一代代傳下的，東西是無罪的。」

「你是這麼看嗎?它們依然是從勞動人民那裡剝削來的，說明你仍然沒有站穩革命立場，你需要像毛主席說的，從靈魂深處爆發革命，否則，我們只能將你視為……哦，……視為一個……」看著大哥哥痛苦的表情，何新宇欲言又止。

「我知道你要說什麼。」大哥哥哀傷地看著何新宇，「我知道!我長了這麼大，第一次發現自己是多麼地孤立無援，沒人理解我，沒人，也沒法對父母訴說，因為他們連自己都自身難保，而且……」他停頓了一會兒：「現在讓我最痛苦的是，我也搞不清他們是不是真的有罪了!」他嘆了一口氣，又說：「好了，你不用再說了，我自己再想想吧，這些天我一直在想，也許哪一天我真的會想明白的。」

「你會的。」何新宇語氣和緩地說。大哥哥點了點頭。「但願。」他說，眼神卻透出了無奈。

我們離開了。我又一次輕輕地帶上了門，何新宇沒再說話，神情有些沉重，我以為他還在想著那本書的事兒，在擔心他無意中將馬克思的《資本論》視為反動書籍會讓人知道，在這樣一個如火如荼的紅色年代會給他帶來什麼不測的厄運。我拉了拉他的手說：「你放心，我真的不會告訴別人。」他有些恍惚：「你說什麼？」我怔忡了一下：「我說書呀，那本他看著的書。」他明白了，微微一笑，摸了一下我的腦袋。「我知道若若一定會為我保密的，那是因為我當時並不知道。」他說。

「他是一個好人。」他突然感嘆了一句，「可惜!」

「可惜什麼？」我不明白他在說什麼。

「可惜他出身在這樣一個家庭！」他仍在感慨。

我明白了。我也在為他惋惜。「他的父母真的會是壞人嗎？」我問。

「那你看呢？」他反問道。我想了想，「我看他們像好人，而且挺可憐的。」我鼓起勇氣說。

「那我問問你，壞人是能從臉上看出來的嗎？」何新宇問。

「會呀！」我說。

「哦？」他納悶了。

「你看那些電影，壞人都會印在臉上的，一看就是壞人。」我說。

何新宇呵呵地樂上了。又拍了我腦袋兩下，「你真是一個不懂事的小孩子！」

這一次我把他的手打了回去：「你才是小孩子呢。」我不高興地說。「我最討厭別人說我是小孩了，好像我什麼都不懂似的，我討厭別人這麼說我。」

「呦呵，小脾氣還挺大？」他說，嘴巴張得像隻大蛤蟆似的。「等你長大了就知道什麼是壞人了。」他說。

又是等長大，好像就你們懂事似的，我心裡有些不服氣，但我沒說，卻問出了另一句話：「你們為什麼要拿人家的東西呀？」我問。

何新宇掉頭看了一眼堆放在堂屋裡的東西：「我們響應毛主席的號召『破四舊，立四新』。」他說，「這都是些要砸爛的『四舊』。」

「什麼是四舊？」我問。

「瞧瞧，說你是小孩你還不服氣，這都不知道?廣播上天天說，你還不知道？」他驚訝地問。「舊思想、舊文化、舊風俗、舊習慣，這是『四舊』，懂了嗎？」

「不懂！」我說。

十五

那天回家後我一人悶悶不樂，腦海裡總會出現那個大哥哥和他父母的面影，我覺得他們真的很可憐，尤其是那兩位白髮蒼蒼的老人，他們向紅衛兵哀求時的那副痛苦表情讓我心酸了一下，我不知道為什麼那些紅衛兵會看著無動於衷，而且用那麼兇神惡煞的樣子來對待他們，難道他們真的是十惡不赦的壞人嗎？從小姥姥就告我要尊重老人，說這是我們山東老家的傳統，所以我對上了點歲數的人都會心存敬畏。

我所處在的這座南方城市現在整個的在沸騰咆哮，我們從大哥哥家出來後一路上都能看到遊行的隊伍，到處都是大字報、大標語和激烈的口號聲，路上看熱鬧的人多極了，換了以往，我肯定會纏著姐姐賴在廣場上玩，可我那天也不知為什麼沒了心情，更何況，我肚子上還掖著那本《九三年》的書呢。

我怕被人發現或不小心掉了，我總會趁人不備時稍稍地撫摸一下那裡。很好，它悄不溜兒地待在我的肚皮上，沒人會注意到它，我可知道了什麼叫做「賊」心虛了，我現在就是，可我不是賊，我只是一個守護祕密的人。想到這裡我又有點小得意了。你們這些紅衛兵們可以搜走任何東西，可卻有一本書還藏在我這裡呢，你們一點也不知道，嘿嘿，這種感覺真好！

我先將大門掩上，躺在了床上，悄悄地滅了大燈，從我私藏物品的匣盒中找出了一隻手電筒。我將電筒屁股上的旋蓋擰開，拿出兩節一號電池裝進電筒內，再扭上旋蓋。做這一切時我的心在蹦蹦直跳，有一種隱祕的快感，我像一位從事祕密行動的地下工作者，如同在電影中看到的那樣，比如《永不消失的電波》中的那位革命先烈，他光榮犧牲的時候我還哭了一鼻子。

他叫什麼來著？哦，對了，姐姐說他叫孫道臨。這部電影給我的印象可深了，姐姐拉著我陪她去看過兩遍。姐姐還說電影裡那個男人長得真神氣，說是小清姐都快迷死他了。姐姐就是在那一刻告訴我他叫孫道臨的，我一下子記住了這個名字，因為我也羨慕他呀。我還使壞地問姐姐：「你迷上了嗎？」她打了我一下，我注意到她的臉色霎時紅了，可是她說：「你胡說什麼呀，我怎麼會迷他呢。」可你不迷他為什麼臉紅呢？我在心裡說，哼，別以為我看不出來，我只是不揭發你罷了。我注意到你臉紅了。

我先翻開書，隨即撳亮了手電筒。一束強光瞬間照亮了書的內頁，我就這樣一手端著書，一手擎著手電筒，貪婪地看了起來。

這本書上來就吸引了我，並且讓我有了一絲驚喜，因為我看出是一部關於戰爭的小說。我向來喜歡打仗的故事，尤其愛看打仗的電影，《奇襲》、《渡江偵察記》、《上甘嶺》、《平原游擊隊》什麼的，看得我樂不思蜀。但我平時不愛看書，我討厭書，這都是因為上學把我弄出的毛病，天天都是老師在說要多看書，父母也在耳邊沒完沒了地嘮叨，煩都煩死了，這就讓我一見到書本就頭痛不已。可今天卻不同以往，因為什麼？可能就是因了我與大哥哥之間的那個無人知曉的祕密，它便讓我多了一份深藏在心底的神祕誘惑。

小說開頭的第一句話就挺有意思：

一七九三年五月的最後一天，桑泰爾帶到布列塔尼來的巴黎聯隊中，有一分隊正在阿斯蒂野地方的陰森可怕的索德烈樹木裡搜索。他們的人數不滿三百人，因為經過這場殘酷的戰爭，聯隊的大部分兵士都打死了。那時候，經過了阿爾貢納、熱馬普和瓦爾米戰役，原有六百個志願兵的巴黎第一聯隊只剩下二十七人，第二聯隊只剩下三十三人，第三聯隊只剩下五十七人。那是史詩式鬥爭的時代。

……

我津津有味地看著，有些字我還不認得，凡遇這種情況我一概以「什麼……什麼」默誦地帶過，省得影響我的閱讀。我可不願查字典，那多麻煩！就是書中那些莫名其妙的地名和人名有點煩，讀起來聱牙詰屈，挺討厭的。

我一直期待著出現一場真正的戰爭，因為小說中軍隊的出現必將預示著一場即將來臨的血腥殺戮。可是沒有，幾頁翻下來那位叫做雨果的人，還是在那絮絮叨叨地說些在我看來不著邊際的話，跟打仗根本沒沾邊。我心裡想，耐下心來再看看吧，結果還是令我失望，我沒有從中得到我想要看的東西，而且它似乎也顯得過於深奧了一點，一點也不刺激緊張。我放下了小說。它斜斜地從我枕頭邊上滑落了。我隨即關上了手電筒。

屋子驀地陷入了一片黑暗，我大瞪著雙眼，仰望著墨黑的天花板，腦海中忽然不受控制地出現了許多在那個大哥哥家發生的情景，一幕幕的就像在放一部電影，充滿了動態映射，它們雪片般地從我眼中一一劃過，彷彿歷歷在目。

我有點睡不著了，我真的不明白大人間究竟發生了什麼。我原以為會很好玩的，可是我所看到的卻是一幅幅可怕的情景，有許多事情令我感到了不可思議。比如兩位老人那麼可憐，他們怎麼可能會是壞人？為什麼要這麼折磨他們？為什麼要把他們家東西抄走？還有那位和藹可親的大哥哥，他的那副傷心和愁苦的樣子，以及他無所適從的彷徨和猶疑。大哥哥似乎並不反對紅衛兵的行動，他好像顯得矛盾和糾結。那麼他究竟在猶豫著什麼呢？還有他對何新宇說下的那些話，都讓我費解。我雖然不大懂，但又隱隱約約地覺得懂得一點點！

我只是覺得，我曾經熟悉的這個世界在我的眼中開始變得陌生了起來。

我睡糊塗了。一晚上各種各樣的怪夢翩然而至，我好像又見到了那位大哥哥了，他不認識我，只瞟了我一眼，一個人埋下頭匆匆而去。我喊了他一聲，他站住了，回頭望著我：「你是誰？」我一下子支吾上了，不知該如何向他介紹我自己。「你是誰？」他繼續問，眉心蹙起了一個大疙瘩，打量著我。我很想告訴他，我就是抄家時在你家坐著的那個小弟弟。但我沒敢說，我怕說了他會報復我。後來他是怎麼想起我來著？我的記憶中斷了，中間出現了一段記憶的殘篇。後來他帶我去了他家，那兩位老人看見我來樂呵呵的，給我端來了點心水果，還給我倒上了一杯熱茶。我受寵若驚地看著他們，坐立不安，因為我想起了抄家時的情景。我原以為他們會恨我的，可是沒有，他們就像慈祥的老爺爺、老奶奶似地圍著我坐下了，一臉喜氣地看著我嚼著甜點。「多吃點。」老奶奶說。我嗯了一聲，嘴巴裡發出嘎蹦嘎蹦的聲音，他們笑得更開心了。

爺爺、奶奶的臉色陡然突變，變得像兩個我不認識的妖魔鬼怪。「你是誰？」夢中的那位披頭散髮老奶奶尖厲地嘶喊了一聲：「你來我們家幹嘛？」就在這時，我聽到外面傳來極為恐怖的雜遝的腳步聲，還沒等我反應過來，幾個紅衛兵衝了進來，我好像看到了李援朝和何新宇也夾雜在其中，但影像非常模糊，看不大清楚，他們不由分說地上去將爺爺、奶奶按在了地上。

「跪下！」我聽到他們大聲地喝斥道。我喊了一聲：「先別……」可我的話音未落，一個人衝上來惡狠狠地揪住了我的耳朵：「你也給我跪下。」我急了，衝著那邊似乎是何新宇的人大聲呼喊：「我是若若，快來救我！」他向我這邊瞥了一眼。我終於看清楚了，他就是何新宇。我感到一陣高興，可他的目光為什麼讓我感到了陌生呢，充滿了一種令我不解的冷漠和蔑視。我繼續高聲喊道：「快救我！」可就在這時那張臉驟然大變，變成了另一副面孔。哎喲真可怕，變成了那位大哥哥的臉，他惡狠狠地張開大嘴問：「你是誰？」「我是若若。」我驚恐萬狀地說。「我不認識誰是若若。」我嚇哭了：「你認識我！」我嘶啞著嗓子向他喊道。

「讓他跪下。」大哥哥突然黑著臉吼了一聲。又有幾個人向我衝了過來。「不——我不——」我大聲喊道。

醒了。

一身的冷汗。睜開眼時感覺還在看著那幾張面目可憎的面孔，魔鬼一般地在我的眼前晃動著，好像就倒映在天花板上。「不。」我大叫，「我不要你們，你們走！」

房門被推開了，母親和姥姥不約而同地衝了進來；「你怎麼啦？若若，發生什麼事了。」她們焦急地問道。「你們走，走，我不要你們！」我還在發瘋似地嘶喊著。母親試圖抓住我的手，我手腳並用地拚命掙扎。

「先把燈開了吧。」我聽到母親對姥姥說。很快，燈亮了，整個屋子變得明晃晃的，像針刺一般地扎進了我的眼睛，我伸出手要去阻擋突然向我的射來的刺目的光線。

「這孩子怎麼啦？」我聽到姥姥焦急地問。「做夢哩。」母親說。「瞧孩子一頭的汗。」姥姥說。「夢見什麼了，嚇成這樣？」母親笑問。我的大腦還在轟隆隆地鳴響著，那些可怕的夢魘還在我朦朦朧朧的半醒狀態中四處遊走，似夢非夢。我感覺到母親在用一條濕毛巾擱在我的額頭上擦汗。我沒動，大瞪著雙眼，我的瞳孔在那一刻肯定盈滿了恐懼，否則母親不會一直在邊上溫言軟語地安慰我。

「那是夢。」母親說，「一個噩夢，你醒醒就好了，來，好孩子，喝杯水，喝下去就好了。」母親小心地扶起我，姥姥端來了一杯溫水。我咕嚕咕嚕地一口氣喝下了，腦子這才清醒了一些。「我做了一個夢。」我說。母親和姥姥呵呵地樂了。「是夢。」她們說，「若若不用怕。」

我不知怎麼又迷迷糊糊地睡過去了，睡得很沉，連我的母親、姥姥什麼時候離開了我都沒有覺察到，一覺到天明，睜開眼時天光已大亮。我匆匆地抹了一把臉，然後坐在了飯桌前。母親已經先走了，她總是忙忙碌碌的，姐姐坐在桌前已經吃上了。「若若，快吃，否則要遲到了。」姐姐說。我嗯了一聲。

「你們班上的學生鬧事了嗎？」姐姐問。

「還沒呢。」我說，「好像我們學校有許多大字報！」

「嗯。」姐姐沒多說。

「這是怎麼回事？」我繼續問。

「文化大革命唄。」姐姐說。

「我們學校也要有文化大革命嗎？」我問。

「你以為呢。」姐姐聳了聳鼻子說。

姥姥這時去廚房了，我又問姐姐：「昨晚上的抄家到底是怎麼回事，這麼拿人家東西沒人管嗎？」姐姐傲慢地瞥我一眼：「我不說了嗎，這是文化大革命，學生起來造反了，響應毛主席的號召。」
「你能跟我再多說說嗎？我還是不大懂。」我說。
「你自己不都看到了嗎？就這些，還說什麼呀。」姐姐沒看我，持箸夾了一點芥菜放進嘴裡，說。
「那我們學校呢？也成立紅衛兵？」我問。
姐姐樂了：「快了，我們班的男生不都起來造反了嗎。」
「造誰的反？」我問。
「老師唄，還能有誰？」姐姐說。
我聽了心裡一熱，蠢蠢欲動。
「那我們班也快了。」我說。
「嗤。」姐姐不屑地撇嘴，「就你們？都是些跟屁蟲！」
我扒著飯，一聲沒吭，但姐姐的那張輕蔑的表情激怒了我，那你等著瞧吧，我心說，我非要讓你看看我的威風，我才不是你說的那種可憐的跟屁蟲呢。
我將吃完的碗筷往邊上一推，挎上書包，跟姥姥打了聲兒招呼跑出了門。「讓你姐帶著你吧！」我關門前聽到姥姥說。「不用。」我說。我討厭姐姐看不起我的那種眼神，我才不要跟著她走呢。
或許就因了賭氣，我在隨後的幾天，義無反顧地折騰了一下楊老師，為自己揚眉吐氣，也讓班上的同學們對我刮目相看，我不想讓別人小瞧我。
可是我怎麼可能會預料到，隨後的一段日子裡會發生的那樁讓我震驚不已的事件呢？
一個人一生中會留下許多遺憾，許多悔恨，但能真正稱得上刻骨銘心的似乎並不多見，只是當下所謂的刻骨銘心這一名詞被人過度地濫用了，它更多地被附加在了那些雞毛蒜皮的情感糾紛上。我們遭遇了一個庸俗且無聊的時代，甚至連情感體驗都在極端地平庸化，由此所伴隨著的那些所謂的人生悲喜又是那麼地淺薄、凡俗和微不足道，今天這個時代留給了我們太多的感慨和無奈。

天色已暗，夜幕四合，天上的繁星在閃爍，宛若眨著一隻隻天真的慧眼，俯視著寧靜寂寥的大地。這是一個難得一遇的好天。我仰望夜空，心潮起伏，好像那些過往的歲月伴隨著這夜空的寧靜躡足而來，悄然地憩息在了我的心靈深處。我感到了壓抑，感到了一陣揪心的疼痛，我想拋開那些夢魘般的噩夢，可它一直在我的潛意識中糾纏著我，似乎又無從擺脫，這種深深的負罪和自責，可能會追隨我的一生，否則，為什麼陡然間它會倏忽而至呢？它是我生命中的一個推卸不了的情感債務嗎？恐怕我要用一生的代價來予以償還。

雖然目下我仍在庸庸碌碌苟且地活著，可即便如此，我的那個未泯的良知仍然存活著，一直在我的靈魂中沉睡，當一個看似不經意的事情意外地驚擾了它時，它便會猝不及防向我射來鋒利的一箭。我能感受到它尖銳地扎在我心頭上的那種刻骨入髓的刺疼，我甚至能清晰地聽到從那傳出的滴滴答答的淌血之聲。

十六

一天，我照常去了學校。我們不再認真念書了，上學，似乎成了例行性的義務，學校已然失去了它故有的寧靜，到處都是嘈雜之聲和鋪天蓋地的大字報，這在偉大領袖毛主席接見紅衛兵後進入了一個驚人的高潮。高年級班蠢蠢欲動地要成立什麼紅衛兵的造反組織，最後被告知小學生只能以紅小兵的名義加入這個逐漸沸騰起來的潮流中，甚至在學校的壁報上亦出現了紅小兵造反司令部的字樣。顯然，這都是在照葫蘆畫瓢地模仿大我們許多的紅衛兵，雖然頗顯幼稚，但也折騰得轟轟烈烈，不亦樂乎。

我們摩拳擦掌，可成天眼瞅著高年級班上的學生忙忙碌碌的身影，我們只能站在一旁乾瞪眼，因為造反還輪不上我們。他們一直在小瞧我們，甚至包括我的姐姐，我問什麼她都是鼻子一翹，斜睨我一眼：「這不關你們的事。」她總是這麼說，我知道她甚至不屑於與同班級的同學一塊製造什麼「節目」，她愛跟校外二中比她大的朋友們一道從事所謂的造反行動，那個時候，我姐姐在我的眼中比我大太多了，雖然我會表現出十分生氣的樣子，其實心裡還是滿羡慕嫉妒的。

一進校門就看到校園內的壁報下擠滿了人，甚至連那條通往教堂樓的小道上都湧滿了攢動的人流，我預感學校出什麼大事了，因為幾乎所有人都神情肅穆，透著一副不可思議的表情。那是什麼表情？緊張？惶惑？激動？或是令人不安的驚恐？我當時還猜想不出，只是有一種強烈的不祥的預感，這預感令我的心開始怦怦直跳，也令我有了一種按捺不住的興奮感。

我飛快地鑽進了人滿為患的人流中。我注意到後面幾乎每一個人都在踮著腳尖試圖看清壁報上的內容，不用說，那上面一定公布著一則聳人聽聞的消息，就像那天說楊老師是大流氓那般，否則，怎麼可能圍著這麼多像我一樣好奇的人呢？我當時就是這麼想的，我必須承認我自己就藏著一份極大的獵奇心理。

畢竟我個頭太矮，我的優勢仍是身形靈巧，擅長鑽縫，瞅準一空檔就硬往裡擠，遭到了不少向我投來的白眼。我顧不了那麼多了，因為這時我已然聽到人們在悄聲議論著那個我所熟悉的名字，我非要知道那上面到底都說了些什麼。我費了好大的勁我才擠到了距離大字報不遠的地方。

我看清了，腦袋瞬間轟隆一聲炸開了，天塌地陷一般。我不敢相信自己的眼睛了，可那上面分明寫著：「大流氓楊正清死有餘辜，罪該萬死！」

他死了嗎？怎麼可能？幾天前還明明看到他一人孤獨地在學校操場上溜達呢！只聽說他因為某些問題被停職審查，那會是什麼問題呢？為此我還四下打聽呢，可沒人告訴我，只說是高年級的學生強烈要求校方執行的，感覺上很是撲朔迷離，即便如此，怎麼這人說沒就沒了呢？

我趕緊看大字報上標明的內容。真令我難以置信，上面是說學校的紅小兵對楊老師採取了一次革命行動，從他家裡抄出了從事流氓活動的證據，可他負隅頑抗，拒不交代這些「證據」的由來；上面還說他是一位大地主的孝子賢孫，利用教師的身分做掩護，對學生實施地主式的殘酷欺壓，罪責難逃，他的死正好說明了他罪惡累累，自絕於人民，自絕於黨。同時嚴正警告仍在學校頑固堅持資本主義教育體制的人，儘早交代問題，同時大膽揭發別人的問題，爭取學生的寬大處理，否則下場會與楊正清一樣，最終成為人民的敵人。

我必須承認，最初看到這則驚人的消息時猶如五雷轟頂，整個人都震飛了。我當時還頗感奇怪，按說他的死，我應當高興才是，我不是恨這個人嗎？可是現在一丁點都沒有，我只是怔怔地站在大字報前。周圍什麼聲音都聽不見了，我神思恍惚，心臟蹦蹦直跳，似乎覺得楊老師的突然死亡與我有些神祕的關聯。

我想起了那天我折騰他的情景，想起了他被我整治之後的那張驚惶失措的面孔，以及隨後而至的怒不可遏的表情。是的，儘管我恨他，甚至恨得咬牙切齒，但我真的沒有想要他死，我只是為了能出一口惡氣，尤其當我後來聽人說他是懸樑自盡時，更有了一種毛骨悚然的恐懼，我彷彿看到了他直挺挺地懸掛在屋樑上的情景，太嚇人了！

我像個夜遊魂似的去了班上，同學們的臉上都面呈怪異，沒有了那種素常的喧鬧和交頭接耳的嘰哩咕噥，似乎每個人都在迴避那個敏感而又令人震驚的消息，尤其是同學們看到我時，更是那麼一副神經兮兮的怪樣兒，感覺學校發生的這一重大事件與我有著一份無法推卸的責任。我有嗎？我又開始自問，隱隱約約覺得是有的，否則，為什麼在我讓楊老師當眾出醜之後他就從我們的視線中消失了呢？

這是我的人生第一次面對一個曾經熟悉的人的死亡，儘管這人讓我討厭，可是他的突然死亡所帶給我心靈的震撼還是大大地超出了我對這個人的態度。

這時我內心湧動著一種渴望，希望有人告訴我楊老師是為什麼死的，我不知道這是出自好奇還是負疚，或者說是為了推卸我的責任，我的內心非常恐懼，但我還是想瞭解發生這件事的隱情。可是班上的男同學說出的話都在跟我打茬，一個個都是那麼地沒點正經，擠眉弄眼，閃爍不定的眼神似乎又在預示著其他的什麼隱祕。我那時心靈處在高度的敏感階段，任何一點小事都足以讓我心驚肉跳，我很怕擔負一個死人的責任，我很怕那個死亡事件真是因我而起。

我這一生還沒有真正地與死亡照面，還沒有真正面臨死亡的恐懼，可是現在，它似乎就靜臥在我的身旁，令我不寒而慄。

「張安平呢？」我儘量裝著漫不經心地問一位男同學。

「去高年級班上了。」

我沒再問了。我有一種感覺，張安平是去打探內情的，他從來就是我們班上的消息靈通人士，學校發生的任何大事，都可以在很短的時間內從他的口中獲悉。我坐立不安地等待著他的歸來。等待的時間竟是如此漫長，但我還必須裝出若無其事的樣子，我不想讓同學們看出我的不安，可是那個我揮之不去的死亡的陰影仍在一刻不停地籠罩著我。

我從書包裡掏出了那本《九三年》，悄悄地看上了。所謂的悄悄，就是我將屬於我的那個小抽屜拉開一條窄縫，要看的書就攤開在抽屜底下，我能夠從上而下地看清書上顯露出的每一行字。每當我要在學校偷看課外閒書時我都是這麼幹的，因為這樣一來別人無法看出我在偷看什麼書。可是今天，我只不過是裝出一副看書的樣子罷了，其實我根本看不進任何一個字，我只是在找一種方式逃避同學注視我的眼神，而且我也沒心情加入任何一個竊竊私議的氛圍。這一點也不不像我，我平時喜歡熱鬧且愛沒事找事。

我感覺到婷婷來到了我的身旁，一如往常坐了下來，我注意到她將書包放進了抽屜，然後抽出鉛筆盒、課本什麼的，攤在桌上，她在做些課前準備。這時有一名女同學過來將她喚走了，她們就站在離我不太遠的地方小聲地議論著什麼。我下意識地抬臉看了她們一眼。一瞥之下我便知道她們在說些什麼了，不用說，一定是在說楊老師的死亡。我看到婷婷的臉色一下子蒼白了起來，花容失色，大張著嘴，一副難以置信的表情，接著向我投來了震驚的一瞥，我想躲閃開來，可是她的眼神卻像利劍般地穿透了我，很快又失魂落魄地轉向了別處。

張安平與高采烈地衝進了教室，一進門就在用目光尋找我，然後興沖沖地向我坐著的方向快步走來。我把小抽屜關上，站了起來，迎著他走去，因為我也迫不及待地想瞭解楊老師自殺前究竟發生了什麼。他一上來就重重地拍了拍我肩膀：「你小子總算解氣了。」他說，「那個楊老師真是一個流氓，你是第一個起來造他反的，我剛才還跟高年級的同學說起你呢！」說著，他又推了我一下以示表揚。

「他為什麼自殺？」

「他是流氓呀！畏罪唄。」張安平說。

「流氓？」

「是的。」張安平怪模怪樣的笑了。「前天晚上高年級的同學抄了他的宿舍，他事先並不知道，你知道搜出了什麼嗎？」

「什麼？」

「在他宿舍裡搜出了他從事流氓活動的工具。」

「那是什麼？」

張安平發亮的眼睛向周圍掃視了一圈，看到有人在注意我們倆兒的談話，便將我往邊上拽了拽，伏在我耳朵上神色神祕地悄聲告我：「他家藏了許多避孕套。」

「那是幹嘛用的？」我說。

張安平推了我一下，像是不認識我似的瞪大了眼睛：「不會吧，你這是裝傻吧，連這個都不知道？」

我拚命搖頭，表示我確實不明白那是什麼？

「操。」張安平吐出一句髒話，「連幹那事的家什都不知道，你是不是連你媽怎麼生出你的都不知道？」

他說出這話時聲音大極了，我聽到周圍的哄笑聲。我臉漲紅了，但又沒法跟他急眼。我轉身要走，張安平一把拉住了我：「咳，別走呀，你不是想知道那是幹什麼的嗎？」這時我開始點頭，但心在怦怦跳，我敏感地意識到了他要說出的那東西會是什麼了。我想制止他再說下去。

我的臉更加地紅了。可是張安平正處在高度的興奮中，完全沒有顧及我的窘迫，而是左手舉起，大拇指及食指曲彎成一個小圓圈，然後又伸出右手的食指直接穿進了小圓圈中，來回抽拉了幾下：「就是這個。」接著，他爆出了一聲駭人的狂然大笑，笑得前仰後合。很多同學看到了他的這一下流動作，也跟著一塊笑。笑聲如波浪般地在教室中迴盪開來。有幾位男同學興致勃勃地圍了上來，亢奮地向張安平打聽詳情。我偷偷地往婷婷那邊瞄了一眼，她們顯然也看到了張安平的猥褻的動作，羞紅了臉，躲到一邊去了。

這是我第一次聽到關於避孕套這一詞彙。我雖然貌似膽大包天，但涉及這類事情時是害臊的，我總覺得這是人世間最下流無恥的事了，我萬萬想不到楊老師還會幹出這種極不要臉的事情來，他平時的那張一本正經的面孔讓我無論如何也聯繫不到那個所謂的避孕套。這怎麼可能呢？儘管我討厭楊老師，但我怎麼想也覺得他不像是那種卑鄙下流的人呀？太意外了！可我現在又多少有些心安了，因為他的死亡似乎與我關係不大，他一定是在羞愧難當之下沒臉見人，這才懸樑自盡的。

我想起了我與陸小波偶爾會在放學路上做下的那種「壞事」——這是我們自己對這種行動給予的命名，我們的這一行動沒有任何人知道，這是我與陸小波兩人之間永遠都會嚴守的祕密，因為它太讓人感到丟臉了。

十七

事情的起因，是有一天陸小波放學後來找我。那天因為我的算術題沒做好被老師留下訓話，我離開學校時天色向晚，天邊映照出一抹彤紅的晚霞，剛下過一點小雨，雨後的天空是澄澈的，空氣清新，我快快地離開了老師的辦公室，無精打采地走了出來，在學校門口，我聽到有人喊我，抬頭看是陸小波，我只是略微地向他點了一下頭，繼續往前走。我沒心思和他搭訕，因為我還在擔心週末父親回來看見我的成績單又要訓我了。

我心事重重地走著，聽到背後傳來陸小波細碎的腳步聲，很快他就與我並肩而行了，但知趣地沒跟我叨嘮，只是緊隨著我。他就是這麼一人，在我不高興時會默默地待在我身邊，一聲不吭，然後會在一個適當的時機說點能讓我感到快樂的事，這個節奏他把握得很好，沒人比他更瞭解我了。

我們就這麼悠悠噠噠地走在通向公園的夾道上，右邊是一片廣闊的農田，綠油油的秧苗無邊無際地鋪展開來，隨風搖曳；更遠處，隱約可見一幢幢農舍浮游在霞光的映染之下。左邊則是一條蜿蜒曲折的小河，河水中流淌著污濁的渾水，還散發出一股嗆鼻的腥臭味，水面上像覆著一層厚厚的黏稠的油膩。我們都聞習慣了，所以也就習以為常；水岸邊種植著一排排依依垂柳，柳條像垂垂老矣的長者，披掛著長髯般的青鬚倒懸在水面上，隨風起舞。

初春了，柳芽發出了一縷嫩綠，點綴在料峭輕寒的春色中，彼時的我，還沒有那麼刻意地去體味春天的景致，直到現在，當記憶在我腦海中遽然復活，少年時沒有太多留意的景色，卻翩然如夢地來到了我的記憶中，讓我對它充滿了深情的懷戀。

我們進了公園的大門，左拐，又踏過一座石橋，它是由漢白玉砌成的一座拱形小橋，兩壁鏤空的扶欄雕刻著飛龍在天，越過扶欄，有一道窄窄的沿邊，我們經常會跨過扶欄直接站在窄沿上，然後貼緊扶欄一點點地蹭過橋面。我也不知道這是為了什麼，也許是少年的天性使然，這樣過橋會讓我油然而生一種豪邁的英雄之感，因為它多少是有些危險的，腳下就是靜靜流淌的污水，水極淺，能看到泛黑的油膩般的淤泥，蒸發出一股難聞的臭味。我經常看到幾條死魚，翻著白色的肚皮飄在水面上。但我還是會裝出無所畏懼的樣子，雖然每當此時我的心臟都會蹦蹦跳個不停。必須承認我其實是害怕的，因為我患有恐高症，畢竟那是在高處，而且失去了寬敞的地面的依托，只有一條狹窄的從扶欄外延伸出來的石沿可以讓我勉強站穩腳跟，便何況我還有一半的腳跟，懸浮在了石沿之外。有點兒令人驚心。

每當我翻身跨過扶欄時，陸小波就會歡呼一聲，然後和我一樣跨過了扶欄，我們面對面地相視一笑。他笑得總是比我開心。那時公園裡的情景不像現在，人滿為患，彼時的公園平時幾乎見不到什麼人，只是偶爾能見到三三兩兩的遊人與我們擦肩而過。我們可以忘乎所以地盡興玩耍，好像這個寂靜的世界只屬於我們。

那天玩得有些煩了，陸小波說，「若若，我們爬山吧，上面有座涼亭。」我仰臉望了一眼松杉聳立的山坡上，那座遙遙在望的涼亭。「走。」我說，「看我們誰先到那兒。」陸小波抿嘴樂了，只停頓了那麼一會兒，一個激靈迅速翻身滾過扶欄飛躍下地，向那個方向跑去。我的動作比他更迅速，率先向山坡衝去。

我們幾乎是同時到達的，可已經累得不行了。我俯下身，雙手支撐著膝蓋，大口大口地喘著粗氣，嗓子眼裡直往外竄著火；陸小波則四仰八叉地躺在了涼亭的長條凳上，像是一條剛從水裡釣起的鯽魚，瞪著眼喘息不已。當我們終於歇息過來後，就開始衝著對面的山峰大聲地呼喊了起來，有微弱的回聲在山谷間迴盪，漸漸遠去，消失，這讓我們興奮不已。我在學校時的煩惱和憂愁無影無蹤了，心胸一下子變得開闊浩蕩了起來。

天光慢慢地黯淡了下來，暮色漸濃，一鉤彎彎的月牙從雲隙間露出了可愛的臉龐，在雲層中若隱若顯地緩慢穿行，我能聽到遠處小河裡傳出的蛙鳴聲，以及蟋蟀的蛐蛐聲。

「我們回家吧！」我說。陸小波沒說話，似乎有什麼事在猶豫著。「怎麼了？」我看著他，不解地問。這時的陸小波一直在俯瞰遠方，目光閃爍，有一絲隱祕的詭譎夾在眼角上，我知道他又在動什麼心思了。我太瞭解他了。又打什麼鬼主意呢？我有些好奇了。「你到底想做什麼？」我問。我有點不高興了，我可不喜歡他這種故弄玄虛的樣子。

他忽然咧嘴嘿嘿樂了，接著又有一絲靦腆從嘴角間悄然劃過。

「我不知該不該說。」他說，在看著我，似仍在猶豫。

「說唄，有什麼不能說的。」我催促道。

「那我說出來你不能罵我。」陸小波說。

「不罵。」我說，「我幹嘛要罵你呢？你快點說！」我更加想知道他葫蘆裡究竟賣的是什麼藥了，因為陸小波的神情分明在告訴我，他心裡藏著一個重大的祕密。

「那座山包上有人會……那個……」陸小波眼皮眨巴著，欲言又止。

「那個？那個是什麼？」

「那個就是……你不會罵我吧？」

我擂了他一拳。「你真討厭！」我說，「什麼那個這個的，到底你想說什麼呀？」

「就是那個耍流氓！」陸小波終於鼓足勇氣說了。

我驚了一下。「是嗎？」我瞪大了眼睛問，「那還不趕快去告訴公園的大人，把他們抓起來呀！」

「不能抓。」陸小波說。

「為什麼不能抓，你不是說他們在耍流氓嗎？流氓還不能抓？你胡說什麼呀。」

「你去了就知道了，但你要向我發誓，不能說我流氓。」

「我為什麼要說你流氓？你不是說有人在耍流氓嗎？跟你有什麼關係？你今天有點怪。」我不解地說。

「那好，若若，我帶你去看，你看了就知道了。」

陸小波的建議讓我快樂極了，我歡呼了一聲，緊跟著他，快步下了山，又向另一座小山峰爬去。快到半山腰了，陸小波放慢了腳步，站住了，在風中凝神聽著什麼。可我好像什麼也沒聽見，納悶地望著他。他還是沒動。沒過一會兒，他抿嘴一樂，側臉示意了我一下，開始動了。

我知道有情況了，也學著他將腳步放輕。他往茂密的松樹林中指了指，又用手指在嘴唇上點壓了一下，我會意地點點頭，充滿了一種高度興奮的緊張，感覺我們就像電影中所見的那些勇敢無畏的公安人員，正在追蹤狡猾的特務。陸小波撥開一蓬蓬攔在我們面前的層層疊疊的松針，躡手躡腳地向濃密的樹叢深處走去。

沒走多遠，我隱然聽到了嚶嚶的說話聲和吃吃的嘻笑。陸小波站住了，似乎在確定聲音傳出的方位。是從我們左側的方向傳來的。他向那兒指了指，又伏在我耳邊悄聲地叮囑了一句：「若若，說好了，我們是好朋友，一會兒你看到別說我是流氓。」

我又輕擂了他一拳：「多嘴！」這時的我，已然變得急不可耐了，我期待著那一神祕之物的顯現，我只想馬上看到陸小波所說的究竟是怎麼個流氓了？儘管我多少也能大致地猜出我們將要看到的情景。這大大地刺激了我，激發出我極大的好奇心及窺視欲。我們貓著腰，用手扒開阻攔我們視線的雜枝亂葉，一步步地向前趨近。叢林傳出的調笑聲越來越近了，偶爾，還能聽到像是魚兒在水中喋嘴的「吧嘰」聲。這是什麼聲音？我有些納悶不解，想看明白這一切的心情更加迫切了，心跳在加速。我感到了緊張。

終於近了，就在距離我們的幾米開外，藉著朦朧的月色，我隱約看到了兩個灰色的人影，他們坐在地上，相互依偎著。但還是看不太清楚，有些模糊。陸小波給我使了一個眼色，然後往地上指了指。我沒明白。他屈身趴在了地上，我也學著他趴下了。

地上是一片青草地，不時會冒出一蓬蓬荊棘和低矮的灌木叢，我們只能藉著夜色的掩護，屏息靜氣一點點地向前爬去。我真的緊張極了，生怕一不留神弄出點兒動靜，打草驚蛇。

「來嘍來嘍。」我聽到一個男人低聲說。

「去，貪。」一個女人的聲音。

「喲，喲，來，親一個，再親一個麼！」又是男人的聲音。接著是女人咯咯咯的浪笑聲。浪笑很快變成了剛才我聽到的清脆的「吧嘰」聲，伴隨著蟲鳴的啾啾之聲在寂靜的月夜中顯得分外響亮。我們這時已經非常接近他們了。陸小波伸出手按住我，示意我就停在這裡。我們撥開擋住了我們視線的灌木叢，向前張望。

這時我看得非常清楚了。水銀般的月光正好從他們兩人的正面映照了下來，他們坐在我們側面鋪著銀色塑膠布的草地上，可以清晰地看清他們兩人面部的輪廓，就像是映襯在墨藍色天際間的一對剪影。他們摟抱在一起，兩嘴相接地糾纏著，那個「吧嘰」之聲更加嘹亮地響起。我感到這一刻心裡竟有一隻討厭的小蟲子在漸漸地蠕動了起來。

他們「吧嘰吧嘰」接吻的時間持續了很長，女人一直陶醉般地閉著眼，偶爾嘴裡還會哼哼兩聲。接著，我見男人將手下流地伸向了那個女人的胸部，但被那個女人及時打掉了，但接吻沒有終止，仍在進行中，而且越來越激烈了。

男人似乎很不甘心，繼續伸手向女人的那個敏感部位伸去，女人又在拍打他的手。這次她沒有成功，那隻手的動作在加快，女人則拚命地將他肆無忌憚的手往外扳，但很快，男人左臂死死地箍住了那個開始反抗的女人，將她的身子向後仰了一些，不管不顧地將手探進了女人的衣服裡。

女人在掙扎，腦袋往外甩著，男人的嘴唇這時由上至下地死死壓在她的唇上，試圖制止她的掙扎，以致她的嘴裡發出了一連串壓抑的「嗚嗚」聲。男人的手沒有因此停止運動。動作在加快，女人隨即發出了一聲尖利的短促的輕呼，身子猛地弓起，抽搐了一下，就像打擺子一般。

掙扎似乎停止了。這時傳出的是輕微的呻吟聲，持續不斷地從她嘴中發出，宛若春天的夜晚貓叫春的哀鳴之聲。我心裡的那條小蟲躍得更快了，有一股奇異東西在血液中快速地膨脹開來，像有一隻金龜子在我身體裡四處亂躥。心跳也在加速，腦殼開始發燙。我見那個女人突然發了瘋一般地摟緊住了那個男人的脖頸，在他的臉上狂吻不止。

男人低沉地吼了一聲，不管不顧地開始扒拉那個女人的褲子。女人又恢復了掙扎，但只是掙扎了那麼一小會兒，便像是累了一般癱軟了下來。我聽到衣服撕扯的聲音波浪般地遞次傳來，如同有一股躁動的熱風在吹拂著我。

女人的臀部配合般地從地上曲身弓起，男人三下五除二地將她的褲子一擼到底，就這樣，女人白花花的兩條大腳裸露了出來，在月色下顯得煞白一片，就像乳白色的奶油潑灑在了地上，只是兩腳間的那一小片三角區域的「墨蹟」顯得朦朧模糊，與淡藍色的夜幕融為一體。

接著，男人快速地褪去了自己的長褲，我瞥見他下體的那個嚇人的玩意兒在高高地翹起，他自己還得意地擼了一把。還沒等我完全看清，他便野獸一般地撲到了女人身上。我聽到了女人又發出了一聲短促的慘叫，尖利刺耳，聲調很高，嚇得我都哆嗦了一下，也不知那裡究竟發生了什麼狀況！

那個男人趕緊捂住女人的嘴巴，女人的聲音又變成嗚嗚的低鳴聲了。與此同時我覺得自己下體的「小雞雞」在不聽使喚地昂然崛起。先是肚子裡像有個沖氣氣球在鼓脹，接著急速地向下體流竄，驅動著我那個羞於出口的「小雞雞」在不受控制地上翹，硬梆梆地頂在了地面上，讓我難以消受。

我的身體隨即像著了大火似的火燒火燎。我只好稍微地側過一點身子，避開了我的「小雞雞」與地面直接觸碰，因為我發現我在磨蹭著地面，下意識地學著那個男人在上下起伏的運動。我正好瞅見了陸小波，他的兩眼瞪得像對燈籠似的，一眨不眨，射出一道賊光，而且小手已然伸到了褲子裡在上下磨蹭呢。我知道他在幹什麼了，我可不好意思像他那樣做。陸小波真不要臉，我心想。

待我回過臉去時，那男人還在哼哧哼哧地一起一伏，就像在做俯臥撐，嗓子眼裡發出的是動物園裡獅吼般的低吟。那女的一直在「噢噢」的呻吟。我當時幼稚地以為她一定很痛苦，否則為什麼會呻吟不息呢！她為什麼不再反抗了？我記起我看過的那些父母逼我看的紅色經典小說，如《烈火金鋼》、《苦菜花》什麼的，裡面的地主老財和日本鬼子欺侮女人時，女人在書中會發出這種受難般的哀嚎，這如若不是痛苦還能是什麼？這種奇怪的感覺一直延續到我的成年——在我尚不諳世事的觀念中，女人遇到這事時一定是在備受蹂躪，痛苦不堪，她們的呻吟之聲已然說明了這一切。直到有那麼一天，我才真正的了然了，原來那個呻吟之聲乃是因了女人在享受極致的快樂。

我們就這麼一直趴在地上，大氣不出地一動不敢動。持續了一段時間，直到我聽到這對肆無忌憚的男女，幾乎同時發出駭人的撕裂般的乾嚎聲，就像天塌地陷了一般，緊接著，那個男人的身體猛烈地抽搐了幾下，迅即癱軟在了女人的身上，不再動彈，就像是死過去了一樣。那個女人像是懷抱著嬰兒般地輕摟著他，在他的臉上親吻著，還在他的耳邊喃喃低語地輕說著什麼。我很想聽清她在說些什麼，可是什麼也聽不見，只有風在輕嘯，偶爾，還有不遠處的動物園裡關著的獅子在吼叫，聲音傳得很遠很遠，有時，我在家中的深夜裡都能清晰地聽到它的咆哮之聲。

那個男人從他身體的下部抽出了一枚發白的小東西，舉在女人眼前晃了晃，還在她的臉上抹了一下，像是很得意。女人噗笑了一聲，拍打了一下他的手：「討厭！」一把將那玩意兒搶了過來，往一旁甩去。

那個小玩意兒向我們藏身的方向直直地飛來，唬了我一跳，生怕它會落在我的臉上，而被他們發覺，可它最終墜落在了我們跟前的不遠處。我鬆了一口氣。還好，那個女人根本沒向我們所在的方向看去，只是說了聲：「只要不出事就好。」男人嘿嘿樂著：「不會不會。」又問，「舒服嗎？」「不告訴你。」女人說。我看不清她說這話時的表情。

他們後來重新穿好衣褲，收拾好地上鋪著的塑膠布，相互偎依地走了。直到他們走出了很遠，我們才敢爬起身來，拍拍身上沾滿的樹葉及塵土，陸小波搶先一步來到被他們剛才扔下的東西前，拈起，舉在半空中還晃了晃。我好奇地上前瞧去。

「那是什麼？」我問。

「不知道。」他說。陸小波還在拈著它，又晃了晃，然後眼睛湊近了些。「瞧，這裡面好像還裝著水哩！」

我從他手中接過。它在手裡滑溜溜的，我仔細地打量了一下。

「還真是。」我說，「為什麼裡面會有水呢？」

陸小波抿嘴樂，臉有些紅。「哦，一定是幹那個使的。」他說。

「幹什麼使的？」我問。不理解他為什麼一副怪兮兮的模樣。

「我看到他從那裡拔下來的。」陸小波認真地說。

「從哪兒拔下來的？」我更加迫切地想知道了。

「就是那裡呀。」陸小波說。

我推了他一下：「你快說呀，死樣兒。我不高興了。」

「就是……就是那裡麼……」陸小波仍在囁嚅著。

「到底是哪裡麼？」我有些急了。

「就是那兒……哎呀，你非要我說，就是從那兒……從小雞雞上唄。」陸小波終於不好意思地說了。

「是嗎？」我眼睛瞪大了，難以置信地又看了一眼那個奇怪的玩意兒，怎麼也琢磨不出它意味著什麼。因為在那上面還打上了一個死結，裡面晃蕩著幾滴黏稠的水一樣兒的東西。我好像就在那一剎那間明白過來了，羞赧地趕緊將它扔進了雜草叢中，就像甩掉了一個燙手的山芋。

「真不要臉。」我說。夜色掩護了我的窘迫，否則，陸小波一準會看到我一副大紅臉的樣子。

「你沒說我不要臉吧？」陸小波問。我沒回答他。我們又在偃臥的草地上逡巡了一番，就像是要重溫一遍剛才所見到的情景。

陸小波眼尖，一眼瞅見草叢中有一個東西在月光下閃爍著：「咦，這是什麼？」他驚呼了一聲，還沒等我反應過來，已彎腰將那個小東西拿在手裡了。那是一枚裝在小紙袋裡的玩意兒。陸小波「嘶拉」一聲將紙袋撕開了一個口子，一個白不呲咧的玩意兒滾落了出來。奶白色的，摸上去還滿有彈性，滑不唧溜的。陸小波將它繃拉著，它一下子像「小雞雞」似地變長了，看上去頗為怪異。

我搶過去也在手中拉了拉，那種強韌的彈性猶如我彈弓上的橡皮筋。我不由得嘆息了一聲，「如果它再長一點該多好！」陸小波問我為什麼這麼說。我說那它就可以取代我彈弓上的橡皮了。「哦，那是。」陸小波說。他又從我手裡接了過去，在手中把玩著。突然，他眉心一聳，連續地崩開了幾下，想了想，這下他用手掌將它撐得大大的，將嘴唇夠了上去，鼓足腮幫子使勁地吹了起來。

沒一會兒，一個皮球狀的圓圈出現了，越來越大，越來越透明。我驚奇地看著陸小波。他仍在玩命吹著，一口氣沒憋上來，氣球吧噠一聲滅了。他緩了一口氣，再吹，就像在把玩一個稀罕的魔術。我的玩心被他充分地刺激了起來，一把搶過，學著他吹了起來。那天我們開心極了。

最後，還是陸小波納悶地問了一聲：「這到底是幹啥用的？」「管它的。」我說。陸小波還在皺著眉心做思考狀。

「喂，你傻了呀，有什麼好想的，這不挺好玩嗎？」我說。

「他們帶著它一定有什麼用處。」陸小波還在叨嘮著，我不理他了，一個人衝著山風高興地吹著小氣球，當它在我的吹動下逐漸鼓脹起來時，我甭提有多快活了。

「你等等。」陸小波突然說。他跑到一邊，從地上又撿起剛才被我們扔掉的那個打結的小玩意兒，蹲在地上琢磨了一會。他明白了。

「若若，別吹了，就是這個玩意兒。」

「什麼玩意兒？」我說。

「你瞧，你吹的其實就是它呢。」陸小波皺著眉頭說。

「怎麼會呢？」我說，「它們倆長得都不一樣，你那個那麼長，滴哩搭拉的，這是個小短，怎麼會是一個東西呢？嘖，盡瞎說。」我說。

陸小波不說話了，眼睛滴溜溜地轉悠著，不言聲地從我手中接過那玩意兒，當著我面，使勁地拉了一下：「你注意瞧。」然後又舉起剛撿起的那玩意兒，也拉了拉，相互比較了一下。「看明白了唦，是一個東西，就是那個男人小雞雞上戴的那玩意兒，保準沒錯。」陸小波說。

他說服我了。我登時傻眼了，二話沒說，拽上陸小波：「快走。」我說。我們一路小跑地從山包上跑了下去，那兩樣東西也被我們重新扔在了草坪上。我的心嗵嗵跳個不停，覺得這事兒如果讓人知道了真丟臉，是幹那種壞事使的，居然被我們當氣球吹著玩了，太噁心了！

我們就這麼賽跑般地跑下山去，沒有再說這件事，臨分手時彼此發誓絕不會將今天遇到的一切對任何人說，這只是我們兩人之間的祕密。只是到後來，我才問陸小波，為什麼會知道有人在山上耍流氓呢？他紅著臉告我，有一次他沒事時在公園的叢林中瞎轉悠，偶然發現了這個祕密。

「做這種不要臉壞事的人其實滿多的。」他說，「我一直沒敢告訴你，怕你說我是流氓。」

「你就是一個流氓。」我故意說。

陸小波的眼睛一下子瞪大了。我嘻嘻哈哈地跑開了，扔下他一人還在那裡怔怔地發呆。

就在當天晚上，我夢見了那兩人亂麻般糾纏在一堆的情景，我忽然覺得有一股熱流蜂擁地向我大腦雲集，由於來勢洶湧，我猝不及防，一股熱流在我的大腦上部短暫地聚攏了一下，又快速地順流直下，向我腳尖衝去，我乾嚎了一聲，瞬間覺得我的身體不受控制地抽搐了起來，像遭受電擊一般，有什麼東西從我高高聳立的小雞雞裡傾泄而出，猛烈之極。我醒轉了過來，仍能感到那個噴射物的強烈，隨後，我的腳趾又抽動了幾下，我大喘了幾口氣。噴射停止了，身體開始有一種酥麻的感覺，瀰漫全身，很舒服，舒服得我忍不住又輕聲地呻吟了幾下。

內褲似乎濕透了，我伸手進去摸了一把，黏乎乎的有黏稠的感覺，我有點害怕，不知道那是什麼東西，但剛才發生的那種抽搐感，讓我有了一種令我恐懼的酥軟。這是我平生頭一回有了這種奇怪且刺激的體驗，我搞不清楚它為什麼會發生。

那時我們的生理知識太匱乏了，我不可能知道那僅僅是一次青春期的夢遺，是每一個男人都須經歷的成長過程，只是如今的孩子很少再有這種夢遺的體驗了，他們一旦身體發育成熟會直接進入男女間的交媾。我有一次與一位年輕的小朋友聊天，當我談及人生第一次夢遺時，他很驚訝從我的口中出現了這個令他感到陌生的詞彙，一臉詫異，後來經我說明，他樂了，告我他的第一次是直接經由與女友的交合完成的。真是時代不同了，對於我們這一代人，在那個幽暗的壓抑的年代，第一次只能在夢中自我完成。

它是我的一個長大成人的「成年禮」，或者說是一個「成年儀式」。

可在當時我並不知道這一切是如何發生的，所以害怕極了。我很快就有了沉重的犯罪感。我依稀記得，我在夢中也在做一些下流無比的事，而且出現的人物中似乎還有婷婷的身影，但我無法確定，因為夢中的那個人的映射太模糊了。

我把內褲小心地褪了下來，藉著窗外瀉進來的月光定睛看去，上面沾滿了濃濃的黏稠的液體，我還湊近鼻子好奇地嗅了嗅，有一股子鹹魚子醬的腥膻味。

那天晚上我再也沒有睡著，瞪大了眼睛，望著窗外在雲層中緩慢穿行的一鉤彎月，直到天色破曉，從馬路上傳來農家推著賣菜的獨輪小車隱隱轔轔的聲音，以及農夫揹著扁擔的咯吱聲。

我知道，天快亮了，我迷迷糊糊地合上了眼。

當張安平那天說出避孕套這個陌生的語詞時，我馬上就聯想起了與陸小波共同見到的情景，我很快就斷定，那個我們當時叫不上名來的東西應當就叫做「避孕套」。

十八

我們很快被告知不用再上學了，城市中的各大中小學已是一片沸騰的海洋，「罷課鬧革命」成為了當時最時髦的流行風尚，自然，我們這撥小字輩的學生也跟著大孩子歡呼了起來，我們進入了一個最為自由的美好時光，成天沒事就跑到街上去看遊行，搶各種傳單，看稀奇古怪的大字報，，以及跟著大孩子屁股後頭去剪街上女孩的大辮子以及我們看著怪兮兮的窄褲腳，看著她們的那張驚恐萬狀或哭喪的臉，我們歡天喜地，感覺天天都像在過節。

我還記得在罷課之前，有一次我一人放學時居然被婷婷在途中截住了。那天我百無聊賴地匆匆走在回家的路上，嘴裡還哼著一支快樂的小曲，一邊走，一邊玩著。那時我們已經不怎麼上課了，似乎楊老師的突然死亡預示著又一個新時代的開始，老師開始在躲避學生了，偶爾有一二個老師在教室裡露露面，也會被我們學生哄下臺去。

我記得我們在課桌底下輪流傳遞著一個關於偉大領袖的最新言論，那上面毛主席教導我們不要被老師所束縛，學生要向老師造反，我現在已經很難記清具體的內容了。那是由張安平從別處搞來的，據說就來自北京。毛主席似乎在說不會考試的學生未必不是好學生，學生要敢於向老師提出問題，如果老師講得不好，學生就應當罷課什麼的，這讓我們非常地歡欣鼓舞，覺得毛主席真是太偉大了。我依稀記得陸小波似乎也曾告訴過我類似的內容。

記得我還一再地追問張安平，這都是真的嗎？他非常肯定地點點頭。情報可靠，他說。豈但如此，有一次上課時，張安平在桌子下面疊摺紙飛機玩，摺完後不斷地送人，還送了我一個，然後在張安平的示意下，我們趁著算術老師背身在黑板上寫字時，集體發出一聲輕嘯，將手中的紙飛機高高舉起，向老師發射了過去。哇哈，太壯觀了，整個教室裡都是白色的紙摺飛機在漫天飛舞。

老師聽到了喧鬧，皺著眉頭回身，一下子被驚呆了，紙飛機就在她的眼前肆無忌憚地飛翔著，有的乾脆直接向著她的腦門衝來，她一愣神，縮起脖子趕緊躲避，我們開懷大笑，因為她睜大了一雙惶恐的眼睛，站在講臺上不知所措。自從楊老師出事之後，沒有老師們再敢向我們耀武揚威了，這是一個屬於我們任性逍遙的時代，我們真的感到了無上的快樂。

就是在那一天，我在公園裡被婷婷截住了。我說了我嘴裡哼著小曲在埋頭趕路，也沒顧得上看周圍，本想找個樹林打隻鳥兒玩，解解悶，可也不知為什麼那天居然就沒了情緒。我注意到馬路邊上站著一個人影，我根本沒有瞥眼看她，只是手中拿著一根長長的剛從柳樹上折下來的柳條，在地面上來來回回地橫掃著，看著柳條在我的揮舞下龍飛鳳舞般地旋著圈，挺好玩的。我從那個人影邊擦過，一直往前。

這時我聽到了一聲清脆的聲音：「若若。」

我停住了腳步。那個聲音是我熟悉的，只是我有些難以置信。自從楊老師出事後，婷婷在學校裡就根本不屑於跟我說話了，其實現在想想我許多調皮搗蛋的行為還真是為了引起她的注意，或者僅是為了宣洩我對她冷淡高傲的不滿，只是輪到那幫老師們活該倒楣，我的那點兒不愉快通通發洩到了他們的頭上。

我轉過身。我記得婷婷那天穿了件淺藍色的外套，黑色的褲子，眉眼間透出一絲奇怪的憂鬱。她看了我一眼，又低下頭去，用鞋子在地上慢慢地磨蹭著，像是在踩什麼讓她討厭的東西。我向她走去，在她身邊站定了。

她還是沒有抬頭。我也只能這麼尷尬地站著。那一瞬間我想起了那個我曾經做過的荒誕的夢魘。我有點緊張，因為這是婷婷第一次主動叫住我，而且是在放學的路上。周圍沒人，靜悄悄地，只有我們倆兒，我彷彿聽到風吹樹葉的沙沙聲。

婷婷的腳在地上又蹭了一會兒，然後獨自向前走去，我跟上了她，心裡覺出了奇怪。她的臉色不太好，有一點陰鬱，似乎心裡擱著什麼讓她憂傷的事情。

「怎麼啦？」最終還是由我先開口問了。其實我一直在納悶，為什麼楊老師的事情一出，婷婷就對我那麼地冷漠呢？在此之前，我們雖然也沒多說過話，但我和她之間一直有一種無須言說的默契，可自從楊老師「走」了之後，一切都變了，她變得讓我覺得陌生，這便讓我非常鬱悶。可我不敢問她，她總是那麼冷冰冰地看著我，然後掉轉過頭去做自己的事，以致坐在同一張課桌上都會讓我覺得彆扭，這種氣氛真是讓我渾身不舒服。所以當婷婷突然破天荒地叫住了我時，讓我又驚又喜。

「若若，楊老師死了你知道嗎？」婷婷沉默了一會兒，問。

「嗯。」我怔忡了一下，悶悶地應了一聲。她是明知故問，我想，楊老師的事兒，在學校那麼轟動，誰能不知道呢！只是我不明白這件事過去了一段時間了，婷婷為什麼還要對我說起。說真的，我怎麼也沒想到婷婷叫住我，僅僅是為了對我說起這件我一直想忘掉的事情，其實我很不願意讓人再重新提起他，因為楊老師之死我在冥冥之中有一種負疚之感。

「楊老師不會是流氓！」婷婷又說。她看到路邊有一個木質的長條坐椅，也沒叫上我，逕自過去坐下了，然後直直望著我。我站著猶豫了一下，也過去了，在她的邊上坐下。

我們分別坐在長椅的兩頭，有意地拉開了一段距離，氣氛仍有些尷尬。

我們茫然地望著前方的那一片鬱鬱蔥蔥的山林，籠罩在我們中間的氣氛有些怪異了，我一直試圖打破這種奇怪的氛圍，可又無計可施。

「他為什麼會是流氓呢？」婷婷突然嘆息般地說了一聲，但這句話聽上去不像是對我說的，是她在內心裡追問著自己。

「大字報上是這麼說的。」我說。

「說什麼？」

「流氓呀，楊老師。」我說。

「你真信嗎？」婷婷這時轉過臉來，狠狠地盯著我。

我又有些緊張了，但仍肯定地點了點頭，因為我真的相信，雖然在這相信之中還摻雜著複雜的自責。

「是丁老師揭發他的！」婷婷說。停頓了一下，她仰起臉來，朝向黃昏時分橘紅色的天空：「她們曾經是一對戀人。」婷婷的臉陡然間紅了，她趕緊閉上了眼睛。

「是嗎？」我一激靈，瞪大了眼睛看著婷婷。但她仍閉著眼。婷婷的眉毛和睫毛好看極了，就像是炭筆畫出來的一般，彎彎地鑲嵌在她白皙得一如玉瓷片般的瓜子臉上，現在她的臉頰上暈染出一片宛如燃燒著的火燒雲，看得我心驚。也不知為什麼，我驀地產生了一種想撫摸一下她臉的強烈欲望，我相信那一時刻，我的眼睛裡也在噴射出一團烈火，我知道我的身體在燃燒，這種不由自主的燒灼的感覺，讓我開始有些害怕了。

可就在這時，婷婷冷不丁地睜開了眼睛，就像剛從夢中驚醒，而我由於毫無防備而被唬得渾身一哆嗦，就像我心裡藏著的那點小祕密被她一眼看穿了似的。婷婷確實在看著我，但目光卻是飄忽的，就像天穹上游移不定的雲朵。我趕緊掉過臉去，心裡像是揣著一隻活蹦亂跳的小鹿。

「高年級班的女生告訴我的，我們音樂老師丁老師是『破鞋』。」婷婷說。

我一驚。

「是在紅小兵的逼問下，丁老師才承認楊老師強暴了她，也是她帶著紅小兵從楊老師家裡搜出了那些東西。」婷婷淒婉地說。

我立刻想到了學校的紅小兵從楊老師家裡抄出的是什麼東西了，腦海中霎時浮現出了那天傍晚我與陸小波看到的那一幕，我的臉臊得更厲害了，彷彿那一幕歷歷在目，只是那兩個相互糾纏的人體換成了楊老師和丁老師。我感到了自己的下流。

我開始在討厭自己，但我怎麼也制止不了這種想像，它就像電影畫面似地在我的腦海中一一閃現。但我萬萬沒有想到楊老師的死，居然與丁老師有關，我無法將這兩個人的命運聯繫在一起。丁老師那張昂著腦袋的冷漠而又傲慢的面孔，與楊老師的那副不屑一顧的神情，無論如何也不能沾黏在一起，他們平時看上去是那麼地嚴肅，就像一本枯燥刻板的書，怎麼可能幹出那種死不要臉的爛事來呢？那時的我，就是這麼幼稚的以為能幹出那類事的只有流氓和破鞋。

婷婷看出了我的質疑，嘆了口氣：「我一開始也不相信，可好像這一切又是真的，我聽說丁老師跟許多人都有過那種交往，只是她最後說到的人是楊老師。楊老師真倒楣，可他為什麼要死呢？」說這句話時婷婷的眼眶中有淚光在閃爍。

「我覺得楊老師是一個好人！」末了，婷婷幾乎有些哽咽地說，「他不可能是流氓。」我的心也跟著往下一沉。

「這件事情都是由你開始的。」婷婷突然話鋒一轉，咄咄逼人地看定我說。我沒想到她竟遽然間將矛頭直接對準了我，打了我個措手不及，我愣在那兒，一時不知該說什麼了。難道她單獨在路上截住我，就是為了對我說這些話嗎？

「我沒有，我沒想到他會死。」我說。

「可是他走了，我相信他走的時候一定會記起你曾經對他都做了些什麼。」婷婷彷彿在咬著牙說。

「楊老師一直是我們的班主任，帶了我們好些年，我們女生都很愛戴他，我不相信他是流氓，我也不知道你為什麼要那樣對待他。為什麼，你們為什麼要這樣做？」婷婷驀然間加重了語氣說。

我啞然了。我無法回答她這個問題。我的腦子亂極了，像是盤根錯節的一堆亂麻，理不出頭緒，一切都是亂糟糟的。我有種大難臨頭的感覺，因為在婷婷的口中，我似乎要承擔起楊老師自殺的責任，這也是我始終在逃避的問題，可它確實像一重陰影籠罩著我，使我不敢面對。楊老師的災難的確是從我折騰他的那天開始的，當婷婷又一次將它翻檢出來時，我不堪承受了。

我霍地一下站起了身，板著臉走了。我現在不想回答婷婷的質問，我也實在是回答不了。我怎麼解釋呢？說我為了那點兒可憐的自尊心？說我為了在婷婷面前顯示我的威風？抑或是楊老師有一天曾讓我當眾出醜而失了臉面？

我承認我那天折騰楊老師僅僅是為了報復，是為了讓自己在眾人面前揚眉吐氣，我當時確實做到了，我也著實為自己的略施小計而自鳴得意，可誰能想到接下來發生的事情讓我們所有人大出所料呢——他死了，雖然他的死背負著流氓的名義似乎與我毫不相干，但我仍不能因此而逃脫自責。我無法想像一個活生生的人在瞬息之間就離開了我們，我甚至也認為他臨死前一定會回想起那天我的所做所為。我不敢再往下想了，可今天婷婷又一次地向我一語道破，讓我無從逃遁。

我的眼前，又浮現出他孤身一人行走在學校操場上的情景，他緩慢地走著，傴僂著脊背，我看不清他的表情，但我相信他一定是一臉悲苦。他那時是不是很絕望？他的孤苦無告的背影一直留存在我的記憶中，難以抹去——那是他留給我的最後印象。

我聽到婷婷從背後傳來的嗚咽之聲，嚶嚶的哭聲在微風中輕揚飄蕩，宛若周圍的綠色叢林都在低低地傳出哀婉的回聲。我的心在那一瞬間揪緊了，它攫住了我，有一種尖銳的刺痛感。我停下了腳步，背身木訥地立在那裡，不知是否應該重新回到婷婷的身邊。

她的哭泣之聲仍音猶在耳，我轉回了身，又向婷婷走去，在她的身前站立了一會兒。婷婷沒有看我，只是雙手掩面地低聲哭泣著，身體如同打擺子似地抽動著，像是受到了巨大的委屈。我的腦子這時一片空白，我甚至不知道該如何安慰她。

我在她的身邊重新坐下了，直挺著身子一動也不敢動，這時我才覺得自己是多麼地混蛋，否則婷婷是不會哭得這麼地傷心欲絕。

「別哭了，好嗎?!」我說。

我沒有側過臉去看她，就像在面對空氣說話。婷婷忽然開始捶打我，一下，二下，三下……我還是木木地坐著沒動，目光發呆地直視前方。她先是用一隻小拳在無節奏地捶打著，看我沒有任何反應，開始動用雙拳打我了，一邊打一邊說：「為什麼，為什麼會這樣？」她開始失聲號啕了起來，那淒厲的哀號之聲一定傳出很遠，很遠，因為我聽到了遠山的回音。

我的心裡開始泛出難言的淒惻，這才轉過身顫聲地安慰她：「婷婷，別哭了好嗎！」我說出這句話來時顯得艱難，因為我找不到更好的語言，當聲音從我的嘴中發出時，我自己都覺得太傻，乾澀而又嘶啞，似乎沒有任何的情感成分。這時，婷婷的雙手突然像擊鼓般地在我的胸前快節奏地捶打了起來：「你不好，你就是不好……」她喃喃地泣聲說，語音渾濁不清。我一動沒動地讓她打著，覺出這是對我的懲罰，是我應得的懲罰，婷婷的哭訴般的譴責，讓我無法再逃避了——關於楊老師的死，以及我的胡作非為。

我欲哭無淚。

打著打著，我覺察出婷婷的小手放慢了，漸漸地變得有氣無力了起來，她陡然間仰頭大聲地乾嚎了一聲，嗓子迅即卡住了一般，哭聲戛然而止。我嚇壞了，趕緊轉來身來抓住了她的雙肩：「婷婷，你怎麼了？」我的小臉一定憋得紅紅的，因為我看著婷婷逐漸發青的臉，讓我格外地緊張，而且她似乎有一口痰卡在了嗓子眼裡，否則她怎麼可能半天發不出聲了呢？我開始拚命地搖晃她，並輕捶著她的背：「你說話婷婷，是我不好，你別這樣好嗎？」我終於說出了我想說的話。

就在這時，婷婷「哇」的一聲大哭了出來，那種淒婉的哭聲在寂清的空氣中悠長地迴盪著，久久不散。我鬆了一口氣。但婷婷的哭聲極具有感染力，我在她號啕之聲的召喚下也落下了熱淚。我也說不清這淚水究竟為何而流，為婷婷？為我自己？抑或是為了那位離世的楊老師？不知道！但我真的感到了傷心，眼淚順著我的雙頰滾滾而下，只是我還在拚命地抑制著自己不致哭出聲來。可婷婷卻哭得昏天暗地，在那個朦朧的月色中，她的哭聲，伴隨著蕭蕭的微風在輕輕地飄蕩。

「別哭了。」我哽咽著勸她。她忽然伏在我的身上抽泣了起來，身子就像風中的樹葉般顫抖著。我最初像個呆子似地木然地繃著，隨後又輕輕地抱著她，無聲的淚水更加地愴然涕下了。

「若若，你要當一個好人，好嗎？」婷婷說，帶著哭腔。

「嗯。」我應了一聲。其實我還想多說點什麼的，可是我的嗓子眼好像發不出更多的聲兒了。

接下來是長久的沉默。婷婷不再哭了，但一直趴伏在我的肩上沒動彈，我能感覺到她的身子仍在微微發抖。

許多年過去了，也是在一個月華如水的夜晚，我與當時的女朋友坐在另一座城市的樹蔭下，我們聊得高興了，她忽然撲進我的懷裡撒著嬌，我也嘻笑地迎合著將她摟進懷中正要親吻，可就在我們嘴唇即將接觸的那一剎那，我曾與婷婷親歷過的那一幕在我的腦海裡迅速閃現了，顯得那麼地強烈而真實，如同我又回到了我的從前。我的大腦轟然一聲炸開了，所有當下積聚起的情緒迅即灰飛煙滅，思維在那一時刻彷彿已飄然出世，帶著我飛升到了那個往事如煙般的蒼茫歲月，我與婷婷坐在一起的那個星光璀璨的夜晚，我好像又聽到了她的哭聲——那個寂清的月夜中所發出的悲號，以及她帶著哭腔的叮囑：

「若若，你要當一個好人！」

我徹底走神了。

「你怎麼了？」女友眼睛裡霎時出現了一個大大的問號，驚疑地望著我。

我沒有回答，也不想回答，那是發生在我內心深處的一個永恆的祕密，它一直埋藏在我的心底深處，我不想與任何人分享，說出來也不可能有人能夠理解。那個年代的我太小了，甚至不知那是否就是人們通常所言及的所謂愛情。我不知道！

哦，在那個風雨飄搖的歲月中我究竟失去了什麼？我在心裡一再地追問著自己。

我站起身走了，沒有再做任何解釋。天上開始飄起了霏霏細雨，我撫摸著我的臉頰，它在發燙，心中竟湧起了難言的憂傷，我知道我和女友的這段「愛情」到了該結束的時候了。我也知道女友是無辜的，這樣待她是不公平的，但我已義無反顧，因為我無法忘卻我的過去。

第三章 × 地

一

學校停止上學了，當時響徹雲霄的口號是「罷課鬧革命」，文化大革命進入到了更加風起雲湧的階段，自然，我們也跟著更加地興高采烈。我們喜歡這種無法無天的生活，沒人再敢管制我們了，有什麼還能比這更讓我們激動不已的呢。

那天我和陸小波拿著竹竿又捕捉到了許多「知了」，我們用陸小波專門製作的一個小白兜將這些吱哇亂叫的「知了」一古腦地裝了進去，耀武揚威地走在馬路上，我們只想讓別的孩子聽聽我們的輝煌戰果，我們想顯擺。很多過路的小朋友都在用羡慕的眼光看著我們，這讓我們陡生了一種由衷的自豪感，在我們聽來，「知了」發出的不再是雜訊了，而是一支雄壯有力的凱旋曲，這種感覺太美妙了。

我清楚地記得那天的天氣暴曬，烈日灼身，刺目的陽光肆無忌憚地照射著柏油路面，蒸騰起一股炙人的熱浪，我們就像待在火爐中一般。可我們不在乎這襲人的熱浪，貪玩的心理讓我們足以戰勝這一酷暑，雖然我們已然汗流浹背。

我們完全暴露在了嚴酷的烈日之下，從一棵樹尋找到另一棵樹，蟬鳴就是我們戰鬥的號角，我們聞「聲」而動，興致勃勃，不斷擴大著我們的輝煌戰績。

我的臉已被曬得黑黝黝的了，陸小波也像是從煤堆裡剛爬出來的人，我們相視而笑。我還調笑他，說他像一個從非洲森林裡跑出來的黑鬼，結果他聳聳鼻尖：「那你照照鏡子看看自己臉上的顏色？」我們哈哈大笑，我知道他在說我什麼，無非是說我也成了一個地道的非洲小黑人。

那時候我們就從老師的教導中知道，中國人是世界上最最幸福的人，因為我們沐浴著毛主席思想的陽光雨露，但全世界還有三分之二的人民還生活在水深火熱之中，受到帝國主義、殖民主義和資本主義的欺壓，還等著我們偉大的中國人民在英明領袖毛主席的領導下去解救他們，這是全體中國人民的神聖使命。

我們實在累了，便坐在了一棵梧桐樹下遮涼，我還買了兩根冰棒，遞給了陸小波一根，他很不好意思地推拒著，我說：「你跟我還講什麼客氣，吃。」我下了命令，他靦腆了一下，接過了。

「太貴了。」他嘆息般地說。

那時的冰棒三分錢一根。陸小波家窮，我很少見他拿著家裡的零花錢買零食吃，他不像我，我只要一到烈日炎炎的夏季，母親每天都會發我幾分錢，叮囑我買冰棒，說小心別中暑，我心裡美滋滋的。但我不像我的姐姐，當天拿到錢，當天花掉，我會小心地存起來，不讓母親知道，我喜歡留著做別的用處，比如一人跑到打汽槍的攤前，幹上幾槍。我平時並不多花，所以我的口袋裡總是有點零錢。陸小波可沒這個待遇，他父親是我母親單位的普通職工，所以家境窘迫，這我是知道的。

我聽到小波將冰棒含在嘴裡上下拉動的「哧溜」聲，他陶醉在這種享受中，一副沉浸的樣子。他的吃相總是那麼地不雅，顯得格外地貪婪，這也不能怪他呀，他很少能吃到好吃的東西。其實我也很想讓他分享我的快樂，因為他是我最忠誠的朋友，始終不離不棄。

我們就坐在馬路牙上，漫不經心地含著冰棒。坐下來才發現大汗淋漓，像是淌著水一般，能感覺到水珠子順著脊背宛若滔滔江水般地滾落了下來，這時吃上一根冰棒真是過癮，透心涼，況且還伴隨著我們身邊「知了」的此起彼伏的「歌唱」，這種感覺真是棒極了。

這時我聽到有人在召喚我們。

其實我一開始就注意到了對面的馬路上圍了一圈人，不用說，我也知道那裡在幹什麼——在賭甘蔗玩，因為我老遠就看到了那個坐在甘蔗車邊上的那位憨厚的大哥哥，正笑眯眯地望著一群在吆喝聲中貪玩的大孩子們，其中就有上次誘騙我們上當的那位男孩，我還聽到大哥哥的妹妹不時地尖起嗓門高叫：「喂，你們又拿一根，別動，先交錢，要不然別玩。」她的聲音在我聽來氣鼓鼓的。

這女孩真是不敢惹，誰想蒙她一準兒沒門，她眼觀六路、耳聽八方，精明得像隻警覺的狐狸，你要是想在她面前要點什麼貓膩，她瞬間就能發現，並隨即發出一聲尖銳的高叫，嚇得人一哆嗦，一點也不留情面，這一點我們已有充分的體驗。倒是她哥哥是個老好人，只要不過分，他總是在一旁說：「算嘍算嘍！」可是那位女孩仍會不依不饒，甚至會訓斥她善良的哥哥說：「去，就你當好人，叫人蒙了都不知道，我可不想當傻瓜。」他哥哥只好嘿嘿一笑，不再吱聲了。

那時候我們居住的這座南方城市氣氛大變，文革形勢急轉直下，紅衛兵組織開始分化為截然對立的兩派，即所謂的保守派和造反派，雙方都聲稱自己才是最忠於和誓死捍衛毛主席革命路線的人，而且揭竿而起的已不再僅僅是紅衛兵小將了，甚至政府部門的機關單位、工廠都身不由己地捲入其間，就連平時在田間勞作的農民叔叔也在蠢蠢欲動，眼見著風雲再起，瀰漫出一股夾帶著火藥味的硝煙向四處蔓延。

公檢法部門也受到了衝擊，政府的行政與法律機構正在趨於癱瘓，到處都是巨大的橫幅標語和遊行隊伍，上面書寫著打倒×××，或是砸爛×××的狗頭之類污言穢語，後來聽人說，這些名字是省裡的那些有頭有腦的大人物，說他們在執行資本主義的反動路線。過去我還真不知道省長、省委書記叫什麼呢，通過看大字報，我居然也瞭解得一清二楚了。

天天都在上演著各式各樣的不同的「節目」，最初我們還好奇心陡增，經常跑到大街上去看熱鬧，屁踮屁踮地跟在人家隊伍的後面吶喊著各種奇奇怪怪的口號，就像過狂歡節似的，至於這些響亮的口號意味著什麼？我們就稀哩糊塗了。對於我們來說，這些僅僅是因為好玩，反正也不用上不學了，閒著也是閒著，無聊透頂，你說我們還能幹啥？

那一段時間我母親回家時都是陰沉著一張臉，不再跟我和姐姐多說話了，變得沉默寡言，就像換了一人似的。我們不再會收到母親下班時帶給我們的水果了，看著母親的臉色，我們也不敢再嚷嚷地要水果了，那種收穫水果後的歡樂，成了我和姐姐的一個消失了的美好記憶。

父親週末回家，會和母親關在他們的屋子裡竊竊私語，我經過他們房門口時偶爾能聽到從裡屋傳出的母親的抽泣聲，還有父親聲音低沉的安慰。我隱約有一種不祥的預感。但究竟是什麼，我也沒多想。有一次我天真地問姐姐：「媽媽到底怎麼了？」姐姐看著我，半晌沒吱聲，只是說了一句：「我也不知道。」說完，不無憂慮地向父母待著的內屋瞥了一眼。甚至小清姐也不再那麼地活躍了，不再頻繁地出現在我們家的樓下，呼喚我的姐姐，我也覺得她變得「深沉」了，偶爾出現一下，也是找著姐姐找一個犄角旮旯悄悄地議論一些什麼。前一陣她與二中的那幫男生、女生上了火車，號稱去北京見偉大領袖毛主席，回來後告我們說她非常幸福地在天安門廣場接受了毛主席的檢閱，毛主席在天安門城樓上揮舞軍帽的風采讓她記憶深刻。

小清姐那次臨走前，還死乞白賴地向我姐姐討要了一頂軍帽，因為她父親是一位地方幹部所以沒有這些裝備，而我的父親卻是個軍人，這些文革中最時髦的服飾我們家一應俱全。她還興致勃勃地告訴我們說在北京時認識了宋彬彬，就是在天安門城樓上代表全體紅衛兵給毛主席戴上紅袖章的那個戴眼鏡的女生，後來毛主席關切地詢問了她的名字後說：「要文要武嘛。」她由此將自己的本名更改為宋要武。我記得小清姐還說，她也是一名高幹子弟，在北京名頭極響。至於小清姐是否真認識這位叫做宋要武的重要人物，那就另當別論了，後來聽我姐姐說，她聽人說那是小清姐在吹牛皮，她倒是四處託關係想見宋要武，可人家根本沒搭理她。

從那以後小清姐又「失蹤」了，走了很長時間，我姐姐告訴我說她去外地「大串聯」了。當我問姐姐：「你為什麼不跟著一塊走呢？」姐姐的臉沉了下來，她說人家嫌她小，不帶她玩，再說，母親聽說後也堅決反對姐姐出遠門。

我想起了那一段時間，那位叫何新宇的男生傍晚時分會經常出現在我家的樓下，斜坐在自行車的後架上望著我家的窗口。一天我在窗口看到他了，故意碰碰姐姐，指指樓下。姐姐看了一眼，不屑地轉身走了，還跟我撂下一句：「無論他跟你說什麼，也別搭理他，真賴皮！」

果然，當我從我們家的門洞裡出現時，他會叫上我：「嘿，若若，能叫你姐姐下來一下嗎？」我就不客氣地回他一句：「我姐姐不想理你，你快走吧。」一聽這話他的臉就搭拉了下來，神色灰暗。我也不管那麼多飛快地跑遠了，心想，這是你自找的，活該！

我跑到陸小波家，「嗵嗵嗵」地敲著門。門開了，我面前站著一個大個兒，我只能仰起臉看他。是陸小波的哥哥。他看了我一眼，沒吱聲，只是閃開身子讓我鑽了進去。

陸小波正趴在床上擺弄著一堆亂七八糟的玩意兒，我也不知那是些什麼東西。

「是什麼？」我問。

陸小波快樂地抬起頭，看著我。

「我哥哥的。」陸小波說。

陸小波哥哥也進屋了，聽到我們之間的對話還是沒吱聲。在書桌前坐下了。我注意到書桌上攤開著一本書，由於書本是倒扣在桌上，封皮朝外，我能看清書名，那是一本《普希金詩歌選》。

他拿起書，埋頭看了起來，一副聚精會神的樣子，好像我和陸小波根本不存在似的，看得很投入。

「到底是什麼？」我小聲問。

「你聽聽。」陸小波炫耀地說。他將一個小耳機塞進了我的耳朵。我最初只聽到一陣哧哧拉拉的雜音。

「聽什麼喲。」我不快地說。

「仔細聽。」陸小波笑眯眯地說。我靜下來再細聽，咦，裡面有廣播的說話聲，讓我驚喜。

「這是什麼？」

「礦石收音機。」陸小波臉色神祕地說。

「了不起。」我說，「你哥還會裝收音機?!」我更加崇拜陸小波的哥哥啦。

「我哥什麼都會做。」陸小波自豪地說。

我知道陸小波是和哥哥住在同一間房裡。他們家只有兩間小屋，父母住一間，陸小波只能和哥哥擠在另一間屋裡，逼狹的空間中安放著兩張小床，床與床之間只能窘迫地擠著一張小得可憐的書桌，這張小書桌據陸小波說，也是他心靈手巧的哥哥按照僅有的那一點空間尺寸自己設計製作的。陸小波知道哥哥愛看書，他總是將書桌空出來，讓它成為哥哥活動的專屬區，而他自己則以床代桌，無論幹什麼都趴在床上做，漸成習慣。

陸小波哥哥在我看來太嚴肅了，我很少看到他的笑臉，因此我心裡有一點怵他。我將我的感覺告訴了陸小波，可是他總是說：「我哥哥可好了，你為什麼要怕他呢？」我說我也不知道為什麼怕。陸小波咧嘴樂：「唔，若若也有怕的人吶！」

我很驚訝陸小波會發出這樣的感嘆，可能在他的眼中，若若是一個天不怕地不怕的人，他真是錯了，其實我向來是一個膽小怕事的人，很多時候我只是裝出一副無所畏懼的樣子，因為只有這麼裝，才會不被別人欺負，我何嘗不知這才叫做打腫臉來充胖子呢！

從我的內心，我是仰視陸小波哥哥的，自從那一次他幫我們治服了「瘌痢頭」之後，他在我的眼裡便更加地偉岸高大，我很想當面向他表示我的這份崇敬，可是每每見了他，我又無法說出口了。原因很簡單，他的那副嚴肅的面孔足以阻擋我的任何表達。每次我出現在他家，他會下意識地從書中抬起臉來，彷彿凝定般地看我一眼，但目光是游離的。我知道那眼神是因了他仍在書中沒出來，與其說他在望著我，不如說他在沉思。但他會客氣地向我點一下頭，然後將目光移往窗外，陽光反射在他烏亮的眸子裡，我發現他的眼睛裡會散發出一種異樣的神采。

那天在陸小波哥哥的眼神中似乎多了一些內容。是什麼呢？我一時還沒有梳理清楚，只是覺得他與平時不大一樣了，有些迷離和悵惘，甚至有了一點兒憂鬱，這讓我覺得太奇怪了。在我的印象中，陸小波哥哥的目光一向是堅定而又執著的，甚至看不出絲毫的感情痕跡，可是今天則不然，那種莫名的憂傷連我這麼一個小弟弟都能看得出來，它縈繞在這間不大的屋子裡，這種氣氛影響了我。我直覺到他不想被人打擾，只想一個人徜徉在獨屬他的精神世界中。

「你哥哥怎麼了？」

出門後我問陸小波。他看了我一眼，眼神裡閃過一絲奇怪的內容，嘴角抿緊了一下，稍稍有些發愣，但很快又放鬆了下來。

「我也不清楚。」陸小波說。

「我覺得你哥哥今天有些怪。」我說。
「我也這麼覺得。」陸小波說，目光迷惑。
「是嗎？」我說，「你哥哥有什麼事不對你說嗎？」
陸小波拚命搖頭。
「我哥無論什麼事都會悶在心裡。」陸小波說，「他就是這麼一個人。」
「你有一個哥哥可真好！」我說。
我沒再往下說了，因為我們心知肚明，陸小波一定知道我在說那次「瘌痢頭」的事兒，我們之間一向默契。他有些得意地晃了晃腦袋。
「我哥說了，絕不允許任何人欺負他的弟弟，你是我的好朋友，他也會這樣待你的。」陸小波說。
可是這位俠肝義膽的大哥哥，卻在一個風沙驟起的午後，引爆了身上的一顆手榴彈，自爆身亡！那是我在後面將會言及的故事。

二

很快，陸小波家出現了一個陌生的女人，個頭不高，身形略顯肥胖，但面相像是一洋娃娃，皮膚白嫩，一副大咧咧爽快的樣子面帶微笑，總是一身國防綠軍裝，腰上繫一根軍用皮帶，頭上甩著一對小辮，一旦大步走起路來時小辮在腦後吧搭吧搭地甩著，很有些精明幹練的神氣。我還注意到，她的胳膊上形影不離地繫著一枚鮮豔的紅衛兵袖章，上面還寫著什麼紅衛兵造反司令部的名號，我一直想看清那個響亮的「司令部」指的是什麼。可我無計可施，因為我根本沒法真正地靠近她。
那天在陸小波家門前玩耍時首次看見了她。她遠遠地走了過來，一副興高采烈的樣子。我一開始沒太注意到她，因為當時我正與陸小波和幾個小朋友在玩彈子遊戲呢。
所謂的彈子是從我家裡的跳棋盤中偷出來的，它有紅黑兩色，有一像葉片似的東西嵌在透明的圓球般的玻璃裡。我那時喜歡下跳棋，一般是和姐姐在家下，可她總是耍賴皮，因為她總是贏不了我，我在這方面遠比姐姐精明，她一輸了便會哇哇亂叫，一推棋盤走人了。後來她開始熱衷於社會活動，那個可憐的棋子就被遺忘在了一個角落裡。直到有一天，我看到別處的孩子在地上玩玻璃球，他們先在地上挖一個小洞眼，然後用手指頭彈玻璃球，看誰能先用手指將玻璃球彈到洞裡去，贏的人可以向對方提出任何要求。這便讓我玩性大發，也讓我想起了家中閒置的跳棋。我的跳棋可比他們玩的那種沒顏色的玻璃球高級多了。

當我把遊戲規則牢記在心後，便從家裡將跳棋揀出了幾顆揣進了兜裡，趁姥姥不備偷了出來，再教陸小波他們怎麼玩。於是我們院兒的孩子們開始風行這種遊戲，我和陸小波幾乎百戰百勝，所向披靡。

那天我們正在與對面樓群的一撥孩子比賽，我正在地上彈棋，瞄準了那個距離尚遠的地洞；每當這個時候，陸小波總會在我邊上校正我彈指的方向，我們倆配合默契，這也是我們戰勝別人的竅門。

我正趴地上虛眼瞄準，同時等待著陸小波的發令，可始終沒傳來他的聲音，我奇怪了，抬眼看他，這才發現他似乎鬼魂附體般地走神了，眼睛飄向了別處。

「喂。」我說，「看什麼呢？」

他沒回應我，目光仍在遠處游移。我順著他的目光看去，看到了那個我所陌生的女人，她正在向我們所在的方向大步走來，昂著頭，手臂甩動的弧度滿大的，肩膀有些晃悠；在她的邊上，並排走著的是陸小波的哥哥陸大鳴，他還是那副我所熟悉的樣子，神情嚴肅，臉部肌肉繃得緊緊的，不苟言笑，但他邊上的那個女人則與他形成了強烈的反差，有說有笑，顯得非常快樂。她滔滔不絕地對陸大鳴說著什麼，陸大鳴似乎在認真地聽，偶爾會點頭以示回答。在我看來，那個微胖的女人在陸大鳴身邊表現得更像是個活潑開心的大孩子。我還注意到，陸大鳴胳膊上沒有戴上紅袖章。這真奇怪！這才想起，我好像從始至終都沒看過他戴過紅衛兵袖章，這是為什麼？以他的年齡，他們這麼大的男生一般人人都會驕傲地佩戴著紅袖章，四處招搖，以示自己是文革時代的天之驕子。可是他沒有。

我又低下了頭，全神貫注於我要發射的彈子。可是我失敗了，我的手勁不對，那個彈子走了一個曲線，沒能準確抵達我希望的目標。我沮喪地站起了身，心想都怪陸小波沒能及時地引領，以致讓我功虧一簣。

可他還在目不轉睛地看著前方，那個陸大鳴走來的方向。我碰了碰他：

「你丟魂啦？」我說。

陸小波還沒反應。

「那是誰？」我碰了碰他。

陸小波這才緩過神來，但仍迷惘地說：「你說誰？」

「你傻呀！」我說，「當然是那個人，你哥哥身邊的人。」

他搖頭，沒吱聲，神情中透出一絲困惑。

「你沒見過這人嗎？」

「沒。」小波說。

「嘻嘻。」我樂了。

「你笑什麼？」陸小波頗為緊張地看著我。

「沒什麼。」

那一刻，我一準流露出了詭譎的表情，我的表情足以說明我想說的一切，那無非是在說：嘿，你不必再裝了，那肯定是你哥哥的對象、戀人。

小波的臉上泛出了些許的紅潮，不好意思地低下了頭，用腳尖搓著地上的泥土。

「我真不知道她是誰！」他喃喃低語地說。

陸小波很快就從我們的「戰場」上退出了，飛快地跑回了家。我知道陸小波在想什麼，跟我一樣，他也很想弄清楚這位突然從天而降的不速之客究竟是什麼人、和他哥哥又是什麼關係。

在我的印象中，陸小波家很少出現莫名其妙的陌生人，尤其是這樣一位年輕的女人。我們這一片樓群無所事事的家庭婦女確實不在少數，她們喜歡三五成群地聚在一起對別人家發生的事兒說三道四，指手劃腳，以嚼舌頭根子為樂，這次陸小波哥哥這麼旁若無人地帶著一個女人出現在大庭廣眾之下，著實讓所有人吃驚。

我已經注意到那些閒在一邊聊天的長舌婦們開始交頭接耳地議論上了，不時地還斜著眼往他們行走的方向指指戳戳。

我知道陸小波的哥哥是大學一年級的學生，以我們當時的時代氛圍，這個年齡段的男女生公然地談情說愛無疑是大逆不道的，甚至被眾人所恥笑，陸小波哥哥這麼旁若無人地和一個女人相偕而行，大膽得還真是令人咂舌。

這個女人的身分也讓我好奇，所以我期待陸小波能儘快地再度出現，以便滿足我的好奇之心。可是那一天他似乎消失在了空氣中，始終沒有露臉，我好幾次忍不住地想去他家的窗下喚他出來，可我缺乏足夠的勇氣，原因自然是因為出現了那個陌生的女人，倘若這種時候去叫陸小波，那麼我的意圖就表現得太過於明顯了。

我一人頗為無聊地又晃到了外頭，在我的視野之內仍然沒有出現陸小波。我都好幾天沒有見到他了，這讓我多少有些失望。我百無聊賴地尋找著能和我一道玩耍的小夥伴。這時毛頭在和另一撥孩子歡天喜地在鬧騰著，他們看見我只是嘻皮笑臉地不言聲。我瞥了他們一眼，正詫異他們為什麼會坐在樓下的垃圾桶上。

我們那幢樓的建築格局是這樣的，共有六層樓高，每一層樓梯的拐角處都設有一個垃圾口，平時由一個鐵蓋所遮掩，倒垃圾時拉開鐵蓋便會形成了一個敞開的斜口，我們只須踮著足尖將垃圾傾倒進去就行了，然後會聽到一陣垃圾沉重下墜的滾動聲，接著是「砰」的一聲響，那是垃圾沉落地面時發出的聲音。

在樓房的單元與單元之間，皆設一個高出地面幾公尺的頗大的像積木房似的水泥箱，單元裡被傾倒的垃圾經過一輪連續的下墜後便會來到這裡聚集，水泥箱的上角靠牆處有一個幾公尺寬的水泥平臺，然後呈三十度的斜坡下滑並由一更大塊的鐵皮所覆蓋，鐵皮上有一個可以手動開合的拉蓋，那是為了方便收拾垃圾的工人操作。

毛頭他們這時正坐在垃圾箱的水泥平臺上，一字排開，神色詭祕。我好奇了，上前，看著他們。他們也看著我，先是一臉嚴肅，然後彼此對視一眼，開始哈哈大樂。

「你們這是怎麼啦？」我問。

「什麼怎麼啦？」毛頭說。

「坐在垃圾箱上。」我說。

「你想來玩嗎？」毛頭說。

我琢磨了一會兒，實在想不出有什麼好玩的，這不就是一個垃圾箱嗎？玩什麼不好，幹嘛非要坐在垃圾箱上呢？多丟人顯眼。

「走。」我說，「我們去玩打彈子去。」

「不去。」

「為什麼？」

「沒這好玩。」

我完全被他們說糊塗了，我實在看不出坐在這個髒兮兮的垃圾箱上究竟有什麼好玩的。我掉過頭，準備離去。

「你不想知道我們怎麼玩的嗎？」背後傳來毛頭的聲音。

我沒回頭，一人繼續往前走，我準備去街上轉轉，去打打汽槍，或者用我的彈弓打幾隻鳥玩，我不想沒事跟毛頭他們瞎扯，太無聊了，我對這個小癟子一向缺乏足夠的信任感，他居然告我坐在垃圾箱上也能玩？別蒙我了！我心說。

「嗨，別走，你看著。」毛頭大叫道。

這下我回頭了。這時我驚訝地看到毛頭率領著這一撥小夥伴開始在垃圾蓋上活蹦亂跳，他們斜扭著腰，像是在做出一個怪異的舞蹈動作，一如今天這個時代所見的蹦迪；尤其是毛頭，本來就跛腳，身體是傾斜的，高低失衡，一旦扭上了，讓人更感滑稽。我看著哈哈大笑。我說：「你們真是神經。」他們也沒回答我，只是一個勁地在那兒狂熱得蹦跳不止，還擠眉弄眼，嘴裡發出快樂的哇啦哇啦的聲音。毛頭突然停了下來，像是發出了一個指令：一二三，他們動作整齊劃一地突然閃開，毛頭屈身拉開了垃圾蓋，旁邊另一個小玩鬧出溜兒一下隱沒在了垃圾箱裡。我看著稀罕，不知他們到底想幹什麼。

我走近了幾步。

「嘿，抓到了嗎？」毛頭衝著垃圾箱大聲喊。

裡面發出了一點聲音，但只是悶悶地迴響。我沒聽見那個縱身躍入垃圾箱的小夥伴究竟說了一句什麼。

毛頭這時仰著脖子向我看來，充滿了得意。

「若若，你等著瞧吧，一會兒準讓你開眼，哈哈。」毛頭的樣子快活極了。「拿出來吧！」毛頭又彎下身，衝著垃圾箱裡說，「讓若若看看是什麼，一二三，哇，成功嘍！」

還沒等我反應過來，只見剛才還隱沒在垃圾箱中的小夥伴遽然直起了身，一臉的污跡，只露出一雙黑色發亮的眸子，高揚著驕傲的腦袋。他先是掃了一眼毛頭，又轉臉看向我，嘴角略微地曲縮了一下，旋出一個似笑非笑的怪異的表情。他突然舉起了手——

其他的小夥伴在為他鼓掌歡呼，一陣嘶聲狂吼，他們的雙腳跺在鐵皮蓋上發出乒乒乓乓的聲音，我這才注意到那位高舉起手的小夥伴，手中擒獲了一隻張牙舞爪的大活物，活物的嘴裡發出「吱吱吱」的尖細刺耳的怪叫聲，四隻纖細的小爪子仰天掙扎著，一身嚇人的深褐色的絨毛。

是一隻肥碩的大老鼠。牠奮力掙扎又齜牙咧嘴，尖唇上的鬚髭直直地豎起，一雙血紅的眼睛則猙獰地瞪得大大的，乍看上去還有些令人恐懼。我從沒有如此接近過一隻張牙舞爪的老鼠，從未見過老鼠在危機時刻發出的這種尖銳的慘叫聲。我不寒而慄。

可是我不能在他們面前表現出我的驚慌，這會讓毛頭他們瞧不起我。他們顯然在等待著這樣一個時刻，他們也正是為了看我的笑話而喊住了我。我一向在小夥伴面前小有威望，因為平時我會不經意地流露出一絲傲慢，而且我的彈弓技法也讓他們仰慕佩服。

我裝出好奇的樣子又走近了幾步。他們玩的這種遊戲在我看來真的是匪夷所思，可能是因為新鮮，讓我在產生了一絲恐懼之時，又讓我很有些莫名的激動，過去的那些不著邊際的玩法我都習以為常了，或漸趨膩味，都是些司空見慣的老一套，但毛頭想出來的這套玩法我還真是聞所未聞，他絕對做到了花樣翻新，而且充滿刺激。這可比我們平時玩的捉迷藏遊戲刺激多了，因為逮上手的東西是我們平時根本不可能抓到的大老鼠。

毛頭還在向我招手。我再一次地靠近了他們，打量著仍在那個小夥伴手中亂踢亂蹬的大老鼠。我說：「嘿，你們真行，怎麼想到這種玩法的？」我說這話時裝出一副無所謂的樣子。

毛頭得意洋洋。「我想到的呀，毛頭說。「有一次我坐在這上頭跺了一下腳，結果聽見垃圾箱裡有動靜，掀開一看，哇，好幾隻大老鼠在到處亂竄，平時沒動靜時牠們都縮在角落裡藏著，所以我們看不見，只有被驚動了才會跑出來。好玩吧。」

我點頭。

「加入我們一塊玩？」

我點頭。

我也只能點頭。

「那好，你敢抓這隻老鼠嗎？」毛頭歪著腦袋問，眼睛裡快速地閃過一絲詭詐。我知道他在考驗我，想看我當眾露怯，他的眼神洩漏了他的陰險。我裝著沒在意，挺著胸說：「有什麼不敢的？我敢。」其實我的心裡仍在發怵，但我已經沒有退路了，我斗膽地伸出手，要去擒拿還在別人手中的那隻大老鼠，我不能讓這幫小兔崽子小瞧我。

我剛伸出的手，被從背後突然出現的一隻手掌鐵鉗般地牢牢抓住了，我甩了一下沒能甩掉，正納罕呢，我回過頭去。

我見到了消失了幾天的陸小波。他站在我的背後，冷著一張臉，那張臉冷得就像一塊生鐵。「咦，你怎麼來了？」我驚喜地說。他沒接話，只是上前了一步，看著毛頭。「這有什麼，我先來玩吧！」陸小波說。還沒等我明白過來，他便不由分說地從那個小夥伴手裡一把搶過了那隻肥大的大老鼠。我注意到他的嘴唇抿得得緊緊的，腮幫子凸起，臉上飛快地掠過一絲堅定。

他就這麼地，不容我和他發生爭辯就搶先了一步。

那隻大老鼠現在擒在陸小波的手裡了，刺耳的怪叫聲更加尖銳地響起，陸小波目不轉睛地死死攥住牠拚命掙扎的身子，兩眼噴出兇悍之光。他的眉心遽然蹙緊了，發出了一聲「哎喲」。聲音很小，小到了一般人根本就不可能聽見，只有站在他身邊的我，才能依稀聽到從他嘴中發出的那聲微弱的「哎喲」。

我不知道究竟發生了什麼，微怔，我看到從毛頭瞪大的眼睛裡閃射出的一道惡毒的快意。我再定睛向陸小波看去。

我被眼前的情景驚呆了，那隻老鼠在陸小波手中奮力掙扎，令人驚悚的小腦袋轉向了陸小波的手背，尖利的牙齒已赫然露出，正在向小波的手背玩命地咬去。這下輪到我情不自禁地發出一聲「哎喲」了，我趕緊上前想幫助陸小波制伏牠。晚了一步，我依稀見到小波的手背處在淌血。

我一時手足無措，不知該怎麼幫他了，老鼠的張牙舞爪也讓我心生畏懼。就在我猶豫不決的剎那間，陸小波飛快地換了一隻手，手指像鋼爪一般再次攥住老鼠的腦袋，將牠高高拎起，以迅雷不及掩耳之勢將牠奮然摜在了地上。

老鼠發出一聲淒厲的慘叫，躺在地上抽搐了幾下，眼睛開始泛白，漸漸變得失神，終於閉上了眼，一動不動了。

陸小波突然爆發的行為讓所有在場的人都沒有想到，他的這一系列動作完成得太快了，電閃雷鳴般地瞬間發生和結束，在那一時刻，每個人都失去了反應，登時像傻了眼似地呆若木雞，直到被懲罰的老鼠在地面上徒勞地蹬著小細腳，又抽搐幾下斷氣為止。

一絲動靜都沒有了。我呆呆地站在那裡也不知該說什麼好了。

「走，若若。」陸小波說，「我們自己玩去。」他輕輕推了我一把。他幫我解除了將要一觸即發的難堪。我會意地轉身與他一道離去了。我以為毛頭會叫住我們，可是沒有，背後沒有傳來絲毫的動靜。

三

陸小波的手背上仍在淌著盈盈的血珠子，一點點地往外滲出。

「喲，陸小波，你手上的血……」我驚叫。

「沒什麼。」他說，看了一眼，左手往傷口上捂了一下，又想了想，彎腰從地上抓了一把泥土，覆在傷口上，眉心擰成一個漩兒，彷彿有些疼。

「沒事，一會兒就好。」陸小波說，「若若，以後躲毛頭遠點。」

「為什麼？」

「他剛才其實是想害你。」陸小波說。

「害我？」我問，「害我什麼？」

「他知道一個沒經驗的人一旦抓了老鼠，會被咬傷的。」他說。

「是嗎？」我的腦海中掠過了毛頭眼神中的那種一閃而過的狡詐。

「因為我看過毛頭用這種方法騙過別人，所以怕你吃虧。」

「可是你自己受傷了。」我負疚地說。

陸小波笑了。「我說了沒事的，我事先有防備，這只能怪我自己，剛才沒小心讓這傢伙咬了一口，我本來是可以避免的。」陸小波說。

我心裡泛起一絲感動。我說：「陸小波，你不能就這樣處理傷口，來，去我家，我來幫你抹上點腆酒。」

他還在推辭，我執意讓他聽我的，末了，他拗不過我，說：「那好吧，去你家抹點，但別對姥姥說我是被老鼠咬的。」我點頭答應了。

我帶他回了家。姥姥開的門，一看我是和陸小波一道來的，姥姥可高興了：「快來快來，姥姥給你端杯水喝。」

那個年代家裡若有客人光臨，倒杯清水算是一種禮儀，就像今天的沏茶。姥姥待我的好朋友總是照顧得很周到。陸小波客氣地對我姥姥說：「謝謝姥姥，不用了，我們一會兒就走。」

「別緊著走呀！」姥姥說，「若若在外面調皮，你幫我管著點兒，我就怕他在外面惹事，姥姥的話你聽進了嗎？」

陸小波點頭。「姥姥放心，若若可好啦。」

「那就好。」姥姥高興地說。

我拿來了腆酒，又拉著陸小波去了廚房，用清水沖洗了一下傷口。現在可以看清傷口的模樣了，那是幾個類似牙印似的小點點，清水一沖傷口開始發白，但很快從那個針縫般的牙印裡又點點滴滴地滲出了血珠子，我趕緊用棉籤點著腆酒幫他小心抹上。陸小波「吃」了一聲，臉部的肌肉抽搐了一下。

「疼嗎？」

陸小波使勁搖頭，表情輕鬆多了。

「你們在幹嘛呢？」廚房外傳來姥姥的聲音。

「沒做什麼，我們洗個手。」我衝著門外喊了一聲，想讓姥姥安心。「若若今兒還真是怪了，平時外面耍回來吃飯也不見著洗手，還要人緊著催，這下倒好，飯還沒吃就緊著洗手了。」姥姥叨嘮著，但口氣是喜悅的。我姥姥可愛乾淨了，平時就嫌我髒，經常從外回來灰頭土臉的，姥姥一見了就把我攆到清水池邊幫著收拾，所以我當下的行為讓他誤以為我在自覺清潔呢。這樣也好，她不會注意到我們在做什麼，省得又是一籮筐的話等著問呢。

我們又出現在樓外，四處遊蕩著，無所事事。

「陸小波，我能問你件事嗎？」

陸小波的腳步停了下來，看著我。我注意到他的眼神在游離，似乎在躲避什麼東西。不用說，他猜到了我要問他什麼了，他瞭解我。

「剛才謝謝你了！」他說。

「你說錯了，是我該謝謝你，剛才是你為了幫我受的傷……」

陸小波伸出一隻手，制止了我往下說：「我們不是朋友嗎？」他問。

「是呀！」我點頭。

「那就行了，我幫你也是幫自己。」他說。

說完，他又往前走了。馬路兩側的牆上又貼上了新的大字報大標語，還是以前的那些大同小異的重複內容，只不過時常會換一兩個新鮮的詞彙而已，我們多少有些麻木了，不像過去，一有新的大字報出現，我們便會飛快地跑過去看上幾眼。

我緊著幾步上前，跟上了陸小波。我們變得沉默了起來。陸小波好像有心思，無聲地一人在前面走著，目光虛無地眺望著前方。

「我知道你想問我哥哥的事，對嗎？」

陸小波猝不及防地問了我一句，我毫無心理準備。我萬萬沒想到陸小波會冷不防地反問我，儘管這的確是我剛才想問的問題。陸大鳴身邊出現了一個陌生的女子真的令我好奇，而且陸小波自從那天後，也神奇地銷聲匿跡了，我隱隱地覺出這其間的蹊蹺。可那會是什麼呢？

平時我在陸小波面前一向是膽大妄為，無拘無束，可現在我反而囁嚅上了。「哦，我……我是挺好奇的。」我坦白地說。

「我也好奇。」陸小波說，目光仍在看著前方，「我哥哥從來沒有這樣。」

「怎樣呢？」我問。

陸小波這才側過臉來看著我。「其實你也都看到了，對嗎？」他問。

我迅速浮現出陸大鳴與那個女人在一起時的情景，一個是有說有笑，一個沉著一張臉。「是的。」我回答道。

「那是我哥哥交的女朋友。」陸小波果斷地說了一句。

「啊，是嗎？」我感嘆了一聲。雖然我事先也想到了，但我還是需要從陸小波口中得到證實。

「女朋友？」

陸小波肯定地點了點頭，神色嚴峻。

「那天我們家炸開鍋了。」說著，陸小波嘴角掠過一抹淡淡的淺笑，既像在自我解嘲，又像是流露出的一絲無奈。「我哥哥在沒有告訴家裡任何人的情況下，就帶回了一個女朋友，我爸爸媽媽完全不能接受！」

「為什麼不能接受呢？」

「哥哥正在讀大學一年級，我爸媽認為這是他學習打基礎的時候，談戀愛會讓他分心。你要知道，我哥哥從小學、中學，一直到大學都是三好學生，學習成績向來名列前茅，本來能考重點大學的，只是因為我們家出身不好，所以只能落在省城的這所大學。我們家好像就指望著我哥能有出息了，可是突然出現了這麼一個陌生的女人……」陸小波說。

「呃……」我隱隱約約地好像明白了一點什麼。

「可是我哥哥的態度很堅定，一點也不像他的過去，你知道，過去我哥哥可聽我爸媽的話了，從來不頂嘴，他們說什麼都聽，可這次他們說什麼也不聽了。」

「可你為什麼一連好幾天不出門了呢？」

「他們那麼對立，總要有個人在中間調和吧。」陸小波說。「我也不想在家待，氣氛太緊張了，我就擔心會打起來，所以呢，我銜著家裡的每個人都是一張笑臉，這樣氣氛還緩和一點，我也沒想到這個家有一天要靠我來支撐了，你知道嗎，若若，我真的很累，但我不能說。」

「唉，你爸媽也是，同意不就行了嗎？這是你哥願意的，對吧？」

「問題不是那麼簡單，你知道我哥找的是什麼人嗎？」

「什麼人？」我一怔，趕緊問。

「是一個什麼主持工作的副省長的女兒。」

「嗨，那多好呀，革幹子弟，現在不是都說要根紅苗正嗎？你爸媽應當高興才是。」

「你錯了！」陸小波正色道，「我們家一直被人認為出身不夠好，我爸媽覺得這樣的家庭我們高攀不上，所以堅決反對。你知道嗎，我哥在大學也沒有參加什麼紅衛兵組織，就因為他自己覺得我們家是富家出身，哪一派也不想參與，樂得一個逍遙。」

「你爸媽也管得太寬了。」我說。

「可我哥急了，不管三七二十一，拉著那個女人在家裡就住上了，像示威似的，我只好搬到屋外的走道上去睡，我哥很過意不去，對我說：『小波，哥哥對不起你，將來有一天哥哥出息了，一定會報答你的。』看著我哥的那副樣子，我眼淚都差點掉下來了。」陸小波沉默了一會兒，似乎在努力讓自己的心情平靜下來。「其實我覺得我哥也怪可憐的！」

我點頭。我鼻子有些發酸，可能是受到了陸小波情緒的影響。

「你要知道，哥哥和那個女人還沒結婚吶，他們就住在了一起，這是我父母無論如何也是不能接受的。按我爸的話說，這是大逆不道。我一開始還不知道這個大逆不道說的是什麼意思，我偷偷查了辭典，這才明白。」

「是什麼意思？」

「就是說我哥幹的是傷天害理的事。其實我媽在沒人時也會一個人偷偷地掉眼淚，我知道她其實是很心疼我哥的，但我哥的行為又讓我媽感到了丟人現眼。」

「這麼嚴重？可那個女人為什麼不走呢？」

「她呀！」陸小說，「她只聽我哥的，只要能跟我哥在一塊，發生什麼她都無所謂，而且我們家發生的爭吵一般都會避開她。」陸小波又停了一會兒，「畢竟人家是副省長的女兒，我爸媽也不敢太委屈她，有氣只往我哥的頭上撒，唉！」

我不知道該說什麼了。過了一會兒，我問：「那現在呢？」

「我哥帶著那個女人去學校了。聽說那家人也到學校鬧來著，說我哥是流氓，勾引了他們家的女兒，堅決要求把我哥從學校清除出去，我哥一怒之下參加了一個造反派組織，我媽聽了快瘋了，成天抹眼淚，說知道遲早要出事，人家是千金小姐，怎麼可能下嫁我們這樣的家庭？造孽呀！哥哥什麼都不說，和那個女的出了門，再也沒回來。」

說著，陸小波的眼淚不自覺地流了下來。「我想念我哥，我也不知道該怎麼辦！」陸小波哀傷地說。

我只好勸他：「別想了，你哥哥是大人，他會知道怎麼處理的，你放心吧。」

「嗯。」陸小波聽著，點了點頭。

四

「陸小波，你想吃酒釀子湯圓嗎？」

看著陸小波的那副傷心的樣子，我故意轉移話題。他眼中還噙著淚花，沒吭聲。我拽上他說：「走吧，我們好久沒吃了，你瞧。」我從兜裡掏出幾個硬幣，在手心裡顛弄著，硬幣發出相互碰撞的聲響，「我請客。」

我們向公園走去。自從全國學校罷課之後，我們很少再來公園了，再進公園，感覺上公園裡的人更加稀少了。看門的阿姨看到我倆兒，打了個招呼：「喲，你倆兒少見了。」我們趕緊說：「阿姨好！一不上學，我們連月票也沒買了。」阿姨看我們嘴甜，苦笑了一下：「去吧，阿姨不收你們錢，沒事就來轉轉。阿姨看不見你們還怪想你們的，現在想找個人說說話都難了，都在鬧革命，你們還好吧。」我們齊聲說好。她嘆了口氣：「這年景也不知怎麼了這麼熱鬧，還不知會發生什麼呢！」

我說：「文化大革命嘛。」她說：「那是，只是這麼多省裡的領導真要被打倒了，誰還來領導我們普通老百姓？」我說：「紅衛兵唄。」阿姨說：「那也是，現在該輪到小孩子們來領導我們了。」她的口氣聽上去有些無奈。

「有人說公園也是封資修的東西，要砸爛，你們聽說了嗎？」阿姨問。

我們搖頭。

「哦。」阿姨沉吟了一下，彷彿自言自語地說：「如果連這也要砸爛了，我上哪兒去找飯口吃呢？你們去吧，趁著公園還在，好好玩吧，哪一天阿姨不在了，你們想玩也玩不成了！去吧。」

我們又謝了一聲阿姨，快跑了起來，這才發現，公園裡似乎沒人再來打理了，過去清潔的瀝青路面隨處可見被丟棄的垃圾紙屑，偶爾見到的公園員工胳膊上也佩戴著一個紅衛兵造反司令部的紅袖章，臉上的表情也不再是我所熟悉的那種淳樸憨厚，而是一副不可一世、趾高氣揚的架式，斜眼看著我們就像是不認識了一般。我感覺到公園與以往相比，顯得格外的蕭索冷清，那些擺放在石壇上的五顏六色的鮮花像被秋風打蔫了似地耷拉著腦袋，無精打采，失去了鮮豔奪目的光澤，小山坡上的針葉松雖然還是那麼地青翠欲滴，但微風吹過所傳出的沙沙聲，於今想來也像在悄聲傳遞著一種不祥之兆。好像一切都變了，變得讓我覺得來到了一個陌生的世界。路上遇見的稀稀拉拉的幾個行人也是板著臉，行色匆匆，沒有任何表情。

我們沒有停下腳步，一路小跑。這裡的風景我們不再留戀，雖然它曾經讓我們那麼地熟悉、親切。我們上學時每天都會在這裡折返一個來回，可是對它倏然失去了以往的勃勃興致。只有那個酒釀子湯圓在強烈地誘惑著我，讓我彷彿又聞到了它散發的醉香。我已經好久沒嘗過它了。

我們穿過公園，又踏上了倒垂著青青楊柳的馬路，向著我們的目的地進發。熱風勁吹，刮在臉上有點兒炙人。

那座僅由幾根木架與瀝青板支撐起的簡陋小棚，遙遙在望，彷彿是久違了，讓我兀自有了一份親切和溫暖，我彷彿聞到了從那個煮沸的冒著氣泡的鍋裡發出的醉人的酒香味兒，讓我垂涎欲滴。我開始興奮了，拉著陸小波的手說：「瞧，我們又來了，你饞嗎？」陸小波也笑了，「我都快饞死了！」他說。

「叔叔，阿姨！」我在老遠的地方，就開始大叫，腦子裡立馬浮現出他們笑眯眯看著我的表情。沒有回應。我心想，他們可能正忙著呢，沒有聽到我的呼喚。我加快了腳步。「快。」我回頭還對陸小波喊了一聲。他跟上了我的步伐。

終於到了。可我突然覺得氣氛不對，這座簡陋的小棚子依然矗立在路邊，可是小小的柴扉半掩著，從屋裡也沒有飄出那個令我心醉的味道。這是怎麼了？

我停下了腳步，側耳聆聽了一會兒，裡面沒有傳出任何動靜，我遲疑地站著，有些納悶，但還是輕輕地推開了門。

眼前的情景讓我大吃一驚。

屋子裡黑咕隆咚的，什麼也沒有，那個過去煮酒釀子湯圓的由泥土壘砌的爐灶仍在，但好像被人砸過，半邊已經坍塌，升火的灶口像兔唇似的豁著一個黑洞洞的大口。鐵鍋不在了，所有的物件皆消失得無影無蹤。

「這裡怎麼了？」背後傳來陸小波的疑問，我沒說話，他詢問的也正是我心中升起的疑團。怎麼了？到底發生了什麼。我有些沮喪。我的興奮一下子落到了冰點，心中掠過一絲不安。

「我不知道發生了什麼。」我說。

正說著，我聽到了外面傳來細碎的腳步聲，似乎走得很快，一陣風似的，沒過一會兒有人出現在了門口，擋住了門外射進的光線。我回過身去。

一個熟悉的身影站在了我的眼前。居然是那個阿姨，我驚喜地喊了一聲「阿姨」，她微微地點了點頭，臉上飄過一絲勉強的微笑。

「來啦。」她說，「好久沒見你了。」

「你們不在這做了嗎？」我忙問。

「唉。」阿姨嘆了一口氣，「沒辦法！」說完，臉色黯淡了下來。

「怎麼了？」我仍不解地問。

「你們是來吃酒釀子的嗎？」她問。

「嗯。」我點了點頭。「是不是吃不成了？」

「走，跟阿姨走，阿姨再做給你們吃，好嗎？」

阿姨領著我們又步出了門。屋外的陽光這時已然隱沒在了驟然出現的厚厚的雲層中，天色暗了下來。風吹得更緊了，我們一聲不吭地跟在阿姨的後面快步走著，我不知道她要帶我們去哪裡，但我知道阿姨一定不會食言，一會兒保準為我們煮上一碗香噴噴的酒釀子湯圓，為「遠道」而來的客人送來一絲溫暖的醉意。可這裡究竟發生過什麼呢？也許，她們換了一個地方做？也許！我心想。

「我遠遠地看到你們來了，我還想這會是誰呢？沒想到是你。」阿姨說。

「為什麼不在這裡做了呢？」我仍在好奇中。

「我們也沒辦法。」阿姨嘆了一口氣，「他們不讓我們做。」

「為什麼？」

阿姨笑笑，只是笑容裡含著一絲苦澀。「他們說，這是投機倒把。」

「什麼是投機倒把？」我問。

「我們是鄉下人，我們也不懂，來了很多紅衛兵，上來就砸，要我們走，根本不讓我們說話，並且勒令我們馬上離開，否則就要被抓到紅衛兵造反司令部去交代問題，還說這是響應偉大領袖毛主席的號召，割資本主義的尾巴，我們有什麼辦法。」阿姨又深深地嘆了一口氣。

我不再問了，只是在勁風中默默地走著。天更暗了，似乎預示著一場雷雨在即。

走了一段路，沒多遠，又拐過了一個街口，在一個荒涼的路邊，聳立著一坨一坨的垃圾堆，在它的近旁，支著一個孤零零的窩棚。「到了。」阿姨對我們說，推開門，貓腰進了棚，我們也跟著鑽了進去。

棚內終究空間狹窄，光線灰暗，裡面支著兩張床，床上的被褥髒兮兮地胡亂堆放著，一看就是沒人收拾，在一個小矮凳上放著一盞煤氣燈，星星閃爍般的火苗在燃放著，周圍籠上了一道黯淡的光暈，給晦暗的小屋帶來了一絲明亮。

叔叔坐在床沿上，抽著一桿細長煙斗，屋子裡充滿了一股嗆人的濃烈煙味，看我們來了，他站起了身，眯縫著眼，像是要仔細地辨認一下來人，見是我，慈祥地笑了，一臉的皺褶像縱橫交錯的山壁似地蜿蜒崎嶇。

「來，坐吧！」阿姨熱情地說，搬來了兩個小凳。我們猶豫了一會兒，互相看了看，坐下了。

「喂，他們是來吃我們酒釀子的，快做。」阿姨對叔叔說。

叔叔翹起腳，將長桿煙斗在鞋幫上叩了叩，遲緩地轉過身，點燃了爐火。灶口霎時冒出了一裊青煙，有些嗆人。叔叔默默無言地往火中添著柴火，火苗竄得更猛烈了。他放上一口大鍋，煮上了水。

沒一會兒水就開鍋了，阿姨從一個瓦罐裡舀出一些酒釀子，傾倒在沸騰的鍋裡，一眨眼的工夫，那個刺激我胃液的味道在這個小屋裡瀰漫，醉香四溢，我的口涎都快要流出來了。我趁機瞥了一眼陸小波，他在哪兒咂巴嘴。

熱氣騰騰的酒釀子湯圓很快就做好了，阿姨盛了兩碗，端了過來。「快吃。」她笑眯眯地說，「饞了吧。」說著，遞給了我們，還用湯匙攪了攪，嘴在碗面上輕吹了一下。

我不好意思地笑了。「謝謝阿姨。」我說。

「還謝什麼，看見你們來阿姨高興，有時候我還想，喲，那個學生崽怎麼不來了呢？我就知道你還會來，所以天天都會去老地方走走，沒想到你還真來了。」

我已經迫不及待地嘗了一口了，吃得太急，還燙了我舌頭一下。

「別猴急吵，慢慢吃，小心燙著，吃完了阿姨再給你舀。」

外面雷電交加，一場傾盆大雨頃刻間橫掃著沉寂的大地，能聽到狂風的呼嘯聲，以及豆大的雨點擊打油氈屋頂發出的嗶哩啪啦的聲音，很響。

我們呼哧呼哧幾口就吃完了，阿姨又舀了一碗。「好吃嗎？」阿姨問。「嗯。」我說。「那就好。」阿姨說，「別急，反正外頭落著雨，一時半會兒還走不了。你們吃得高興，阿姨也高興吵。」

棚裡亮堂了一下，一道光線從外射了進來，是門開了，一個大哥哥鑽了進來，身上還淋著雨。因為背光，我看不清他的臉，他將手中的油紙雨傘靠在了門邊上。

「回來啦。」阿姨說，「正好，你也吃點。」

來人轉了過來，在床沿上坐下了，阿姨趕忙端過去一碗冒著熱氣的酒釀子湯圓，他接過，吹了一下，輕輕地啜上一口。

「這是我們家的小崽子。」阿姨說。

「哥哥好。」我說。

他看了我們一眼，微微點了點頭，算是回答。

「他初中快畢業了。」阿姨說，「如果不是為他在城裡上學，我們兩口子也不會從郊區來城裡住，哎，現在又要回去了，你們趕巧了，要不然還吃不到這酒釀子呢？」

「你們要去哪？」我問。

「回鄉下呀，這裡不讓住了，紅衛兵成天在攆我們走，沒辦法呀！」她又嘆了一口氣。

叔叔又坐在一旁抽上煙了，我很少聽見他說話，印象中，這位叔叔就不會說話。

我們吃完了。雨聲似乎也消停了。南方的天氣總是這麼莫測，先是烏雲蓋天，然後一陣急風驟雨，沒過一會兒又雨過天霽。我抹了一把嘴，從兜裡掏出幾毛錢，像過去一樣，往阿姨手裡一塞，說了聲謝謝，拔腳就要走。

阿姨一把拽住我，硬把錢塞還了我：「不用了，你們愛吃我的酒釀子，阿姨高興，阿姨還怕真見不到你了呢，來了就好，這次不要錢了，是阿姨讓你們吃的，阿姨還盼著你們以後再來呢！」

我死活不幹，堅決要讓阿姨收下我的錢。阿姨不高興了：「你們瞧不起阿姨不是？阿姨的酒釀子不好吃嗎？」我趕緊搖頭。「那就好，好吃阿姨就知足了，你們走吧，如果阿姨不離開這裡，你們下次來阿姨還做給你們吃，下次來再收錢，行唦？」

這下我沒法再說什麼了，只好將錢重新放回兜裡，向叔叔阿姨鞠了一躬，陸小波也學我跟著鞠躬。

「可別這樣，不就是吃了一碗酒釀子嗎？，不用客氣啦。」阿姨又側過身，說了一句：「你瞧人家學生崽，多懂禮貌。」她這話是對她的兒子說的。「以後也學著點，龍崽。」

阿姨一家人將我們送出屋外。我向她們招了招手，遠去了。「有空再來喲。」我們走出了很遠，清風徐徐送來了阿姨的聲音。天空烏雲密布，似乎又在醞釀著一場新的雷雨。我的鼻頭有些發酸……

五

記憶中的那個夏天特別地炎熱，空氣中像是到處氤氳著易燃的氣體，稍不留神地劃根火柴，便會燃起衝天大火，它蒸騰起一股股灼人的熱浪向我們氣勢洶洶地迎面撲來，我們無從躲避，只能傻待在樹蔭底下百無聊賴，口中銜著可口的冰棒哧溜哧溜地吃著，那些被我們捕捉的知了，仍在口袋裡此起彼伏地聒噪不已。

馬路對面的那撥鬥甘蔗的人，正在忙著比拚著他們的絕技，我們本來並沒想去湊那份熱鬧，只是遠遠地看著，了無興致。剛才捉知了著實有些累了，何況那位叫崔二貴的傢伙自從上次蒙了我們一道之後，我們都在躲著他。

「這小子太陰了。」有一次陸小波俯在我的耳邊，咬牙切齒地說。

那一天，這位自稱崔二貴的小子正在甘蔗攤前，玩著他那個拿手的賽甘蔗遊戲，見我們從旁邊晃過，向我們擠擠眼：「來吧，還想不想比？」眼神裡充滿了得意。我們沒搭理他，擦身而過。

也就是在那天傍晚，等他們玩夠了，從攤前消失了之後，我對陸小波說：「走，我們先練練手，等哪一天練好了咱們再把這個渾小子收拾了。」陸小波錯愕地望著我：「行嗎？」他懷疑地問。我壞笑了一下，「有什麼行不行的？不就是現在他玩得比我們好嗎，欺負我們是生手，等我們練熟了他就知道我們的厲害了！」

陸小波歡呼了一聲，縱身跳了起來，熱烈地擁抱了我。我們向甘蔗攤走去。妹妹斜著眼看著我們走近，沒吱聲，只有哥哥熱情地說：

「買甘蔗？」

「嗯。」我說，「還想練習劈甘蔗呢。」

哥哥憨厚地笑笑，「呃。」他說，「要練也不是一時半會能成的，別跟那些孩子玩，他們不老實，會騙你們的。」

「不。」我說，「我就跟他們比。」

哥哥眼睛瞪大了，不解地看著我。我說我要將他們澈底打趴下，我可不喜歡他們的那副不可一世的樣子了，我要讓他們在我面前認輸。妹妹忽然高興了，「是嗎？」她大叫了起來，「我教你們玩。」她哥哥輕拍了她一下，「細妹子，你說話能小聲點嗎？一個女孩子。」

「女孩子怎麼了？」妹妹不服地瞪了哥哥一眼，「女孩子就不能說話大聲了嗎？」她叉上腰，衝著哥哥嚷嚷了一句。哥哥頓時沒脾氣了，縮著脖子，退到一邊去，叼上了一支劣質香煙，再也不說話了。

妹妹快樂地對我們擠擠眼，那是在表示別聽他的，由我呢。我們也樂了。她的性格如今想起真像是個大男孩，自由自在，無拘無束。

她從甘蔗堆裡幫我們挑出了一根。「這根肯定好吃。」說著放在秤盤約了一下，「三斤二兩。」她說。我注意到她將秤砣高高地翹起，那是有意在讓我們占點小便宜，然後將甘蔗取出，又抄起一把甘蔗刀：「來，我教你們玩，下次不能讓他們再給騙了。」

「姐姐真好！」陸小波在我背後囁嚅地說。

「好嗎？」她嘟嚕一句，沒抬頭。「看著。」她說，穩了穩神，護著甘蔗頭手起刀落。

可她劈空了。直立的甘蔗搖晃了一下，「吧嗒」一聲墜倒在地。她吐了一下舌頭。「這個不算，不算。」說完，從地上扶起甘蔗，又要表演一次。

哥哥出現了。「我來教你們嘍。」妹妹這時倒不言聲了，有點兒不情願地把刀遞給了哥哥。「我哥比我強。」她咧嘴樂了一下，「其實我也是剛跟我哥學的，還是讓他來教你們吵。」

哥哥將仍在燃著的煙頭塞嘴裡狠狠地吸了幾口，噗地一聲吐掉，抹了一把嘴，抄起刀，刀刃壓在了直杵在地的甘蔗上，目光陡然間炯然有神，豹眼圓瞪，威風凜凜，瞬間變成了一個鐵塔般的漢子，像換了一人似的。停頓了一下，他屏息靜氣，然後發出一聲短促的輕嘯，一道白光從我眼中飛快閃過，只聽「噗哧」一聲脆響，一塊甘蔗上的青皮橫著斜飛了出去，隨即一道赤白的甘蔗內囊赫然在目了。

我們驚著了！這位哥哥的動作玩得太瀟灑了，就像電影《小李飛刀》裡的那位大俠刀客，儼然一個身懷絕技的江湖好漢橫空出世。我鼓起了掌，妹妹也跟著一聲叫好，唯有陸小波還在那大眼瞪小眼怔忡著，像傻了似的。

從那天起，我口袋裡只要有點小錢，就會跑到甘蔗攤前，勤奮練習。在那日子裡，我不再迷戀玩汽槍和彈弓了，賣甘蔗的哥哥也不厭其煩地反覆教著我們，就連平時嘴巴皮子不饒人的妹妹也跟著我們一塊學。末了，大哥哥總是收我一半的錢，說是他妹妹也用了我的甘蔗跟著玩了，她也得算一份，所以不能多占我們的便宜。大哥哥由此成了我們心目中的一位夠義氣的英雄好漢。我開始有點兒仰視他了。

那天我們揮汗如雨地待在樹蔭下納涼，本沒想著要去玩劈甘蔗遊戲來著，只是那位令人討厭的崔二貴向我們頻頻招手，看我們沒動窩，還跑了過來說；「嘿，怎麼樣?玩兩把吧，坐著多沒意思。」

我沒理他，裝著沒聽見，擺弄著白袋裡聒噪不已的「知了」。

「不敢了吧，嘿嘿。」他更得意了，臉上游動著一絲邪惡，一看就沒安好心。「有種的就來比呀，我讓你們一把，這還不敢玩？」看我們沒反應，他又轉身跑回去了。

「我們為什麼不跟他比比呢？」陸小波說。

「別急。」我說，「先讓他得意一會兒。」

「為什麼？」

「看誰笑得最後，才是笑得最好的人。」我記得，這句話是從哪本書上看來的，讀後印象滿深的。其實我就是要讓崔二貴先自我陶醉一會兒，讓他覺得我們不敢跟他比試，我想看到當我們出其不意地戰勝他時，他臉上會是一副什麼德性，那一刻才是最讓人享受的了。嘻嘻，我就想當那個笑得最後的人。

他肯定不會想到我不光坐著納涼，還隔著馬路在悄悄地觀察他的一舉一動，我想看看這位囂張的崔二貴手藝是否有所長進。但一圈下來我看他還是那老一套，擊敗他看來易如反掌，這小子打死也想不到我們已在大哥哥的指導下將這個遊戲練得如魚得水，今天算他倒了邪楣，這可不賴我們，是他自找沒趣，活該！

我站起了身，拍了拍屁股上的塵土，向甘蔗攤走去。陸小波緊緊地跟在我的背後。

我裝著若無其事地在攤上挑甘蔗，妹妹最初還不解地看著我，可能覺得我白練了，沒出息，一見崔二貴就怕了，還翻了一個白眼。我也不多做解釋。

挑好了甘蔗，我往稱秤上一放：「約吧！」我面無表情地說。

妹妹故意沒理我，裝著沒聽見，還是哥哥過來幫我們稱了一下，說了一個數，我開始掏錢，妹妹向我投來一個疑問的目光，我暗遞了一個眼風給她，她這才恍然大悟，當即掩嘴樂了，還悄悄地在下面給我豎了一個大拇指，示意我一定要勝。

崔二貴一開始沒反應，仍在一邊玩著，一副投入的樣子。我心想這下可糟了，剛才的拒絕玩得太狠了點兒，以致這傢伙以為我真的不想玩了，他沒想到我那麼做無非是想釣條大魚。我開始有些煩躁，但暗暗地告誡自己要沉住氣，不能讓這小子瞧出我的底細。要出奇制勝，我腦子充滿了這個念頭。

我有主意了。我說：「來，陸小波，我們玩下劈甘蔗，看誰能贏。」陸小波一時沒反應過來，板著身子沒動。我心想他今天怎麼這麼笨呀。我碰碰他，「嗨，你傻啦，讓你玩啦。」他很不情願地接過我遞上的甘蔗，「好吧！」他嘀咕了一聲，「可沒刀怎麼玩呀？」

那把甘蔗刀在崔二貴他們手裡，我正等著他說這句話呢。我過去了，叫了一聲崔二貴，說：「哎，我們也想玩玩了，借刀使使。」崔二貴這才掉過臉來看我們。

「嘿。」他說，「剛才叫你玩不玩，現在自己玩上啦？」

我沒吭氣，看著他。

「你們自己玩多沒意思呀，跟我們一起玩吧。」他奸笑著。

我還是沒吭聲。

「我說了，先讓你們一把，這還不玩？」

我就是要讓他輕視我，我好出其不意，攻其不備。畢竟我是軍人家庭出身，這點戰略戰術我還是懂點的。這時陸小波忍不住說話了：「玩就玩唄，誰怕你。」

「咳，還是你有種！」崔二貴讚嘆道，「你呢，怎麼樣，你朋友都想玩了，你還真認慫呀？」他轉向我挑逗地說。

「行。」我說，「但我不要你讓一局，我們先說好，誰輸了要掏錢多買五根甘蔗送對方。」

「呦呵，口氣滿大的嘞，還真有種！」崔二貴興奮了，眉飛色舞的。他回身招了招手，他的夥伴們圍了上來。「我們跟這倆兒小崽子比試比試，如果輸了多買五根甘蔗給對方，行嗎？」他的夥伴們藐視地瞅我們，頻頻點頭，一副瞧不起我們的勁頭。這也正是我需要的。

崔二貴讓我們先上第一刀，我推辭了，說：「你們先來吧，我們要看一會兒你們怎麼玩。」崔二貴先上手了，吐了一口唾沫在手心裡，抄起了刀，穩了穩神，刀揮了下去，削去了一塊甘蔗皮，不多，但他已然神采飛揚了。他把自己削下的那塊剁了下來，塞進嘴裡「嘎吱嘎吱」地啃了起來。

餘下的崔二貴的夥伴們，有的削到了甘蔗的一塊皮，有的則一刀劈空了。

終於輪到我了。

我注意到妹妹和哥哥都在一邊看著，神情緊張。我故意裝出一副手忙腳亂的架式，一刀下去劈飛了。崔二貴們傳來一片歡呼。妹妹和哥哥都流露出一絲失望。這時我才直起腰，向他們擠了擠眼，我的神情明白無誤地告訴了他們，別擔心，我不會讓你們失望的。

現在輪到陸小波了。他氣鼓鼓地站著，刀刃穩住甘蔗。我知道陸小波要報我「失手」的一刀之仇。好戲這才真正開始呢，我剛才是故意的，這小子還沒看明白，我要笑在最後。

陸小陸那一刀果然準確無誤地落下，一塊甘蔗皮應聲飛起，雖然不太多，但足以讓他們吃驚了。崔二貴又流露出不屑的表情，可能覺得我們是撞了大運，很是不以為然。他揮刀又劈到了一點。轉了一圈，這下又一次輪到我了。

我輕鬆極了。其實剛才一上手我就覺得自己今天的感覺不錯，我知道玩這玩意兒也是要靠點手氣的，當刀刃一壓上甘蔗時，我心裡就已認準了這一刀下去足會讓崔二貴們目瞪口呆。我閉了一下眼，輕吸一口氣。我知道大家這時都在觀望著我，有幸災樂禍的，也有充滿期待的。

我鬆開了甘蔗，它在向一旁傾斜，我手中的片刀高舉在天，瞅準了機會迅雷不及掩耳地飛落直下，還學著大哥哥從嗓子眼裡輕爆一聲：「中。」

六

我至今仍能記起崔二貴那副哭喪的表情，猶如秋風打蔫的樹葉，霎時頹了。我在那次的比拚中每每戰果輝煌，我的刀很少劈空過，只有劈下的甘蔗皮有多少之別，這一點連我自己都暗暗吃驚，這完全是我的一次超水準發揮，就連哥哥和妹妹事後都對我讚不絕口。

雖然我們與崔二貴他們比拚了六根甘蔗，但次次都是以我們的最後勝利而告終，陸小波也爭氣，屢屢得手，崔二貴都快被我們逼瘋了，瞅著他那張一開始還洋洋得意，漸漸地由青變黃的臉色我就高興。隨著比分的落後，崔二貴他們開始了內訌，相互責怪，恨不得撕打了起來。現在輪到我們幸災樂禍了，這種感覺真是太棒了，讓我們有一種揚眉吐氣的自豪感。

我昂著頭，驕傲地看著崔二貴說：「認輸了嗎？現在你去買下五根甘蔗給我們，這可是我們事先的約定。」他想耍賴，臉色難看，妹妹就在一旁說了；「羞不羞呵，輸了還要賴帳？像個男子漢嗎？」一句話頂得他滿臉臊紅，但又無法抵賴，只好買下五根甘蔗遞給了我們，怏怏而去。陸小波快樂地大叫了起來，一蹦三尺高。哥哥則在一旁嘿嘿樂著，說：「行，沒跟我白學，這幫小子是該有人治治嘍，成天瞎鬧。」

「大哥哥，我得先謝謝你，這五根甘蔗我不要了，送給你吧，算是我們的感激。」我說。

「那哪行。」他趕緊說，「拿走拿走，是你們的就是你們的吵，我不要。」

我是誠心實意要送給大哥哥的，算是我跟他學藝的一份補償，我知道他們在這裡賣點甘蔗也不容易。於是我又說：「那我把它們寄存在你這兒吧，反正一時半會兒我們也吃不了這麼多。」他這才樂呵呵地答應了：「好，要吃就來拿，我幫你們留著。」他愉快地說。

這是我聽到他說過的最後一句話。事隔這麼多年，寫到這裡我心生悲慟，大哥哥的一席話又一次地在我的耳邊迴盪，我彷彿看到了他那張憨厚淳樸的笑臉，以及他說過的最後的遺言。我不知道大哥哥在天之靈是否還會記起他的那句承諾——「我幫你們留著！」

現在他走了，一個人孤獨地走了，只是偶爾會在我的腦海中再度復活。我懷念他！

我清晰地記得那一天午後，我仍坐在馬路牙上玩，與陸小波無聊地議論著路上來來往往的行人，有一對蹬自行車的青年男女從我們邊上擦身而過。現在這類人變得比過去稀少多了，也許是因為城市開始變得動盪不安的緣故？我不知道，總之比過去少太多了。

我與陸小波會意地交換一個眼神，因為我們清楚地知道他們急匆匆地要趕往什麼地方——公園，不用說，接下來他們要從事的「活動」我們的心裡一目了然。一想到這，我心裡彷彿躥上了一個活蹦亂跳的怪獸，抓撓著我。

自從那天與陸小波看到公園裡的那一幕後，我養成了一個惡劣的習性，經常在傍晚，天色漸暗之時，一人潛伏在我家的陽臺上，窺視著樓下的動靜。每當黃昏時分，夜幕降臨前，便會出現三三兩兩的自行車，車上坐著的都是些青年男女。一般而言均為男的蹬車，女的安詳地坐在後座上交疊著雪白的大腳，匆匆地向著公園的方向騎去。

那次的「目睹」，除了讓我驚心動魄和大開眼界，體內也開始滋生了一種自己都難以說清的躁動不寧，我的那個帶有下流幻想的手淫成了經常性的私密習慣，那一刻，我腦子裡充滿了各種色情意味的想像，只有在這一想像的刺激下，我才能淋漓盡致地將壓抑的欲望一泄而出。每次「祕密」過後我都會癱軟一會兒，瞪著無神的眼睛望著漆黑的天花板，那些肆無忌憚頻繁襲來的欲望隨著我的那一聲悶哼，以及體內精液的強烈噴射而得到了緩解。我是那麼地舒服，渾身麻酥酥的，就像大冷天浸泡在了熱水中，一天的疲乏煙消雲散。也就是從那時以後，只要我看到樓下的馬路上騎過的青年男女，一股莫名的嫉恨就會陡然而生，這促使我隱身在我家的陽臺上，趁著朦朧微明的天光開始了我的「報復」行動。

我操起彈弓，瞄準那些從我樓下經過的男男女女進行射擊。彈弓發射時傳來的「破空」聲讓我很是享受——「噗」，隨著這時輕響，我會趕緊蹲下身，隔著陽臺的豎欄空隙，偷眼覷去。

我經常會射飛，因為距離較遠，漸隱下來的天色又讓我的視線模糊不清。當樓下沒有任何動靜時，我便會沮喪不已。隔了一會兒，再度站起，趴在涼臺上目不轉睛地尋找新的目標。當目標又一次出現在我的視線中時，我重新開始抖擻精神，再前伏，瞄準，發射。

我彈弓裡裝的子彈是「溫柔」的，它同樣是樹上的果粒，我知道我不能去製造頭破血流，我只是為了要嚇唬他們一下，這會讓我覺得有趣開心。我不可能屢屢失手，偶爾隨著子彈的激射而出，我會聽到一聲「哎喲」，接著是自行車哐噹一聲脆響，那是自行車倒地的聲音，而那聲「哎喲」的驚叫出，一般是女聲。因為我更喜歡瞄準那個邋鞦韆般坐在自行車後座上的女人，她們挺著一張趾高氣揚的臉，讓人討厭，有時嘴裡還含著一根冰棒，讓我看著就氣不打一處來。我每次發射出子彈時，嘴裡都會跟著唸叨一句；「看你還敢得意，現在該輪到你哭了！」

可是沒人哭。只有隨著自行車倒地的「哐噹」聲後，我會無一例外地依稀聽到男人的呵護聲：「怎麼了？」那個女的便會嘶聲喊叫起來，待那位男人聽明白了之後，他們便開始了一連聲的詛咒之聲。

我呢，就躲在陽臺之下，咧嘴竊笑，心裡樂開了一朵花。

有時他們罵聲太大，那斥罵之聲衝著我們樓群持續不去，姥姥聞聲出來：「外面怎麼了？」姥姥不解地問，「出什麼事啦？」我會裝著沒事似地站起了身。「不知道呀！」我對姥姥說。「那邊好像有人吵架。」姥姥朝外瞄了一眼：「好好的吵什麼架呀！」姥姥感嘆道。又說：「若若出去時可別跟人吵架，聽到嗎？」我嗯了一聲，姥姥摸摸我的頭。

姥姥剛一離開我便縱聲大笑，這個別人看不見的遊戲在我看來可真是太刺激了。

但現在這類男女真是日見稀少了。我站起了身，百無聊賴地看了看四周，「我們再去找個地方玩吧？」我對陸小波說。「有什麼地方可以玩？」陸小波問我。我也不知道該去哪兒了，心情開始煩躁。

正在這時，我隱約聽到遠方傳來的口號聲，這讓我覺得驚奇，因為我們所居住的區域離市中心尚有一段距離，這個聽上去雖然隱約，但卻激昂的口號聲一聽就是造反派在舉行什麼重大行動。

那個時候文革運動已進入了一個新的高潮，紅衛兵組織開始急遽分化為保皇和造反的兩大派系，機關單位和郊區的農民也被這洶湧撲來的紅色風暴裹挾著捲入到了一片混亂之中。就在前一階段，我聽大人說城郊的蓮花縣出現了紅衛兵衝擊軍營，搶奪軍械庫的事件，農民聞迅後迅速組織了一幫人與紅衛兵展開了一場殊死搏鬥，據說雙方都動刀動槍了，有人說那一天槍聲大作，還打死了人。大人說她看到紅衛兵抬著死人在烈日炎炎下舉行遊行示威，要求嚴罰兇手，討還血債，但我們所居住的這一帶還相安無事，我們畢竟處在城市的邊緣地帶。

口號聲越來越近了……

第四章 × 人

一

那天的印象在我的記憶中刻骨難忘，就像是一個噩夢驟然襲來，擊碎了我少年時代所有的美好夢想。一切都破碎了，崩潰了，就在那一瞬間，我彷彿墜入了黑暗的深淵。

在我們那條寂靜的、通往市區中心的空蕩蕩的馬路上，突然黑鴉鴉地湧滿了人和車，漸行漸近，遠遠地看過去鋪天蓋地，眾聲喧嘩的嘈雜聲就是從那裡傳來的，無聊中的我們一下子變得高度亢奮起來，我率先向那個方向跑去。我知道陸小波會緊跟著我。我們加快了步伐。

漸漸看清了，那是由一長溜兒解放牌敞篷卡車組成的隊伍，汽車行駛得非常緩慢，車上還站著不少人，隨著聲嘶力竭口號的呼喊，汽車上立起了森林一般的手臂，車下還簇擁著許多小跑的人，也不知是不是跟著來湊熱鬧的，他們也跟著在呼喊口號。那嘩啦啦的口號聲如同海浪般地向我們滾滾撲來。

最讓我興奮的並不是口號聲以及遊行的隊伍，而是我能依稀看見在汽車的前排，有幾頂尖尖的白色高帽在陽光下閃爍。看不清戴帽的人，他們被迫低著頭，整個臉部淹沒在了尖頂帽下，胸前還掛著一個赫然醒目的碩大的牌子，塗抹著黑色的墨跡，那上面一定寫著他們的名字。名字似乎還分別地打上了幾個大大的××。

又是一群被打倒的五類分子，我心想。我更加興奮了。

我們身邊沒事在瞎玩的孩子也開始被吸引，大聲歡呼著向那邊跑去，跟著湧去人流中我還看到了崔二貴和跛著腳一瘸一歪的毛頭。

車隊漸漸地近了，能清晰地看見立在車頭的前排，掛著大牌子戴著尖頂高帽的人了，都是滿臉皺褶的老人，他們有的目光渾濁地望著前方，有的則耷拉著腦袋，在那個醒目的掛在胸前的大牌子上分別書寫著什麼走資本主義道路的當權派、叛徒、右派分子、歷史反革命等等，這些人的名字是我所熟悉的，因為在此之前我們這個城市裡已然寫滿了關於他們的大字報了，他們都是省委、省政府、省人大一級的領導幹部，過去的他們深藏於深宅大院中，尋常看不見，在我們的想像中是一些高高在上的大人物；而現在，他們以一副垂頭喪氣的狼狽相出現在了我們的眼前。口號中一直在持續著，此起彼伏，我們受到了感染，也跟著遊行隊伍高呼起了口號。

「太有意思了！」我聽到陸小波在我的耳邊說。我說：「這些大人物就長得這麼一副德性呀？真難看！」

背後傳來嘰嘰喳喳的說話聲，我下意識地回了一下頭，沒想到撞上了婷婷投向我的目光，我向她笑笑，她也向我微微點了點頭，目光又移開了。我很想跟她說上幾句，但我不敢。

一長溜兒的卡車隊伍緩緩駛過，一眼望不到盡頭，直到後來我才知道，這是自一九六六年的文革以來，我們省城舉行的首次揪鬥走資派的大遊行，造反司令部動員了全市的力量，將他們認定的省委、省政府、省人大內的走資派詳細排查了之後，統一行為，搞了一次突然襲擊。這次的動靜可謂聲勢浩大，而被拉出來示眾的「走資派」顯然猝不及防。這也是事後母親告訴我父親的。可在那一刻，我完全想像不到在這個一眼望不到頭的隊伍中居然還會有我的母親和婷婷的爸爸。

路上站滿了駐足觀望的行人，什麼樣的表情都有，好奇的、激動的、困惑的、恐懼的，以及像我們這樣歡天喜地的。第一批卡車隊過去了，間隔了沒一會兒，又有一列卡車隊伍向我們緩緩駛來。

「看，你瞧，瞧，那是誰？那不是婷婷她爸吧？」一人在嚷嚷地說。

「呦，還真是，他也成走資派啦？」另一個陌生的聲音在大聲說。我一震，趕緊看去。我吃了一驚。站在車廂前排耷拉著腦袋的男人分明是婷婷的爸爸，他不再是那天見到我，一臉慈祥微笑的那位讓我感到親切的叔叔了，雖然他現在低垂著腦袋，但我從低處向上望去，我能看出他一臉的淒悲，似乎在忍受著巨大的痛苦，彷彿一夜之間白了頭，看上去蒼老了許多。

我回頭，向婷婷所在的方向看去，我正好看見她眼睛瞪大了，一臉的震驚，一隻手緊緊地捂著嘴，似乎如果不這樣就會忍不住喊出聲來；我還看見她的眼睛裡閃出了一束淚光，正順著眼角往下爬。我的心抽緊了一下，心想婷婷真可憐，她肯定事先沒料到自己的爸爸會是一名萬眾聲討的走資派，連我都沒有想到。我不敢再看她了，我怕她發現我在盯著她看會更加難堪，她一定不可能再像過去那般驕傲了，因為她爸爸此刻成了被打倒的人。

我把目光又重新掉了回來，婷婷傷心欲絕的樣子仍在我的腦海中徘徊，我能想像她現在的心情。

我注意到與婷婷爸爸在同一輛上還站著的一個女人，她的不屈不撓引起了我的高度關注。她的腦袋幾次要拚命昂起，都被造反派強行摁下了，背後還有兩個造反派將她的雙臂像飛機羽翼般地高高抬起，可她掙扎著，試圖從壓迫她的手中掙脫出來，將腦袋再度揚起。但沒有成功。就在這一剎那間，我覺得那人彷彿是我的母親，心臟隨之狂跳了一下。我不敢相信自己的眼睛了，這怎麼可能？我的母親怎麼可能會成為被遊鬥中的一員？媽媽在家對我說的最多的一句話便是：「好好學習，聽毛主席的話，做毛主席的好孩子。」她怎麼可能會反對毛主席呢？

卡車越來越近了，我眼睛一眨不眨地看去，那個女人還在掙扎，但都被造反派強行壓制了。我看不清她的臉。這時那塊掛著她胸前名字上打著大×的牌子赫然在目了——李淑生，正是我母親的名字，我的腦袋「轟」的一聲炸開了，天旋地轉。

我不知道那一時刻我內心在經受著什麼，只是覺得血液在腦子裡激盪開來，然後往腳底快速流去，強烈的暈眩讓我有些站立不穩，我的身子開始搖搖晃晃了。那一瞬間，我的血壓一定降得很低很低，否則我的眼睛不可能會冒出了許多閃爍的光斑，猶如無數隻螢光蟲，萬花筒似的在我的眼前紛然掠過。我趕緊蹲下了身子，否則，我肯定會控制不住地躺倒在地了。這時的我，衣服已經濕透了。

「你怎麼了？」我彷彿聽見從遙遠的地方傳來的一個聲音，那聲音恍惚得如同夢境，似真非真。我拚命地捂著臉。我覺得我的淚水很快就要奪眶而出了，我很想扯開嗓門號啕大哭。

「若若，你到底怎麼了？」聲音現在變得更近了。是陸小波。

「呦，那不是若若他媽嗎？」一個中年女人的聲音終於像顆原子彈般地在我的耳邊轟然炸響。

「快看快看，呦，還真是，若若他媽！」又有人說。

我的眼淚，終於控制不住撲簌簌地流了下來。我站起了身，轉身向相反的方向跑去，內心中充滿了難以言表的痛苦與屈辱。我也不知道要去哪，我只想拚命地跑，跑到一個沒人看見我的地方。我覺得瞬息之間天空坍塌了下來，進入了世界末日。我沒臉再見任何人了，我現在是一個反革命的孩子，我彷彿覺得所有人的目光都在注視著我，我置身在熾烈的陽光下無處逃遁。但我還是要跑，跑得遠遠的。

我怎麼可能想到這一噩夢般的經歷會在我的身上發生呢？我一直以為這場轟轟烈烈發生在我們身邊的運動，是我們孩子們歡天喜地的好日子，我們從此不用再看到老師那張像死人一般嚴肅的面孔，不用再去學校讀那些讓我討厭的書本，天天是由我們自導自演的開心節目，到處是歡樂的海洋，我們可以任意地胡作非為。可是一場災難，就這麼毫無預警地向我驟然襲來，讓我猝不及防。我覺得我渾身上下都在顫抖，一如隆冬臘月被寒風摧打著的顫抖的枯樹。

我跑回了我們家的樓下，沒敢上樓，因為我擔心姥姥會追問外面發生了什麼事，我不能告訴她老人家，我想姥姥知道後也會像我一樣崩潰，更何況她是一位上了年齡的老人。我不想讓姥姥難過。

不知為什麼，我忽然覺得渾身發冷，禁不住全身顫慄。我好像沒地方可去了，只好爬上了垃圾箱，坐在那個水泥横板上，開始撕心裂肺地大哭了起來，昏天黑地的哭著，所有的委屈都在那一刻傾瀉而出。我在發抖，完全控制不住。天空真的塌下來了，我開始感到了孤苦無助。這時我才真正地意識到，母親一直是駐紮在我心目中的強大的精神支柱，現在她倒下了，成了被眾人唾棄的階級敵人，我完全接受不了這一殘酷的事實，可這一切就發生我的眼前，由不得我不信，它就是那麼冷酷不帶任何預兆地發生了。

平時熱鬧無比的家屬小院現在靜悄悄的，一個人影都沒有。我們小院從來沒有像今天這般闃然無聲。我知道幾乎所有的人都被聲勢浩大的遊行隊伍所吸引，蜂擁而去了，誰都不想錯過這個難得一遇的歡欣鼓舞的時刻，而這一時刻，對我來說則意味著一場突如其來的滅頂之災。

我任憑臉上的淚水如盛夏的暴雨傾盆而下。我不知道此後我是否還能接受一個當「走資派」的母親，這是一場由偉大領袖毛主席親自發動和領導的文化大革命，儘管我還小，但我深知緊跟毛主席是不可能犯錯誤的，毛主席說過的話從來沒有錯過，一句頂一萬句，難道我的母親會是反對毛主席革命路線的人嗎？我真的不敢再往下想了，好像黑與白在這一瞬間全部被顛倒了過來。

也不知昏天黑地地哭了多長時間，直到我哭得彷彿沒有了淚水，只剩下抽抽答答的聲音時，才發現陸小波一直陪伴在我的身邊，瘦骨嶙峋的小手輕輕地搭在我的肩上，可我在此之前根本沒意識到他的存在。我轉過臉來看他，只見他的眼眶中也是淚影婆娑。他哭什麼？這是我萌生的第一個念頭，被遊街示眾的並非他的家人，他為什麼也會哭呢？

「別哭了，若若！」陸小波說。

我聽了他的話，想抹去眼中的淚水，可一股委屈又湧上心頭，再一次放肆地哭出聲來，我聽到陸小波也開始了嘶聲號啕，哭天搶地的，我們就這樣放任著自己被壓抑的情緒，任憑淚水滔滔不絕。

二

南方的冬天是寒冷的，直到現在，每當我想起那天紛飛的雪花時，仍會在心頭打上一陣寒戰。也不知為了什麼，就覺得那天的天氣像死人的臉一般陰沉，天空是鉛灰色的，如同裹了一襲巨大的屍衾，紛紛揚揚的漫天大雪，在狂吼的冷風中斜飛著飄落下來，地面上積起了幾尺厚的白雪，如果是在以往的歲月中，這時候是我最歡快的日子了，因為我可以拉上一群小夥伴上街上打雪架了，我們會先堆著雪，壘起一個個小雪人。一般這時我們會先分劃為幾撥人，各自壘築自己心目中的雪人，比試著看誰壘得更快。當然，最後還要比較誰壘的雪人更具創意。

那個年代「創意」這個詞彙尚未誕生，但我們小時候已然在雪天的日子裡練就了這一技能，所以我們這些小朋友每當冬天來臨，便開始期盼著下雪，當皚皚的白雪覆蓋了沉寂的大地時，我們堆雪人的快樂節目便隆重登場了，那一時刻就如同是我們的狂歡的節慶。

大雪一般是在夜間降臨的，無聲無息地突降人間，時常一點預兆都沒有，宛若上蒼賜予我們的一個意外的奇蹟。我們喜歡這種沒有預兆的恩賜，只有這樣它在我們的心目中才更像是一個突如其來的恩典。

當清晨醒來，揉了揉惺忪的睡眼，翻身坐起，迷迷糊糊地望向窗外，這才發現天空竟是一片煙濛，窗戶上的玻璃邊緣也像蒙上了一層朦朧的霧氣，還掛著碎花般的冰凌。

這時我便知道下雪了，我會大聲地歡呼一聲。姥姥在別的屋子聽到我的呼喊會嚇一跳，以為我發生了什麼事情，顛著小腳急喘著推門跑進屋。

「呦，若若，出什麼事啦？」

看著姥姥那副一驚一乍的模樣，我笑得更兇了。姥姥瞪大了眼看著我，一臉困惑。我會一邊笑一邊指著窗外說，「雪，下大雪了！」然後急煎煎地起了床。姥姥趕緊去給我備好了早餐，她知道她心愛的若若又要飛快奔出門了。姥姥知道我喜歡雪。

其實等我出門時，小朋友們已然三五成群地蓄勢待發了。我們最初是各玩各的，我的身邊總是跟著陸小波，他會早早地在雪地裡候著我。

陸小波家有早起的習慣，據他告訴我說，只要天空剛一破曉，他就會被家人催促著起床複習功課，他說這是他們家族的傳統。他們家過去是書香門弟，只是後來趕上爺爺這一輩因嗜賭如命而家道中落了，延續了幾代的「書香」便斷了血脈，輪到他父親這一代時，因家世搭上了一點「封建殘餘」而受到牽連，只能當一名我母親單位的地位卑下的廚房管理員。但陸小波的父親仍矢志不移地希冀通過下一代人，恢復家族的書香傳統，所以將未來的希望寄託在陸小波和他哥哥陸大鳴的身上。

陸小波的哥哥果然出類拔萃，從小學到高中的成績一直名列前茅，最終考上了全國重點大學，可因為家庭出身不好未被重點大學錄取，只能轉而入學於省城的重點大學，這已經算是幸運了。這所大學聚集了許多省裡領導幹部的子弟，他的學習成績依然在班上鶴立雞群，就是在那裡，他結識了他後來的那位女朋友，她一直暗暗地崇拜他。

為此陸小波常在我面前誇耀他的哥哥，他羨慕極了性格孤僻且言語不多的哥哥，他為能有這麼一位好哥哥而驕傲不已。

可陸小波的成績卻一直不上不下，所以只能在一般般的小學念書，儘管每天清晨天濛濛亮仍會被父母喚醒。他告訴我，他與我一樣也討厭讀書，可被家人逼得也只好一大早爬起念書，其實心裡很難真正地看進書中的內容。

陸小波有一絕活，這便是他擅長吹笛子，據他說這也是跟他哥學的，他總能將笛聲吹得或宛轉悠揚，或如泣如訴，每當他在吹笛子時，那副專注投入的神情就像變了個人似的，歪斜著腦袋，雙臂抬起，將大煙槍般的長笛橫斜過來，輕壓嘴唇，雙唇隨即抿成一條細縫，就像微翕的兩枚月牙型的葉片，然後上唇抵住長笛的孔洞，忽然一仰臉吹奏了起來，身體則會來回地搖擺不停，就像水中隨風蕩漾的一葉扁舟。

笛聲如一泓清泉，涓涓流淌著飛瀉而出，此起彼伏地順著彎曲的山澗水道迤邐而去，清山，綠水，河流，巍峨的大山、滔滔不絕的江河流水，還有一望無際鮮花爛漫的平原大地，一路上風景如畫，那一刻，我的心會追隨著陸小波的笛聲悠蕩了開來。

後來，我趁著母親不備，悄悄地從她掛在牆上的衣服口袋裡偷了一點錢。那是我第一回當小偷，自己都覺得驚心動魄，心跳不已，好在家人沒有發現。當時我就深刻體會到了什麼才叫做賊心虛。我用這筆錢託陸小波幫我買了一個笛子，那一段日子我每天跟著他學，可我很快發現學起來太難了，讓我舉步維艱。很快，我就失去了熱情。

「這是需要耐心的。」陸小波說。

「哦，我就是缺少耐心。」我沒好氣地說。

我終於放棄了，但我喜歡聽陸小波吹笛子，每當笛聲從他的嘴裡發出時，我的心就像在蔚藍的天空中飛揚。

我急匆匆地下了樓，老遠就聽到了陸小波的笛聲。他站在紛飛的大雪中，望著遠方嬉戲的小夥伴，吹著他心愛的笛子。他在等待我的出現。花瓣般的雪花覆蓋了他的頭髮和肩膀，使他看上去一如屹立在風雪中的一個雪人。

我飛快地跑了過去。陸小波回身向我咧嘴一樂，放下了笛子，順手將笛子插進腰間的皮帶中，二話沒說，捧上了一把雪。

我們開始堆雪人，其他的小夥伴看到我們，發出一陣陣歡呼聲，我們開始了雪人競賽，看誰堆得好，堆得快。陸小波的動作總是比我麻利許多，他手腳並用很快壘出了一個高聳的雪團，然後我們再開始精心地搭建，讓它漸漸地變得像一個人物的造型。這項工作一般都是由陸小波來完成的，因為由他最後塑造的雪人，總能維妙維肖地像一尊直立雪中的大將軍，威風凜凜。

當這一切都結束時，我們堆出的雪人總是會受到其他夥伴的交口讚譽。接著，我們會分成幾撥，打起了雪仗，歡聲笑語聲在漫天飛舞的大雪中傳出很遠，潔白的雪地上到處都留下了我們的紛亂的足跡……

可在那一天飄雪的日子裡，我只是呆怔地望著窗外，了無心緒，我突然莫名地懷念起打雪仗的日子，那個無憂無慮的屬於我們少年的歡樂，彷彿在一夜之間被澈底改變了——自從母親被揪鬥，並被冠以「走資派」的大帽子後，我就開始了羞於見人，我很難忍受過去我所熟知的小夥投射在我臉上的目光，以及平時沒事在院中聊閒天的阿姨們在我背後的指指點點。

就在我看到母親被遊鬥的那天黃昏，當夕陽漸漸沉落，我們樓群下的大標語亦換了內容，那些如雷貫耳的省裡領導的名字，被新的墨跡未乾的大字報所覆蓋，其中就有「打倒」我母親的橫幅標語，只是將我母親的名字「李淑生」，用惡毒的語言「李畜生」所取代。我還注意到婷婷爸爸的名字也被鮮明地寫在了大字報上。可想而知，當看到這一切時在我內心深處所引發的強烈地震。我幾近崩潰。

平時常與我玩耍的小夥伴迅速倒戈，他們開始歡呼般地在我背後大叫「噢——李畜生！」然後傳來忘乎所以的大笑，一副幸災樂禍的模樣，那一刻，我恨不得自己能像隻小老鼠似地找個地縫一頭鑽進去。

我飛快地向家裡跑去，我能聽到背後陸小波在大聲地呼喚著我，我沒有回應，我現在只想一個人待著，我不想跟任何人說話。

一進家，我就衝進了我的房間，關上了房門，又一次默默地流下了熱淚。我不敢大聲哭號，我怕姥姥會聽見，現在她還不知道我母親發生的事件，我也不知道該如何向姥姥交代。

假如她知道了會怎麼樣呢？一想到這我心裡就怦怦直跳。

姥姥在敲門。

「若若，你怎麼啦？怎麼進家就關門呢？」

顯然，我的一反常態引起了姥姥的注意。我沒說話，我擔心如果發聲姥姥會聽出我的哭腔，我在拚命抑制自己的情緒，雙手抹著眼淚。

「外面怎麼了？這麼鬧騰。」姥姥問。

我還是沒吭聲，心裡亂急了。

「乖孩子，快出來跟姥姥說說。」姥姥又說。

直到這時我才冷靜了下來，我必須面對這一現實，因為姥姥這邊我是怎麼也不可能繞過去的，她遲早會知道。可是我怎麼對她說呢？我開不了這個口。我想起了我的姐姐，如果她在家就好了，可她現在在哪呢？

姐姐總是不著家，成天在外面忙她的事，我要是一問，她便瞪著眼對我說：「你管呢！」我就沒法再說什麼了，反正她仍跟小清姐泡在一起，一副神神祕祕的樣子，現在也不怎麼帶我出去玩了。

三

那天的大雪天我沒有像往常一樣衝出房門，我沒有了往昔望著雪天的喜悅，我甚至覺得這肆虐的滿天大雪猶如一條鞭子在抽打著我。

姥姥在喊我吃飯，我先是縮在被窩裡又發了一會呆，這才一咬牙掀起被子翻身坐起，感覺身體迅速被刺骨的寒冷所包裹。我打了一個冷顫，哆哆嗦嗦地穿上了衣服，從床上爬起。

姐姐已在吃飯了，姥姥坐在飯桌上沒動筷子，顯然在等我，姥姥這一段時間一直在唉聲嘆氣，顴骨顯見突顯了出來，消瘦多了。我知道姥姥在擔心她的女兒，也就是我的母親，我知道她一定背著我們不知哭了多少回，可一旦當著我們的面，她又會表現出一副若無其事的樣子。

我還清晰地記得那一天，當我正為如何告訴姥姥母親被游鬥的事發愁時，姐姐進家了，我聽到姥姥迫不及待地對姐姐說：「若若不知跟誰置氣了，關著門不出來。」我從姥姥的口氣中聽出了她的擔憂和焦急。這時我豎起了耳朵，我想聽接下來姐姐會如何回答，她的出現就像是一個救星，我希望她能幫我擺脫眼下的困境。

姐姐知道母親被遊鬥了嗎？她可是始終在為自己是革幹子弟而自豪呢。我在眾多的看熱鬧的人群裡沒有見到姐姐的身影，那一刻她一定在別處。難道姐姐會不知情？也許。我心裡還在打著鼓，盤算著下一步我該怎麼辦。

「知道了。」姐姐說，從她的聲音裡我琢磨不出她的心情。我聽到了敲門聲：

「若若，你開門。」

我猶疑了一下，還是將門拉開了一條縫，又轉身回到床上盤腳坐下。我聽到姐姐又回身對姥姥說了聲：「我先去跟若若聊聊。」姥姥答應了。

姐姐關上了門，向我走來。一看到她，我的眼淚又抑制不住地流了下來。姐姐在我身邊坐下了。

「我都知道了！」靜默了一會兒，姐姐說。

「媽媽會是壞人嗎？」我含著淚花問。

姐姐的目光突然變得冷峻了起來，我好像從沒見過姐姐的這種眼神。

「媽媽不是，媽媽是忠於毛主席的人。」姐姐堅定地說。

「那為什麼要遊鬥我們的媽媽呢？」我仍不解地問。

「我也不知道。」姐姐終於嘆息了一聲，「我們要相信媽媽，她不會是壞人，對嗎？」

我點了點頭，姐姐的話讓我心裡多少有了一絲安慰。

「那我們怎麼辦呢，我們怎麼告訴姥姥？還有爸爸，爸爸肯定也不知道媽媽發生的事情。」

「我們先等媽媽回來了再說。」姐姐說。「若若，把眼淚擦乾，不要讓姥姥擔心，聽到嗎？」

可是那天晚上媽媽終歸沒有回來。

姥姥預感到發生了什麼事了。平時如果母親工作太忙，回來得晚，姥姥都會催促我們先吃晚飯：「不必等，先吃，要不然飯都涼了。」姥姥總是這麼說，母親回家後，她會再去熱一回飯菜。

可是這一次姥姥一反常態。桌上的碗筷都擺放好了，飯菜也已端在了桌上，冒著滋滋的熱氣，姥姥沒說話，端坐在飯桌前一聲不吭，只是偶爾地打量一下我和姐姐，目光透出了一絲犀利。我和姐姐配合得挺默契，都裝出沒事的樣子，但我其實很緊張，生怕姥姥會突然問起：「你媽媽怎麼了，為什麼還不回來？」可是她沒問，只是一人悶悶地坐著，她這個樣子只會讓我更加不安。

桌上的飯菜失去了最後一點熱氣，母親還是沒有回家，我們開始擔心了。我不時地和姐姐交流一下目光，她會朝我眨眨眼，以示鎮靜，可我怎麼可能鎮靜得下來呢？

中途，姥姥端起飯菜重新熱了一次，當她從廚房轉出來時說了一句：「先吃吧，吃完了再等你媽。」我們就像暫時獲得了解脫似地扒起了飯菜，可是一點胃口都沒有，這才奇怪這麼晚了為什麼沒有絲毫的飢餓感呢！我偷偷覷了一眼坐在對面的姐姐，她正埋頭吃著，姥姥卻始終沒動筷子。

「姥姥，您也吃吧。」姐姐說。

「不急，你們先吃吧，我再等等你媽。」

「不用等啦，媽媽今晚肯定又有事在忙呢，您先吃。」姐姐說。

姥姥發出了一聲沉重的嘆息：「我知道你們媽媽今天遇到事了！」姥姥說。

我和姐姐一驚，不約而同地放下了筷子，看定姥姥。我們都沒想到姥姥竟會突然說出這句話！

「你們吃吧！」姥姥說。

這時突然傳來敲門聲，我率先蹦了起來。「是媽媽回來啦！」我快樂地說。我衝向大門，猛地一把將大門拉開了。

我沒想到站在門口的並非我的母親，而是婷婷和她的母親。我清晰地記得那天傍晚婷婷穿著一件月白色的襯衣，配一條深藍色的褲子，眼神露出些微的膽怯，蕩漾著一望而知的憂傷，眼圈有些紅腫；旁邊站著她的母親。母女倆長得像極了。

婷婷的母親顯得年輕，皮膚白白淨淨，身材纖細高挑，眉眼中還露出一點孩子般的稚氣，我只知道她在政府大院的一家幼稚園當老師，這還是與母親的一次聊天時她無意中告訴我們的。

婷婷的小手輕輕地牽拉著她的母親，嘴唇抿攏著。因為意外，我站在門邊上呆了一下，還是姐姐先開口了。

「阿姨好。哦，是婷婷呀，進來坐吧。」

姐姐像個大人似地張羅了起來。姥姥沒吱聲，她還不認識這兩位驀然出現的不速之客。姐姐告訴姥姥，這是母親同事的家人，姥姥這才熱情地打起了招呼，引領她們在飯桌前坐下，又忙問：「吃過了嗎？沒吃我再去做點兒一塊吃。」婷婷的母親輕聲說：「吃過了，只是過來打聽點兒事兒。」

「若若的媽媽回家了嗎？」阿姨問。

姐姐這時從廚房裡端出了二杯涼開水，彎腰放在了婷婷母女的面前。

「我媽還沒回，肯定單位有事耽擱了。」說完，她偷偷看了姥姥一眼。

阿姨注意到了姐姐的眼神，忽然間不好意思起來。「哦，沒什麼，我只是順便過來問問，沒事的。」她敷衍地說。

大家又沉默了。我注意到婷婷抬眼看了我一眼，見我也在看她，臉紅了，埋下臉來端起了茶杯，湊上嘴，小抿了一口。在她低頭喝水的剎那間一道淚光飛快地在我眼前閃過，我心動了一下。

「你們也不必瞞著姥姥了，姥姥在舊社會什麼事沒經過？有事就說吧。」姥姥突然冷靜地說。「我知道今天出事了！」

姥姥的話音剛落，又傳來輕微的敲門聲。敲門聲顯得很小心，似乎還很猶豫，先是輕敲一下，隔了一會兒，又像是遲疑般地連敲了二下。

我們面面相覷。因為大家都能猜到這不可能是我的母親，這種奇怪的敲門聲已足以說明了所有問題。會是誰呢？

這次是姐姐站了起來，快步向門口走去，拉開了門。

我們所有的人都將目光齊刷刷地看向大門，因為在這麼一個特殊時刻出現了一位不速之客，無論如此也會引起我們極大的不安。

又是一個沒想到。這次出現在門口的人居然是陸小波。當姐姐拉開門，又閃開身子時，我看到了陸小波的那副窘迫的表情，他先是叫了聲：「姐姐好。」然後眼睛開始尋找我。當他的目光與我碰撞上了時，我看到他很為難地抿緊了嘴唇，微微翕動了一下，欲言又止。見一屋人都在注視著他時，他顯得更緊張了，不知所措地站在門口，瞪大一雙惶然的眼睛，一隻手還下意識地在褲縫上不安地揉搓著。

我見陸小波這麼一副神情，就已然猜到了他不會僅僅是來找我玩的，他的表情在清晰地告訴我，將有重大的事情要對我述說，只是一時又不知從何說起。

姐姐沒明白他來我們家的意思，只是客氣地對他說：「若若今天有事，你以後再來找他玩吧。」陸小波更加拘謹了，小臉憋得通紅，求救般地望向我。

「進來吧，陸小波。」我說。這時我也站起了身，上前去拉住他，迫切地問：「你想告訴我什麼？是關於我媽媽嗎？」

當我說出這句話時，所有在場的人都驚了，因為沒人想到，陸小波的突然出現會與我們急切關心的事相關聯。姥姥緊忙著過來說：「孩子你快坐，有什麼話要說？」

陸小波像個木偶似地坐下了，呆滯地點了點頭。
「是我爸讓我來告訴你們的。」陸小波有點哆嗦地說。
「你爸？你爸要對我們說什麼？」姥姥迫不及待地問。
「你有婷婷她爸的消息嗎？」阿姨也在焦急地問。
陸小波靦腆地點了點頭，想說，又好像開不了口。
「哦，孩子，先別急，喝口水再說。」姥姥說，她迅速地在一個空杯中倒滿了白開水，遞給陸小波。陸小波幾乎是下意識地接過，一仰脖子「咕嘟咕嘟」地將一杯水全渴完了，用袖子抹了一把沾滿了水漬的嘴唇，像是由此而獲得了一點兒勇氣。
「我爸爸說他不能來，怕人看見，他讓我來告訴你們，阿姨今天晚上回不了家了。」陸小波彷彿愧疚地又望了一眼婷婷的母親，好像是自己而不是別人，做了件對不起大家的事。
阿姨的眼淚一下子流了下來。「我就知道她爸出事了，真的出事了，怎麼辦呵！」
我也慌了，心跳得厲害，沒著沒落的。我看著姥姥，我也想哭，可在婷婷面前我只能強忍著。
「先別急。」姥姥安慰婷婷的母親說，「讓這孩子把話說完。」姥姥在這一時刻表現得異常冷靜。她又給婷婷的媽媽倒了一些水，「先別急，急是沒有用的。」姥姥說，「我們再想辦法。」
「你接著說。」姥姥和藹地對陸小波說。
「我爸也沒太多說，他只是匆匆趕回來讓我來告訴若若，我爸說造反派不讓阿姨、叔叔回家，說是要隔離審查交代問題，我爸說完又走了。」陸小波沒再說了，緊張地看著我，似乎想從我這獲得一點什麼反應。我看得出來，他對我們現在的處境非常擔憂。
「就這些？」姥姥問。
「嗯。」
「沒了？」

「嗯。」

姥姥不再問了，表情嚴峻了起來。婷婷的母親又開始抽抽答答地哭了起來。我看了一眼婷婷，她拉著母親的手，表情痛苦，眼淚也在眼眶裡打轉兒，沒流下來，但我知道她也想哭，只是擔心這樣一來母親會更加傷心，所以她在隱忍。我覺得在這種非常時刻她表現得比我成熟。

「孩子，你先回吧，我們再想想辦法，替我謝謝你爸爸，他真是一個好人。」

陸小波點了點頭，看向我，我也感激地看著他，示意他可以走了。他走時又回頭對我說：「若若，你有事儘管叫我。」我答應了。

屋裡又安靜了下來。

「我們現在怎麼辦？」婷婷的母親問姥姥。姥姥現在一下子成了我們所有人的主心骨。

姥姥坐著一直沒動，眼睛呆呆地望著屋角，似乎在想著什麼事。過了一會兒，姥姥站了起來。

「我這就去做點吃的。」姥姥說。「麗莉，若若，你們一會兒給你媽，還有叔叔送點吃的去。」

「我也一塊去。」阿姨說。

「你不能去，你去他們一定會攔著你，麗莉他們是孩子，我想造反派對孩子不能怎麼樣。」

婷婷媽媽的臉呆了一下，流淚又流了下來。

「我跟姐姐去吧，媽。」婷婷拉著母親的手，安慰地說。

婷婷的母親看著婷婷，靜默了一會兒，然後說：「也只好這樣了！」

四

我還能憶起那天夜晚的夜空，月色皎潔，星光璀璨，雲層很淡很薄，仰臉能看見一鉤彎月懸浮於靜謐的空中，在雲層中緩慢穿行，如同一隻俯瞰人間的眼睛。我見到幾顆倏忽而逝的流星，飛快地劃破墨藍色的長空，拖曳著一道亮色的長尾，隕落在了浩瀚的天地之間。

記憶中的馬路上寂靜無聲，甚至見不到一個遊動的人影，我知道這是不可能的，那時正是文革最喧鬧的日子，街頭巷尾一直持續著隨著夜幕的降臨而發生的瘋狂，因為許多人都在期待出現熱鬧的風景，尤其是像我這麼大的孩子們。我說過了，那一段日子天天都像在過節。

可是這個節慶般的氣氛自從那一天的開始，在我的生活中澈底終結了。記憶竟是那麼深刻地鑲嵌在了我的腦海中。馬路上沒見一個人影，唯有我們仨在匆匆地向母親所在的辦公大樓走去。在那個風歇雨止的夜晚，我們顯得那麼得孤苦無告，好像在這個空曠的世界上，所有人都消失了，只留下了我們相依為命的三人。

我的手上拎著兩個鋁製的飯盒，裡面盛滿了姥姥做好的飯菜。那時買肉是要憑票供應的，每月只能定量購買，而且供應量少得可憐，我們平時難得吃上一次肉菜，姥姥排長隊買回鮮肉後總會醃好藏起來，一般是專等父親週末回家時才會拿出一點來做上一頓可口的飯菜。這次姥姥非常慷慨，將她私藏下的所有醃好的豬肉通通拿了出來，做了一道菜花炒肉片，炒了一碟韭菜炒雞蛋，廚房一下子變得香氣四溢，味道誘人，若在平時，我的哈拉子早就流出來了，可在今天我卻沒有一點的饞蟲襲擾，雖然這個難得聞到的香氣讓我還是很受用的。

我坐著沒動彈，沒有像以往那樣如同一隻久候的饞貓，悄悄溜到廚房，故意站在姥姥的邊上，我的姥姥這時便會非常默契地用筷子夾上一塊炒熟的肉片送到我的嘴裡。

我緊隨在姐姐的身邊，姐姐則牽拉著婷婷的手快步走著。我們很快就到了母親所在的那棟大樓，見大門外站著一些人，一副閒散的模樣，興奮地議論著什麼，那時我就覺得他們都是很高很大的人，今天想來才覺出其實都是些年輕人，在我的那個年齡段，看到三十好幾的叔叔都覺得是大得不得了的人了。

我們沒有搭理他們，埋著頭匆匆而過。我很緊張，生怕他們看到會訓斥我們，可是沒人注意到我們，只有其中的一人向我們瞥了一眼，也沒吱聲。我們跟著姐姐快步走過。

一進了大樓就是一個長長的甬道，甬道的兩旁全是緊閉著的辦公室門。甬道內沒有燃燈，漆黑一片，我的瞳孔一開始還沒有完全適應突如其來的黑暗。我聽到姐姐小心地叮囑了一聲：「若若，跟著我。」我「嗯」了一聲，心裡更加害怕了。其實我真正害怕的並非是這個陡然出現的黑暗，而是在恐懼母親在這個寂靜的夜晚突然變成了一個人言可畏的階級敵人，那我便成了階級敵人的孝子賢孫，成了我嚷嚷著要去打倒的黑五類子弟，讓我沒臉見人。而在此前，我還一直自豪我是一個純正的紅五類、革幹子弟呢！那個年代講究的是「老子英雄兒好漢，老子反動兒混蛋」，我現在不就成了一個「混蛋」了嗎？這個世界就如同眼前的黑夜，驟然之間變得面目全非了，我在毫無準備的情況下被拋入了一個看不見一絲光亮的漫漫長夜。

走了一會兒，還是沒見動靜，悄無聲息，我們也沒說話，只是心裡更加的疑惑——母親能在哪呢？我們走到盡頭了，這裡根本沒人。

姐姐站住了。我看不清她的臉，但她一直站著，像塊石頭般地一動不動。

「姐姐，我們怎麼辦？」這是婷婷在問。

姐姐還是沒說話。她的沉默讓我的心砰砰直跳，我開始有些絕望了。

「再找找，不可能不在。」姐姐說。我聽得出從她聲音中傳達出的堅定。

我們繼續往回走，只是這次放輕了腳步。走著走著，隱約聽到從什麼地方傳來細碎的說話聲。姐姐腳步放慢了，更慢了，終於又一次地停了下來。我知道她在側耳聆聽，辨別著方向。

又動了。這時我們來到了樓梯口。樓梯的扶手邊有一條過道是通往樓後的另一處地方。說話的聲音變得更大了。我們順著過道走出了大樓，來到了大樓的後院中。

現在我們置身在了水晶般的月色下，我抬頭看了看姐姐，她表情凝重，我又偷看了婷婷一眼，發現她也顯得鎮靜了，雖然表情中還飄著一縷憂傷。

我知道，我們現在奔去的方向是母親單位的食堂，緊挨著食堂的邊上築著一排矮房，那裡有幾間屋子敞著燈，說話聲就是從那裡傳來的。

我們躡手躡腳地趴在亮燈的房間外窺探了幾眼，裡面有幾個人影在抽煙聊天，表情嚴肅，沒有見到我們的家人。這讓我們很失望。我們在窗戶下蹲下了身子，悄聲地商量下一步該怎麼辦。姐姐堅定地相信我們的家人就關押在這排房子裡，只是究竟關在哪一間我們一時還沒法弄清楚。

「姐姐，你說該怎麼辦？」我著急地問。

姐姐站了起來，神情冷峻。

「只能直接問他們了。」姐姐想了想，沉著地說。

「如果他們不告訴我們呢？」婷婷說。

「我們就耍賴不走，跟他們鬧，反正我們是小孩，有什麼好怕的，他們肯定拿我們沒辦法。」姐姐說。婷婷點了點頭，似乎在下決心。只有我的心裡還在拚命打鼓。這事能成嗎？我心想。

我心情忐忑地跟著姐姐進了這座房子，向著那個亮燈的屋子走去。

屋子半敞著門，一股濃濃的煙味從屋裡散發了出來，有點嗆人。裡面爭論的聲音大了起來。可能聽到了腳步聲，聲音停了下來，沒動靜了。我們就在這時出現在了屋子的門口，由姐姐領頭，我們跟在她的身後。姐姐沒有遲疑地推開了門。

「找誰？」屋裡的一人問，轉身看向我們。他的態度挺兇的，我有些害怕了。

「找我媽。」姐姐說。

「還有我爸。」這是婷婷在說。

他們好像明白了，互相看了一眼。「回去吧，我知道你們找誰了，你們大人是死不改悔的走資派，現在不能見人。」一人粗聲粗氣地說。「他們現在必須老老實實交代問題。」另一人幫腔地說。他們不再理會我們了，又開始了聊天，就好像我們根本不存在似的。

「不行。」姐姐堅定地說，「我們要送點吃的給我們父母。」

「嘿，你們這些小孩在跟誰說話，什麼叫不行？這裡我們說了算，什麼叫不行？你們雖然年齡小，也要知道站穩階級立場，你們的大人是走資本主義道路的當權派，知道嗎？你們要站在毛主席一邊。」

「我媽媽就是站在毛主席一邊的。」姐姐說。

他們樂了，像看一群動物似地看著我們。「這孩子嘴還挺硬。」他們說，很快又兇巴巴地催我們離開了。

我們與他們糾纏了很長時間，可是無濟於事，他們欺負我們是小孩，最後乾脆不搭理我們了，走過來把門硬給關上了，臨了還甩下一句：「再說也沒用，快走吧。」我們想推著門不讓他們關，可是我們的勁頭沒他們大。

大門「砰」的一聲硬生生的關上了，我們三人又一次孤單單地站在了走道上，置身在了黑暗中。婷婷哭了，哭聲淒婉哀傷，哭聲觸動了我，我的眼淚也跟著流了下來。我看婷婷的樣子怪可憐的，一副哀哀的模樣，彷彿受到了巨大的委屈。

「我想我爸爸！」婷婷抽泣地說。

「不哭，我們自己找！」隔了一會兒，姐姐說。我們挨個敲著門，毫無動靜。我們澈底絕望了。我們的家人會在哪兒呢？我有了一種天塌地陷的感覺，覺得我們三人現在無依無靠。

五

我們又從這排房子裡落寞地走了出來，站在了皓月當空的院落裡。地面上像潑灑了一層閃爍的碎銀，可是我們無心欣賞這個美麗的夜景，心中充滿悲苦。

姐姐的眼淚直到這時才流淌了下來。姐姐一哭我更加慌神了。「姐姐別哭！」我想安慰她，可我剛一說完就抑制不住地開始了我的嗚咽。婷婷受到了我們的感染也跟著哭了起來。四周安靜極了，我們的哭聲在這個寂靜的夜晚隨風飄散⋯⋯

我淚眼迷糊地看到在大食堂的一角，彷彿出現了一個人影，他背光站著，我一時看不大清楚。我趕緊抹了一把淚眼定睛看去，是有一人在向我們招手。我停止了哭泣，碰了碰姐姐，伸手向那裡指了指。姐姐也看到了，拽上我們向那個方向跑去。

我萬萬沒想到此刻站在我面前的人竟是陸小波的父親，他慈愛地看著我們，臉上充滿了憐憫的表情。

「別哭了孩子們。」他說，「快跟我來。」說著，他帶上我們就往廚房內快步走去。

我們就像見了救星似地緊跟著他，覺得這就像一個從天而降的奇蹟。我們進到了廚房的大廳內。這是那個年代常能見到的社會主義大食堂，十分寬敞開闊，擺放著數不清的供單位職工吃飯用的桌椅板凳，空氣中還瀰漫著一股大食堂特有的米飯的味道。

「聽叔叔的話，你們誰也不許再哭了，一會兒叔叔會帶你們見到你們的親人，但一定記住，不許哭，你們一哭親人會更難過的，你們要像沒事一樣讓大人放心，聽明白嗎？」

叔叔將我們帶入大廳的一個黑暗角落時，停了下來，悄聲地告誡我們說。末了，他又深深地嘆了一口氣，「我知道你們的心情，可是……」他看了我們一眼，「傷心是沒用的，孩子們，這個時候需要的是堅強，你們堅強了，父母才會高興的，現在他們擔心可是你們呀！」

「謝謝叔叔，我們知道了。」姐姐說。

「知道了就好。」叔叔微笑地說，笑中帶著苦澀。「現在，聽我的，把眼淚擦乾淨了，快快樂樂地去見你們親人，告訴父母你們很好，讓他們放心。」

「嗯！」我們三人都拚命地點頭。叔叔讚許地也點了一下頭：「真是好孩子，走吧。」

我們穿過大廳，又進入了一個狹窄甬道，兩邊的夾壁上堆放了許多零七碎八的雜貨物品，顯得十分齷齪髒亂。沒燈，充滿了一股灰塵的嗆味。我們只能排成一條直線，前面是由叔叔引領著我們，我們則手把手，側著身子亦步亦趨地蹭著往前走。

叔叔終於站住了，我們也跟著停下了腳步。叔叔回過身，又叮囑了一聲：「孩子們，記住叔叔的話。」說完，叔叔背身輕輕地將門推開了。

屋內的燈光昏暗，但能見出在這個狹小的房間內支了一張小床，床上蜷縮著一個模糊的人影。聽見動靜，那個人影動了動，坐了起來，從床頭仔細地拿起了眼鏡，戴上，向我們看來。是婷婷的父親。

「爸爸！」婷婷發出一聲驚叫，衝了過去，緊緊抱住了他。

叔叔欣慰地看了一眼，將門又輕輕地帶上了，悄聲對我們說：「走，叔叔帶你們去見媽媽。」

事後我才知道，那天是叔叔有意支開了看管我們父母的造反派，他猜到當我們從陸小波的口中瞭解到這裡發生的狀況後，一定會來探望母親的。叔叔是一個難得的好心人，雖然他很清楚這樣做一旦被造反派發現，會給他帶來難以想像的麻煩，因為我們的母親在那一時刻已被界定為違抗偉大領袖毛主席革命路線的人。在那個風雨飄搖的年代，更多的人在明哲保身，很少有像叔叔這樣為了別人而奮不顧身的。我們的心裡對他充滿了感激。

又來到一個門前，叔叔先是輕敲了一下門，裡面有動靜，傳來絲絹般的窸窣聲，在無邊的沉寂中，這聲音讓我感到了心跳，我知道很快就要見到母親了。

門開了，果然是我們的母親。

母親的頭髮蓬亂，臉色憔悴，就像剛得了一場大病，看到我們驀然間出現在她的面前又驚又喜，顯然母親沒想到我們會來探望她。姐姐激動地輕喚了聲「媽媽」，直撲到了母親的懷裡，終於控制不住嚶嚶地哭泣了起來，在此之前，我還一直以為姐姐比我堅強呢。

我像個傻子似地怔怔地站著，不知所措，喜憂參半，畢竟母親實實在在地出現在我們面前，我好像沒有理由再哭了，可是姐姐哀傷的哭聲還是觸動了我的心弦，但我一開始忍住沒哭。

「麗莉來看媽媽啦！」母親抱著姐姐，慈愛地撫摸著她的長髮。「若若也來了！」母親說。

姐姐還在抽泣著。我這才一步上前拽住我母親的衣角，輕輕叫了一聲媽媽。母親看著我，憔悴的臉上露出了微笑，「你們都來看媽媽啦？媽媽真高興！」也不知為什麼，聽到這時我的鼻子開始發酸。「你們都好嗎？」母親關切地問。我想告訴她我們都很好，請母親放心，可嗓子眼裡就是發不出聲來，鼻子裡酸楚的感覺更重了，眼淚無聲地淌了下來。我想大哭。

「噓。」背後傳來叔叔的聲音：「小聲點，孩子，不能讓人聽到，知道嗎？」他摸了摸我的頭，「見到媽媽就好了，別哭，媽媽希望你們是堅強的，對嗎？」

我壓住了嘴，拚命在抑制自己似乎就要噴湧而出的號啕。姐姐的哭聲也變輕了，只傳來了幾聲抽泣。

「我先走了，李主任，你們聊吧，不能聊太長，一會兒我來敲門。」

叔叔走了。我聽到一聲關門聲，接著從走道裡傳來「啌啌啌」的腳步聲，漸漸地遠去了。

六

母親被關在一間倉庫裡，房子比婷婷爸爸的屋子略大一點，到處飄著灰塵，橫七豎八的紙箱、麻袋、鐵筒和醬油瓶堆得隨處可見，只在靠犄角的旮旯裡扒拉出一塊狹小的空間安放了一張單人木板床，沒有鋪床單，只有一個髒兮兮皺兒巴嘰的床單胡亂地堆在床上，空氣中瀰漫著一股酸臭的味道，難聞死了。

母親臉色發青，眼圈也顯得有些浮腫，但她始終在強顏歡笑，那是怕引起我們的擔憂。我還注意到她脖子上有幾道青紫的傷痕。

「媽媽，他們把你怎麼了？」我心痛地問，撫摸著母親脖子上的創痕。

母親將我伸過去的小手輕輕地拿下了，微笑地說：「哦，沒什麼，媽媽自己不小心碰的。」我又哭了。「沒出息。」母親說，「若若這麼大了還哭。回去別告訴姥姥，知道嗎?別讓她老人家擔心，媽媽沒事。」

「不行，我要找他們說理去。」姐姐帶著哭腔忿忿地說。

「不懂事！」母親說。

地面上到處都是破爛雜物，我們艱難地邁開步子，磕磕碰碰地來到了母親的床前，坐下了。

「麗莉，現在不是說理的時候。」母親說，她停了一會兒，輕嘆了口氣，「只要你們相信媽媽就好了，媽媽對得起人民，對得起黨，你們相信嗎？」

我們點頭。母親欣慰地笑了：「你們都是媽媽的好孩子，都會過去的。」母親說。

我這才想起我們給母親帶來的飯菜。「媽媽，你吃飯，是姥姥專門為你做的，她可擔心啦。」我說。

姐姐從我手中將飯盒接過，掀開鐵蓋，一股菜香立時充斥著這間臭氣熏天的屋子，升騰起嫋嫋熱氣。姐姐將飯盒遞給了母親。

母親看著飯盒，面有難色，我知道母親現在沒胃口。

「吃吧，媽媽。」我和姐姐齊聲說。母親又笑了一下。「難為你們了。」她說，用筷子小心地夾了一點菜吃了起來。看得出母親吃得勉強，純粹是為了讓我們看著高興，她在艱難的吞嚥中還保持微笑。

母親最終還是沒有吃完，逼得我們將剩下的飯菜吃了。母親說，「別讓姥姥看了傷心，媽媽真是吃不下了。」看著母親現在的這個樣子，我和姐姐都非常傷心，可是我們什麼都做不了，感到了無奈。造反派為什麼要對母親這樣呢？以我那時的年齡我完全不能明白。

我們事後才知道，就在那一天，母親被拉出去游鬥之前，造反派舉行了一個聲勢浩大的誓師大會，母親被強行拖上了批鬥的舞臺，要母親交代如何堅持走資本主義道路的「罪行」。母親性格倔強，堅決地說她沒有任何過錯，一切都是按照黨的方針政策執行的，不肯認罪。而母親身邊的幾個其他的走資派，包括婷婷的爸爸則連聲認罪，聲稱對不起人民對不起黨和毛主席。造反派接著再問母親有沒有罪？結果母親大聲地回答：「我沒罪，有罪的是你們。」造反派急眼了，幾個人惡狠狠地衝了上來，將母親摁著跪在了地上，母親仍掙扎地站起身，但很快又被強行摁了下去。

婷婷的父親在一旁看見了，低聲對母親說：「老李，認了吧，不要吃眼前的苦！」話音剛落，他的臉上就被人重重地摑了一響亮的巴掌。

母親昂著頭再次大聲說：「是你們有罪，毛主席不會允許你們這樣做的。」一個造反派小頭頭聲嘶力竭地高叫：「打倒走資派，誓死捍衛毛主席的革命路線。」他叫鄭躍進。剛一喊完，他便衝了上來，將我母親昂著的腦袋死命地往下摁，企圖讓我母親當眾低頭認罪。母親不服，幾次都掙扎地再度昂起，眼睛裡布滿了憤怒的血絲。鄭躍進惱羞成怒，一揮手，又躥上來幾個造反派，蜂擁而上將母親的雙臂往後高高揚起，在這個姿勢下，母親的腦袋一開始還不屈不撓地高昂著，但隨著雙臂被強行抬高，只能耷拉下去了，直抵在地，但嘴裡仍頑強地發出「你們是一群法西斯」的憤怒吶喊。窮兇極惡的造反派氣急敗壞，進一步高高地抻拉起我母親的手臂，並將大腳死勁地踩踏在母親的背上，他們把這種懲罰姿勢命名為「噴氣式飛機」。另有幾個紅衛兵解下腰間的軍用皮帶，向我母親狠狠地抽去。母親的背上、手臂上以及脖子上的傷痕就是這樣留下的，可她對我們什麼也沒說。

多年後，當我們問起母親為什麼當時沒有屈服時，母親沉默了，思索了一下說：「我是從戰爭年代過來的，什麼苦都吃過，當時只知道心中有一個堅定的信念，相信自己是忠誠於毛澤東思想的，就什麼也不怕了，哪怕天塌下來了也能扛住。」這就是我的母親，一個意志堅定、性格倔強的人，就是因了這個「死不悔改」的個性，讓她吃盡了太多的難以想像的苦頭，她是機關單位裡被折磨得最為悲慘的一人。

門外傳來敲門聲，姐姐過去開了門，是陸小波的父親，他低聲說：「你們該走了，一會兒造反派要來接班了，讓他們看到了不好。」母親感激地說：「老陸，謝謝你了！」

「您可別這麼說，李主任，這是應該的。唉，這年月怎麼會變成這樣呢？我們都不知道該聽誰的了！」叔叔長嘆了一口氣說。

「聽毛主席的。毛主席說要文鬥不要武鬥，他們這是在違背毛主席的指示精神，他們都太年輕了，以後會知道這樣做是錯的。」母親說。

「毛主席難道不知道我們這裡發生的情況嗎？」叔叔疑惑地說，「可是為什麼造反派和保皇派都說是在響應毛主席的號召呢？到底是誰對誰錯？」

「毛主席肯定太忙了，國家有太多的大事要等著他老人家處理！」母親說。「但他老人家總有一天會知道的，我相信，我也在等著那一天！」

「那我們走了，您多保重。」叔叔說完，領著我們就要出門。姐姐和我又一次撲到母親懷裡，眼淚又嘩嘩地流了下來，母親摟著我們說：「跟叔叔去吧，媽媽不會有事的，別擔心。」我們只好戀戀不捨地離去了。就在大門即將關上時，母親突然又喊了一聲：「老陸。」叔叔回身看著母親，他不知道我的母親還要說些什麼。

「你為什麼對我們家這麼好，你不怕他們也揪鬥你嗎？」母親疑惑地問。

叔叔的臉色沉了一下。「李主任。」叔叔過了一會兒說，「組織上過去是委屈過我，這不能怪誰，只能怪我出身在那麼一個家庭，可是我不希望人和人的關係會是這樣，為什麼要成天鬥來鬥去呢？我只相信善良，人與人之間應當是彼此善待的。」

現在輪到我母親的眼淚淌下來了，她哽咽地說了一聲：「老陸，我對不起你，過去我懷疑過你的思想，因為你的出身，始終以組織的名義壓著你不給予信任和提拔，唉，我本該對你好些的……」

「別說這些了，您好好歇著吧，我只是做了一點兒我力所能及的事。再說，若若不是我家小波的好朋友嗎？」叔叔笑笑說。

「你們快走吧，我會照顧好自己的。」

我們當然想不到接下來的形勢發展會越演越烈，一場史無前例的血腥風暴即將拉開帷幕，讓我的母親和所有的人都始料不及。母親始終在等待的那一天終究沒有到來。

七

二天後的一個夜晚，我們家突然闖進一群陌生人，他們聲稱代表造反司令部來抄家。那天也趕巧了，正好我的父親來到省城開會，晚上從會場匆匆地趕回家來看望我們。

當叩門聲響起時，我們都被嚇了一下，心驚肉跳地看著大門。自從母親被關押之後，我們家的敲門聲就再沒響起過了，好像所有的人都離我們遠去。我們處處遭遇著冷漠和閃避的目光，我們也成了驚弓之鳥。所以當敲門之聲乒乓響起時，我緊張得渾身顫抖。我們看著大門，不知該怎麼辦，姥姥在向我和姐姐擺手，示意我們不要開門。現在媽媽不在家了，姥姥成了我們的主心骨。

叩門聲還在持續響著。我們更慌了，但很快傳來的是父親低沉的聲音：「是我，開門吧。」

我衝了過去，將大門拉開，還沒等父親進門，我就撲進他的懷中大哭了起來，父親被我的哭聲弄得莫名其妙：「咦，若若今天是怎麼了？誰委屈我們的若若啦？」

我的父親直到那時仍不知家裡發生的變故，這是因為我們誰都沒有去告訴他。這是姥姥的主意。當那天晚上母親被關押在單位不讓回家後，姐姐曾提出立即將發生的情況告訴父親，可被姥姥制止了，她的理由很簡單，我們的父親一定很忙，不能讓他牽掛家裡的人，姥姥說所有的事讓她來承擔，她不想讓父親因此而擔憂。

「你爸爸知道也沒用。」姥姥說，「只能忍著，會過去的。」

姥姥上前一步拉開了我。「你爸好不容易回趟家你還不讓他進門吶？」姥姥故作輕鬆地說，「他爸，快進吧。」

父親一邁進門就知道家裡出大事了，他眼瞅著我們個個面色有異，神色慌張，姥姥平時的那張豐滿的圓臉愣是整整地瘦了一圈，還有剛掛在姐姐臉上的淚痕，她強忍著沒有哭出聲。平時樂呵呵的父親臉色沉了下來，將手中拎著的公事包放在了飯桌上，回過身，將我攬了過去。

「不哭了若若，告訴爸爸，發生了什麼事？你們媽媽呢？」

我只知道哭，雖然嘴裡仍在嘮嘮叨叨地試圖告訴父親家裡發生的事，可是我的嘴巴不爭氣，變得格外地不俐落，怎麼也沒說清。

「若若，先別忙跟你爸說，他還沒吃飯呢。」姥姥說。「他爸，我去做點吃的。」說完，姥姥顛著小腳就要奔廚房。

「不用了，媽，我吃過了。」父親說，他面色難看地站了起來，顯然，父親已經預感家裡發生的變化了。

就在這時，我們聽到從樓道裡傳來雜遝的腳步聲，喧聲四起，似乎有許多人正在擁上樓。我的心一下子又提到了嗓子眼，緊張地望著大門。

劈劈啪啪的砸門聲驟然響起，尖銳刺耳。我看向父親，只見他眉心緊鎖，目光霎時變得銳利，當發現我們都在注視著他時，他的目光又變得柔和了下來，父親拍拍我：「若若，你去開門，別怕，有爸爸在呢。」說完，父親一人進了裡間。我戰戰兢兢地走向大門，拉開了門。

造反派忽悠一下擁了進來，我被推搡到了一邊。他們中大多數身著綠軍裝，腰間紮著皮帶，臉龐年輕，一看就知其中的多數人仍是學生。

「你們要幹什麼？」姥姥擋在他們面前問。

「抄家。」一人說。

說完，他們向裡間擁去。我也跟著他們進了裡屋。這時我看見父親大大咧咧地坐在竹編的藤椅上，抽著煙，正威嚴地看向忽喇喇衝進屋裡的人，一副泰然自若的神情。父親亦身著軍裝，還戴著只有軍人才有的領章帽徽。

或許是沒想到，造反派怔忡地看著父親，有點不知所措，開始了你看我，我看你。

「你們想幹什麼？」父親質問。

「我們在執行革命行動。」說這話的人是位女學生，面目清秀，戴了頂軍帽，一對羊角小辮從帽子底下甩了出來，看樣子像是領頭的。

「什麼行動？」父親問。

「抄『走資派』的家。」

父親不說話了，從手邊的公事包裡抽出一份文件，然後雙膝交疊地蹺起了腳，不再看他們，一副不屑的神情。

來人的神情收斂了許多，剛才的囂張氣焰略略有所克制，說起話來不再那麼的兇神惡煞了，我知道，這全是因了父親在場的緣故。我心裡莫名的泛出了一絲自豪感，心裡一下子有了底氣，心想，多虧了今天有父親在家，否則，我還不知這群紅衛兵衝進來會折騰成什麼樣呢！

他們開始了所謂的「抄家」。我們家除了一個「開門見山」的小飯廳，共有三間臥室，在「羊角辮」的分配下，他們分成三撥，分頭進行「革命行動」。我緊緊地靠著父親，好像只要他在，我心裡就有了岩石般的倚靠。姐姐也過來了，站在父親身邊，父親抬起頭，衝我們微笑了一下。

「別怕，有爸爸在呢。」

父親的這番再平常不過的話，讓我心裡忽悠一下湧起了一股熱流，我這才發現自從母親被打成走資派之後，我的心，一直像浸泡在冰冷的寒冬裡。

父親待著的屋子是我們家的主臥室，是他和母親居住的屋子，顯然，這也是紅衛兵重點要搜查的目標。那個紮著羊角小辮的紅衛兵就站在這間屋子裡，目光掃視了一圈，旁邊有人在低聲地詢問著她點兒什麼，問的時候眼角還在斜睨著父親。我知道由於父親的在場，讓他們行動起來有所忌憚了。那位「羊角辮」皺了皺眉，然後向他們遞了一個眼色，那意思似說別管他，我們搜我們的。

隔壁房間已然傳出稀哩嘩啦的聲音，我聽到姥姥在說：「這是我的屋子，什麼也沒有。」可是姥姥的聲音很快就被更大的「哐噹」之聲淹沒了。我看了父親一眼，他仍不動聲色地坐著，凝神看著文件，眼皮都沒抬一下。

「羊角辮」他們也開始動了。我明顯地感覺到他們的動靜要謹慎許多，似乎不敢過於的蠻橫。他們小心拉開了桌子的抽屜，在裡面翻檢著什麼。

抽屜被一個個地拉開了，搜查得很仔細，彷彿任何一個細節都不肯放過。我們家的書桌是一個七斗桌，是我母親的單位配給的，它的樣式是書桌的兩邊各有三個抽屜，中間是一條橫長的抽屜。

「羊角辮」拉了拉中間的抽屜，發現上了鎖，我見她的眉宇間飛快掠過一絲驚喜，轉過身來，看著我父親，面露得意。

父親還是沒有抬臉，仍在看著他手中的文件。「羊角辮」有些無奈，只好衝著我姐姐說：「這裡面有什麼？」

「什麼也沒有。」姐姐說，嘴角撇著一絲輕蔑。

「沒有……」「羊角辮」略略地思索了一下。「打開。」她說。

姐姐沒再搭理她。

「我在說打開。」「羊角辮」說。

「沒鑰匙。」姐姐愛搭不理地說。

其他的人搜完了餘下的抽屜，有的人開始掀開床單，翻角落，還有一人彎身向床底下瞧去，剩下的人則站在「羊角辮」的身邊，似在等待她發號施令。

「我在說打開，聽到了嗎？」「羊角辮」的語氣透著威脅。

我們還是沒動彈，我見她的臉色漸漸地變了。

「砸開。」她咬牙切齒地說。

站她邊上的人聞此聽後就要開始動手了。

「不准動！那是我的東西。」父親說，聲音雖然低沉，但透出一股凜然之風。

正要動手的人停下了，顯然，他們被父親的語氣震懾住了，一下子不知道該怎麼辦了。

「這是走資派的家，我們有權利搜。」「羊角辮」聲嘶力竭地叫說。

「也是我的家，我是中國人民解放軍，我不允許你們胡來！」父親也提高了嗓門，義正詞嚴地說。這時的他，將頭高高地昂起，泰然自若地看定「羊角辮」。

在父親的逼視下，「羊角辮」的神情開始慌亂。「我們在執行造反司令部的指示。」她只好低下聲說。

「他們也指示你們要造中國人民解放軍的反嗎？」父親質問道。

「羊角辮」啞口無言了。這時，剛才還在其他房間搜查的人圍了過來。顯然，他們剛才的一番搜尋一無所獲，失去了剛進門時的亢奮，看著「羊角辮」。

安靜下來了。屋子裡僵持的氣氛飄著一絲看不見的緊張，但我明顯感覺父親占了上風，憑藉父親軍人的身分，造反派確實很為難了，我看得出他們的尷尬，還有點兒狼狽，這讓我頗為快樂。

「我們還是要查查看。」沉默了一會兒，「羊角辮」嘴硬地說。她被我父親威逼得有點兒下不了臺，她帶來的人又都在看著她，她好像無路可走了。

姥姥倚在房門口，目光正對著父親，始終沒吭聲。我突然發現姥姥的眼皮眨巴了一下，所有的造反派都背身朝向她，沒人會注意到姥姥發出的目光。姥姥又眨了一下眼，還是衝著我父親去的。我見父親的目光在姥姥的臉上逗留了一下，表情依然鎮定自若。

「如果沒搜出你們要的東西來怎麼辦？」父親反問。

「那我們馬上就走。」「羊角辮」說。

「沒別的了嗎？」

「還能有什麼？」「羊角辮」迷惑地問。

「道歉！」父親大聲說，「如果沒有，你們必須為你們無理的行為向我們道歉。」

氣氛又僵持住了。

「如果沒有東西為什麼怕我們搜。」「羊角辮」強詞奪理地說了一句。

「我在問你如果沒有你們要找的東西是否要道歉？這是起碼的禮貌，你們的父母不會不教你們吧？」父親說。

紅衛兵都在看著「羊角辮」，她騎虎難下了。

「那好吧。」她終於輕聲地嘀咕一聲。

父親臉上掠過一絲勝利的微笑。「行，給他們打開吧，讓他們看看有沒有他們要的東西。」父親說。

姥姥過來了，掏出鑰匙開了鎖。「羊角辮」迫不及待地拉開了抽屜。我一直在盯著她的臉看，我見她在拉開抽屜的剎那間神色一變，愣住了，又伸手進去翻找了一下，從裡面抽出幾樣東西，一個是《毛主席語錄》的小紅本，一個是戶口本，另外的兩本是毛主席的《矛盾論》與《實踐論》，剩下的空空如也了。

一看到這幾本毛主席的書，我的腦門上突然冒出了冷汗。糟糕，我心下一驚，我想起了大哥哥送我的那本黃皮的《九三年》，我怎麼也不可能想到事隔幾個月，我們家也會慘遭抄家的命運。就像是命運彷彿給我們開了一個殘酷的玩笑。我知道那年月幾乎所有的翻譯小說都被視為「封資修」的反動書籍，我還記得大哥哥是將書藏在一個別人看不見的地方，而且他交給我時也是一副神祕莫測的樣子，那已足以說明它是不能被別人發覺的。當然，這也一併說明了這本書的階級「身分」，萬一被造反派看到了，很有可能會將它強加在母親的頭上，成為她的一大罪狀。

我越想越害怕。上次看了幾頁後沒看下去，我就順手壓在了枕頭底下。我差點把這事給忘了！剛才造反派為什麼沒搜出來呢？我一下子緊張得不得了。

「搜到什麼了？」父親問。

「羊角辮」回過頭來，尷尬地看著父親，嘴角動了動，想說什麼，但終究沒開口。她的目光在我們的臉上一一掃過。我的心又開始了嗵嗵直跳，我有些心虛了。「羊角辮」的目光這時聚焦在了我的臉上，死死地盯著我。我更慌了，怎麼也掩飾不住。我趕緊將目光掉向別處。

「你怎麼了？」「羊角辮」突然問。

我沒敢再看她，緊緊地貼在父親身邊。父親也感到了蹊蹺，納悶地看了我一眼，拉了拉我的手：「沒什麼，爸爸在你身邊呢。」父親一定以為我害怕他們了。

「羊角辮」不甘心地將那些書一本一本地認真翻了起來，內頁記了一些母親在上面留下的字跡，都是些讀毛主席著作時的點滴體會，沒有任何他們想要得到的東西。「羊角辮」非常沮喪。

「羊角辮」再次轉向我，目光犀利地盯緊了我的眼睛，似乎想從中發現什麼隱藏的祕密。我心虛得厲害，下意識地攥緊了父親的手，手心開始冒汗。
「你肯定有事，對嗎？」「羊角辮」又一次問我，語氣咄咄逼人。
「我不喜歡看到你們在這裡。」我也不知道怎麼就會靈機一動地想到了這句話。
「你們可以走了嗎？」父親說。
「羊角辮」終於無可奈何了，掃視了一圈與她一道出現的紅衛兵，他們在向她搖頭，顯然是在說什麼也沒搜到。「羊角辮」這時準備帶上她的人離開了。
「找到什麼了？」父親悠悠地點燃一支煙，吸了一口，不緊不慢地問。
「羊角辮」面色難堪，沒說出話來。
「我在問你，剛才一直是你在問，是不是該輪到我問你了？」父親又說，顯得很放鬆。
「我們走。」「羊角辮」向她的同伴揮了一下手。
「站住！」父親突然拍著桌子吼了一聲。「你們無緣無故地夜晚闖進我家，不說聲對不起就想走嗎？」說完，父親威風凜凜地站了起來，逼視著他們。
他們還是灰溜溜地紛擁而去了。屋裡又安靜了下來。靜默了一會兒，我撲過去抱著父親，大聲說：「爸爸，你真棒！」父親沒笑，只是痛愛地望著我們說：「爸爸、媽媽不在身邊，你們以後還要多加小心，照顧好你們姥姥。」
「爸爸放心吧！」姐姐說。
父親還是擔憂地看了我們一眼，「你們還是太小了！說不定以後還會發生什麼事，你們要有精神準備。」說完，父親深深地嘆了一口氣。
「我們已經長大了！」我驀然間冒出這麼一句。
父親樂了。「那就好。」父親說。
「若若，你剛才怎麼了？」姐姐突然問。

「我……呃……」

父親、姥姥也在注視著我，我無路可逃了。我原以為，這只是我的一個不為人所知的小祕密呢。

「姥姥，我放在枕頭底下的書呢？」

「藏起來了，我瞅著那樣兒就不像好書。」姥姥責怪地說。

「哪兒來的書，若若能看什麼書？」父親納悶地問。

我臉紅了，囁嚅地說：「是一個大哥哥借我看的書。」父親又追問是一本什麼書，我說是一個叫雨果的人寫的《九三年》。

「雨果？」父親皺著眉心思索了一下，「我怎麼沒聽說過這個人？」他抬臉看著我姐姐，似在詢問。姐姐在搖頭。我只好說我也不知道他是誰，書上好像說他是一名法國人。父親笑笑：「法國人？我說嘛，怎麼會不知道這個人呢！是一個外國人，外國人寫的書可真不能再看了，有毒，聽到嗎？要看就看毛主席的書。」我答應了。我說，過幾天我就將書還給借我的大哥哥。父親放心了，說：「好在你姥姥提前藏起來了，要不然真有可能會給你媽招惹麻煩。」

「我就知道他們有一天會來。」姥姥說，表情詭祕。

我感激地望著姥姥，心想，姥姥真夠聰明的，她怎麼就知道紅衛兵會來抄家呢？還提前把我的書藏了起來，姥姥真好！

「姥姥，下次別忘了把書給我，我還要還人家呢？」我說。

「知道了，若若，到時給姥姥說一聲，姥姥會給你的。」姥姥說。

八

天濛濛亮的時候父親走了，走前還推開了我的房門，輕手輕腳地走進來，站在床邊默默地看著我。我知道父親來了，故意閉著眼睛裝睡。我捨不得父親的離去，我怕我一睜開眼又要流淚了。

那天晚上也不知為什麼我一直睡不著，老做噩夢，好幾次從夢中驚醒，唬了自己一身的冷汗。我在夢中看到一群紅衛兵押著母親走了，我大聲地叫著：「媽媽，媽媽！」可母親沒有回頭看我，我想追上去，可我的腳足像灌滿了鉛一般，一步也邁不出。我哇哇大哭：「媽媽我不要你走！」我一邊哭一邊喊，可是母親還是被人推搡著漸漸遠去了，好像根本沒聽見我的高聲呼喊。我傷心極了，眼淚像洪水決堤似地湧了出來。我就這麼哭醒了，睜大了眼睛望著漆黑的夜空，感到了恐懼。

父親在我床邊站了一會兒，轉身走了，我還是忍不住地睜開了眼，喊了一聲「爸爸」，父親又回轉身：「怎麼這麼早就醒了？天還沒亮呢，快睡！」

父親坐在了我的床沿上，撫摸著我的額頭。我拽住父親的手，戀戀不捨。

「爸爸，你別走！」

父親笑了笑，笑容中隱含著一絲難言的苦澀。

「爸爸還有許多事要做，不能不走，但爸爸一有空就會來看你們，好好睡，在家一定要聽姥姥的話。」父親說。

父親還是走了。在父親輕輕關上門的那一剎那間，我的心霎時空了，眼淚不知不覺地流了下來。我覺得我真是沒出息！

早晨起來我想到的第一件事就是去還書。這件事我始終在心裡惦記著，腦子裡偶爾還會浮現出大哥哥古怪的表情，以及他迷茫的眼神，還有他留在我記憶中的那些當時我怎麼也不能聽懂的話語。眼前發生的一系列事情可真是太詭異了，兩個月前我們還趾高氣揚地去別人家抄家，自認為是根紅苗正的「革幹」子弟，可怎麼也沒想到風水輪流轉地轉到了我們家，陡然間風生水起，我們的母親成了要被打倒在地的走資派，我們家也被人抄了。

晨起後我匆匆的吃完了早飯，準備向姥姥討回那本書。可就在我要向姥姥開口時，我聽到了從不遠處傳來的喧嘩之聲，此起彼伏越來越大，我的好奇心被勾引了起來，我知道外面又出什麼事了，一定會很熱鬧。我急著向姥姥討回那本《九三年》，姥姥瞪著我說：「你想幹什麼？」

「我要還給那個大哥哥。」我說。

姥姥的目光在我的臉上停留了一下，我仍揚著臉望著她，她這才相信我真的是要去還書。

「好吧，借人的東西是要還的。」姥姥說，「快去快回，別在外面瞎玩，外面太亂了。」

我「嗯」了一聲，見姥姥向廚房走去，我也跟著過去了。姥姥在廚房的角落裡蹲下了身，那裡堆放著我們家平時生火時用的煤球和煤灰，姥姥抄起了一把小鐵鍬，將煤球扒拉了幾下。我很好奇，心想，姥姥在這裡扒拉什麼呀？我是向她要我的書呢。

「姥姥，你這是做什麼呀？」我忍不住地問。

姥姥沒吭聲，繼續扒拉。沒過一會兒，煤堆裡露出了幾件用舊報紙包裹著的東西，姥姥沒言聲地將其中的一包撥拉了出來，抖了抖上面沾滿的煤灰。廚房裡霎時充滿了煤塵飄起的微小顆粒，有些嗆人，姥姥將報紙小心地打開，《九三年》三個大字清晰地映入了我的眼簾。

「是它嗎？」姥姥問。

我又「嗯」了一聲，這才明白姥姥是多麼地仔細，提前將有可能給我們家招惹麻煩的東西以這種方式隱藏了起來，多虧了姥姥的謹慎，否則還真不知這本書在紅衛兵抄家時會引發出什麼不測呢！

「去吧！」姥姥洗著手說，「以後別隨便收別人東西了，你也不知道那東西是好是壞，我瞅著這黃書皮就知它不是什麼好書。」

我將《九三年》在皮帶裡掖好，我知道不能讓別人看到，我跑下了樓，心裡還想著是否要叫上陸小波。可我剛拐出門洞時就見陸小波倚在門洞外的牆角上，手裡抄著他的那個竹笛。我還奇怪，為什麼這個清晨沒有聽見陸小波的笛聲呢。

他沒吹，只是怔怔地發著呆，甚至沒注意到我的出現。

「嘿，陸小波，你發什麼呆呀？」

他看了我一眼，沒做過多的反應。
「嘿，你怎麼了？」我又問。
他示意了一下院牆外的喧囂聲。「你聽。」他說，「那裡一定發生了什麼情況。」
「你陪我去一個大哥哥家吧。」我說。
這時陸小波才認真地打量起我來。
「大哥哥？」他驚疑地問，「我認識他嗎？」
我搖頭。
「我怎麼不知道你還認識一個大哥哥？」他詫異地問。
我不知道該如何向他做出解釋，只好說：「你以為我只會認識你們家的那個大哥哥嗎？我當然還認識其他的大哥哥。」我故意炫耀地說。
我一提到陸小波的哥哥時，他臉上便飄過一絲陰霾，露出迷惘。
「你哥怎麼了？」我關切地問，我預感陸小波的哥哥出了什麼事。
「呃，沒……沒什麼。」陸小波支吾地說。
「不對。」我說，「告訴我，你哥怎麼啦？」
陸小波的目光長久地停留在我的臉上，我看到了一絲隱忍的憂傷。「我想我哥哥！」他說。
「你還沒告我你哥怎麼樣了呢，他還沒回家嗎？」我說。
陸小波搖搖頭。「沒有。」他說，「自從那天離開家後只回來過一次，我就再沒見過我哥了。」
「那你應該去找他呀。」我說。
「找過了。」陸小波說，「他讓我以後不要再去找他了，我沒聽，可我上次再去看他時，紅衛兵就不讓我見他了，我不知道發生了什麼事兒，但我感覺不大對。」他擔憂地說。
「下次我同你一塊去。」我說。我覺得我欠陸小波和他家太多的東西，那天晚上他父親幫我和姐姐見了我母親讓我感念在心，我真想幫陸小波做點什麼。
「真的嗎？」他的眼睛裡放出一道光來。
我肯定地點了點頭。
「你真好，若若。」陸小波說。
我還記得那天忽然下起了毛毛細雨，天色陰沉，乳白色的薄霧浮動在城市的上空，像飄蕩著的淡淡的乳汁，漸漸地瀰散開來，那些在晴朗的天氣中清晰可見的樓影和綠樹變得朦朧了，展示出一片青灰色的輪廓，雨絲擊打在臉上就像是無數隻小蟲在蠕動，有種撓癢癢的感覺。
圍牆外的喧鬧聲更加強烈了，越來越大，它吸引了我們的注意力，我對陸小波說：「走，我們去瞅一眼。」
「你不是要去找大哥哥嗎？」
「不急，一會兒再說吧。」我說。
我與陸小波向圍牆外的那所中學跑去，因為聲音是從那裡傳來的。
經過婷婷家的門洞時，我見婷婷站在那裡東張西望，她沒看見我。我的腳步遲緩了下來。
自從那天與婷婷一道去看望我們的大人後，我覺得和婷婷多了一些默契，雖然我們之間什麼也沒表示出來，而且她也只跟我姐姐說話，但我強烈地感覺到許多話其實是衝著我說的，只是她的那張俏麗的臉龐面對的是我姐姐而已。我心裡熱乎乎的，我還知道她眼角的餘光其實在斜視著我。
我喜歡看婷婷水靈靈的忽悠忽悠轉動的大眼睛，那裡面似乎靜靜地蕩漾著一潭隱而不顯的甘洌的清泉。那天我和姐姐將她護送到她家門口，她堅持要我們進家坐坐，姐姐婉拒了，因為擔心姥姥還牽掛著我們。婷婷忽然有些戀戀不捨的樣子，拉著姐姐的手說：「謝謝麗莉姐姐！」然後令我手足無措地也牽拉著我的手說：「若若，我會記得今天的！」她說得有些感傷，一股暖流汩汩地從我的心尖悄然滑過。
婷婷這時看見了我，先是躲閃了一下我投去的目光，然後又看著我，見我在盯著她，嘴角略微地彎曲了一下，發出一個淺笑，她的那個媚人的笑容阻止了我的腳步，我停了下來，鬼使神差地來到了她的面前，我都沒想到我竟會如此大膽，只是覺得有一股無形的力量在鼓舞著我向她走去。

是什麼力量促使我這麼大膽的呢？當時我也沒有多想，直到後來想起時我才明白，那一定是因了婷婷看向我的目光，那閃爍的目光中藏著一份溫柔和信賴，她不再像過去那樣擺出一副傲慢的神情，那種神情曾經拒我於千里之外，讓我感到了冷漠。現在可不是，甚至可以說那目光似乎在向我發出一種籲請。

我在她面前站定了。

陸小波一開始沒注意到我的動向，他一人先跑在了前面，一定是覺得背後沒有傳來我的腳步聲，才納悶地回臉看的，結果見我停住了腳步。門洞遮沒了婷婷的身影，從他的角度看不見倚在門洞旁的婷婷，他大聲地喊我：「嘿，若若，快走呀！」

我沒回應，我這時所有的注意力都集中在了婷婷的身上，她看著我的目光迷離而朦朧，有種讓我融化的感覺，就像丘比特的利箭在穿透我的心臟，但我非常享受。雖然這迷離且溫柔的目光讓我有些緊張，心裡發虛。在我少年的記憶中，婷婷第一次用這種攝人心魄的目光在凝視著我。

「若若……」她說。

我在等待著她的下文，可是她沒再說下去了，忽然間顯得有些慌亂，手足無措，似乎不知道自己究竟想對我說些什麼。在她的影響下，我也慌了，趕緊叫了她一聲：「程婷婷……」可我剛喊出口，又卡殼了。我們彼此尷尬地站著，欲言又止。我的臉開始發燙了，胸脯一起一伏，我相信婷婷也是，她的臉上霎時泛出一片緋紅，垂下了眼簾。我注意到她的睫毛很長，微微地彎曲上翹。

我聽到了急促的腳步聲。「若若。」背後傳來陸小波的聲音。陸小波出現的正是時候，他讓我們暫時地擺脫了窘境。我回身看他，他正好奇又詭祕地打量著我，好像他啥都明白了似的，然後眼睛還故意地往別處看，拔腳又要跑。

「唉，我在前面等你吧。」他說。

「等等。」我說。「他……是陸小波，哦，我的朋友。」我又轉臉對婷婷說。

婷婷靦腆地和陸小波打了一聲招呼。「你好，陸小波。」

陸小波一下子手足無措了，顯然，他沒想到會發生這樣的情景，一時之間竟不知該如何回應了，左右擺搖著肩膀，求救般地望著我。

「我認識你。」婷婷小聲地說。「在若若家時我們見過，對嗎？」

我突然想起了那天陸小波來我家時，婷婷也在場，這讓我一下子興奮了起來。

「哦，陸小波不僅是我的好朋友，你知道嗎，那天晚上帶我們去探望大人的那位叔叔，就是陸小波的爸爸哩。」我快速地說。呵哈，那一刻，我突然覺得我徹底擺脫了剛才的困窘。

「是嗎？」婷婷的眼睛一亮，睫毛像蝴蝶的羽翼一般飛翔了一下，眸子裡盛滿了感激。「你是那個好心的叔叔的孩子？」

陸小波不好意思了，羞澀地點了點頭。

「我媽媽還一再向我打聽那個叔叔是誰呢，她還讓我問問若若，說是要好好感謝叔叔，原來是你爸爸，你爸真好！」婷婷動情地說。

「這是應該的。」陸小波說。但我看得出來，婷婷的感謝讓他感到了驕傲。

圍牆外學校的口號聲又響亮了起來，我們都掉頭向那個方向看去。

「那裡好像發生了什麼事？」婷婷皺了皺眉心說。

「我也這麼想，我們一塊去看看吧？」我邀請她說。

婷婷開心地笑了。「你們會願意帶我這個女孩子去玩嗎？」

「為什麼不呢？」我笑說。我現在感覺輕鬆多了。

「你在學校裡不是不愛搭理我嗎？」婷婷天真地說。

我語塞了。我很想告訴她，那不是真的，我很願意和她說話，只是不敢，我害怕她看我的目光，我還害怕同學們的嘲笑，可現在不是了，現在的我，很願意和婷婷待在一塊，這讓我快樂。

「走吧！」我說。

九

學校的氣氛熱烈極了，我還記得學校的名稱是第五中學。高音喇叭撕心裂肺地吶喊著一些老生常談的口號，但今非昔比的是它充滿了一股瀰漫在空氣中的火藥味，我彷彿嗅到了一絲不祥之兆。但究竟發生了什麼，我們仍蒙在鼓裡，但這裡的氣氛的確令我們這些孩子好奇，我們不明白這些陡然間忽悠一下集結起來的學生要去做什麼。

院子裡到處紅旗招展，有人一臉悲壯地雙手高擎著繡著毛主席像的紅色的旗子站在車頂上漫天揮舞，臉上沾滿了水珠，也不知是淚水還是雨水。他們清一色的國防綠軍裝，腰間都繫著一根帶銅扣的軍用皮帶，這身裝束在當時是那麼地時尚，威風凜凜，讓我羨慕。我雖然出身在軍人家庭，可我父親卻從不讓我穿上他的衣服，有一次我試著從衣櫃裡偷出父親的軍裝套在身上，想在鏡子前顯擺一下，結果衣襬恨不得快拖到膝蓋上了，晃蕩得就像披上了一襲長袍馬褂，沒想到讓我姐姐發現了，爆出一陣大笑。我趕緊脫了。姐姐還多嘴地在父親面前將我告發了，她肯定是想趁機嘲弄我一下。父親衝我劈頭蓋臉地一通訓斥。我忘不了父親教訓我時的那張鐵青的面孔，可真是把我嚇壞了。

學校的廣場上很快聚集起了無數的紅衛兵，人山人海，他們的臉上都充溢著在我看來十分奇怪的悲壯肅穆的神情，有許多從四面八方跑來的孩子在看熱鬧，我還看到了崔二貴，他身邊帶了幾個流裡流氣的傢伙，臂上也佩戴著紅衛兵的袖章，但一看就是自己做的，粗劣之極，只是還沒輪得到他們穿上軍裝罷了，所以他們在學生隊伍中顯得格外扎眼，我一眼就認出了他們。

他們也湊在隊伍裡跟著瞎喊口號，看見我們時，一副小人得志的模樣，衝我擠擠眼，又瞥了一眼站在我邊上的婷婷，臉上蕩出了一個令我噁心的淫蕩的邪笑。

從學校廣場的盡頭突然開出了一輛解放牌卡車，人群在騷動，口號聲變得更加地激烈昂揚。喊口號的學生臉都變了形，他們開始向卡車擁去。我注意到那輛卡車上的紅衛兵，有男有女，臉上縱橫密布著熱淚。那肯定不會是雨水，因為我看到他們在不停地擦拭著眼睛，有的人甚至在失聲痛哭。高音喇叭就是從這輛車上傳來的，車幫上綁著兩個巨大個的高音喇叭。我忽然發現車上的男女青年，胳膊上紮著的不再僅僅是紅衛兵袖章，還有一個黑色的袖套。

「咦，這是怎麼回事？」陸小波拽拽我的衣角，「若若，你看！」

「這是怎麼啦？」旁邊傳來婷婷的疑問聲。

遽然，高音喇叭刺耳地響起：「血債要用血來還，×××同學的鮮血不會白流，他用生命捍衛了毛主席的革命路線，獻出了自己年輕寶貴的生命，我們要復仇！」

「敵人不投降，我們就叫他徹底滅亡！」

口號聲響徹雲霄，震天動地，一張張扭曲變形的面孔，鬼魅般在我的眼前劇烈晃動。

大車啟動了，有人撲向緩緩駛出的卡車嘶聲哭喊。哭聲像傳染病一般迅速地蔓延開來，響成一片。更多的人向卡車撲去，它只能停下了，飄搖的細雨中有了一種蒼茫的悲愴。

就在這時，卡車上的幾名男紅衛兵，將一個擔架高高舉了起來，上面好像躺著一個人，整個身體被一面鮮豔的紅衛兵戰旗所覆蓋。

喇叭再次聲嘶力竭地傳出：「我們要化悲痛為力量，向反動勢力宣戰，他們企圖破壞偉大領袖毛主席親自發動和領導的無產階級文化大革命，殘害紅衛兵小將的生命，這就是鐵證，鐵證如山，我們誓死捍衛毛主席，捍衛中央文革。現在同學們集體瞻仰一下×××烈士的遺容，讓他的英靈伴隨我們一道向資產階級的反動勢力宣戰！」

一個男同學將覆蓋在擔架上的旗幟掀了開來。霎時鴉雀無聲了，我分明聽到婷婷發出的一聲短促的「啊」，然後她急促地掉過臉來，撲進了我的懷裡，我下意識地將她摟緊了。那一刻，我也處在強烈的震驚中。

那是我的人生中第一次目睹死亡。擔架上仰躺著的是一個人的屍體，臉色鐵青，浮腫變形，嘴角還殘留著一絲清晰可見的血痕。他雙目緊閉。靜止的空氣在陷入沉寂後的那一剎那間，很快就傳來了憤怒的吶喊聲，我感到了大地的震動和搖晃。我恐懼地閉上了眼睛。

大地彷彿真的在震顫，就像是山呼海嘯一般，口號聲如同天際間陡然間掠過的聲聲驚雷，那麼地震耳欲聾。待我被震得睜開眼時，紅衛兵隊伍已然浩浩蕩蕩地出發了，他們簇擁著那輛裝載著屍體的卡車向大門外湧去，一個個的臉上都是一副視死如歸的表情，看著有些嚇人。

懷裡的婷婷突然猛推了我一把，我毫無妨備地趔趄了一下，她似乎從驚嚇中醒轉了過來，意識到剛才因為恐懼而不自知地趴在了我的懷裡。她肯定感到了羞恥，否則她不可能用那麼大的力氣來推拒我。

「哦，對不起。」婷婷說，眉眼忽搧了一下，「我不是故意的。」

「哦，沒……沒什麼。」我說。

「我們走吧。」婷婷的聲音忽然低了下來，幾乎耳語般地說，「我怕！」

那個白天我整個人都處在一種巨大的恐懼中，我好像在那些瘋狂的紅衛兵的臉上看到了死亡的陰影，也不知是出自什麼，這些在我的眼前晃動的臉總會讓我聯想到那個躺在擔架上的浮腫的面孔，那個面孔讓我永生難忘。

是因為我此生此世第一次親眼目睹了死亡嗎？這一次完全意外的目睹給予我以極大的震撼，但我頗感奇怪的是，就在我目睹死亡的最初一剎那我並沒有被驚嚇得魂飛魄散，而是被一股突如其來的力量給震呆了，大腦霎時一片空白，直到婷婷發出微弱的那一聲驚呼，然後冷不丁地撲進我的懷裡時，我才逐漸地清醒了過來。是的，那一刻我天旋地轉，天地間像是沉陷在一片不見天日的黑暗中。

少年時的記憶可以讓人一輩子刻骨銘心，它會始終伴隨著一個人行走在漫長的人生路上，也許就是從那次的死亡之睹中，我開始真切地體悟到了人生的晦暗和幽冥，從此我不再像過去那般天真了，我的心靈因此而負載了一份沉重。可是那時我並不太懂，不懂這一複雜的人生感受。那時我畢竟還太小，這是我對往事的追憶中體味到的一種一言難盡的人生況味。

我們把婷婷送回家，她仍然驚魂甫定，臉色蒼白，我們默默地來到了她家門口，她遊魂似地拿出掛在脖子上的鑰匙開了門。我們看著她，沒有開口。她推開了門，先走了進去。我們仍然沒動，不知下一步該怎麼辦，因為未經邀請我們不敢貿然地進入她的家門，但她的那副失魂落魄的樣子讓我一時又不忍離去。

婷婷在門口脫了鞋，又穿上了一雙拖鞋。陸小波在背後拽我，我知道他的意思是在告訴我該走了。我沒動彈，心裡還藏著一點小小的不放心，婷婷的臉色在明確地告知我她需要安慰，需要這時有人待在她的身邊。她太弱小和孤單了，雖然我還不夠強大，但我畢竟是個男孩子。我忽然感到了一種責任，這讓我對自己產生了一種陌生感。

所以我沒動。

「進來吧！」婷婷轉過身來衝著陸小波說。她那一刻沒有在看我，而是將臉直接衝著陸小波說。最初我還感到奇怪，明明我站在她的面前，為什麼有話不衝我說呢，而非要對著站在我背後的陸小波說？

這時陸小波在看我，顯然有些不知所措。我看著婷婷，她仍在閃避著我投向她的目光。

我動了。我也學著婷婷的樣子脫了鞋，婷婷從邊上拿出兩雙拖鞋扔到了我們的腳邊。

我們來到了婷婷家的客廳。那個年代的屋裡並沒有專門的客廳設計，只有一個略寬的大過道，然後兩邊就是幾間臥室了，他們家將其中的一間沒人住的內室設置成了接待客人的客廳，面積不算大，安放了幾張木椅，和一個書桌，牆角上還豎著幾個那個年代木質的帶有玻璃的書架，裡面放著的基本是一些馬克思、恩格斯、列寧、史達林和毛主席的著作；顯然，它的功能還兼作婷婷父親的書房。

婷婷家的整潔乾淨及一絲不苟是我上次跟著母親來到她家時就體會過的，我依稀記得，有一次母親向我父親提到婷婷的父親時說過，婷婷的爸爸出身在一個富足的家庭，可他背叛了自己的家庭參加了革命，成為了一名地下黨員，後一直在國民黨統治區從事祕密工作，以商人的身分做掩護，所以婷婷家的講究也就順理成章了；不像我們家，到處亂七八糟地堆放著雜物，東西亂扔，我們家從沒有那麼講究過，因為我父母家舊社會都是農村裡的農民，父親小時出於飢餓還被我姑姑牽著手沿街乞討過。

「坐吧。」婷婷說。

「哦。」我回身先示意了一下陸小波，我知道我不對他表示一下他根本不敢坐，我瞭解他。

我們坐下了，但有些拘束，好像手腳都不知該如何放了。

「阿姨呢？」我沒話找話地說。

「我媽在上班，幼稚園不放假。」婷婷輕聲細語地說，飛快地瞥我一眼，又轉過臉看向陸小波。

我「哦」了一聲，沒話了，尷尬地坐著。我也看向陸小波，他更加地不知所措，坐立不安，這裡的環境好像對他形成了一種壓迫，讓他自慚形穢，否則他不會是這種表情。他一會兒膽怯地看看這，又看看哪，眼中流露出好奇和羨慕。我知道陸小波的家境是貧困簡陋的。

婷婷好像想起了什麼，轉身走了，一會兒端來了兩杯涼水。

「差點忘了。」她說，先將一隻水杯送給陸小波，他趕緊欠身接過，說了聲謝謝，然後才輪到我。

也不知出自什麼原因，婷婷家的氣氛也對我有一種無形的壓力，看到婷婷向我走來時我突然開始心跳，趕緊起身準備接過她遞過來的水杯時，慌亂中我們握杯的手指絞合在了一起，婷婷顯然沒有心理準備，「呀」地輕叫一聲，杯子隨即抖動了一下，有些微的清水潑灑了出來，濺到了我的身上，她又發出一聲短促的「啊」，身子向邊上閃去，鬆開了握杯的手。好在這時我的手已在水杯上了，否則我們會更加地狼狽，因為水杯會應聲落地。可這一幕畢竟沒有發生，只不過是一場虛驚。婷婷臉紅了，看著我沾了點水漬的衣服不知所措。

「對不起，我不是故意的。」她臉紅地說。

「沒事沒事。」我說，拂了一下澆濕的衣服。現在的我坐也不是，站也不是，人就那麼傻呆呆地發著愣。我感到我的臉在發燙。我拚命想控制住從心裡開始升騰而起的那股熱血，它正在向我的臉上爭先恐後地湧來。我不想讓婷婷看見我一副大紅臉的樣子，那會讓我在她的面前無地自容。

可是我失敗了。那股上竄的熱浪根本不聽我指揮地湧了上來，我相信那一刻我臉紅得像猴尻。我趕緊低下頭坐下了，那一剎那我的眼前飛快地閃過了婷婷羞澀的表情。

「我先走了。」就在這個尷尬得無以解脫的時候，陸小波忽然說了一聲。他站起了身。

「哦，那我也走了。」我說，我也站了起來。

「剛坐下就要走？」婷婷顯然感到了意外，有一絲失望浮動在臉龐上。

「你們坐吧，我走。」陸小波尷尬地說。他一定是看出了一點什麼名堂。這傢伙，我心想，他是想讓我和婷婷單獨待一會兒，他知道自己待在這裡有些多餘，所以他想趁機開溜，可是他有沒有想過這只會讓我更加難堪，讓我格外緊張？如果陸小波在旁邊我會多少自在一些。

「今天謝謝你們帶著我玩。」婷婷說。

「這還用謝嗎？」我覺得心境平和了下來。「我們還怕你不願意跟我們一塊玩呢。」我說。

她的眼神倏地閃爍了一下，蕩漾著清澈的亮光，端詳著我。

她真美！我從心底深處發出一聲感嘆。我們的目光交織在了一起，我不再像剛才那般膽怯了，我可以大膽地直視著婷婷的眼睛了，我也不知道為什麼就有了這份勇氣，這在過去是難以想像的，哪怕是剛才，我還無地自容地想逃離她射向我的目光呢！

只有一種解釋，婷婷的目光在鼓勵我，雖然她什麼也沒說。對了，是她的眼神在說話。沒錯，婷婷有一雙美麗的會說話的大眼睛。我好像突然明白了為什麼婷婷竟會那麼地誘惑我，奧祕一定就隱藏在這裡——她的眼睛會說話，像磁石般地吸引了我，我好像整個人都要被這灼人的目光炙得融化了一般，有了一種瞬間的恍惚。

「我可以走了嗎？」陸小波輕碰了我一下，問。

我這才從剛才的失態中緩過神來。「別。」我說，「要走一塊走。」

陸小波的眼神詭譎地閃爍了一下。這傢伙，真鬼頭！我心想。

「再坐坐吧，陪陪我，好嗎……我怕！」婷婷說，臉上飄過一片陰霾。「我沒想到剛才會看到……」婷婷沒再往下說了。我們都知道她在指什麼了，那個被旗幟覆蓋的屍體又在我的眼前鬼魅般地晃動，還有那張變形流血的面孔。我的心抽搐了一下。

「再坐會兒吧。」我對陸小波說。

「為什麼會這樣？為什麼？」婷婷忽然幾乎哽咽地說，眼中閃出了淚光。

我們都感到了沉重，婷婷發出的追問是我們這個年齡所無法回答的，武鬥的雙方都在聲稱誓死捍衛毛主席的革命路線，可到底誰對誰錯呢？

「我想我爸爸了！」婷婷說，眼淚霎時像斷線的珍珠撲簌簌地滾落了下來，沾濕了她的衣襟。

我心裡也很不好受，我也想起了我的母親，只好安慰她說：「會沒事的，我媽媽說，要相信毛主席。」

「我爸爸也是這樣告訴我的，可毛主席會知道嗎？」婷婷忽閃著大眼睛天真地問。

「毛主席會知道嗎？」我也在問自己，心裡一點數都沒有，可我還是相信母親說的話，我還能清晰地記得母親那天晚上說出這句話時，目光中閃爍出的那種堅定和嚮往。

「會知道的！」我說，「毛主席不會允許他們這樣做的。」

那天回到家，我從腰裡將藏掖的《九三年》又取了出來，重新包上紙，埋在了煤灰裡。我已經沒有心情再關心這件事了，心裡告訴自己，以後再去還大哥哥吧。

十

我被淒厲的哭喊聲驚醒了。那時我尚在夢中，睡得很沉，就覺得有個人在拚命地推我，要拉我起來。我抗拒著。我好像在夢中見到的是一個披頭散髮的女魔頭，我開始喊叫，掙扎，想嚇她走，可她張牙舞爪地瞪著我，臉色發青，血紅的眼睛瞪得像燈籠那麼大，並發出一聲聲令人毛骨悚然的怪叫聲。

我真是嚇壞了，一下子醒轉了過來，沁出一頭的冷汗，但我仍在迷糊中，似夢非夢，那個尖銳的聲音在我的耳邊持續迴盪。

我澈底醒了。

我坐了起來，大口大口地喘著粗氣，感覺脊背上也全是冷汗，心臟噌噌噌地跳個不停。剛才我真的被嚇得夠嗆，那個哭聲還在我耳邊迴盪著。我不知道究竟發生了什麼事，但那個持續不斷的哭聲如同在招魂，抑揚頓挫地此起彼伏，像一個女孩的聲音。

我趕緊趴在窗臺上向外看去。

我視線的右側聳立著一根那個年代的圓木電線杆，架滿了盤根錯節的電線，上面還吊死鬼似地垂掛著一盞昏黃的電燈泡，發出磷火般的黯淡的燈火，依稀照亮了幽暗的路面，以及植在馬路邊上的梧桐樹的樹冠和樹影，但看過去仍然是一片影影綽綽的迷濛。

我什麼也沒看見，但哭聲猶在耳畔，是那樣地真切，好像發出哭聲的女人距離我還不太遠。我蹬著床站了起來，這樣我的視線便更加開闊了，因為我知道那個淒慘的哭號聲是從我樓下的不遠處發出的，我想看看到底是個什麼人，為什麼在深夜裡傳出這麼可怖的哭聲。

隱約看到了一團模糊的黑影，屈身蹲在街邊，肆無忌憚地大聲號啕，哭聲中還夾帶著她的喃喃低語，聽上去就像在哭喪，那種哭喪的腔調如同一首淒切而又悲涼的挽歌，在細雨濛濛中飄搖著，傳出很遠很遠。

我被她的哭聲刺激得也想放聲大哭，心裡像掠過了一絲不寒而慄的冷風，因為它讓我想起了我的母親。

我想念我的母親，心中便泛起了一股驚心的哀傷，在那個淒風苦雨的歲月中似乎任何一點動靜都足以讓我心驚肉跳，好像命運的不測隨時都有可能在我身邊遽然發生，更何況我在白天還目睹了一次可怕的死亡……

我側耳諦聽，我想從她持續不斷發出的哭聲中聽清她在唸叨些什麼。我突然聽到了「哥哥」二字，這一字詞夾雜在她的哭聲中不斷地反覆出現。再聽，我彷彿聽明白了，她是在為哥哥的失去而號啕，那般地淒涼、悲慟，聲聲泣血，就像啼血的子規，她斷斷續續地在說：「哥哥你為什麼要走……為什麼他們要打死你呀……我們做什麼了……哥哥，我不要你走，你帶我走吧……嗚……哥哥，回家吧……我怎麼去告訴爸爸、媽媽呀……我不敢回家，嗚……」接下來，就泣不成聲了。

我的心一下子揪緊了，隱隱作疼，我雖然看不清坐在路邊仰天哀號女孩是誰，但我依稀覺得這聲音是我所熟悉的。在這個恐怖的夜晚，我似乎預感到了什麼可怕的東西，我的心臟跳得更猛烈了。這時才發現，我自己已然淚流滿面。

那天發生的悲劇我是在第二天從陸小波口中聽到的，他說如果我不問起，他原本是不想告訴我的。「我怕你聽了會傷心！」陸小波哀傷地說。

「我沒想到會這樣。」陸小波說，「太可怕了，就發生在我的眼前，這怎麼可能？活活地將一個人……」他嗓子裡哽咽了一下，似乎說不下去了。

陸小波詳細向我描述了他目擊的情景，他在述說時眼中噙滿了不斷湧出的淚水。

那天傍晚，當五中的紅衛兵從外面遊行示威回來時，陸小波就百無聊賴地坐在街沿上，他說他純粹是出自偶然，他也不知道為什麼竟鬼使神差地就坐在了那裡，東張西望，或許是因了聽到了喧嚷聲，很多人驟然間出現在了街面上，他定睛看去，竟是上午出發的那批紅衛兵小將回來了，他發現大多數人情緒不高，垂頭喪氣，失卻了上午出發時的那股意氣風發的勁頭。

我也是後來才聽小清姐說起，第五中學紅衛兵的那一次緊急行動，因所謂的保皇派有所準備，所以出師不利，結果損兵折將，灰溜溜地撤回了學校，而他們原本要去鎮壓的那一派，恰恰是由李援朝、何新宇他們領導的老紅兵組織——他們糾集了一批支持和擁護省委、省政府領導的保皇派，也聲稱要誓死捍衛毛主席所親自發動和領導的無產階級文化大革命，這是一支由「革幹子弟」以及工人、農民組成的隊伍。小清姐當時就在這支隊伍中，也參加了那次衝突。她說，他們早就得到情報說，市裡的這撥紅衛兵要組織力量圍攻他們，所以早有防備。

我還聽小清姐告訴我說，那天早晨我們看到的那具屍體，其實並非是被保皇派的人打死的，而是五中的學生在頭天晚上的一次行動中，兩派發生激烈衝突，他們自己的兩輛卡車在倉促撤退時，將這位不幸的同學擠在了兩車之間，結果被活活地夾死了，根本與武鬥無關，只是後來為了更一步地製造仇恨，這一派的紅衛兵決定隱瞞死亡真相，祕而不宣，而將罪責強加在了保皇派紅衛兵的頭上，以便虛構成一個被對方打死的驚天慘案。

「他們肯定想做的事沒做成，要不然不會那麼狼狽。」陸小波說。

那天陸小波在街沿邊坐下了，無聊地打量著來來往往人流，他還注意到崔二貴那夥人正圍在甘蔗攤上比拚著甘蔗，見他一人孤坐還向他招手，示意他過去一塊玩。

「我沒去。」陸小波說，「沒你在不好玩。」

其實我知道陸小波的口袋裡肯定沒錢玩。

那時我已回到了家，姥姥不讓我再出門了，她說外面太亂了，別亂跑。當時的我，因為上午看到的那一幕讓我心緒不寧，還有婷婷的憂傷，都讓我心境灰暗，所以我就沒再出門了。大批紅衛兵回來我是知道的，我聽到樓下的擾攘之聲，也動了些許的出門的念頭，但都被我的姥姥及時制止了。

有一群散兵游勇般的紅衛兵向甘蔗攤走去，先是有人在大聲嚷嚷著說是口渴，接著，隨手抄起幾根甘蔗就嘎吱嘎吱地啃了起來。妹妹一見急眼了，說：「你們還沒付錢呢，拿錢來。」

因為吵嚷之聲太大，陸小波說，他也是在那時湊過去看了會兒熱鬧，反正坐在街上也閒極無聊。陸小波走到攤前時見到倔強的妹妹正抱著一大綑甘蔗不放，嘴裡在大聲說：「不給錢就別想吃。」崔二貴想趁火打劫，偷偷地從板車上抽出了幾根甘蔗拔腳就要開溜，結果被紅衛兵發現了，有人上去給了他一把掌，崔二貴還嘴硬，說：「嘿，怎麼打人？我是你們的人。」說著，指著自己胳膊上的紅衛兵袖章。

「一看就是假的，誰是你的人？」一紅衛兵怒喝道。

崔二貴肯定是糊塗了，他身上沒穿國防綠軍裝，怎麼可能瞞天過海呢？可他居然犯了橫，和他的那一幫渾小子模樣的同伴圍住了動手的紅衛兵，還沒等他們開始反抗，就被蜂擁而上的紅衛兵給摁倒在地，一陣拳打腳踢。這群紅衛兵像瘋了一般地揮拳直下，雨點一般，崔二貴們只剩下噭噭的一聲聲慘叫了。

看得出來，紅衛兵藉著這個機會在發洩鬱積在心的萬丈怒火，所以出拳極重。旁邊站著的「哥哥」見來者不善，趁著混亂讓他妹妹趕緊撤離。妹妹最初還不肯，哥哥急了，臉色鐵青，陸小波說從沒見過這位一向和藹可親的大哥哥會呈現出那麼一副嚇人的模樣。

妹妹害怕了，她剛才就已經和紅衛兵發生了衝撞，她沒想到這群人會這麼瘋狂，所以她只能儘快離開了，否則很可能會給她的哥哥帶來更多的麻煩。

「哥，你自己要小心。」陸小波聽到妹妹說。哥哥青著臉沒吱聲，只是微微地點了一下頭，又一次堅決地推了她一把。

「哥，你也快回。」臨走前，妹妹叮囑了最後一聲，然後快步跑遠了，不時地還轉頭回望一眼。可那時，紅衛兵的全部精力都發洩在了倒楣的崔二貴身上，根本沒人會注意到她的匆匆離去。

「你也快走吧。」陸小波這時湊近哥哥悄聲對他說。他這時有一種隱隱的不安。哥哥抬眼向妹妹離去的方向看去，她已經消失在了遠方的視野中，他開始將散亂的甘蔗重新打好綑，然後貓下腰，雙手攥緊板車的把手，起身就要趁機開溜。

「嘿，嘿，紅衛兵同學，這傢伙要跑，你們不是要吃甘蔗嗎？」被打翻在地的崔二貴突然怪叫了起來，他這麼做，是想讓自己能趁機從危境中及時逃脫。

他成功了。

紅衛兵發現了哥哥的動向。「你想逃？站住！」幾個人紛擁而上死死拽住了已經啟動的板車。又有更多的紅衛兵圍了上來。

「他這是在投機倒把，走資本主義道路，把他的東西沒收了。」

「把人也帶走，不能讓他溜了！」

「揍他。」

紅衛兵嘶聲喊叫了起來，人聲鼎沸，有一夥人擁上前去搶奪車上的甘蔗。哥哥這時已經走不動了，見有人來搶，急紅了眼，不顧一切地整個身子撲了上去，護住甘蔗，大聲喊道：「你們不能拿，這是我要賣的，我們家還靠它吃飯呵！」

「他媽的，你還敢嘴硬？你在頑固違抗毛主席的革命路線，走資本主義道路。」

哥哥什麼也聽不進了，他只是拚了命似地衛護著他心愛的甘蔗，可他孤身一人根本顧不過來。又有幾撥紅衛兵衝了上來，有的人在扳他的身子，有的人則伸手去搶他壓在身體下的甘蔗，還有人乾脆在揮拳擊打他的頭顱。哥哥在發出苦苦哀求：「求求你們了，饒了我們這些可憐的人吧，我們沒做錯什麼事呀，老天有眼，我忠心擁護毛主席，你們不能這樣呵！」哥哥涕泗橫流地說。

不知是誰先喊了一聲：「打死他，他竟敢反抗毛主席的紅衛兵。」

陸小波說他只看到混亂的人群中揮起了更多的拳頭，密密麻麻的一大片，將他圍在了中間，拳頭重重地擊打在了哥哥的頭上、背上，還有人跳上板車用腳去踩踏哥哥的身體，隨即傳來哥哥淒厲的慘叫之聲。

「你們不能拿走我的甘蔗，要拿，你們拿我的命吧！」哥哥拖著哭腔喊道。

沒有人聽從他的哀嚎之聲，拳頭仍像疾風暴雨飛落直下。陸小波說他站在一邊都看傻了，難以置信，以致目瞪口呆，不知該怎麼辦。他很想上去制止，可又不敢動，因為紅衛兵委實太多太多了，還有許多旁人聽到動靜也不分青紅皂白地加入了進來。看熱鬧的市民見狀趕緊閃避四散，沒一人敢上前勸阻。

陸小波帶著哭腔高喊了幾聲：「他是好人，你們放了他吧。」可在一片喧囂的嘈雜聲中，陸小波發出的聲音就如同一隻蚊子在哼哼，很快就被更大的咆哮聲湮沒了，根本沒人聽得見他的呼喊。

在場的紅衛兵個個都打紅了眼，青筋畢露，怒氣沖天，陸小波只能眼睜睜地看著這一切暴行的發生，無可奈何。

崔二貴這時曲著身從眾人的肩脅下躥了進來，夥同他的同伴不甘心地趁亂搶出幾根散落在地的甘蔗，撒腳就跑，陸小波一見，伸手要攔，被鼻青臉腫的崔二貴惡狠狠地推搡在了一邊，他一個趔趄險些跌倒在地。

等他重新立穩時，看到不遠處，幾個無動於衷地站著的紅衛兵將崔二貴等人一把擒拿下了，又有一夥人圍上去拳打腳踢，崔二貴們在哇哇亂叫。

陸小波心想崔二貴這是活該，誰讓他黑了心地趁火打劫，這種人才真該遭受天罰。

陸小波說，最初還能聽到大哥哥發出的「哎喲」之聲，可他沒有再討饒，只是死死地護緊甘蔗，絲毫不肯鬆開。板車被人掀翻在地了，車上甘蔗及被摧折的車架散落一地，這時四仰八叉躺在地上的哥哥已經發不出任何聲音了，處在極度瘋狂中的紅衛兵仍不善罷甘休，有的人甚至猛踢倒地的大哥哥的頭部。陸小波看到從大哥哥的嘴角流出的腥紅的血跡，人也軟搭搭地不再動彈了。他恐懼地閉上了眼睛。

「看你還膽敢走資本主義道路，打死你！」他聽到有人還在高聲嚷喊，仍然沒有停止爭先恐後地暴打。

「我再也看不下去了。」陸小波說。他眼看著慈祥憨厚的大哥哥被人往死裡打，他只能呆站在一旁束手無策。

他捂著嘴，哭著跑開了，後來他聽在場的大人說，大哥哥真的被活活打死了，最後渾身是血的屍體讓紅衛兵抛上了卡車拉走了，臨走前，他們還沒忘了將已踩得稀哩嘩啦的甘蔗也一併扔上了車。

十一

又是一個風雨飄搖的早晨，我聽到了陸小波的笛聲，我不知道他吹的是一首什麼曲子，但哀婉淒涼，幽怨的曲調悠然地飄蕩在清晨淡淡的薄霧中，笛聲嫋嫋地迴旋在沉寂的大地上，濛濛的雨絲也彷彿加入了這一旋律，予人以無望的哀絕。笛聲很快又滑入了如泣如訴的悲慟，我知道他是在懷念那位大哥哥，他在用這麼一種方式來表示他的哀悼，也在呼喚著我。

那幾天我們不再有歡聲笑語了，我們總是說著說著就沉默了下來，誰都不願再去觸及那個發生在大哥哥身上的人間慘劇，我們也再沒有看到那個可愛妹妹了。

她在哪呢？我們發現我們都在思念她，雖然在那段已然消失的無憂無慮的日子裡，我們曾經非常討厭她，討厭她那張得理不饒人的伶俐的快嘴，討厭他見了我們跟大哥哥鬥心眼時那種鄙夷不屑的神情；當然，還有她偶爾會發出的沒心沒肺般的大笑。現在想來，她的性格竟是如此地爽快率真，如此地清亮而又明媚，可自從那天晚上之後，她從我們的視野中澈底消失了，我們有時多麼想再能見到她，能夠安慰她幾句，並且告訴她，儘管在背後我們曾經詛咒過她，但其實在心裡我們是喜歡她的。

我突然想起那個做酒釀湯圓的叔叔阿姨，他們現在生活得怎麼樣了？也會發生什麼不測嗎？還有那個擺汽槍攤滿頭白髮樂呵呵的老伯伯，他還在嗎？

那時我沒事時還常會在打汽槍的攤前流連忘返，因為我愛打槍，而且我的槍法準到讓看攤的老伯伯有時不得不向我討饒的程度，因為我運氣好的時候可能沒完沒了會一直打下去而不致失手，但即便如此，在我的記憶中我仍欠他一元多錢，那是我陸陸續續累積欠下的。我過去最多時欠他三塊多錢，我一直耍賴不還。後來有一次我又去打汽槍，老伯伯咧著嘴，笑眯眯地望著我，沒吱聲，當時我還奇怪，心想你過去每每見我都要提起我欠錢的事兒，今天這是怎麼了？

直到當天晚上，母親把我拽到了她的房間，一臉嚴肅地問我是不是欠人錢沒還？我立刻想起了老伯伯，因為我從沒欠過別人的錢，除了他。我當時還嘴硬，死不承認，母親瞪了我一眼，訓斥道：「你沒欠打汽槍的錢嗎？」我傻眼了，只好默認了。母親告訴我，那天下班經過那個小攤時，老伯伯叫住了她。

「你是若若的媽媽吧？」

母親停下了腳步，一臉的納悶，她一時不能明白這個老人為什麼能知道她是我的母親。

「我是，你有什麼事？」母親當時心跳得厲害，以為我在外面給她招惹了什麼是非呢。

老伯伯先是誇了我一番，如何地聰明，如何地槍法精準，無人可及，母親這才放下了心，但還在猜想他到底想說什麼？所以耐心地等著他說，她知道這都不是這位老人真正想說的話。臨了，老人才終於拐到了正題上，說出了我的欠錢。母親哭笑不得，連聲道著歉，並且幫我付完了欠款。

「以後沒錢不要賭玩，知道嗎？欠人錢是很不好的行為。」母親嚴肅地說。

可我屢教不改，因為我太喜歡打搶玩了，我喜歡當特製的汽槍子彈擊發時，發出的那一聲沉悶的聲音，以及隨後傳來目標被擊中的爆破聲，我喜歡看到有路人停下腳步，觀看我的戰績，然後從嘴中發出的讚嘆之聲，這讓我的虛榮心獲得了極大的滿足，我會有一種洋洋自得的喜悅和歡快。

可他們都還會在嗎？我好久沒再去看望他們了，我在擔心他們做的事也屬於紅衛兵嘴裡出現的「走資本主義道路」，這樣一來，他們也該遭殃了！

我下樓拉上了陸小波。「走。」我說。

「去哪？」

我說：「你跟我走就知道了。」我先有意去了那個汽槍攤，那個地方我再熟悉不過了，離我們家不是太遠，走上二十多分鐘就到了，它就紮在行人經過的馬路邊上。

可是那裡什麼都沒有了，甚至沒有留下一絲痕跡，我落寞地看著，心裡掠過一絲憂傷，我知道我可能再也看不到那個樂呵呵的老伯伯了。

我們又出發了。這一次是穿過我們熟悉的公園。公園裡安靜極了，沒見一個人影，它變得像是被人徹底遺忘的廢墟，到處都長滿了雜亂的野草，瘋長的野草有的甚至快有一人多高。路面上也不再潔淨，滿地的腐葉、紙屑和厚厚的塵土，我們好像很久沒再來過這裡了。但進門時那個售票員還是認出了我們，只是衝著我們點點頭，就像對待一個不認識的陌生人，不再熱情，臉上掛著疲怠的神情，無精打采，而在過去，她還會時不時地與我們搭上幾句話，臉上飛揚出快樂的笑容。

我帶著陸小波終於走到了做酒釀湯圓的叔叔阿姨的窩棚前，記憶中的那個窩棚孤零零地聳立在一片廢墟上，周邊沒有任何建築，它的近旁只是一個巨大的垃圾場，還沒走近就能聞到從垃圾場中散發出來的濃烈的腐臭味。可現在，這裡除了高高隆起的垃圾外，一無所有，就像從來沒有出現過我們曾經到過的那座風雨飄搖的窩棚。

陸小波已經知道了我的心思。

「走吧，什麼也沒有了。」他說。

我沒聽他的，固執地還是往前走。陸小波無奈地搖了搖頭，跟上了我。

一眼望去，確實什麼也沒有留下，一片空蕩蕩的落寞般荒涼的土地，在無聲無息地回望著我們。我在那一瞬間忽然胃液翻騰，彷彿嗅到了酒釀子醉人的飄香，以及飄在湯上的那一顆顆潔白的米粒和渾圓的糯米丸子，它不僅勾起了我埋藏心底的小饞蟲，還勾起了我的一段美好的記憶——我想起了我曾有過的陽光燦爛、鳥語花香的歲月；即便在浸骨的寒冬臘月，酒釀子依然給了我以溫馨，讓我心底從一片難耐的寒氣中騰升起一股溫暖的欣悅。

可是它終究成為了我永遠消失的記憶。

我在這一片廢墟中努力尋找著我記憶中的碎片，我希望能找到一些什麼，可是好像真的什麼也沒有剩下。我有些失望。

「走吧！」陸小波拉了拉我的手，又說。

我沒吭聲，我仍不死心，我不相信這裡什麼都沒有留下，一絲一毫都沒有留下，我固執地相信我一定能找到一點落下的遺物，從而補償我的思念。

我的感覺被印證了，我終於在一片瓦礫碎石中，意外地發現了一個坍塌的泥灶，泥土上還殘留著煙熏火燎後的烏跡，在那個消失的日子裡，叔叔阿姨就是用這個泥灶為我和陸小波煮了最後一碗熱氣騰騰的酒釀子湯圓，我們吃得熱火朝天。我還忘不了我們走時，叔叔阿姨將我們送出了門；我忘不了，當我們快走遠時，從風中吹來的阿姨的那一聲呼喊：「想吃，別忘了再來喲！」那一次，她們甚至沒有要我們的錢。我開始感到了一陣愧疚，感到了哀傷，也許，從此以後我們再也不可能見到他們了，還有那個飄香四溢的酒釀子湯圓……

十二

「媽媽。」

我拘束不安地倚在廁所的門口，緊張地喊了一聲。我看到母親的身影在裡面晃動，我知道，我發出的聲音是顫抖的，嗓音似乎已不再受我控制。

母親緩慢地直起了腰，掛在胸前寫著走資派的大紙牌隨著她身體的移動而晃蕩，她看向我，勉強露出一絲微笑。

造反派終於結束了對我母親的隔離審查，可仍不讓回家，但母親多少獲得了一丁點自由，我之所以使用「一丁點」，是因為母親可以出門走動了，但走動範圍是受到限制和監控的。母親與婷婷的父親被賦予了另一項「使命」，那就是打掃廁所，這成了他們每天的例行「公務」，清晨就要爬起，拿上掃帚，再拎上一桶清水，去單位各樓層的廁所間，挨個清掃。

那個年代的廁所不像今天這麼講究，都是蹲坑，遠遠便能聞到一股臭氣熏天的味道。母親每天都要負責清掃好幾次，要在過去，這些工作是由母親單位的臨時工來做的，但現在，他們中的許多人搖身一變成了造反派組織的成員，聲稱自己是被「走資派」剝削和壓迫的階級，因此他們也要開始「造反有理」——這是毛主席的語錄，也是那個年代最時髦的一句名言，在這種情境之下，母親和婷婷父親成了他們的「接班人」，必須服從勞動改造。

但不管怎麼說，我們可以偶爾地去見見母親了，但每次去我都會心驚膽戰，因為我心裡仍然無法接受我是一個「走資派」的兒子，也就是說，是一個人人喊打的黑五類的孩子。這讓我害怕、恐懼，也讓我羞愧，每當這種時候，任何向我投射過來的目光都會讓我無地自容，恨不得一頭扎進地縫裡。

記得有一次姥姥讓我給母親送點吃的，當時我就在心裡打鼓，我想推給姐姐去送，可姥姥說：「若若，你也去看看你媽，她一定想你了，去吧，姐姐下次去。」我只好硬著頭皮接過姥姥遞過來的飯盒，去了。

一到母親單位門口，幾個沒事在大樓裡溜達的人喊住了我，我的心就開始了蹦蹦直跳，我筆直地站立著，像一名士兵在恭聽長官的訓斥，小腿肚子在不受控制地發抖，緊張地仰臉望著他們。

「你是幹什麼的？」

「送飯。」我想都沒想就回答了他們，這也是一句大實話，我想儘快地擺脫他們的糾纏。

「送飯？給誰送飯？」

我啞然了。我預感，一旦說出我母親的名字將會遭遇什麼，我沒再說，只是希望他們趕緊走開，我好趁機溜進去，儘快看到我的母親，更何況我有一段時間沒有見到母親了，她的最新消息全是由陸小波的爸爸偷偷轉告我們的。

「問你呢？」他們說，互相看一眼，繃著臉。

我羞紅了臉，心跳不止，低下了頭。我實在不敢提及母親，我知道說了他們會怎樣地取笑我。

「你怕什麼，是不是在給『走資派』送飯？」他們的口氣突然變得咄咄逼人。

「你不用再說了，鬼崽子，回去。」

我仍站著不敢動。我感到了絕望。

「回去，聽到了嗎？除非你告訴我們你給誰送。」

我只好說出了母親的名字。他們開始大笑。

「我就知道是給『走資派』送的嘛。」其中一人說。「告訴你，不行，這個人要接受改造，是你媽媽嗎？她太不老實了，死不悔改。」

「算嘍算嘍。」一人說，「讓他去嘍，一個小孩子懂什麼嘛。」

「不行。」另一人粗聲大氣嚷道，「你走，走，離開這。」

我真的害怕了，膽怯地轉過身，灰溜溜地走了。背後傳來他們的竊笑和議論聲。

「只是一個孩子……」

「不是什麼孩子，是『走資派』的狗崽子，你立場有問題。」

出了母親單位的大門，我一路小跑。我在恨自己的軟弱無能。我一直是埋著頭跑的，我羞於見人。直到我聽到一個熟悉的聲音在喊我：「若若。」我知道是誰，可我不想停下腳步。

「若若。」婷婷站在了我的面前，靦腆地看著我，我躲不開了。我抬起了臉，她手裡也像我一樣拎著一個飯盒。

「看見阿姨了嗎？」

「唔。」我的嗓子卡了一下殼。「看……見了。」我說。臉紅了，我在撒謊。

婷婷肯定以為我是因為見到了她而不好意思，她的臉色也紅了。

「我也給我爸帶了好吃的。」她說。

「那你快去吧。」我尷尬地說。

我快步離開了。

「若若。」

背後傳來婷婷的一聲輕喊，我只好轉過身。她看著我，有些失落，埋著頭，腿在地上揉搓著泥巴。

「什麼？」我問。

她還在揉搓著泥巴，沉默了一會兒，猛然抬起臉來，甩著小辮，目光炯炯地看著我：「謝謝那天你陪我！」

我一慌，居然問：「哪天？」我腦子真是亂了，否則我不可能問出這麼傻的話，還能有哪天?!

「噢！」婷婷捂住了微張的嘴唇，難以置信地看著我，眼眶濕潤了，一咬牙，轉身跑了。

「婷婷。」我趕緊叫了她一聲，她停下了腳步，但沒回過身。「我……我，其實我……很願意……哦，願意……陪你！」我艱難地將這句話完整地說完了，額頭沁出了汗珠。

婷婷轉回了身，向前走了兩步，又站定，凝神望著我：「謝謝你，若若！」就完，又轉身跑開了，離去時的步履是輕盈的。

我站著沒動，望著她逐漸遠去的背影，心裡難過。我剛才撒了一個彌天大謊，我根本沒有見到我的母親，可我不敢說出口，我怕一旦說出了婷婷會瞧不起我。

姥姥為我開了門，見我神情異樣地發呆，納悶地問：「這麼快就回來了？你媽好嗎？」

我沒說話，進屋將飯盒往桌上一撂，就坐到一邊去了。姥姥打開了飯盒，「喲」了一聲。「沒給你媽嗎，怎麼啦？」我還是沒吭氣，也不知該怎麼說，我發現自己太無能了。在姥姥的一再追問下，我才勉強地冒出一句：

「他們不讓我送。」

「他們？他們是誰？」

「那還用說，造反派唄。」姐姐說。她狠狠地瞪了我一眼，「真沒出息！姥姥，我去送吧，若若太笨了，一定是害怕了，我才不怕他們呢？」

結果姐姐去了。我趴在陽臺上，落寞地看著姐姐蹬上自行車，一隻手拎著飯盒，一隻手扶著車把，漸漸遠去了。姥姥這時也來到了陽臺上，站在了我的身後，我聽見她輕輕的嘆氣聲，慈愛地撫摸著我的腦袋。我沒動彈，只是在恨自己。

姐姐去了很長時間才回來，這期間我三番五次地趴在陽臺上等著她，當她終於出現在我的視野中時，我感到莫名的興奮。姐姐走的時間足以說明她成功了，她一定將姥姥親手做好的飯菜送達了母親，否則，她不可能這麼久了還沒回家。姐姐就是姐姐，厲害！我心想。

我盯著她拎在手中的飯盒看著，果然，飯盒在她手上左右搖晃，輕得像是拈著一片樹葉。我為姐姐驕傲。

我又跑進屋裡打開了房門，站著門口等著姐姐，我聽到了從樓梯通道裡傳來的熟悉的腳步聲。她出現了，我喊了一聲：「姐姐。」她看著我沒說話，直接進了門。

「送了？」姥姥問。

「嗯吶。」姐姐回答。

「趕緊洗個臉，累了。」姥姥說。

「不用了，不累。」姐姐說。

後來姐姐告訴我說，她也在辦公大樓門口被造反派攔截了，氣勢洶洶地不讓她進，姐姐說她理直氣壯地跟他們辯論。

「你不怕嗎？」聽完後，我傻乎乎地問了一句。

「怕什麼？若若，你要相信媽媽沒做錯事，是他們錯了。」姐姐說。

結果造反派拿唇槍舌劍的姐姐一點辦法也沒有，只好悻悻然地讓她進去了，最後，姐姐連被阻在門外的婷婷也領了進去。直到今天，每當姐姐聊起當年的這件往事時還會大笑不止：「若若那時真沒出息，連飯都不敢送，造反派幾句話就把他嚇回來了。」我羞愧難當。

後來我學著姐姐也硬闖，果然有用，造反派對我們這些小孩子一點脾氣都沒有，我發現這件事需要厚臉皮，而且需要理直氣壯，就像我的姐姐。

「媽，吃飯。」我說，「姥姥做的。」

母親艱難地又直了直腰，從頭上將一條毛巾抽了下來，擦了擦汗。我發現母親的頭上出現了不少白髮，過去她一直是一頭漆黑的髮絲，因了她的遺傳，連姐姐的頭髮都是一水的油光瓦亮的青絲，自然地垂落下來搭在肩上，猶如鋼絲一般粗硬。可是我的母親卻過早地衰老了，那一根根顯而易見的白髮足以說明了一切，我有些心疼。

「別在這站著。」母親說，「這裡味道不好，去媽媽那。」

我跟著母親去了。所謂的「媽媽那」是一個「牛棚」，但它不是真正的牛棚，只是因為住在這裡的人都是些被打成牛鬼蛇神的走資派，所以才被冠名為「牛棚」，其實那只不過是紮在廚房旁邊的一個破爛倉庫，比上次關押母親的地方還要差勁，那種黴餿味更加嗆人。母親可能已經習慣了，她根本沒意識到那股味道熏得我直想捂鼻子。可是我沒有捂，我不能當著母親面表現得那麼沒出息。

「家裡好嗎？」

「好。」我說。

「姥姥身體呢？」

「好。」我說。「媽媽，你吃吧。」

「你呢？吃了嗎？」

「嗯。」我點頭應道。

「媽媽不在你們身邊，你們要學會照顧好自己，聽姥姥的話，不要在外面給媽媽惹事，知道嗎？」

「嗯。那媽媽你呢，你好嗎？」我問。

「媽很好。」母親慈祥地端詳著我。「放心，媽媽很快就能出去的，因為媽媽相信毛主席。」母親說著，目光中透出一絲光芒。「媽媽不會有事的。」母親堅定地說。

「我也相信毛主席！」我說。

母親樂了。「這才是媽媽的好孩子！」母親說。

十三

這幾天的風聲突然高度緊張了起來，到處都在流傳著可怕的傳說，大人都是一副談虎色變的樣子，議論紛紛，好像進入了世界末日。從大人的口中經常會出現「農民要進城了」的迅息，而且說的是郊外的農民要擁進城來，殺盡肆無忌憚的造反派。隔壁五中以及不遠處的師範學院進入了緊急動員，它們的校園分別環繞在我們家屬院的東西兩廂，大喇叭成天在散播著可怕的消息，我們的樓群也隨之開始了驚恐不安的日子。

我們對面樓裡的一個人上吊自殺了，究竟是因為什麼，我一直沒弄清楚，只聽說是什麼「裡通外國」，所以畏罪自殺，我們甚至不知道他的身分來歷，據說，這個人才三十來歲。

我只知道那天樓下聚集了很多人，大家都在仰頭張望對面的一個樓層，交頭接耳，神色惶恐。那天是陸小波招呼我出來的，我一開始還不知道發生了什麼狀況，但他的臉色在告訴我這事兒有點可怕。我跟著他一溜小跑的來到了樓群間的空場上。

毛頭瘸著一條殘疾的腳，手中晃著一根長棍，一瘸一拐地向我們的方向走來，斜睨我們一眼，去了另一堆孩子面前，眉飛色舞地在講述著什麼。我好奇，湊進去豎起耳朵聽了一會兒，這才聽明白是一個人在自家的門框上懸樑自盡了。

「你怎麼知道是吊在門樑上死的？」有一少年好奇地問。

毛頭神色詭異地眨了眨眼，賣弄地揚起他手的木棍，「我親眼看到的。」

所有的人都大驚失色。「你看到的？你是怎麼看到的。」

「想看嗎？」他繼續炫耀地說，「要看隨我來，但看的人每人要給我一角錢，我要買冰棒吃，不能白看。」

有幾個人在掏錢，有的人則一臉的窘色，顯然是沒錢掏但又躍躍欲試。陸小波在邊上碰碰我，「我們走吧！」他說，「我們不看。」

可我卻被好奇心吸引了，我完全不可能事先想到，隨後看到的那一幕，會給我帶來噩夢般的驚恐。可當時只是覺得好奇，根本沒想那麼多，更何況我錢盒裡還裝著以前攢下的買冰棒的錢。我現在不敢再亂花了，因為母親已不可能再給我錢了，我平時只能省吃儉用，可在這一刻我竟經不住毛頭的誘惑，他的那個神祕的表情刺激得我非要去瞅個明白不可。

我先跑回家，從我藏的小錢盒裡拿出了二角錢，又飛身下樓。

「給你。」我對毛頭說，「這是我和陸小波的。」

毛頭乜視了我一眼，狡猾地翻了一下眼皮，把錢仔細地裝進了兜裡，但伸出木棍攔了一下陸小波：

「他不行，沒錢，其他人跟我走。」

「怎麼不行？我給了你二毛錢了！」我說。

「你是走資派的孩子，按說你沒資格看，我可憐你，但你要比別人多給錢，你二毛，這還是便宜你了，懂嗎？」

我急眼了。「喂。」我說，「你為什麼要這樣？」

「你去不去看？」毛頭瞪著眼，逼視著我。

陸小波又在悄悄地拽我的衣角，「走吧！」他低聲說，「別看了。」

「好，我不看了！」我一咬牙說，「把錢還我。」

「給了錢還想要回？沒門兒！愛看不看，錢不能還，沒這個道理。」毛頭蠻橫地說。長棍子一揮：「交錢的跟我走。」他一瘸一拐地頭裡走了，交錢的小夥伴們忽悠一下跟了上去。

我遲疑著，因為他不讓陸小波去，可我還在心疼我的二毛錢，那可是我母親以前給我買冰棒的錢，平時沒捨得花，一點一點積攢下來的，我不能讓它就這麼打水漂了。我大喊一聲：「毛頭，把錢還我！」

毛頭沒理我，裝著沒聽見。眼看他就要消失在門洞裡了，我束手無策。「怎麼辦？」我問陸小波。

「那你想看就去唄，不能白交錢了吧。」陸小波說。

「那你呢？」

「別管我。」陸小波說，「我還真不想看，你去吧，我在這等你。」

我遠遠地看見婷婷也在人群中，身邊是她的幾個小姐妹，她在看著我，我看不清她的表情。我向毛頭消失的門洞跑去，現在的我沒有任何心情了，只是因為錢攥在毛頭的手裡，我不甘心就這樣被他給矇騙了。

我沒想到去的是毛頭家。他家裡亂糟糟的，雜亂無章。進了門，大家都站在過道上傻傻地等著，誰也不知道為什麼要來到毛頭的家。

「一個個看。」毛頭像個指揮官似地說。

「在哪兒看？」有人問。

「廚房，從窗戶往外看，那個死人就吊在我家對面那棟樓裡。」

大家開始躍躍欲試。毛頭用棍子撥拉出一個人來：「哎，你先看。」

那人飛快地跑過去了。「在哪兒呢？我怎麼看不見！」我聽到從廚房裡傳來那人的聲音。「真他媽笨！」毛頭低聲罵了一句，跛著腳過去了。

「在那，那，不是那兒，是這，看到了嗎？」

「啊！」我聽到一聲驚呼。

「好了，換一人。」毛頭說。

看的人都是灰著臉回來的。輪到我了。

我過去了，趴在窗臺上向前望去，毛頭的木棍在指示著方向。我最初眼神還有些模糊，看不清什麼，呈現在眼前的全是對面那棟樓的窗戶，我不知該透過哪扇窗看過去。

「那，往那看，看見了嗎，那個吊死鬼在那兒呢。」毛頭說。

我定睛再看。一身冷汗。可能是因為天熱，那家人的窗戶是大開的。穿過敞開的窗戶，一個黑乎乎的人影直直地吊在門樑上，腦袋耷拉著，能隱約看見那個耷拉的腦袋下微張的嘴，一隻舌頭從嘴裡也耷拉了下來，怪異地伸得挺長。嚇死我了！

過去就聽人說過吊死鬼的故事，那時我至多只當個故事聽，也沒真當一回事，今天是親眼目睹，可以說在那一瞬間嚇得我魂飛魄散，眼睛一黑，我退縮了回來，大腦像是休克了一般，發出轟隆隆的鳴響。我真是嚇壞了！太不可思議了，一個曾經活生生的人，就這樣懸吊在了門樑上，結束了自己的生命……

「嘻嘻，嚇成這樣。」毛頭說，「還是我第一個發現的呢！」他有些沾沾自喜地說。「行了，下一個。」

我完全暈了，稀裡糊塗地一人下了樓，神思恍惚。陸小波在樓下等我，見我出來迎了上來。

「若若。」

我看著他，一句話也說不出來，我的樣子一定是把他驚著了，他嘴巴大張地望著我，似乎想問我點什麼，可是他那個大張的嘴巴讓我霎時想起了那個吊死鬼，我雙手捂臉地發出一聲驚叫，陸小波趕緊抱住了我：「若若，我是陸小波，你怎麼了？」

我一直捂緊臉，直到覺得好些了為止。我鬆開了手。

「真可怕！」我喃喃低語地說。「我不該去看的。」我說，「你沒去看是對的，太嚇人了！你知道嗎，那個人……」

「別再說了，你得趕緊忘了他，忘了，知道嗎，若若？」

「哦，是的！」我說。

我的神情恢復了一些，這才發現剛才還站滿了人的空場地上沒人了，顯得空蕩蕩的。

「咦，怎麼了，人呢？」

「你聽。」陸小波說。

「聽什麼？」

陸小波不再回答我了，我這才支楞起耳朵，注意傾聽周圍的動靜。一片喧嘩之聲猶如海浪，驟然間從地面上升起，呼嘯地向我洶湧撲來了，聲音越來越大，大到了好像整個大地都在搖晃。我還奇怪，剛才為什麼一點聲音都沒聽到呢？

「出什麼事了。」我失色地問。

「不知道，我在等你，去看看嗎？」

「看！」我說。我想忘記剛才看見的那個觸目驚心的一幕，我要擺脫纏繞著我的可怕的死亡陰影。

可我接下來看到的一幕，依然讓我驚心動魄。

十四

通往八一廣場的大道上擁滿了亢奮的人群，兩支龐大的隊伍在街口對峙，劍拔弩張，雙方都在揮舞著獵獵飄揚的紅衛兵戰旗，嘶聲吶喊，群情激動，隊伍前幾排的紅衛兵正面紅耳赤地在激烈論辯，爭吵得不亦樂乎，手舞足蹈地互不相讓，額頭上青筋畢露，臉部嚴重扭曲變形。

雙方的人流越擁越多，幾乎都快難分彼此了。造反派呼出的口號是「堅決打倒省委」；保皇派呼出的則是「誓死保衛省委」；但卻又都在誓死捍衛無產階級司令部、保衛毛主席，擁護無產階級文化大革命的口號聲上高度一致，這讓我感到了困惑。我問邊上的大人，「他們到底有什麼好吵的？不都是捍衛偉大領袖毛主席革命路線的人麼？」大人不屑地睬都不睬我們一眼，我自討了一個沒趣，只好繼續站在一旁看熱鬧。這麼亂哄哄地鬧成一片看著挺開心的，我差不多快忘了在毛頭家看到的那可怕的一幕。

我和陸小波在沸騰的人群中來回穿梭著，看著兩派慷慨激昂的樣子讓我也跟著在一旁瞎激動，我們甚至唯恐天下不亂地跟著狂呼了幾聲口號——但凡哪一邊口號喊得響亮，我們就站在那一邊，完全沒有立場，只圖好玩。

可是很快我就發現氣氛不對了，兩派的爭辯變得更加激烈起來，一開始還只是指手劃腳的互不相讓，但後來在憤激之下開始有了肢體的衝撞。一定是由於被堵塞的造反派企圖衝出重圍，而保皇派用身體形成了一道堅不可摧的銅牆鐵壁，阻擋了他們前進的步伐，於是造反派急不可待了。

他們大聲地吶喊了起來，喊聲像多米諾骨牌似地在漸次蕩開，一如狂風由遠漸近地撲面而來，忽悠一下在眼前驚雷般地轟天炸響。站在前排的人受到後面人群的推擁和鼓舞，開始與阻擋他們的保皇派開始了身體與身體的搏擊，就像來回拉鋸一般。兩邊的隊伍很快形成了巨大的人牆，爭辯之聲被一陣陣怒罵聲取而代之了。話說得太難聽了，完全是在詛咒甚至罵娘。我明顯地感覺到憤怒的情緒在升溫，我甚至預感到了一場暴力衝突將一觸即發。

一開始，造反派這邊的方陣在後面人流前撲後擁地推動下，有一部分人衝進了對方的隊伍，然後從背後爆發出一片掌聲和歡呼聲；但很快，這一撥人又被保皇派推拒了回來，甚至是被抬著扔了出來；然後保皇派也趁勢衝進了造反派的對伍，來來回回地幾經折騰之後情緒明顯開始失控，氣氛驟然緊張。

「要出事了。」陸小波說，「我們離開吧？」

「不。」我說，「我還要看。」

「他們很快就會打起來的！」陸小波惶懼地說。

一切都被不幸言中。陸小波的聲音還沒落定，一聲吶喊驟然響起：「他們動手啦！」衝突的人群中傳來海嘯般憤怒的聲浪，還沒待我們看清楚怎麼回事，雙方便開始了拳腳交加，一片混亂。看熱鬧的人群隨即爆發出一聲聲驚呼，一陣風似地忽喇一下抱頭鼠竄了。

造反派的隊伍群情激憤，像瘋了一樣奮不顧身地往前衝，前面的幾個人眼看著被對方撂倒在地，迅速被自己人架起，後來的人前赴後繼地擁了上去。

造反派隊伍中的一位手持戰旗的青年突然出現在了前排，扯開嗓門高聲吼叫了一聲：「毛主席萬歲！」讓我驀然想起了《三國演義》裡的張飛，凜然地站在長阪坡上的那聲獅吼。一開始還在漫天飛舞的紅衛兵戰旗，現在變成了這人手中的武器，他先是將戰旗橫下，往對方的人群中一杵，傳來一聲淒厲的慘叫，緊接著，他一夫當關、橫掃千軍般地揮擊迎面湧來的人潮；又有幾人在我們眼前躺下了，剎那間我甚至看見了橫飛的血光。

現在已經分不清誰與誰一撥了，看得我們眼花繚亂。保皇派的隊伍很快就亂了陣腳，隊伍在潰散，有人開始掉頭逃竄，很快，更多的人在往回跑。造反派殺紅了眼，絲毫不讓地開始了乘勝追擊。

我們眼看著剛才還人滿為患的馬路現在變得消停了，造反派窮追不捨地繼續推進，他們已然在凱歌高奏了。

吶喊聲漸漸地遠去。又安靜了，路面上到處都是被丟棄的狼藉一片的雜物、鞋子、帽子，以及被撕碎的衣服和紙片，哧哧喇喇地隨風飄蕩。

四下逃散的看熱鬥的人群又重新聚攏在了一起，大驚失色地議論著發生的毆鬥事件，我們也驚魂未定，聽著大人們的言說。這時我看到了婷婷，她遠遠地站著，正在向我走來。

「若若。」婷婷落落大方地和我打了聲招呼，看上去好像比以前成熟了許多，她的神情傳染了我，我也就不再那麼地彆扭了。但我只是對她發出一個友好的微笑，因為我不知道該說什麼，她出現在我的身邊，我心裡挺快樂的。

婷婷的小夥伴看到另幾位女孩在招呼她們，向那邊揮了一下手，「我們過去嗎？」小姐妹問婷婷。

婷婷遲疑著，看了看我。我的目光明確地在告訴她希望她能留下，和我們在一起。她高興了。

「你們去吧。」婷婷對小姐妹說。

她們會意地微笑著：「那好吧，我們先去了，你小心點。」

「嗯。」婷婷答應了。

臨走前，那二女孩還偷偷地斜睨了我一眼，抿嘴一樂，眼神藏著詭祕。我才不在乎呢，她們愛想什麼想什麼。我喜歡婷婷今天的勇敢，她站在我身邊讓我感到驕傲。我有些激動。要是在過去，我不能想像婷婷會在眾人面前做出如此大膽的選擇，那時她看見我，總是裝出一副愛搭不理的冷傲。也許是因為現在的我們同病相憐，我們的大人都被關押在同一棟樓裡，都被打成了走資派？自從那天晚上我們一塊去看了我們的家長之後，我就覺得我們之間的友情發生了微妙的變化。

我喜歡這種變化。陸小波在邊上碰了碰我，我偏頭看他，他的嘴角旋出一絲隱祕的微笑，悄悄地將手貼在褲縫上伸出一個大拇指。

「去。」我用肩膀頂了他一下。

婷婷聽到了動靜，側過身來瞪大眼睛端詳著我，以為剛才我是在說她呢。

「哦……沒……」我尷尬地說，「我這在說陸小波呢。」

婷婷的目光又落在陸小波的臉上，他也有點兒慌亂：「沒……哦，你們在一起……呃，我挺高興的……」

婷婷「呀」了一聲，臉色驀地紅了，低下了頭。「說什麼呀！」她嬌嗔地說。

「別誤會……」我趕忙說。「陸小波這是在瞎說……」

「沒事。」婷婷抬起了臉，意味深長地看了我一眼。「沒事！」她又輕聲說了一句，「我也願意跟你們在一起。」她說，臉上霎時洋溢出一縷隱然閃現的光芒。

我心在跳。

當時的我們，誰也沒想到更觸目驚心的一幕即將拉開序幕。

我們突然聽到已經遠去的吶喊聲又一次地呼嘯而至，一開始馬路盡頭還看不到什麼人，只是隱隱綽綽地聽見遠處的嘈雜之聲，柏油路面在烈日的炙烤下泛著耀眼的青光。喧囂之聲越發強烈了，我們一開始只看到稀稀落落的幾個人向我們所在的方向疾速跑來，口中還嘶聲地大喊著什麼，這讓我們感到了吃驚，我們不知道究竟發生了什麼狀況！邊上的大人也停止了議論，睜大了眼睛翹足望去。

更多的人隨後出現了，就像突然從地底下冒出來的一般，剛才還頗顯空曠寂靜的馬路，剎那間擁滿了螞蟻般烏泱泱的人流，排山倒海地撲了過來。

最初只是聽到轟隆隆的尖叫之聲，接著，是雜遝的腳步聲，越來越近了。腳步聲夾雜著驚呼聲亂成了一片。他們矮著身子玩命地奔跑，像在逃命似的。腳步聲越來越急促，湧來的人潮也越來越近，大地在強烈地震顫。我趕緊拉著婷婷的手閃到了一邊。

密集龐雜的人流沒一會就湧到了，與其說是在奔跑，莫如說是在抱頭鼠竄，看上去一個個失魂落魄，狼狽不堪。

他們紛紛跑進了師範學院的大門，隨後驚慌失措地衝進了緊靠路邊的一幢幾層高的白樓。這幢樓與我們住的樓群僅存一牆之隔。我太熟悉它了，它是學生宿舍，我曾隔牆相望地看到不少男女學生分別出現在不同樓層的窗口，慵懶地俯視著我們。

更多的人跑來了，爭先恐後地跑進了學生樓。我還在納悶，心想這到底是怎麼啦？剛才這撥人還在乘勝追擊，怎麼沒一會兒工夫就開始狼狽逃竄了呢?!

很快我就明白了。就在這撥潰不成軍的隊伍後面，沒隔多遠，先是出現了幾個零星的人，接著，忽喇喇地更多的海洋般的人潮出現了，烏雲壓城一般，他們手中似乎還操持著什麼家什，高高地舉著，在白熾的陽光下反射著金屬之光。

「那是什麼？」我驚恐地問陸小波。

「不知道。」陸小波手搭涼篷，眯縫著眼睛向前眺望。

陽光太刺眼了，又是逆光，我們一時還看不大清楚，只是見到許多晃動的光點在星星閃爍。

十五

待走近時我們才看清，跑在前面的是一群精壯、黧黑、一身短打的農民，高舉著鋤頭、鐵鏟或扁擔，吆喝著怒氣沖沖地衝了過來。

「哪呢，哪呢？兔崽子們都跑哪兒啦？」我聽到領頭的一位農民漢子大聲吆喝。他站住了。

那幢白樓靜靜地矗立在陽光下，悄沒聲息，一點動靜都沒有，宛如一座空樓。

更多的人蜂擁而至，人山人海，還有保皇派的紅衛兵小將也裹挾在農民的隊伍中。「不能讓這幫王八蛋們跑了，他們還反了不成！」有一名保皇派的紅衛兵在氣憤地大聲嚷嚷。我還在人群中看到了李援朝和何新宇，他們正忙著指揮紅衛兵的隊伍，顯然，他們的任務僅僅是配合農民兄弟的行動。我沒跟他們打招呼，可何新宇經過我的身邊時看到了我：

「咦，你也來了。」他驚訝地說。

我沒說話。

「你姐呢，來了嗎？」

我一聽這話就來氣，心想我姐來不來跟你有什麼屁關係，輪得著你問嗎？她又不喜歡你！就沒搭理他。他討了一個沒趣，沒再說什麼就走了。其實我也在奇怪，我姐姐去哪兒了呢？按說，她也會來看熱鬧的呀！這個念頭我也就一閃而過。

後來才聽大人說起，今天的事件是由造反派率先引發的，他們本來計畫集結力量圍攻省委和省軍區，讓他們交權。就在頭幾天，造反派已經衝擊和砸爛了公、檢、法機關，司法機構已經基本癱瘓。郊區的農民聞迅後急速趕來，與本來勢單力薄的保皇派紅衛兵合為了一體，及時地阻遏了造反派的篡權陰謀。

一個人從圍觀的人群中躥將出來。「在這座樓裡，躲在哪兒！」他指著白樓說。這人身形不高，骨瘦如柴，一看就是年齡比我們大點兒的小屁孩，可他的聲音我卻聽著熟悉。

「砸！」領頭的那個農民向後面揮了一下手，咬牙切齒地喊了一聲。

那個小屁孩回頭跟屁蟲似地也吶喊了一聲：「阿米爾，衝呀！」他說的是我們那個年代最喜歡看的一部電影《冰山上的來客》中的一句經典臺詞，顯然，他一定覺得太好玩了。

站立不動的農民隊伍開始騷動了，一陣風似地向那幢灑滿陽光的大樓蜂擁而去。而那個趁機挑事的小屁孩在他剛一轉身的剎那間，我認出了他。

是崔二貴。崔二貴的臉上還殘留有許多青紫的斑痕，有的地方還貼上了狗皮膏藥，使得那張臉看上去更加地醜陋。我說我怎麼一開始沒認出他來呢。他一直在幸災樂禍地搧風點火，唯恐天下不亂，像隻綠頭蒼蠅般地四處亂竄，逢人就高聲大叫：「衝呀，打死這幫狗娘養的。」

更多的農民向白樓衝去，一個人影從我們面前一晃而過，突然站住了。拉著我的手的婷婷隨即發出一聲膽怯的驚叫，與此同時我握著她的手也下意識地緊了一下。

站在我們面前的人，居然是久違的「一瘌痢頭」。他好像長高了許多，近乎要高出我們一個腦袋了，而且胖了一些，只是額角上多出了一塊閃亮的青瘢。我知道，那一定是我上次賜予他的「紀念品」。若不是他那個標誌性的「瘌痢頭」，我可能一時半會兒還認不出他來。

他神氣活現地乜邪著我們，不懷好意地說：「好久沒見呀。」

我沒理他，雖然心裡有些緊張，但還是繃緊了臉，我不想讓他看出我怕他，不能，更何況婷婷還在我的身邊，我有責任保護她，不能讓她受到「瘌痢頭」的驚嚇。一想到這裡，我也不知從哪來的一股膽量，質問他：「你想幹什麼？」

站我邊上的陸小波上前邁近了一步，阻擋著他，好像隨時要與「瘌痢頭」拚命似地。我知道他的心思，他想保護我和婷婷。

「瘌痢頭」還是站著沒動，似在琢磨著什麼，他收斂了嘻皮笑臉，露出一道兇光。這時一個青年農民過來拍了拍他的肩膀，「快，衝進去！」那人率先往裡顛了。「瘌痢頭」還在猶豫，終於嘟嚕了一句：「先饒過你們，我們一會兒再說。」

他也跟著跑去了，我們鬆了一口氣。

「你怕嗎！」婷婷小聲問。

「不怕。」我堅定地說。我絕不能在婷婷面前示弱。手心被婷婷輕握了一下，我低下頭，這才意識到我一直在牽拉著婷婷的小手，我不好意思了，本能地想抽出我的手，可婷婷在溫柔地凝視著我，根本沒有要鬆開的意思。「謝謝！」婷婷輕輕地說。我激動地拉著她的手微微地甩了甩。「不用謝……」我還想說些什麼，但沒好意思說出口。

大聲的喧嘩就在這時震耳欲聾地響起了，樓上的玻璃窗突然間冒出了許許多多的腦袋，有男有女，隨著齊聲吶喊，桌椅板凳暴風驟雨般地砸了下來，還有人潑下冒著蒸汽的熱開水。樓下一片嘶哇亂叫的哎喲聲傳來，有部分人捂著頭先退卻了下來。剛才衝進宿舍樓的那些人也像退潮般地往回湧，我看到很多人身上沾滿了污穢，黏黏搭搭的，看熱鬧的人中有幾人忍不住地掩嘴竊笑。我瞥了一眼，其中的一個竟是崔二貴。

還沒等我明白過來發生了什麼狀況，又見幾個又有不怕死的楞頭青高呼一聲：「誓死捍衛毛主席！」不明就裡地硬生生地闖將進去，可剛一踏上宿舍樓的水泥地面，便姿勢怪異地仰面朝天地滑倒在地；另有幾位更可樂，雙足跟溜冰似地往前出溜，身子重重地摔在了地上，可背部剛一著地，便赤溜兒一聲滑梯般地順勢往樓內滑去，緊接著樓上有重物拋了下來，劈哩啪啦地砸在他們身上，淒厲的慘叫聲迅即傳出。

這其中就有「瘌痢頭」。他的那頭發出油光的腦袋太顯眼了，讓人一眼就能辨認出來。只見他隨著幾聲淒切的哀號，連滾帶爬地就要往外鼠竄，爬行了沒幾步，剛想站起，又是一個仰面朝天的大跟斗狠狠地跌倒在了水泥地上。我彷彿聽到「咚」的一聲巨響。「瘌痢頭」這一跤一定摔得夠嗆，他現在直直地躺在地上失去了動靜，估計是昏過去了。我感到了一陣快意，心想真是惡有惡報，看你還敢太猖?!總算有人幫我們出了這口惡氣了。沒過一會兒，他動彈了一下，莫名地哭號了一聲：「媽媽呀！」那個哀憐的哭腔還透出了幾分楚楚可憐。「媽媽救我！」他又嘶聲叫道，樓上還有東西砸下，紛紛落在了他的身上。哭聲更加澎湃了。

咦，他怎麼沒喊毛主席萬歲呢？我心中掠過一絲驚疑。

「你媽只剩哭了，他救不了你這個該死的兒子！」我聽到邊上的陸小波在幸災樂禍地說。他說得對，我心想。

站在外面的人束手無策，眼睜睜地看著「瘌痢頭」躺在地上哭天搶地。這時，一位上了點歲數的農民大叔曲身抄起一把鋤頭潛身過去了，冒著危險使勁地伸出鋤頭，刨地般將「瘌痢頭」癱軟的身子扒拉了過來。又有兩人冒險衝了過去，將他架了出來。說來也湊巧，樓上又飛下了幾張木椅板凳，別人都沒砸著，卻直直地落在了「瘌痢頭」發光的腦門上。我看到一股腥紅的鮮血，像漏氣的高壓水管似地從他的頭頂上飛濺了出來，隨即鼓起了一個大血包。

「媽媽呀，我會死了！」「瘌痢頭」哭喪般地又喊叫了一聲。

「瘌痢頭」這時已然哭得稀哩嘩啦了，成一淚人，臉上到處都是青紫的傷痕，額頭上還滲出了不少血斑，那個難看的「瘌痢頭」上鼓起了幾個凸起的大包，瞅著人都變了副模樣。

我直想笑。想起他剛才還春風得意的樣子我就忍不住地想笑。他很快就被人架走了，哭聲也漸漸遠去，他所謂的「一會兒再說」終於以這樣一種醜陋的形象落下了帷幕。

學生宿舍傳來響亮的歡呼聲，緊接著，學生們慷慨悲歌地集體合唱毛主席的語錄歌：「馬克思主義的道理千條萬緒，歸根結底就是一句話：造反有理！」唱得雄壯有力。

然後，我們身邊的紅衛兵在也熱血沸騰地高聲合唱另一首毛主席語錄歌：「下定決定，不怕犧牲，排除萬難，去爭取勝利。」也唱得氣沖霄漢，指揮合唱的人正是李援朝和何新宇。

「操你媽個×的，他們反對毛主席的革命路線，還敢唱毛主席的歌？反了，砸了他們，看他們還敢胡唱。」人群中一位憤激的農民吶喊了一聲。他們紛紛在路邊尋找石塊，雪片般地向樓上扔去，只聽到一陣陣叮鈴哐啷玻璃的碎裂聲，眨眼工夫整座樓的玻璃化為紛飛的碎片，可裡面的歌聲仍沒有停止，依然在慷慨激昂地唱著。

等農民的投石行動終止了之後，學生樓的窗戶上一下子又整齊地冒出了許多個腦袋，紛紛向保皇派回擲石塊。有「哎喲」聲從邊上傳出，有人捂著流血的臉掉頭往回跑。保皇派的隊伍迅速向兩邊散去。石塊依然紛紛墜下，但已經打不著人了。一會兒石塊投光了，又陷入了一片死寂。

「唉，為什麼要打架呢？大家都是擁護毛主席的人嘛！」

我旁邊一人在不解地問。沒有人回答他，好像也回答不了。他有些失望了，於是又在向另一人發問。得到的回答是：「你懂個屁，閃開！」我瞥了他一眼。他是個比我們大的人，唇上冒出幾根稀稀拉拉棕色的鬍鬚，目光疑惑，穿著件白襯衫、藍褲子，鼻樑上還架著一副帶框的眼睛，滿斯文的學生模樣。我之所以記住了他，是因為隨後發生的驟變，它突如其來地發生讓我目瞪口呆。

雙方一直在僵持著，路邊的石塊顯然扔光了，保皇派也已面露疲怠之色。那天驕陽似火，站在烈日下就像蒸著桑拿一般，保皇派根本無法前進一步，因為學生樓裡的紅衛兵在樓道上灑滿了糨糊，他們自己卻藏身在樓上嚴陣以待，這也是為什麼率先衝進去的農民會紛紛跌倒在地的原因。

臨近黃昏了，天邊輝映出了一抹燦爛的晚霞，紅彤彤的，映紅了天際，李援朝這一撥紅衛兵先撤了，他們可能覺得這麼傻待著也無事可幹，農民的隊伍中也出現了躁動不寧，已有人將鋤頭扛上肩頭率先顛了，但還有很多人在堅守。我看到了何新宇，他帶領著一部分紅衛兵沒走，一字排開地坐在了馬路牙上，不時地抹著淌下的汗水。那天的天氣也實在是太熱了。

我忽然看到我姐姐和小清姐出現了。姐姐快速地穿過馬路，焦急地向人群中張望。何新宇先看到了她，站起，向她走去。我見他們嘀嘀咕咕地說了一些話，接著，何新宇向我站著的方向指了指。

姐姐向我疾步走來，小清姐跟在後面。婷婷先發出一聲：「姐姐好。」輕輕地鬆開了我的手。我聽見姐姐嗔怪道：「你也在這呀婷婷，不怕嗎？」

「我跟著若若吶，不怕。」婷婷伶俐地說。

「喲，若若現在也像個小大人似的，還學會保護人吶？」小清姐說，也不知是誇我還是諷刺我。

「回家吧，姥姥都急了。」姐姐說。

「那你不在家姥姥怎麼不急？」我不滿地說。

我們就這麼聊著，一時間竟忘了我們身處的險境。

就在這時，周圍的人群似乎在不安地躁動，僅僅眨眼的工夫他們開始發出一聲聲驚恐的尖叫聲，四下逃散了。我們都傻了，不知道又發生什麼事了，瞪大了眼睛看去，這才知一直待在學生樓裡沒動靜的學生突然無聲地衝了出來。

他們動作迅速地將床板鋪在澆滿糨糊的地面上，動作快得就像事先排練好了似的，隨著腳踏床板發出的哐噹噹的恐怖的聲響。他們奮勇地衝了出來。這一切發生得太快了，沒有離去的農民和紅衛兵措手不及，忽喇一聲開始逃竄。我見何新宇先是急著招手讓他帶的人進行抵抗，可他們沒聽招呼撒腳就跑，他稍稍遲疑了一下，也一溜煙地沒見人影了。

我想起了在學校學會的一句成語：兵敗如山倒。

我聽見有人高呼一聲：「就是他，打！是他出賣我們的。」一群人不由分說地圍了上去，接著傳出「哎喲」的哭天搶地之聲，陸小波拽拽我的衣角，悄聲說了句：「快看，在揍崔二貴哩。」

「是嗎？」我問。陸小波肯定地點了點頭。我們正議論著呢，另一撥衝過來的學生迅速出現在我們面前，從人群中拽出一個人：「是他，我看見他一直在人群中搧風點火，揍他。」這人我倒是看清了，就是曾經站在我不遠處的那個發議論的學生模樣的年輕人，只見他「哧溜」一下跪倒在地，魂飛魄散地哀求道：「我不是那一派的，我只是來看熱鬧的，別誤會……」

「他一定是保皇派的內奸，不能饒了他。」瞬息間眼睜睜地看著那人頭破血流，木棒直接砸在他腦門上，鮮血飛濺了出來，他一直在哭口喊冤枉，可學生根本沒理會他的辯解，雨點般的拳腳、棍棒紛紛落在了他的身上。

「你們打錯人了。」一個上了點年紀的中年婦女說，「他真是來看熱鬧的，別再打了，把人打壞了。」

沒有人聽她的解釋，更多的拳頭、木棒飛落直下。那個被打倒在地的人已經血流滿面了。更多的學生在追擊逃亡的農民和紅衛兵。

「別再打了。」只見姐姐和小清姐撥開人群，衝了進去，死死地護著那個蜷縮成一團發不出聲音的人。「別再打了。」姐姐和小清姐喊道，「這樣下去會打死人的，不能再打了。」

「是呀，只是一個路過看熱鬧的，怎麼能不分青紅皂白隨便就把人打了呢?!」圍觀的人也紛紛表示了不滿。圍打的學生停手了，氣喘喘地直起了腰，跟著他們的隊伍向前追去了。

「快快，這人可能快不行了，得送醫院！」小清姐在嚷嚷，一群好心人擁了上去將那個血肉模糊的人抬起，架著就往醫院方向飛奔而去。我也想跟去，被姐姐制止了：「回家去，姥姥還在等你呢，婷婷一個小女孩也不能跟你們瞎跑呀，出事了怎麼辦？」姐姐的臉色讓我看著害怕，我不敢再違抗她了。她跟著救人的隊伍遠去了。我沒再看見崔二貴了，也不知他的情況如何，可我對他的挨揍一點同情心都沒有。

姐姐是天黑後才回到家的，小清姐陪她進了家門。當著姥姥的面我們什麼也沒敢說，怕她老人家擔心，我們默默無語地坐在飯桌前吃完了晚飯，等姥姥去洗碗的空檔，我悄聲問姐姐：「那個人情況如何了？」姐姐告訴我：「他算命大，大夫說傷得很重，但命能保住。」姐姐還說當時就有許多人主動掏腰包給這個陌生人墊上了錢，因為沒錢醫院不給治。

「好心人還是多！」姐姐感嘆地說。

姐姐在我的眼中形象又高大了許多，我從心裡羨慕姐姐今天所表現出的勇敢，如果不是因為她和小清姐的及時制止，那個人今天可能就魂歸西天了。

第五章 × 路

一

當恐怖的槍聲持續響起時，我們意識到一個更加可怕的日子開始了。

遠遠的槍聲大作，突然像爆豆子一般地激烈響起，與此同時，我們隔壁的第五中學和師範學院的高音喇叭發出了激昂的聲音，我嚇得一哆嗦，不知道又發生什麼了，姐姐率先衝到了陽臺上，前傾著身子向外看去，姥姥發出一聲驚呼：「麗莉，快進屋。」姥姥急促地衝了出去，將姐姐一把拉了回來。我們躲在窗戶後面向外看。

姥姥的臉色蒼白。「這是什麼聲音？」姥姥疑惑地問，眼神中充滿驚恐。姐姐也在側耳諦聽著，面色緊張。

「槍聲！」姥姥突然說。姥姥是從戰爭年代過來的人，她能聽出這是槍聲。

「噠噠噠」的機槍聲劃破了寂靜的長空，顯得格外瘆人。學校的高音喇叭一直在焦急地呼喚紅衛兵小將緊急集合，說是保皇派司令部在郊區集結力量，搶奪了軍械倉庫，持有大量的重型武器，企圖向紅衛兵指揮部發動武裝攻勢。

很快，一輛輛裝載著紅衛兵小將的大卡車從我們樓前隆隆駛過，能清晰地聽見他們熱血沸騰的口號聲：誓死保衛無產階級司令部，誓死捍衛毛主席！血債要用血來還！

一種令人窒息的氣氛迅速籠罩了城市的上空，烏雲密布，那些急馳而去的大卡車呼嘯地一輛輛駛過，卡車上紅旗招展，紅衛兵小將身穿清一色的國防綠軍裝，神色莊嚴地手持軍用武器，他們振臂高舉的手臂宛若一片綠色的森林。

安靜了。那些激烈的口號聲漸漸遠去，最終消失在遠方。槍聲停歇了一會兒，又響起了，而且更加密集，像爆豆似地在遠處響成一片，聽著讓人毛骨悚然。這是我平生第一次聽到這麼激烈的槍戰聲。

雖然在軍隊大院時，我常會與小朋友一塊去軍院的打靶場偷看叔叔們打槍，可那槍聲絕不是這種爆豆式的，而是一聲接著一聲沉悶的響起。一槍響過後會沉寂那麼一會兒，接著再發出一聲。現在可不是，現在的聲音聽上去就像在電影中看到的激烈槍戰，兩軍對壘，你死我活的槍戰。馬路上已看不到一個人影了，我們這一帶也陷入了死一般的沉寂，甚至能感覺死亡氣息的迫近。

「這是怎麼了？為什麼會這樣？不是都解放了嗎？」姥姥自言自語地問。

我們誰都回答不了姥姥的疑問，這也是纏繞在我們心頭的一個問題，只是我們還不能真正理解姥姥口中的那個關於「解放」的深刻涵義。一九四九年全國解放時我們還沒有出身，所以，所謂的一九四九年中國人民的翻身解放我們只是從老師的口中略知一二。姥姥則不同，她是從舊中國過來的人，她能清晰地憶起戰亂時的流離失所、妻離子散，以及槍聲與死亡的聯繫，所以她不能理解。

這都是我們後來才知道的，那一天，姥姥並沒有告訴我們她為什麼會發出這樣的驚嘆。

我出不了門了，只好傻呆呆地坐在家裡，外面依然一片死寂，槍聲似乎也在漸行漸遠，我的心臟仍蹦跳個不停，不知道接下來還會發生什麼更可怕的事情，我們被一種恐怖氣息所籠罩。同時，我們也在擔心我們的母親，當這一切可怕的事件發生了之後，母親將還會遭遇什麼呢？這是我們心中的一個隱憂，可是我和姐姐誰都沒有開口問。我們知道一旦問了姥姥會承受不了的，她肯定和我們一樣在擔心仍被關押的母親。

就在我們驚恐萬狀時，傳來一陣急促的敲門聲。我們都開始適應了這可怕的沉寂，所以，當敲門聲傳來時我們都被嚇得大驚失色。

我們待著沒動，可敲門聲卻在固執地持續傳來，驚心動魄。「開門嗎？」我緊張地問。姐姐搖頭。姥姥也在搖頭。

大門依然在響著。「是我，麗莉。」外面傳來熟悉的聲音。

姐姐這才過去開了門。站在門口的是小清姐，她神色憔悴，頭髮蓬亂，很快閃身進了屋，姐姐迅速地將門關上了。

「外面發生什麼啦？」姐姐問。

「給我口水喝。」小清姐說。

姥姥迅速端來了一碗涼水，小清姐接過，幾聲「咕嚕」就喝乾了，抹去了沾在嘴上的水漬。

「到底發生什麼了？」姥姥也在焦急地問，

我們相信在這樣一個特殊的時刻，小清姐的忽然出現一定與外面發生的事情有關。

我記得姐姐告訴我小清姐這幾天沒在家住了，她活躍在她所屬的那個紅衛兵組織內，那是一個保皇派的大本營，以革幹子弟為主。文革初期，這個組織曾被譽為我們這座城市「老子英雄兒好漢」的最著名的紅衛兵組織，但很快，隨著「血統論」的臭名昭著而淪落，接著又改弦更張地另立旗號，搖身一變成了聲名顯赫的保皇派了。李援朝、何新宇是他們中的一員，他們是一批最早響應毛主席的號召舉旗造反的人，毛主席的那句著名語錄「造反有理」成了他們當時最堅定的信念。

我還記得有一次小清姐慷慨激昂地對我姐姐說：「麗莉，跟我去吧，我們就是要造『封、資、修』的反，革他們的命。」姐姐一開始還跟著小清姐在外面瞎折騰，後來她消極地退出了，原因並非她不相信這是一場毛主席親自發動和領導的偉大革命，而是她受不了何新宇沒完沒了的糾纏。我姐姐根本就不喜歡他，甚至有點兒討厭他的死皮賴臉，不喜歡他低三下四哀求她的樣子。我的姐姐那時可清高孤傲了，因為她長得漂亮，婷婷玉立人見人愛。姐姐及時地抽身而退，可是小清姐依然激情澎湃地投身在這場革命的洪流中。姐姐還告訴我，小清姐與李援朝兩人在偷偷地好。

「不就是因為他爸官大唄。」姐姐告訴我時一臉的不屑。

這撥最早崛起的紅衛兵當然想不到這場逐漸燃燒的戰火，會延伸波及到自己的父輩身上，他們由最初純正的紅五類，革幹子弟，變成了被後來興起的造反派所要打倒的叛徒、走資派、反革命分子的後代，於是他們憤怒地將過去各自為戰的紅衛兵小團體，集結成了一個更大的組織，甚至下到工廠、農村，號召工人、農民起來捍衛省委、省政府，其實也是捍衛他們的父輩，他們發出的號召是：造反派企圖奪取革命政權，顛覆毛主席的革命路線，我們必須予以堅決反擊。

工人、農民由此而被有效地動員了起來，他們開始湧進城裡參加保皇派組織的運動，與造反派的衝突日益白熱化，最終演變成衝擊省軍區及武裝部的軍械倉庫，搶奪槍支彈藥。

究竟是哪一派率先開始衝擊的呢？我一直沒弄清，直到現在我也沒有真弄明白，當我們知道這一切時，已經是剛才從窗外突如其來傳出的密集槍聲了。

李援朝他們幾天前領著農民去縣武裝部軍械倉庫搶槍了，聽他們說是造反派先到省軍區的軍械庫搶的，他們怕吃虧。前一段兩派遊行時就發生了嚴重的衝突，誰也不讓誰，雙方都動了手，結果打死了不少人。小清姐說，隨後，造反派就抬著死屍向省軍區軍械倉庫衝去，那次他們吃了大虧。

「又死人吶！」姐姐大驚失色，顯然她沒有想到事態發展的嚴重性。

「我親眼見到的。」小清姐說，「我們這一派人也有人被打死了，所以大家決心要復仇。」

「所以才有了今天？」

小清姐沉默了一會兒。「可能。」她說，「援朝他們昨晚就出發了，我沒跟著去。」她又沉默了。

「我有些怕！」過了一會兒，小清姐說。

「這些孩子都不要命啦，是誰讓他們這麼幹的？」姥姥百思莫解。

「昨晚他們就在祕密動員要去衝擊省裡的造反司令部，還想把被造反派扣押的省領導給搶回來，我沒跟著去，天沒亮我就聽到持搶集合的動靜，我知道在那沒法待了，一大早趕緊跑回來了！」小清姐喘著氣說。

「你還是趕快回家吧，你父母一定在擔心你了！」姐姐說。

小清姐看了看我姐姐，臉色呆了一下。「他們又該罵我了！」過了一會兒，她又說：「我不想回家，我要是回去了就再也出不來了，我擔心援朝他們會出事。」末了，小清姐不無憂慮地說。

一語成讖。傍晚時分，我們家來了一個人，我們都沒想到來人竟是何新宇，他拍擊著我們家的門，輕聲喚道：「王麗莉，是王麗莉家嗎？」聲音是沙啞的。

我預感到發生狀況了，心又開始了嗵嗵直跳。姐姐聽著門響，一語不發，沒去開門，因為我們當時不知敲門者是何人，而姥姥則急著在屋裡轉圈，她顯然也預感到了什麼不測。過了一會，門外的人仍沒走，隔一會兒敲一下門，看來如果我們不開門他是肯定不會走的。

「會是誰？」姐姐看著小清姐說。

「不知道，你不認識他嗎？」小清姐說。

姐姐搖頭。然後又看向我。「若若，你先去開門，如果是不認識的人找我，就說我不在。」

我去開了門。「我姐不在！」由於緊張，我一開始沒認出他來，沒等他開口我先說了。何新宇身上沾滿了污跡，臉色蠟黃，看上去人都脫形了。

「小清在這嗎？」

我沒想到他要找的人是小清姐，怔忡了一下，這才認出這人竟是何新宇！我正想說小清姐不在時，小清姐出現了。

「找我嗎？」小清姐突然神色大變。「呵，是新宇，出什麼事了?!」

「你可能得回司令部一趟，出大事了！我剛才去你們家沒人，我就知道你可能會在這裡。」

小清姐聽了，腳跟一軟，就差沒癱倒在地了，好在姐姐及時地扶住了她。

「我知道出了什麼事了！」她臉色慘白地說。

姐姐一開始還不明就裡，向何新宇打聽究竟出了什麼事。何新宇沉著臉，一句也不說，只是直愣愣地望著我姐姐，臉上飄著一縷隱約可見的死亡的氣息。還是姥姥在一旁攔住了姐姐。

「麗莉，別再問了。」姥姥說。

「姥姥，你知道？」姐姐皺著眉心問。

姥姥沉著臉沒吱聲。

「我知道出什麼事了，援朝不在了。」說完，小清姐號啕大哭了起來。我感覺心臟一下子懸空了，腦際電閃雷鳴。這怎麼可能？一個過去還好端端的人說沒就沒了?!我不敢想像。這是我第一次親身經歷一個我所認識的人的突然離去，如同一場可怕的夢境！

小清姐走了，臨走時哭得像個淚人似的，姐姐一開始還想跟著去，讓姥姥死活攔住了，我從沒見過姥姥那天急成這樣兒，把我都嚇壞了。

「看你敢走出這個家門！」姥姥吼道。

二

沒過多久我們就對偶爾傳出的槍聲習以為常了。槍聲不再密集，只是偶爾「吧勾」一聲劃破長空，尖利地飛向遠方，然後，彷彿呼應般地從很遠很遠的地方又會傳出幾聲槍響。

那個時候，我們這幫成天沒事幹的孩子，已能根據槍聲判定它發自何種武器了，比如那個特別「吧勾」聲就是由日本式的軍械武器「三八大蓋」發出的，那個爆豆般的機槍聲，又被人告知是德國造的「梅可馨」重型機槍或日本造的「歪把子機槍」發出的。

談論各種武裝成了我們這群孩子那一段日子的特別「節目」，我們互相炫耀著剛從大人那裡道聽塗說聽來的那點可憐的軍事知識——都是些關於各種型號槍械的知識，還有它的原產地，如果誰在這方面知道得最多，誰就階段性地成了我們大家的偶像，榮耀地成為我們那一段生活的中心人物。

人真是很怪，天天都能聽到槍聲後，反而不怎麼害怕了，或許，僅僅是因為城內武鬥的激烈程度在相對減弱，槍聲大作似乎也成了一個遙遠的夢魘了。那時造反派和保皇派只在郊區打得不亦樂乎，城內的槍聲只是偶爾地隱約傳來，我們聽著耳朵都麻木了。

時常能見到扛著武器的紅衛兵在我們樓前耀武揚威地四處走動，我們還會圍住扛槍的學生羨慕地望著他，然後纏著他讓我們也摸一會兒槍。

「大哥哥，能讓我們摸會兒槍嗎？」我涎著臉問。

「去！」有的人會神氣活現地瞪我們一眼，大剌剌地將我一把推開，一副瞧不起人的樣子。有的大哥哥還不錯，允許我們摸會槍，還會向我們露齒一笑，隱著一絲自得。

「打槍好玩嗎？」有的小夥伴會天真地問。

那個紅衛兵會歪著脖子認真地想了想：「你們長大了就知道了。」然後從我們手中再接過槍，揮揮手走人了。那時我會望著他的背影，心裡想，等我長大了手中裡也要有一把真槍，看他們多威風呀，比彈弓、汽槍、玩具槍可強太多了！有槍在手別人就不敢欺負我了。

大字報貼得更多了，幾乎可以說是鋪天蓋地，全是充滿濃烈火藥味的語言，我們沒事時都會湊上去看一眼。我們也是從大字報上才知道造反派和保皇派分別派了代表趕赴北京，向中央文革小組告對方的刁狀，可中央文革的表態可真是太奇怪了，一會兒說支持保皇派，一會兒又說造反派的大方向是對的，以致勢不兩立的雙方都覺得自己在秉承中央文革的指示精神，持有尚方寶劍，可以向對立的一方有恃無恐地宣戰，因為這是在執行中央文革的指示精神，也就是在堅持執行毛主席的革命路線。

那個時候我們也不再感到那麼地恐懼了，因為幾乎日復一日地天天如此。

直到有一天，我發現陸小波幾天沒來找我了，我也沒再聽見他悠揚的笛聲，這讓我感到了蹊蹺，因為這種情況在我們中間很少發生，畢竟頭幾天晚上我們分手時還說第二天要一塊玩的。陸小波很少失言，這次是一反常態。

他怎麼啦？我有了一種隱隱的不安，但我還不能確定，只是一種隱隱……

我忽然感到了失落，無精打采地一人在垃圾箱上坐著，實在無聊時我會發狠地用腳去跺垃圾箱上的鐵蓋，然後掀開鐵蓋，看見幾個肥胖的大老鼠吱呀亂叫地在垃圾堆裡四處亂竄，可我一個人不敢伸手去逮牠們，只是看著好玩但束手無策。如果陸小波在我身邊，我們可能會一塊兒逮上幾隻。

陸小波始終沒出現，我終於憋不住地決定去找他，他的「失蹤」讓我覺得太不尋常了。

我敲響了他家的門，沒動靜。怪了，難道陸小波不在家嗎？不可能呀，他如果出遠門，無論如何是會通告我一聲的，這是我們間的一個小小默契。再敲，還是沒聲兒。我把耳朵貼在門縫聽了聽，了無聲息。看來真是沒人在家了。那他會去哪兒呢？我的那個隱隱的不安變得洶湧了起來，我相信陸小波家出事了！

我再有想像力也無法想到陸小波家會出那麼大的事。我先後去陸小波家敲了幾次門，始終沒見人影，他家的大人也不在。我決定守候到他的出現。

直到那天的黃昏時分，玫瑰色的夕陽沉落了，天色漸暗，暮色四合，我一人坐在馬路牙上，一如既往地等待著陸小波的出現，終於遠遠地看見陸小波隨同他的父母出現在了我的視野中，我好一陣激動，就像是久別重逢，我這才真正地意識到這個朋友對我是多麼地重要。

我起身跑了過去。我以為他看到我會熱情地迎上來打聲招呼，然後像以往一樣互相擁抱一下，這是我們經常出現的表示友情的姿勢。

可是沒有出現我的這一想像中的情景。他好像沒看見我，像個木頭人似地呆滯地走著，神思恍惚。咦，陸小波怎麼啦？我瞅了一眼走在他邊上的父母親，也是陰沉著臉；再細看，發現陸小波和他母親的臉上還掛著未盡的淚痕。我的心沉了一下，盤旋在我腦海中的預感又一次強烈地向我襲來。

真出事了！

我閃到了一邊，沒敢言聲，我知道在這樣的一個時刻說什麼都不對，我跟在他們一家人的後頭默默地走了一會兒，我想讓陸小波看到我陪伴在他的身邊，作為好朋友，我現在只能做到這些了！

他們快要消失在門洞時，陸小波回臉看了我一眼，似乎要開口說話，我見他的嘴唇抖動了一下，但很快就用手捂住了，淚水幾乎要奪眶而出，他又背過身去，向我擺了擺手示意我離去，接著，他一個人先衝進了門洞。我站著沒動，看著他們一家人漸次消失，靜默良久，心情卻一片幽暗。

一連好幾天陸小波都沒來找我，這我都想到了，我也沒去打擾他，只是在心裡為他擔憂。

一天，我熟悉的笛聲又一次地響起了，這是陸小波在召喚我。我記得當笛聲驀然間從樓下傳來時，我正搬了一條小板凳坐在陽臺上，眺望雲霧繚繞中的遠山發呆，笛聲響起時我一個激靈，好像是久違了這個動人的聲音。最初我還以為是一個幻覺呢，再聽，那笛聲才變得格外地真切，登時心裡敞亮了一下，就像雨後的陽光在沐浴著我。

我飛身下樓。果然，陸小波就站在我家的樓下，傾斜著身子，歪著腦袋在盡情地吹奏著他發出的哀婉的笛聲，在我聽來就像一首淒涼的挽歌。

他見了我，沒有像以往那樣先發出一個靦腆的微笑，身子凝然不動地繼續吹奏著。我站在了他的身邊，沉默不語，認真地傾聽著他吹出的如泣如訴的笛聲。一曲終了，他默默地垂下了竹笛，雙目朝天，閉上了眼睛，過了一會兒才看向我，目光竟是那麼地悲傷。我還是沒問他「失蹤」的原因。我只能等待他的開口。但我非常奇怪地希望他不要急著告訴我，我希望沉默的時間再延續下去，我害怕預感中的可怕的消息遽然傳出。其實我已經注意到了，在陸小波的胳膊上紮了一個醒目的黑色袖套，它的預示再明顯不過了。我的心在翻江倒海，那一時刻，我多麼希望什麼事情也沒有發生呵！

「我哥走了！」我們彼此間沉默了很久後，陸小波輕聲說了一句，他說出這句話時，兩眼又望向澄澈的藍天，有幾朵白雲浮游在遙遠的天空。

預感終於被印證了。我呆呆地望著他，不知該說什麼，大腦在那樣一刻突然一片空白。

後來陸小波告訴了我發生在他親愛的哥哥身邊的那一幕人間悲劇，當我寫下這一筆時，陸小波哥哥的臉龐又一次地浮現在了我的腦海中，我忘不了他那個過早顯現出的深沉成熟的面孔，以及他老成持重的表情；偶爾，他會向我們發出的溫厚的微笑，讓我們的心中湧出一絲溫暖，有他在身邊，我們會感到心理上有了一個強大的精神支撐，會感覺踏實，踏實得就像「瘌痢頭」欺負我們時他會及時地出現在我們身邊那樣。我曾經多麼羨慕陸小波擁有這麼一個寬厚而又善解人意的大哥哥呵，我甚至悄悄地在心裡將他認作我自己的親哥哥，一句話，我崇拜他！

可是他走了，無聲無息地走了，猶如晴天霹靂般地瞬間把我炸懵了。

這是一個殉情般悲壯的傳奇故事，發生在那個腥風血雨的一九六六年，我沒想到我會在短短的時間內經歷那麼多關於死亡的故事，而一個比一個更近地走進我的生活。我欲哭無淚。

陸小波的哥哥是用手榴彈自爆身亡的。他和他的那位女友共同走向了死亡之旅。事後，我姐姐告訴我說，臨死前兩人緊緊地摟抱在一起，然後拉響了手榴彈的引繩。

那顆手榴彈威力巨大，當人們聽到驚天動地的爆炸聲，衝進屋裡來看時，他們兩人已然身首異處，但讓人震駭不已的卻是，即使在最後的關頭，他們兩人依然保持著熱吻的姿勢，如同在向這個冷酷無情的世界宣告他們的生死相依，不離不棄。

蒼天沒有辜負這一對至死不渝的情侶，用這麼一種最後的儀式般的不朽手姿，兌現了他們彼此間所承諾的愛情誓言。

他們的故事就像一則神話傳奇，在我們的那座城市不脛而走，廣為流傳。我並不否認，其中肯定會有許多來自民間的添枝加葉的想像，但我寧願相信它是真實的，因為它不僅僅是血腥與殘酷，還有淒美和浪漫——血色的年代中，它被賦予了慷慨悲歌的濃烈色彩。

在那個如火如荼的日子裡，陸小波的哥哥陸大鳴投身到了造反派組織內，由於他沉著冷靜的性格，加上善於舞文弄墨，使得他很快就成為了紅衛兵組織中的一名小頭目，而且充當了他們中的智囊。他是打倒省委、省政府最堅定的支持者，造反派組織的幾次重大行動他都參與了出謀畫策，他因此也受到了大家的尊敬。

但他那時正處在熱戀中，愛得一往情深，可是他的那位戀人任琦卻出身於他所要打倒的家庭，因為她是當時的一位副省長的千金。處於造反狂熱衷的陸大鳴堅決要求他的戀人與家庭澈底決裂，劃清界線。他的戀人哭了，因為她深愛著她的父親，而陸大鳴則冷漠地告訴她，在堅定捍衛毛主席的革命路線與自己的愛情之間，她只能選擇一個。

「我不能兩個都要嗎？」她憂傷地問道，「我爸也是毛主席革命路線上的人！」

「不，你父親是反動的走資派。」陸大鳴堅決地說。

經過一番痛定思定的思考後，陸大鳴決定捨棄愛情，因為這涉及到他所信奉的大是大非問題，他不能背叛他的信仰，他堅信戀人的父親是要被打倒的對象，因為他執行的是毛主席所反對的走資本主義復辟道路的劉少奇、鄧小平路線，與偉大的毛澤東思想背道而馳。他的戀人當即哭倒在地，苦苦哀求，但終歸無濟於事。

任琦只好走了，臨走前她告訴陸大鳴：「我愛你，但我也愛我的父親。」

「你只能選擇一個。」陸大鳴冷冷地說，但心裡卻在流淚。

三

任琦消失了一段日子後，終於在一個日薄西山的黃昏，又出現在了陸大鳴的面前。

「我做出了選擇！」她哀哀地說。

陸大鳴看著她，沒說話，雖然明顯地感覺到自己在心跳不止。在任琦消失的那段日子裡，他心如刀絞。他思念她，幾次想離開紅衛兵司令部偷偷地跑去找她，告訴她，他是多麼地愛她，他的生活中不能沒有她。可他最終還是沒去找她；同時，為自己感情的脆弱而感到了羞恥。他反覆在心裡問自己，陸大鳴呵陸大鳴，你不是要當一名追隨毛澤東思想的革命者嗎？為什麼輕易地就被一顆小小的糖衣炮彈打垮了呢？這是考驗你的時候了，你必須挺住，無數的革命先烈為了信仰可以拋頭顱、灑熱血，付出自己的寶貴生命，而你卻在資產階級的花前月下卿卿我我，你不為自己的行為感到可恥嗎？

但戀人的離去，還是讓他痛不欲生，在他實在難以忍受的時候，便會拿出自己珍藏的毛主席像章，將它們一枚枚地別在自己胸前的肌肉上。當別針扎進胸肌的那一瞬間，他倒吸一口涼氣，疼得幾近昏死過去，一種錐心的尖銳的疼痛，讓他幾乎要大聲地喊叫出來。但他咬緊牙關忍住了。他知道，這正是他向偉大領袖毛主席表示忠心的時刻，也是考驗自己意志與決心的時刻，他必須經受住這樣的考驗，他必須向自己證明，他愛毛主席勝過愛他的戀人。

他順手抄起床上的枕巾，塞進嘴裡，用牙齒將它死勁咬住，別上了一枚，再別上一枚，直到覺得這刺心的疼痛徹底地壓制了對戀人的刻骨思念。

這樣好多了，那個錐心般的疼痛終於可以忍受了。殷紅的鮮血像蚯蚓般順著他的胸肌在一點點地往下流淌，他已經不在乎了，他為自己能夠戰勝這難耐的刺疼而感到了驕傲！

當任琦突然出現在他的面前時，他完全沒有料到，他原以為，他們之間曾經有過的那種刻骨銘心已成前塵往事，他也漸漸地在將它淡忘，因為每當強烈的思念向他猛烈襲來時，他都會背著人在胸前的皮肉上別上一枚毛主席像章，他覺得這樣做既是告誡和提醒自己，又是對自己的一種變相的懲罰。也不知為什麼，在後來的一段時間裡，當他重複這個自虐式的動作時，從中體驗到了一種難以理喻的欣悅的快感。

「我做出了選擇。」

當耳邊響起任琦的這句話時，陸大鳴的心震動了一下。他當時還在低頭寫著大字報，沒有意識到她來到了自己的身邊，直到熟悉的聲音響起時，他才稍稍地遲疑了一下，因為他不敢想像任琦還會回到她的身邊。

他緩緩地抬起了頭，努力控制著自己的情緒，他不想讓任琦看出他的激動。他看到任琦的臉在失色發白，肯定是他所表現出的鐵一般的冷峻把她嚇壞了。她的眼淚撲簌簌地淌了下來。

「我回來了，鳴，你真的不要我了嗎？」

他還是冷著臉凝視著她。

「你選擇了誰？」陸大鳴問。

「我跟你走！」任琦說。

「你錯了。」陸大鳴說，「是跟著毛主席走。」

「嗯。」任琦拚命地點著頭，忽然捂住了臉。那一刻，她的淚流如滔滔江水。

他們回到了陸大鳴的宿舍。當房門悄然關上時，並沒有馬上表現出他們的愛情狂熱，他們分離的時間彷彿太久了，彼此間似乎有了一道看不見的距離，好像還要重新找尋他們曾有過的熱情——雖然激情宛若漲潮般的大海，在彼此的胸中激盪，隨時都有可能不可抑制地噴湧而出。

他們就這麼站立著，沒發一語，目光卻在燃燒起一團熾烈的火焰，終於陸大鳴上前一步，將任琦一把拽了過來，還沒等她做出反應，便將她的衣服撕開了。衣扣隨著陸大鳴激烈的撕扯而紛紛飛出，傳來一連串的「叭叭叭」的輕響，任琦像個木偶似地呆立不動，目光亦開始變得迷離了，任憑任大鳴發瘋般地扒掉她身上的衣服，她覺得自己的大腦變得恍惚了起來，身體也像是一朵飛雲在蔚藍的天空飄蕩，越來越輕，輕到了像是要被風化開了一般。

此刻，陸大鳴就是那股強勁的風。

他們還是沒有開口說話。寂靜的空氣中只傳來陸大鳴越來越急促的喘息聲，如同獅吼，任琦直到這時才聞到了從陸大鳴身體裡散發出的氣味，這氣息她是這麼地熟悉，就像熟悉自己的身體一樣，每當這一氣息向她襲來時，她就有了一種不可抑制的欲望，這欲望會讓她渾身酥軟，霎時間自己變成了一泓清泉，任由陸大鳴去貪婪地吮吸，她願意自己就是那一股涓涓流淌的溪水，環繞在陸大鳴的身邊，滋潤著他的身體，也滋潤著自己。

她忽然覺得身體飄了起來。那是陸大鳴已將裸身的她整個地抱了起來，緊接著她被重重地拋到了床上，她發出了一聲輕微的呻吟。陸大鳴就在這時像一座大山般地向她壓來。她緊緊地摟住了他，開始了號啕大哭，這麼長時間的委屈與思念隨著滔滔江水般的淚水湧了出來：「我愛你，鳴，我不能沒有你！」她呻吟般地呢喃著，然後她的牙齒緊緊地咬住了貼在她身體之上的陸大鳴的肩胛。陸大鳴沒有像以往那般發出一聲輕嘯，沒有，只是趁勢進入了她的身體，她覺得一股熱浪鋪天蓋地將她湮沒了。

陸大鳴像瘋了一般在她體內運動著，一起一伏猶如波濤洶湧，那個低吼之聲變得更加急迫了。任琦不可能知道當她尖銳的牙齒咬住了陸大鳴肩胛時，恰恰輔助和刺激了陸大鳴的情欲，讓他的欲望變得更加地激盪，因為那個由牙齒所造成的疼痛正好與陸大鳴用毛主席像章別在胸前的疼痛遙相呼應了，只是現在的疼感進一步激揚了他愛的澎湃。

事後，任琦趴在了陸大鳴的身上，正要吻遍他的身體，可她突然發現陸大鳴胸前的累累斑痕，她「啊」了一聲。這些斑斑疤痕像螞蟻一般布滿了陸大鳴過去平滑潤澤的胸肌，她不明白到底發生了什麼，只是心疼地撫摸著這些疤痕，淚流不止。

「你怎麼了，鳴，這是怎麼了？」

「沒什麼。」陸大鳴微微一笑。

任琦在那些疤痕上輕吻著，然後又用舌尖輕舔，她心痛不已。

「告訴我，究竟發生了什麼？」

在任琦的一再催問之下，陸大鳴終於坦白了這些疤痕的由來，任琦又一次地哭了。「對不起。」她流著淚說，「是我不好，你為什麼要這樣折磨自己！」

「我是為了毛主席。」他說，「但你還是回來了，真好！」陸大鳴愛憐地撫摸著任琦光滑的身體。

任琦回到了陸大鳴的身邊還是引起了紅衛兵戰友的紛紛議論，因為大家都知道任琦的特殊身分，而且也知道她在文革初期是「老子英雄兒好漢，老子反動兒混蛋，要是革命你就站過來，要是不革命你就滾他媽的蛋」的急先鋒，大家仍在懷疑她加入造反派組織的動機，雖然陸大鳴一再辯稱任琦與她的家庭澈底絕裂了，但還是無法打消大家的顧忌。

直到有一次造反派又組織了一次對省政府領導的批鬥大會，而且這次被批鬥的重點又恰巧是任琦的父親。陸大鳴受命主持這次批鬥大會，與其說這是一次信任的委託，不如說是對他立場的考驗，造反派有預謀地做出了這一安排。事先的陸大鳴並不知道隱藏在其中的複雜背景，他滿心喜悅地接受了這一使命，以為是組織對他的高度信任。造反派還告訴他：「必須讓任琦參加，我們需要確證她是否如你所說的已經澈底地與反動家庭決裂了。」

四

紅衛兵以迅雷不及掩耳之勢包圍了省政府，將當時正在主持工作的任琦的父親揪了出來，當即在省府大院的禮堂召開批鬥大會，讓他老實交代是如何陰謀鎮壓群眾運動，執行劉少奇、鄧小平的反動路線的。

當陸大鳴帶著紅衛兵衝進任琦父親辦公室時，這位老人一言不發地坐在寬大的辦公桌前，一臉鎮靜，他看到正義凜然的陸大鳴時，問：「你們想幹什麼？」但很快便猝然變色。

「小琦？你怎麼也在這？我們一直在找你。」

「我們是來揪鬥你的。」任琦向前邁近了一步，冷臉說。

「你媽媽一直在擔心你，你為什麼突然離開了家？」

「我沒有媽媽，也沒有你這個爸爸，我心中只有毛主席。」任琦仰著臉說。

「你知道你在說什麼嗎，我的孩子！」

「知道！你不必再說了，我現在只追隨偉大領袖毛主席，我們要造你們這些走資派的反。」

任琦父親的臉色黯淡了下來，難以置信地看著任琦，輕輕搖了搖頭。「小琦，你知道你在說什麼嗎？有一天你會知道你這樣做是錯的。」他又望了一眼圍繞在他四周的紅衛兵小將：「好吧！」他說，「我跟你們走。」

陸大鳴覺得任琦的父親一下子蒼老了許多，他再次看了一眼站在自己面前的心愛的女兒，目光充滿了慈愛與惋惜。任琦父親的這個眼神給了陸大鳴至深的印象，他倏地覺得任琦的父親在某些方面很像是自己的父親。他還清楚地記得那一次走進家門時與父親發生的激烈爭吵，那是他帶著任琦敲開家門時的第一次回家，後來，他告訴父親他已和任琦分手了，父親讚許地拍拍他，沒有多說什麼，可當他一再追問父親為什麼要反對他與任琦好時，已日見滄桑的父親卻沉默了。

「爸爸這是為你好。」父親停頓了一下，「也是為了她好。」

「為什麼？」任大鳴仍然不解。

「孩子，你們都還沒到戀愛的年齡，你們該先把精力放在學業上。」

「就為了這個？」

正要離去的父親站住了，當他轉過身來看著陸大鳴時，陸大鳴注意到父親的眼神中流露出的一種奇異的目光，裡面似乎盛滿了哀傷。

「你要知道我們的家庭出身不大好，你不該耽誤了人家，我看得出，那個孩子是個好姑娘。」

陸大鳴清晰地記得父親臨走時再次投向他的眼神：慈愛與惋惜，一如任琦父親現在的目光，他的心頭就像被什麼尖銳的東西劃過了一樣。

「孩子，你要相信爸爸，爸爸是忠誠於毛主席的，問心無愧！」任琦的父親鎮靜自若地說。

一群紅衛兵擁了上去，不由分說地將任琦的父親架走了。

批判大會在政府禮堂舉行，任琦的父親是這次大會被批鬥的主角，陪鬥的還有一些廳局級幹部，我的母親當時也被押上了批鬥臺。

據在場的人後來說，講臺上黑鴉鴉地站滿了一大溜走資派，都被戴上了一頂事先準備好的尖頂高帽，胸前掛著寫上了他們的名字打了黑色大叉的大紙牌。當他們被押上臺時，臺下響起了一片震耳欲聾的口號聲。

「你是紅衛兵的領導嗎？」任琦的父親忽然掉過臉來對著陸大鳴說。

「你想說什麼？」陸大鳴一臉嚴肅地問。

「你讓這些幹部離開這裡，你們是對著我來的，我做的事與他們無關，有事我承擔，放了他們，這是一個老人對你們的懇求。」

陸大鳴在任琦父親的目光中看到了一種他熟悉的善良和正直，因為他的父親也有一雙類似的眼神，這讓他的心又為之一動，而且那目光還透出一絲犀利的威嚴，這威嚴也在逼視著他的內心，他顫慄了一下，有瞬間的恍惚。

「他會是一個反動分子嗎？」這個念頭一閃而過。

「讓他們回去，你們這是在胡鬧。」這時任琦父親的口氣變得嚴厲了。

「住嘴，你別說了！」一直站在陸大鳴身邊的任琦厲聲高喊了一聲。陸大鳴最初還以為這是任琦因為憤怒而發出的喊叫，他不可能想到其實任琦是怕父親再說下去會引發紅衛兵對他的圍毆。

口號聲此起彼伏炸響著，沒有人能真正聽清他們在說些什麼。

一些參加了造反派的在職幹部登上了講臺，聲嘶力竭地控訴他們如何受到的迫害，以及這些走資派的所謂反動罪行，有的人甚至講得聲淚俱下。輪到任琦的父親交代「罪行」時，他昂起了頭，沉吟了一下。

「紅衛兵小將們，你們這樣做是錯誤的，我們執行的是毛主席和無產階級司令部制定的正確路線，你們不要受別人的挑撥上當受騙呀，你們還年輕，這樣做只能是親者痛、仇者快呀，你們千萬要頭腦清醒。」

「讓他跪下，跪下。」有人在臺下高喊。

陸大鳴上前一步，拽住任琦父親的衣角：「你跪下，向人民請罪。」

「我沒罪！」任琦父親頭一昂，大聲說。

陸大鳴又拽了他幾次，但終究無濟於事。

臺下的人被激怒了，響起了更多的憤怒的口號聲，由打倒走資派的嘶喊迅速演變成砸爛走資派的狗頭，走資派不投降就叫他滅亡。

會場的情緒開始失控，有人向臺上衝去。

陸大鳴是這次大會的主持，而她的戀人任琦則伴隨在他的身邊，當憤怒的人群向臺上湧去時，陸大鳴還試圖阻攔，他高聲叫道：「我們要文鬥不要武鬥，這是毛主席教導我們的。」可是沒有人聽，沒有人聽到他的呼喊，更多的人在爭先恐後地向臺上衝去。當他們擁到臺上後便開始了對任琦父親的拳打腳踢，有的人甚至解下了帶銅扣的皮帶，惡狠狠地揮去。老人一次次地被打翻在地，但仍頑強地爬了起來，又被打倒，他的鼻子和額頭上布滿了血痕。陸大鳴甚至看到在皮帶的揮舞下，老人的臉頰皮開肉綻，一股股殷紅的鮮血噴射了出來。

我的母親在一旁忍無可忍，大喊了一聲：「你們這樣做不是毛主席的紅衛兵，你們簡直是一群法西斯暴徒。」我的母親迅速被造反派摁壓在地，並遭到毒打，可她仍在高聲嘶喊：「老省長，他們不能這樣對你！」又有幾個被批鬥的幹部受到我母親的精神鼓舞，也開始發出了抗議之聲，結果他們也成了紅衛兵發洩的目標，紅衛兵將他們死拖硬拽地拉到了一邊，開始了輪番踢打。

就在這時突然傳了一聲淒厲的尖叫，一個黑色的人影像陣風似地撲向了被打倒在地的任琦父親的身上。「爸爸，我對不起你，他們不能這樣對你。」任琦哭喊著，然後轉過頭來看著那些臉上都變了形的紅衛兵，哭著哀求道：「求求你們，我求求你們，我爸爸心臟不好，他不會反對毛主席的呀！」

陸大鳴木呆呆地站在一旁，不知所措地看著，他萬萬沒有想到會發生這麼驚人的一幕，他眼看著任琦奮不顧身地撲在了父親的身上，用整個身體緊緊地護住他的父親，代父親承受雨點般飛來的拳腳和皮帶。

臺下有人在高喊：

「打她，她是這個走資派的孝子賢孫！」

「她是個叛徒，我們都被她騙了，別饒了她，打死她！」

……

驟然而起的喧囂之聲在陸大鳴聽來好像都遠去了，在任琦衝向她父親的那一剎那他的大腦便「轟」的一聲炸開了，耳邊只剩下嗡嗡的鳴響，他的眼前先是一黑，接著開始閃爍出五彩的金星，看什麼東西都是模模糊糊的一片朦朧，他只依稀地看見有許多個胳膊在晃動，還有的就是像魔鬼一般猙獰的面孔，他甚至忘了自己為什麼會置身在了這裡，他覺得現在發生的一切都讓他陪感陌生，他驚恐地發現過去堅守的信念在搖搖欲墜。

陸大鳴就這麼呆滯木然地站在臺上，就像是一個一動不動的石雕。當他從昏昧之中醒轉過來時，再次看到了撲倒在父親身上的任琦，以及圍著她拳打腳踢的憤怒的人群。他驀然覺得身體一熱，一股熱血忽悠一下湧向了大腦，並迅速地燃起了一團烈火，他發出了一聲可怕地低吼，不顧一切地衝了上去……「你們不能打她！」

五

以後發生的一切他也記不大清了，他只知道自己衝上去之後先是扒拉開那些發了瘋一般的戰友，很快那些人又圍了上來，他又用身子去阻擋，但無濟於事，他也被推倒在地了，他拚命爬起疊壓在了任琦的身上，死死地保護著她，承受著狂風驟雨般紛紛落下的拳腳和皮帶，他已經感覺不到痛了，只是覺得自己的心在一陣陣的絞痛，翻江倒海般地絞痛，他的腦海裡閃出一個疑問：為什麼會這樣，為什麼？這難道是毛主席他老人家希望看到的嗎？

事後他被紅衛兵組織劈頭蓋臉地批判了一番，並勒令寫出深刻的檢討。好在組織內有許多他的高中和大學的同學，大家都是好朋友，他們站出來為他說話，認為陸大鳴在關鍵時刻之所以沒有站穩立場，主要是被那個小妖精魅惑的，否則陸大鳴會是一個立場堅定的人，他過去的一系列行為足以證明了這一點。

於是，陸大鳴暫時被禁止參加紅衛兵的任何活動，要求等他寫出檢討後再以觀後效；但有一條決定是嚴厲的，那就是他必須堅決、徹底地與走資派的女兒任琦劃清界線，然後由他再來主持一次對任琦的批鬥大會，關於這一點，已經被上升到了是否忠於毛澤東思想的高度。

誰也不清楚陸大鳴在他生命的最後時刻，內心深處究竟發生了一些什麼？他一個人關在屋子裡沉默了一天，孤坐在木椅上，兩眼發呆地望著窗外，桌上則安放著勒令他必須寫下檢討書的一疊白紙。

天色微暗，送來的晚飯他一口沒吃，神情沉鬱，他只是對他的紅衛兵戰友說，他想和任琦最後聊一次。最初他的要求被拒絕，但他一再堅持，他的紅衛兵同學沒辦法了，望著他那張憔悴不堪的面孔，語重心長地說：

「好吧，最後一次，大鳴，這可是大是大非的問題，你真要站穩立場喲，可別再犯糊塗了，我們不可能一再地保護你，明白嗎？」

他答應了，臉上流露出一絲苦澀的微笑，點了點頭。

背後傳來敲門聲，他的身體顫抖了一下，起身，開了門。

任琦被一名全副武裝的紅衛兵押解著，站在了門口，她的臉色蒼白，面孔浮腫，頭髮像一蓬雜草，雜亂地趴伏在頭上，人也像脫了形一般，幾乎讓人認不出來了，眼睛裡布滿了網狀的血絲，眼圈發烏發紫，臉上還殘留著一塊塊青紫的斑痕，顯然是被人打的。陸大鳴感到了心痛。他很想上去將她輕輕地摟住，撫摸一下她的臉，但他還是隱忍了，他現在不能這樣做，因為還有一個紅衛兵在場。

「進來吧！」他讓了讓身子說。

那個背負著武器的紅衛兵與任琦一道走進了屋。

「你可以走了。」陸大鳴沒有表情地說，「我想和她單獨聊一會兒，可以嗎？」

那人在猶豫，但陸大鳴向他射來銳利的目光，透著一絲堅毅。他退縮了。

「好吧。」紅衛兵說。「但不能待得時間太長。」他拉開門離去了。

陸大鳴將大門輕輕地掩上，轉過身默默無語地打量著被折磨得不成人樣的任琦。

任琦突然掩嘴哭了，身體在不停地抽搐。

「別哭。」他說，「別讓人聽見。」陸大鳴安慰她說。他將她摟抱在胸前，俯下頭來吻著她的髮絲，髮絲裡散發出的氣味再一次令他沉醉，那一瞬間他差點忘了置身在何處了，但很快就清醒了過來。

「他們不是人，他們打我！」任琦嚶嚶地小聲哭著，身子抖得像風中的蘆葦，抽動得更厲害了。「我不想再回去了，他們打我，還羞辱我，嗚……大鳴，他們不要臉，嗚嗚……羞辱我……」她抽泣地說，「嗚……我活不下去了，嗚，別離開我。」

陸大鳴的心，又讓鋒利的銳器扎了一下，他覺出了心在淌血。他冷靜了下來，雙手扳起埋在他胸前的任琦的臉：

「琦，我很愛你，我從沒有像今天這樣愛你，這是我想告訴你的，你一定要記住！」

任琦臉上淚水更加洶湧了。「鳴，你過去為什麼不告訴我，為什麼你從來沒說過愛我？為什麼？」

「它在我的心裡！」陸大鳴說，「今天，我本來是想向你做最後的告別的，我怕以後再也見不到你了，所以我要告訴你。」

「你要去哪？」任琦忽然像一隻受驚的小鹿，從陸大鳴的懷裡掙脫了出來，瞪大了一雙驚恐的眼睛。「快告訴我！」

陸大鳴無語了，搖了搖頭。「你別再問了。」他突然湧起了一股深切的悲傷，而在此前，他以為自己的心境已獲平靜。「你走吧！」他說，他的語氣中這時流露出了濃烈的死亡氣息。

任琦難以置信地凝視著陸大鳴。她瞭解她所深愛的陸大鳴，她瞭解他的一舉一動，雖然陸大鳴平時話語不多，拙於言詞，但她能準確地潛入他的內心。當陸大鳴發出「你走吧」的一聲輕嘆時，她一下子彷彿明白了她的戀人，她深深地愛著的這個人究竟想要做什麼了，她更緊地抱住了他。

「我不會走的，鳴，我生是你的人，死是你的鬼，你帶我走吧。」

一股強大的悲涼之感不可阻遏地向陸大鳴襲來，震動和搖撼著他，他的心在一陣崩坍聲中破碎了。他無須再向任琦多說什麼了，他知道，任琦已然知曉了他做出的決定。他流淚了，心在不停地抽搐，但他在隱忍，他不想讓自己最後的關心表現得不像一個男人，他撫摸著蜷縮在他懷中的任琦，百感交集。

這時的任琦掙扎著坐起，面容迅速恢復了平靜。「鳴，你不要再說了，我們一起走吧。」她沒等陸大鳴的回答便開始狂吻起他來，她吻得異常熱烈，如同生離死別。

陸大鳴一動不動，就像一個呆滯的木偶，任琦的熱吻在他的感覺中變得那麼地遙遠，就像發生在天界，他發現他的欲望此刻像被一個什麼神祕的力量幽閉了一般。他是麻木的，只有理智在支配著他，他的決心已定，無人可以撼動，他現在就像一尊在風吹浪打中巍然聳立的礁石，沒有什麼力量能夠摧毀他堅定的意志和決心。

他突然覺得上衣口袋墜了一下，一驚，定睛看去，任琦的手中已握著他早早就放置在口袋中的手榴彈。

「你放下！」他說，口氣透著嚴厲。

任琦將手榴彈在手中把玩著，就像一個頑皮的孩子在玩一個心愛的玩具，過了一會兒，她似乎變得輕鬆了許多，甚至嘴角旋出一絲嬌媚的微笑。

「嗚。」任琦說，「我會跟你一道走的，那樣我們就能永遠在一起了，永不分離。」

陸大嗚看著她，心中掀起的驚濤駭浪瞬間轉化成一股暖流，溫柔地滑過他的心尖。

「來吧，嗚，來，讓我在人間最後一次地好好愛愛你！」任琦艱澀地笑了一下，「但我要誠實地告訴你，你的琦身子不再潔淨了，他們污辱了我，可我的心是潔淨的，始終是你的，你信嗎，我的嗚！如果你真的愛我，你是不會允許他們繼續污辱我的，對嗎？」任琦的口吻忽然變得像位溫柔的母親。

陸大嗚的熱淚無法抑制地淌了下來，他想說句什麼，可一股熱流哽在了嗓子眼，使他發不出聲音了，他只是淚流滿面地「嗯」了一聲。

「這麼多天了，今天是我最快樂的時候，我們終於可以永遠在一起了，嗚，我的最親愛的人，無論你走到哪兒，我都會跟著你的，你這個小傻瓜！」說著，任琦將手榴彈輕輕地放在了桌上，然後轉過身，深情地望著陸大嗚。

他們就這麼靜靜地凝視著對方，就像要將對方深深地鐫刻在心靈深處，永不忘懷。

「我愛你，嗚，這你是知道的，你真傻，怎麼會想到一個人先走了呢？你忍心不帶上我嗎？傻瓜！來吧！」任琦說，「走前，我要好好地愛愛你。」

她坐在了陸大嗚的腿上，將他身上的衣服一件件地褪去。陸大嗚被動地回應著，他的內心仍在激烈地掙扎——我是否真要帶上任琦？他甚至在後悔與任琦的這次見面。我一人悄悄地走了就好了，他想。

就在這時，陸大鳴忽然覺得下體一熱，像是一團烈火在燃起，他的身子不由自主地哆嗦了一下，那股又湧上心頭的熱浪隨著他下體的燃燒，像有條蠕動的蚯蚓似地迅速爬伸到了他的大腦，啟動了他剛才還略顯麻木的神經。他回過神來了，這才意識到上身已然赤裸，褲子開襠處的紐扣也被解開了，任琦正俯身上去熱烈親吻著他下體的小傢伙。他知道那個小東西仍在不聽話地耷拉著，但任琦由嘴唇傳遞出的溫暖和柔情在催生著它，也在喚醒他身體內部敏感的經神末梢。

唇尖在靈動地撩撥著他的小東西，就如同和煦的春風在滋潤和撫慰著經過一季蕭瑟的嚴冬而被催醒的幼芽，他甚至能明顯地感覺到他的那個小傢伙被喚醒般地獲得了旺盛強健的生命，正在蓬勃生長。

但他不想動，他就想這麼一動不動地待著，享受著任琦贈予他的陽光雨露。任琦過去從未以這種方式愛過他，她一直是被動的，被動地承受著他風暴一般的瘋狂。

舒服，他想，真的是太舒服了！他這時覺察到任琦已將他的長褲及內褲全部褪下了，他配合著，她的嘴唇卻始終沒有離開過他的私處。

他飄然欲仙了。

這時陸大鳴感受到了任琦的呼吸，那個熟悉的氣息再次縈繞著他，那是她在親吻他的臉，他的胸，還有他的耳廓和脖頸。

現在的任倚靜立在他的面前，面露笑容，目不轉睛地凝視著他，身上的衣服正在依次褪去，很快，任倚光滑圓潤的胴體展露在了陸大鳴的面前，她又坐下了，小巧高聳的乳峰撫過他的面頰，在他的嘴角上停留了一下：「都是你的，鳴，我們就這麼乾淨地走。」

陸大鳴的雙膝輕了一下。騎坐在他雙膝上的任琦的臀部上仰了起來，還沒等他回過味來，便迅速地被一股強悍的熱浪席捲了，堅挺的小傢伙這時已然進入了任琦柔軟的身體裡，恰似地火的運行，她的身體扭動著，宛如天女散花。

「鳴，我愛你，讓我好好愛你，就這樣，然後我們一道愉快地上路。」

任倚熱烈地吻著陸大鳴說，有一種陶醉。現在她的臉上飛起了宛如朝霞般的嫣紅，陸大鳴從沒見過任琦像今天這般的豔麗嫵媚。

「好嗎？」她輕聲問。

「嗯！」

「再告訴我，你愛我嗎？」

「愛！」陸大鳴喘息地說。

「好了，我放心了，我們在天堂裡不會再分離了，因為這是我倆的生死契約。」

陸大鳴覺得任琦的臉離開了他，似乎伸手去夠桌上的什麼東西，他舒緩了一口氣。任琦又回身雙手環抱著陸大鳴的脖頸。他的脊背像被一個冰塊涼了一下，迅速傳遍全身。陸大鳴立刻明白她拿了什麼東西了，他想對她說些什麼。

「什麼都別說。」她說，然後身體發洩般地快速扭動了起來。「瞧，鳴，我們多快樂！什麼都別想，我們就這樣一塊上天堂，吻我。」

他開始熱烈地吻著任琦。「我愛你。」他說，「我的生命是你的，琦。」

「我知道，現在我踏實了，我覺得好幸福！」

「謝謝你！」

「我們之間不言謝，對嗎？我們是一個人。」

「嗯！」

「做好準備了嗎，鳴？」

陸大鳴更緊地摟抱著任琦。「做好了。」他俯在她耳邊說，「你呢？」

「我也做好了！」她說，「現在什麼也別想，別想，就想我們在相愛，我們現在真是一個人了，來，鳴，想我們彼此愛著，生死相依。」

任琦的肢體運動更加猛烈了，如同掀起了一股橫掃大地的狂風驟雨。

「噢……琦，我要來了……」

「嗚，我也要來了，快，嗚，快吻我，吻緊我，不要鬆口，不要鬆……不要，噢……我們一起走……吻我……」

他們共同發出了生命中最後的呼喚：

「噢——」

手榴彈響了，驚天動地地搖撼著沉寂的大地，煙霧迅速覆蓋了這間小屋，吞噬了一切……

等紅衛兵衝進來時，他們兩人已然身首異處了，屋內濃煙滾滾，到處都是碎片和殘跡，有一股嗆人的火藥味。等煙霧散盡，讓所有人驚愕不已的是那兩張面孔卻緊緊地絞合在了一起，還保持著熱烈親吻的姿勢，臉上殘留著的是他們欣悅而又亢奮的表情。

紅衛兵在陸大鳴留下的遺物中，發現了一封遺書：

> 爸爸，媽媽，我要走了，來不及向你們告別了，請原諒我，兒子對不起你們，請相信我，你們的兒子始終是忠於毛澤東思想的，我問心無愧。
>
> 偉大領袖毛主席萬歲！

六

記憶中，那是一個月色撩人的靜夜，繁星滿天，溽熱的天氣仍在蒸發著炙人的熱浪，我們出發了，去了一個寥闃無人的荒園，我們隨身攜帶著許多撿來的傳單，還帶上了一盒洋火。那個地方就在公園大門的一角，周邊栽滿了許多綠色植物，更多的是低矮的夾竹桃和冬青，它們顯得很茂密，一叢叢蓬蓬勃勃地延伸開來，在月夜的遮蔽下黑黢黢一片，如果一人在這裡夜間行走，膽戰心驚地會以為那一片幽深的暗影中會猛不丁蹦地躥出一妖怪來，因為那裡面有一股說不上來的邪氣，陰森森的。

我們過去常會來到這裡玩耍，都是一大幫孩子一道出現，我們喜歡在這裡玩上幾場捉謎藏遊戲。這一片幽暗的隱祕非常適合玩躲謎藏遊戲，人一旦隱身在了某一隱蔽處便很難被人發現，所以這裡曾經是我們這群孩子的遊樂天堂。是的，我們一般都在夜間出現。

記得有一次我們相約來到這裡，那還是我們罷課鬧革命剛開始的那幾天，我們這群孩子為了歡慶我們獲得自由的日子，開始了我們的狂歡。

等輪到毛頭來抓我們時，我們一商量，決定嚇毛頭一下，因為我們都挺討厭他一慣的無禮和驕橫，只是因為他身有殘疾我們才沒有過分地計較而已。我們琢磨了一下，決定只留下陸小波一人隱伏在茂密的灌木叢中，其他人全部撤離到不遠處藏著，靜觀事態的發展。我們為我們的這個密謀感到興奮，我們都想看看那個時候這位一向目中無人的毛頭會被驚嚇成什麼樣子。

陸小波按照事先的約定一個人先跑去了，很快隱沒在了幽暗之處。四周靜悄悄的，只聽見遠處的蛙鳴，以及蛐蛐的聒噪。我們彼此會意地拍了一下手，閃身快速地找地方躲藏了起來。我向暗處的陸小波招了一下手。

「好了。」陸小波高喊了一聲。

毛頭得意洋洋地跛著一條腿，手中揮舞著一根棍子，撥拉著灌木叢，大聲叫道：「出來，媽的，我看到你了，出來，你們這些混蛋，還想躲？瞧瞧老子是誰！」

我們在不遠處看著，都掩嘴樂，心想，這個大傻瓜終於上我們當了，看你還能得意多久？

毛頭在灌木叢中搜尋了很久。他當然不可能找到人，我們都在灌木叢之外藏著，唯有一人——陸小波，也是隨著毛頭的動靜在灌木叢中四處流竄著，根本不可能被發現。毛頭終於繃不住了，一開始還虛張聲勢地大喊：「出來，你們這群混蛋，以為老子找不到是吧，出來，操，我看見你們了。」

可四周一丁點動靜也沒有，除了偶爾吹過的風聲和樹枝發出的沙沙聲。毛頭一定開始毛骨悚然了，否則不可能再發出聲時嗓子眼在發抖。他又喊了幾次，聲音明顯地開始帶上了哭腔，甚至在哀求。就在這時，調皮的陸小波突然站了起來，將手電筒頂住下頜，驀地揿開電源，嘴裡還發出怪異的嗚嚕聲。那個被電筒的光源照亮的白不呲咧的猙獰面孔，在這個讓人心驚肉跳的灌木叢中顯得分外恐怖。

毛頭「哇」的驚叫一聲，先摔倒在地，接著飛快地爬起，連滾帶爬地抱頭鼠竄，嘴裡一直在喊著：「媽呀，鬼來了呀，這裡真的有鬼！」他一瘸一拐地跑遠了。

等到毛頭消失不見後，我們分別從藏身處閃了出來，開懷大笑，這個惡作劇讓我們大家都感到了開心。

可是我們很久沒有再來過這了，因為文革的紅色恐怖後不久，開始流傳有人在這裡見到了鬼魂，還煞有介事地說晚上看見了鬼火的閃爍，浮游在這一片密匝匝的灌木叢中；還有人故作神祕地告訴我們他看見過一具嚇人的死屍，還是個女的，一個人孤零零地吊在這一帶唯一的一棵蒼柏樹上。

陸小波說他相信他哥的魂靈也會在這裡出現，他要奠祭他心愛的哥哥。我們來到了這裡，四周寂然無聲，沒有一個人影，甚至連風都靜止了，但依然能聽到水塘中的哇鳴與蛐蛐的歡叫聲。我們兩人默契地找了許多小石子，壘疊成一座高聳的小山包，再拿出我們事先備好的紙張。

陸小波小心地劃亮了洋火，點燃了紙張。小火先是「破」的一聲點著了，很快蔓延了開來，逐漸向四周擴展，升起了淡黃色的火焰，陸小波哀哀地哭了起來：

「哥哥，我想你，你不該就這樣離開我們呵！嗚……我來看你來了，哥哥，家裡沒錢，我就用它們來代替紙錢了，原諒我，哥哥，你在天堂好好花著，我會常來看你的。」

我也在一旁啪達啪達地掉著眼淚，心像這漆黑的夜晚泛起了一片苦寒，我們一邊哭一邊往火堆裡扔著紙張。也不知道過了多久，騰升的火焰就要吞噬了最後的餘燼時，陸小波從口袋裡掏出了一瓶「四特酒」，他高高地雙手托舉在天，雙膝跪下，說了聲：「哥，這是你最愛喝的酒，因為太貴，爸過去捨不得讓你喝，今天，爸、媽專門找出他們平時藏的這瓶唯一的酒，讓我帶來給你喝，你這次可以痛痛快快地喝個夠了，哥！」

說完，陸小波將酒瓶蓋用牙咬開，潑灑在火焰中，受到刺激的火苗又響亮地「嗶剝」了一聲，燃得更猛烈了。淡藍色的火焰嫋嫋升起，照亮了我們的面孔，灼烤著我們的臉龐，我們就這麼默默地看著，直到火焰漸漸地熄滅，留下一片灰燼。

我和陸小波重新站了起來，向石堆行了三鞠躬，陸小鳴從腰間抽出了笛子，喃喃低語地說：

「哥哥，這支曲子是你教會我的，也是你最愛的一首曲子，現在我吹給你聽。」

笛聲清幽地響起了。先是一聲幽咽般的長音，由低聲漸次滑向高音，嗚嗚響著，宛若隆冬之夜從窗外傳來的風聲、雨聲，那曲子在當時的我聽來如同是一個人哀慟的泣訴，又像是在告別與祈禱，在這個靜夜中悄然地迴盪著，盤旋上升如怨如歌，如淒如訴。

陸小波後來告訴我，那天晚上他吹奏的那首曲子是〈草原之夜〉，過去他從來沒敢在我面前吹過，因為他一直覺得它是專屬於他哥哥的曲子，是他哥哥最鍾愛的一首曲子，生怕自己會吹不好，那天晚上是他第一次在我的面前吹起，他想用這種方式來悲悼失去的哥哥，希望他在天之靈能聽到弟弟的笛聲。

「你吹得真好！」我由衷地說。

陸小波無神地仰望著夜晚的星空，低聲說了聲：

「哥哥！」

〈草原之夜〉就是以這種方式烙印在了我的心裡，一直到今天，當我和朋友偶爾結伴去唱卡拉OK時，它仍是我每每必唱的歌曲。是陸小波後來教會我唱的。可在那個壓抑恐怖的年代，唱這支歌是犯忌的，因為它屬於要被批判的靡靡之音，甚至被視為黃色歌曲。

我是跟著陸小波偷偷學的，我當時只是覺得它好聽，覺得它動人。

七

下雪了，皚皚白雪洋洋灑灑飄落著，像是無數個白蝴蝶在漫天飛舞，我的玻璃窗上爬滿了斑斕的冰花。我翻身起來，披上棉衣，懵懵懂懂地趴在窗臺上向外望去，陽臺上的那個平時用於晾衣服的鐵絲以及伸向陽臺外的竹竿都墜掛著晶瑩的冰柱。

天色濛濛亮了，遠處的街景亦變得模糊了起來。

真冷！凍得我直哆嗦。若在往年，我們家這時會及時地升起了炭火，姥姥一大早就爬起了，將點燃的炭火升得旺旺的，橘紅色的炭火在取暖盆裡發出溫暖的光芒，我和姐姐起床後會圍在扁平的炭盆上伸出手去烘烤，感受著熱氣順著手心一點點地向上爬升，慢慢地襲透全身。

哦，多麼令人愜意的溫暖，我的臉都會被烘烤得紅撲撲的，心裡便會有一種說不上來的幸福感。那是只有在寒冷的嚴冬、紛飛的大雪中，在炭火邊烤火時才會出現的溫暖。

我現在北京居住，每當凜冽的寒冬來臨時，室內便會統一地升起了暖氣，驅趕著從室外侵入的嚴寒，我們不會感到絲毫的冷冽，甚至在屋裡走動時，只須穿件單薄的T恤衫就行了；但很奇怪，我再也找不到當年在遙遠的南方時，在那個沒有暖氣的貧寒的日子裡，只靠自家升起的炭火來取暖的感覺了，那個感覺之於我的心靈是那麼地邈遠而親切。

我懷念那個日子，在那裡盛滿了我親歷的歲月。

我烤上一會兒，覺得身體被暖和過來了，便靠著炭火的溫度將早飯匆匆扒完，嘻皮笑臉地給姥姥打聲招呼，衝出了門。在這樣的一個美好潔淨的大雪天，我會邀上小夥伴一塊打雪仗，壘雪人，這是我們歡天喜地的日子，我們那時都喜歡飄飛的大雪，喜歡那被大雪覆蓋的銀白的世界，它會激發我們這些天真無邪的孩子以無窮無盡的快樂和想像。

可在一九六六年，一場席捲全國的紅色風暴將這一切都改變了，我們家已經沒錢再去買黑炭了，即使想買，也買不著了，我們澈底進入了一個物質匱乏的年代。

「姥姥，下雪了。」我坐著床上嚷嚷了一句。

姥姥聞聲推開了門。顛著小腳來到了我的床前。

「姥姥知道，姥姥能不知道下雪了嗎？」

「快升炭盆呀！」我不懂事地說。

姥姥的臉色黯淡了，讓我先起床，告我說家裡沒有炭火了，可以去廚房烤煤火。我知道姥姥為什麼這麼說了，心情便有些灰暗。我咬著牙齒趕緊爬起，嘴裡不停地倒吸著冷氣，一起身就出溜一聲奔了廚房。

爐火正旺著呢，姥姥在爐上熬著稀粥，已經開鍋了，升騰起一股白煙，姥姥趕緊將鍋蓋掀開了一條縫，小水泡便咕嘟咕嘟往外冒，姥姥將鋁鍋往爐邊靠了靠，被火苗燃透的煤球便顯現了出來。

「在這烤烤手，把小若若凍壞了吧？」姥姥心疼地說。

我伸出了手。一會兒姐姐也顛顛地跑來了，跟我一樣趕緊伸出手去烘烤，一邊烤著一邊搓著手。

「好冷！」姐姐說。

也就是在這時，我斜眼瞥見了在我腳下的煤堆，我突然想了大哥哥借我的那本書。

我後來一直沒再閱讀，對於我這個年齡而言，那本黃書皮的《九三年》太缺少吸引力了，我搞不懂那位大哥哥當時借我書時為什麼會一臉的神祕，就如同電影中《永不消逝的電波》裡那位地下工作者的表情，當時我就是被這種表情所誘惑，覺得他借了我一本多麼神奇的好書呢。可是看了一點我就開始眼皮犯睏了。我喜歡看打仗的書，雖然《九三年》一上來貌似要打仗，還讓我著實地興奮了一陣兒，可我後來發現它只是在那磨磨蹭蹭地虛張聲勢。真沒意思！

隨後遇見了那麼多可怕的事件，我差點把還書的事置之腦後了，當我看到堆成小山包似的煤球時，我又想起了它。奇怪的是當我想起這一切時，心中竟隱約地有了一種揪心的東西在齧噬著我，我還奇怪這種感覺從何而來呢！它強烈地襲擾著我，與此同時，我發現我在懷念那位大哥哥，他的那個雖然嚴肅但親切的臉龐又在我的眼前浮動了，這個表情的浮現讓我心裡立刻升騰起一絲溫暖。

大哥哥現在好嗎？認識他的時候我還真不知道我們家隨後也會捲入一場可怕的紅色風暴，我的母親與大哥哥的父母，遭遇到了同樣的命運。這也太怪異了，那天我們是去別人家抄家，可我怎麼也不可能想到在日後，我們家也會同樣被抄！

我知道為什麼想起他時我會有揪心的感覺了。

我一開始還擔心姥姥會把《九三年》一不小心給清理了呢。我瞅著姥姥不在時趕緊扒拉煤堆。扒拉了幾下，沒有。我一下子緊張了，心都跳了出來，我開始胡亂地扒了起來。我碰到了一個硬梆梆的東西，心裡還一陣高興呢，可扒開仔細一瞧，原來是我母親的材料。

我沮喪了，繼續扒拉，終於將《九三年》找了出來。姥姥真好，沒把它給扔了。我大喜過望，終於可以去見大哥哥啦，我想念他！

吃完早飯我便匆匆出了家門，姥姥在背後叮囑我別走遠，早回。我嘴裡答應著，可心卻早已飛到了大哥哥家。我有些迫不及待了。

我披上了姥姥親手為我縫製的黑色的對襟大棉襖，剛出門洞便劈頭蓋臉地迎上了一股大風，雪花在風中斜飛著，拍打在我的臉上都快睜不開眼了。我將棉襖裹緊，用線帽捂緊耳朵，雙手交疊地抱在胸前，緊緊夾住那本藏在懷裡的《九三年》，低下頭，佝僂著腰，頂著凜冽的寒風走了。

我也不知走了多久，深一腳淺一腳地一路前行，在潔白的雪地上留下了我沾滿汙跡的腳印。我發現我的腳底有些生痛，這才感覺到姥姥為我做的大棉鞋已經濕透了。我也顧不上這些了，只想儘快地見到大哥哥，這種信念在催促著我加快了腳步。

我站在那幢洋樓前了，我發現它澈底失卻了往昔的模樣，讓我感到了陌生。我還記得這幢小洋樓前有一條由紅色的磚石鋪砌的小道，曲曲彎彎地通往樓前的臺階，邊上還搭建著一長溜夏天可以遮蔭納涼的葡萄架，可現在只剩下光禿禿的幾根木樁，像是猶自兀立著的孤獨的老者，似乎亦在悄聲提示著這裡曾有過的昔日景象。

當時的小道兩旁是一片綠茸茸的草坪，四周還圍著低矮的綠色植物，有冬青、茉莉、芍藥和紅白玫瑰；在茂盛的草地盡頭，還種植著幾株桃樹、梨樹和櫻桃樹，從而顯現出了一派鬱鬱蔥蔥的清幽景象。

可現在一切都被改變了，變得面目全非。

葡萄架不見了蹤影，樹葉、花朵亦已敗落，一片狼藉，只留下光禿禿的橫逸斜出的幾棵孤單的枝幹；那條磚塊壘砌的小道，成了斑駁稀爛的泥濘之路，覆蓋其上的積雪被雜亂的腳印踩踏得泥星四濺，翻仰出裂唇般的骯髒污跡，不堪入目。

房屋尤顯頹敗和陳舊，外牆布滿了污垢，當我走進小樓時，只見樓道兩旁的角落裡擱著許多燒飯的爐子，每個爐子邊上都堆著隆起的煤球山。有的爐火已點燃，嗆人的濃煙在樓道裡瀰漫著，揮之不去，我看什麼東西都是模模糊糊的一片朦朧。待我的眼睛適應了濃煙四起的樓道時，我能依稀見到幾位老人或中年婦女坐在一條矮凳上，手持一把蒲扇往爐裡搧著火。

沒人過來搭理我，好像驀然出現一個陌生人在他們看來已然習以為常。我不知所措地站著，心裡開始有些不安。我不知道下一步該怎麼辦了，我斷定現在見到的都不會是大哥哥的家人。

我再瞅了一眼那天抄家時進的那間大屋，房門緊閉著，無一絲動靜。我猶豫了一下，別無選擇了，我只能硬著頭皮上去敲門。

門開了，閃出一張粗糙的面孔，他瞪著眼，不耐煩地看著我：「找誰？」口氣兇巴巴的。

我有點兒害怕，只好支支吾吾地說明來意。他「砰」的一聲將屋門關上了。在大門緊閉前的那一剎那間，我聽見到他傳來的一聲怒喝：「沒這人。」

我呆呆地站在屋門口，一動不動，腦子竟一時轉不過彎來了。我又不知道該怎麼辦了，心裡開始著急。大哥哥會去哪兒了呢？他的家人呢？我的心一直在懸著。這時我才感到了寒冷，我哆嗦了一下。

「你去外面的那間小屋看看吧。」

傳來一聲沙啞、蒼老的聲音，我回頭看，是一個坐在矮凳上，搧著火的老婆婆，她並沒有扭過臉來看向我。

「婆婆……」我站在她背後正要開口問。

她冷漠地伸出手中的大蒲扇，朝外指了指：「去那，那看看去。」她還是沒有回臉看我，好像我這個人根本不存在似的。

我轉身走了。

「別跟人說是我告訴你的，孩子。」背後又傳來婆婆沙啞的聲音。我想謝謝她，婆婆沒回臉地將大蒲扇往後甩了甩。

八

雪仍在下著，我站在屋外四處張望了一下，迷離朦朧的雪景中有一個不起眼的小矮屋，座落在洋樓的右側角，快被紛揚墜落的大雪覆蓋了，只露出一個黑色的尖聳的屋頂。上次跟著紅衛兵來抄家時，我根本就沒注意到這裡居然還隱藏著這麼一座小屋。

積雪覆蓋下的小屋低矮、簡陋，甚至破敗，能感覺出它還四面透風，在狂風的撼動下搖搖欲墜一般。我上前輕輕地敲了敲門，沒動靜。等了一會兒，還是沒動靜。風聲太大了，嗚嗚地尖嘯著，鬼哭狼嚎一般。這次我是重重地拍門，連續拍打了好幾下。

門突然開了，我的手還停留在拍擊的姿勢中，一下子拍空了，一個人影閃了出來。我沒大看清，這人的面孔我不熟悉，鬍子拉茬的，像是很久沒洗過臉似的，髒兮兮的，還有許多污跡，人也顯得消瘦憔悴。他先是漠然地看著我，接著目光閃爍了一下，可我沒在意，他不是我要找的大哥哥。

「對不起。」我說，「找錯人了。」

說完，我拔腿就走。我剛一抬腳，身子陡然懸空了，耳邊的風聲忽悠了一下。我被一隻手拽了過去，還沒等我反應過來，小門被關上了。

一片漆黑，我的瞳孔一時還不能適應屋裡的黑暗。我有些緊張了，覺出了恐懼，無法想像這個陌生人為什麼要拽我進來。

他是誰？

「不認識我啦？」那人的聲音響起了，低沉、渾厚，但透出一絲親切，我的記憶一下子被這聲音喚醒了。呵，他是大哥哥，沒錯，就是他，我仍能記起他的聲音。

「大哥哥，真是你嗎！」

「是我，怎麼，不認識我了？」

漸漸地我的眼睛能適應這裡的黑暗了，他就站在我的面前，比我恨不得快高出一個頭來，他在凝視著我，目光中藏著驚喜。

「你好嗎？」他說。

「你呢，大哥哥。」

大哥哥沒有回答我，拉上我的手，將我領到靠床角的地方，搬了一個小馬扎，讓我坐下。我沒坐，站著，這時我才發覺床上坐著一位白髮蒼蒼的老人，目光在幽暗的光線下顯得混濁、無神和呆滯，視而不見地看著我，嘴裡一直在喃喃自語地說著什麼。

「是我媽。」大哥哥說，「沒事，你坐吧，沒事的。」

我戰戰兢兢地坐下了，還有一絲緊張，一時間竟不知該說些什麼了，甚至忘了我來到這裡的目的，腦袋有些發懵。

「媽，來客人啦。」大哥哥俯在老人的耳邊說。那位老人還在嘀嘀咕咕地嘮叨著我根本無法聽清的話。大哥哥輕嘆了一口氣，「我媽身體不好，你別介意，現在除了我，她誰都不認識了。」

「他是誰，是誰？」老人突然發出一聲驚呼，充滿了恐懼的眼神直呆呆地看著我。「他是誰？我不走，你們不能帶我走……啊……」她突然大叫了起來。

大哥哥趕緊將老人摟在懷裡，輕輕地拍打著她：「媽，沒事，他只是一個孩子，是我的一個小朋友，沒事的。」

老人安靜了下來，又看著我，漸漸地目光又變得麻木了。

「媽，你再睡會吧。」大哥哥將老人扶倒在床上，用枕頭把她腦袋扶扶正，又拉過被子給她蓋上。老人很快就睡過去了。

「我爸先『走』了，我媽就……」大哥哥沉吟了一下，說。

我坐在一旁目瞪口呆。這才感覺到巨冷，冷極了，甚至比屋外還要寒冷，我的腳都快要凍僵了。我搓著手，跺著腳，雙手捂在嘴上哈著氣。

「你怎麼會來我這？」坐在床沿上的大哥哥問。背後傳出老人沉睡後的鼾聲。

我這才想起了那本《九三年》。我往懷裡去掏，想把它拿出來。可手一摸，糟糕，那裡是空的，再摸，還是空的，我腦袋「轟」地一下炸開了。我站了起來，四處摸，還是空空如也。我真的慌神了，眼淚啪嗒啪嗒地掉了下來。

「對不起，大哥哥。」我抽泣著說，「那本書……書，不見了……我是來還你的，我沒騙你。」

大哥哥鎮靜地看著我。「沒事的，小弟弟，沒事，沒了就算了，這點小事你也哭？」他幫我抹去眼淚。我覺得他的手心熱乎乎的，讓我心裡升起了一絲溫暖。

「你放哪了？」他忽然問了一句。

「這。」我拍了拍我的胸脯。「放這了，我就怕掉了，可是……嗚……它還是掉了，對不起！」

大哥哥霍地站起了身，飛快地朝門口走去。門開了，驟狂的風聲迅速地傳來，呼天搶地的，我的身體瞬間感到了刺骨寒風的襲擾。我扭過了臉去，也不知道大哥哥想幹什麼。他這時已經消失在了門外，只是那麼一霎時，又出現了，手裡多了一本黃皮本。

我高興地從凳子上一下子蹦跳了起來：「呀，找到了，就是它！」我快樂地說，「我沒騙你吧！」一定是剛才他拽我時從我的身上滑落下來的，我想。

大哥哥沒說話，把書擱在了我的手心裡。

「我是來還你的。」我認真地說，又把書還給了他。大哥哥沒接，納悶地看著我。
「還我？你就是為這來找我的？」
「有借有還呀。」我說。
大哥哥拿過《九三年》，在手心上輕輕地拍了幾下，凝視著我：「你看了嗎？」
我不好意思了。「我沒看完，我只是看了一個開頭就看不下去了，這書好像太深奧了，我看不懂。」
我支吾了一下，實話告訴他了。
大哥哥的臉上掠過了一絲失望的表情，仍在凝神看我，似乎在想著什麼。
「哦，小弟弟，你還太小了！」他嘆息了一聲。「這是一本好書，一本非常好的書。」
我沒說話，因為我也不知道該怎麼回答。
「只有當一個人經歷了許多令他困惑不解的事情之後，再看它……」他停頓了一下，看了一眼手中的《九三年》，「才會真正的感悟出許多他過去不懂的人生道理。」
我覺得大哥哥不像是在對我說這些深奧的話，更像是在自言自語。
後來我和大哥哥隨便地聊起了天來，我這才知道，自從我們那次抄家後不久，他們一家就被驅趕到了這間小屋，這裡原來是他們家堆放雜物及柴火的地方。大哥哥的父親在一個沒有星光的夜晚，一個人出了門，再也沒有回來。他的母親一直等呀等，望穿秋水般地等待，可大哥哥的父親仍然杳無音訊，很快大哥哥的母親開始了沒完沒了地呼喚大哥哥父親的名字，直到有一天，大哥哥發現他的母親澈底瘋了。
這一年，大哥哥本當可以考上大學的，但國家突然取消了大學的報考，也取消了所有的大學，他正好可以在家安心照顧母親了。大哥哥告訴我說，父親走了，他要在家盡一份責任和孝心，說完，回頭看了一眼熟睡的母親，又起身幫她掖了一下被子。
大哥哥在說出這一切時表情從容淡定，似乎是在向我講述著另一個家庭裡發生的故事，他說在太長時間裡沒跟人說過話了，人人都在躲著他，就像躲避瘟疫似的，但看到我來他挺高興的，所以才會說出一籮筐的話來。

可那時我還不太懂事，只是傻傻地坐著聽大哥哥一人在述說，根本接不上話茬。當時的我，只是覺得大哥哥一家都是好人，我不明白紅衛兵為什麼要對他家這麼殘酷無情，他的故事在我聽來太悲涼了！

我隱隱覺出了命運對人的倣弄，陰錯陽差，我們這些過去自詡為「紅五類」的革幹子弟，現在不也淪落為與大哥哥相似的命運嗎！為什麼會是這樣的呢？我真的一時還想不明白。我想起了我的母親。

「我媽媽也成了牛鬼蛇神了！」我說。

大哥哥無言地凝視著我，目光竟空茫了起來，沉吟了一會兒。

「這就是命運！」他說。

「什麼是命運？」我問。

又安靜了。大哥哥的臉色變得格外地冷峻，像一尊堅硬的雕塑。只有風聲嗚嗚地傳來，尤顯詭異。

「命運就是我們永遠不知道等待著我們的將會是什麼，我們究竟置身在哪裡，明天的我們又將要走向何方，還有，我們無法抗拒突如其來的歲月，我們時常會被一個我們根本看不見的強大力量所擺布，就像一具玩偶，在這股力量的面前，我們竟是那麼地渺小和無助，無能為力，無可奈何！」大哥哥嘆息般地說。

我聽不懂了，只是茫然地望著沉思中的大哥哥，沒敢再往下問。

走時，大哥哥一直送我到弄堂口，然後拉住我的手，將那本《九三年》再度壓在我的手心裡。

「這本書送你了，小弟弟，我不知道我們以後是否還能再見到，你留著做個紀念吧，只是要小心別讓人看到了。」他笑笑說。

「這就是你說的不知道等待我們的是什麼嗎？」我說。

「也許，命運從來是不會讓人知道的。」大哥哥說。

我沒再推辭，我知道這是大哥哥對我表達的心意，但他的話說出來時我的鼻子裡有一股酸酸的感覺，我忍住了沒掉眼淚，將《九三年》又一次地揣進懷裡。

「一定要看這本書，再長大一點你會懂的，你要答應我。」大哥哥神色凝重地說。

我答應了。

大哥哥伸出了手，微笑地看著我說：「來，我們拍拍手，一言為定。」

我的眼淚，一下子控制不住地快要湧出來了，我使勁忍住，伸出了手，在大哥哥伸出的手心上重重地拍了一下。

「好了，你將來會是好樣的，相信我。去吧！」

我跑著離開了，眼淚終於湧了出來，但我不想讓大哥哥看到。跑過了馬路，我才敢回過頭來。大哥哥還站在弄堂口，向我使勁地揮了揮手。

「記住，一定要看那本書，那是本好書！」大哥哥在風中高聲喊道。

「我一定會看的！」我也大聲地喊著，淚水又一次噴泉般地奪眶而出，我的嗓子哽在最後一聲上了。我趕緊掉過頭，飛快地跑遠了。當我再一次地回過頭來時，我看到大哥哥仍然站在風雪瀰漫的弄堂口上，遠遠地望著我……

九

後來連續幾個晚上我都躲在被窩裡，打著手電筒，把《九三年》一個字一個字地認真讀完了，遇到不認識的字時，我就通過默唸「什麼、什麼」來替代，我無法等到長大一點再讀它了，我想儘快地完成大哥哥對我的囑託，我不能辜負了他的一片心意。我忘不了他站在漫天的風雪中望著我的眼神，這個奇異的眼神，一直在我以後的人生中時隱時現，暗暗地激勵著我——

「你將來會是好樣的，相信我！」

雖然我看得頗為仔細，但我還是讀得稀裡糊塗，一腦門子的糨糊。我百思不得其解的是，小說中的朗德納克與郭文，明明是有血緣關係的一對叔侄，而且作為侄兒的郭文，還是由這位叔叔朗德納克自小撫養成人，為什麼他們最終成了勢不兩立、反目為仇的敵人了呢？

我沒覺得作為叔叔的朗德納克是個大壞蛋呀，相反我覺得他挺慈祥的，否則怎麼可能在最後的生死關頭明明可以自救逃生的，卻將個人的生死置之度外地拯救那三個可憐的孩子？還有，既然成了不共戴天的仇敵，作為革命軍總司令的郭文，為什麼後來又要放走了他的死敵叔叔朗德納克，而把自己送上了革命斷頭臺呢？而執行死亡命令的居然是引領郭文走向革命道路的精神導師西莫爾登，而最不可思議的，是這位精神導師卻因親自執行了絞殺郭文而飲彈自盡。

雖然看到最後一頁時，我隱約感到了震撼，那個慘烈的結局是我萬萬沒有料到的，我一開始還似懂非懂地追隨著雨果的敘述而痛恨反動派朗德納克，可最終奇峰突起，好像一切都變了味了，好人與壞人我竟一時分不清了。

我真的糊塗了，畢竟小說中的幾個主要人物都以死亡而告終，但死得都頗為蹊蹺，讓人不解。那時我所受到的教育，是這個世界已然涇渭分明地以階級身分被分別劃分為好人與壞人，其中沒有模糊地帶可以任意穿行。但《九三年》卻讓我無法分清究竟誰是好人誰是壞蛋了！

《九三年》到底在說什麼？大哥哥又為什麼一再地要求我必須看呢？

我驟然感悟到《九三年》所揭示的人生奧義及人性的祕密，還是在多年以後了。那時我已在軍隊服役，當上了一名情報部門的偵聽員，一天，被緊急拉到了距離我們不太遠的軍區直屬防化營。

我的記憶很難忘記那天的情景，汽車在進入了防化營的營區時，經過了一個宣傳欄，我看到上面貼滿了偉大領袖和他的親密的戰友——我們敬愛的副統帥林彪的合影照片，林副統帥緊隨在偉大領袖毛主席身邊，站在天安門城樓上，臉上掛著謙卑的表情；還有一張是林副統帥與毛主席坐在沙發上，一同看著一份文件，似乎在商議國家大事。

當我們安靜地端坐在營區的大禮堂裡時，一位神情嚴肅的軍區領導出現了。他是一位高官。我們沒想到竟會出現這麼一個位高權重的大人物，他的那副冷峻嚴肅的表情似乎在預示著什麼不祥之兆。場內的氣氛立時在凝重中透出一絲壓抑，他聲音宏亮而沙啞，莊嚴宣告黨中央一舉粉碎了以林彪為首的反革命集團，林彪本人因倉皇出逃而墜毀在蒙古的溫都爾汗。

猶如一聲晴天霹靂，我當即被澈底打懵了，多少年來堅守的信仰在搖搖欲墜，碎裂成沙塵般的粉末紛紛飄落，化為一片虛無。我完全無法相信自己的耳朵。這怎麼可能？我剛才還看見偉大領袖毛主席與敬愛的林副統帥在一起的巨幅照片呢？他們是親密無間的戰友和同志呵，中國共產黨的黨章還確立了林副統帥是黨的獨一無二的接班人，甚至今天上午的廣播還在提及林副統帥，這究竟是怎麼了？

大腦彷彿被人猛擊了一拳。我難以置信地望著那位仍在臺上莊嚴宣告的軍區領導的面孔，我只看見他的嘴唇在一張一翕，後面在說什麼我已經一句也聽不清了。我真的澈底懵了，甚至感到了天昏地暗。

從那天起，我開始懷疑我曾經相信的這個世界，懷疑一切曾經信奉過的任何所謂的信仰和「真理」，乃至「實現共產主義」，它不再像過去似的戰無不勝、攻無不克了，在我看來，這更像是一個個巨大的充滿了欺騙性的謊言。也就是從彼時起，《九三年》的故事清晰地在我的腦海中浮現，它不再是一團漂泊無定的迷霧了，就像我在霧中看景，而是逐漸地呈現出它所要揭示的人生，命運和人性的隱而不顯的奧祕，直到那一刻，我才又一次地回想起大哥哥在漫天的飛雪中向我喊出的那句話——

「你一定要看那本書，你再長大一點會懂的！」

大哥哥，我隱約懂了，我似乎看見了另一道溟濛但又逐漸清晰起來的風景。謝謝你！我當時在心裡說。《九三年》為我打開了一扇重新認識人生的窗口，當我經歷了更多的磨難之後，我開始走向了真正的成熟。

林彪事件發生的那一年，我剛滿十六歲。

可是從大哥哥家回來的當天晚上，當我掩上書，瞪大了眼睛望著烏黑的天花板時，腦海裡卻出現了太多的為什麼。我忽然想到，我母親會是一個壞人嗎？還有大哥哥的父母親，他們會是壞人嗎？我看不像，但為什麼紅衛兵和造反派又說他們是反動派呢？還有，造反派和保皇派為什麼要沒完沒了地打來打去，他們不是都在聲稱要誓死捍衛毛主席革命路線嗎？我想得腦殼都疼了。後來，我想著想著不知不覺地睡著了。睡得很沉，直到天光大亮時被姥姥搖醒。

「若若，該起了，都幾點了還貪睡哩？」姥姥大聲說。

可是姥姥在不久後就被造反派勒令必須離開我們了。

一天晚上，我們正在吃著姥姥做的晚飯，幾個人敲響了我家的門。是我開的門。他們站在門口，斜眼看著我。「你們要找誰？」我怯生生地問，因為從他們的表情上我看得出來者不善。他們沒吭聲，推開我走了進來。姥姥客氣地站起，熱情地招呼他們說：「坐吧，來，坐這。」姥姥拉出了幾條板凳。「麗莉，快給客人倒水。」

「不用了。」來人擺了擺手，互相看了一眼，其中的一位名叫鄭躍進，他站前了一步，大聲說：「你就是姜玉英吧，我們是專案組的，經過調查，發現你的丈夫過去是當地的土匪，革委會決定將你遣返山東原籍，接受當地革命群眾的監督改造。」

我一聽登時傻了，像天邊滾過一聲驚雷，我不敢想像我的姥爺居然會是一個兇神惡煞的土匪，就像許多書本裡描述的那般，我也沒見到我的姥爺，從我姥姥的嘴裡也從來沒有出現過關於姥爺的任何情況，可當姥爺的消息和身分出現時，居然是出自造反派的口中。

「你們胡說。」姐姐從椅子上蹦了起來。「我姥爺和我們家根本沒有關係，我們也沒見過他，憑什麼說他是土匪？我姥姥是好人！」

「是不是土匪她自己心裡清楚。」鄭躍進的嘴角劃過一絲冷笑。

他們臨走前撂下一句話，限定我姥姥在一週之內必須離開，否則就會找我的母親算總帳。

「掃帚不到，灰塵照例不會自己跑掉。」他們像誦經似地唸了一段《毛主席語錄》，嘲諷般地瞥了我們一眼，轉身走了。姥姥還是十分客氣地將他們禮送出門。

我和姐姐呆若木雞地坐在木椅上，不知所措。這麼長時間以來，我們和姥姥相依為命，只要有姥姥在身邊，我們就像有了主心骨，無論遇見什麼事，姥姥都是一副從容不迫的神情，不急不慌，她總是能找到最恰當的方式來安慰我們。在母親遭關押的這些日子裡，如果沒有姥姥的關愛和生活上對我們無微不至的照顧，我們不知道會怎麼渡過這些艱難的歲月。

可現在她要走了！我們心裡說不出是個什麼滋味。當姥姥重新關上門，轉過身來看向我們時，我們注意到她仍然不動聲色，看不出這一突變對她產生的影響。我們還是沒說話，只是呆呆地看著我們敬愛的姥姥。姥姥也搬了一條凳子坐下了，先是沉默了一會兒，然後摸摸我的頭，又去摸摸姐姐的臉，皺褶密布的臉上這才出現了一絲少見的憂傷。

「姥姥走了，麗莉和若若能學會照顧自己嗎？」姥姥問。

我哇地一下哭出了聲，姐姐也在無聲地流淚。「我們不要姥姥走，不要！」我和姐姐哭著說。

「唉，孩子，姥姥也不想走，可不走不行呀，不走，他們會拿你媽媽撒氣，為了她，姥姥也必須走。」姥姥嘆了一口氣，說。

「姥姥走了，我們可怎麼辦呀？」姐姐說。

「麗莉。」姥姥突然站起了身，厲聲說，「你是家裡的老大，若若比你小，你要擔起這個家，知道麼？把眼淚抹了，不許哭！」

十

幾天後，父親聞迅從單位趕了回來。

我後來才知道，父親所在的軍事院校也在開展文化大革命，實行所謂的「四大」——大鳴、大放、大字報、大辯論，過去紀律嚴明的校園澈底地亂套了，學員與教職員工內部也分裂為保皇與造反兩派，不斷發生激烈的衝突和鬥毆，父親是學院保衛部的領導，正好處在這場紅色風暴的中心，所以受到了猛烈衝擊，也屬於造反派要打倒的對象。父親經常被學員莫名其妙地半夜揪出去批鬥，但父親始終對我們守口如瓶，從來沒有向我們提起過他的遭遇。

印象中父親每次回來時都是一副笑眯眯的表情，這次只是感覺他比過去消瘦了許多，我們還以為他工作太辛苦，累的，所以也沒太在意，我們根本想不到一見我們便會滿臉微笑的父親，幾乎每天都在承受著巨大的內心磨難。

那時我們怎麼可能知道呢？我們只是覺得像父親這樣一位受人尊敬和愛戴的共和國軍人，不可能遭遇母親那樣的災難。

那天父親回來後失去了笑臉，我從來沒見過父親在我們面前表現得那麼冷峻，臉色鐵青，我們都不敢跟他說話。父親很快買好了去往山東海陽縣的火車票，又買了一些路途中必備的食品。

那幾天姥姥說話少多了，只是一個人默默地整理著她的衣物，在做這一切時她都會掩上門，如果我們敲門，她也是要隔上那麼一會兒才會把門打開，微笑地看著我們，可是我們仍能從她的眼角上發現一絲不易察覺的淚痕，但我們都沒說，我們知道我們敬愛的姥姥不想讓我們知道，她想一個人把那些難言的苦澀承受下來，不讓我們為她擔憂。

終於到了姥姥要走的那一天。姥姥給自己打了一個碩大的白布包裹，上面交叉地繫了一個死結，餘下的的東西歸攏地裝在了一個不大的竹藤箱裡，又從床頭抖落出了兩條厚厚的棉褲：

「來，麗莉，若若，一人一條，姥姥做的，天冷，別凍著。」

我們無聲地接過了，心裡難受，但爸爸一再告誡我們，姥姥走時誰也不准哭，否則姥姥會傷心的。所以我和姐姐這才隱忍著沒哭，可一看到姥姥這幾天關起門來居然在為我們趕製禦寒的衣物，我們還是忍不住地鼻孔發酸。姥姥憔悴多了，眼睛裡多了許多密密麻麻的血絲，顯然為了趕製衣物她通宵達旦沒睡，儘管我們都知道姥姥有一雙巧奪天工的好手藝，無論是做飯，還是裁衣，她都能妙手回春，可這次畢竟不同於以往。我們都感受到了沉甸甸的分量，重重地壓在我們的心頭。

「快點，都穿上給你們姥姥看看。」父親說。

我們趕緊套在了褪上，褲角肥肥大大、褲襠晃晃悠悠的，但暖和極了。

「還不趕快謝謝姥姥。」父親說。

「他爸，可別讓孩子謝啦，姥姥要走了，留點念想給孩子，穿上時就會想起姥姥來嘍。」姥姥慈祥地說。

「會……」姐姐說，可還沒等說完，她咽住了。「哦，我先去洗個臉。」說著，姐姐衝進了廚房。

「我也要洗個臉。」我說，我也跟著姐姐跑進了廚房。

姐姐用水洗去了淚水，轉臉看我，幫我在眼角上擦了擦。「不能哭，若若，高高興興地送姥姥走，這樣她才會放心，聽到嗎？」

「嗯。」我點頭。

我們把姥姥送到了火車站。那天天氣奇冷，颼颼吹過的寒風鋒利如刀，捲起路上的沙塵瀰漫在天，一如此時此刻我們灰暗的心情。但我沒敢表示出來，一路上只是牽拉著姥姥的手，父親推著自行車，上面馱著姥姥的行李。

火車的鳴笛聲高高響起了，在提醒我們發車的時間就要到了。姥姥向我們擺擺手：「去吧！」她說，「我沒事，你們可要照顧好自己，有空就去看眼你媽。」姥姥說什麼我都點頭。最後我們不能不下車了，乘務員也在催促，我和姐姐緊緊地擁抱了一下姥姥，姥姥慈愛地拍著我的臉說：「姥姥不在了，若若要聽姐的話。」「放心吧姥姥，我會的。」我說。姥姥高興了。姥姥又對姐姐說：「你媽的那些材料還藏在煤堆裡，有一天她回家了，你交給你媽，也不知是不是要緊的東西。」姐姐說：「好，我會保管好的。」

「媽，一路上保重，到家給捎個信。」父親說。

「快去吧，別為我操心，這兩個孩子就交給你了。」

我們隨著父親下了列車。列車先是哐啷地晃動了一下，接著警笛長鳴，又哐啷一聲，開始緩緩地移動了。姥姥在向我們招手，嘴裡在唸叨著什麼，可是列車的車窗是緊閉著的，我們聽不見她在說什麼。我只是扯開嗓門高喊著：「姥姥，我們都會相念你的！」我和姐姐跟著啟動的列車跑出了好幾步，一再喊著：「姥姥再見！」

姥姥的臉龐最後閃了一下，我們看見她抹了一下眼睛。我知道，姥姥終於落淚了……

列車走遠了，我突然感到自己的心驀然間變得空落落的，就像天空中呼嘯的風。

父親又匆匆趕回軍校了，走前，父親拿出三十元人民幣交給姐姐：「省著點花，有空去看一眼媽媽，不要在外面惹事。」父親語重心長地說。

在沒有大人在家的那段日子裡，我和姐姐幾乎足不出戶了，即使出門，也是去菜市場轉悠一圈，買點兒蔬菜，姐姐為我做飯炒菜。這是姐姐過去從來沒有幹過的家務活兒，可現在的她，卻鍛鍊得就像一個懂事的小大人。

小清姐還會時不時地出現，經常鼓動姐姐跟她一道出去鬧革命，還煽動性地說，我們必須堅決粉碎造反派的猖狂進攻，保衛毛主席的革命路線。她告訴我們說，保皇派的老紅衛兵組織又重新武裝起來了，準備開展新的絕地反擊。

姐姐無精打采地聽著，她已經不會再像過去那樣激動了，只是輕輕地搖搖頭，然後說，我要在家帶若若。姐姐成了一個那個年代的逍遙派。小清姐對此大為不滿，說我姐姐缺少革命鬥志。但她又說服不了我姐姐。

十一

直到有一天，姐姐又要帶我出門買菜了，像以往一樣拉開了桌子的抽屜，臉色驟然一變，輕輕地「呀」了一聲。我不知道發生了什麼事。姐姐手忙腳亂地在抽屜裡翻找著什麼，翻得稀哩嘩啦的，結果什麼也沒找到。我的心一沉，我知道那是姐姐存放錢的地方。

莫非是錢沒了？我也跟著緊張了起來，看著姐姐越來越蒼白的面孔，心裡有了隱隱的擔心。

姐姐的手停住了，她在思索，然後霍地轉過身來，咄咄逼人地看著我，厲聲問：「若若，是不是你偷了爸爸留下的錢啦？」

我傻了。我怎麼也沒想到姐姐竟然會懷疑到我身上。「沒……沒呀。」我支支吾吾地回答。

可能是我的回答太含糊了，這種支吾讓姐姐更加地起疑，她瘋了一樣衝上來搖撼著我；「若若，那可是我們生活的錢吶，沒有了，我們靠什麼生活？你說，你說呀，你為什麼要偷家裡的錢?!」

姐姐氣憤得臉都變形了。我呆若木雞，竟然不知道該怎麼回應她的逼問。「你快說，錢哪去了？」姐姐還在問。

我覺得自己受到了天大的委屈，鼻子跟著一酸，眼淚不由自主地淌了下來。我真沒出息！可我還是什麼都沒說，我覺得我無法向姐姐洗刷自己的清白，因為家裡畢竟只有我和她，那些錢又能跑到哪兒去了呢！

看到我哭，姐姐也哭了，最後我們抱在一起號啕大哭。

「若若，你不該偷爸爸留下的這些錢，你要知道姐姐要帶好這個家多不容易呵！現在沒錢了，我也不知道該怎麼辦了！」姐姐哭得更猛烈了。

我忽然覺得這麼哭下去是沒用的，我推開了姐姐，斬釘截鐵地大聲告訴她：「姐姐，我真的沒拿，你一定要相信我！」

姐姐淚眼婆娑地端詳了我許久：「真的？」

我使勁地點頭。姐姐終於相信了：「那還能有誰？」她自言自語地問，「家裡沒別人呀。」

姐姐這麼一說，把我也給問住了。是啊，還能有誰呢？這一時成了我們一個巨大的謎。

當天晚上姐姐揭開了這個謎底。她突然想起來了，最近只有小清姐會時常出現在我們家，而且她在昨天離開時還告訴姐姐說要出趟遠門，可能在外面要待上一段時間，因為他們這撥老紅衛兵都已撤離去了鄉下，我們整座城市現在是造反勢力的天下，他們實行「紅色恐怖」，正在四處搜捕、驅趕保皇派。姐姐當時還好言相勸，讓小清姐不要走了，這樣你死我活地鬥下去沒意思，但小清姐意志堅定地說她要為李援朝報仇。

「我們要走毛主席當年『農村包圍城市』的革命路線。」小清姐那天慷慨激昂地說。「你不跟我一起走嗎？有一天，我們會回來營救像你媽媽這樣的革命老幹部，那一天，天下還會是我們的天下。」

姐姐還是搖頭。「我還要在家帶我弟弟呢。」姐姐淡然地說。

那天，我們還一塊去了菜市場買菜，取錢時，小清姐就站在我邊上，當天晚上是姐姐與小清姐一道做的飯菜，小清姐還說這是告別晚餐，等革命成功後再回來與我們一道吃慶功宴。

「會是她嗎？」姐姐突然瞪大了眼睛問。

「誰？」

我們對視了一眼。我明白姐姐在說誰了，她的神情在清晰地告訴我是誰，雖然她並沒有說出那個我們都知道的名字。我也想到了小清姐，雖然難以置信，但除了她，我們確實想不出還能有誰了，因為這幾天只有她來過，抽屜裡的錢絕無可能不翼而飛。

當天晚上我又沒睡好，做著奇怪的噩夢，各種駭人的映射翩然入夢，攪得我心驚肉跳。天色破曉時姐姐過來推醒了我。

「若若，走，我們出去買菜。」

「買菜？」我一骨碌爬了起來，大腦還是迷迷糊糊的，我們好像很少這麼一大早爬起來買菜的。姐姐這是怎麼啦？天寒地凍，屋子裡森冷森冷的，我又趕緊躺下了。

「我還要睡，太冷！」我縮著脖子說。

姐姐急了，怒聲把我使勁地拽起，不管不顧地將我的棉襖、棉褲扔在我的被子上，又罵了我一聲懶蟲，先去做早飯了。我不情願地在被子裡又賴了一會兒，咬緊牙關這才爬了起來。

南方的冬天如果屋裡沒有升火取暖，鑽出被窩的那一剎那是最難以忍受的，一股刺骨的寒氣迅速襲來，渾身透涼，嘴唇冷得直哆嗦。我被凍得一激靈時，想起了昨天發生的事——我們沒錢了。那用什麼去買菜呢？我的心裡不禁發出了一個疑問。

姐姐臉色很難看，我坐著渴粥時竟不敢多看她一眼。她喝著喝著忽然放下碗來，發呆地走著神，然後輕輕地嘆息了一聲，這才轉臉看著我。

「若若，姐姐剛才對你太兇了，原諒姐姐好嗎？我是心裡著急。」

「姐姐，我沒生你的氣。」我囁嚅地說。

「那就好。」姐姐勉強地笑了一下，「今天姐姐帶你去一個好地方，我們只有這一個辦法了！」

「你不是說去買菜嗎？可是……」

姐姐沒讓我再說下去，她收拾完我們的碗筷，梳理了一下頭髮，出門前突然又想起了什麼，跑回屋將姥姥做的棉褲套上，肥肥大大地晃了出來，我陡然間覺得姐姐搖身一變地成了一鄉下大妞，忍不住掩嘴樂了，姐姐略有些不好意思。

「笑什麼？」姐姐說，「姐姐穿上這個很可笑，是嗎？」

我告訴姐姐，她從來就不愛穿這類免襠褲的，因為在我看來她太愛臭美，她肯定以為穿上了會影響她的靚麗形象，為什麼今天特意要穿上呢？姐姐沒有回答我，只是說你別管。

一出門就迎上了冷徹骨髓的寒風，姐姐把我頭上的棉帽又掩了掩，將自己的毛線帽蓋住了耳朵。「這一段時間要委屈你了，若若，你不要責怪姐姐，現在我們沒錢了，但我們不能告訴爸媽，免得他們擔心，我們自己解決，聽到嗎？」

「我都聽姐姐的。」我響亮地回答。姐姐微微笑了笑：「這就好。」

我們去了菜市場。我當時還覺得挺奇怪的，既然沒錢買菜了，為什麼還要來到這裡呢？看著姐姐一副嚴肅的表情，我沒敢開口問。這是離我們家不算太遠的一家大菜市場，過去陪姐姐來過，姐姐總是徑直來到買蔬菜的攤位，挑上幾樣菜，往秤砣上一放，然後交錢走人，一切都是簡單從容的。

可今天卻有些蹊蹺，姐姐先帶我在菜市裡轉了好幾圈，東看看，西望望，似乎在尋找什麼東西，目光不像以往那樣直直地向菜攤看去，而是更多的在地面上尋覓著。這讓我好生奇怪。

我還是沒敢問，只是跟著姐姐瞎轉悠。

菜市場的人已然很多了，熙熙攘攘地摩肩接踵。這是南方人的生活習慣，總是一大早出門，上街買菜，備好一天的伙食，雖然眼下世道很亂，但好像沒有影響到人們的這一生活習性，他們照常遵循著以往的生活軌跡，只是臉上多了許多麻木和冷漠。

我們轉了好幾圈了，可依然一無所獲，我這才拽拽姐姐衣角問：「我們究竟要找什麼？」姐姐的目光仍在巡睃著，露出了一絲失望。

「若若。」姐姐說，「我們沒錢買菜了，但我們可以撿菜吃，你說呢？」

我一怔，撿菜？這怎麼可能，人家買了菜誰會讓我們去白撿？我把我的疑慮向姐姐說了，她看著我，沉默了一會兒：「別人買下的我們當然撈不著。」她說，「我們可以撿菜市場落下的菜幫子呀。」

我明白了，明白了姐姐剛才為什麼是那樣的目光。

「嘿，你們。」一個賣菜的大媽嚷了一句，「你們這是幹嘛呢，一直轉著，是來買菜還是來偷菜的？」她粗聲大氣地說。

我看到姐姐的臉色騰地一下紅了，我也跟著無地自容。我們被人視為小偷了，這讓我產生了巨大的羞恥感。

「對不起，大媽，我們……」姐姐羞赧地說。

大媽在我們的臉上盯了好一會兒：「看你們也不像。」她說，「去吧，別沒事在這瞎轉悠，這可不是玩的地方。」她大聲說。

旁邊有人在看我們，臉上浮現出一副鄙夷的神情。姐姐拉上我的手走了。讓我意外的是，姐姐沒有委屈，臉上更呈現出一種堅定。

黃昏時分，我們再次來到了這家菜市場。人少多了，只有稀稀落落的幾個老人在悠閒地轉悠著，賣菜的售貨員有的無精打采地坐著，有的三五成群地聊著閒話，還有幾位清潔人員在打掃冷清下來的菜市，將一堆堆爛菜幫、爛蘿蔔以及黴爛的土豆歸攏清掃出去。我見姐姐的眼睛一亮，高興地拍著我說；「上午來的時間不對，人家剛上新鮮菜，所以我們撿不著，現在有了。」她拉上我的手，快步向爛菜堆跑去。

堆在菜場外一角的菜幫和腐爛的土豆、蘿蔔滿多的，散發著一股發餿的酸臭味，但若仔細挑選，可食用還真不少呢！姐姐顯得興高采烈，凍紅的小臉霎時泛出一道亮光來，告我說，這就是我們的菜市場，我們可以利用它來解決眼下的困境。

「你看這多好，我們不用花錢，就可以有菜吃了，對嗎？」姐姐說。

我明白姐姐為什麼要帶我來這裡了，生活將我們逼到了死角，她居然想出了這麼一招讓我們絕處逢生。可要在這堆爛菜堆裡找尋可食的蔬菜真不容易呀！我們就在呼嘯的寒風中用手扒開那些不能吃的爛菜幫，仔細地尋找我們的目標。

十二

我們每每有所收穫，雖然不太多，但足以解決我們吃菜的問題了，更何況我們貯存的大米也已所剩無幾。那一段，我們幾乎天天用這些拾撿來的菜幫、爛蘿蔔和土豆充饑。

我們最初以為只要再熬上幾天，週末時我們的父親就會出現在我們的面前，到那時，父親一定會再留下一些錢給我們。可是奇怪，恰恰在那一段日子裡，我們敬愛的父親卻遲遲沒有露面。我們不知道發生了什麼狀況，對於我們來說，唯有的只能是耐心等待，我們堅信父親一定會在某一個清晨或傍晚，突然出現在我們的面前，我們就能獲得解救了。

在當時，我們當然不可能想到，也就是在那段日子裡，一場可怕的悲劇已張開了它的血盆大口，母親命懸一線。

那幾天我們還商量著，假如父親一旦問起我們該如何回答。姐姐說她不想告訴父親是小清姐偷了我們家的錢，她還將小清姐視為朋友，她相信小清姐這麼做一定有她的理由，她說她瞭解她，只是小清姐的這一行為卻把我們逼入了絕境。我和姐姐的看法不一樣，我恨小清姐，在我的心裡，她已經是一個不可原諒的大壞蛋了，一想起她假惺惺的笑容，我就會有一種噁心感，這是真的。

有一次我和姐姐又出現在了菜市場，我們像以往那樣埋頭用釘耙撿著被丟棄的菜幫、爛蘿蔔和土豆，現在的我，不再像一開始那樣害羞了，我已經習慣了這種生活方式。每次我和姐姐都配合默契，她在前方耙撿著可食的蔬菜，我拿著一個菜籃，跟在她的屁股後面，姐姐挑揀到一個就會隨手往後一扔，我就趕緊將扔過來的菜幫放進籃裡。

那一段時間又出現了許多像我們一樣抄著釘耙的飢餓的孩子，可能是受到了我們的啟示，也學著我們撿著菜幫、蘿蔔與土豆，我還有些生氣，可姐姐告我說，他們一定和我們一樣沒東西吃了。

「各撿各的吧，別管人家，再說，這也不是我們家的地盤。」姐姐艱難地站起身來，看了他們一眼，對我說。

那天蹲在地上有些累了，我站了起來，天穹一片灰濛，寒冷的天氣一如既往，姐姐已經耙到前頭去了，這時前方的空場上出現了幾個人，流裡流氣地晃著，瞅著我。我一眼就認出了其中的一人。是崔二貴。我看到他和周圍的幾個人交頭接耳地議論著什麼，淫蕩的眼神一直在盯著我的姐姐，我開始緊張了。

崔二貴的那張猙獰的面孔讓我看著害怕。這時我發現他也盯上了我，目光惡狠狠的。自從上次在武鬥現場見到他之後，我就再也沒看見過他了，我沒想到他會在這裡出現。

他向我走來，膀子晃得更厲害了，像是要來挑釁。我下意識地撂下菜籃，趕緊跑到一邊躲著去了，居然忘了姐姐還在那裡揀著菜呢。當我再回頭望時，我見姐姐根本沒有意識到我的離去，她還是習慣性地將揀撿到的菜幫看也不看地隨手往後一扔。其他的孩子無聲地一哄而上，搶著姐姐扔下的菜幫，興奮不已。我感到了慚愧，我怎能甩下姐姐一人開溜了呢。我又走了過去。崔二貴這時已來到了姐姐身邊。

「喲，撿上垃圾了，要幫忙嗎？」
姐姐沒理他。這時我站在了姐姐身邊，示威般地看著崔二貴。「你想幹什麼？」我說。
「不幹什麼，就是過來看看。」他覷著眼說。
我不再理他，衝著剛才搶了姐姐扔下的菜幫的孩子怒吼了一聲：「你們為什麼搶我們的東西？」那些孩子一臉的污跡，膽怯地看著我。
「算了。」姐姐說，掃了他們一眼，「以後別搶我們的東西好嗎？」
這些孩子提起籃子一哄而散了。就在這時，我彷彿聽到有個聲音在喊我們，我向傳來聲音的方向張望——是婷婷的母親，身邊站著的是我好久沒見的婷婷。我頓時覺得狼狽極了，在這種場合見到她我有點無地自容。崔二貴見有人來了，知趣地走了。
「麗莉，若若，你們怎麼會在這兒？」婷婷的母親快步走了過來。姐姐站了起來，甩了甩沾了一手的污漬。
「阿姨。」姐姐說。
「你們這是怎麼啦？」阿姨心痛地說，「為什麼會這樣？」她的眼睛瞪得大大的，一副不可思議的表情。「快下來，跟阿姨回去，這算是怎麼回事，沒東西吃了嗎？為什麼不跟阿姨說一聲？」
姐姐沒說話，又一次蹲下身去在菜堆裡耙著。阿姨這時衝了上去，一把拽起了姐姐。「跟阿姨走，阿姨不能看你們這樣，阿姨剛才還到處找你們呢！」
直到這時，姐姐的淚水才無聲地流了下來。「不！」姐姐固執地搖著頭，「我自己犯下的錯誤我自己承擔，我不要別人管。」
婷婷走到我的面前，看著我，溫柔中夾雜著憐憫，在這個寒冷的天氣裡，她的目光給予我巨大的溫暖。婷婷上來牽拉著我的手，「若若，跟我們回家吧，我媽剛才還去你們家找你們呢。」她的聲音讓我無法抗拒。

我們還是跟著婷婷的母親走了。走前，我們先進了菜市場，阿姨挑選了幾樣新鮮蔬菜，又來到肉攤前，要用定量的供應劵秤半斤肉。

售貨員麻木地坐在一個大條凳上，眼皮沒抬地先爆一聲：「四海翻騰雲水怒。」

阿姨一怔，沒立即接上口，稍頓了一下，婷婷在一旁伶俐地脆聲應道：「五洲震盪風雷激。」

售貨員這才轉過臉來盯緊阿姨，眼神咄咄逼人：「你怎麼了？」

「對不起。」阿姨心虛地說，「我剛才在想別的事，一時忘了怎麼接，我……」

「毛主席的最後指示也能忘了？回去好好學習。」售貨員不滿地說。

「我會的。」阿姨說，「要鬥私……」

「——批修。」售貨立刻接上一句。她顯然對自己的反應奇快感到了滿意，狡黠地閃過一絲快意，目光又漠然地落在了姐姐的臉上，剛才還麻木的面孔驀然浮現出一絲詫異。

「這是你們的孩子？」售貨員問。

我認出了她，就是那天懷疑我們是小偷的那個中年婦女。

阿姨遲疑了一下，看看我們，然後肯定地說：「是我的孩子。」

「喲，也許我的話不該說。」售貨的阿姨一邊說，一邊在肉案上熟練地磨著刀，順手從一大白盤裡挑揀出一塊鮮肉，看了一眼，重新丟回，又揀了一塊，滿意了。那塊鮮肉一看就是成色好。她將鮮肉扔進了秤盤裡。

「你這當媽的真不能這樣，你瞧這兩孩子長得多俊俏呀。」她一邊秤著肉，一邊說。「怎麼忍心讓他們成天在爛菜堆裡找吃的呢？我這話你也別當話聽，只是我看他們天天來，天又冷，心裡痛，真是好孩子呀！」

「您錯怪了，她是我們鄰居阿姨，不是我媽。」姐姐忙說。

售貨阿姨將秤盤裡的肉秤好，倒進婷婷的菜籃裡，對婷婷母親報了一價，聽我姐姐說後，怔忡了一下，二話沒說，轉臉又將剛才剁剩下的那塊肉重新擱上案板，手起刀落，又割下一塊，扔進了姐姐的籃裡。婷婷的母親一見，有些愣神，不知怎麼回事。

「行了，就這樣了，算我的一點心意，我天天見他們來，寒風裡待著，想幫也幫不上，你瞧這倆孩子瘦的，唉，一定是家裡遇啥事了！」停頓了一下，又說：「這年頭，不知該說什麼了，也不知道什麼是對的了，到處都在鬧事，這世道讓人不得安生呵！她們真是一對好孩子呀，我也做不了什麼，只能為她們出這點力了，就算是我的一點小小的心意吧！」

十三

那一天，我們在婷婷家吃了一頓鮮美可口的晚餐，這是我和姐姐這麼長時間以來嘗過的最好吃的一頓飯了。阿姨先用肉片給我們炒了幾道菜，又用餘下的鮮肉做了一鍋熱乎乎的冬瓜肉片湯，湯面上還灑上了一點香噴噴的小蔥花，又點了一點豬油，飄香的肉味從廚房裡漫溢出時，我的胃口就開始咕咕叫了，我突然感到了極度的飢餓，餓到了胃部就像刀絞般地生疼。

姐姐在廚房幫阿姨做飯，我和婷婷坐在他們家的客房裡，我們面面相覷，一時不知道說什麼。婷婷不時地瞪著一雙大眼挑著我，又低眉搓弄著衣角，她好像要對我說點什麼了，但又羞澀地不知如何開口。我們都感到了尷尬。

一會兒她好像想起了什麼，「蹬蹬蹬」地跑了，沒一會兒工夫，端來了一盆熱騰騰的熱水。「來，若若，先洗把手，一會兒該吃飯了。」我順從地將凍得紅腫的手泡在了熱水裡。熱氣順著手心一下子流貫了我的全身，身體迅速地暖和了過來，舒坦極了。我就這樣一直將雙手浸泡在熱水中，心裡有了一種難言的幸福感。

當我將手從水中抽出時，婷婷遞給我一條毛巾擦手，又端著臉盆走了。沒過一會兒，又端著臉盆出現了，笑盈盈的。冒著青煙的熱水盆裡還浸著一條濕毛巾，她將毛巾輕輕地拎起，稍稍擰乾了一點，將它遞給我。我接過，在臉上隨意地抹了一把。婷婷「噗哧」一聲樂了。我不好意思了，不知她樂什麼，她指了指我的面頰。

「怎麼？」

「再擦擦，還有。」她笑說。

我知道她在說我沒洗乾淨，就又抹了一把。她更樂了，彎彎的笑眉像枚好看的月牙。婷婷從我手中接過熱毛巾，在水裡搓了搓，提起，擰乾，幫我擦了起來。我本能地閃避了一下，她將我又拉了過去：「別動，你自己擦不乾淨。」她說。

婷婷擦得仔細，動作熨帖溫柔，順著我的臉頰一點點地輕柔劃過。我微閉著眼，感到心就像是浸泡在了一片溫柔的海洋裡。我非常享受。

身體似乎在發酥發軟，我能感受到從婷婷的髮絲中飄出的清香，還有她輕柔的呼吸聲，從嘴中哈出的熱氣環繞著我，那一刻，我很想輕攬著她說聲感謝。這個念頭一閃而過卻讓我霎時有了一種羞恥感，我覺得與純潔的婷婷相比，我的想法顯得太骯髒了。我怎能這麼下流呢?!我在心裡譴責著自己。

輕敷在臉上的熱毛巾離開了我，我的意識還停留在婷婷賦予我的溫柔中，我多麼想讓時間終止，始終沉浸在這幸福的享受中。我睜開了眼。

「好了。」婷婷端詳著我，笑笑說，「現在又是我認識的那個若若了。」她好像換了一人似的，不再是剛才的那個略顯羞澀的婷婷了。婷婷的情緒也在感染著我。

「不像我時我是什麼樣子的？」我故意問。

「喲。」婷婷眉心一蹙，想了想，「剛才真該讓你照照鏡子，大花臉。」

「你不是說我很難看吧？」我傻乎乎地說。

婷婷掩嘴樂了，看著我，不說話。

「你樂什麼，你說呀。」我說。

她收斂了笑容，凝神看我，眉心上挑：「你真要我說？」

我心跳了，她的眼神中有一種東西讓我心驚。

「當然。」我說。

婷婷向廚房的方向瞥了一眼，神祕地笑笑，「這可是你讓我說的。」

我點頭，心跳得更猛烈了。

「若若從來就不難看。」說完，婷婷臉紅了，端起臉盆跑了出去。

我呆呆地看著婷婷的背影消失在了門口，那顆蹦跳的心臟仍像隻調皮的小兔子似地折騰著我，但我感到了幸福。婷婷終於說出了我在她心目中的形象，這讓我開心快樂。我真不敢相信這一切都是真的，但它確實發生了，而且實實在在地發生在我的眼前，甚至是婷婷親口告訴我的。她喜歡我，我告訴自己。

「若若，快來，我們吃飯嘍。」這是阿姨在喚我。

這頓飯吃得我狼吞虎嚥，一點吃相也沒有，因為我實是太餓了。可口的飯菜確實會刺激人的胃口，在此之前我沒覺得我會是一個貪吃的人。姐姐多次提醒我要注意吃相：「你能慢點吃嗎，若若？」阿姨笑說：「沒事沒事，只要若若愛吃就好，說明阿姨做的飯菜若若喜歡吃呀，阿姨看著心裡高興。」姐姐沒再吭聲了，只是狠狠地瞪了我一眼。

婷婷沒言聲，但奇怪的是，自始至終我都在覺得她的那雙好看的大眼睛在關注著我。這種感覺太奇怪了，我旁上還隔著阿姨呢，可不知為什麼，我們之間好像有了一種無言的默契，就像我們都知道對方在想著什麼。雖然她沒在看我，但我分明感覺到她心裡有一雙眼睛在打量和關心著我。這是我們之間的一個小祕密。想到這，我心裡不免一陣高興。

我們當然不可能知曉，就在這一段時間裡，我的母親出大事了，可是卻沒有任何人告訴我們發生的這一突發事件。那一段我和姐姐只是感到奇怪，為什麼父親始終沒有出現？還有，為什麼造反派死活不允許我們去看望母親？

但我們當時也沒有多想，文革進行到了這個階段，我們已經對什麼都習以為常了。

這一階段南方的這座城市成了造反派的天下，保皇派暫時撤離了城市，到農村去重新集結力量，伺機再度反撲，城市生活表面上看似乎消停了許多，但我們都知道就在我們所處的這座城市的郊區及下屬縣市，時常在發生激烈的槍戰，兩派都從軍隊及武裝部門的槍械庫裡搶奪了更多的槍枝彈藥，這座城市被造反派嚴密封鎖了，來往進出的行人都要接受嚴格的檢查，因為造反派生怕保皇派會趁機混入城市從事顛覆破壞。

母親出事的那一天，郊區北塘縣發生了一場大規模的武裝衝突，雙方都動用了長槍大炮，戰鬥十分激烈，死傷慘重。

雙方反覆在爭奪一個前哨陣地，據說那是一個進入這座城市的交通樞紐和要道。一開始造反派吃了大虧，被保皇派實施了一次成功的凌晨奇襲，於是被激怒的造反派開始在城內大規模地動員力量實施反撲。我們那天都聽到了暴風雨般的密集的槍炮聲，因為較遠，我們也沒太當一回事，槍炮聲在那個時候已不再讓我們驚奇了，那些日子幾乎天天都有槍炮聲傳來，聽多了，人也就麻木了，雖然那天的槍炮聲異乎尋常地響成一片，不時地還伴有隆隆的爆炸聲。那是我們第一次聽到激烈的重炮聲。

因為前線吃緊，母親單位的造反派被組織了起來，單位的一位造反派頭頭，好像還擔任著什麼革委會副主任的人，一馬當先地跨上了一輛搶來的雙斗軍用摩托，帶上一個隨從，說是要先去前線視察戰況。這人的駕駛技術自然是初學乍練的，那個年代開車還是一門可以用以混飯的技能，可是文革開始後，是個搶輛車就能在馬路上橫衝直撞，目中無人，所以在馬路上時常能看到像喝醉了酒一般的汽車招搖過市，因為司空見慣，我們也就不稀罕了。警察系統完全癱瘓了，城市由此進入了一個無法無天的年代。

很快傳來了不幸的消息，這位以「視察」為名的造反派頭頭在「戰鬥」中壯烈犧牲，說他是身先士卒地衝在最前線，一顆罪惡的子彈奪去了他的寶貴生命。

我的母親略干年後才知道，此人的所謂「壯烈」，不過是他為了炫耀，在飆車的過程中自己撞車身亡的，他甚至沒來得及在前線露一下小臉便一命嗚呼。

知情的造反派隱瞞了這一真相。為了激發仇恨和鼓舞鬥志，他們將這一編造出的「壯烈」渲染得格外悲情。母親所處的那幢被造反派占領的大樓群情激憤了，復仇的口號聲震寰宇，鄭躍進率先跳上了誓師大會的講臺，振臂高呼：血債要用血來還！他倡議將那些被關押的反動走資派拉出來，披麻帶孝，遊街示眾，以奉祭「烈士」的亡靈。他的宣導立刻引起了造反派的熱烈響應，隊伍浩浩蕩蕩地整裝待發了。在一片憤怒的口號聲中，我的母親和她的走資派的難友們被強行押解了出來。

母親最初並不知道到底發生了什麼，但她很快便看見了被造反派高舉著的那位所謂「烈士」的的遺像——他曾經是母親屬下的一名普通的職工，與此同時母親還注意到了造反派已然全副武裝，準備出發，臉上燃燒著復仇的火焰。母親當時就心知將會有一場災難降臨，她感到了悲傷。

就在這時，造反派開始強迫她們跪下，讓她們披麻帶孝，並要求大聲懺悔：我們是殺人犯，我們是罪該萬死的牛鬼蛇神。

這時母親開始了激烈地反抗，她不能容忍對她人格的侮辱。母親突然從地上掙扎地站了起來，將被造反派強行披上的麻孝之服硬扯了下來。在這一過程中，母親能清晰地聽見那些輕薄的白色麻衣在她奮力地撕扯下發出的哧哧喇喇的破裂聲，母親的心中居然產生了一種悲憤的快感。母親一邊撕扯一邊大聲喊道：「我們不是殺人犯，你們才是，是你們這群人欠下了人命，你們是一群暴徒。」

由於母親爆發出的激烈行為過於突兀，在場的造反派被驚呆了，最初他們張惶地看著母親不知所措，他們沒想到我的母親居然敢在眾目睽睽之下膽大妄為，直到母親將撕扯下的麻衣拋擲在地上揚長而去時，他們這才醒過懵來。

母親大步走著，她聽到狂風在耳邊呼嘯，地上的落葉打著小漩兒飄飛上升，母親沒有感到寒冷，只是猶覺內心有一份沉重的悲涼。母親聽到背後傳來的急促地雜遝的腳步聲和憤怒的吶喊聲，她沒有回頭。母親只想捍衛自己的人格尊嚴。這就是我母親的性格，她從來就是一個寧折不彎的人。母親後來告訴我，那一時刻她的心中雖然充滿了許多疑問，但她堅信現在發生的一切都在違背毛主席的正確路線，她相信這群人是在犯罪。

這時母親聽到耳邊的風聲有些異樣，帶著一絲刺耳的尖嘯聲，像是有一個銳器在尖嘯地劃破天際，正納悶間，後腦勺沉悶地轟了一下，有頭骨的碎裂聲，一陣巨痛迅速席捲了母親，天旋地轉，腦袋像是瞬間被炸開了一般。母親仰身向後倒去，在她昏迷的最後一刻，她看到了幾張猙獰可怖的面孔正在向她衝來，還有一位面孔扭曲的女紅衛兵正高舉著手中的槍托……

十四

同一時刻，我一定是陪伴著姐姐，頂著刺骨的寒風在菜市場的垃圾堆裡揀選著可食的菜幫和爛蘿蔔，我們完全不可能知道此時此刻發生在母親身上的悲劇。

母親已經不省人事，她被造反派匆匆地扔在了辦公大樓的走道上，這群發了瘋的造反派還要急著出發，因為前線陣地正在告急，他們要荷槍實彈地投入血腥的戰鬥。

母親躺在地上，殷紅的鮮血淌了一地，當造反派馳車遠去之後，一群好心的「逍遙派」同事才敢圍了上來，其中就有陸小波的父親。母親腦袋上的裂痕正在咕嚕咕嚕地冒著嚇人的血泡，她的整個面容都被鮮血所浸染。陸小波的父親先是伸手試了試母親的鼻息，發現母親還有輕微的呼吸聲，於是他抱起了我的母親：「還有氣，快，我們要救人。」

陸小波的父親從廚房騎來了買菜用的三輪車，幾個叔叔阿姨手忙腳亂地將母親抬上車，蓋上了一件大衣，他們向省城醫院進發了。

醫院卻拒絕搶救，因為他們懷疑我的母親是罪該萬死的保皇派，俗稱「老保」，無論叔叔阿姨如何哀聲懇求，醫院的造反派都是一副冷漠的表情，最後，他們乾脆氣勢洶洶地將叔叔阿姨驅趕出門。

母親的腦袋還在不停地淌著鮮血，形勢萬分危機，叔叔阿姨們圍著陸小波的父親，焦急地詢問下一步究竟該怎麼辦。

陸小波的父親望著灰濛濛的天空，重重地嘆了一口氣：「我們不能眼看著她死去，現在只有一個地方可去了！」

他們將母親重新抬上了三輪車，頂著狂風又出發了，他們奔向的是一家軍隊醫院。陸小波父親這時抱著最後一線希望，他相信身為軍隊附屬的一七五醫院一定會發揚人道主義精神救死扶傷。

一位中年女大夫看著我的母親面有難色，她身邊沒有助手，年輕的醫生、護士都已投身到了滾滾的文革浪潮中去了，根本無心上班，整個急救室門庭冷清。「唉，怎麼能把人打成這樣呢?!」大夫深深嘆了一口氣，眉心緊蹙，開始小心地為母親消毒止血，輕輕地擦去母親腦袋上淤積的血腫，在此過程中還不時地試試母親的鼻息。所有的人都在緊張地望著大夫。

「她命大。」大夫說，「換了別人可能早過去了，是什麼東西把人打成這樣？」大夫抬頭問。

「槍托。」陸小波的父親說。

「又是一個『老保』吧。」大夫震驚地看著陸小波的父親，嘆了口氣問。

陸小波的父親和叔叔阿姨對視了一眼，沒敢及時回答，他們怕再次遇見上一個醫院發生的情況。

「你們不用害怕，我是同情老保的。」

叔叔阿姨終於鬆了一口氣，開始向她陳述發生的事實。大夫一邊聽，一邊為母親打了一針。「現在她暫時沒事了。」大夫沉重地說，「但還有一個十五天的危險期，這中間會發生什麼可不好說，你們要趕緊找個醫院讓她住下，因為隨時都有可能發生意外，我這裡不敢收人。」

陸小波父親登時傻眼了，他原以為將我母親送到軍隊醫院就有了安全保障。可是這位好心的大夫告訴他們，這個所謂的軍隊醫院也亂成了一鍋粥，像地方上一樣分化為保守和造反兩個派系，彼此間鬥得不亦樂乎，現在是年輕的造反派占了上風，幾乎控制了整個醫院，他們規定，凡是「老保」一律不准接待，否則後果自負。

我也沒有辦法呀！」

「我不敢呀！」大夫痛苦地說，「你們要理解我，我知道作為一個職業大夫這樣做是不道德的，可是

就在這時，陸小波的父親驀然想起了我的父親，他告訴大夫說我父親也是一名軍人，在遠郊縣的陸軍學院供職。大夫聽了很興奮，她說這樣人就有救了，必須儘快通知我父親趕到醫院，將人迅速拉走，安置在陸軍學院的醫院救治。

「他們學院有醫院，這我知道，他們又在郊區，可能會更安全一些。」大夫說。這位好心的大夫主動地撥打電話聯繫我的父親，因為當時也只有軍線才是暢通無阻的。

父親接到通知後大驚失色，電話中大夫的口氣讓他意識到了情況的嚴重，所有的可能性父親都想到了，刻不容緩，他緊急調來了一輛蘇製的「戛斯六九型」吉普，迅速登上車，風馳電掣地奔往一七五醫院。雖然父親仍在牽掛著他的兩個孩子，也就是我和姐姐，但他又清楚地知道，在這種時候他只能對我們予以保密。

由於城市已被造反派封鎖，通往從遠郊通往城市的必經之路──八一大橋哨崗林立，還設有路障，但軍車通行一般只攔下做一個簡單盤問與檢查，因為當時的軍方還沒有捲入地方上的兩派之爭，但造反派十分警惕保皇派會利用軍車掩護他們的行動。

父親進城時還算順利，因為車上沒有人可以引起造反派的注意。父親飛速趕到了一七五醫院，將母親匆匆抬上了「戛斯六九」。當父親看到母親的那張浮腫得像一個大南瓜般的面孔時已來不及傷心了，現在是救人要緊，時間就是生命。

父親告別了叔叔阿姨及那位好心的大夫時，只是彼此重重地握了一下手，那種氣氛就像那天烏濛濛的天空森冷而陰沉，籠罩著壓抑和恐怖。

「一定要救活她！」陸小波父親最後說。

父親帶上我的母親又出發了，一路上寒風蕭索，一派淒涼苦冷，當他們經過八一大橋時又被造反派攔

下了，因為這是一輛出關的車。凡是要離開這座城市的汽車都要受到嚴格檢查，防止保皇分子趁機逃逸，或出外通風報信。好在父親事前做了一定的準備，也是那位好心的大夫出的主意，他們將一張大大的掩蓋屍體的白布單覆蓋在母親的身上，當臨近八一大橋時，父親又將白單向母親的頭部拉上，母親現在整個人體都蓋在白單之下了。

汽車被路障攔下了，幾個造反派荷槍實彈走了過來，父親還注意到在橋頭哨所的一個臨時搭建的掩體內，還支著一挺德國造的梅可馨重機槍，槍口正衝著橋頭的另一個方向。

「有『老保』嗎？」過來的人問。

「沒有。」司機說。

「拉開門，檢查。」他說。

車門拉開了，父親下了車，他遞了一支煙給那個持槍的人。持槍人接過，父親又給他點著了火。「天真冷。」父親說。持槍人抽著煙，乜斜了父親一眼；「裡面是什麼人？」

「死人。」父親說。

「死人？」那人懷疑地問了一句。將頭伸進車裡看了一眼，還不放心，又拉開了床單。母親嚇人的面孔赫然在目，這人驚得一哆嗦，趕緊將白布又拉上了。

「怎麼死的？是『老保』吧。」

「不是。」父親鎮靜自若地說。

可那人還在懷疑。正遲疑間，旁邊的一位年齡稍大的造反派不耐煩地揮了揮手，「快走吧，站這凍死了。」

「可這人怎麼死的還沒弄清呢。」年輕點兒的造反派說。

年齡稍大的造反派慢悠悠地過來了，也掀開白單看了一眼，厭惡地捏了一下鼻子。「人都死了，弄清了又有什麼屁用？這是軍車，讓他們快走吧，別磨蹭了。」然後又衝著父親嚷嚷了一聲：「出去了就別再回來了。」

父親的車順利通過了八一大橋。父親的心裡還捏著一把汗，現在終於可以鬆一口氣了，他將蒙在母親臉上的白布單撩開，不無憂慮地看了母親一眼。

十五

父親直奔步兵學院的直屬醫院，他找到了金叔叔。

當父親推門進了院長室時，金叔叔一眼就看出發生了什麼重大的事情，他站了起來。

「怎麼了？老王。」

「老李被打傷了。」父親說，「傷得很重！」

金叔叔驟然變色：「人呢，快帶我去。」

母親這時仍然昏迷不醒地躺在車上，一動不動。父親沒敢驚動醫院的其他人，因為他清醒地知曉整個學院也分化成了兩派，年輕的造反派一直在嚷嚷地要奪權，要從所謂的堅持走錯誤的教育路線的當權派手中將權力爭奪過來，自然，金叔叔所領導的這所醫院也捲入了這場風暴，難以倖免。

金叔叔心疼地看了一眼我的母親：「簡單是禽獸幹得事，下手太狠了！」金叔叔說。

「老金，現在我只能拜託你了！」父親語重心長地說。

父親之所以這麼說，是因為他清楚地知道，學院的文革形勢相當嚴峻，醫院也像其他部門一樣陷入癱瘓，而金叔叔本人已被醫院的造反派勒令接受審查。

金叔叔抬起了臉，重重地拍了拍父親的肩膀，神色嚴峻：「挺住，老王！」接著，飛快地奔進醫院，沒過一會兒，他領出了幾位大夫，還攜帶著一抬擔架。「小心點。」金叔叔輕聲叮囑著，「把人先抬進急救室，手術由我來做。」

大家無聲而有序地將母親抬進了急救室，輸上了藥液，有的人開始準備手術器械。臨了，金叔叔給周圍的人交代，誰也不准透露我們今天接待了一個急救病人，省得造反派又來找麻煩。大家神色沉重地點點頭。「還有。」金叔叔說，「如果萬一被發現，你們把責任全部推給我，由我一人頂著，你們就說不知道她是誰。」

「院長，我們……」

「這是命令！」金叔叔堅定地說。「雖然我已經被他們要求『靠邊站』了，但今天，我要在這裡履行一個院長的職責。」

「害怕的人可以離開，我現在還需要兩個助手，誰能來？」金叔叔又說。

幾位大夫齊刷刷地站前了一步，神色莊嚴：「我來！」

金叔叔將父親攔在了急救室門口。「我會盡力的，老王，當年戰爭年代小李子跟著我老金出生入死，我們都挺過來了，可沒想到我們打下了江山，卻……」下面的話金叔叔沒再往下說了。一切盡在不言中了。金叔叔轉身進了急救室，將門關上了，現在的金叔叔，表情重新變得冷靜從容，就像獨自一人又要勇敢無畏地走向炮火紛飛的戰場。

父親一個人坐在空蕩蕩的長廊上，內心焦灼而悲傷。母親生死未卜，父親想起了兩個孩子，他已經很長時間沒有抽空去看望我們了，父親不知道我們現在生活得怎麼樣。父親當然不可能想到，我們現在已身無分文，落泊到了只能在菜市的垃圾堆裡靠撿撿菜幫為生，如果父親知道了一定會心痛不已。

父親承受著巨大的心理壓力，他知道，他現在還不能將發生的慘劇告訴我們，他擔心我們擔驚受怕。孩子們太小了！父親想，他只盼著母親能挺過這一次的生死之關，儘管，父親已對可能發生的任何意外做好了充分的心理準備。

其實那天婷婷和她的母親並非無緣無故地出來找我們的，因為阿姨已從婷婷的父親那裡知道了一點關於我母親的悲慘狀況，只是對後續發生的情況一無所知。婷婷的父親當時只是看到我的母親被造反派打倒在地，頭上在咕嚕咕嚕地冒出血泡，他當時就悲痛交加，想挺身衝過去救助我的母親，但他也被造反派當即重擊了一拳，打翻在地，而且很快就被拉上了汽車遊街示眾，然後直接將他們送到了子彈橫飛的戰場。好在當他們趕到時，雙方都已撤離了戰線，形成了一個武裝對峙的隔離帶。造反派原本是打算拿這些走資派作為他們衝鋒陷陣的擋箭牌的，由於休戰，他們的這一陰險計畫最終落了個空，否則後果不堪設想。從這個意義上說，婷婷的父親也是在僥倖中撿回了一條性命。

婷婷的父親將這一情況告知了來看望他的阿姨，並囑託他一定要照顧好我們。

「孩子可憐，他們肯定不知道老李出事了，我看她性命難保！」說著，婷婷的父親重重地嘆了一口氣，他還讓阿姨千萬不要告訴婷婷，怕這孩子受了驚嚇，一不留神向我們透露消息。

「必須保密！」婷婷父親再次強調。

所以那天在婷婷家吃晚飯時，阿姨始終表現得格外熱情，說說笑笑似乎什麼事也沒發生。阿姨先給我盛了一碗飄著清香的冬瓜肉丸湯，「嘗嘗，若若，看看阿姨做得好吃嗎？一定好久沒吃到肉了吧，今天阿姨讓你吃個夠。」

我先嘗了一口，鮮美得無法形容，就好像我一生中都沒有嘗過這麼好吃的肉湯。「太好吃了！」我情不自禁地大聲說。「那就好，那就好。」阿姨說，「若若喜歡阿姨可高興了；來，麗莉，該你了。」

那天的晚飯我一直覺得有一雙明媚的眼睛在關注著我，我說的當然是婷婷，我們之間好像存在著一個不可言說的神祕的默契，只有我們心知肚明的默契，不用眼神，不用話語，我們就能在這種無言中達到一種心靈的感應——「若若從來就不難看」——婷婷的這句話始終迴盪在我的耳畔，讓我的心裡有了一種秋波蕩漾般的溫暖，這種感覺舒服極了，它後來一直在伴隨著我的人生，讓我刻骨難忘——一個男人的自信，常常是由他所心儀的女人賜予的。

很久沒露面的陸小波突然出現了，讓我感到了詫異。自從陸大鳴出事之後我就沒敢再去打擾他了，我知道他心生悲傷，我再怎麼安慰也是沒用的，這種心靈的創傷只能靠時間醫治，所以我沒再去找他，雖然當我孤獨一人時我會想起他——我的這位最知心可靠的朋友，說真的，我挺想念他的。

所以陸小波出現時我快樂得跳了起來，我們就像是久別重逢，又像是生離死別。那時我們就知道有一句話說的是：美麗的彩虹在雨後，真正的友情在別後。有一天，當陸小波說出這句酸溜溜的話時，我還一個勁兒地嘲笑他呢，他當時還不好意思地告我說，這是他哥哥教他的，我聽了也沒太在意。那時我對這類華麗的辭藻有一種本能的排斥，但我記住了這句話，因為它聽上去確實很美。今天猛然間又見到了陸小波，我馬上想起了他說過的這句話，或許，一個人只有在真正經歷了一次友情的別離之後，才能領悟其中的真義。

我和姐姐那天晚上在婷婷家坐了很久，離開後，走上了我們黑燈瞎火的過道，見有一黑黝黝的人影蜷在樓梯口，唬了我們一跳。我幾乎驚叫起來，姐姐也緊緊地摟住我，顯然，她也嚇壞了。那個模糊的黑影緩慢地站起了身：

「若若，是我。」

我馬上聽出了是陸小波的聲音，「噔噔噔」地跑上了幾級臺階，一把抱住了他，大聲說：「陸小波……」後面的話我哽咽地說不出來了，因為我感到了一股巨大的委屈，是什麼委屈我自己也說不上來，總之我感到了難言的苦澀。

「我一直在這等你。」陸小波說。

「走，上家說去。」姐姐說。

進屋開了燈，我這才發現陸小波手裡拎了一個飯盒，另一隻手裡還拿著一個用紗布包裹著的東西。

「我爸讓我送這些東西給你們。」陸小波說。

「什麼東西？」我說。

陸小波將飯盒掀開了，裡面盛著白米飯，上面還覆蓋著一層肉絲爆炒的土豆和蔬菜，他又解開了繫著死結的白紗布，幾個圓滾滾的大饅頭赫然在目了。

我和姐姐都在婉拒，我們告訴陸小波我們不缺吃的。「我和若若都很好。」姐姐一再說，「你回去謝謝你爸媽，真的太感謝了。」陸小波的臉色始終陰沉著，一副為難的樣子，他本來就是一個不善言詞的人，一時竟顯得有些不知所措了。「是我爸媽一再交代要交給你們的，你們收下吧，我爸媽說這是我們家的一點小小的心意。」

姐姐這時才稍稍敏感了一下：「我媽出什麼事了嗎？」姐姐皺著眉心問。「沒……沒有呀！」陸小波趕緊解釋，「姐姐別誤會，我爸只是說若若的爸媽都不在家，我們應當關心。」姐姐這才放心了。

「你爸爸一直照顧我媽媽，我和若若都記在心上呢！」姐姐說。

「應該的，應該的。」陸小波說。

其實我們如果多留一點心，是會發現陸小波的神色不對的，可是我們沒有去多注意，因為我們萬萬也想不到母親正在經歷一次生死劫難。我們當時怎麼可能會想到這樣呢？我只是以為陸小波的情緒不對勁，是因為他還沉浸在哥哥死亡的悲痛中。

陸小波走時我把他送到門口，他在門口站住了，用一雙奇怪的眼神看著我，欲言又止。

「你想說什麼？」我說。

「沒什麼！」他沉默了一會兒，搖了搖頭，然後向外走去，就要下樓梯了，他又一次回過頭。

「若若，你什麼時候需要我，就喊我一聲，我隨時都會來看你的。」陸小波說。

我答應了，隨口說了一句：「陸小波，你今天怎麼怪怪的？」

陸小波勉強地笑笑，向我揮了一下手，消失在了黑暗中。

父親來接我們時是在一個漆黑的深夜，我和姐姐都在睡夢中沉睡。我睡得太香了，沒聽見動靜，是姐姐聽到了門響，她一激靈翻身坐起，穿上衣服飛身下床，順手抄起一把椅子隱身在她房間的門後。姐姐甚至將那把椅子高舉在頭。姐姐後來告我說當時嚇得不輕，因為在這樣一個幽閴的夜晚，家裡從來沒有出現過人，姐姐當時認定一準來了一位「不速之客」，她的心臟在砰砰直跳。

一把鑰匙把門打開了，燈亮了，父親輕輕地喊了一聲：「麗莉。」姐姐這時衝了出去，撲進父親的懷裡開始號啕大哭，一邊哭一邊說，「爸爸，你為什麼這麼長時間不來看我和若若呀！」

父親最初被姐姐的哭聲驚了一下，不知道發生了什麼事，因為姐姐的啼哭之聲過於的反常。我的父親當然不可能知道這一段日子我們是怎麼渡過的，他也不可能想到我們頂著刺骨的寒風在菜市的垃圾堆裡尋找食物的慘狀。姐姐還在拚命哭。父親搖著她說，「麗莉，別哭了，你弟弟呢？他在哪兒？」

姐姐的號啕把我驚醒了。我從睡夢中睜開眼，看到了外屋的亮光，我聽出了姐姐的哭聲，也不知道外面究竟發生了什麼狀況，嚇得我縮在被窩裡直哆嗦。我大聲地喊了一聲：「姐姐！」我相信，我發出的那個可怖的聲音時嗓音一定在顫抖，因為我的身體已顫抖得像片寒風中的孤葉。

我屋裡的燈亮了，父親高大的身影出現在了我的眼前。「若若別怕，是爸爸看你們來了，好孩子。」父親的安慰完全失效了，我和姐姐一起驚天動地地大哭起來，父親只好將我們緊緊地摟在懷裡，幫我們揩著奔騰流淌的淚水。

當我們終於停止了哭泣，父親說：「帶上你們換洗的衣服，跟爸爸走。」

「那媽媽怎麼辦？」姐姐說，「我們不能把媽媽一人撂這兒呀！」

父親神色沉重地看著姐姐和我：「你們都是好孩子，我們這就去看你們的媽媽。」

我和姐姐一聽便開始歡呼了，因為我們太長時間沒見到母親了，我們太想念她了！我甚至在床上跳起腳來「喔」的大喊一聲，又跳下床和姐姐擁抱了一下，這是我們這麼長時間以來最開心的時刻。

我們坐上了父親帶來的「戛斯六九」，頂著凜冽的寒風向郊外駛去，經過八一大橋時照例接受了檢查，造反派見是一名軍人帶著兩個孩子也沒多找麻煩就讓我們順利過橋了。

到了父親的家後，父親安排我們先睡下，可我和姐姐嚷嚷著要立刻去見我們的母親，父親說：「明天吧，你媽太累先睡了，明天爸爸一定讓你們去見媽媽。」我們那時還不知道為什麼父親會繃著一張嚴肅的面孔，說起母親來也不苟言笑。

也許是我們確實太累了，加上心情放鬆，一下子就睡了過去，睡之前我還覺得父親的被窩特別暖和，就像燃著一團小火，把我整個人裹在了裡面，心裡便也暖烘烘的了，有了一種遽然而至的幸福感，心境亦變得格外地寧靜。就這樣，我不知不覺地睡了過去。

醒來時天光大亮，一縷陽光穿過透明玻璃直接照射在我的臉上，暖融融的，我剛一睜眼就被它炙了一下，一開始尚在懵懂中還沒能及時地反應過來，覺得待在了一個陌生的環境中，正驚疑間，姐姐露臉了，衝著我粲然一笑：「醒啦，大懶蟲。」我這才想起置身在了父親家。我朝姐姐擠了擠眼，我最討厭她說我是大懶蟲了。

「快起吧，爸爸說帶我們去看媽媽。」我騰地一下飛快地起了床，不再像過去還要在床上賴上一小會兒，因為天寒地凍。我恐懼起床時的那種哆嗦感。太冷了！可這一次，我是動如脫兔地起了床。

姐姐帶著穿戴齊整的我去了父親的房間，父親這時正坐在一張藤椅上吸著香煙，裊裊上升的煙霧籠罩了他的那張看上去有點兒朦朧的臉。我看不清父親的表情。當我來到父親的面前坐下時，我發現桌上的煙灰缸已堆滿了煙蒂。看到我，父親勉強地衝我笑笑：「睡好啦？若若。」我說：「是的，我要去看媽媽了。」

父親的表情黯淡了下去，狠狠地猛吸了幾口大前門的香煙，將煙頭掐滅在煙缸裡。

「爸爸要先告訴你們一件事。」父親說。說著，父親又下意識地點燃了一支煙，我這時才覺出父親的神情不太對頭，心裡泛起了一絲隱隱的不安，因為我從來沒有見過父親竟會用這種眼神凝視著我們。

屋裡鴉雀無聲，只有父親桌上的座鐘在滴答作響，聽上去清晰可聞，像有一枚銳器在擊打著我的心臟。要在平時，我會迫不及待地追問父親到底發生了什麼事，可是今天我沒問，也許是因為父親的神情中隱含著一絲威嚴，讓我沒敢開口詢問。我和姐姐都在耐心地等待著，雖然不祥的預感已然籠罩了我們。

「你們的媽媽情況不大好。」父親艱難地說著，然後掃視了我們一眼，「你們要有思想準備。」

「媽媽怎麼了？」這是姐姐在問。

「我一會兒就帶你們去醫院，見到媽媽時你們誰都不許哭，這是爸爸對你們的唯一要求。」父親嚴肅地說。

「媽媽到底怎麼了？」姐姐的聲音透出緊張。

而我現在已經心跳不止了，覺得一場可怕的災難在降臨，我突然想哭。

「若若！」父親用嚴厲的目光看著我：「你現在要學會堅強，現在你不再是一個孩子了，要像個勇敢的戰士，你不是還想長大了要當一名將軍嗎？」父親沉默了一會兒，「知道嗎？你一哭會讓你們媽媽更加傷心的，因為她一直在擔心著你們，你們是媽媽唯一的牽掛。」

父親終於將在母親身上發生的那一幕悲劇如實地告訴了我們，但儘量輕描淡寫。他還說，經過金叔叔和醫院大夫的及時搶救，母親已安然渡過了危險期，現在人已經甦醒。母親醒來時問的第一句話，就是孩子們的情況。我們終於知道為什麼這麼長時間以來父親沒來看望我們了。

「你們要學會像媽媽一樣堅強！」父親最後說。

我們跟隨著父親走到了戶外，清晨的陽光已被一層陰雲所覆蓋，一股徹骨的寒冷侵入了我的肌膚，我的心在颼颼的冷風中痙攣發抖。但我告訴自己一定不能哭，我要像父親說的那樣做一個真正的男子漢。就在那一瞬間我突然覺得我長大成人了。這種感覺非常奇異。在我的過去，哪怕就在前一天，我還一直覺得自己是一個需要被人呵護的孩子。現在不再是了。我彷彿在告別我青澀的少年時代，成長為一個真正的大人。

當我站在我們親愛的母親面前時，我真的沒有掉下一滴眼淚，我只是上去緊緊握住母親柔軟無力垂放在床上的一隻手，而姐姐則攥著母親的另一隻手。母親的頭上還包紮著厚厚的繃帶，浮腫的眼睛只剩下一條細眯著的縫隙。病床旁支起的吊液在發出滴滴答答微弱的聲音。

我記得聽到門口的腳步聲時，母親就偏轉過了頭來，顯然她一直在盼著我們的出現。我搶先一步衝了上去，輕輕地按住了母親的頭顱：「別動，媽媽，我們來看你了！」我自己都不知道為什麼我會如此鎮靜地說出這句話來，當時我對自己的舉動並沒有太多的感觸，只是當我抬起頭，看到了父親驚異的表情和讚許目光時，才意識到我做得是多麼地堅強。父親在我的肩上輕輕地拍了一巴掌。我就是在這時輕輕地握住了母親的手。

是的，那一刻我長大了。

母親的嘴唇在微微地嚅動，浮腫的臉頰及繃緊的繃帶妨礙了她的發聲，也許是因為母親的身體實在是過於虛弱了。

「媽媽你別說話。」姐姐說。

「媽媽你看，我們都很好，對嗎？」我說，「我一直在聽你的話，沒在外面為你惹事，媽媽，你就放心吧！」我跟母親不停地說著，其實心裡還是迴盪著絲絲縷縷的悲傷，但我發現我能控制住自己了，我可以在母親面前做到儘量地不動聲色，這種奇異的變化連我自己都感到了吃驚。

「老李。」父親朗聲說，「我們的孩子是好樣的。」

我注意到母親的目光裡含著一絲微笑，很快，又閃爍出一滴淚光，我知道，那是她欣慰的淚光。母親無力地輕捏了一下我的手。

「小李子，我也來看你了！」金叔叔一陣風似地走了進來，穿著一身白大褂，臉上掛著寬厚慈祥的微笑。

「金叔叔。」我快樂地撲進他的懷裡。金叔叔一把摟住了我，「哎呦，是我們的小若若呀？一年沒見長大長高啦！」金叔叔樂呵呵地說。

「我是大人了！」我自豪地說。

「對，對，若若現在不是孩子了，是個大男子漢了，叔叔為你驕傲。」金叔叔笑說。

「這一段時間多虧了你們的金叔叔，沒日沒夜地照顧你們媽媽，快謝謝叔叔。」父親說。

「瞧你，說什麼呀！老王，小李子是我從家鄉帶出來參加革命的，這是我的責任。小李子，你說我說的對不對呀？你看，轉了一圈，我還是你的金隊長，對嗎？」

母親的嘴角微微地彎曲了一下，眼神裡蕩漾著笑意。

這時一個人影出現在了門口，稍稍地遲疑了一下，向母親的床頭走來，手裡捧著一束顯然剛從山野上採摘來的野菊花。先向母親問候了一聲：「阿姨好！」然後將那束鮮豔的野菊花插進了一個空瓶裡。

我完全愣了。因為當這個人閃現在門口時，他臉上的那個標誌性的疤痕讓我迅速認出了他。

「刀疤！」我禁不住地喊出了聲，因為我萬萬也沒想到當年的那個死對頭會出現在這裡。

他回過頭來看見了我。「不許再喊我刀疤，我現在叫志軍了，是我自己改的名。」他嘴角上嘶著，不快地嘟囔了一句。

金叔叔這才微笑地介紹說，刀疤的父親在被造反派批鬥時，突犯心臟病住進了醫院，醫院的護士都離開了崗位，去搞所謂的「四大」了，刀疤就主動地在醫院裡承擔起了護士的職責，跟著一些堅守崗位的「逍遙派」大夫照顧病人。他現在每天清晨都會早早地爬起，奔到山上去採摘野菊花，在每一個病房裡插上一束，照他的說法，叔叔阿姨看到鮮豔的野菊花時，心情就會好多了。

「謝謝你，刀疤！」我感激地說。

刀疤一開始還微笑地看著我，見我伸出手來正要握住，可是手又突然停住了，一臉的不高興。我這才想起他的新名字。

「哦，志軍，謝謝你！」

「若若，見到你我真的很高興。」他拉住我的手說。

我們的手緊緊地握在了一起，我突然有一種萬流奔騰般的激動，一把將他抱住了，那一瞬間，時光我的腦海中竟變得恍惚了起來，我想起了我們當年的純真年代。

十六

一九六八年，母親被定性為頑固不化的反動走資派，被造反派組織勒令下放農村，接受貧下中農的監督改造，那時的造反派，已在我們南方的這座城市取得了全面的勝利，搶班奪權地登上了他們的歷史舞臺。婷婷和陸小波一家也被列入需要下放勞動的改造對象。我們被迫離開了我們生長的這座城市。

那是一個秋風蕭瑟的季節，萬木凋敝，滿眼的孤冷淒涼的景象，天空中布滿了濃厚的陰霾，陰森森的，裹著一股肅殺之氣。寒風不停地呼嘯吹過，像一頑童在吹著刺耳的口哨，樓下停滿了一排排的解放牌大卡車，我們即將奔赴一個陌生的地方。

行李已被裝載上了汽車。婷婷和小波家被分配在一個農村，而我們卻和那位指揮打我母親的原造反派小頭頭鄭躍進分配在了一個村，這人在與其他造反派派別的爭權奪利中敗下了陣來，於是也被勝利者掃地出門，當然，他還被賦予了一個光榮的使命，那便是配合貧下中農監督我母親的勞動改造。

隊伍就要出發了，我戀戀不捨地向婷婷所在的方向看去，沒想到她也在向我看來，目光淒迷。我腦子忽地一熱，竟不管不顧地下車向她急促跑去，我也不知從哪來的那麼大的勇氣，緊緊拉住了她的手。婷婷的手心冰涼。

我們彼此凝視著，好像有許多話想說，可又一言難盡，只是這麼看著，久久地看著，彷彿這個世界已然不存在了似的，蒼茫遼闊的天地間只有我和她。我們從來沒有過這麼熱烈地無拘無束地凝視，這麼地完全不懼別人看向我們的驚詫的目光。我看見婷婷的眸子裡有一顆微小的淚珠，像珍珠一般晶瑩剔透，欲滴未滴。

「若若，答應我，有一天你一定要來看我！」婷婷說。

「會的，有一天我會來看你的！」我激動地說。

我們又不說話了，有一種惜別的憂傷在心中久久迴盪。

陸小波無聲地出現在了我們的身邊，他默默地看著我們，神色黯然。

大人在催促我們上車了，汽車的發動機也已開始轟鳴，我們不能不告別了，我一直咬著牙在隱忍著心中的淚水，我不想讓自己在她面前表現得過於脆弱。

我長大了，我心裡說，自從那天之後我一直是這麼告誡自己的，我必須表現出我的堅強。

「我們該走了。」陸小波在我耳邊輕聲說。「去吧！」我說。陸小波向我重重地說了聲：「若若，再見了，我會想念你的！」他的這番話讓我忍不住地想落淚。我別了一下腦袋，然後仰面朝天，吁出了一口重氣。「去吧！」我又說了一聲。他轉身要走，我叫住了他。

「陸小波，一定幫我照顧好婷婷！」我說。

「放心吧，我會的。」他向我鞠了一躬。這是陸小波對我說過的最後一句話。

他們的那輛車先啟動了，正在緩緩駛離，我的母親也在呼喚我了。可我沒動彈，一直看著坐在車廂上的婷婷。她頭上紮了一條紅色的圍巾，眼睛一眨不眨地凝望著我。我向她和陸小波揮手告別。陸小波也在向我揮手，我甚至看見他在悄悄地抹淚；可是婷婷一直坐著，一動不動，只是在目不轉睛地凝視——凝視著向他們揮手告別的我。

汽車駛遠了，快要看不見他們的身影了，我突然看到婷婷摘下了她脖子上的圍巾在向我揮舞，那個紅色的圍巾，在陰沉灰暗的天際間像烈焰般地燃燒起了一團耀眼的火光，我的心騰地一下被點燃了。

這是婷婷留在我記憶中的最後形象。

「我會去看你的，婷婷。」我雙手捂著嘴，像個小喇叭似地大聲喊著。

狂風驟起，凜冽的寒風迅速將我的聲音湮沒了，婷婷的身影快要消失在我的視野中了，只有那個在風中獵獵飄舞的小紅點，像火焰一般在我的眼前熱烈的燃燒著，又漸漸地熄滅了。

就在這時，我的眼淚無聲地淌了下來……

尾聲

我的眼睛，緊緊地盯著照片上的秋影的父親，雖然他的臉上染上了歲月的風霜，雖然兩鬢已顯蒼蒼華髮，可我還是一眼就認出了他。

「你父親叫什麼？」我神色大變地問。

秋影的臉色倏地也變色了，她好像猜到了什麼。「陸小波。」她小聲地說道，就像做錯了什麼事似的。

我沒再說什麼了，一種巨大的愧疚向我驀然襲來，我的腦海中響徹著當年婷婷的那聲囑託：「若若，答應我，有一天你一定要來看我。」

可我終於食言了。一九七〇年底我從隨母親下放的農村走後門去軍隊當了兵，從此開始了我漂泊的人生，我從此再也沒有回到曾經養育過我的那座南方的城市。我曾經託人打聽過婷婷和陸小波的下落，但一無所獲，他們在文革後期離開了農村，下落不明，以後的我，漸漸地淡漠了我曾經的承諾，甚至將它澈底忘卻。

今天，從世俗的意義上說我得到了生活中的太多的眷顧和恩寵，榮譽、地位、金錢和成功，可我一直活得不快樂，越是不快樂，就越想通過更為貪婪地攫取來麻醉自己，直到秋影的出現，以及她所出示的那張照片——它喚醒了我沉睡的記憶，直到那一刻，我才彷彿覺得我在背叛和遺忘。

「我們什麼時候走？」秋影問。

「去哪？」我仍在恍惚中，我的靈魂彷彿飄浮在遙遠的追憶中。

「又糊塗了！我們不是說好了出國旅行嗎？」秋影嗔怪道。

我沉默著。

「不去了。」過了一會兒，我說。

「為什麼？」秋影瞪大了眼睛，迷惑地望著我。

我的心裡掠過一絲悵惘，我轉過身，向大大的落地幕牆走去。我在窗前停下了腳步。擁擠、嘈雜的馬路上一片沸騰，車水馬龍和鱗次櫛比的高樓構成了一幅幅斑駁的城市風景；遠方，浮沉在淡淡霧嵐中的西山若隱若顯，夕陽正在無聲地沉落，宛若一枚巨大的橘紅色的火球，戀戀不捨地展示著它最後的餘暉而不忍離去。

我無言地眺望著，百感交集。

我推開了緊閉的窗戶，一陣微風吹向了我，我的臉頰有些發涼，冰冷的淚水順著我的眼角悄然滑落，心中突然湧蕩起一股巨大的感動。

殘陽如血！

二〇〇九年七月二十二日，於晨九時三分（日全蝕）

二〇〇九年八月八日二稿

二〇一七年十一月二十九日三稿

北京博雅居

後記　唯有一聲嘆息

我仍能清晰地記起那一天的情形。

二〇〇九年的七月二十二日，當我終於寫完了《六六年》的最後一筆時，北京的天空一片烏濛，宛如天降大霧，這一天，竟是百年不遇的日全蝕的日子。

那天的早晨五點十分我就奇怪地驚醒了，再也沒睡著，爬起，開始坐在我的書案前，我知道，面臨我小說最後的一次衝刺了，直到這時才明白，為何我會一反常態地凌晨醒來，或許這是一個上蒼的啟示。

當我終結了這部小說時，我看了一下時間的顯示，它標識在九點零三分上，在我的記憶中，似乎日全蝕的終結也正是在這一時刻，黑暗正在漸次散去，金燦燦的陽光再度光照人間。

這是一個神祕的契合嗎？或者說是一次命定中的巧合？當我寫下那句「殘陽如血」時流下了熱淚。這一次我沒有抗拒噴湧而出的情感反應，畢竟這是最後的終結，畢竟是我在這一最後的尾聲中發出長嗚般的高聲吶喊。

我已經記不起執筆的日子了，只依稀憶起是在二〇〇七年的某一天，那幾天我被記憶所困擾，頻頻地回望我的少年時光——那個我渡過的不無幼稚的青蔥年代，甚至它竟會在我毫無知覺的情境下翩然入夢。

那時我便告知自己，或許，我應當將這一越來越強烈「侵擾」作為一種啟示而記錄下來，寫成一部長篇小說？

那時我的第一部長篇小說《遇》作為一個半成品已讓我刀槍入庫，因為我覺得我始終沒有找到寫作中的最佳感覺，我甚至一直在質疑它的存在價值，雖然我清楚的知道它畢竟對當下的時代有一種相對獨特的觀照，但我仍不滿意。我的不滿意與其說是內容，不如說來不源於對我的文字，對文字的至高要求讓我一直想尋找一種貼近心靈的文字，讓它能夠直接檢測到我血液的溫度，以及我脈息的博動，或者說，它就應該是我體內淌出的血。

就在某一天的凌晨，我仰望星空，感慨萬千，試著寫下了最初的一行文字，結果感覺似乎還不錯，儘管在那時我除了知道我會寫下我在文革中的少年記憶和一對少男少女說不清道不明的「曖昧」，以及母親在一個烈日下被當眾遊街示眾的那個讓我印象深刻的「意象」之外，還要寫些什麼我還一概不知——包括後來陸續出場的一系列人物，我甚至沒有想到我會寫到少年在文革中的家庭命運，以及那些我後來虛構出的紅衛兵與「大哥哥」們。

在整個創作的過程中，我的心靈亦伴隨著作品中的人物在成長，這其間，我還擱下了這部《六六年》，將我的另兩部長篇《遇》與《味道》續寫完了，我是想讓《六六年》在我的心中醞釀的時間更長一點，我不想草率，儘管我隱隱地感覺到了由這一「構思」所召喚來的文字，猶如萬馬奔騰般地向我湧來。

《六六年》的整個寫作過程都是在對我自己的人生旅程進行一次精神的梳理，這讓我逐漸地看清和認識了自己，我知道了，在我未來的人生孤旅中，將會以什麼樣的姿態迎擊我所要面對的時代。

我的創作過程幾乎受到一種不可知力量的支配，讓我的寫作靈感源源不斷紛至遝來，我幾乎沒有遭遇什麼思維障礙，只是每當過分激動時，我會儘量控制噴湧的激情，時時用潛在於我的形而上的高度來檢視我筆下的人物，我希望我的寫作能保持一份「內斂」的激情，我希望我的寫作始終有一份思索的凝重。

我處在了一種自由的寫作狀態中，近乎信馬由韁，無拘無束，這便讓我想起了小說其實是事關「時間」的一門藝術，處理時空關係的自由轉換乃是一種技巧，更是一種敘事思想的表達，我只是要小心地提防它過分的任意揮霍。畢竟我們是受過現代主義洗禮的一代人，當我們在今天再度回歸於傳統敘事，我們又必須讓我們所受過的現代性的薰陶與訓練巧妙地與傳統敘事做一嫁接，也就是說讓時空上的自由轉換最終納入到傳統的主體敘述中，而又盡可能地不露痕跡，坦率地說，我感受到了敘事過程中的酣暢淋漓，那真是一種幸福的體驗。

我經常會寫著寫著內心突然湧動出一股悲愴，淚水彷彿就要奪眶而出，每當此時，我都會立刻離開電腦，停止寫作，因為我知道，我必須讓我的《六六年》抵達我所渴望內斂且凝重的敘事張力。

我沒想到會寫得這麼長，而且思路始終如同噴泉一般源源不斷地向我撲來，我想，它應該沒有辜負我，我能夠感受到我筆下文字的溫度了——它來自我內心奔騰的激情，啜飲著我的血、我的淚和我的遙遠的思念，這一切的一切終於在那天的早晨——發生百年一遇的日全蝕的特別的日子裡，終筆了。

二〇一〇年五月十八日再改

釀小說103　PG2023

幽暗的歲月三部曲之一

六六年

作　　者　王　斌
責任編輯　徐佑驊
圖文排版　周妤靜
書法題字　李野夫（李明年攝影）
封面設計　楊廣榕

出版策劃　釀出版
製作發行　秀威資訊科技股份有限公司
114 台北市內湖區瑞光路76巷65號1樓
電話：+886-2-2796-3638　傳真：+886-2-2796-1377
服務信箱：service@showwe.com.tw
http://www.showwe.com.tw
郵政劃撥　19563868　戶名：秀威資訊科技股份有限公司
展售門市　國家書店【松江門市】
104 台北市中山區松江路209號1樓
電話：+886-2-2518-0207　傳真：+886-2-2518-0778
網路訂購　秀威網路書店：https://store.showwe.tw
國家網路書店：https://www.govbooks.com.tw
法律顧問　毛國樑　律師
總 經 銷　聯合發行股份有限公司
231新北市新店區寶橋路235巷6弄6號4F
電話：+886-2-2917-8022　傳真：+886-2-2915-6275

出版日期　2019年1月　BOD一版
定　　價　320元

Printed in Taiwan

國家圖書館出版品預行編目

幽暗的歲月三部曲之一：六六年 / 王斌著. -- 一版.
-- 臺北市：釀出版, 2019.01
面；　公分. -- (釀小說；103)
BOD版
ISBN 978-986-445-263-7(平裝)

857.7　　107010888

讀者回函卡

感謝您購買本書，為提升服務品質，請填妥以下資料，將讀者回函卡直接寄回或傳真本公司，收到您的寶貴意見後，我們會收藏記錄及檢討，謝謝！如您需要了解本公司最新出版書目、購書優惠或企劃活動，歡迎您上網查詢或下載相關資料：http:// www.showwe.com.tw

您購買的書名：________________________________

出生日期：________年________月________日

學歷：□高中（含）以下　□大專　□研究所（含）以上

職業：□製造業　□金融業　□資訊業　□軍警　□傳播業　□自由業

　　　□服務業　□公務員　□教職　□學生　□家管　□其它____

購書地點：□網路書店　□實體書店　□書展　□郵購　□贈閱　□其他

您從何得知本書的消息？

□網路書店　□實體書店　□網路搜尋　□電子報　□書訊　□雜誌

□傳播媒體　□親友推薦　□網站推薦　□部落格　□其他________

您對本書的評價：（請填代號　1.非常滿意　2.滿意　3.尚可　4.再改進）

封面設計____　版面編排____　內容____　文／譯筆____　價格____

讀完書後您覺得：

□很有收穫　□有收穫　□收穫不多　□沒收穫

對我們的建議：________________________________

____

____

____

請貼
郵票

11466
台北市內湖區瑞光路 76 巷 65 號 1 樓
秀威資訊科技股份有限公司 收
BOD 數位出版事業部

(請沿線對折寄回，謝謝！)

姓　名：＿＿＿＿＿＿＿＿ 年齡：＿＿＿＿ 性別：□女 □男

郵遞區號：□□□□□

地　址：＿＿＿＿＿＿＿＿＿＿＿＿＿＿＿＿

聯絡電話：(日) ＿＿＿＿＿＿＿＿ (夜) ＿＿＿＿＿＿＿＿

E-mail：＿＿＿＿＿＿＿＿＿＿＿＿＿＿＿＿